KB193630

제로 데이즈

ZERO DAYS
Copyright (C) 2023 by Ruth Ware
All rights reserved.

Korean translation copyright (C) 2025 by DAEWON C.I. Inc.
Korean translation rights arranged with David Luxton Associates Ltd.
through EYA Co., Ltd.

이 책의 한국어판 저작권은 EYA Co.,Ltd를 통해
David Luxtonn Associates Ltd.와 독점 계약한
대원씨아이(주)가 소유합니다.
저작권법에 의하여 한국 내에서 보호를 받는 저작물이므로
무단 전재 및 복제를 금합니다.

제로 데이즈

ZERO DAYS

루스 웨어
장편소설

서나연 옮김

하빌리스

온라인 세상의 위험성을 남들보다
일찍 간파하셨던 아버지께

**ZERO
DAYS**

제로 데이즈 | 차례

2월 4일
토요일

8일 전

──────── 주변의 담장은 아이들 장난 수준이었다. 6피트 높이였지만 위쪽에 못이나 가시철조망은 없었다. 가시철조망은 나의 천적이다. 교전 지역에서 그런 것을 쓰는 데는 다 이유가 있다.

키가 5피트 2인치인 나로서는 손을 뻗어도 담장을 잡고 올라갈 수가 없었다. 대신 주차장 쪽으로 탄탄해 보이는 가지가 뻗어 있는 나무에 올라갔다. 나무에서 발을 내려 담장에 닿자, 조심스럽게 담장을 따라 걷다가 일정한 간격으로 건물을 에워싼 감시 카메라의 사각지대에서 뛰어내렸다.

주차장의 반대편에 게이브가 설명했던 방화문이 있었는데, 조짐이 좋았다. 꾹 누르면 열리는 가로로 긴 막대 형태의 손잡이가 안쪽에 달려 있고 절반은 유리가 끼워진 일반적인 문이었다. 나는 제대로 설치되지 않아 아래쪽으로 손이 들어갈 만큼 틈이 벌어져 있는 문을 만족스럽게 보았다. 기다란 금속 슬라이더를 문 밑으로 밀어 넣고 위로 이리저리 휘저어 고리를 손잡이에 건 다음 아래로 단단히 당기기까지 약 삼십 초가 걸렸다. 문이 열렸고, 나는 숨을 죽인 채 경보가 울리기를 기다렸다. 방화문은 언제나 위험했다. 하지만 아무 소리도 나지 않았다.

실내에서는 조명이 자동으로 켜졌다. 커다란 정사각형 형광

제로 데이즈

등이 달린 타일 천장은 어둠 속에서 체스판처럼 뻗어 있었다. 복도 저쪽 끝은 센서가 아직 내 움직임을 감지하지 못했는지 여전히 칠흑같이 어두웠지만, 내가 있는 구역은 대낮처럼 환해서 눈이 빛에 적응하기를 기다리며 서 있었다.

불빛은 양날의 검과 비슷하다. 감시 카메라를 지켜보는 사람에게는 큰 위험 신호다. 보안 요원이 휴대폰에서 눈을 돌리도록 시선을 끄는 데는 크리스마스처럼 환해진 화면만 한 것이 없다. 하지만 불이 켜져 있을 때는 밤에 건물 주변을 걷다가 발각되어도 아무 일 아니란 듯 당당하게 굴 수 있다. 손전등을 들고 불 꺼진 복도를 살금살금 기어가다 걸렸을 때 내가 왜 거기 있는지 설명하기가 훨씬 더 곤란하다. 차라리 줄무늬 티셔츠를 입고 '장물'이라고 쓰인 가방을 들고 있는 편이 나을지도 모른다.

지금 시각은 오후 10시 20분, 나는 '출근' 복장으로 정장 하의처럼 보이지만 일반적인 사무복보다 신축성과 통기성이 훨씬 좋은 검은색 바지와 짙푸른 블라우스, 기성복 브랜드인 갭에서 산 평범한 검은색 블레이저를 입고 있었다. 발에는 검은색 컨버스를 신었고, 어깨에는 회색 피엘라벤 배낭을 둘러맸다.

어울리지 않는 것은 내 머리밖에 없었다. 이번 달에 염색한 형광 주홍색은 자연스러운 색과는 거리가 멀었고 아덴 얼라이언스라는 보험 그룹인 이 회사의 다소 고루한 분위기와도 맞지 않았다. 게이브는 가발을 제안했지만, 가발은 언제나 위험했다. 게다가 나는 젠으로 부르기로 한 가공의 회사원 캐릭터에 몰입하고 있었다. 고객 서비스 부서에서 일하는 젠은 대학을 졸업하고 취업 전까지 쉬면서 보낸 기간을 좋은 추억으로 간직하고 있었고, 아직 자신이 그래도 괜찮은 편이라고 생각했다. 젠은 승진을 위해 모든 것을 맞췄지만, 그래도 헤어스타일만큼은 그녀의 개성을 드러내는 마지막 보루로 남겨 두었다. 그 머리, 그리고 적정한 선보다 한 번 더 바른 리퀴드 아이라이너와 어깨뼈에 '뾰족한 끝으로 찔러.'(〈왕좌의 게임〉에서 존이 아리아에게 칼 쓰는 법을 알려 주며 하는 말-옮긴이 주)라고 쓴 문신도 마지막 남은 개성의 일부였을 것이다.

아이라이너는 진짜였다. 나는 닉스 에픽 잉크 라이너를 쓱쓱 그리지 않으면 옷을 제대로 입지 않은 것 같은 기분을 느꼈다. 대학 학위는 상상이었다. 문신도 마찬가지였다. 문신을 새길 만큼 〈왕좌의 게임〉에 푹 빠져 있지는 않았다. 하지만 솔직히 아리아는 최고의 캐릭터였다.

젠은 시간 가는 줄도 모른 채 늦게까지 일하다가 주말을 앞두고 서둘러 집으로 향하고 있었다. 그래서 편안한 신발을 신었다. 배낭은 사무실에서 신는 구두를 넣기 위한 것이었다. 하지만 그 지점에서 내 역할 설정은 현실과 괴리가 생겼다. 젠은 배낭에 구두를 넣고 다닐지 몰라도 내 가방에는 무단 침입을 위한 도구들과 게이브가 다크웹에서 받은 수상하기 짝이 없는 소프트웨어가 깔린 컴퓨터 장비가 잔뜩 들어 있었기 때문이다.

나는 원래 여기에 다니는 사람처럼 보이려고 애쓰며, 카펫에 소리 없이 닿는 고무 밑창으로 조용히 걸으며 복도를 따라 지났다. 복도 양쪽으로 난 문은 사무실이었고, 주말에 맞추어 컴퓨터

제로 데이즈

를 제대로 꺼놓지 않은 곳에서 이따금 LED 불빛이 새어나와 어둠을 밝힐 뿐이었다.

한쪽 구석에서 최면을 거는 듯 복사기가 깜빡거렸다. 나는 걸음을 멈추고 복도 이쪽저쪽을 살펴보았다. 내 뒤로는 불이 켜져 있었지만, 동작 센서가 아직 내 존재를 감지하지 못한 앞쪽 모퉁이는 여전히 어두웠다. 그래서 더 좋았다. 불빛이 보안 요원에게 경고를 해줄 수 있는 것처럼, 나에게도 마찬가지였다. 복도 끝은 주차장으로 나가는 길이었으니 보안 요원들이 내 뒤에서 나타날 가능성은 거의 없었다. 만약에라도 보안 요원들이 앞에서 나타난다면 불이 켜지는 것을 보고 되돌아가거나 사무실 한 곳으로 몸을 숨길 수 있을 것이다. 게이브는 아마도 서버실을 계속 찾아보라고 말하겠지만, 이건 놓치기에는 너무 좋은 기회였다.

기대했던 대로 복사기 뒤에 뒤엉킨 전선 뭉치와 회사 메인 네트워크에 기기를 접속할 수 있는 랜 단자 두 개가 있었다. 하나는 복사기에 연결되어 사용 중이었고, 다른 하나는 비어 있었다. 나는 가슴이 두근거리는 것을 느끼며 복도 양쪽을 살펴보고 배낭에서 작은 라즈베리파이 컴퓨터 하나를 꺼냈다.

나는 책 한 권보다도 작은 라즈베리파이 컴퓨터를 복사기 뒤로 밀어 넣어, 용지 공급대 뒤에 떨어진 채 방치된 종이들 사이에 쏙 끼웠다. 그리고 컴퓨터를 전원에 연결한 다음, 랜 선을 빈 단자에 꽂았다. 몇 초 후 블루투스 이어폰이 지지직거리더니 남편의 낮은 목소리가 인적 없는 건물의 고요함 속에서 묘한 친밀감을 주며 귓가에 들려왔다.

"자기야, 당신 파이가 방금 온라인 상태가 되었는데. 어떻게 되어가?"

"상황을 파악하는 중이야." 나는 속삭이는 것은 아니지만, 그렇다고 크지도 않은 목소리로 조용히 말했다. 그리고 파이 위로 주인 없는 복사지 한 장을 끌어당겨 보이지 않게 덮어 둔 다음, 가방을 어깨에 멘 채 다시 복도를 따라가다가 모퉁이를 돌았다. "당신은 어때?"

"뭐, 알잖아. 플레이스테이션으로 〈다크 소울〉 좀 하고 있지. 당신이 나를 서버실로 들여보내 주기 전에는 내가 할 수 있는 게 별로 없어." 게이브는 덤덤한 말투였다.

나는 웃었지만, 그의 말이 순전히 농담은 아니었다. 〈다크 소울〉에 관한 말은 사실이 아닐 수도 있겠지만, 서버실에 관한 부분은 사실이었다. 말만 그렇지 그가 게임을 할 리가 없다. 아마도 그는 모니터 앞에 웅크린 채 우리가 기획 부서에서 받은 설계도에서 내 진행 상황을 추적하고 있었을 것이다. 이렇게 가만히 앉아 듣기만 하면서 내가 곤경에 처해도 도와줄 수 없이 무력하게 있어야 하는 것이 게이브가 하는 일에서 가장 힘든 부분이었다.

"어디야?" 그가 물었다.

"당신이 찾은 방화문에서 동서로 이어지는 복도에 있어. 이 건물은…… 이런, 젠장."

나는 딱 멈췄다.

"뭔데?" 게이브의 목소리에 경계심이 서렸지만, 많이 놀란 것 같지는 않았다. '이런, 젠장.'은 내가 보안 요원과 맞닥뜨렸을 때 할 법한 말은 아니다. 그랬다면 훨씬 더 격한 말을 했을 테니까.

"앞쪽에 보안문이 있어. 도면에도 있던 건가?"

"아니." 그가 조금 퉁명스레 말했다. "보안 시스템이 업데이트된 것 같아." 그가 키보드를 빠르게 두드리는 소리가 들렸다. "잠깐만, 내가 당신 파이로 보안 시스템에 들어가 볼게. 뭐가 보여?"

"PIR 센서(수동 적외선 센서)가 있어." 문 위쪽에 달린 타원형 적외선 장치가 깜빡거리는 것이 보였다. 나는 센서 범위에서 아슬아슬하게 벗어나 있었다.

"그래, 그럼 기다려 봐. 센서가 경보를 울릴 수도 있어."

"어휴." 내가 말했다. 그건 당연히 알고 있는 사실이다. 나는 문 자체를 걱정한 것이 아니었다. 우리, 게이브와 나는 거의 모든 것을 통과할 수 있었다. 하지만 PIR 센서는 대개 동작 감지 장치를 의미했고, 업무 시간 이후에 장치가 작동하면 보안 요원들의 주의를 끌 위험이 있었다. 그래도 아직 방화문에서 경보가 울리지 않았다는 건 좋은 징조였다. 나는 조금 더 가까이 다가갔다.

"잭?" 게이브가 말했다. 마우스를 딸깍거리던 소리가 멈췄다. "잭, 여보, 말 좀 해봐, 뭘 하는 거야? 다시 재너테크 같은 일이 있으면 안 된다고."

재너테크. 윽. 그건 경비견에게 당할 뻔한 일을 말하는 것이었다. 나는 반려동물로서는 개들에게 아무런 반감도 없지만, 경비견은 질색이었다. 경비견들은 정말로 해를 입힐 수 있다. 게다가 아주 빠르게 달릴 수도 있고.

나는 게이브를 무시하고 숨을 죽이며 한 걸음 더 다가갔다.

그 순간 센서가 켜지면서 내 존재가 인식되었고, 나는 눈을 질끈 감고 경보 소리와 함께 보안 요원의 다급한 발소리가 들릴 것에 대비했지만, 문이 스르륵 열린 것 외에는 아무 일도 일어나지 않았다.

"잭?" 내가 토해 내는 숨소리를 들은 게이브가 더욱 다급한 목소리로 말했다. "무슨 일이야?"

"괜찮아. 문이 열렸어. 경보가 작동되지는 않은 것 같아!"

전화기 너머에서 게이브가 내게 쏘아붙이고 싶은 것을 참느라 이를 악무는 소리가 들렸지만, 나는 그가 참고 있는 말을 알았다. 그는 자신이 파이로 보안 시스템에 접근해 문에 경보가 있는지 알아낼 동안 내가 기다리기를 바랐다. 하지만 그렇게 하려면 몇 시간이 걸릴 테고, 이 일은 아무것도 하지 않고 있는 것도 그 자체로 위험했다. 때로는 직감을 따라 충동적으로 행동해야 할 때가 있었다.

게다가 그것은 실제로 충동적인 것도 아니었고, 게이브도 그 사실을 잘 알았다. 수년 동안 다름 아닌 이 일을 하면서 연마한 본능이었다.

"아무것도 작동시키지 않았다는 건 당신의 바람일 뿐이지." 그가 마침내 이렇게 말했고, 나는 웃었다. 나는 아량을 베풀만한 여유가 있었다. 알람이 울렸거나, 더 심하게는 개 짖는 소리가 났다면 게이브가 '내가 말했잖아.'라고 소리치는 사이에 나는 울상이 되었을 것이다. 하지만 게이브의 많은 장점 중 하나는 그가 패배를 깨끗하게 인정하는 사람이라는 것이었다. "지금은 어디야? 엘리베이터 앞 로비?"라고 물었을 때 나는 그가 이미 다음 단계로 넘어갔다는 것을 알 수 있었다.

"응." 나는 주변을 둘러보았다. 로비에는 키가 큰 유카와 미래지향적인 디자인의 금속 의자 하나가 비치되어 있었다. "복도 세 개가 있고……." 나는 엘리베이터 문 위의 숫자판을 올려다보았다. "14층이야. 서버실이 어디에 있는지는 알아?"

"기다려 봐." 게이브가 말했다. 컴퓨터 자판이 달각거리는 소리가 들렸다. "IT부서는 5층에 있는 것 같으니까 거기서부터 시작해 봐. 지금은 몇 층에 있어? 1층?" "잘 모르겠어." 나는 주변을 살펴보았다. "주차장이 두 층에 있어."

엘리베이터 맞은편의 기다란 안내판에 각 층의 용도가 안내되어 있었다. 나는 1층에 있는 것 같았다. 그리고 네 줄 위에는 고맙게도 '5 - IT, HR'라고 적혀 있었다. 게이브의 컴퓨터 마술도 별 볼일 없었다.

나는 휴대폰으로 안내판을 재빨리 찍어 '뻔한 소리군, 탐정 양반.'이라는 메시지와 함께 그에게 보냈다. 메시지가 도착하자 이어폰에서 그의 요란한 웃음소리가 들렸다.

"이봐, 어쩌겠어. 우리 같은 기술자들은 사람들이 스스로 풀어야 할 문제를 해결해 달라고 요청받는 데 익숙한걸."

"꺼져, 메드웨이." 나는 쾌활하게 말했고, 그는 다시 웃음을 터뜨렸다. 이번에는 나를 두근거리게 하는 낮고 의미심장한 웃음이었다. "아, 나도 그러고 싶은데 아주 매력적인 여자가 생각나서 말이야. 한두 시간 후면 집에 올 텐데. 그 여자가 그만 엉덩이를 떼고 일을 한다면 말이야." 참을 수 없는 미소가 번지며 입술이 실룩거렸지만, 나는 단호한 목소리로 말했다. "당신이 나를 서버실에 들여보내 주지 않으면 나는 집에 아예 못 갈 거야. 그러니까 당신이나 일에 집중하고 내 엉덩이는 내버려둬." 나는 엘리베이터 버튼을 바라보았다. 카드를 인식시킨 뒤 층을 선택하는 첨단 방식이었다. "엘리베이터에 카드 단말장치가 있어. 위쪽 층들은 출입증으로 보안장치가 되어 있나 봐."

"음, 그건 내가 서버실에 접근할 수 있게 해 줘야 작동을 중단시킬 수 있을 거야. 그러니까 이제 운동할 시간이네, 자기야."

나는 과장되게 한숨을 쉬고 화재 대피로, 즉 계단을 찾아보았다. 로비 한쪽 구석에 표지판이 붙은 문이 길을 알려 주었지만, 계단으로 가기 전에 엘리베이터 문 앞쪽에 악성 코드가 깔린 USB 스틱을 떨어뜨려 두었다. 게이브는 내가 떠나기 전에 그가 직접 만든 트로이 목마 프로그램이 탑재된 작은 장치 여섯 개를 건네주었다. 겉보기에는 전혀 해로워 보이지 않는 장치들이었다. 운이 좋으면 월요일에 출근한 누군가가 주워서 주인을 찾아주려고 컴퓨터에 꽂아볼 것이다. 그렇게 하면 평범한 워드 문서 여러 개와 하드디스크 드라이브에 설치되어 모선(母船)과 접촉하게 되며, 인터넷에 연결된 상태라면 컴퓨터에서 읽고 쓰기 권한을 허용하는 교활한 코드를 발견하게 될 것이다.

5층으로 나오면서 USB 장치를 하나 더 떨어뜨려 둔 다음, 헤드셋을 건드렸다.

"당신은 작은 로비에 있습니다." 나는 게이브에게 로봇처럼 말했다. "복도는 북쪽, 동쪽, 서쪽으로 이어집니다. 당신의 남쪽에 엘리베이터가 있습니다. 저 멀리에는 높고 빛나는 하얀 탑이 있습니다. 아니, 잠깐만, 마지막 부분은 〈콜로설 케이브 어드벤처〉(최초의 어드벤처 게임으로 상황이 글로만 설명되고, 한두 단어로 된 명령어를 입력하여 게임을 진행한다. ─ 옮긴이 주)에서 나온 거야."

"USB 장치를 떨어뜨려." 게이브는 이렇게 말했고, 나는 웃었다.

"첫째, 그건 세 어절이야. 둘째, 이미 그렇게 했어. 당신이 CCTV 시스템을 해킹해 보면 알겠지만. 그래서, 어느 쪽이야?"

나는 게이브가 구조를 파악하려고 마우스를 딸깍거리는 소리를 들으며 똑같이 특징 없는 세 방향의 복도를 위아래로 훑어보았다.

"우리가 말했던 방화문으로 들어갔고, C 엘리베이터는 당신 뒤쪽에 있어. 맞아?" 그가 물었다.

"응. 적어도 내 짐작에는 C 엘리베이터인 것 같아. 왼쪽으로는 HR이라고 적힌 문이 있는데, 그게 도움이 되려나."

"그래, 도움이 되네. 앞으로 곧장 이어지는 복도로 가야 할 것 같아."

나는 엄지손가락을 치켜세웠다가 게이브가 아직 나를 보지 못한다는 것을 깨닫고, 바로 앞에 있는 유리문으로 걸어갔다. 이번에는 자동으로 열리지 않았다.

"좋아. 또 보안문이 있고, 나는 바깥쪽에 있어. 그리고 카드 단말장치가 있고. 다음은 뭐지, 가제트 형사?"

"비밀번호를 입력할 곳은?"

"음, 숫자판이 있어."

"뭔가 해 볼 수 있겠어. 잠깐만 기다려 봐. 아직은 작동을 중단시킬 수 있을지 모르겠지만, 당신 파이를 통해서 시스템에서 비밀번호를 빼낼 수 있을 것 같아."

나는 고개를 끄덕이고 팔짱을 낀 채 서서 게이브의 손가락이 정신없이 키보드를 두드리는 소리와 이따금 나지막하게 욕설을 중얼거리는 목소리를 들었다. 나는 다시 미소가 번지며 입술이 실룩이는 것을 느꼈다. 순간적으로 나는 우리 집 거실에서 그와 함께 있고 싶어졌다. 그의 널찍한 상체를 두 팔로 감싸고 언더컷으로 짧게 깎은, 검은 머리칼이 남아 있는 따스한 목덜미에 키스하고 싶었다. 나는 게이브를 사랑했다. 그의 모든 것을 사랑했다. 하지만 지금처럼 고개를 푹 숙인 채 일에 완전히 몰두해 있는 그를 가장 사랑했다. 단지 누군가가 아주 유능하게 일하는 것을 지켜볼 때 느끼는 매력이 아니었다. 그것은 그와 내가 세상에 함께 맞서고 있다는 동지애였다.

물론 서로 맞설 때도 있었다. 우리는 부부였지만, 그렇다고 해서 서로 경쟁하지 않는 것은 아니었다. 나도 내 일에 유능했다. 공교롭게도 매우.

제로 데이즈

기다리는 동안 나는 숫자판으로 걸어가 1234를 입력해 보았다. 그저 센서에 짧게 빨간불이 들어왔을 뿐, 아무 일도 일어나지 않았다. 나는 어깨를 으쓱했다. 실은 그 이상을 기대하지도 않았지만, 언제나 시도해 볼 가치는 있었다. 그다음에는 4321을 눌렀다. 이번에도 아무 일도 없었다. 혹시 잠금장치가 작동될 위험이 있으니 세 번째 시도는 하지 않았지만, 다른 생각이 떠올라서 가방에 손을 넣어 아래쪽에서 압축 공기가 든 캔을 찾았다.

"어떻게 되어 가?" 나는 캔의 뚜껑을 돌려 열면서 게이브에게 물었다. 중얼거리듯 불평하는 소리가 답으로 돌아왔다.

"좋지 않아. 시스템에는 들어갔는데 관리자 쪽으로 접근할 수가 없어. 누구에게든 비밀번호를 보낸 흔적이 있는지 확인하려고 이메일에 들어가 보려는 중이야."

"음, 째깍째깍, 메드웨이. 내가 집에 얼른 들어가기를 바라면 당신이 그 근사한 엉덩이를 떼고 움직여야 할 때인 것 같네?"

내가 들은 답이라고는 불만과 웃음이 섞인 채 낮게 툴툴거리는 소리밖에 없었다.

나는 압축 공기 캔을 문틈에 끼우고 손잡이를 눌렀다. 길고 요란하게 쉭쉭 거리며 좁은 틈으로 공기가 밀려 들어가는 소리가 나더니 문이 스르륵 열렸다. 나는 기뻐하며 환성을 질렀다. 게이브의 손가락이 딸깍거리는 소리가 멈췄다.

"어…… 어떻게 된 거지?"

"그냥, 기술자들이 스스로 풀어야 할 문제를 내가 해결한 거지."

"잠깐, 당신이 문을 연 거야? 어떻게?"

"자기도 알잖아. 문틈으로 압축 공기를 넣었지. 온도 변화가 PIR 센서를 교란하잖아. 그걸 해킹한 거야."

"젠장, 넌 정말⋯⋯."

"그건 당신 일인 줄 알았는데, 메드웨이 씨?" 나는 그를 놀렸고, 두 번째로 당한 게이브의 짜증이 웃음으로 녹아내리는 소리를 들었다.

"그래, 그랬지. 그리고 근사한 엉덩이 말인데, 자기야, 어서 움직여. 째깍째깍."

"째깍째깍." 나는 그의 말에 맞장구치며 복도를 따라 걷기 시작했다. 내가 가는 동안 차례로 불이 켜졌다.

긴 복도에 네 층 아래에 있던 것과 같은 사무실들이 줄줄이 있었는데, 어떤 곳도 서버실은 아니었다. 나는 아무런 표시도 없는 문 안쪽을 들여다보았지만, 청소용품과 대걸레와 양동이가 가득한 벽장이었다. 불이 또 하나 켜졌다. 이제는 복도가 끝나고 방향이 바뀌는 곳까지 보였다. 그게 전부였다. 누군가가 내 앞에서 오더라도 더 이상 눈치 채지 못할 것이다. 헤드셋에서 지지직거리는 소리가 들렸다.

"아직 아무것도 없어?"

"아직은." 나는 짧게 답하다가 말을 멈추고 귀를 기울였다. "당신이⋯⋯." 게이브가 말을 시작했다.

"쉿!" 내가 낮은 소리를 냈다. 그에게는 두 번 말할 필요가 없었다. 그가 살며시 딸각 소리를 내면서 마이크 소리를 껐다. 그

제로 데이즈

의 숨소리조차 나를 방해하지 않도록 하기 위해서였다.

앞쪽에서 어떤 소리가 들려왔다. 다행히 발소리는 아니었지만, 오랜 시간 동안 작동 중인 컴퓨터 팬과 에어컨이 낮게 윙윙거리는 소리였다. 서버실은 눈에 보이기 전에 소리로 알 수 있다.

"찾았어." 내가 게이브에게 속삭였다. "내가 서버실을 찾은 게 아니라면, 저 앞쪽 문 뒤에는 최소한 경비행기 한 대는 돌아가고 있는 거야."

가까이 다가가자, 허가된 사람 외에는 출입할 수 없다고 적힌 표지판이 걸린 통풍용 문이 있었다. 표지판을 무시한 채 나는 문 손잡이를 돌려보았다. 당연히 잠겨 있었지만, 열쇠 구멍이 없다는 것이 낭패였다. 물리적 잠금장치라면 아마도 열 수 있을 테지만, 이 문은 손잡이 왼쪽으로 카드를 긁는 단말장치만 있었다. 비밀번호를 입력할 숫자판도 없었다. 문은 잘 들어맞아서, 아래쪽에도 전혀 틈이 없었다. 십중팔구 내부에 열 수 있는 버튼이 있겠지만, 움직일 공간이 거의 없어서 그걸 과연 누를 수 있을지 의심스러웠다. 통풍구의 가느다란 판들은 위가 아닌 아래를 향하도록 설치되어 있었고, 판 사이 틈은 너무 좁아서 소용이 없었다. 설령 쇠지렛대로 창살을 억지로 벌린다고 해도 내가 그 사이로 통과할 수는 없었다. 게다가 어떤 것도 망가뜨리지 않기로 되어 있었다.

"자기야?" 내 귀에 목소리가 들렸다.

"카드를 긁는 단말장치가 있어. 비밀번호를 입력할 방법이 없어."

"젠장." 게이브가 생각에 잠겨 수염을 잡아당기며 우리가 어떻게 해야 할지 고민하고 있을 모습이 눈에 선했다. 장비가 있고 암호만 알면 전자카드를 인코딩하기 어렵지 않겠지만, 우리는 암호를 몰랐다. 그리고 그가 내부 전산망 파일에서 암호를 알아낸다고 해도 나는 여기에 있었고, 인코더는 집에 있었다. 우리는 이 일을 오늘 밤에 끝내야 했다. "위로 넘어가?" 게이브의 질문은 내 생각과 일치했고, 나는 고개를 끄덕였다.

"내 마음을 읽었네."

복도를 이리저리 훑어보며 나는 서버실 양옆 방들을 잘 살폈다. 왼쪽은 복도로 향하는 벽에 유리창이 난 평범한 사무실로 책상이 두 개 있었다. 공용 공간이니 문은 잠겨 있지 않겠지만, 누구든 복도를 지나다가 유리창으로 나를 볼 수 있어서 적당하지 않았다. 오른쪽으로는…… 드디어 만족할 만한 답을 찾은 것 같았다. 오른쪽은 화장실이었다. 남자 화장실이었지만, 그것이 내 목적을 이루는 데에는 아무런 영향이 없었다. 복도와 맞닿은 벽이 빈틈없는 석고 보드로 되어 있다는 점이 중요했다.

"자기야, 화장실이 있어." 나는 게이브에게 작은 소리로 말했다.

"A, B, WC만큼 식은 죽 먹기네."

"당신이야 쉽겠지. 당신은 집에 궁둥이를 붙이고 앉아 있으니까." 이렇게 받아치고 문을 열면서 그가 웃음으로 답하는 소리를 들었다.

화장실 안에서 나는 잠시 선 채로 재킷을 벗고 불빛이 깜빡이며 켜지는 사이에 눈이 적응하기를 기다렸다. 내 뒤쪽으로 복도와 마주한 벽에는 세면대가 줄지어 있었다. 오른쪽에는 소변기가 두 개 있었고, 정면에는 칸막이들이 있었다. 나는 가장 왼쪽에 있는 칸의 문을 밀어 열었다. 가슴 높이로 단단하게 고정된 수조에 변기가 붙은 표준적인 디자인이 더할 수 없이 만족스러웠다. 벽 속으로 수조를 숨기는 새로운 디자인은 세련되긴 했지만, 내게는 쓸모가 없었다.

나는 변기 뚜껑을 덮고, 그 위로 올라간 다음 수조 위로 뛰어올라 패널을 붙인 천장 아래에 몸을 웅크린 채 섰다. 잠시 상황을 살피며 몸의 중심을 잡고 장비를 단단히 맨 후에 천장 패널을 살며시 위로 밀어 올렸다.

곧바로 패널이 움직이면서 구름 같은 먼지와 죽은 파리들이 화장실 바닥으로 떨어졌다. 나는 두 방 사이의 벽이 내 체중을 감당할 만큼 견고하기를 기도하며 몸을 끌어올렸다. 팔뚝을 구부리니 살짝 삐걱거리는 소리가 났고, 한쪽 다리를 접어 올려 좁은 구멍으로 넣자 다시 삐걱거렸다. 하지만 휘어지는 부분은 없었고, 20초가 채 안 되어 나는 가천장과 진짜 천장 사이의 얕은 공간에 배를 붙인 채 납작 엎드려 있었다. 그곳은 무척 더웠다. 열기는 아래쪽 방에 설치된 서버들을 식히느라 열심히 돌아가는 에어컨의 구불구불한 은색 배관에서 나오고 있었다. 손전등을 꺼내 주변을 비추자 내 앞쪽 캄캄한 곳으로 뻗어 있는 좁은 공간이 보였다.

나는 매우 조심스럽고 신중하게 손전등을 이 사이에 물고 최대한 천장을 지지하는 벽에 가깝게 붙어서 천천히 천장을 가로질렀다. 그리고 서버실의 모퉁이로 판단되는 곳 바로 위에 있는 천장 패널에 손톱을 찔러 넣었다. 패널은 들창처럼 쉽게 들어 올려졌지만, 뛰어내리기에는 겁나는 높이였다. 깜빡거리는 서버들은 기어 올라가기에는 너무 빽빽하게 들어차 있었고, 바닥까지는 수직으로 8피트 정도였다. 나는 상체 근력이 꽤 좋으니 아래로 내려갈 수는 있겠지만, 다시 올라올 때는 손이 닿지 않아 몸을 끌어올리지 못할 가능성이 컸다. 이렇게 되니 꽤 중요한 문제 하나가 다시 떠올랐다. 서버실 안에서는 전자카드 없이 문을 열 수 있을까?

방을 나누는 벽 위에 평평하게 누운 채 나는 버팀목 사이로 몸을 숙여 천장 틈새로 손전등을 비추었다. 목을 길게 빼서 보니 문손잡이 옆으로 어떤 판 같은 것이 있었는데, 이 거리에서는 무엇인지 식별하기 힘들었다. 줄줄이 늘어선 서버가 드리운 그림자 탓에 자세한 것은 전혀 보이지 않았다. 문을 여는 버튼이거나 화재경보기일 수도 있었다. 혹은 단순히 조명 스위치일 수도 있었다. 확인하려면 더 가까이 가야 했다.

대단히 조심스럽게 방금 들어 올린 패널을 옆으로 놓고 특공대처럼 기어서 천장을 가로질러 방의 한가운데로 다가갔다. 버팀목이 약간 삐걱거리는 소리를 냈지만, 흔들리지는 않았다. 나는 숨을 죽인 채 두 번째 패널을 들어 올리기 시작했다. 이번에는 어쩐 일인지 더 빽빽했다. 아마도 이 패널을 누르고 있는 에어컨 배관이 옆 패널에 테이프로 고정되어 있기 때문인 것 같았다. 나는 가장자리에서 온 힘을 다해 패널을 잡아당겼다. 한쪽 모서리가 휘어지자 더 세게 당겼다. 한쪽 면이 통째로 느슨하게 떨어졌다.

그러다가 천둥이 치는 듯한 큰 소리와 함께 패널 전체가 반으로 뚝 부러졌고 나는 뒤로 나동그라졌다.

한참 동안 나는 부러진 판을 손에 쥔 채 꼼짝하지 않고 누워 있었다. 부러지는 소리가 너무 커서 귀가 윙윙거릴 정도였다. 그 소리가 좁은 천장 공간을 통해 복도 전체를 따라 울려 퍼지고, 배관에서 반향을 일으키면서 천장 전체가 드럼처럼 진동하는 것을 상상할 수 있었다. 주위에 모래 먼지가 쌓이고 조그만 벌레들의 껍질이 머리카락과 얼굴에 떨어져 내렸다. 게이브의 당황한 목소리가 귀에 들렸다.

"잭. 잭! 괜찮아? 자기야, 괜찮은 거야? 무슨 일이야?"

"난 괜찮아." 내가 속삭였다. 나는 손을 들어 이어폰이 아직 잘 끼워져 있는지 확인했다. 충격으로 손가락이 덜덜 떨리고 있었다. "방금 내가 천장 패널을 부러뜨렸어."

"총소리 같았단 말이야!" 그의 목소리에서 안도감이 느껴졌다. 그리고 문득 그가 여기 나와 함께 있기를 바라는 마음이 사무치게 밀려왔다. 나는 그도 나와 같은 기분임을 잘 알았다. 일이 잘못되었거나, 거의 잘못될 뻔했는데 한 사람은 아무것도 할 수 없을 때가 가장 힘들었다. "맙소사, 자기야, 나한테 그러지마. 당신이 총에 맞은 줄 알았잖아."

나는 진지하게 고개를 끄덕였다.

"난 괜찮아. 그런데 젠장. 게이브, 그 소리가 정말로 컸어. 이 층에 아직 일하는 사람이 있다면 분명히 들었을 거야."

"글쎄, 당신이 그 드라이브를 연결하기 전에는 내가 CCTV 시스템에 들어가서 확인할 수가 없어." 게이브가 말했다. 장난기는 사라지고 걱정스러우면서도 그것을 짐짓 감추려는 목소리였다. 나까지 불안하게 만들고 싶지 않았기 때문이기도 하고, 보호하려는 태도를 내가 잘 받아들이지 않는다는 것을 알기 때문이기도 했다. "자기야, 정말로 괜찮은 거야?"

"괜찮아." 나는 부러진 패널을 옆으로 치워놓고 조심스럽게 몸을 쓸어내리며 다시 팔꿈치로 지탱했다. 심장 박동이 다시 느려졌고 가방이나 주머니에서 떨어진 것도 없는 듯했다. 그때 나는 손전등이 천장 틈새로 떨어져 서버실 바닥에서 문 반대쪽을 비추고 있다는 것을 깨달았다. 문을 여는 버튼이 있는지는 여전히 모르는 상태였다.

그렇다, 젠장, 우리가 서버실에 들어갈 방법은 오직 하나밖에 없었다. 서버실에서 빠져나갈 수 없더라도 이제 어쩔 수 없었다. 거기서 자야 하더라도 잘 대처할 수 있었다. 더한 일도 한 적이 있었다.

나는 단호하게 말했다.

"내가 내려갈게."

게이브의 웃음소리가 조금 떨렸다.

"당신이 야한 이야기 하면 내가 좋아하는 거 당신도 알지. 하지만 지금은 그럴 때가 아니야."

제로 데이즈

"꺼져." 나는 끙끙거리며 몸을 간신히 움직여 자세를 잡았다. 이번에는 그의 웃음소리에서 안심한 기색이 느껴졌다.

"좋았어. 아래까지 거리는 얼마나 돼?"

"8피트? 어쩌면 9피트? 그 이상은 아니야."

"행운을 빌어. 다리를 부러뜨려. 아, 아니, 내 말은 그러지 말라고."

"안 그럴게." 내가 간단히 답했다. 나는 천장 패널을 둘러싼 버팀목에 몸을 기댄 채 낙하 거리를 가늠하고, 배낭에 달린 등반용 초크백에 손가락 끝을 담갔다가 천천히 방으로 몸을 내렸다. 내려오는 동작을 제어하느라 근육은 잔뜩 긴장되었다. 내가 일주일에 닷새 아침을 체육관에서 지루하게 보내는 것은 바로 이런 이유에서였다. 스키니 진을 입기 위해서도, 내 옷 치수에는 조금도 관심이 없는 게이브를 위해서도 아니었고, 바로 이 순간 때문이었다. 모든 것이 내 이두근의 힘과 강인한 악력에 좌우되는 이런 순간을 위해서.

물론 보안 요원에게서 달아나기 위해서이기도 했지만, 오늘 밤은 그런 일이 일어나지 않기를 바랐다.

잠시 후에 나는 팔을 쭉 뻗은 채 손끝으로 매달려 있었다. 나는 아래를 내려다보았다. 바닥에서 3피트 정도 높이에 있는 것 같았다. 바라던 것보다 거리가 더 멀었고, 컨버스보다 충격 흡수가 더 잘 되는 신발을 신었다면 좋았겠다는 생각이 들었지만, 내 손가락들은 이미 힘을 잃어가고 있었다. 나는 셋을 셌다.

그리고 놓았다.

나는 고양이처럼 사지를 이용해 조용히 착지했다.

"들어왔어." 나는 게이브에게 말했다.

"당신은 끝내주게 똑똑해. 내가 그런 말을 자주 했던가? 자, 플래시 드라이브랑 두 번째 파이 있지?"

"응." 나는 몸을 바로 세우고 게이브가 몇 시간 전에 건넸던 완충재 봉투를 찾으려고 가방을 뒤졌다. 그가 신중하게 준비한 장치들이 가득한 봉투였다. "어디에 꽂으면 되지?"

"자." 게이브가 말했다. 이제 장난기는 싹 가셨고, 온전히 집중한 목소리였다. "잘 들어 봐. 당신이 해야 할 일은 이거야……."

5분쯤 지났을 때 나는 마지막 드라이브를 꽂은 뒤에 땅에 젖은 손바닥을 닦고, 몸을 세워 손전등을 찾아 주변을 살펴보았다. 잠시 손전등이 보이지 않았다. 하지만 늘어선 서버 중에서 가장 멀리 있는 줄 아래에서 흘러나오는 한 줄기 빛을 발견했다. 내가 바닥에 떨어지면서 우연히 발로 차버린 모양이었다.

뒤쪽에 있었지만, 금속 슬라이더로 끄집어낼 수 있었다. 이제는 문 옆의 판을 겨냥해 손전등을 방 여기저기에 비추어 보았다.

녹색 손잡이. 표시는 없었지만, 신속 해제 버튼일 것이다. 그렇지 않은가? 소방 법규에서는 전자 장비가 잔뜩 들어찬 방에 직원이 갇히는 상황은 절대로 있어서는 안 되는 일이 틀림없었다.

버튼을 누르기 전에 천장을 힐끗 보았다. 패널 두 개가 없었다. 하나는 뜯겨 나갔고, 하나는 반으로 부러졌다. 비품과 설비

제로 데이즈

를 파손하는 일은 계획에 없었지만, 우발적인 사고는 어쩔 수 없었다. 어쩌면 남자 화장실로 다시 올라가 내가 옮긴 패널을 다시 제자리에 놓아야 할지도 모르겠다.

이런 생각을 하고 있을 때, 이어폰에서 탁탁거리며 게이브의 목소리가 들렸다. 그의 목소리에 심상치 않은 기색이 감돌았다.

"자기야? 아직 거기 있어?"

"지금 나가려고. 왜?"

"그들이 당신을 쫓고 있어. 방금 카메라에 연결됐거든. 뒤쪽 계단에서 보안 요원이 하나 올라가고 있고, 한 명은 주 엘리베이터를 타고 가고 있어. 지금 3층에서 출발했어."

"시간이 얼마나 있지?"

"길어야 2분, 더 짧을 수도 있어."

"가만히 있어야 할까?"

"아냐, 방을 수색하는 중이야. 누군가 소리를 들은 게 틀림없어."

"알았어. 갈게."

나는 두려움과 흥분으로 전율하면서 녹색 버튼을 눌렀다. 잠시 아무 일도 일어나지 않았고 나는 속이 울렁거렸다. 보안 요원이 작동 해제 기능을 비활성화한 것일까? 나는 손잡이를 당겨봤다. 그러자 문이 안쪽으로 열렸다.

"어디 있어?" 나는 복도로 몸을 피하며 속삭였다. 동작 감지 센서가 다시 작동하며 불이 깜빡거리며 켜졌다. 보안 요원들은 로비에 들어서는 순간 이 층에 누군가 있음을 알아챌 것이다.

"4층인 것 같아." 게이브는 딱딱하게 말했다. 그는 모니터로 몸을 수그리며 건물의 배치도와 그가 보는 카메라 화면을 맞춰 보려는 중일 것이다. 나는 그런 설계도와 이해할 수 없는 기술 용어들, 그가 죽고 못 사는 그런 것에 관해서는 젬병이었다. "당신이 보여."

나는 위를 힐긋 보았다. 당연히 깜빡거리지도 않는 보안 카메라의 검은 눈이 나를 지켜보고 있었다. 나는 게이브에게 손으로 키스를 날려 주고 그가 웃는 모습을 그려보았다. 문득 사무실에 있던 보안 요원이 당황스러운 얼굴로 이 카메라를 보고 있는 건 아닌지 궁금해졌다.

다급해진 게이브의 목소리가 내 상상에 끼어들었다. "아니, 그럴 때가 아니야. 바로 앞에 보안 요원이 5층 로비로 가려는 참이야. 돌아서서 뒤쪽 계단으로 가. 아래층에서 오는 사람이 4층에 도착하기 전에 내려갈 수 있을 거야. 뛰지는 마. 당신 바로 아래에 있어서, 소리를 듣게 될 거야."

나는 신발의 두툼한 고무 밑창에 감사하며 조용하고 얌전한 걸음으로 반대 방향으로 향했다. 거의 계단에 다다랐을 때 게이브가 날카롭고 단호하게 말했다.

"중지! 그자가 계단에 있어."

'젠장.' 나는 아무 말도 할 수 없었고, 게이브도 그 사실을 알았다. 그는 고양이 두 마리 사이에 쥐처럼 갇힌 아내를 모니터로 보고 있었다. 빠져나갈 길은 없었다. 숨어야 했다.

"사무실에 숨어." 그가 지시했지만, 나는 그보다 한참 앞서서

제로 데이즈

이미 문을 차례로 열어 보고 있었다. 하나는 잠겨 있었다. 두 번째도 잠겨 있다. 이 사람들은 뭐지? 동료들을 믿지 않는 걸까? 세 번째도 잠겨 있다. 나는 미친 듯이 배낭을 뒤져서 자물쇠 핀을 찾아 열쇠 구멍에 집어넣었고, 핀을 부러뜨릴듯한 힘으로 이리저리 쑤셔대며 잠금장치를 돌렸다. 다행히 심장이 멎을 듯한 딸깍 소리와 함께 문이 열렸다. 나는 안으로 들어가 잠금장치를 돌려 잠그고 나무 문에 등을 기댄 채 서서 쿵쾅거리는 심장을 진정시키려고 애썼다.

"당신이 보여." 게이브가 내 귀에다 다급하게 말했다. 머리를 한쪽으로 길게 빼 보니 그의 말이 맞았다. 문에 딱 붙어 있어도 사무실 창으로 나를 볼 수 있었고, 보안 요원들은 점점 가까워지고 있었다. 내가 소리를 더 잘 들을 수 있도록 게이브가 마이크를 끄자 복도에서 그들의 발소리가 들렸고, 목소리도 점점 커졌다.

몇 초 안에 어떻게 할지 결정해야 했다.

'방을 수색하는 중이야.' 게이브의 경고가 머릿속에 떠올랐다. 그들이 문을 열면 나는 망하는 것이었다.

나는 바닥에 몸을 던져 소파 아래로 굴러갔고, 카펫에 얼굴을 바짝 댄 채 누워 있었다. 귓가에 내 심장이 쿵쿵거리는 소리가 울렸다. 느닷없이 내 상상의 회사원 젠의 비현실적인 이미지와 그녀가 이 상황을 어떻게 생각할지가 떠오르면서 웃음을 터뜨리고 싶은 발작적인 충동을 억눌렀다.

대신 나는 숨을 죽인 채 누워서 왼손에 낀 반지를 엄지손가락으로 빙빙 돌렸다. 스트레스를 받을 때면 나타나는 행동이었다. 손톱을 물어뜯는 것과 손가락을 꼬는 것 사이의 중간쯤 되는 습관으로 유일하게 게이브와 연관된 것이었다. 그도 그럴 것이 내 운명이 남편의 손에 달린 경우가 적어도 절반은 되었기 때문이다.

문밖에서 발걸음이 멈추더니 손잡이가 덜그럭거리는 소리가 들렸다.

"이것도 잠겼어."

"이 층은 다 잠겼네." 또 다른 목소리가 말했다. "여기 마스터키가 있어."

짤그랑하며 열쇠를 던지는 소리가 나더니, 받는 사람이 놓치면서 바닥에 떨어뜨리는 바람에 나는 웃음이 터질 뻔했다.

"제발 다음에는 그냥 건네줄래?" 말소리가 들렸고, 열쇠가 잠금장치를 긁는 소리와 함께 문이 열렸다. 손전등이 공간을 이리저리 휘저었고 나는 숨을 죽인 채 그들이 소파 아래를 비추지 않기를 기도했다. 바퀴 달린 의자를 옮기는 소리가 들리더니…… 이윽고 드르륵하고 문이 닫혔다.

나는 최대한 조용하게 떨리는 숨을 내쉬었다.

"안에는 아무것도 없네." 밖에서 말소리가 들렸다. "화장실은 어때?"

"비었어." 두 번째 사람의 목소리는 메아리처럼 울렸다. 화장실 안에서 말하는 것 같았다. 그리고 잠시 멈추었다가 이렇게 말했다. "잠깐, 기다려 봐……."

제로 데이즈

소파 아래에서는 아무것도 보이지 않아서, 나는 아주 조심스럽게 고개를 들고 헤드셋을 건드렸다.

"말해줘." 나는 숨소리만큼 낮은 목소리로 말했다. "그들이 천장 패널을 발견했어." 게이브가 속삭였다. '망할.'

"이것 좀 봐." 두 번째 보안 요원이 말했다.

내가 숨은 사무실을 수색했던 첫 번째 보안 요원이 복도를 걸어가는 소리가 들렸다. 화장실 문이 삐걱거리며 열리더니 부드럽게 닫히면서 가볍게 쿵 하는 소리가 들렸다.

내가 소파 밑에서 미끄러지듯 나오자 게이브의 목소리가 탁탁거리다가 귓가에 들려왔다. 낮게 울리는 다급한 비명이었다.

"가, 가, 가, 지금!"

지시를 들을 필요도 없었다. 나는 이미 일어나 문을 열고 어느 쪽으로 가야 할지 복도를 이리저리 살피고 있었다. "엘리베이터 반대쪽으로!" 게이브가 말했고 나는 뛰었다. 복도를 쿵쾅거리며 지나 모퉁이를 위태롭게 돌았고, 그 바람에 게이브가 미리 해제해 두지 않았더라면 또 다른 보안 문에 얼굴을 박을 뻔했다. 다행히도 문은 열린 채로 내가 작은 로비로 미끄러져 들어가기를 기다리고 있었다.

"오른쪽 방화문이야." 게이브가 말했다. 거칠게 문을 통과해 보니 어둠 속으로 빙글빙글 내려가는 나선형 계단실이 보였다. 뒤에서 묵직한 방화문이 쾅 닫히는 소리가 들렸지만, 개의치 않았다. 몰래 빠져나갈 기회는 이미 날아갔다. 도망가는 것 외에는 아무것도 중요하지 않았다.

한 층을 내려갔다. 두 층을 내려갔다. 심장이 쿵쿵거리며 귓전을 때렸다.

"거의 다 왔어." 게이브의 목소리가 들렸다. "할 수 있어. 세 층 더 내려가서 바로 왼쪽으로 돌면 다른 방화문이 나와."

"겨, 경보기가 있으면 어, 어떻게 해?" 나는 헐떡거렸다. 한 층 더 내려갔다. 여기서 한 층만 더 내려가면 되었다.

"알람은 신경 쓰지 마. 다른 문에는 경보 장치가 없었어. 있더라도 내가 해제시킬게. 당신은 할 수 있어, 내 말 듣고 있어? 할 수 있어."

"알았어." 너무 숨이 차서 말을 더 할 수가 없었다. 나는 마지막 층을 내려가 계단 아래로 몸을 숨기며 비틀비틀 왼쪽으로 돌았다. 당연히 방화문이 있었고, 문밖에는 자유가 있었다.

나는 긴 손잡이를 탁 쳤고, 사이렌이 울릴까 봐 지레 움찔했지만 이번에도 아무 소리도 나지 않았다. 보고서에 써야겠다고 생각했지만, 그것은 나중에 할 일이었다. 지금 나는 문밖으로 나와 더없이 신선한 공기를 만끽하고 있었다.

"맙소사!" 게이브가 내 귀에 대고 울부짖듯 말했다. 그는 마음을 졸이며 영화를 보던 사람처럼 반쯤 이성을 잃은 듯 웃고 있었다. "세상에. 당신은 대단해. 해낼 줄 몰랐어."

"나도 몰랐어." 심장이 쿵쾅거렸지만, 주차장을 가로지르는 동안 침착하게 걸어가려고 안간힘을 썼다. 밖에 보안 요원이 더 있을지도 모르는데, 내가 그들이 찾고 있는 사람이란 것을 뻔히 드러낼 필요는 없었다. "아주 날 잡아먹겠네! 이번엔 하나도 즐겁지 않았어."

게이브가 웃었다. 가슴 깊은 곳에서 울리는 그 탁한 웃음을
나는 사랑했다.

"첫째, 당연히 그렇게 해 줄게. 둘째, 그건 거짓말인 거 우리
둘 다 알지. 당신은 매 순간을 즐겼어."

나는 얼굴에 미소가 번지는 것을 느꼈다. "그래……, 조금은
즐겼지."

"조금이라고? 인생 최고의 순간을 보내는 것처럼 보였는걸."

"안에서 아직도 나를 찾고 있어?"

"응, 아직 5층을 뒤지고 있어. 한 명이 서버실을 열어 봤는데,
드라이브들은 발견하지 못했어. 당신 정말 끝내준다."

"알지." 나는 다소곳이 말하고 게이브가 웃음으로 답하는 소
리를 들었다.

"여기서부터 혼자 해도 괜찮겠지? 그쪽에서 무슨 일인지 알
아내기 전에 네트워크에 들어가야 해."

"응, 차에 거의 다 왔어. 이따가……." 나는 전화기를 슬쩍 보
았다. "40분쯤 후에 만나. 지금 같은 밤 시간대에는 길이 막히지
않을 거야."

"먹을 것 좀 주문해 둘까?"

나는 배가 고프다는 것을 깨달았다. 일하기 전에는 밥을 먹지
않았다. 배가 부른 채로 뛰어다니는 것은 썩 유쾌하지 않기 때문
이다. 하지만 지금은 음식 생각만으로도 침이 고였다.

"응." 내가 힘주어 말했다. "버섯과 고추가 들어간 피자, 라지

사이즈로. 아니, 그건 그만두고. 내가 정말로 먹고 싶은 건 대니스 다이너의 포토벨로 베지 버거야. 트러플 마요네즈와 양파 추가해서. 아직 열었으려나?"

"그럴 거야."

"좋았어. 코울슬로 잊지 말고. 감자튀김 추가도. 아니다, 고구마튀김으로 바꿔 줘. 그리고 당신 거랑 같은 봉지에 담지 말라고 해줘. 지난번에는 내 베지 버거에서 당신이 주문한 그 지독한 베이컨 잼을 골라내느라 고생했잖아."

"알겠어. 튀김은 안 먹고, 베이컨은 추가로. 곧 만나, 자기. 사랑해."

"나도 사랑해." 나는 이렇게 대답하고 행복한 한숨과 함께 전화를 끊고 이어폰을 분리했다.

이번에는 근육이 쑤시는 데다 아드레날린이 분비된 상태라 심장이 여전히 두근거려서 담장을 올라가기가 더욱 힘들었다. 하지만 나는 재활용수거함으로 올라간 다음 담장 위에서 아래로 내려왔다. 모퉁이만 돌면 내가 차를 세워둔 곳이었다. 나는 몸을 일으켜 세우며 가방에서 열쇠를 찾고 있었다. 주위를 살피지도 않았지만, 봤더라도 크게 달라지진 않았을 것이다. 모퉁이를 돌았을 때 그들이 이미 나를 기다리고 있었기 때문이다.

나는 보안 책임자의 품으로 곧장 걸어갔다.

제로 데이즈

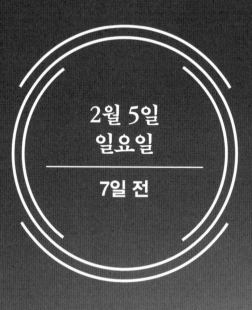

2월 5일
일요일

___

7일 전

─────── "다시 해 보세요." 나는 내 목소리가 점점 짜증스러워진다는 것을 알았고 침착해지려고 노력했다. 내가 반응하면 내가 이야기하는 상대도 반응한다. 소셜 엔지니어링의 첫 번째 법칙은 상냥하게 굴면 다른 사람들도 그렇게 대할 가능성이 훨씬 크다는 것이다. 하지만 이것은 정말 짜증스러운 일이었다. 보증인이 전화를 받지 않는데, 감옥 탈출 카드를 가진 게 무슨 소용이란 말인가? "그 사람이 이 일에 관해 모두 알고 있고, 나를 보증해 줄 수 있다고 장담해요."

"확실히 짚어 보죠." 경찰관이 손으로 얼굴을 문지르며 피곤한 기색으로 말했다. "당신이 그, 뭐라고 했죠? 펜 테스터라고요?"

"알아요, 바보 같은 이름이죠. 페네트레이션 테스터를 줄인 말이에요."

경찰관은 코웃음을 쳤고, 내 가방을 잡은 보안 요원은 히죽거렸다. 나는 한층 더 짜증이 치밀었다.

"꾸며낸 게 아니라니까요. 보안 시스템을 스트레스 테스트하는 게 내가 하는 일이에요."

"그리고 당신 남편은 해커고요?"

"남편은 해커가 아니에요." 그건 선의의 거짓말이었다. 게이

제로 데이즈

브는 해커가 틀림없지만, 경찰관이 생각하는 그런 의미의 해커는 아니었다. "그 사람도 펜 테스터예요. 우리 둘 다요. 남편은 온라인을 맡고, 나는 오프라인을 담당해요. 기업들이 우리를 고용해서 회사 시스템에 침입하게 하는 거예요. 그다음에는 개선할 점이 뭔지 우리가 보고하는 거죠. 자, 이걸 읽어 보세요." 나는 오늘 아침에 게이브가 내게 준 편지를 내밀었다. 경찰관은 편지 위에 손전등을 비추었다.

"관계자분께, 나는 크로스웨이즈 시큐리티의 자신타 크로스와 가브리엘 메드웨이가 아덴 얼라이언스의 사무실에서 온라인 및 오프라인 페네트레이션 테스트를 진행하는 것을 허가하였음을 확인합니다." 그는 소리 내어 읽더니 보안 요원을 건너다보며 어깨를 으쓱했다. "어떻게 생각하세요? 이게 회사에서 쓰는 종이 맞아요?"

"잘 모르겠네요." 보안 요원이 말했다. 그는 이 모든 일을 너무 지루하게 여기는 것 같았고, 바람 부는 주차장에 서 있기보다는 그저 자기 책상으로 빨리 돌아가고 싶어 하는 것 같았다. "야간 경비는 외주에 맡기거든요. 저는 백스터 블랜드 소속이에요. 제가 보기엔 문제없는 것 같은데요. 모든 간판에 똑같은 로고가 있는 건 맞지만, 인터넷에서 받아서 프린트한 것일지도 모르죠."

"그리고 이 짐 콜드웰 말이에요." 경찰관은 편지 아래쪽에 있는 서명란을 툭툭 쳤다. "이 사람이…… 뭐라고 했죠? 시스코?"

"시소(CISO)요." 나는 참을성 있게 되풀이했다. "정보보호최

고책임자라는 뜻이에요. 그 사람 요청으로 우리가 여기 온 거고, 그 연락처가 휴대폰 번호예요. 이봐요, 당신 상관에게 연락할 수 있어요?" 나는 보안 요원에게 물었다. "당신이 아덴 얼라이언스 소속이 아닌 건 알겠는데, 짐은 현장 경비 업체에서 이번 일을 승인했다고 말했거든요. 그러니까 당신이 속한 곳에서 누군가는 내가 합법적이라는 걸 확인해 줄 거예요."

"농담하는 거예요?" 보안 요원은 나를 정신 나간 사람 보듯이 쳐다보았다. "주말 자정이 지난 시간이에요. 집 전화번호를 안다고 해도 상관한테 전화할 수는 없어요. 내가 호되게 당할 거라고요."

나는 불만스러운 목소리가 나오려는 것을 참았다. 우리가 펜테스트를 토요일로 정한 것은 아덴에서 고객 서비스 담당자와 보안팀과 IT 부서의 최소한의 인력만 일하는 날이기 때문이었다. 일요일에는 완전히 문을 닫으니 운이 좋다면 게이브는 주말 내내 아덴의 시스템을 여기저기 들여다보고 IT 부서는 월요일이 되어서야 돌아와 우리가 무슨 일을 했는지 알아낼 수 있을 터였다. 이제는 그 선택이 아주, 몹시 나쁜 생각이었던 것처럼 보였다. 짐 콜드웰은 주말에 다른 동료들과 함께 퇴근한 것이 분명했다.

"이 시소라는 사람에게 내가 다시 연락해 보죠." 경찰관이 성가신 기색을 감추지 않고 말했다. 속뜻은 '나는 진짜 범죄자들을 잡으러 가야 한다'라는 것이 명확해 보였다. "하지만 이번에도 연락이 닿지 않으면 같이 경찰서로 가야 합니다."

제로 데이즈

나는 한숨을 쉬었다. 긴 밤이 될 것 같았다.

두 시간 후, 우리는 경찰서에 있었다. 짐 콜드웰은 아직도 전화를 받지 않았다(게이브에게 이런 일이 다시 일어날 경우를 대비해 계약서에 일종의 위약금 조항을 넣자고 이야기해야겠다). 경찰관은 체포에 관해 이야기하기 시작했다. 젠장. 하룻밤 정도는 감방에서 보낼지도 몰랐다. 더한 일을 겪은 적도 있었지만, 일이 정말로 꼬이면 변호사를 선임해야 할 것이고, 그렇게 되면 비용이 많이 들 것이다.

"남편에게 전화 좀 할 수 있을까요?" 나는 당황한 기색을 더 내지 않으려고 했지만, 왠지 모르게 목소리가 약간 떨리는 탓에 정당성이 떨어지는 것처럼 느껴졌다. "솔직히 이 일은 모두 커다란 오해예요. 남편이 회사의 다른 사람에게 연락이 닿을지도 몰라요."

"물론이에요." 경찰관은 피곤한 듯 말하고는 책상 위로 전화기를 밀어 주었다. 경찰관이 수상쩍게 묘사했듯이 '컴퓨터 장비, 락픽, 그 외 침입을 위한 도구들'로 들어찬 내 가방은 내 휴대폰과 함께 안내데스크에 남겨 두었다. 실제로 체포된 것은 아니었지만, 거의 체포된 것과 다름없는 기분이었다.

다행히 게이브의 번호를 외우고 있었던 나는 너무 많이 써서 끈적끈적한 느낌이 드는 숫자판을 눌러 전화를 걸었다. 신호음이 울리고…… 다시 울렸다. 속이 죄어 왔다. 나는 손가락에서 반지를 빙빙 돌렸고, 위에서 비추는 조명에 보석이 반짝거렸다.

이건…… 이상했다. 짐 콜드웰은 잠자리에 들기 전에 방해 금지 설정을 바꾸는 것을 잊었을지도 모른다. 그에게는 이런 일이 매일 밤 일어나는 평범한 상황은 아니었다. 하지만 게이브는? 그는 내가 일하러 나가 있는 동안에는 절대로 휴대폰을 *끄지* 않을 것이다. 그런가 하면 나는 그에게 이미 차에 도착했다고 말했고, 시간은…… 나는 책상 위쪽에 걸린 시계를 올려다보았다. 맙소사, 새벽 2시가 다 되어가고 있었다. 그는 어쩌면 잠든 걸지도?

"받지 않네요." 나는 더 이상 굳이 불만스러운 기색을 감추지 않고 말했다. 내가 전화기를 내려놓자 경찰관은 내 기분이 어떤지 정확히 안다는 듯이 나를 바라보았다. "저기, 죄송한데 성함이 뭐라고 하셨죠?"

"윌리엄스입니다." 경찰관이 답했다.

"저, 윌리엄스 경관님, 시간이 많이 지체된 거 알아요. 정말 유감이에요. 뭐라고 드릴 말씀이 없네요. 우리는 건물에 침입하라는 요청을 받았고, 그건 시소가 확인해 줄 수 있어요. 계약할 때는 그 번호가 24시간 연락될 거라고 들었는데, 우리를 고용한 그 멍청이가 잊어버리고 전화기를 꺼버렸나 봐요."

"누구 연락할 만한 다른 사람은 없고요? 당신 말이 맞는지, 신분을 확인해 줄 사람이 아무도 없는 거예요?" 윌리엄스 경관이 말했다.

"제 신분증은 가지고 계시잖아요. 하지만 압축 공기가 든 캔을 가지고 다니는 웬 미치광이가 아니라 진짜 펜 테스터인지 확인해 줄 사람이 있느냐는 뜻이라면, 없어요. 근무 시간이 되기

제로 데이즈

전까지는요." 나는 머리를 두 손에 파묻었다. 추격전에서 치솟았던 아드레날린은 다 사라졌고 너무 피곤해서 눈물이 날 것 같았다. "적어도……."

맙소사, 안 돼. 다시 몸이 뻣뻣하게 긴장되었다.

그는 안 된다. 차라리 유치장에서 하룻밤을 보내고 말 것이다.

"적어도?" 윌리엄스가 채근했고, 나는 입술을 깨물었다.

"아니에요."

안 된다. 그에게 연락할 수는 없다. 설령 체포되는 일이 있더라도 그럴 수는 없다.

"그냥 하세요. 알겠어요. 경관님도 할 일을 하셔야죠. 저를 체포하세요." 나는 이제 체념한 듯이 말했다.

경관은 한숨을 쉬더니 고개를 저었지만, 앞으로 일어날 일을 부인하려는 것이 아니라 불가피한 일이라는 사실을 시큰둥하게 인정하는 것에 가까웠다. 나는 그가 나만큼이나 이런 상황을 원하지 않는다는 것을 알았다. 서류작업, 번거로운 상황, 게다가 단 몇 시간 후에 시소가 일어나서 휴대폰에 남은 부재중 전화 내역을 보면 이 일이 모두 정리될 가능성이 매우 컸기 때문이다.

한편으로 나는 가짜 서류와 신분증들이 잔뜩 든 배낭과 상당히 수상한 도구들과 함께 무단 침입을 하다가 발각되었다. 나 같아도 나를 체포했을 것이다.

"가서 동료와 얘기 좀 해 볼게요." 그가 끼익하는 괴로운 소리와 함께 의자를 뒤로 밀며 말했고, 나는 고개를 끄덕였다.

그가 나가고 문이 닫히자, 나는 플라스틱 의자에 무너지듯이 앉아 고개를 뒤로 젖힌 채 천장 패널을 바라보았다. 단단해 보였다. 어쨌든 내가 부러뜨렸던 것보다는 더 견고해 보였다. 나는 내 인생의 선택들에 대해, 그 순간 짐 콜드웰이 얼마나 미웠는지, 그리고 게이브에 대해 곰곰이 생각해 보았다. 그는 우리가 고용된 목적대로 아덴 얼라이언스의 메인프레임에 들어가 발각되기 전에 최대한 많은 탐색을 하다가 이해할 수는 없지만 곯아떨어진 것이 분명했다. 그저 어깨를 으쓱하고 잠자리에 드는 것은 전혀 게이브답지 않은 일이었다. 집에 돌아와 포장해 온 음식을 목구멍으로 밀어 넣고 쓰러져 버리는 것은 보통 내 담당이었다. 내내 아드레날린이 솟구치는 가운데 담을 넘어가고, 카메라 아래로 숨고, 자물쇠를 따느라 지쳐버리기 때문이었다. 게이브는 보통 내가 다음날 일어날 때까지도 책상 위로 몸을 구부린 채 이것저것 시험하고 캐보면서 회사가 구축해 둔 보안 시스템의 한계를 탐색하느라 여전히 일하는 중이었다.

발각되는 것은 어떤 의미에서는 우리 둘 다 바라는 바였다. 레드팀(시스템을 점검하고 개선하기 위해 취약점을 찾아 공격하는 역할을 맡은 조직 – 옮긴이 주)이 되어 공격수 노릇을 하는 것은 재미있었지만, 그 후에 보안팀에 보고서를 보여 주는 것은 결코 그렇지 못했다. 그들이 저지른 모든 실수와 해킹을 막을 수도 있었지만 놓쳐 버린 기회들까지 잘못한 모든 것을 그들에게 보여 주어야 했는데, 사실 고객이 듣고 싶어 하는 것은 "이 부분은 보안이 지켜졌습니다. 직원들이 일을 잘했습니다."라는 말이었다.

비록 내가 붙잡히긴 했지만, 안타깝게도 이번에는 솔직하게

제로 데이즈

그런 말을 할 수 없었다. 내가 잡힌 것은 경비 부서의 특별한 전문성이 아닌 내 실수가 원인이었기 때문이다. 그 천장 패널을 부러뜨린 것은 바보 같은 짓이었다. 게다가 무단 침입하는 건물 바로 앞에 주차한 것은 더욱 어리석은 짓이었다. 주차만 거기 하지 않았다면 그들이 모니터에서 나를 보거나 방화문에 어떤 경보 장치가 있었더라도 들키지 않고 건물에 드나들 수 있었을 것이다. 근무 시간이 아닌 때에 비상구 여러 곳을 몰래 열 수는 없어야 한다. 나는 보고서에서 그들을 호되게 질책하고 내 불찰 또한 솔직히 털어놓으려고 했다. 썩 유쾌하지 않은 일이지만, 어리석게도 내가 발각당하는 바람에 정작 보안에 진짜 구멍이 난 부분에는 관심이 집중되지 않고, 결국은 상당히 엉성한 시스템이라는 것을 부인하기 좋은 빌미를 줄 가능성이 컸기 때문이다.

나는 게이브가 그들이 어깨를 으쓱하며 "글쎄요, 결국에는 잡히지 않았어요?"라는 말로 무시하지 못할 무언가를 찾아서 보람찬 밤이 될 수 있기를 바랄 뿐이었다. 이를테면 암호화되지 않은 비밀번호나 민감한 고객 데이터라든가, 혹은 진짜 해커에게 실제로 큰 피해를 일으킬 기회를 줄 만한 일종의 관리자 권한 같은 것들을.

나는 그 생각을 하다가 다시 왜 게이브가 전화를 받지 않는지 의아해졌다. 그때 어깨 뒤에서 익숙한 목소리가 들렸다.

"이런, 이런, 이런. 이게 누군가."

나는 몸을 똑바로 세우고 돌아보았고, 분노가 치밀어 올랐다.

제프 리드베터였다. 젠장.

"망할 잭 크로스가 아니라면." 그는 달아날 곳 없는 구석에서 유난히 맛있는 쥐를 발견한 고양이처럼 웃고 있었다. "이번에는 무슨 짓을 한 거야, 크로스?"

"내가 아무 짓도 하지 않은 건 당신이 잘 알잖아." 나는 가슴께에 팔짱을 끼고 그의 존재가 나를 얼마나 당황하게 했는지 그에게 보이지 않게 하려고 애썼다. "우리를 고용한 사람에게 연락이 닿지 않는 것뿐이야."

"산제이가 펜 테스트에 대해 이상한 이야기를 하는 여자가 있다고 하더라고. 여기는 그런 사람을 볼 일이 많지 않은데, 그런 생각이 들었지. 보증해 줄 사람이 필요하다던데 왜 나한테 연락을 하지 않았어?" 그는 넓은 어깨를 흔들며 웃었다.

왜인지는 당신이 잘 알겠지. 나는 이렇게 생각했지만, 말로 하지는 않았다.

"당신이 근무 중일 줄은 몰랐지." 나는 딱딱하게 말했다. 제프는 웃었다.

"사람들이 하는 말 있잖아. 악인에게는 평강이 없다고 말이야. 당신은 좋아 보이네, 크로스. 숨고, 몸을 날리고 그러는 덕분에 건강이 유지되나 봐."

내가 뭐라고 대꾸할 수 있을까? 내가 하고 싶은 말은 '꺼져'였고, 그도 그걸 알았다. 하지만 체포될 위기에 있는 사람이 현직 고위 경찰관에게 할 수 있는 말은 아니라는 건 우리 둘 다 알았다. 다른 건 몰라도 그를 무안하게 할 정도로 빤히 볼 수는 있었다. 어쨌든 나는 부끄러운 것이 없었으니까.

제로 데이즈

하지만 제프는 손가락에 끼워진 반지를 초조하게 돌리는 내 손을 보고 있었다. 나는 그 멍청한 버릇을 저주하며 팔을 내렸지만, 그는 이미 눈썹을 치뜬 채 나를 바라보고 있었다. 그의 만면에 비열한 미소가 번졌다.

"이런, 이런, 이런. 약혼했네, 크로스? 드디어 누군가가 당신을 아내로 삼으려는 건가?"

"실은 결혼했어." 나는 이를 악물고 말했다. '당신이 상관할 바는 아니지만'이라고 덧붙이고 싶었지만 억지로 입을 다물었다.

"그래서 예전의 크로스 같지 않은 거구나, 응?" 제프는 자신이 퍽 재치있게 말했다는 듯이 웃음을 터뜨렸다.

"굳이 따지자면, 남편 성을 따르지는 않았어."

제프는 그 말에 실실 웃었다. "내가 거기에 찬성하지 않으리라는 걸 당신도 나도 알잖아, 크로스."

나는 '그래, 게이브는 가부장제 콤플렉스에 사로잡힌 겁 많은 머저리가 아니지'라고 생각했다.

"그럼 이 여자분 말이 사실입니까?" 제프의 뒤에서 윌리엄스가 끼어들자, 제프가 돌아보며 웃었다.

"그래요, 사실입니다. 적어도 신분은 확실해요. 그걸 물어본 거라면요. 잭, 우리가 알고 지낸 지도 꽤 오래되지 않았나?"

"그래." 나는 입술을 지그시 물었다.

"내가 몇 가지 이야기를 해줄 수 있을 것 같은데" 제프는 노골적이다시피 음탕한 표정으로 내 몸에 딱 붙는 재킷과 바지를 위아래로 훑어보았다.

'나도 할 이야기가 없는 건 아니지'라고 생각했지만, 우리 둘 다 그러기에는 너무 늦었다는 것을 알았다. 우리가 헤어질 무렵에 그런 이야기들을 하려고 한 적이 있지만, 결말이 좋지 않았다.

그 많은 경찰서 중에서 하필이면 왜, 왜, 왜 이곳으로 연행된 것일까? 심지어 그가 평소에 일하던 곳도 아니었는데. 그는 동네 반대편의 경찰서에 있었다. 근무지를 옮겼거나 누군가를 대신해 근무하는 중이었을 것이다.

침묵이 흘렀고, 나는 그가 무엇을 원하는지 알고 있었다. 그는 내가 부탁하기를 바라고 있었다. 그는 내가 애원하기를 바랐다. 그는 내가 '부탁이야, 제프, 제발 나를 도와줘.'라고 말하기를 바랐다.

글쎄, 나는 그런 말은 하지 않을 것이다. 설령 유치장에서 하룻밤을 보내게 된다고 하더라도.

"그러면…… 방면해 줘야 할까요?" 제프 뒤에서 들려오는 소리에 안도감이 밀려왔다. 하마터면 윌리엄스 경관의 존재를 잊을 뻔했다. 그가 있는 동안에 제프는 아무것도 할 수 없을 것이다.

잠시 제프는 아무 말도 하지 않은 채 웃으며 나를 내려다보았다. 나는 바로 앞에 있는 책상에 내 손톱이 푹 박히는 것을 느꼈다. 그는 그럴 수 없다…… 아니, 그럴 수도 있을까? 그가 핑계를 만들어 내서 윌리엄스를 내보내고 조사실에서 나 혼자 밤을 보내게 만들지는 않겠지? 지금도 저 느리고 은근한 목소리를 듣고 있자니 이렇게 온몸에 소름이 끼치는데?

제로 데이즈

그때 그가 웃으며 어깨를 으쓱했다.

"그냥 장난한 거야. 자자, 어서 가 버리라고. 하지만 내게 빚진 거야. 잊지 마." 질문은 윌리엄스가 했지만, 그는 윌리엄스가 아닌 내게 말하고 있었다.

"아, 잊지 않을게." 나는 내 말의 의도를 상대가 의심할 수 있도록 독기를 품은 목소리로 딱딱하게 말했다. 나는 일어나서 재킷을 바로 정리했다. "절대로 잊지 않아. 그건 믿어도 돼."

"고맙다는 인사도 못 받는 건가?" 제프가 말했다. 그의 커다란 몸이 입구를 막고 서 있었다.

"고마워."

나는 이를 악물었다. 잠시 멈칫한 뒤에 제프는 다시 한번 웃음을 터뜨리더니 옆으로 비켜섰다.

"그럼 어서 여기서 나가. 말썽 피우지 말고."

거리의 쌀쌀한 밤공기를 쐰 다음에야 공황 상태로 인해 흘린 땀으로 겨드랑이가 차갑고 축축하게 젖어있다는 것을 깨달았다.

나는 여전히 제프 리드베터를 두려워하고 있었다. 그리고 아마도 언제까지나 그럴 것이다.

솔즈베리 레인에 있는 집에 도착하기도 전에 시간은 이미 새벽 4시가 다 되어갔다. 나는 피로에 취하다시피 해서 따끔거리는 눈으로 런던 남부의 인적 없는 주택가를 기계적으로 누비며 나아갔다. 아덴 얼라이언스에 차를 두고 올까도 생각해 봤지만, 제한 구역에 세워둔 데다 잠자리에 들면 열두 시간은 잠들어 있을 텐데, 바퀴에 잠금쇠가 채워지거나 견인되기 전에 때맞춰 내가 일어나 차를 가져올 가능성은 희박해 보였다.

대신 나는 우버를 타고 보안 요원에게 잡혔던 곳으로 돌아갔다. 떠나기 전에 경찰이 준 맛없는 인스턴트 커피가 적어도 한 시간은 깨어 있게 해 주기를 바라며 창문을 내린 채 천천히 차를 몰아 집으로 돌아갔다. 하지만 눈앞에서 거리가 최면을 거는 듯이 펼쳐지자 그게 잘못된 결정이었을지도 모른다는 것을 인정할 수밖에 없었다. 처음에는 길을 잘못 들어 낯선 주택가에서 놀라울 정도로 한참을 헤매다가 가까스로 아는 길로 돌아올 수 있었다. 그러나 졸려서 길을 못 찾는 것은 단지 불편한 일에 불과했다. 진짜 문제는 운전 중에 잠들 위기에 처해 있다는 점이었고, 그건 이 밤에 가장 피하고 싶은 상황이었다. 하지만 얼굴에 닿는 차가운 밤공기와 커피, 카스테레오에서 흘러나오는 '더 런어웨이즈'의 성난 비명의 조합이 어떻게든 내가 눈을 뜨고 있게 만들었다. 그리고 마침내, 드디어, 기억 속에서 가장 길고 엉망진창인 밤을 보낸 후에 나는 아래위로 방이 두 개씩 있는 우리의 작은 이층집 밖에 차를 댔다.

문 앞에서 하품을 참으며 가방 속을 더듬거려 열쇠를 찾다가, 결국 찾은 열쇠를 떨어뜨릴 뻔했다. 열쇠가 타일이 깔린 문 앞 통로에 떨어지기 직전에 잡았지만, 곧이어 우유병을 쓰러뜨리는 바람에 열쇠를 잡은 민첩함이 무색해졌다. 한참 떨어진 곳에 있는 개가 신경질적으로 짖기 시작했다. 나는 어설프게 군 자신을 저주하면서도, 복도 불이 켜지고 게이브가 졸린 모습으로 계단을 내려오기를 기대했다. 하지만 아무 일도 일어나지 않았다.

제로 데이즈

아무래도 생각보다 깊이 잠든 것이 틀림없었다.

열쇠는 두세 번 만에야 제대로 맞물렸다. 너무 피곤해서 어지러울 정도였다. 하지만 문이 열리자마자 뭔가가 잘못되었다는 감각이 나를 사로잡았다.

처음 나를 덮친 것은 냄새였다. 그 냄새가 무엇을 뜻하는지 잠깐 동안 이해가 가지 않았다. 다만 요리하거나 빨래할 때 나는 편안하고 평범한 냄새, 뭐라 표현하기 힘든 특유의 '집'의 냄새가 없다는 것만은 알 수 있었다. 아니, 그보다는 무언가 다른 더 강렬한 것 때문에, 그 냄새들이 묻혀 버린 것이었다. 전혀 예기치 못한 것이었고, 너무 맥락에 맞지 않아서 잠시 나는 그 냄새가 무엇인지 알아차리지 못했다. 이상하고, 비릿하고, 금속 냄새 같기도 하고, 달콤하기까지 한 무언가, …… 무언가와 비슷한 냄새인데, 그게 뭐지?

나는 곧 알아차렸다. 번화가를 따라 서 있는 정육점들의 냄새였다.

피 냄새였다.

그때까지도 나는 완전히 이해하지 못했다. 어떻게 이해할 수 있었을까?

복도 바닥에 묻은 붉은 얼룩을 보았을 때도 이해하지 못했다.

거실 문손잡이를 잡은 손바닥에 미끈거리고 끈적끈적한 느낌이 묻어 나왔을 때도 이해하지 못했다.

안으로 들어가 내가 본 중에 가장 커다란 피 웅덩이 속에서 컴퓨터 위로 쓰러져 있는 게이브를 보았을 때도 이해하지 못했다.

왜냐하면 그 피가 게이브의 것일 리 없기 때문이었다. 그렇지 않은가? 한 사람의 몸에 그렇게 많은 피가 들어 있을 수는 없었다. 뭔가 사정이 있는 것이 틀림없었다. 끔찍하고, 뒤틀리고, 정신 나간 사정이.

"게이브?" 나는 훌쩍이며 말했다. 그는 움직이지 않았다. 그의 앞에 있는 컴퓨터 화면은 캄캄했고, 검은 웅덩이 속에서 커다란 본체의 불빛만이 책상에서 흘러나와 그의 무릎을 덮고 바닥으로 흘러내린 어두운 웅덩이 속에서 깜빡이고 있었다.

그곳에 발을 들이기 싫었지만, 달리 방법이 없었다.

"게이브." 더욱 간절하게 불렀지만, 그는 여전히 움직이지 않았고 마침내 나는 그 메스껍고 미끄덩거리는 점액 속에 한 발을 들여놓았다. 그 농밀한 점액이 카펫 위를 걸어가는 내 신발에 달라붙는 것 같았다.

그에게 다가가서 어깨를 건드렸을 때 내 목구멍에 걸려 있던 흐느낌이 고통에 시달리는 짐승이 울부짖는 것처럼 처절한 비명이 되어 터져 나왔다.

"게이브, 게이브, 일어나, 일어나라고!"

그는 아무 말도 하지 않았다. 고개를 들거나 내 말을 들었다는 어떤 표시도 하지 않았다. 이제 내 어깨를 그의 어깨에 갖다 대고 억지로 그를 바로 세워 의자 뒤로 기대게 했다.

그는 감당할 수 없을 정도로 무거웠다. 14스톤의 뼈와 근육이었다. 내가 그를 옮길 수 있을 것 같지 않았다. 그때 별안간 그가 움직였다. 그의 체중이 의자에서 뒤로 쏠리면서 나는 그들이 그

제로 데이즈

에게 한 짓을 보았다.

그의 목이었다. 이해할 수 없을 정도로 끔찍하고 잔인한 방식으로 목을 그어 놓았다. 내가 상상했던 수술 자국처럼 깔끔한 절개가 아니라 누군가, 무엇인가로 목 앞쪽에서 그의 숨통을 뜯어내기라도 한 것처럼 들쑥날쑥한 구멍에서 살점이 튀어나와 있었다. 그 바람에 상처는 마치 커다란 주홍빛 입이 웃고 있는 것처럼 보였다.

엄청난 욕지기가 밀려왔고, 나는 입을 손으로 막은 채 피의 호수에서 비틀비틀 물러났다. 호흡이 가빠지면서 불규칙해졌고 속에서 차오르는 메스꺼움으로 어찌할 바를 몰랐다.

게이브.

나는 그에게서 눈을 떼지 못했다. 이상하게 부자연스러운 각도에서 뒤로 축 늘어져 너무나 완전하게 죽은 것처럼 보이는 그의 머리에서 눈을 뗄 수 없었다. 무슨 일이 일어났는지, 그 현실을 부정할 방법은 없어 보였다.

그럼에도. 그럼에도 그의 얼굴은 여전히 게이브였다. 로마 원로원 의원처럼 강인하게 구부러진 코. 그 광대뼈. 입술의 형태. 거칠거칠한 수염. 목 아래쪽의 부드러운 살갗. 그 모든 것이 여전히 내가 사랑하는 남자, 게이브였다. 하지만 내가 보고 있는 것은 그의 시신이었다.

다리에 힘이 풀릴 것 같았다. 나는 더듬더듬 소파를 찾아가 몸을 올리고, 가슴에 다리를 끌어안은 채 흔들거렸다. 나는 이상한 소리를 내고 있었다. 통곡과 흐느낌의 중간쯤 되는 소리로 게이브의 이름을 부르고 있었다.

이게 사실일 리가 없었다. 이런 일은 일어날 수 없었다. 그럴 리가 없었다. 다정하고, 재미있고, 뭐든 해 내는 게이브, 커다랗고 힘센 손으로 꿈쩍도 하지 않는 뚜껑을 단번에 비틀어 열거나 찌르레기의 날개에 솜씨 좋게 부목을 대주는 게이브에게는 일어날 수 없는 일이었다. 뭐든 고치고, 뭐든 해결하고, 아무리 끔찍한 하루라도 모든 것을 감싸 안는 커다란 포옹 한 번으로 괜찮아지게 해 주는 나의 게이브에게는.

하지만 게이브조차도 이 일은 해결할 수 없었다.

얼마나 오랫동안 거기에 앉아서 게이브의 시신과 검은 피 웅덩이에 비치는 컴퓨터의 깜빡이는 불빛을 바라보았는지 알 수 없었다. 10분? 20분? 걷잡을 수 없이 몸이 덜덜 떨렸고 끔찍했고 견딜 수 없이 추웠다.

하지만 결국은 정신을 추슬렀다. 나는 내가 해야 할 일을 알았다. 사실 집안에 들어섰던 순간에 해야 했던 일이었다.

휴대폰을 찾기 위해 가방에 넣은 손이 뻣뻣해져 떨렸다. 휴대폰이 그 안에 있는 것은 확실했다. 우버도 휴대폰으로 예약했다. 하지만 찾기까지 한참이 걸렸고, 가방에서 휴대폰을 꺼냈을 때는 화면이 까맣게 텅 비어 있었다.

나는 벽에 의지해 충전기가 있는 주방으로 갔다. 여전히 손이 너무 떨려서 세 번의 시도 끝에야 USB 선을 소켓에 꽂을 수 있었다. 시도와 실패를 거듭하는 사이에 금속과 금속이 맞닿아 마모되면서 액정에 불그스름한 얼룩이 남았지만, 결국에는 들어

제로 데이즈

갔다.

휴대폰의 전원을 켜니 온갖 애니메이션과 로고들이 나타나며 고통스러울 정도로 오랜 시간이 걸렸다.

그리고 잠금화면이 떴다. 잠금을 해제하고 전화기 아이콘을 눌렀다.

나는 999를 눌렀다.

그리고 기다렸다.

과연 나는 내가 제대로 말을 할 수 있을지 확신이 서지 않았지만, 교환원이 연결되자 놀랍도록 차분한 목소리가 내게서 나왔다.

"경찰이요." 나는 그녀의 질문에 이렇게 답하고 침을 삼켰다. 정신을 똑바로 차려야 했다. 정신을 차려야만 했다. 이미 너무 오래 방치했다. "서둘러 주세요. 남편이, 그이가 살해당했어요."

그 후로 몇 시간은 뜬눈으로 악몽을 꾸는 것 같았다. 모든 것이 초현실적으로 눈앞에 펼쳐져 있었다. 처음에는 사이렌 소리가 들렸고, 점점 더 가까워졌다. 그리고 이상하게 고동치는 푸른 빛으로 모든 것을 물들이는 경광등이 나타났다. 그다음에는 문을 쾅쾅 두드리는 소리가 들렸고, 경관들이 들이닥쳤다. 그들은 내가 미처 생각하지 못했던 질문들을 던졌다. 집은 단속이 되어 있는가? 집 안에 아직 누군가 있을 수도 있나? 게이브에게 적이 있는가?

이렇게 말하면 이상하게 보일지 모르겠지만, 그런 생각은 해

본 적도 없었다. 내가 게이브의 시신을 보고 슬퍼하는 동안 누군가 위층에 숨어 지켜보고 있었을지도 모른다 생각하니 다시 한기가 느껴졌다. 하지만 그게 누구였든지 이미 한참 전에 사라지고 없을 것이었다.

그리고 남은 질문에 답하자면, 당연히 게이브에게 적은 없었다. 당연히 없었다. 그런 생각은 터무니없는 것이었다. 친구, 고객, 가족, 모두가 그를 사랑했다. 맙소사. 게이브의 부모님에게 이 소식을 전하는 장면이 불현듯 떠오르자, 방금 무슨 일이 일어났는지 다시 한번 인식하게 되면서 나를 짓누르는 것만 같았다.

그들은 나를 위층으로 데려갔다. 친절한 여성 경관이 피로 얼룩져 뻣뻣하게 굳어가는 내 옷을 벗기고 깨끗하고 보송한 트레이닝복으로 갈아입도록 도와주었다. 그리고 속수무책으로 떠는 나를 데리고 아래로 내려갔다. 밖에는 경찰차가 대기하고 있었다.

복도, 내 집 복도를 지나가면서 고개를 돌리자 거실 입구로 하얀 작업복을 입은 과학수사대가 얼핏 보였다. 그들은 바닥에 매트를 깔아놓고 모든 것을 끔찍할 정도로 희게 비추는 밝은 조명을 설치하고 있었다.

짧은 순간 방이 자전하듯 도는 것 같았다. 나는 고개를 돌렸다. 숨을 쉬려고 애썼다. 한 발을 다른 발 앞에 놓는 것에만 집중해 경찰차 문까지 갔다.

뒷좌석에 얼마나 오래 앉아 있었는지 모르겠다. 누군가 내 몸에 담요를 감싸 줬고, 자동차 히터에서는 뜨겁고 건조한 공기가

제로 데이즈

나왔지만, 나는 여전히 떨고 있었다. 마침내 누군가 나와서 내 옆에 앉은 경관을 손짓으로 불렀다. 그녀가 내리자 그들은 낮은 목소리로 대화를 나누었고, 이번에는 운전석으로 올라탄 그녀가 몸을 돌려 나에게 말을 걸었다.

"잭, 우리랑 같이 경찰서까지 가도 괜찮겠어요? 너무 오래 붙잡아 두진 않을게요. 아직 기억이 생생할 때 모든 것을 명확히 해 두려는 거예요."

나는 조용히 고개를 끄덕였다. 사실은 괜찮지 않았다. 경찰서에 가서 그 끔찍한 상황을 몇 번이고 반복해서 되살리는 것이야말로 가장 피하고 싶은 일이었다. 캄캄한 곳으로 기어나가 야음 속에서 비명을 지르고 싶었다. 복도에 있는 경관들을 밀치고 게이브의 시신을 품에 안은 채 모두에게 꺼지라고, 우리를 내버려 두라고 말하고 싶었다.

정신을 잃을 때까지 술을 마시고 싶었다.

하지만 게이브를 위해서라도 해야만 하는 일이었다. 경관의 말이 옳다는 걸 알았다. 누가 이런 짓을 했든 범인을 추적할 수 있는 시간은 제한되어 있었는데, 나는 이미 거실에서 쇼크 상태에 빠져 귀중한 몇 분, 어쩌면 몇 시간을 허비해 버렸다.

훨씬 더 젊은 다른 경관이 그녀의 옆자리에 타더니 돌아보며 자신을 소개했다.

"안녕하세요, 잭. 저는 마일스 순경입니다. 서까지 함께 가 주신다니 감사합니다. 최대한 빨리 끝낼게요. 하지만 놓치는 게 없도록 해야겠죠. 필요한 건 다 챙기셨나요?"

나는 고개를 끄덕였지만, 그건 사실이 아니었다. 나는 게이브를 잃었다. 내게 필요한 건 게이브밖에 없었다. 다른 것은 아무것도 중요하지 않았다.

"시간만 다시 한번 되짚어 보죠." 맞은편에 앉은 여성이 말했다. 그녀의 목소리는 친절하고 부드럽기까지 했지만, 그녀가 하는 말은 나를 울거나 소리 지르고 싶게 만들었다. 나는 너무 피곤했다. 24시간 동안 잠을 자지 못했고, 밤새 보안 요원을 피해 다니고 천장을 기어오르다가 집에 돌아와서 이제껏 겪어 본 적 없는 가장 충격적인 경험을 했다. 피곤해서 자꾸만 시야가 흐려졌다. 무엇보다도 슬픔을 추스르기는커녕 아직 인정하지도 못한 상태에서 멍하고 얼떨떨하기만 했다.

나는 조사실에 앉아 있었다. 경찰차에 탔던 젊은 경관인 마일스 순경과 그의 파트너인 말릭 경사와 함께. 그녀는 인내심과 동정심이 혼재된 눈빛으로 탁자 건너편에서 나를 바라보고 있었다.

"못하겠어요. 더는 못하겠어요. 못해요." 내가 중얼거렸다.

"정말 힘들다는 건 알아요. 하지만 게이브의 지인들에 대한 부분까지 우리를 잘 도와주셨잖아요. 다만 우리가 사건 순서를 정확히 파악했는지만 확인하려는 거예요. 그다음에는 보내드릴 수 있어요."

나는 두 손에 머리를 처박고 모든 것을 차단하고 싶었다. 하지만 해야만 했다. 난 할 수 있었다. 게이브를 위해서.

제로 데이즈

나는 심호흡을 하고 최종 진술을 위해 마음을 다잡았다.

"경찰서를 떠났을 때가……." 나는 이야기를 시작하려다 말고 혼란에 빠져 멈췄다. 아까 내가 뭐라고 말했지? 더는 시간이 기억나지 않았다. 그날 밤의 사건들이 흐릿해지기 시작했다. "미안해요. 너무 피곤하군요. 오전 2시쯤이었던 것 같아요. 아니, 더 늦은 시간이었어요. 조사실에서 오전 2시인 걸 봤던 기억이 나요." 나는 눈을 비비며 피곤해서 머리가 어질어질한 것을 느꼈다. "우버를 타고 아덴 얼라이언스로 돌아갔어요. 거기에 차를 뒀거든요. 앱을 확인하면 정확한 승차 시간을 알 수 있을 거예요. 그리고 내 차를 타고 집으로 운전해서 갔어요."

"그리고 그동안 휴대폰은 계속 꺼 둔 건가요?"

"끈 게 아니라 배터리가 다 된 거예요. 언제인지는 몰라요. 휴대폰으로 우버를 호출했으니 경찰서를 떠날 때는 켜져 있었던 거죠. 하지만 그 후에 꺼졌나 봐요."

"내비게이션이나 다른 건 사용하지 않았고요?"

나는 고개를 저었다.

"우리 차에는 그런 게 없어요, 너무 오래된 차라서. 저, 그런데 따지려는 건 아니지만, 이게 왜 중요하죠? 내비게이션이 게이브의 죽음과 무슨 상관이 있죠?"

"상황을 최대한 확실히 파악하려는 것뿐이에요." 마일스 순경이 말했다. 분명 달래 주려는 목소리였고, 공감한다는 말투였는데 무슨 까닭인지 나는 불쑥 화가 치밀었다.

"하지만 이미 다 말씀드린 거잖아요. 벌써 말했다고요. 이건 마치, 카프카 작품 같네요. 내 남편이 죽었는데 당신들은 내 휴대폰 배터리에 관해 묻고 있다니."

"그래서 집에는 언제 도착하셨죠?" 마치 아무 말도 듣지 못한 것처럼 말릭 경사가 물었다. 그녀의 목소리는 여전히 친절했지만, 내가 원하는 건 동정이 아니라는 사실을 알아챈 듯 더 딱딱해졌다.

"오전 4시 무렵이었을 거예요. 우리 집 도로로 들어서면서 계기판에서 시계를 봤던 기억이 나요. 주차하고 현관문을 열었는데……." 나는 그 공포를 떠올리며 눈을 감았다. 게이브의 잘린 목이 눈앞에 떠올랐고, 그 두려움과 믿기지 않는 충격이 다시 떠올라 눈을 번쩍 떴다. "그건 보셨잖아요."

"발자국이나 몸싸움을 벌인 흔적은 없었고요?"

"없었어요." 나는 고개를 저었다. "발자국이 보였다면, 그건 제 것이에요. 아무것도 없었어요. 누군가 떠난 흔적도요. 그저 거실 문손잡이에 핏자국이 있었을 뿐이에요. 그건 기억나요. 가장 먼저 본 게 그 얼룩이었고, 뭔가 잘못되었다는 걸 깨달았죠."

"그리고 게이브는요? 처음 발견했을 때 어떤 자세로 앉아 있었나요?"

"컴퓨터 위로 쓰러져 있었어요." 내가 말했다. 망연자실한 감정이 밀려왔고 나는 다시 감당할 수 없이 몸이 떨리기 시작했다. 조사실은 따뜻했고 두 손에는 뜨거운 커피가 담긴 컵도 잡고 있었지만 한층 유난스럽고 지속적인 떨림이었다. "피가 아니었다면 게이브가 그저 잠들었다고 생각했을 거예요. 게이브는……."

제로 데이즈

나는 차마 떠올리기가 힘들어서 침을 삼켰다. "노이즈 캔슬링 헤드폰을 그대로 끼고 있었어요. 누가 그를 죽였든지, 범인이 누가 됐든 뒤쪽에서 접근했을 거예요. 그리고……."

나는 말을 멈췄다. 말을 할 수가 없었다. 목구멍에서 뭔가가 턱 막히는 듯한 느낌이 들었고 나는 고개만 저었다.

"그리고 뭘 하셨죠?" 마일스 순경이 물었다.

"남편을 들어 올리려고 했어요. 그렇게 하려 했어요, …… 잘 모르겠어요. 남편이 머리를 부딪히거나 뭐 그런 일로 기절했다고 생각한 것 같아요. 내가 그때 무슨 생각이었는지는 잘 모르겠어요. 남편을 의자 쪽으로 다시 밀었어요. 너무 무거워서 처음에는 제가 남편을 움직일 수 있을지 긴가민가했어요. 그런데 갑자기 체중이 쏠리면서 뒤로 드러누운 것처럼 됐고, 그때 본 거예요. 내가 남편의……" 나는 멈칫했다. "남편의 목을 봤어요. 목이……" 나는 다시 말을 멈췄고 코로 깊이 숨을 들이쉬며 침착해지려고 노력했다.

말릭과 마일스는 한동안 내가 감정을 자제하려고 애쓰는 것을 잠자코 지켜보았다. 그러다가 말릭이 휴지 상자를 책상 위에서 밀어 주며 부드럽게 말했다. "유감이에요. 지금 얼마나 힘드신지 알아요. 그다음에는 어떻게 하셨나요? 그때가 오전 4시 무렵이었던 거죠?"

"아마도요." 나는 침을 삼키며 흐려진 눈을 깜빡거렸다. "어쩌면 그보다 더 나중일 수도 있어요. 솔직히 잘 모르겠어요. 쇼크 상태에 빠졌던 것 같아요. 그냥 소파에 웅크리고 있었는데……

거의 정신을 잃었어요. 무슨 일이 일어나는 건지 받아들일 수가…… 도무지 받아들일 수가 없었어요."

내 손이 더욱 심하게 떨리는 게 느껴졌다. 커피잔을 떨어뜨릴까 봐 걱정이 됐다. 나는 커피를 마시는 대신, 커피잔을 내려놓고 무릎을 꾹 잡아 떨리지 않게 하려고 애썼다. 무슨 일이 일어났는지 어떻게 설명할 수 있을까? 내 시스템이 이런 일련의 사건들을 처리하기를 거부했다는 것을 어떻게 설명할까? 나는 밤늦게까지 코딩을 하면서, 프로그램이 멈춰버릴 때마다 저주를 퍼붓던 게이브를 떠올렸다. **'오류: 처리되지 않은 예외가 발생했습니다.'** 내 기분이 딱 그런 것이었다. 나에게는 치명적인 오류가 발생했다는 블루스크린이 나타났다. 말릭과 마일스에게 그 오류 메시지를 보여 주고 이해시킬 수 있다면 좋을 텐데.

"나는 그냥…… 그냥 멈춰 버렸어요." 나는 속삭이듯 말했다. "설명할 수가 없어요. 기절하거나 그러진 않았지만, 그냥…… 움직일 수가 없었어요. 아무것도 할 수 없었어요. 어리석었다는 건 알아요. 바로 신고했어야 했는데. 나도 알아요. 하지만 도저히 그럴 수가 없었어요. 그 상황을 처리할 수가 없었어요."

나는 다시 침을 삼켰다. 내가 흘려야 할 눈물이 목구멍에 걸린 듯했다. 게이브의 시신을 발견한 이후로 나는 전혀 울지 않았는데, 눈물을 흘리기 시작하면 멈추지 못할 수도 있기 때문이었다.

"미안해요." 나는 떨리는 내 목소리를 들으며 두 사람 모두를 쳐다보았다. "정말 미안해요. 다시 돌아가서 바로 신고할 수 있

제로 데이즈

다면 그렇게 할 거예요. 하지만 이미 일어난 일을 바꿀 수는 없잖아요. 그리고 내가 아는 건 전부 말씀드렸어요. 내 남편이 죽었다고요." 마지막 말은 울부짖듯이 나와 버렸다. 내가 왜 그런 말을 했는지조차 모르겠다. 나는 그들이 할 일을 해야 한다는 것을 알았고, 게이브 때문에 특별한 대우를 받길 기대하지도 않았다. 나는 그저 말해야 했다. 내 입에서 나온 말을 스스로 듣기 위해, 그것을 진짜로 믿기 위해 말이다.

나는 울고 싶었다. 견딜 수 없는 슬픔과 피로를 토해 내고 싶었다. 왜? 그런데 왜 나는 울 수 없었을까? 내 안의 무언가가 망가진 기분이었다.

내 얼굴에서 절박함을 읽었는지 마일스 순경과 말릭 경사가 눈빛을 주고받더니, 경사가 어깨를 으쓱하며 고개를 끄덕였다.

"자신타 크로스와 대면조사를 종료합니다. 일시는 2월 5일 일요일 오전 8시 02분."

그녀는 녹음기를 끄고 나를 향해 몸을 기울였다.

"고마워요, 잭. 쉽지 않았을 텐데 도움이 많이 되었어요. 휴대폰은 우리가 보관할 거예요, 괜찮죠? 하지만 전화할 일이 있다면 여기 있는 전화기를 사용하시면 돼요."

"그럼 집에 가도 되나요?" 내가 물었다. 쉰 목소리가 나왔다. 말릭은 안타깝다는 듯 얼굴을 찡그리더니 고개를 가로저었다.

"정말 죄송해요. 댁은 아직 범죄 현장이에요. 그동안 같이 지낼만한 분이 있을까요?"

나는 생각해 내려고 애쓰며 눈을 감고 머릿속으로 연락할 수 있는 사람들의 명단을 훑었다. 뇌에서 단락이 일어난 것 같았다. 잘못 연결된 회로들이 번쩍거리며 생각해 내려는 시도를 방해했다. 컴퓨터 위로 쓰러져 있던 게이브. 게이브의 머리가 뒤로 젖혀지면서 〈에이리언〉에 나온 것처럼 그의 목에서 피가 뿜어져 나왔다. 게이브. 게이브.

"언니요." 내가 마침내 말했다. "언니에게 갈 수 있어요. 런던 북부에 살아요. 연락해 주시겠어요?"

"물론이죠. 이름이 어떻게 되죠?"

"헬레나예요. 헬레나 윅 07422……." 나는 천천히 말을 멈췄다. 젠장. 헬의 번호가 뭐였더라? 몇 년 전 처음 페네트레이션 테스트 일을 시작했을 때는 잘못되면 연락할 게이브가 없었던 터라 헬레나의 번호를 외우고 있었다. 그러나 지금은 너무 피곤한 나머지 내 이름도 겨우 생각날 지경이었으니, 그보다 조금이라도 복잡한 것은 더 말할 것도 없었다. "07422……." 이번에는 나머지 번호까지 동요를 부르듯 막힘없이 주르르 튀어나왔다. "이 번호가 맞는 것 같아요. 번호를 외워서 전화한 건 너무 오랜만이라서요."

"괜찮아요. 제가 알아서 할게요." 마일스 순경이 말했다.

그는 사라졌다가 몇 분 후에 돌아와서 말했다. "언니가 기다리고 있어요. 우리가 순찰차로 태워 드리죠."

나는 고개를 끄덕였다. 한없는 피로감이 밀려왔다. 경찰 대면 조사는 끝났을지 모르지만, 헬레나에게 연락해 이 상황을 설명해야 한다고 생각하니 내가 이미 알고 있어야 했던 것, 즉 이 악

제로 데이즈

몽은 단지 시작에 불과하다는 사실을 깨닫게 되었다. 헬에게 무슨 일이 있었는지 말해야 했다. 그리고 그녀의 남편인 롤랜드에게도. 그러면 두 사람은 쌍둥이 자매인 조카들에게 네 살짜리 어린아이들은 절대 이해하지 않아도 될 것들에 대해 설명해야만 할 것이다. 나조차도 받아들이기 힘든 일을 그 아이들이 어떻게 이해할 수 있을까? 게이브 이모부가 다시는 그들을 보러 오지 못하리라는 것, 그는 영영 사라졌다는 사실을?

헬 다음에는 게이브의 부모님, 우리의 친구들, 은행, 통신회사, 그리고, 그리고, 그리고…….

나는 부모님이 돌아가셨을 때를 돌이켜보았다. 정신이 아득해지도록 이어졌던 행정 절차, 헬레나가 정리했던 끝없는 스프레드시트가 떠올랐다. 주택담보대출회사에 알리기. 보험회사에 알리기. TV 시청료 납부 중단하기. 지역 보건의에게 신고하기. 그런 일은 몇 달이나 계속 이어졌다.

그 모든 것을 다시 해야만 하다니. 내가 아는 한 게이브는 유언장도 작성하지 않았다. 겨우 서른 살의, 누구 못지않게 건강한 그가 유언장을 써둘 이유가 없지 않은가?

"잭?" 말릭 경사의 부름에 나는 고개를 들었고 그녀가 나에게 이야기하는 중이었다는 것을 깨달았다.

"죄송해요." 내가 말했다. 입술이 바짝 말라 들러붙어 있었다. "제가…… 다른 생각을 했어요. 다시 한번 말씀해 주시겠어요?"

"이제 가도 된다고요." 그녀가 부드럽게 덧붙였다. "괜찮으시다면요."

"괜찮아요." 나는 이렇게 대답했지만, 사실이 아니었다. 괜찮지 않았다. 나는 다시는 괜찮아지지 않을 것이다.

하얀색으로 깔끔하게 칠한 런던의 세미(한쪽 벽이 옆집과 붙어 있는 형태의 집 - 옮긴이 주) 바깥쪽으로 순찰차가 들어섰을 때, 헬은 문 앞에 서 있었다. 그녀의 얼굴은 걱정으로 일그러져 있었지만, 우리가 모퉁이를 돌 즈음 그 기색은 조금이나마 옅어졌다.

"잭." 그녀가 격자무늬로 장식된 앞마당을 서둘러 걸어왔고, 나는 익숙한 향기가 나는 그녀의 품에 안겼다. "맙소사, 잭." 그녀가 갈라진 목소리로 다시 말했다. "믿기지 않아, 이게 사실이라니 믿을 수가 없어."

"잭을 부탁할게요, 윅 부인." 말릭 경사가 안쓰러운 얼굴로 말했다. "연락 가능한 번호가 있을까요? 안타깝지만 잭의 전화기는 아직 돌려드릴 수가 없거든요."

"네." 헬이 대답했다. 어딘지 흐트러진 목소리였다. "네, 그럼요. 아, 그러니까…… 제 번호를 말씀하시는 건가요? 제 번호는 알고 계시는 거죠?"

"네, 알아요. 집에 유선전화도 있나요?"

"네." 헬레나가 말했다. 그녀는 집 안에 있는 누군가에게 정신없이 손짓했다. 아마 롤랜드인 것 같았다. "롤스, 롤스, 명함 좀 줄래?"

"그래." 롤랜드가 말했다. 복도를 따라 멀어졌다가 다시 가까워지는 발걸음 소리가 들렸다.

제로 데이즈

"고마워, 헬." 내가 말했다. 나는 그녀의 품에서 몸을 뺐지만, 그녀는 내 손을 계속 잡고 있었다. "정말 미안해. 이렇게 하는 게 분명……."

"쓸데없는 소리." 헬레나가 말을 잘랐다. 그녀의 손이 내 손을 더 꽉 쥐었고, 그 바람에 내 반지가 손가락뼈를 너무 세게 짓눌러 아플 정도였다. "바보처럼 굴지 마, 잭. 네가 사과할 일은 아무것도 없어."

그녀는 롤랜드가 내민 명함들을 받아서 말릭 경사에게 건넸다.

"여기 있어요. 맨 아래에 제 사무실 번호가 있어요. 저는 저널리스트인데 재택근무를 해요. 그 번호나 아니면 휴대폰으로 걸면 언제든 연결될 거예요. 그리고 그건." 그녀는 아래에 있는 다른 명함을 가리켰다. "그건 남편 거예요. 남편은 사무 변호사고요."

"고맙습니다." 말릭 경사가 말했다. "잭, 잘 참아 줘서 고마워요. 너무나 힘든 일이었을 텐데. 곧 연락드릴게요. 가족 연락 담당 경관이 배정되어서 절차 진행을 돕고 궁금한 점에 대해 답해드리게 될 거예요. 아마도 월요일 중으로 연락이 갈 겁니다. 저희가 떠나기 전에 해드릴 일이 있을까요?"

나는 고개를 저었다. 그저 헬의 집 손님방에 있는 작고 하얀 침대에 웅크리고서 울다가 잠들고 싶을 뿐이었다. 하지만 눈물은 여전히 나오지 않았다.

잠에서 깼을 때 바깥 도로에는 가로등이 켜져 있었다. 커튼 아래로 노란 불빛이 비스듬히 비쳤다. 헬레나가 방에서 나가기 전에 커튼을 쳐놓은 모양이었다. 불빛이 얼굴로 떨어져 내린 탓에 나는 눈을 깜박거리다가 가늘게 뜨고 가까스로 일어나 앉았다.

잠깐 동안 나는 내가 어디있는지를 확인하고, 왜 여기에 있는지 이해하지 못했다. 헬의 다락방은 내 침대만큼이나 익숙한 공간이었다. 그리고 나는 그곳에 앉아 지끈거리는 머리와 뼛속 깊이 스미는 피로감을 느끼며 무슨 일이 있었는지, 왜 그렇게 이상한 공포를 느꼈는지 기억해 내려고 애썼다. 침대 옆 시계는 18:45를 가리키고 있었다. 그렇다면 가로등이 방금 켜졌으리라는 것, 그러니까 아침이 아니라 저녁이라는 사실을 깨닫고 혼란스러워하며 눈을 비볐다. 그 깨달음은 모든 것이 거꾸로 뒤집혀 있고, 어긋나 있고, 균형을 잃었다는 이상하고 알 수 없는 느낌을 주었다.

그때 그것이 떠올랐다. 아니 '떠올랐다'는 말은 잘못된 표현이다. 그저 떠오른 것이 아니라 나를 후려갈겼다. 불시에 제대로 일격을 당한 나는 몸을 웅크린 채 슬픔에 허덕였다.

게이브가 죽었다. 게이브는 죽었다.

나는 무릎 위로 몸을 웅크린 채 오랫동안 그러고 있었다. 두 손으로 머리를 감싸고 그 사실을 이해하고, 머릿속에 이해한 사실을 욱여넣으려고 노력했다. 앞으로 매일 이런 아침이 찾아오는 걸까? 매일 같이 잠에서 깨어 그의 온기를 느끼려고 손을 뻗었다가 새삼 그를 잃는 과정이 반복되는 걸까?

나는 부모님이 돌아가신 후에 할아버지가 어땠는지를 떠올렸다. 그가 멍하게 주위를 둘러보며 내 어머니를 찾던 모습이 떠올랐다. 헬은 조심스럽게 "엄마는 죽었어요, 기억하시죠, 할아버지? 엄마와 아빠는 2년 전에 죽었어요." 그리고 3년 전, 그다음에는 4년 전이 되었다.

할아버지가 매번 똑같은 슬픔으로 반응할 때면, 얼굴이 일그러지면서 푸른 눈동자에 예상치 못한 눈물이 가득 차올랐다. 세월이 흐르면서 할아버지의 알츠하이머병에도 불구하고 마치 그 정보가 뇌리 어딘가에 자리 잡은 것처럼, 충격은 조금 사그라들었을지언정 슬픔은 전혀 줄어들지 않았다.

한참 후에 할아버지의 기억력이 더욱 악화되고, 치매가 최종적으로 뇌를 황폐하게 만들자 우리는 더는 할아버지에게 진실을 이야기하지 않았다.

"아빠와 엄마는 오는 중이에요, 할아버지." 헬레나는 이렇게 말하거나 "저도 모르겠어요, 할아버지. 엄마가 어디 있는지 할아버지는 혹시 아세요?"라고 말했다. 그러면 할아버지는 편안한 얼굴로 "아, 엄마는 차를 만들고 있을 거야. 너도 한 잔 마시겠니?"라고 대답했다.

어쩌면 그게 내 모습이 되었을지도 모른다. 헬이 커피 한 잔을 들고 들어와 '게이브가 방금 전화했어. 나중에 다시 전화한다고 했어.'라고 말한다. 그리고 이상하게도 나는 그 장면을 거의 실제처럼 떠올릴 수 있었다. 눈을 감으면 게이브가 우리 집 컴퓨터 앞에 몸을 숙이고 완전히 몰입한 채 무언가의 코드를 열심히 입력하는 모습을 그릴 수 있었다. 그런 상상은 내게 일종의 평화를 주었고, 단지 내가 닿을 수 없을 뿐 그가 세상 어딘가에 있을지도 모른다는 생각이 들게 만들었다. 하지만 그것은 거짓된 평화였다. 내가 아무리 애를 써서 자신을 속이더라도 말이다. 고통을 미룰 수 있는 만큼 미루다가, 그 노력을 그만두는 순간 괴로움이 다시 나를 덮치게 만들 뿐이었다.

마침내 나는 이불 밑에서 억지로 몸을 빼내 조금 휘청이며 일어섰다. 몸에서 지독한 냄새가 났다. 대부분 땀 냄새였다. 보안 요원을 피해 아덴 얼라이언스를 뛰어다닌 밤과 더운 조사실에서 경관 두 명에게 조사를 받은 아침, 그리고 같은 옷을 입은 채 겨울 이불을 덮고 기절해 버린 낮을 모두 힘들게 보낸 탓에 나는 냄새였다. 내게는 아드레날린과 공포의 냄새가 났다. 까다로운 상황을 꽤 자주 경험하면서 익히 아는 냄새였지만, 어젯밤처럼 겁에 질린 적은 없었다.

누군가 게이브를 죽였다. 하지만 왜? 상냥하고 재미있고 다정한 게이브가 무슨 일로 누군가를 그 정도까지 화나게 했을까? 게이브를 다른 사람과 혼동한 것일까? 하지만 어떻게, 어떻게 사람을 착각한 경우가 살인에 이를 수 있을까? 신빙성이 없어 보였다. 하지만 다른 선택지 역시 신빙성이 없기는 마찬가지였다.

휘청거리는 몸을 가누면서 나는 마음속의 의문들을 밀어내려

제로 데이즈

고 애썼다. 그건 내가 답할 수 없는 문제들이었다. 밤의 절반과 아침 시간 대부분을 내 머릿속에서, 그리고 경찰과 함께 똑같은 문제의 변형들을 살피면서 보냈다. 그리고 나서야 나는 무척 배가 고프다는 것을 깨달았다. 실은 배가 너무 고파서 기절할 것 같았다. 24시간 동안 커피를 제외하면 아무것도 먹거나 마시지 않았다. 뭔가 자극적이고 맛있는 냄새가 계단을 타고 올라왔다. 아마도 소시지일 것 같았다. 문득 내 안에서 기묘한 분열이 느껴졌다. 게이브가 죽어서 영영 돌아오지 못하고 경찰서 영안실 어딘가에 누워 있는데, 어떻게 나는 배가 고플 수 있을까? 어떻게 음식 같은 것이 중요할 수 있을까?

하지만 음식은 중요했고, 나는 배가 고팠다. 소시지 냄새를 맡으니 입에 침이 고였고, 격렬한 허기에 어지럼증을 느낄 정도였다. 그리고 게이브라면 아마도 나를 이해해 줄 것이었다. 그는 일을 시작하기 전이면 언제나 내게 '뭐 좀 먹어야지.'라고 말했다. '빈속으로는 생각할 수가 없어.' 나는 생각해야 했다. 정말로 나는 생각을 해야만 했다, 간절히.

헬은 수건과 갈아입을 옷을 침대 발치에 두고 갔다. 내 것은 아니었고, 헬의 옷인 듯했다. 나는 수건과 옷을 가지고 욕실로 가서 변기 뚜껑 위에 던져 놓고, 샤워부스에 들어가 물을 틀었다.

물은 뜨겁고 수압도 셌다. 질금거리는 우리 집 수압보다 훨씬 나았다. 나는 물줄기를 향해 얼굴을 대고 눈을 감은 채 귀를 먹먹하게 만드는 물소리를 듣고, 얼굴을 때리는 물줄기를 느꼈다. 잠시 눈을 감고 귀를 막은 채 피부를 콕콕 찌르는 뜨거운 물줄기 외에 아무것도 느껴지지 않도록 세상과 단절되어 그대로 머물고 싶다는 생각이 들었다.

하지만 그럴 수 없었다. 마침내 머리를 감은 나는 몸을 말린 후에 옷을 입고 아래층으로 내려가 게이브가 없는 세상과 마주할 채비를 했다.

"아, 잭."

롤랜드가 부엌으로 들어서는 나를 올려다보았다. 젖은 머리카락은 귀 뒤로 빗어 넘겼고, 배에서는 꼬르륵 소리가 났다. 내가 애써 웃으려고 하자 그는 일어나서 두 팔을 벌렸다. 나는 목이 메어 왔다. 롤랜드의 품으로 들어가면서도 나는 고개를 저으며 '안돼, 안돼, 내게 다정하게 굴지 마세요, 롤랜드.'라고 말했다.

하지만 그는 내게 다정했다. 그의 포옹과 그의 팔이 나를 감싸는 느낌은 다른 무엇과 비교할 수 없이 목이 메게 했다. 그는 게이브가 아니었다. 롤랜드는 게이브보다 6인치 정도 작고 체중은 2스톤쯤 가벼웠으며, 게이브의 수염이나 온기, 한없이 위안이 되는 특유의 체취도 없었다. 하지만 그는 남자였고, 친절했으며 나를 위로해 주고 싶어 했다. 그 점은 바로 내가 지금 너무나 원하는 것이어서 참기 힘들 정도였다. 다만 롤랜드에게 원하는 것은 아니었다.

마침내 나는 몸을 떼어 냈다. 롤랜드는 나를 놓아주었지만, 그렇게 하는 그의 표정에는 어딘지 슬픈 구석이 있었다.

"제발 저에게 너무 잘해 주지 마세요, 롤스. 전 그냥……." 나

제로 데이즈

는 적당한 말을 고르려고 애쓰며 침을 삼켰다. "지금도 겨우 정신을 붙잡고 있는 거예요. 그리고 놓칠 수도 없어요. 그럴 수 없어요. 그렇게 되면 아마도……."

"알겠어." 롤랜드가 말했다. 그의 눈에는 비통함과 연민이 가득했지만, 그가 어깨를 똑바로 펴면서 입가에 애써 미소를 띠려고 하는 것이 보였다. "의연하게 버티기 작전 개시."

헬은 나를 등지고 레인지 앞에 있었다. 하지만 나는 그녀가 우리의 짧은 대화를 모두 듣고 있었다는 것을 알았다. 그리고 그녀는 나에게 지금 필요한 것이 동정이 아니라 무너져 내리지 않고 저녁 시간을 보내는 것임을 알 것이다. 그러기 위해서는 평상시와 다름없는 모습을 보이는 것이 가장 좋은 방법이다.

"소시지 몇 개 먹을래?" 그녀가 어깨 너머로 내게 물었다. 단호할 정도로 힘찬 목소리였다. 고마움이 밀려들었다. "식물성 소시지야."

"몇 개 있는데?"

"열두 개. 애들은 자고 있으니까, 전부 우리 거야."

"그럼 내 몫을 다 먹어야지. 네 개." 내가 말했다. 평소처럼 말하려고 애쓰느라 목이 아팠지만, 내 목소리는 거의 진정되어 있었다. "고마워, 헬. 나 배고파 죽겠어."

"매시트 포테이토는? 그레이비 소스도?"

"응, 그것도 응."

헬은 소시지와 매시트 포테이토와 양파 그레이비 소스를 접시에 담았고, 롤랜드는 빨대컵과 플레이모빌 피겨를 한쪽으로 치우고 나이프와 포크, 잔을 놓았다. 단 몇 분 만에 우리는 작은 식탁에 둘러앉았다. 나는 레드 와인 한 잔을 들이켰는데, 너무 기분이 좋아서 약간 겁이 날 정도였다. 잠시 눈을 감고 앉아서 와인의 온기가 핏줄을 타고 스며들면서 모든 것을 마비시키는 것을 느꼈다. 나는 그 감각 속에 좀 더 머물고 싶어졌다. 이 따뜻하고 와인으로 혼미해진, 게이브의 부재가 조금은 덜 아프게 느껴지는 세상에 머물 수 있을 것이다. 나는 그때까지는 사람들이 왜 약물에 빠지는지 전혀 이해하지 못했다. 심지어 대형 화물차의 트레일러가 미끄러지면서 부모님의 차를 박살 낸 사고가 있었던 열일곱 살 때나 몇 년 후 제프와 헤어지고 완전한 절망에 빠졌던 내 인생 최악의 순간에도 나는 감정과 무관해지고 싶다는 이러한 충동은 경험한 적이 없었다. 하지만 지금은 만약 이 고통을 사라지게 할 수만 있다면, 기꺼이 그렇게 할 것이라는 생각이 들었다. 헬의 손님방으로 들어가 다시는 나오지 않을 수만 있다면, 아마도 그렇게 했을 것이다. 게이브의 부재가 주는 가슴을 찢는 고통을 빼면 지금의 내겐 아무것도 남지 않았기 때문이다.

"잭?" 먼 곳에서 부르는 듯한 소리가 들렸다. 그러더니 "잭, 괜찮은 거야?"라는 말이 다시 들렸다.

나는 억지로 눈을 떴다. 롤랜드가 걱정스럽게 쳐다보고 있었다.

"네, 죄송해요. 괜찮아요." 나는 소시지를 한 조각 잘라 입에 넣고, 그에게 내가 괜찮다는 것을 보여 주기 위해 열심히 씹었

제로 데이즈

다. 하지만 소시지는 맛이…… 좋았다. 게이브가 죽었고 나의 세상 전체가 허물어져 내렸는데도 소시지는 맛있었다. 나는 씹고, 삼키며 목구멍에 영원히 박혀버린 것 같은 흘리지 못한 눈물의 덩어리가 지나가도록 소시지 한 입을 밀어 넣었다.

"더 마실래?" 롤랜드가 병을 내밀며 물었다. 내가 머뭇거리며 말할 때 그는 이미 와인을 따르기 시작했다.

"괜찮아요, 고마워요, 롤스. 취하고 싶지는……, 내일 경찰과 이야기해야 할지도 모르니까요."

"네 말이 맞아." 헬이 말했다. 그녀는 손을 내밀어 내 손을 꽉 잡았다. "숙취에 시달리면 절대로 안 되겠지. 몇 시에 만나는데?"

"나도 몰라. 구체적으로 나를 만나겠다고 이야기하진 않았거든. 하지만 내가 보기엔……." 나는 말을 멈추고, 조사하는 동안 느꼈던 불안을 표현하려고 애썼다. "내가 진술한 타임라인에 완전히 만족하지 못하는 것 같았어. 몇 번이나 다시 검토하게 만들더라고. 질문이 더 있을지도 모른다고 했어."

"타임라인?" 헬이 얼굴을 찌푸리더니 나이프를 내려놓았다. "무슨 뜻이야? 타임라인이라니?"

"나도 잘 모르겠어. 자동차로 이동한 여정부터 묻기 시작했어. 아덴 얼라이언스에서 돌아오는 데에 왜 그렇게 오래 걸렸는지, 왜 내 휴대폰이 꺼져 있었는지 물었어. 하지만 계속 추궁했던 건 내가 게이브를 발견하고 경찰에 전화하기까지 걸린 시간이었어. 그걸 수상하게 여기는 것 같았어."

"얼마나 걸렸는데?" 롤랜드가 물었다. 그는 헬과 시선을 주고받았다.

"나도 모르겠어요." 나는 솔직히 말했다. "아마도 30분쯤. 어쩌면 더 오래 걸렸을지도 모르고. 그게 정말 어리석은 짓이었던 건 알지만, 난 쇼크 상태에 빠졌던 것 같아요. 하지만 중요한 건 게이브가 완전히 명백하게 죽어 있었다는 거예요. 피가 차갑고 끈적끈적했어요. 내가 어떻게 할 수 있는 상황이 아니었어요."

그때의 기억을 떠올리자 정육점 냄새, 게이브의 목에서 튀어나온 힘줄과 살점들이 눈앞에 다시 나타났고, 나는 몸서리치며 이를 악물었다. 손가락이 떨리지 않도록 나이프와 포크를 손에 꽉 쥐었다.

"경찰이 변호사를 부르겠냐고 했어?" 롤랜드가 물었다. 그의 말이 내 머릿속의 장면들을 약간 밀어냈고, 나는 의아한 표정으로 고개를 들었다.

"아뇨, 그러니까…… 실은 맞아요, 내게 변호사를 원하냐고 묻긴 했는데, 내가 아니라고 그랬어요. 왜요?"

"난 그냥……." 그는 헬과 다시 한번 눈빛을 교환했다. 두 사람 모두 걱정스러운 표정이었다. "글쎄, 그게, 내가 변호사라 그런지 몰라도 그 사건 전체가…… 타이밍이나 휴대폰에 대해 한 말이나, 그런 것들이 조금 걱정스럽네."

"무슨 뜻이에요?" 나는 당황했다. "설마…… 경찰이 나를 의심하는 건 아니겠죠, 그렇죠? 내가 왜 그런……." 나는 다시 목이 막히는 것 같았고, 침을 꿀꺽 삼켰다. "도대체 내가 왜……."

제로 데이즈

헬이 와인을 한 모금 마시더니 잔을 조심스럽게 내려놓았다.

"왜냐하면 네가 한 말로 봐서는…… 꼭 청부살인 같거든, 잭."

"누군가 그를 죽이려 했다고?" 그녀의 말에 나는 얼어붙어 버렸다. "미안한데, 지금 청부살인이라고?" 너무 뜻밖의 생각이라 당황스러웠다. 헬이 이런 이유로 걱정하리라고는 상상조차 하지 못했다. "하지만 어떤…… 왜?"

"내가 왜 청부살인이라고 생각하느냐고? 왜냐하면…… 그 방법이." 그녀가 말을 조심하려고 애쓰는 것이 보였지만, 그 장면이 다시 내 눈앞에 떠올랐다. 누군가 칼로 경정맥 뒤쪽을 정확히 찔러 동맥과 힘줄과 사이에 있는 모든 것을 절단하면서 앞쪽까지 찢어 버린 것처럼 피가 쏟아져 나온 그의 목이 다시 생각났다. "이건 전문가들이 쓰는 방법이야. 청부살인에 관한 기사를 몇 번 쓴 적이 있는데…… 그건 상당히 뚜렷한 변별점이야."

"내 말은 그런 뜻이 아니었어." 나는 헬이 떠올리게 한 이미지들을 떨쳐내려고 이를 악문 채로 말을 뱉었다. "내 말은 도대체 왜 게이브를 죽이려고 하겠냐는 뜻이었어. 실패한 강도나 그런 거라면, 가능성이 있어. 하지만 애초에 계획된 살인이라고? 그건 말도 안 돼!"

"글쎄, 그게 문제구나, 그렇지? 왜 게이브처럼 어두운 과거도 없고, 적도 없고, 비밀도 없는 사랑스러운 남자를 죽이려고 했을까? 하지만 잭, 이건 강도 사건 같지는 않아. 그냥 느낌이 그래. 누군가 들어가서 게이브의 목을 베고 별다른 흔적도 남기지 않고 떠났잖아. 그건 실패한 강도 사건이 아니라, 뭔가 다른 거지."

나는 잠시 침묵했다. 그녀가 옳다는 것을 깨달으면서 그녀의 말이 충분히 이해되었다. 나는 어떻게 여태 눈치채지 못했던 걸까? 나는 경찰 조사에서 나왔던 질문들을 떠올려 보았다. 동료 관계와 우리의 재정에 관한 질문들, 게이브가 도박을 한 적이 있는지, 범죄에 연루된 적이 있는지, 적이 있는지 묻는 것들이었다. 답은 아니오, 아니오, 아니오였다. 다만……

"그래, 게이브는…… 게이브에게 과거가 있어." 나는 머뭇거리며 말했다. 게이브가 비밀에 부친 것은 아니었지만, 어쩐지 그를 배신하는 기분이라 가까스로 말을 꺼냈다. 그 문제가 나오면 그는 솔직하게 말했다. 심지어 학교와 청소년 단체에서 자신에게 어떤 일이 일어났는지 이야기하는 봉사활동을 하기도 했다. 그러니 비밀은 아니었지만, 그렇다고 해서 그가 자랑스러워한 일도 아니었다. 그리고 나는 롤랜드나 헬레나에게는 이 일을 이야기한 적이 없었다. "뭐 그런 비슷한 거. 하지만 그게 어떤 관련이 있는지는 모르겠어."

"무슨 뜻이야?" 롤랜드가 얼굴을 찡그렸다. "어떤 과거?"

"게이브가 열일곱 살이었을 때 해킹으로 유죄 판결을 받은 적이 있어요. 어디로 보내졌는지…… 실은 나도 확실히는 모르겠는데, 일종의 소년원 같은 곳이었을 거예요. 그런 뒤에 몇 년 동안은 컴퓨터 사용이 금지되었죠. 하지만 벌써 오래전 일이에요. 한 15년이나 뭐 그 정도는 되었을걸요. 그 일이 현재에 어떤 영향을 끼칠 수 있을지는 정말 모르겠어요."

헬은 묵묵히 앉아서 입술을 잘근잘근 씹었다. 그러더니 고개

제로 데이즈

를 가로저었다.

"나도 모르겠어. 그래서 걱정이 되는 거야."

"무슨 뜻이야?" 그녀의 걱정에 나도 전염되어 묘하게 불길한 감정이 싹텄고, 그것은 결국 분노로 변했다. "헬, 지금 계속 빙빙 돌려 말하고 있는 것 같아. 뭐든 그냥 속 시원하게 말해."

헬은 다시 잔을 탁 내려놓았다. "자, 살인청부업자를 고용하는 사람들은 두 종류가 있어. 조직범죄에 관련된 사람이거나 아니면 배우자야. 게이브는 조직범죄와는 관계가 없으니까……."

나는 입을 다물지 못했고, 한참 동안 말문이 막혔다. 다시 말이 나왔을 때는 분노로 목소리가 떨렸다.

"도대체 무슨 소리를 하는 거야, 헬?"

"목소리 낮춰, 애들이 깨겠어." 헬은 낮은 목소리로 말했다. "그리고 바보처럼 굴지 마. 네가 게이브를 청부살인했다는 뜻은 당연히 아니지. 그건 말도 안 되는 거고. 그런 일은 상상도 하지 않을 거야. 하지만 드러난 사실만 놓고 생각해 봐. 너는 알리바이가 없잖아. 휴대폰도 꺼져 있었고. 집에 무단침입한 흔적도 없어. 게이브가 낯선 사람을 집에 들였거나……, 그런데 이건 솔직히 거의 가능성이 없어 보여. 아니면 누군가 범인에게 열쇠를 준 거지. 그리고 너는 경찰에 연락하기까지 30분을 기다렸고."

"내가 말했잖아." 내가 끼어들었지만, 헬레나가 목소리를 높였다. 감정에 휘둘리지 않으려는 듯 냉정한 목소리였다.

"알아, 잭. 나도 알아. 그리고 네가 무슨 말을 하려는지 충분히 이해해. 하지만 경찰은 그렇게 생각하지 않을까 봐 걱정하는 거야. 경찰이 다시 이야기하자고 하면 변호사를 불러야 할 것 같아."

나는 헬이 방금 한 말을 생각하며 잠시 침묵했다. 그런 식으로 말하니, 정말로 상황이 안 좋게 들렸다. 하지만 설마, 설마 내가 게이브를 죽였다고 믿을 사람이 있을까? 내게 무슨 동기가 있다고?

"어떻게 생각해요?" 나는 마침내 롤랜드에게 물었다. "롤이 변호사잖아요. 헬의 말이 맞을까요? 변호사를 데려가야 할까요? 변호사를 대동하면 틀림없이 더 안 좋게 보일 텐데요? 뭔가 숨길 게 있는 사람 같잖아요."

"미안하지만, 난 헬이 맞는 것 같아." 롤랜드가 대답했다. "범죄는 내 분야가 아니지만 분명 내 동료들도 그렇게 말할 거야. 원한다면 내가 몇 명 소개해 줄게."

"빌어먹을 변호사는 필요 없어요!" 나는 폭발해 버렸다. 눈시울이 따끔거리며, 눈물이 다시 차올랐고 그저 나를 도우려는 것일 뿐인 헬레나와 롤랜드에게 비이성적으로 화가 났다. 이건 두 사람의 잘못이 아니었다. 그들에겐 잘못이 전혀 없었다. 하지만 나는 누군가에게 원망을 쏟아내고 싶었다. 누군가에게 상처 주고 싶었다. 그리고 두 사람이 아니라면 틀림없이 그 대상은 나 자신이 되었을 것이다. "이건 말도 안 돼." 흐느낌이 격해지면서 숨이 막힐 것 같았다. 나는 접시를 밀어내면서 일어났다. 별안간 신경이 날카로워지고 억눌린 슬픔과 분노가 가득 차올라 더 이상 모든 것이 괜찮은 척하며 앉아 있을 수가 없었다.

제로 데이즈

"알아." 헬도 일어나서 나를 마주 보았다. "나도 알아, 잭. 말이 안 되고, 말도 안 되게 불공평해. 누구든 이런 일을 당하면 너무 어처구니없을 거야. 너와 게이브에게 이런 일이 일어나다니 정말이지 말도 안 돼." 그녀는 목이 메었지만, 안간힘을 써서 말을 이어갔다. "하지만 난 그저…… 나한테 남은 건 너밖에 없어, 잭. 이 일에 관해서는 어떤 위험도 감수해서는 안 돼. 내 말 알지? 난 네가 걱정돼. 정말 정말 걱정돼. 그러니까 다시 와 달라고 하면 변호사에게 연락하자, 알았지?"

구멍 난 풍선처럼 분노가 내 안으로 오그라드는 것 같더니 절망에 가까운 극심한 피로만이 남았다. 나는 어깨가 축 처지는 것을 느꼈다.

"알았어." 마침내 나는 대답했고, 갑자기 화가 스르륵 빠져나갔다. 어쩌면 '나한테 남은 건 너밖에 없어, 잭.'이라는 헬의 외침이 나에게 뜻하지 않은 비애를 안겨 준 탓인지도 모르겠다. 왜냐하면 그것은 사실이 아니었으니까. 적어도 헬에게는 그랬다. 그녀에게는 롤랜드와 딸들, 그녀의 일이 있었다. 그렇다, 우리가 나고 자란 가족 중에서 부모님과 조부모님은 모두 돌아가셨고, 이모나 삼촌도 없으니 우리에겐 오직 서로만 남아 있었다. 하지만 헬은 밝고 아름다우며 사랑스러운 미래가 있는 자신만의 새로운 가족을 이루었다. 그리고 어제까지만 해도 나 역시 같은 것을 향해 가는 중이었다.

하지만 더는 아니었다. 이제 게이브는 죽었고, 그와 함께 그리던 미래도 사라져 버렸다.

"알았어. 경찰에서 다시 오라고 하면 변호사를 부를게. 약속해."

"고마워." 헬이 말했다. 그녀는 두 팔로 나를 감싸 안았다. "고마워, 잭. 미안해, 내가 너무 잔소리꾼 어미 닭처럼 구는 거 알아. 하지만 내게 너는 언제나 어린 동생일 거야. 사랑해."

나는 그녀의 어깨를 이마로 지그시 누르며 눈을 감았다.

'나도 사랑해.'라고 말하고 싶었지만 차마 그 말이 나오지 않았다. 그저 헬을 안고 거기 선 채 내가 잃은 모든 것을 생각하지 않으려고 애쓸 뿐이었다.

제로 데이즈

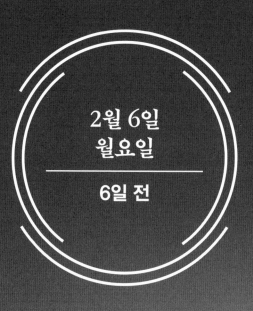

2월 6일
월요일

6일 전

──────── 전날 내내 헬의 손님방에서 기절해 있었던 터라 그 날 밤에는 잠을 이루지 못할 거라 생각했다. 하지만 자정이 다 되어서 방으로 올라갔을 때 나는 바로 잠이 들었다. 푹 잔 것은 아니었다. 집에서 지낼 때보다 방이 더웠고, 결코 빠져나갈 수 없도록 집요하고 끈질기게 쫓아오는 누군가 또는 무언가를 피해 도망치느라 이리저리 뒤척였다.

쌍둥이 중 한 명이 밤에 악몽을 꾸고 깨어나 헬을 불렀고, 나도 멍하니 눈을 끔뻑이며 울부짖는 소리를 듣다가 내가 누구인지, 어디에 있는지 알아내려고 애썼다. 이번에는 게이브가 죽었다는 현실이 새로운 충격을 주지는 않았다. 대신, 그의 죽음이 절대 사라지지 않는 무거운 짐처럼 자리를 잡고 나의 뇌리를 떠나지 않았다. 마치 밤새도록 도망쳤지만 끝내 떨쳐 버릴 수는 없었던 유령과도 같았다.

얼마 후 다시 잠에서 깼다. 이번에는 등교를 준비하는 소리 때문이었다. 아래층 침실에서 쌍둥이 중 동생인 키티가 교복 상의를 입는 것으로 불평하는 소리가 들렸다. 키티는 옷을 입을 때마다 가렵다고 했다. 라벨이 마음에 들지 않는다는 것이었다. 롤랜드가 아래층에서 라디오를 켜서, BBC 라디오4의 희미한 소리가 계단통을 타고 올라왔다.

제로 데이즈

나는 몸을 일으켜 세우면서 무의식적으로 휴대폰을 잡으려 손을 뻗었고, 그러다 전화기는 경찰이 가지고 있다는 것을 떠올렸다. 젠장. 한참 동안 정신적으로도 육체적으로도 기운을 차릴 때까지 침대에 앉아 있다가 침대 밑에서 빌린 가운을 집어 들고 아침을 먹으러 아래층으로 내려갔다.

"잭!" 롤랜드가 조리대에서 휴대폰을 톡톡 두드리며 샌드위치를 밀폐용기에 나눠 담고 있었다. "좋은 아침이야! 잠은 잘 잤어?"

"괜찮았어요." 나는 이렇게 대답했다. 거짓말이었지만, 굳이 진실을 말할 필요는 없었다. "고마워요. 저도…… 먹어도 될까요?"

"웅! 그럼. 미안해, 곧 진정될 거야. 지금은 등교 전이라 가장 정신이 없을 때지만, 우리는 몇 분 안에 나갈 거야. 아침에 커피 마시지? 커피가 어디 있는지는 알 테고."

그는 구석에 있는 키 큰 찬장을 향해 고갯짓했다. 시계를 올려다보니 8시 10분이었다. 내가 생각했던 것보다 늦은 시간이었다.

커피를 떠서 주전자에 넣고 있는데, 계단에서 쌍둥이 중 언니인 밀리가 쿵쿵 내려오는 소리가 들리더니 흐느끼면서 주방으로 달려왔다.

"아빠! 키티가 내 윗도리에 치약을 묻혔어요!"

"그래, 그래, 진정해라. 세상이 끝난 건 아니잖니." 그녀의 아버지는 그녀를 무릎 위로 들어 올려 키친타월로 얼룩진 곳을 꾹 꾹 눌렀다. 감청색 옷에는 옅은 자국만 남게 되었다. "새 옷처럼 깨끗하네."

"하지만 얼룩이 아직 보이는걸요!"

"괜찮을 거야, 아가. 됐어, 신발 신고. 키티는 어디 있지?"

"여기요!" 키티가 요란한 소리를 내며 주방으로 달려왔다. 신발은 이미 신었고, 머리도 땋은 채였다. 완벽하게 등교 준비를 하는 것으로 치약 사건을 없던 일로 만들겠다고 마음먹은 것이 분명했다. 그녀는 조리대 앞에서 잿빛이 된 얼굴에 충혈된 눈의 이모를 보고도 놀라지 않았다. "안녕하세요, 잭 이모! 나 혼자 신발 신었어요."

"반대로 신었구나, 꼬맹아." 롤랜드는 참을성 있게 말하며, 무릎을 꿇고 키티가 빨간 버클이 달린 신발을 바꿔 신도록 도와주었다. 그 신발을 보니 심장이 졸아들었다. 한 짝이 롤랜드의 손바닥에 쏙 들어갈 정도로 작은 신발이었다. 키티는 롤랜드가 신발 끈을 다시 조이는 동안 그가 제대로 하는지 확인하려는 듯이 뚫어지게 아래를 내려다보며 서 있었다. 그리고 롤랜드가 몸을 세웠다.

"좋아. 다 준비됐지? 책가방은?"

"네." 쌍둥이가 합창했다.

"물병은?"

키티는 물병이 없었다. 당황해서 물병을 찾아다니는 사이에 잠시 시간이 지체됐고, 키티가 눈물을 흘리기 직전에 헬레나가 손에 물병을 들고 계단을 내려왔다.

"여기 있어! 침대 밑으로 굴러 들어가 있었어. 됐어, 출발해, 출발! 늦겠어!"

"안녕, 엄마. 안녕, 잭 이모."를 합창한 후에 헬레나가 학교에 데려다준다고 착각했던 키티가 다시 눈물을 흘릴 뻔한 위기가 지나가고, 비로소 문이 닫히자 헬은 안도의 한숨을 내쉬었다.

"맙소사, 다행이다. 아이들을 키우는 건 내가 좋아하는 일이지만, 등교 시간만은 그리워하지 않을 것 같아. 넌 좀 어때?"

"괜찮아." 나는 이렇게 대답했지만, 사실이 아니었고 헬도 알았다. "저기, 어디 굴러다니는 안 쓰는 전화기가 없을까? 내 전화기는 경찰이 가지고 있는데, 꼭 해야 할 일이……." 나는 말을 멈췄다. 내가 꼭 해야 할 일은 게이브에게 일어난 일을 사람들에게 알리는 것이었다. 적어도 크로스웨이즈 시큐리티 이메일은 부재중 상태로 표시해 두어야 했다. 대기하는 고객들도 있고, 다음 주로 예약된 업무도 있었다. 아덴 얼라이언스는 보고서를 기다릴 것이었다. 게이브의 가족과 친구들에 관한 생각은 일단 제쳐두더라도 그 정도였다. 그들도 게이브가 왜 왓츠앱의 가족 채팅방에서 메시지를 확인하지 않고 이메일에 답장을 보내지 않는지 궁금해하기 시작할 것이었다.

"물론이지." 내 턱이 떨리기 시작하는 것을 본 헬이 재빨리 말했다. "내가 쓰던 전화기를 가져도 돼. 애들이 가지고 노는 건데, 작동에는 아무 문제 없어. 롤스에게 심 카드 여분이 있을 거야. 기프가프(영국의 이동통신사-옮긴이 주)에 가입할 때 공짜로 받았거든."

"정말 잘됐네." 내가 고마워하며 말했다. "심 카드가 없더라도 와이파이만 사용할 수 있으면……."

"기다려 봐. 금방 올게." 헬이 말했다.

그녀가 자리를 떴고 위층 거실로 향하는 발걸음 소리가 들렸다. 그리고 아이들의 장난감 상자를 뒤진 다음, 거실 뒤편에 있는 롤랜드의 사무실로 향하면서 문을 여닫는 소리가 이어지더니, 다시 계단을 내려오는 발소리가 들렸다.

"미안하지만 스티커가 붙어 있어." 그녀가 내민 모토로라는 내가 지금 휴대폰으로 바꾸기 전에 쓰던 모델로, 그리 오래된 것은 아니었다. 하지만 케이스에는 마이리틀포니 유니콘 스티커가 덕지덕지 붙어 있었다. "그리고 난…… 잠깐만, 액정에 좀 지저분한 게 묻었네." 그녀는 아기용 물티슈로 액정을 문질러 닦았다. "잼이 묻었나 봐. 여기 있어. 비밀번호는 1234야. 내 G메일 계정에 로그인되어 있으니까, 초기화시켜도 돼. 내 메시지를 보고 싶지는 않을 테니까."

"정말? 게임을 다 지우면 애들이 짜증 내지 않겠어?"

"그렇겠지. 하지만 휴대폰에 푹 빠진 애들에겐 좋은 일이지, 뭐. 게다가 아이패드도 있으니까, 잘 버틸 수 있을 거야. 그리고 롤랜드의 책상에서 이것도 찾았어." 그녀는 잡고 있던 작은 종이 서류철을 펼쳐서 심 카드를 꺼내고 플라스틱 포장을 벗겨 냈다.

"맙소사, 이런 걸 왜 이렇게 조그맣게 만드는 거지? 맨눈으로도 볼 수 있는 크기였을 때가 더 좋았다고."

나는 대꾸하지 않았다. 모토로라 플레이를 초기화하는 방법

제로 데이즈

을 검색하느라 바빴기 때문이다. 초기화 과정을 반쯤 진행했을 때 헬의 전화기가 울렸다. 그녀는 창가로 가서 전화를 받았다.

"여보세요? 네, 전데요. 아……, 아, 그럼요. 기다리세요. 여기 있어요." 그녀는 손으로 수화기를 가리고 목소리를 낮춰 말했다. "네 전화야. 경찰이래."

속이 울렁거렸다. 나는 헬의 손에서 전화기를 받아 들었다.

"여보세요, 잭입니다."

"잭, 안녕하세요." 말릭 경사였다. "이렇게 이른 시간에 연락드려서 죄송하지만, 오늘 혹시 시간이 괜찮으세요? 경찰서로 오실 수 있나요?"

"물론이죠." 나는 심장이 빠르게 뛰는 것을 느꼈다. 무언가 중요한 것을 발견한 걸까? "무슨 단서라도 찾았나요?"

"몇 가지 수사 노선이 있는데, 그중에서 도움을 받고 싶은 부분이 있어서요. 하지만 서에서 이야기하는 편이 나을 것 같아요."

"물론이죠. 몇 시가 좋을까요?"

"그러면……." 잠시 침묵이 흘렀고 말릭이 수첩을 훑어보는 소리가 들렸다. "오전 11시 어때요?"

"좋아요. 고맙습니다. 그럼 그때 뵙죠."

나는 전화를 끊고 헬에게 전화기를 돌려주었다.

"뭘 좀 찾았대?"

"모르겠어." 나는 다른 손에 들고 있던 유니콘 휴대폰을 내려다보았다. 초기화가 완료되어 새로운 사용자로 로그인하고 헬의 와이파이 비밀번호를 입력할 차례였다. "아마도 그런 것 같아. 11시에 올 수 있는지 물었어. 그런데 전화로는 이야기하기를 꺼리더라고."

"세상에, 단서를 찾은 거라면 좋겠네."

"나도." 나는 이렇게 말하면서 목이 메는 것을 느꼈다. 누가 됐든 게이브에게 이런 짓을 한 사람이 아직도 세상에 버젓이 돌아다닌다고 생각하니……. 나는 여전히 그 사실을 온전히 인정하기 힘들었다.

"뭐 좀 먹었어?" 헬이 물었다.

나는 고개를 저었다. "배고프지 않아."

헬은 그야말로 잔소리꾼 어미 닭 같은 표정을 지었고, 나는 한숨을 쉬었다.

"알아, 알아, 난 먹어야 하고, 어쩌고저쩌고. 그런데 실은 속이 좀 안 좋아. 할 일이……." 나는 손에 든 휴대폰을 내려다보았다. 이제 내 구글 계정에 연결되어, 홈 화면에 알림이 뜨고 있었다. 읽지 않은 메일. 읽지 않은 메일. 읽지 않은 메일. "사람들에게 알려야 해. 고객들이 마냥 답을 기다리게 할 수는 없어. 게이브의 부모님에게도……."

나는 말을 멈췄다. 그 말을 입에 올릴 수조차 없었다.

"그건 내가 할게." 헬이 다급하게 말했다. "솔직히, 잭, 아무도 네가 직접 연락을 돌릴 거라고는 기대하지 않을 거야. 아직 24시간도 안 지났잖아, 게이브가 그렇게……." 그녀는 차마 할 수 없는 말을 입 밖으로 내고 싶지 않아서 말을 멈추고, '이런 일이

제로 데이즈

일어났는데'라는 뜻을 나타내려는 듯 손을 흔들었다.

하지만 나는 고개를 저었다. 아마도 그녀의 말이 맞을 것이다. 그리고 확실히 그녀에게 맡기는 것이 나은 경우도 있었다. 하지만 게이브의 부모님은 아니었다. 게이브의 절친한 친구 콜 역시 마찬가지였다. 그들은 경찰이 연락하기 전에 나에게 소식을 들어야 마땅했다. 모르긴 몰라도 경찰이 이미 연락하고 있을 수도 있었다. 게이브의 부모님과 콜이 게이브의 죽음을 런던 경찰국의 전화로 처음 알게 할 수는 없었다.

"아니야, 적어도 몇 명은 내가 직접 해야 해. 꼭 그래야 해, 헬. 업무에 관련된 건 언니에게 맡기겠다고 약속할게. 하지만 존과 베리티는, 그리고 콜도 내가 직접 전화해야 해."

"그래." 헬이 체념한 듯 말했다. "네가 꼭 그렇게 해야 한다고 생각하면 뭐. 하지만 먼저 변호사에게 전화할 거지?"

"지금은 아니야." 나는 이렇게 말한 뒤에 그녀의 표정을 보고 한 손을 들었다. "헬, 변호사에게 연락할 거야, 약속해. 하지만 제발 잔소리 좀 그만해. 난 그냥…… 이 문제부터 먼저 해결해야 해. 게이브의 부모님이 소문으로 이 소식을 듣게 할 수는 없잖아."

헬도 그 말에 일리가 있다는 것에 수긍했고, 조금 주저하면서도 고개를 끄덕였다.

"노트북 좀 빌려 써도 될까?" 나는 화제를 바꾸기 위해 물었다. "그러니까, 업무 때문에."

헬이 다시 고개를 끄덕이고, 그릇장에서 낡은 맥북을 집어 들었다.

"편하게 써. 비밀번호는 powerpets야, 와이파이랑 같아. 모두 소문자고. 사파리는 내 G메일에 로그인되어 있지만, 시크릿 모드로 쓰거나 크롬을 쓰면 돼. 그리고 휴대폰도 이제 쓸 수 있을 거야. 심 카드를 활성화했거든. 연락처가 필요하면 거기 나와 있어." 그녀는 심 카드가 들어 있던 종이 포장을 가리켰다.

"고마워." 나는 이렇게 말한 뒤에 충동적으로 주방을 가로질러 가서 그녀를 껴안았다. 그녀에게는 우리 집, 그러니까 어린 시절의 우리 집 냄새가 났다. 친구들과 지내다가 부모님 집 현관으로 들어서면서 산소처럼 들이마셨던 기억 속의 그 냄새였다. "사랑해."

"나도 사랑해." 그녀가 나를 더욱 꼭 껴안았고 나는 그녀가 하고 싶어 하는 말을 다 알 것 같았다. 이 일이 얼마나 부당한지. 할 수만 있다면 내게서 이 슬픔을 떼어 내고 싶은 마음이 얼마나 간절한지. 하지만 우리 둘 다 감정적인 화법을 쓰는 사람들이 아니었다. 마침내 그녀가 팔을 풀고 기침을 하며 계단 쪽으로 갔다.

"그래, 난 위층에 있을게. 필요할 게 있으면 큰 소리로 불러, 알았지?"

"알았어."

"그리고 경찰서에는 내가 태워다 줄게. 10시 30분에 출발하면 될 거야."

"10시 30분, 알았어." 나는 손에 든 휴대폰을 보았다. 이제 막

제로 데이즈

9시를 지나 있었다. 게이브 부모님의 세상을 망가뜨릴 시간이 90분 남아 있었다.

45분쯤 지난 뒤에 노트북을 끄면서, 쉬운 일을 다 끝내고 이제 남은 것은 불가능할 정도로 힘든 일밖에 없다고 생각하니 한숨이 나왔다. 나는 일지에 기록되어 있던 고객들에게 이메일을 보냈다. 가족상을 당하는 중대한 문제로 크로스웨이즈가 최소 2주 동안 문을 닫고 업무를 수행하지 못한다는 것만 설명하고 자세한 내용은 밝히지 않았다. 나는 일정 변경을 기다리거나 내가 좋게 평가하는 다른 보안 업체에 연락하는 것 중에서 선택권을 주었다. 그리고 같은 내용으로 부재중 응답 메시지를 바꾸어 놓았다. 게이브가 죽었다는 말은 하지 않았다. 그 말을 차마 키보드로 입력할 수가 없었다. 하지만 굳이 그럴 필요는 없을 것 같았다. 틀림없이 조만간 신문에 실릴 것이기 때문이다.

이제 게이브의 부모님인 존과 베리티, 그와 가장 친한 친구 콜에게 연락해야 했다. 어떤 순서로 할지가 유일한 문제였다.

나는 존과 베리티에게 먼저 하기로 했다. 경찰이 부모님에게 가장 빨리 연락할 거라는 생각이 들었기 때문이다. 내 연락처에 부모님 집 전화번호는 '게이브의 부모님'으로 저장되어 있었지만, 콜은 게이브와의 관계에 대한 설명 없이 단순히 '콜 개릭'으로 되어 있었다.

하지만 내가 전화를 걸었을 때, 전화는 자동응답기로 넘어갔다. "메드웨이 부부입니다." 베리티의 상냥한 목소리가 녹음으로 흘러나왔다. "죄송하지만 지금은 전화를 받을 수 없습니다. 부재중이거나 통화 중이니 메시지를 남겨주시면 최대한 빨리 연락드리겠습니다."

삐 소리가 났고, 나는 무슨 말을 해야 할지 고민하며 숨을 삼켰다. 젠장. 젠장. 왜 이런 경우는 생각하지 못했지? 그들은 아마도 개를 산책시키고 있을 것이다. 어쩌면 말릭 경사가 벌써 전화를 걸어서, 옥스퍼드셔에서 런던으로 가는 고속도로를 달리고 있을지도 몰랐다.

"안녕하세요." 나는 무슨 말이든 해야 한다고 생각하며 입을 열었다. 목소리가 자꾸만 갈라졌다. 하지만 이런 식으로 무너져서는 안 된다는 것을 알기에 침착하게 말하려고 애썼다. "존, 베리티, 저 잭이에요. 무슨 일이…… 무슨 일이 좀 생겼어요. 그게, 음, 심각한 일이에요. 저에게 전화해 주시겠어요? 평소 제 번호가 아니라, 전화하실 번호는…….." 빌어먹을, 이 전화기는 번호가 뭐였지? 나는 헬이 옆에 두고 간 종이 포장을 들고 번호를 읽었다. "그래요." 나는 어설프게 말을 끝냈지만 더 이상 무슨 말을 해야 할지 몰랐다. "아주 급한 일이에요." 그때 경찰서에 가기로 한 것이 떠올랐다. 경찰 조사 중에는 전화를 제대로 받을 수가 없었다. "11시에서…… 아, 잘 모르겠어요, 아마도 1시? 그 사이에는 전화를 받지 못할 거예요. 그러니까 11시 이후에 이 메시지를 확인하시면, 그럼, 예." 맙소사, 나는 일을 망치고 있었다. "전화해 주세요." 나는 간신히 이렇게 말하고는 "안녕히 계세요."라며 녹음을 마쳤다.

제로 데이즈

자동응답기는 내가 '안녕히 계세요'를 말하는 중간에 삐 소리를 내면서 나를 고통에서 벗어나게 해 주었고, 나는 전화를 끊었다. 목구멍이 막히는 것 같았지만, 한편으로는 잠시나마 괴로움을 모면한 기분이었다. 내 슬픔과 충격이 아직 생생한데, 존과 베리티가 느낄 슬픔과 충격에는 어떻게 대처해야 할지 알 수 없었다. 혹시 정원이나 위층에 있었을 경우를 생각해서 10분을 기다렸지만, 전화는 오지 않았고 시간은 어느덧 10시가 다 되어 갔다. 경찰이 이미 연락한 것이 아니라면, 내가 콜에게 이 비극에 대해 알려 줄 시간은 겨우 30분 남아 있었다. 하지만 막상 전화기에서 그의 번호를 찾았을 때, 나는 차마 전화를 걸 수가 없었다. 콜은 전화를 받을 것이기 때문이었다. 그는 24시간 내내 전화기를 붙들고 있었다. 게다가 나는 내가 지금 그에게 무슨 일을 하려는 것인지 너무나 잘 알았다.

나와 달리 게이브는 외동이었다. 하지만 그와 콜은 내가 아는 수많은 동기간보다 더 가까웠고, 거의 평생을 같이 지냈다. 초등학교에서 처음 만난 두 사람은 선생님들도 당황할 정도로 서로 완전히 딴판이면서도 친한 사이가 되었다. 게이브에게는 언제나 아나키즘적인 성향이 있었다. 한 번은 베리티가 게이브는 다섯 살 때도 누르지 말라고 표시된 버튼을 보면 거부할 수 없는 유혹을 느끼는 아이였다고 말한 적이 있었다. 어떤 악의가 있는 것이 아니라 단지 그 버튼이 무엇을 의미하는지 알아내지 않고는 못 배겼기 때문이었다. 그는 이제 막 발견한 혼란스러운 온라인 세계를 탐험하느라 너무 바빠서 공부에 열중하지 못했고,

시험은 늘 간신히 치렀다. 그러다가 열일곱 살이 되었을 때 그는 버튼을 너무 많이 눌러 버렸고 결국 법을 어기게 되었다. 그는 이 실수를 회복하는 데 꼬박 10년이 걸렸다.

반면 콜은 모든 시험에서 A를 받는 완벽한 학생이었다. 시험 성적과 마찬가지로 케임브리지대학을 우등으로 졸업했고, 애플에서 인턴십을 한 뒤에는 최근 몇 년 사이에 급부상해 기술 업계에서 확고하게 자리 잡은 영국의 유망 IT 기업 서버러스(Cerberus)에 인재로 영입되었다. 겉보기에 두 사람은 공통점이 전혀 없었다. 길 가는 사람 중 누구도 그들을 친구로 보지 않았을 것이다. 콜은 깔끔한 흰색 티셔츠에 티 하나 없는 아디다스를 신었고, 게이브는 찢어진 청바지에 닥터 마틴을 신었다.

하지만 이러한 차이점에도 콜과 게이브의 우정은 오래도록 계속되었다. 처음에는 컴퓨터 게임과 기술, 코딩에 대한 공통된 관심사로 친해졌지만, 나중에는 훨씬 더 깊이 있는 무언가, 누구라도 알 수 있을 정도로 뼛속들이 서로에 대한 진정한 사랑으로 이어져 있었다. 나는 콜과 게이브처럼 남자 둘이 서로를 보내주기 싫다는 듯이 꼭 껴안고 작별 인사를 나누는 것을 본 적이 없었다. 한번은 콜이 게이브가 수감 생활을 하던 때가 자신의 인생에서 가장 외로운 시기였다고 말해 준 적도 있었다.

그런데 이제 나는 그에게 게이브가 영원히 떠났다고 말해야 했다.

콜에게 전화를 걸었을 때, 그는 곧바로 받지 않았다. 신호음이 울리고 또 울렸다. 처음 몇 번의 신호음이 울린 뒤에 나는 존과 베리티에게 전화했을 때 느꼈던 것과 같은 은근한 해방감을 느끼기 시작했다. 어리석은 일이었다. 당연히 나는 곤경에서 완전히 벗어난 것이 아니었고, 여전히 이 대화는 해야만 했기 때문이다. 하지만 숙제를 미룰 때 느끼는 기분처럼, 비록 진짜는 아닐지언정 일종의 안도감이 들었다.

그러나 내가 막 끊으려던 순간 딸깍 소리가 나더니 콜의 숨찬 목소리가 들렸다.

"여보세요? 누구신가요?"

"콜? 나…… 잭이야."

"잭?" 그의 목소리가 멀어졌다. 그가 전화기를 귀에서 떼고 화면을 들여다보며 자신이 잘못 본 것이 아닌지 확인하는 모습이 눈앞에 보이는 듯했다. 다시 전화기로 돌아온 그는 어리둥절한 목소리였다. "괜찮은 거야? 이건 네 번호가 아니잖아?"

"아니지." 나는 침을 삼켰다. "아니, 실은 나…… 괜찮지 않아. 콜, 무슨 일이 생겼어."

맙소사, 이건 힘든 일이었다. 너무 힘들었다. 내가 생각했던 것보다 더 힘들었다.

"무슨 일인데?" 의아해하면서도 친절한 그의 목소리는 게이브와 억양이 몹시 비슷해 내 가슴에는 슬픔이 사무쳤다. 나는 전화기를 내려놓고 울고 싶었다.

"콜……." 내 목소리가 잠겼고, 흘리지 못한 눈물이 커다랗고 아픈 덩어리가 되어 목구멍에 박혔다. "콜, 게이브 말이야. 게이브가…… 게이브가……." 나는 떨리는 숨을 길게 들이마시며 말을 꺼내려고 안간힘을 썼다.

"잭?" 콜은 혼란스럽기도 하고 놀라기도 한 목소리였다.

"게이브가 뭐? 무슨 일이야?"

"오, 맙소사, 콜, 게이브가 죽었어." 나는 사실을 바탕으로 한 정보를 전해 주려고 했지만, 의도와는 달리 마지막 말은 거의 알아들을 수 없는 고통스럽고 긴 한숨처럼 나와 버렸다.

"뭐라고? 이게 무슨…… 잭, 방금 게이브가 죽었다고 말한 거야? 뭐…… 어떻게? 무슨 일이 있었는데? 어떻게?"

나는 그가 나를 볼 수 없다는 것도 잊은 채 고개를 끄덕였다. 그리고 손을 눈 위로 가져가 마치 원치 않는데도 몰려들기 시작하는 기억들을 막으려는 것처럼 두 눈을 가렸다. 그것은 내 뜻대로 떠올리는 소소한 장면들처럼 평범한 기억이 아니었다. 외상 후 스트레스 장애를 겪을 때 경험하는 견딜 수 없이 생생한 플래시백에 더 가까웠다. 순간적으로 피 냄새가 나는 것 같았고, 그 생각을 하니 구역질이 났다.

"내가 일을 끝내고 집에 왔는데." 목소리가 떨렸지만 말을 할 수 있도록 차분히 가라앉히려고 노력했다. "그런데 게이브가…… 목이…….." 나는 그 말만은 하고 싶지 않았지만, 머릿속에 떠오르는 이미지가 너무 생생해서 도무지 밀어낼 수가 없었다. 그리고 그 말이 내 의지와는 상관없이 튀어나왔다. "그이 목이 잘려져 있었어."

"잠깐만, 게이브가 살해당했다는 말이야?"

"응. 하지만 난…… 믿을 수가 없어. 믿어지지 않아."

"믿어지지 않아." 콜은 무의식적으로 내 말을 되풀이했다. 상황을 이해하지 못하고 당혹해하는 목소리였다. "말이 안 되잖아. 게이브를? 누가 게이브를 해치겠어?"

"모르겠어. 처음에는 강도가 들었다가 일이 잘못되었나 싶었어. 하지만……."

헬의 목소리가 다시 떠올랐다. 주저하면서도 끔찍한 확신이 가득한 목소리였다. '네가 한 말로 봐서는…… 꼭 청부살인 같거든, 잭.'

"젠장." 콜이 혼잣말처럼 중얼거렸다. "젠장, 젠장. 그놈들이…… 그놈들이 게이브의 목을 베었어?"

"정말 미안해." 나는 간신히 말했다. "너한테 이런 식으로 알리고 싶지는 않았는데, 경찰이 연락할지도 모르겠다는 생각이 들어서."

"맙소사, 잭, 미안해하지 마!" 이번에는 콜의 목소리가 잠길 차례였다. 그가 다시 말했을 때는 울먹이는 소리였고, 나는 직접 만나서 이야기할 수 없는 것을 안타까워하며 눈을 감았다. 그 순간 서로 부둥켜안을 수만 있었다면……. "난 그저…… 세상에, 미안한 사람은 나야. 내가 할 일이 뭐 있을까? 뭐든 내가 도울 일이 없을까? 뭐라도?"

"음, 별로 없어." 나는 이 모든 일이 내 몸으로 지탱하기에는 너무 버겁다는 듯이 주방 조리대에 기대어 머리를 두 손으로 감싸 쥐었다. "경찰 조사가 끝날 때까지는 우리가 할 일이 별로 없어. 하지만 사람들에게 알리기는 해야 하는데, 감당할 수 있겠어? 나는…… 내가 해야 한다는 건 아는데, 할 수가 없어."

"안 되지. 당연히 못 하지. 그건 내가 할 수 있어. 내가 누구에게 알려야 할까? 모두에게?"

"그러니까 페이스북에 올리거나 그런 거 말고. 그냥 우리 친구들에게 무슨 일이 있는지 알려 주면 좋겠어. 게이브를 아는 사람들이 저녁 뉴스에서 그 소식을 듣게 하고 싶지 않아."

"존과 베리티는? 두 분도 아셔?" 콜이 물었다.

"아니." 나는 입술 안쪽을 깨물며 생각했다. 게이브의 부모님은 콜을 잘 알았고, 어린 시절 집에서 함께 보낸 시간도 짧지 않아 그를 둘째 아들과 비슷한 존재로 여겼다. 당연히 그의 전화번호도 알고 있었고, 베리티가 내게 연락이 닿지 않으면 그에게 전화할 가능성이 컸다. "내가 전화했는데 안 받으셨어. 그런데 난 지금 경찰서에 가야 하거든. 그러니까 두 분은 뭔가 잘못되었다는 건 알겠지만, 무슨 일인지는 모르실 거야. 내 생각에는…… 혹시 그쪽으로 전화하시면 그냥 말씀드리는 게 좋을 것 같아. SNS에서 알게 되는 것보다는 너한테 듣는 편이 낫잖아. 내가 연락했었다고 설명 좀 해줘. 돌아오자마자 내가 다시 전화해 볼게."

"물론이지." 콜이 천천히 말했다. "이런, 잭, 난 그냥…… 정말이지 너무 안타까워. 받아들이기가 어렵네. 경찰은 무슨 단서라도 있대? 누구 짓인지 아는 거야?"

"나도 모르겠어." 나는 손가락 마디로 눈을 꾹 누르며 손으로 이마를 받치고 있었다. "우리 언니 헬레나 의견으로는……." 나는 말을 멈췄다. 여기에 관해 말하기는 어쩐지 힘들었다. 말을 해 버리면 견딜 수 없는 현실이 되어 버리겠지만, 나는 억지로 입을 열었다. "언니는 청부살인일지도 모른다고 생각해. 범행 방식이 처음부터 게이브를 노린 것 같다고. 혹시 마지막으로 이야기했을 때, 게이브가 무슨 걱정이 있는 것처럼 보였어?"

"맙소사." 콜은 내게 다시 한 방 맞은 것 같은 목소리였다. "아니, 마지막으로 이야기한 게…… 금요일이었을 거야, 아마. 맥주나 한잔하자는 이야기였어. 그때는 평소와 전혀 다르지 않았어. 경찰도 그렇게 생각하는 거야?"

"나도 모르겠어. 경찰도 어제는 전혀 감을 잡지 못하는 것 같았는데, 오늘 아침에는 나한테 전화해서 경찰서로 오라고 했어. 뭔가를 알아낸 것처럼 들리더라고. 아마도 그런 것 같아. 확실하진 않고. 그런데 이런 이야기를 해도 되는 건지 모르겠어." 나는 수사 규정이 어떤지 전혀 몰랐다. 내가 사람들에게 무슨 일이 있었는지 이야기해도 되는 걸까? 경찰이 일부 정보를 숨기려고 한다면? "저기, 이 이야기는 하지 않는 게 좋겠어." 내가 마침내 말했다. "내가 완전히 틀렸을 수도 있잖아."

긴 침묵이 흘렀다. 콜은 내가 방금 한 말을 이해하려고 애쓰는 것 같았다. 나는 그를 탓하지 않았다. 그는 냉정해지려고 애쓰며 다시 말했다.

"잭, 들어 봐, 내가 사람들에게 연락하려면 뭐라고 말할지 알아야 해. 내가 어떻게 말하길 바라? 그리고 사람들은 너에게 연락할 방법을 알고 싶어 할 거야."

"난⋯⋯." 나는 그 부분에 대해서는 생각해 보지 않았다. 한편으로는 아직 전화와 호기심, 동정과 마주하기 힘들다는 생각이 들었다. 콜이나 헬과는 달랐다. 헬은 가족이었고, 콜은 나만큼이나 게이브를 사랑했다. 하지만 게이브의 다른 친구들, 특히 내가 잘 알지 못하는 친구들은⋯⋯. "나는 그냥 사실만 말해도 될 것 같아. 아직 우리도 무슨 일이 일어났는지 잘 모르고. 경찰이 조사하고 있어. 나는⋯⋯ 내 휴대폰은 경찰이 가지고 있어. 그러니까 내 번호로는 사람들과 연락이 안 돼. 지금 이 휴대폰은 언니에게 빌린 거라 언제까지 쓰게 될지 잘 모르겠어. 당장은 이메일로만 연락할 수 있다고 이야기해 줄 수 있을까?"

"그럼. 내 말은, 당연히 그렇게 한다고. 그리고 뭔가 알게 되면 나도 소식을 전할게."

"고마워." 나는 시계를 올려다보았다. "콜, 있잖아, 정말 미안하지만 나 이제 가봐야 해. 곧 경찰서에 가야 할 시간이거든. 넌⋯⋯."

나는 '넌 괜찮아? 괜찮겠어?'라고 묻고 싶었다. 하지만 그건 너무 명백히 어리석은 말이었다. 당연히 그는 괜찮지 않을 것이다. 나 역시 마찬가지였고. 우리 둘 다 인생이 찢겨 나갔다.

"있잖아, 잭." 콜이 침묵을 메우며 말했다. "필요한 건 뭐든지, 알지? 뭐든지. 진심이야. 너도 알지, 게이브는 내게 형제나 마찬가지잖아⋯⋯." 그는 말을 멈췄다. 전화기 건너편에서 그가 시제를 고쳐 말하며 침을 삼키는 소리가 들렸다. "⋯⋯ 마찬가지였잖아. 그렇게 보면 넌 내게 누이나 다름없는 거지. 그러니까

제로 데이즈

연락해, 알았지? 낮이든 밤이든. 정말로 아무 때고 괜찮아."

"고마워, 콜." 내가 중얼거렸다. 그리고 전화를 끊고, 헬레나가 계단을 내려올 때까지 허공을 응시하며 앉아 있었다.

"그런데 변호사가 뭐라고 했어?" 헬이 경찰서 뒤편 주차장에 차를 대며 물었다. "여기서 만나기로 했어?"

나는 아무 말도 하지 않았다. 그녀는 핸드 브레이크를 당기고 고개를 돌려 굳은 얼굴로 나를 보았다.

"잭, 제발 변호사에게 연락했다고 말해 줘."

"미처 못했어."

"잭……." 헬이 말을 시작했지만 내가 끼어들었다.

"있잖아, 언니 생각은 충분히 알겠어. 하지만 내 생각에는…… 난 잘 모르겠어. 내가 변호사를 부르기 시작하면 정말 이상해 보일 것 같아. 난 숨길 게 전혀 없어. 변호사가 내게 질문에 답하지 말라고 이야기한다고 해도, 그건 내가 원하는 게 아니거든. 나는 경찰이 게이브를 죽인 범인을 찾아 주길 원해."

"나도 알아." 헬이 말했다. "네가 숨길 게 없다는 것도 알아. 경찰이 그걸 알아주길 바랄 뿐이지." 그녀는 손가락으로 핸들을 두드렸다. "자, 내가 억지로 강요할 수는 없어. 하지만 혹시 일이 잘못되어가는 낌새가 보이면, 조금이라도 그런 낌새가 느껴지면 조사를 그만 받겠다고 약속해 줄래? 변호사가 도착하기 전에는 어떤 말이나 행동에도 동의하지 마. 그냥 변호사와 동석할 권리를 행사하겠다고, 변호사가 오기 전에는 어떤 질문에도 답하지 않겠다고 이야기해. 알았지?"

"알겠어." 내가 답했다. "하지만 솔직히 언니가 너무 과민반응 하는 것 같아."

"난 절대로 그렇게 생각하지 않아, 잭. 잔인하게 굴고 싶진 않지만, 경찰이 늘 배우자를 의심하는 데는 다 이유가 있어. 수단도 있고 기회도 있잖아. 사건을 입증하는 데 부족한 건 동기밖에 없어. 그러니까 제발, 제발 동기를 내주지 않도록 정말 조심하도록 해."

하지만 그녀의 마지막 말은 도를 넘었다. 나는 말 없이 그녀를 바라만 보았고, 그녀는 얼굴을 찡그렸다.

"미안해. 그건 말이 잘못 나왔네. 있잖아, 네가 게이브를 죽일 이유가 없다는 건 나도 알지. 그리고 내가 피해망상에 빠진 걸수도 있어. 그렇지만 있기는 한 거야?"

"동기?" 내 목소리가 한 옥타브 올라갔다. "지금 장난하는 거야? 당연히 빌어먹을 동기 따위는 없지. 도대체 그게 뭐 어떻게 생겨 먹은 건데?"

"난 그런 뜻이 아니라, 내 말은 변호사가 있느냐는 거였어."

"아." 나는 멈칫하고 기억을 더듬었다. "응, 여자 변호사인데…… 이름이 멜라니야. 웨스트랜드 로우라는 회사 소속이야. 업무 관계로 문제가 생겼을 때 두어 번 이용한 적이 있거든."

내 휴대폰에서 이메일 알림이 울렸고, 나는 무의식적으로 이메일을 들여다봤다. 어느 고객이 안타까움을 전하면서 일은 서두르지 않아도 된다고 말하고 있었다. 하지만 휴대폰 상단의 시

제로 데이즈

계가 오전 11시가 되었음을 알려 주었다. 나는 고개를 돌려 안전띠를 풀었다.

"자. 경찰이 뭔가를 찾았다면 좋겠는데."

"동감이야. 기다릴까?"

"기다리지 않는 게 좋을 거야. 얼마나 걸릴지 전혀 감이 안 잡히거든. 필요하면 택시를 탈게."

"그래. 자, 그럼…… 조심해." 헬은 몸을 숙여서 내 뺨에 키스했고, 나는 그녀를 껴안았다. "사랑해."

"나도 사랑해."

"돈은 좀 있니?"

나는 눈을 동그랗게 뜨고 그녀에게 수선 좀 그만 떨라고 말하려다가 실은 돈이 없다는 것을 깨달았다. 심지어 신용카드도 없었다. 헬의 손님방에 지갑을 두고 온 것이었다.

헬은 내 표정을 보더니 지갑을 꺼냈다.

"알겠니? 어미 닭도 도움이 될 때가 있단다. 여기, 현금은 이게 전부인데, 이 정도면 충분할 거야." 그녀는 10파운드와 20파운드짜리 지폐 한 장씩을 내밀었다. 나는 인상을 쓰며 돈을 받아서 휴대폰 케이스에 끼워 넣었다. "그리고 따라 해 보렴. 헬은 언제나 옳다."

"헬은 언제나 옳다." 나는 억지로 웃음을 지어 보이며 말했다.

그리고 차에서 내려 나를 향한 그녀의 시선을 느끼며 주차장을 가로질러 가서 경찰서의 문을 열었다.

경찰서 안은 시끌벅적하고 세정제와 다 쓰고 남은 커피 컵 냄새가 났다. 안내데스크에 있는 경관과 이야기하기 위해 순서를 기다리는 동안 나는 일할 때처럼 그 공간을 둘러보았다. 출구는 두 곳이었다. 하나는 거리로 나가는 출입구로 사람이 없었고, 다른 하나는 경찰서 내부로 통하는 문인데 겉으로 보기에는 잠금 장치가 안 보였다. 아마도 안내데스크 아래에 작동 버튼이 있을 것이다. 한쪽 구석에는 고정식 CCTV 카메라 한 대가 있었는데, 오른쪽 벽 대부분을 가리는 커다란 사각지대가 있어서 경찰서 치고는 썩 좋지 않은 설계였다. 이상한 점은 그중 어느 것도 본 기억이 없다는 것이었다. 충격으로 그날 밤 있었던 사건들의 절반이 머릿속에서 지워진 것도 이상했지만, 게이브가 존재하지 않는 세상에서 내가 건물의 위험 특성을 기계적으로 평가하고 있는 것이 그보다 더 이상했다.

내 차례가 되자, 나는 이름을 말하고 말럭 경사를 만나러 왔다고 말했다. 안내데스크 뒤쪽의 경관은 정중하게 미소 지으며 자리에 앉으라고 권했지만, 미처 제대로 앉기도 전에 말럭 경사가 내부 출입구에서 직접 나왔다. 나는 그녀의 몸짓을 읽어 보려고 했다. 그녀는 사건의 실마리를 찾은 사람 같지는 않아 보였고, 자리에서 일어서면서 나는 불안이 고개를 드는 것을 느꼈다.

"안녕하세요."

"안녕하세요, 잭, 와주셔서 고맙습니다. 지난 번 조사에서 몇 가지 명확히 하고 싶은 것이 있어요. 이쪽으로 저를 따라오시면……."

"네." 그녀는 나를 데리고 문을 통과했고, 대민업무를 하지 않는 사무실과 방들이 빽빽한 곳을 지나면서 걸음이 빨라졌다. "무슨 단서라도 나왔나요?"

"거기에 대해서는 가족 연락 담당 경관과 이야기하는 것이 좋겠어요. 연락이 갔나요?"

"아직이요."

"알았어요, 그럼 제가 재촉할게요." 말릭이 말했다. 그녀는 나를 지난밤에 데려갔던 방과 비슷한 조사실로 안내했다.

"잭, 안녕하세요." 마일스 순경은 이미 그곳에 있었다. 내가 들어가자 그는 일어나서 악수를 청했다. 그가 얼마나 젊은지 새삼 눈에 띄었다. 겉모습만 봐서는 대학을 갓 졸업한 것 같았다. 책상에는 녹음기가 있었다. 우리가 자리에 앉자 마일스가 녹음기를 눌러 켜고 말릭을 보았고, 그녀는 고개를 끄덕이더니 입을 열었다.

"2월 6일 월요일 11시 12분 조사를 시작합니다. 알렉스 마일스 순경과 하비바 말릭 경사가 목격자의 남편 가브리엘 메드웨이 사망 사건과 관련하여 목격자 자신타 크로스, 일명 잭 크로스와 조사를 진행합니다. 잭, 이 조사는 진술 주의사항 통고 하에 자발적으로 진행되는 것으로 귀하는 체포되지 않았으며 언제든 떠날 수 있습니다. 하지만 조사를 마치지 않고 떠나기로 한다면 체포 결정이 적용될 수 있습니다." 그녀는 말을 멈추고 숨을 들이쉬었고 나는 얼굴을 찌푸렸다. 어제는 그런 이야기를 하지 않았다. …… 했던가? 하지만 말이 바뀐 것이 어떤 의미인지 물어

볼 기회를 잡기도 전에 말릭은 말을 이어갔다. "귀하는 아무 말도 하지 않아도 됩니다. 하지만 귀하가 말하는 것은 모두 불리한 증거로 사용될 수 있으며, 질문을 받았을 때 이후 귀하의 변호에 필요한 내용을 언급하지 않으면 변호에 지장을 받을 수 있습니다. 또한 무료로 독립적인 법률 자문을 받을 권리가 있으며 언제든지 변호사를 요청할 수 있습니다. 필요한 경우에는 조사실 밖에서 자문을 요청해 상담받은 후에 조사를 재개할 수 있습니다. 이러한 권리를 이해하셨습니까?"

"어…… 예." 나는 천천히 대답했다. 여전히 나는 이 주의사항에서 어떤 점이 달라졌는지 파악하려고 애쓰고 있었다. 어쩌면 헬의 피해망상에 나까지 영향을 받은 것일지도 몰랐지만, 지난번 조사에서는 체포 결정에 관한 부분은 언급하지 않았던 것이 확실했다. 또한, 이 말투의 변화는 무엇을 의미하는 걸까? 헬이 옳았던 걸까? "잭, 지난밤에 진술한 내용 중에서 몇 가지 확실히 해야 할 것이 있어서 다시 불렀어요." 말릭은 이렇게 말했고, 나는 고개를 끄덕였다. 그녀는 노트를 훑어보며 무언가를 찾다가, 발견하고는 멈췄다. "좋아요. 지난밤에 경찰서에서 오전 2시에 출발한 것 같다고 말했죠?"

"음…… 네, 아마도 조금 뒤였을 거예요. 경찰서 안에 있을 때 오전 2시인 것을 봤던 기억이 나거든요."

"그렇군요. 알았어요. 그다음에는 우버를 타고 차로 돌아가서 집까지 운전해서 갔는데, 도착한 건……." 그녀는 노트에서 무언가를 확인했다. "오전 4시쯤이고요. 맞나요?"

제로 데이즈

"그런 것 같아요. 어쩌면 조금 더 지났을 수도 있고요."

"알겠어요. 그런데…… 자, 이 부분에서 도움이 필요한데요. 우리가 이 시간들을 맞추는 데 어려움을 겪고 있어요. 경찰서에서 잭이 주차해 두었다고 말한 장소까지는 차로 약 30분 거리에요."

나는 한층 더 언짢은 표정을 지었다. '말한 장소'라는 표현이 거슬렸다. 당연히 그들은 내가 차를 어디에 두었는지 잘 알고도 남을 텐데? 나를 그곳으로 데려간 사람은 경찰관이었다.

"대충 맞는 것 같은데요." 나는 침착하게 말하려고 노력했다.

"그럼 30분 추가되고…… 아덴 얼라이언스에서 집까지는 넉넉잡고 45분 걸린다고 해 보죠. 그럼 아무리 늦어도 3시 15분이 되거든요. 하지만 999에 전화한 건 오전 5시가 다 되어서였죠. 그건…… 자, 보세요, 상당히 긴 시간이 설명되지 않는 거예요."

나는 순간적으로 분노가 이는 것을 느꼈지만 꾹 눌러 참았다. 모든 단서를 모아 사건을 해결하는 것이 그들의 일이라는 것을 나도 잘 알았다. 하지만 '나를 다그칠 게 아니라 게이브를 죽인 범인을 잡아야 하는 거 아니에요?'라고 쏘아붙이지 않기 위해 안간힘을 써야 했다.

나는 심호흡을 했다.

"글쎄요. 먼저 돌아오는 길에 너무 피곤해서 두어 번 길을 잘못 들었어요. 그 바람에 시간이 얼마나 더 걸렸는지는 모르겠지만, 4시 이전에 도착했을 거라 생각하긴 힘들어요."

"알겠어요."

"그리고 말씀드렸듯이." '내가 이미 말했잖아요.'라고 하고 싶었지만, 완곡하게 표현한 것이었다. "게이브의 시신을 발견했을 때 저는 일종의 쇼크 상태에 빠졌어요. 발견하자마자 바로 999에 전화했어야 한다는 건 알아요. 하지만 그냥 그렇게 하지 않았어요. 할 수가 없었어요. 이해가 안 되나요? 매일 일어나는 일이 아니잖아요. 갑자기 발견한 남편……." 목소리가 떨렸고, 나는 걷잡을 수 없어지기 전에 방향을 바꾸었다. "하지만 이게 무슨 상관이죠? 제가 집에 도착하기 한참 전에 게이브가 죽었다는 걸 알 수 있잖아요? 피가 끈적끈적하게 응고되고 있었다고요. 경찰서에서 남편에게 전화했을 때도 받지 않았고요. 제 생각에는……."

나는 다시 말을 멈추고, 어린아이처럼 가련한 고음으로 변하려고 하는 떨리는 목소리를 진정시키려고 애썼다. '울지 마, 울지 마, 울지 마.'

말릭 경사는 마음을 다잡으려고 애쓰는 나를 말없이 지켜보다가 휴지 상자를 조용히 내 쪽으로 밀어 주었다. 나는 성난 듯이 한 장을 낚아채서 주먹 속에 움켜쥐었다.

"그때 이미 죽어 있었던 것 같아요." 내가 말했다. 눈물을 흘리지 않으려고 애쓰느라 단조롭고 딱딱한 말투가 나왔다. "제가 전화했을 때 말이에요. 그때는 이상하다고 생각했어요. 남편은 자지 않고 저를 기다릴 계획이었거든요. 음식 주문에 대해서도 이야기도 했어요. 하지만 그것만이 아니에요. 게이브는 절대로, 절대로 저를 그렇게 두지 않았을 거예요. 집에 무사히 돌아갈 때까지 긴장을 푸는 법이 없었거든요. 새벽 2시쯤에는 걱정이 돼

서 제정신이 아니었을걸요. 전화가 음성사서함으로 넘어가도록
두었을 리가 없다는 거예요. 살아 있었다면요. 제 생각에는 오
전 2시 이전에 살해된 것 같아요. 그러니까 이 모든 건……" 나
는 그들의 질문과 내 타임라인에 대한 그들의 집착을 모두 포함
한다는 뜻으로 녹음기를 향해 손을 흔들었다. "완전히 헛소리에
요. 오전 2시에 저는 동네 건너편의 경찰서에 있었어요. 아시잖
아요. 이건…… 이건 그냥 시간 낭비일 뿐이라고요."

나는 거칠게 숨을 몰아쉬었다. 이곳에 올 때는 게이브의 사건
에 대한 새로운 소식을 듣고, 단서를 찾았다는 이야기를 듣기를
바라며, 심지어 기대하는 마음마저 있었다. 하지만 그 감정은
불신으로 흔들렸다. 헬이 옳았다. 나는 '용의자' 취급을 받고 있
었다.

"알겠어요." 말릭이 부드럽게 말하며 방향을 바꾸었다. "타임
라인을 좀 더 명확히 해줘서 고마워요, 잭, 도움이 많이 됐어요.
남편의 시신을 발견한 뒤에는 뭘 했는지 말해 주겠어요?"

"말했잖아요." 차분히 말하려고 노력했지만 목소리가 떨렸다.
"남편을 움직이려고 했어요. 깨우려고 했어요. 그리고 희망이
전혀…… 없다는 걸 깨닫고 소파에서 웅크리고 있었어요. 소파
에서 대략…… 잘 모르겠어요. 아마도 20분쯤? 어쩌면 더 오래
있었을지도 몰라요."

"남편의 컴퓨터는 건드리지 않았나요?"

"네?" 의외의 질문이었다. "아뇨, 아니에요. 당연히 건드리지
않았어요! 컴퓨터에는 관심도 없었어요."

"아무것도 제거하지 않았나요? 뭔가 없어진 걸 발견하지 못했나요?"

"아무것도 제거하지 않았냐고요?" 나는 이제 완전히 혼란에 빠졌다. "무슨 말씀하시는 거예요? 그건 데스크톱이에요. 제거할 게 없어요. 드라이브나 뭐 그런 걸 말씀하시는 거예요?"

"하드 드라이브요." 마일스가 격려하는 듯한 미소로 답했다. 좋은 경찰 역할을 하려는 것 같았다. 말릭은…… 뭐랄까, 말릭이 빌어먹게 어처구니없는 경찰 역할이라면.

"잭, 게이브의 하드 드라이브를 빼냈어요?"

"아니요! 절대." 나는 말릭의 얼굴을 살피며 말했다. "저는 그의 컴퓨터를 건드리지도 않았어요. 잠깐, 하드 드라이브가 없어졌다고요?"

"그럼 식칼은요?" 이제 탁자 반대편에서 말릭이 물었다. 나는 그녀를 마주 보기 위해 고개를 돌렸다. 갑작스러운 움직임에 어지러운 느낌이 들었다.

"식칼이요?"

"이걸 알아보시겠어요?" 그녀는 탁자 위로 사진 한 장을 밀어주고 녹음기에 대고 말했다.

"자신타 크로스에게 일본어 로고가 있는 큰 식칼 사진을 보여줍니다."

심장이 멎는 것 같았다.

내가 아는 칼이었다. 그것은…… 그것은 우리 칼이었다. 실은 게이브의 칼이었다. 그가 재료를 저미거나 큰 덩어리로 자를 때

쓰는 칼로 가격이 300파운드에 가까웠다. 나는 칼 하나에 그런 큰돈을 쓰는 건 정신 나간 짓이라고 반대했지만, 그는 기어이 그 칼을 결혼 선물 목록에 올렸다. 대신 그는 내가 화장실용으로 원했던 우스꽝스러운 인조 양가죽 러그를 양보했다. 러그는 치약과 물로 순식간에 엉기고 얼룩져서 우리의 두 번째 결혼기념일이 되었을 때 포기하고 내다 버릴 수밖에 없었다. 하지만 칼은 여전히 변함없이 날카로웠고 사실상 매일 사용했다.

그렇다. 그것은 우리 칼이었다. 하지만 칼은 검게 녹슨 얼룩으로 뒤덮여 있었다. 그 얼룩은 흡사⋯⋯.

그 피가 내 뺨에서 흘러내리는 기분이었다.

"그⋯⋯ 그건 우리 칼이에요. 결혼 선물로 받은 거예요. 그게⋯⋯ 그 칼이⋯⋯." 나는 입을 다물었다.

별안간 견딜 수 없는 한기가 느껴졌다. 그리고 너무 두려웠다.

"녹음 기록을 위해, 자신타 크로스가 확인⋯⋯." 말릭의 말과 동시에 내가 끼어들었다.

"마음을 바꿨어요. 변호사가 있어야겠어요."

마일스와 말릭이 시선을 교환했고, 말릭이 고개를 끄덕였다.

"좋아요. 물론이죠, 잭. 조사는⋯⋯." 그녀는 시계를 올려다보았다. "오전 11시 19분에 중단되었습니다." 녹음기가 꺼졌고 그녀는 허리를 쭉 펴며 일어섰다. "제가 가서 알아볼게요. 여기서 기다려도 좋겠어요?"

나는 고개를 끄덕였지만, 실은 좋지 않았다. 전혀 좋지 않았다. 변호사가 있었어야 했다. 처음 시작할 때부터 변호사가 있

었어야 했다. 내가 무슨 짓을 한 걸까? 헬의 목소리가 떠올랐다. '따라 해 보렴. 헬은 언제나 옳다.'

"생각해 두신 변호사가 있나요? 우리가 연락해 드릴까요?" 말릭이 묻고 있었다. "없으면 우리가 선임해 드릴 수 있어요."

"네." 나는 이름을 생각해 내려고 머리를 쥐어짰다. 바로 경찰서 밖에서 헬레나에게 이름을 말해 주었는데, 충격이 머릿속에서 모든 것을 몰아낸 것 같았다. "멜라니…… 맙소사, 성이 뭐였더라. 웨스트랜드 로우의 멜라니 블레어. 혹시 아는 분인가요?"

"네, 전에 만난 적이 있는 것 같아요. 좋아요. 저는 가서 몇 군데 연락해 볼게요. 조금만 기다리세요."

그녀는 방을 떠났고, 문이 천천히 닫혔다. 마일스와 나는 어색한 침묵 속에 앉아 있었다. 마일스는 분명 동정 어린 미소를 지으려고 했을 테지만, 그 무엇보다도 더 초조해 보였고 나는 도저히 마주 웃어 줄 수가 없었다. 나는 조금도 웃고 싶은 기분이 아니었다. 우리의 칼. 우리 칼. 그게 무슨 뜻이었을까? 어디서 찾은 걸까? 게이브가 죽던 날 밤, 경찰이 내 지문을 채취한 것이 기억났다. 그때는 현장에서 발견된 지문 중에서 내 지문을 제외하기 위한 것이라고 짐작했다. 이제 그 단순한 상황이 갑자기 훨씬 더 불길한 방향을 가리키고 있었다.

아마도 10분쯤 앉아 있었는데 말릭이 돌아와 문으로 고개를 내밀었다. 그녀의 시선은 내가 아니라 동료를 향해 있었다.

"알, 나 좀 잠깐 볼까?"

"물론이죠." 그는 일어나서 나에게 다시 한번 어색한 미소를 지어 보이고 방을 빠져나갔다. 나는 혼자 남아서 이 모든 것이 무엇을 의미하는지 알아내려고 애썼다. 내가 정말로 용의자였을까? 하지만 어떻게? 왜? 분명 게이브는 내가 집에 도착하기 한참 전에 살해되었다는 것을 알 수 있을 텐데?

하지만 그들이 정말 알 수 있을까? 문득 나는 사망 추정 시간이 얼마나 정확한지는 아는 바가 없다는 생각이 미쳤다. 예정대로라면 나는 3시 정도면 집에 도착할 수 있었을 것이다. 내가 그때 도착하지 않았다는 사실에 관해서 그들은 내 말을 믿는 방법밖에는 없었다. 사건이 발생한 지 네댓 시간이 지난 후에 누군가가 오전 2시에 죽었는지 오전 3시에 죽었는지 확실히 알 수 있을까? 갑자기 나는 확신이 서지 않았다. 현관으로 들어와 바닥에서 게이브의 피를 보았던 그 순간에 바로 경찰에 신고했어야한다는 아쉬움이 그 어느 때보다 커졌다.

주머니에서 빌린 휴대폰이 진동했고, 나는 휴대폰을 꺼냈다. 다시 이메일이었지만, 이번에는 내가 모르는 발신자가 보낸 것이었다. 선스마일 보험회사. **제목: '중요: 서류 첨부.'** 게이브가 설정해 두고 일정에 넣는 것을 잊어버린 펜 테스트였을까?

정말 중요하다고 생각해서라기보다는 괴로울 정도로 조용한 기다림에서 주의를 돌릴 것을 찾기 위해 나는 이메일을 열어 보았다.

크로스 님께,

가브리엘 메드웨이 님과 귀하의 연합 생명보험이 개시되었음을 기쁜 마음으로 알려 드립니다.

첨부된 보험증서를 주의 깊게 읽고 중요한 예외 사항과 보장 조건을 확인하시기를 바랍니다. 보험증서는 보험금 청구 시에 필요하니 잘 보관하시길 바랍니다.

귀하의 보장은 최초 보험금 납입일인 2월 1일에 시작되고 매년 갱신됩니다.

선스마일만이 드리는 마음의 평안을 선택하신 것을 축하합니다.

수

선스마일 보험

이게 무슨…… 말도 안 되는 일이었다. 나는 분명히 생명보험에 가입한 적이 없었다. 게이브가? 하지만 게이브가 가입했다면 분명히 나에게 말했을 텐데? 우리는 보험 같은 것에 전혀 신경 쓴 적이 없었다. 집은 게이브의 저축과 내가 부모님께 받은 유산으로 샀기 때문에 보험이 필요 없었다. 그리고 우리는 프리랜서라서 소득보장보험은 대부분 적용 대상이 아니었으므로, 실직이나 질병에 대한 보장도 선택할 수가 없었다. 남은 것으로 우리 둘 중 하나가 사망할 가능성은 적어도 이틀 전까지만 해도 터무

제로 데이즈

니없이 희박해 보였다. 우리는 아이가 생기면 달라질 거라고 항상 말해왔다. 아이가 생기면 아무리 가능성이 적어도 무슨 일이 일어났을 때 아이를 보호하기 위해 보험에 가입하는 것이 책임감 있는 행동처럼 느껴졌을 것이다. 하지만 그전까지는 확실히 보험료만 낭비하는 셈이었다.

스팸 메일이었을까? 이상한 피싱인가? 잠시 나는 더 알아보기 위해 이메일에 답장을 해 볼까 고민했지만, 발신자 정보를 살펴보니 개별적인 바닥글이 붙어 있음에도 이메일 주소는 일반적인 발신 전용 주소인 'Do Not Reply'로 되어 있었다. 수는 심지어 실존 인물도 아닐 가능성이 컸다.

이메일 하단에는 PDF가 첨부되어 있었다. 불안한 마음도 있었고, 이상한 첨부파일은 함부로 열지 말라고 잔소리하는 게이브의 목소리도 떠올랐지만, 그럼에도 나는 파일을 클릭했다.

글자가 이미 작은 데다가 조그만 휴대폰 화면에서는 읽기가 거의 불가능했다. 하지만 처음 몇 줄은 알아볼 수 있었다.

정말로 게이브와 내가 서로를 수혜자로 생명보험에 가입한 모양이었다. 그리고 보험금은 100만 파운드였다

나는 휴대폰을 떨어뜨렸다. 타일 바닥에 요란한 소리와 함께 떨어지는 바람에 이미 극도로 신경이 예민해져 있던 나는 발작하듯 깜짝 놀랐고, 귓가에 울리도록 크게 숨소리를 내며 휴대폰을 집어 올리느라 허우적거렸다.

이건 불가능했다. 불가능한 일이었다. 그럴 일은 희박하지만, 설령 게이브가 뭔가를 꾸몄다고 하더라도 100만 파운드라니?

아담한 우리 집 가격의 두 배에 가까운 터무니없는 금액이었다. 우리 둘 중 누구라도 생활하는 데 필요한 것보다 훨씬 더 많은 돈이었다.

만약 이것이 진짜라면, 그리고 진짜인 것처럼 보였는데, 오직 한 가지 밖에는 설명할 길이 없었다. 누군가가 꾸민 짓이었다. 거기에서 그치는 것이 아니라, 그 누군가가 나를 함정에 빠뜨린 것이다.

내가 누명을 쓴 것이다.

믿을 수가 없었다. 손에 휴대폰을 쥐고 멍하니 내려다보았다. 다른 해석이 불가능해 보였지만, 도저히 현실로 받아들이기가 힘들었다. 하지만 어떻게? 왜?

어느 질문에도 선뜻 답할 수 없었다. 대신, 나는 한 가지 사실을 깨닫고 극심하게 요동치는 아드레날린에 휩싸였다. 바로, 경찰이 내 휴대폰을 가지고 있다는 것이었다. 이는 곧 그들이 내 G 메일 계정에 접근할 수 있고 그들이 이 이메일을 발견하기까지 단 몇 시간, 어쩌면 몇 분밖에 남지 않았다는 뜻이었다.

말릭에게 이 이메일을 보여 주고, 누구든 내 휴대폰을 가진 사람이 본 것만으로 엉뚱한 추측을 하기 전에 내 입장을 먼저 이야기해야 했다.

살갗에 전기가 흐르는 것처럼 따끔거리는 충격을 느끼며 일어나서 문으로 걸어갔다. 문을 당겨 열었을 때 밖에는 아무도 없었다. 내가 머리를 내밀고 말릭을 부르려는 순간 헬의 경고가 다시 머릿속에 떠올랐다. '경찰이 늘 배우자를 의심하는 데는 다 이유가 있어. 수단도 있고 기회도 있잖아. 사건을 입증하는 데 부족한 건 동기밖에 없어. 그러니까 제발, 제발 동기를 내주지 않도록 정말 조심하도록 해.' 젠장. 젠장. 나는 어떻게 해야 할지 막막했다. 가만히 앉아서 변호사를 기다려야 할까? 하지만 그사이에 경찰이 이메일을 발견하면 내가 미리 말하지 않은 것이 아주 아주 불리하게 작용할 것이다.

아니, 지금 당장 말릭에게 이메일을 보여 줘야 한다. 어쨌든 나는 잘못한 것이 없으니까. 그녀의 동료들이 이메일을 발견하기 전에 내가 빨리 간다면 그녀도 내 이야기를 들어 주리라. '그래, 경찰을 믿었더니 지난번 일이 아주 잘도 해결되었지.' 머릿속에서 냉소적인 목소리가 들렸다. 이번에는 헬이 아니라 내 목소리였다.

나는 지난번에 경찰에 신고했던 일을 떠올렸다. 현직 경찰인 내 남자친구를 가정 폭력으로 신고하기 위해 바로 이 경찰서에 신고를 했었다. 그들은 내 이야기를 듣지 않았고, 신고접수조차 하지 않았을 뿐만 아니라 더 나쁜 짓을 저질렀다. 그들은 보복했다. 내 우편함에는 가본 적도 없는 곳에서 뗀 주차 위반 딱지가 날아들기 시작했다. 나는 이상한 시간에 '무작위'로 불심검문을 당했고, 내 가방에서 락픽이 발견되면 경찰서로 끌려가 내가 도둑이 아님을 증명할 수 있을 때까지 몇 시간 동안 긴 신문을 받았다. 한밤중에 전화가 걸려 와서 받으면 끊기기를 반복했다. 내 차가 도난 차량으로 신고되어 자동차 보험 가입을 거절당하기도 했다. 그리고 이 모든 일이 내가 제프 리드베터를 그의 동료들에게 고발한 그 순간부터 시작되었다. 그들은 곧바로 제프에 게 달려갔다.

물론, 말릭은 제프가 아니다. 내가 알기로 제프를 신고했을 당 시 그녀는 이 경찰서에 있지도 않았다. 하지만 이것은 안 좋은 이별보다 훨씬 훨씬 더 위험 부담이 큰 문제였다. 이 일이 잘못 되면 나는 평생을 감옥에서 보내고, 게이브의 살인범은 자유의 몸이 될 수도 있다.

'부족한 건 동기밖에 없어. 동기를 내주지 마.'

내가 아직 고민하고 있을 때 복도 끝에서 다가오는 말릭의 목 소리가 들렸다. 나는 조사실 안으로 재빨리 몸을 숨겼다. 심장이 두근거렸다.

"…… 알아, 하지만 내 생각에는 우리가 그 여자를 체포해야 할 것 같아." 이런 말이 들렸다. 목소리는 희미했으나 점점 가까 워졌고 하이힐이 또각거리는 소리도 같이 들렸다.

"그래요, 맞아요, 칼에 그 여자 지문도 있고, 하지만 제 느낌에 는……." 마일스가 말을 시작했지만 말릭이 참을성 없이 끼어들 었다.

"칼은 아주 사소한 거야. 알, 중요한 건 그 외의 것들이지." 발 걸음 소리가 멈췄다. 말릭이 본격적으로 자기 주장을 하기 위해 복도 중간에서 멈춘 것 같았다. "시간도 너무 수상하고, 휴대폰 은 편리하게도 우리가 동선을 확인하지 못하도록 꺼져 있었어. 무엇보다도 이상한 건 거의 한 시간을 기다렸다가 999에 신고 한 거야."

제로 데이즈

"저는 그냥……." 마일스가 다시 말을 꺼냈지만 말릭이 재빨리 말을 가로챘다.

"과학수사관의 처음 보고서에서 침입의 흔적이 전혀 없다고 한 건 물론이고. 그건 어떻게 설명할래?"

"범인이 초인종을 눌렀을 수도 있어요." 마일스가 다소 온순한 목소리로 말하자 말릭이 콧방귀를 뀌었다.

"피해자가 낯선 사람을 집에 들이고, 목이 잘리는 동안 헤드폰을 낀 채로 조용히 앉아 있었다고? 탱크처럼 건장한 남자였어. 아니야, 미안해, 난 못 믿겠어. 지금 그 여자를 체포하자고. 끝."

"그렇다고 해서 그게 유죄를 입증하는 데 필요한 조건을 충족하나요?" 마일스가 말했다. "제 말은 지난밤 이후로 뭔가 정말 달라진 건가요? 그때도 위에서 체포 기준에 못 미친다고 판단했다면, 오늘이라고 뭐가 달라졌는지 모르겠어요. 핵심은 그녀가 자기 이야기를 바꾸지 않았다는 거예요. 그리고 도주 위험이 있는 것도 아니잖아요? 협조하고 있어요. 자발적으로 출석하고 있다고요."

"내 직감이나, 뭐 그런 걸로 생각해. 난 그녀에게 신뢰가 가지 않아. 모든 일에 너무 편리한 핑곗거리가 있어. 휴대폰이 방전되더니, 집에 가는 길을 잃었다지." 나는 그녀가 허공에 손가락으로 따옴표를 그리는 것이 보이는 듯했다. "그리고 결국 집에 들어갔을 때는 무슨 의식을 잃었다지 않나. 아냐, 미안해, 알, 이 모든 걸 종합하면 너무 과해. 비탄에 빠진 미망인 연기는 믿지 않

아. 그 여자 변호사가 오기 전에 릭에게 이야기할 거야."

"뭐, 좋으실 대로 하세요." 마일스가 말했다. 그의 목소리에서 어깨를 으쓱하는 몸짓이 느껴지는 듯했다. "다시 들어가기 전에 차 한 잔 드실래요?"

"아니, 난 괜찮아, 고마워. 릭이 점심 먹으러 가기 전에 만나서 허락을 받을 수 있는지 봐야겠어. 변호사는 적어도 30분은 걸릴 거라니까 우리가 급한 건 아니야."

"알겠어요. 제가 조사실에 가서 필요한 게 있는지 물어볼게요. 그럼 조사실에서 뵐게요."

말릭은 동의하는 표시를 했고, 다시 발걸음 소리가 들렸다. 이번에는 점점 가까워지고 있었다.

나는 소리를 내지 않고 자리로 돌아와 앉았다. 이 모든 것이 무슨 의미인지 생각해 보는 사이 심장이 빠르게 뛰었다.

누군가가 나를 게이브의 살해범으로 몰고 있었다. 그렇게 생각할 수밖에 없었다. 방금 말릭의 말에 의하면 강제로 침입한 흔적도, 침입자가 있었다는 증거도 없었다. 이것은 사람을 착각하거나 계획이 어긋난 강도 사건이 아니었다. 어떤 증거도 남기지 않고 침입해 게이브를 죽일 정도로 능수능란한 누군가가 저지른 살인 사건이었다. 그리고 이제는 나에게 누명을 씌우고 자신의 흔적을 감추려고 하고 있었다. 범인이 실수한 적이 없다면, 결국 말릭이 내가 자의로 보험에 가입한 것이 아니라고 이야기했을 때 내 말을 믿어 주는지 아닌지가 관건이었다.

손이 떨렸다. 처음 일하러 나갔을 때, 시작하기 전부터 떨리던

제로 데이즈

것이 생각났다. 게이브가 내 앞에 무릎을 꿇고 있었다. '코로 숨을 들이마시는 거야, 셋, 둘, 하나…… 입으로 내쉬고, 셋, 둘, 하나. 코로 들이마시고 셋, 둘, 하나…… 입으로 내쉬고. 당신은 할 수 있어.'

나는 두려움에 맞서 이를 악문 채 천천히 떨리는 숨을 내쉬었다. '생각해, 잭, 생각을. 넌 할 수 있어.'

그래. 그런 거라면 말릭에게 사실대로 털어놓을 수는 없었다. 그녀는 오직 내 죄를 입증할 증거만 기다리고 있었다. 그녀에게 그 이메일을 보여 주는 건 그 증거를 내 손으로 건네주는 꼴이었다. 이메일을 삭제할 수 있을까? 삭제해서 서버에서 이메일이 없어지면 적어도 변호사가 올 때까지는 시간을 벌 수 있을 것이다. 하지만 나는 명백히 그들의 감시망에 있었다. 내가 유죄로 보일 만한 자료를 없애지 못하도록 휴대폰에 백업 프로그램을 설치해 두었을 것이 분명했다. 게이브라면 그렇게 했을 것이고, 나는 이 부분에 대해서는 거의 확신할 수 있었다. 게다가 나는 게이브와 이야기를 하면서, 삭제를 누르고 휴지통을 비우는 것만으로는 아무것도 '진짜로' 지워지지는 않는다는 것을 알게 되었다. 그들이 나를 겨냥한다면 뭔가를 찾을 때까지 그 휴대폰을 샅샅이 뒤질 것이었다.

반면 그들이 이메일을 이미 읽었고 내가 서버에서 지우는 것을 본다면…… 그것으로 나는 끝장날 것이다. 마치 증거를 인멸하려는 것처럼 보일 테니 말이다. 그래선 안 된다. 그건 자살 행위였다.

하지만 받은 편지함에 그 이메일을 둔 채로 여기 앉아서 누군가 읽기만을 기다리고 있는 것도 그에 못지않게 불리한 일일 터였다. 체포되는 것은 시간문제였다. 그쯤 되면 마일스와 말릭이 게이브의 살해범을 계속 찾으리란 것도 확신할 수 없었다. 말릭의 눈에 나는 이미 유죄였다. 이메일은 내 관에 박히는 마지막 못이 될 것이다. 내가 하지 않은 일로 체포되는 것, 심지어 재판을 받는 것까지도 어떻게든 견딜 수 있겠지만, 게이브의 살해범이 자유롭게 돌아다니며 우리를 비웃는다는 생각은 견뎌내기가 힘들었다. 내 사건이 법정에 갈 때쯤이면 선고가 어떻게 나든 이런 짓을 한 범인은 이미 이 나라를 떠났을 것이고, 증거를 완벽히 은닉해 영원히 정의를 실현할 수 없게 될 것이다.

그게 다였다. 두 가지 선택, 말릭에게 지금 이메일을 넘기거나 그녀가 발견하기를 기다리거나. 둘 다 결국은 게이브의 살해범을 자유롭게 만들어줄 것이 분명했다.

아니면 내가……. 거의 불가능해 보이는 어떤 아이디어가 떠올랐다. 내가 그냥…… 떠난다면? 어쨌든 나는 체포된 것은 아니었다. 아직은. 나는…… 마일스가 뭐라고 했더라? 자발적으로 출석한 것이었다. 조사를 시작하면서 말릭이 했던 말이 떠올랐다. '언제든 떠날 수 있습니다. 하지만 조사를 마치지 않고 떠나기로 한다면 체포 결정이 적용될 수 있습니다.'

그 은근한 위협이 바로 이런 의미였다. 당신은 자발적으로 여기에 왔지만, 떠나려고 한다면 체포할 것이다.

젠장. 젠장.

제로 데이즈

'코로 들이마시고, 셋, 둘, 하나…….' 하지만 나는 준비가 되지 않았다. 전혀 안 됐다. 나는 허우적거리고 있었다. 그것도 몹시 딱할 정도로. 만약 게이브가 여기 있어서 헤드셋으로 내 귀에 속삭여 주었더라면, 아니 실제로 내 곁에 앉아 따뜻하게 안심시켜 주었다면 얼마나 좋을까. 하지만 그는 없었다. 나는 혼자였다. 그리고 뭘 해야 할지 막막했다.

내가 두 손으로 머리를 감싸 쥐고 앉아 어떤 선택을 해야 할지 고민하고 있을 때, 문손잡이가 돌아가더니 벌어진 틈으로 마일스의 웃는 얼굴이 나타났다.

"이야, 잭, 늦어져서 죄송해요. 변호사에게 연락하려고 하다 보니. 지금 오는 중인데, 20분쯤 걸릴 거예요. 마실 것 좀 드릴까요? 차? 커피?"

"어……." 나는 내 안에서 휘몰아치는 감정의 소용돌이가 얼굴에 드러나지 않기를 바라며 침을 삼켰다. '일로 생각하자. 이건 또 하나의 일인 거야. 너는 역할을 맡은 거야.' "어, 네, 고마워요. 차가 좋겠어요." 그가 고개를 끄덕이고 돌아서 나가려는 참에 내게 어떤 생각이 떠올랐다. "혹시 있으면 디카페인으로 부탁할게요. 아니면 페퍼민트라도? 없어도 괜찮아요, 그냥 보통 차도 좋아요."

마일스는 확신이 없는 표정이었다. "네, 그런 게 있는지 모르겠는데 한 번 찾아볼게요."

그가 문을 닫자 나는 떨리는 숨을 내쉬었다. 나는 차를 마시고 싶지 않았고, 디카페인이든 아니든 전혀 상관없었다. 하지만 선하고 친절한 마일스가 부탁을 들어주려고 애쓸 것을 기대했다. 그가 동료들에게 페퍼민트 차가 있는지 물어보고 돌아다니느라 단 몇 분만 지체되어도 나에게는 시간을 벌어 주는 셈이었다.

왠지 모르겠지만 어떤 깨달음, 냉정하고 굳건한 확신이 내 안에 자리 잡았기 때문이었다.

나는 여기서 내가 저지르지 않은 범죄로 체포되기를 기다리지 않을 것이다. 나는 여기서 나갈 것이다.

나는 복도를 따라 희미해지는 마일스의 발걸음 소리에 귀를 기울이며 꼼짝하지 않고 앉아 있으려고 안간힘을 썼다. 마침내 소리가 사라지자, 나는 일어나서 문으로 걸어갔다. 심장이 쿵쾅거렸지만 코로 숨을 들이쉬고 입으로 내쉬며 호흡했다. 이건 그저 또 하나의 일이었다. 백 번도 넘게 해 보지 않았던가.

만약 문제가 생긴다면 써먹을 이야기들을 머릿속으로 연습했다. 말릭이나 마일스에게 발각되면 화장실에 가는 길이라고 말할 것이다. 다른 사람이 날 발견하면 가짜 이름을 댈 것이다. 케이트가 좋겠다. 묻지 않는 한 성은 말하지 않을 것이다. 하지만 내 나이 또래의 케이트는 어떤 조직에서나 한 명쯤은 찾을 수 있을 정도로 흔했다. 그 이상은 임기응변으로 대처해야 했다. 나는 변호사로 보일 만큼 말쑥한 차림이 아니었고, 평소에 가지고 다니는 장비도 전혀 없었다. 무엇이 됐든 경찰서에서 찾을 수 있는 것을 이용하고 주어진 상황에서 요령 있게 빠져나가는 방법

제로 데이즈

밖에 없었다.

마일스는 왼쪽으로 갔고, 말릭은 아마도 오른쪽으로 갔을 것이다. 하지만 들은 바에 따르면 말릭은 동료를 찾으러 갔으니, 사무실 안 어딘가에 있을 가능성이 컸고, 반면 마일스는 차를 가지고 언제라도 돌아올 수 있었다. 게다가 오른쪽이 내가 왔던 길이었고, 즉 정문을 찾을 가능성도 가장 높았다.

나는 오른쪽으로 갔다. 복도를 따라 조사실과 사무실, 닫힌 문들이 줄지어 있었다. 나는 팔에 코트를 걸친 채 여기에 속한 사람처럼, 갈 곳이 있고 만날 사람이 있는 사람처럼 보이려고 애쓰며 빠르고 단호하게 걸었다.

모퉁이에서 왼쪽으로 돌았다. 탈의실 같은 곳을 지나 곧장 나아갔다. 그리고 세 갈래로 나누어지는 곳에서 어느 쪽으로 가야 하는지……. 젠장, 기억이 나지 않았다. 나는 망설이면서 아까 말릭과 왔던 길을 기억해 내려고 애썼다. 보통 진짜 일을 맡았을 때는 건물의 배치에 세심한 주의를 기울이지만, 한 시간 전만 해도 이런 상황이 되리라고는 생각조차 하지 못했고, 지나는 경로를 기억하려고 특별히 노력하지 않았다. 나는 눈을 감고 우리가 걸어온 길을 그려보려고 했다. 입구 안내데스크를 지나서. 문을 통과해서. 복도를 따라 복사실을 지난 다음에는…… 분명 왼쪽으로? 그렇다, 왼쪽이었다. 그러니 이번엔 오른쪽으로 가야 한다는 뜻이었다.

오른쪽으로 간 나는 텅 빈 복도를 따라 빠르게 걸었다. 열린 문으로 복사기가 있는 방이 보이자 반가운 마음에 기분이 조금 좋아졌다. 제대로 가고 있었다. 이 모든 것이 너무 쉬웠다. 몇 분만 있으면, 아니면 그보다 더 빨리 나는 바깥에서 신선한 공기를 마실 수 있을 것이다.

그리고 나는 문 앞에 다다랐다.

반대편에서 이 문을 지나온 것을 기억했지만, 이제 다른 것도 생각났다. 말릭은 입구 왼쪽에 있는 무언가를 톡 건드렸었다. 그때는 아무 생각 없이 그녀가 일종의 해제 버튼을 눌렀으리라고 짐작했다. 하지만 이제는 베이지색 플라스틱 카드 단말기가 보였다. 아마도 말릭은 어떤 열쇠나 카드 같은 것을 들고 있다가 단말기에 댄 것 같았다. 빌어먹을. 빌어먹을. 단말기 옆에는 '유리를 깨시오.'라고 적힌 화재경보 버튼이 있었다. 이 버튼을 누르면 안전상의 이유로 문이 개방될 '수도' 있었다. 하지만 그것은 너무 큰 도박이었다. 경보기를 작동시키면 건물 안의 모든 경관이 출구를 향해, 그리고 나를 향해 달려올 것이다.

어떻게 해야 할까? 내 도구만 있다면 단순한 전자기 접촉 방식으로 보이는 이 금속판을 물리적으로 조작할 수 있었을 것이다. 하지만 나는 입고 있는 옷 외에는 아무것도 없었다. 돌아가는 길이나 뒷문이 있을까? 펜 테스터에게 체포는 직업적으로 감수할 위험이었고, 드문 경우지만 유치장까지 간 적도 있었다. 경험상 유치장은 지극히 보안이 철저하지만, 경찰서의 나머지 공간은 대개 철옹성은 아니었다. 예를 들어 제프와 데이트할 때 그가 근무했던 경찰서는……. 하지만 그 생각은 밀어냈다. 지금은 제프를 생각할 겨를이 없었다. 지금 이 상황을 더 나쁘게 만들

제로 데이즈

유일한 방법이 있다면 바로 제프와 맞닥뜨리는 것이었다.

갑자기 발소리가 들렸다. 복도 모퉁이를 돌아서 오는 여자 구두 소리였다. 자리를 지키고 있어야 할까? 문을 통과할 때 따라 나가야 할까? 하지만 말릭일 수도 있었고, 그렇다면 일을 망치는 것이었다.

영원처럼 느껴지는 1, 2초 동안 망설이다가, 마지막 순간에 덜컥 겁이 나서 나는 복사실로 숨었다. 그 사람이 내 뒤쪽으로 지나가는 동안 복사기 위로 몸을 숙였다. 말릭이 아니었다. 정확히 누군지는 알 수 없었지만, 체형으로 보아 나이가 많고 체중이 더 나가는 사람이었다. 그녀가 문 앞에서 멈춰 섰고, 카드 단말기가 딸깍하고 작동하는 소리가 들렸다. 그리고 그녀는 그대로 문을 통과했다.

젠장. 젠장. 처음에 직감했던 대로 그녀를 뒤따라 나갔어야 했다. 일할 때도 자주 있는 일이었다. 내 출입증이 작동하지 않는다고 하거나, 급한 사람처럼 서둘러 지나가기도 했다. 열 번 중 아홉 번은 무사통과였다. 하지만 지금은 위험 부담이 더 컸고, 그 10퍼센트의 일이 잘못될 가능성이 내가 겁을 먹은 이유였다.

나는 떨리는 숨을 내쉬며 뭐라도 쓸만한 것이 있는지 찾으려고 좁은 복사실을 둘러보았다. 버려진 출입증을 바라는 것은 너무 큰 기대였지만, 화재 시 피난 안내도는 찾을 법했고, 거기에는 다른 출구가 나와 있을지도 몰랐다.

안내도는 없었다. 대신 그에 못지않게 좋은 것을 발견했다. 바로 굵고 견고한 샤피 마커였다.

나는 펜을 집어 들고 다시 복도로 나와 아무도 보지 않는지 이리저리 살핀 후에 문 밑에 수직으로 세우고, 펜 끝을 문기둥과 문 사이의 귀퉁이에 기대어 두었다. 다행히 나는 문 안쪽에 있었다. 문 바깥쪽에서는 이런 요령을 부리기가 훨씬 어려웠다.

그런 다음 다시 복사실로 돌아와서, 종이 한 장을 신용카드 크기와 모양으로 접어놓고 기다렸다. 그리고 또 기다렸다.

조사실에서 나온 지 3, 4분이 넘지 않았을 시간이었지만, 나는 마일스가 이미 돌아왔거나 조만간 돌아오리라는 사실을 극도로 의식하고 있었다. 물 끓이는 데 2분, 차를 젓고 우유를 찾는 데 60초. 그가 굳이 디카페인 차를 찾으러 다녔다면 내가 2분쯤 더 벌었을 수도 있지만, 그것에 기대를 걸 수는 없었다. 그리고 그가 돌아와서 방이 빈 것을 발견하면, 경보를 울릴 때까지 얼마나 걸릴까? 60초? 아니다. 나는 마일스 같은 사람들을 전에도 상대해 본 적이 있었는데, 그렇게 결단력 있는 유형은 아니었다. 말릭이 방이 빈 것을 발견했다면 그녀는 '칼'이란 말을 하기도 전에 모두가 비상경계 태세에 돌입하게 했을 것이다. 하지만 마일스는…… 그렇지 않았다. 그는 그런 사람이 아니라, 자신을 의심하고 명령 계통에 따르는 유형이었다. 그러니 그는 먼저 말릭을 찾아서 그녀가 나를 구금한 것은 아닌지 확인하려 할 것이다. 그런 다음에는? 글쎄, 내가 운이 좋다면 그는 나를 믿고 화장실을 찾아볼 것이다. 하지만 그렇게까지 하리라는 보장은 없었고, 일단 그가 말릭을 찾고 난 뒤에는 게임이 끝났다고 봐야 했다. 반면, 말릭은 몸이 먼저 움직이고 질문은 나중에

하는 유형으로 보였다.

여전히 고민하고 있을 때 다시 발걸음 소리가 들렸다. 이번에는 결의에 차서 복도를 걸어오는 남자의 발소리였다. 마일스는 아니었다. 좀 더 묵직한 신발에 좀 더 확신에 찬 걸음걸이였다. 제복을 입은 경관 한 명이 복사실 문을 지나갔고, 카드 단말기를 건드리는 소리가 나더니 문이 열렸다. 하지만 문이 다시 닫힐 때는 잠금장치가 제자리에 찰칵 맞물리는 소리가 들리지 않았다. 문이 닫히는 소리와는 조금 다른, 플라스틱이 으드득하고 으스러지는 소리였다.

나는 경찰관이 그 소리를 알아차리고 몸을 굽혀 바닥을 살피기를 기다렸다.

코로 숨을 들이쉬고, 셋, 둘, 하나…….

아무 소리도 없었다. 그저 멀어져가는 발걸음 소리뿐이었다.

나는 숨을 내쉬고 복사실에서 나와 복도를 따라 최대한 빨리 걸었다. 이번에는 당연하게도 문이 약간 열려 있었다. 샤피가 눈에 띄지 않게 틈새로 쓰러져 문이 닫히지 않게 막고 있었다.

혹시 누군가가 보고 있을지도 모르니 출입증을 대는 사람처럼 접어둔 종이를 단말기에 대는 시늉을 한 다음 문을 밀어 열고 통과하면서 샤피를 발로 차서 옆으로 치웠다. 내 뒤로 문이 닫혔고, 나는 밖으로 나왔다.

다음 단계가 가장 난관이었다. 거의 다 왔지만, 정문 안내데스크를 지나야 했다. 근무 중인 경관이 나를 기억할까? 왜 말릭이나 마일스가 동행하지 않았는지 의아해할까?

들어올 때는 들고 있던 재킷을 이제는 입고, 확연히 구별되는 빨간 머리를 최대한 가리기 위해 목에 스카프를 감았다. 게이브가 "CCTV로 당신을 분명히 기억하게 될 거야."라고 했을 때, 왜, 도대체 왜 그의 말을 듣지 않았을까?

하지만 그건 이미 너무 늦었다. 나는 그냥 빠르게 걸어야 했고, 아무도 나를 알아채지 않기를 바랄 뿐이었다.

주차장으로 나가는 문이 가까워졌고, 정문 안내데스크도 마찬가지였다. 근무 중인 경관은 로비 벽에 가려져 있었지만, 누군가 그와 이야기하고 있었다. 제스처로 보아 뭔가에 대해 불평하는 것 같았다.

"선생님, 그런 식으로 말씀하지 마세요." 지친 듯하면서도 위협적인 경관의 목소리가 들렸다.

나는 걸음을 재촉해 정상적으로 보일 수 있는 한에서 최대한 빨리 걸었고, 거의 무의식적으로 대기 구역의 오른쪽으로 움직여 아까 발견했던 CCTV 사각지대로 들어섰다. '코로 들이쉬고, 셋…… 둘…… 하나…… 입으로 내쉬고, 셋…… 둘…… 하나…….'

문에 거의 다 왔다.

"실례합니다." 뒤에서 화가 난 목소리가 들려왔고, 나는 고개를 돌려 경찰관이 나를 부르는지 확인하고 싶은 본능을 억누르기 위해 안간힘을 써야 했다. "실례하지만, 이러시면 나가 주셔야……."

내가 아니었다. 그는 나에게 말하는 것이 아니었다. 사실 내

제로 데이즈

손은 이미 문에 닿아 있었고, 나는 문을 밀어 열었다. 그리고 밖으로 나와 주차장에 있었다. 무릎이 떨리고, 안도감으로 몸에 힘이 풀렸다.

헬에게 전화하고 싶은 마음이 굴뚝같았지만, 그럴 시간이 없었다. 당장 도망쳐야 했다. 전화를 꼭 해야 한다면 택시에서 할 수도 있었다. 이제 반쯤 달리다시피 작은 주차장을 가로질러 도로로 향하면서 머릿속으로 선택지를 꼽아보았다. 우버는 안 된다. 빌린 휴대폰에는 앱을 설치해 두지 않은 데다 추적하기도 너무 쉬웠다. 그렇다면 택시였다. 택시가 있기를 기도할 수밖에 없었다. 내게 돈이 있던가? 헬이 지폐 두 장을 내 손에 쥐여 줬고, 내가 휴대폰 케이스에 돈을 넣은 기억이 떠올랐다. '헬은 언제나 옳다.' 제기랄, 정말 그녀가 옳았다. 이 상황에서 벗어나면, 다시는 헬의 조언을 무시하지 않을 것이다.

노란 색 빈 차 표시등이 켜진 택시 한 대가 나를 향해 오고 있었다. 나는 도망가려는 사람 같은 기색을 드러내지 않으려고 애쓰며 손을 흔들었다. 머릿속에서 처음으로 상황을 분명히 표현해 보니 현실이 절절히 다가왔다. 맙소사, 내가 무슨 짓을 한 거지?

택시가 옆에 멈춰 서자 나는 조금 숨이 찬 채로 "안녕하세요."라고 말했다. 그리고 "감사합니다. 저, 제가 가려는 곳이……."라고 말하다가 멈칫했다. 젠장. 어디로 가지? 런던을 벗어나야 했지만, 그 전에 옷과 음식, 그리고 무엇보다도 돈이 필요했다. 헬의 집이 가장 분명한 답이었지만, 경찰이 내가 거기로 가리라고 예상할 텐데 내게 시간이 얼마나 남았는지 알 수 없었다. 사실은 내 집에서 비상 가방을 가져오고 싶었지만, 그것은 자살행위나 다름없었다.

아니…… 가능할 수도 있지 않을까?

"어서요, 손님," 택시 기사가 성마르게 말했다. "탈 거예요? 말 거예요?"

"음, 솔즈베리 레인으로요." 나는 결심을 굳히며 택시에 탔다. 내가 미친 걸까? "SE10이요. 아시나요?"

"네, 알죠." 기사는 이렇게 대답하고 출발했다. 차가 움직이기 시작하자 나는 언제라도 청색 경광등을 켠 차들이 경찰서에서 쏟아져 나올지도 모른다는 생각에 숨을 멈추고 뒤를 돌아보았지만, 아무 일도 일어나지 않았다.

좌석에 등을 기댄 채 내가 하고자 하는 일을 정말로 해낼 수 있을까에 대해 고민했다.

그런데 생각할수록 이것이 영 정신 나간 생각은 아니라는 확신이 들었다. 그렇다, 위험하지만 그렇게까지 큰 위험은 아니었다. 집 문 앞에는 틀림없이 경찰관이 있겠지만, 바로 그 이유에서 경찰은 내가 그곳으로 가리라고는 예상하지 못할 것이다. 그들은 가장 먼저 헬을 찾아갈 것이고, 헬은 그들에게 나를 경찰서에 내려 줬다고 사실대로 말할 것이다. 그런 다음에는…… 그 뒤에는 다른 곳을 찾기 시작할 것이다. 어쩌면 내가 빌린 휴대폰을 추적할지도 모른다. 그러나 잘 되면 그때쯤 나는 이미 집에서 떠난 다음일 것이다.

제로 데이즈

나는 주머니에 손을 넣어 휴대폰을 끈 다음, 앞으로 몸을 기울여 택시 기사에게 말했다.

"사실은 솔즈베리 레인이라고 말은 했지만, 솔즈베리 가든으로 가고 싶은데요, 아시나요?"

"어…….." 기사는 머리를 긁적이며 생각했다. "그 솔즈베리 레인에서 모퉁이를 돌면 나오는 막다른 곳 같은 거기요? 끄트머리에 술집이 있고?"

"바로 거기요. 거기에 내려 주실 수 있나요?"

"네, 물론이죠. 저한테는 다를 것도 없어요."

"그리고 상관없으시다면……." 나는 말을 멈췄다. 우리 집이 있는 솔즈베리 레인의 위쪽 끝을 지나지 말아 달라고 말하려고 했지만, 갑자기 어리석은 짓이라는 생각이 들었다. 나는 택시 안에 있었다. 경찰은 택시를 타고 지나가는 사람까지 확인하지는 못할 것이고, 오히려 현장 조사 요원이 아직 집을 조사하고 있는지 상황을 파악할 수 있을지도 몰랐다.

"네?" 기사가 물었고, 나는 고개를 저었다.

"신경 쓰지 마세요. 죄송해요, 잠깐 말이 헛나왔어요. 계속 가 주세요."

"묻지도 따지지도 말고 집에 빨리 모셔다드릴까요?" 기사가 웃으며 말했고, 나는 고개를 끄덕였다. 하지만 따라 웃지는 않았다. 집, 그렇다. 하지만 거기서 누가 나를 기다리고 있을지는 확신할 수 없었다.

대략 10분에서 15분쯤 지나 택시는 솔즈베리 레인으로 접어들었고, 나는 지난번 그 길에 들어섰을 때의 또렷한 기억, 견디기 힘들게 생생한 그 기억이 떠올랐다. 그때는 곧 무엇을 발견하게 될지 꿈에도 모른 채, 경찰과 이야기하느라 긴 밤을 보낸 후 지친 몸으로 집에 거의 다 왔다는 것에 기뻐하고 있었다.

차가 속도를 줄이며 과속 방지턱을 조심스럽게 넘을 때, 나는 창밖에서 내 집을 바라보며 안에 어떤 움직임이 있는지 살폈다. 아무것도 없었다. 적어도 내가 감지할 수 있는 움직임은 없었다. 커튼이 쳐져 있었고, 현관문도 닫혀 있었으며, 집 바로 앞에 주차된 순찰차 한 대와 운전석에 앉은 어둑한 형체를 제외하면 경찰의 흔적은 전혀 없었다. 현장 처리를 마쳤거나 전문 팀이 오기를 기다리고 있는 것 같았다.

우중충한 잿빛 날씨였지만 집 안에는 불이 켜져 있지 않았다. 도로에 주차된 다른 차는 모두 내게는 익숙한 이웃의 차들이었다. 나는 숨을 내쉬었다. '내쉬고 셋, 둘, 하나……'

"여기 세우면 될까요?" 운전대를 돌리며 솔즈베리 가든으로 들어서는 기사의 목소리가 생각에 잠긴 나를 깨웠다. 긴장되어 속이 울렁거리기 시작했다.

"네, 좋아요. 정말 감사합니다. 얼마죠?"

"22파운드 45펜스. 22파운드만 받을게요."

나는 헬이 준 지폐를 건넸다.

"5파운드를 동전으로 받을 수 있을까요?"

기사는 고개를 끄덕이며 잔돈을 세어 주었고, 나는 동전을 주

제로 데이즈

머니에 넣고 차에서 내렸다. 솔즈베리 가든을 따라 맨 끝에 있는 조금 허름한 차고로 걸어가는 동안 심장이 쿵쾅거렸다.

차고 오른쪽에는 풀이 제멋대로 자란 작은 길이 있었다. 앞마당에 바퀴 달린 대형 쓰레기통이 없었던 시절에 환경미화원들이 사용하던 길이었다. 이제는 쐐기풀과 가시덤불이 가득했지만, 사람들이 간간이 자전거나 아이들 놀이 기구를 끌고 다니는 덕분에 비교적 깨끗하게 유지되어 지나다닐 만했다.

멀지 않은 그 길 끝에는 잠긴 출입문이 있었는데, 비밀번호가 기억나지 않았지만 그냥 쉽게 넘어갈 수 있었다. 볼 사람도 없었고, 보더라도 뭐라고 하지 않을 것이다. 우리 동네는 그런 곳이 아니었다.

집들의 뒷모습은 무척 낯설었고, 그 때문에 우리 집을 찾는데 예상보다 시간이 더 걸렸다. 어떻게 그럴 수 있는지 이해가 가진 않지만, 어쩌면 내가 길을 잃어버렸을지 모른다는 생각이 들 무렵, 하얀 색으로 칠해진 벽, 작은 잔디밭, 가시 많은 덩굴장미가 보였다. 그 꽃은 특별히 좋아해서라기보다는 보안 목적에서 내가 심은 것이었다. 장미들은 자라서 이제 정원 담장 전체를 덮었고, 누구든 타고 오르려는 사람을 막는 데 효과적이었다. 보안에 철저했던 과거의 나를 저주하며, 나는 코트를 벗어 담장 위로 걸쳤다. 때마침 2월의 매서운 바람이 골목을 휘감았다. 코트가 장미 덩굴을 뒤덮어 약간이나마 도움이 되었다. 하지만 담장 위로 몸을 끌어올리며 나는 가시가 손바닥에 깊숙이 박히는 것을 느꼈다.

나는 조용히 정원으로 내려와 코트를 집어 들고, 곧바로 야외 테이블 뒤로 숨었다. 혹시 누군가가 나를 보았을까 봐 심장이 빠르게 뛰었다. 하지만 뒷문으로 고개를 내미는 경찰관은 없었다. 몇 분 후에 나는 몸을 일으켜 피가 난 손을 침울하게 내려다보았다. 큰 가시 두어 개를 뽑아내고, 청바지 뒤에 피를 닦는 것 외에는 딱히 할 수 있는 일이 없었다. 그리고 다음 과제인 집 안으로 들어갈 채비를 해야 했다. 도구도 없고, 열쇠는 아직 경찰서에 있는 가방에 들어 있었으니 간단한 일은 아니었다. 그러나 말릭의 말은 옳았다. 게이브는 낯선 사람을 집에 들여놓고, 그들이 목을 베는 동안 노이즈 캔슬링 헤드폰을 쓰고 앉아있을 사람이 아니었다. 누군가가 흔적도 없이 침입한 것이었다. 그렇다면 나도 할 수 있다는 뜻이었다.

그리고 나에겐 두 가지 유리한 점이 있었다. 첫째로 감식에 걸릴 걱정은 할 필요가 없었다. 내 지문과 DNA는 이미 집 전체에 있었으니, 장갑을 낄 필요도 옷을 덮을 필요도 없었다. 둘째로 나는 집의 구조와 취약점을 잘 알았다.

문제는 어떤 취약점이냐는 것이었다. 업계에서 일하면서 고가의 컴퓨터 장비가 집에 많았기 때문에 게이브와 나는 보안에 상당히 주의를 기울였고, 아래층으로 들어가는 것은 완전히 포기해야 했다. 뒷문에는 잠금장치와 견고한 볼트가 있었고, 이중 잠금 방식의 1층 창문에는 유리 파손을 감지하는 경보 센서가 있었다. 물론 나는 비밀번호를 알고 있었다. 그리고 현관문을 열면 30초 동안 경보를 해제할 시간이 있지만, 창문을 깨면 즉시 경보가

제로 데이즈

울린다는 것도 알았다. 나는 집 앞에 있는 경찰이 들이닥치기 전에 집에 들어가서 예비 침실까지 올라갈 시간이 필요했다.

하지만 위층은 조금 더 희망적이었다. 뒷마당을 위아래로 살펴보며, 나는 야외용 의자를 단층 주방을 증축한 곳으로 끌어와 평평한 지붕 위로 올라갔다.

위쪽은 더 추웠고, 일어서다가 바람 때문에 잠시 비틀거렸다. 지붕 위의 물웅덩이가 얼어붙어 나는 조심스럽게 그 주위를 돌아갔다. 지금 미끄러지면 끝장이었다.

바로 앞에는 욕실 창문이 있었다. 항상 그렇듯이 닫힌 채 잠겨 있었지만, 어딘가 이상한 점이 있었다. 창문 상단에 있는 환풍기가 돌지 않고 있었다.

보통 우리는 환풍구를 열어 두었다. 욕실은 외벽이 세 개나 있어 춥고 습기가 차기 쉬웠는데, 환풍기를 돌리는 것이 곰팡이를 막는 유일한 방법이었다. 오늘같이 바람이 부는 날에는 요란한 소리가 나도록 빠르게 돌아가야 하는데, 지금은 환풍기 날개가 조용히 고정되어 있었다. 경찰이 껐을까? 왜 그랬을까?

나는 환풍기를 살펴보았다. 투명한 플라스틱으로 만들어져 있었는데, 바깥쪽 부분에 전에는 본 적 없는 금이 가 있었다. 우리가 솔즈베리 레인에 이사 온 이후 나는 매일 아침저녁으로 이를 닦거나 손을 씻을 때마다 그 환풍기를 바라보았다. 다시 한번 환풍기를 살펴보다가, 나는 무언가를 발견하고 희망과 두려움이 뒤섞인 채 가슴이 철렁 내려앉았다.

환풍기가 헐거웠다.

원래부터 그랬는지, 누군가 도구로 빼냈는지 모르겠지만, 환풍기 본체는 동그란 구멍에 끼어만 있었고, 플라스틱 테두리에 손톱을 넣자 쉽게 빠졌다.

거기서부터 환풍기 구멍에 팔을 넣어 아래쪽의 창문 잠금장치를 돌리고, 습기 찬 나무의 끼익 소리와 함께 위쪽 창문을 아래로 내리는 데까지는 몇 초면 되는 일이었다.

나는 집 안으로 들어왔다. 그리고 금이 간 것에 대해 내가 단단히 착각한 것이 아니라면, 게이브의 살해범은 이 방법으로 집에 들어오면서 환풍기를 깨뜨렸을 것이다.

그 생각에 순간적으로 구역질이 밀려왔다.

게이브의 목을 그었던 사람이 누구든지, 지금 나는 그 발자취를 밟고 선 것이 틀림없었다. 범인이 발을 디딘 지 48시간도 채 되지 않은 그 자리에 말이다. 마지막으로 환풍기와 창문 잠금장치를 만지고, 지금 내가 하듯이 창을 내리고 좁은 틈새로 조용히 들어온 그 사람이 바로 게이브를 죽인 사람이었다.

욕실 바닥으로 내려오는 순간, 구역질이 밀려왔다. 내가 남편의 살인범과 같은 경로를 걷고 있다는 깨달음뿐만 아니라, 집이라는 친숙함과 지금 벌어지고 있는 일의 끔찍한 이질감이 뒤섞여 모든 것이 역겹게 느껴졌다. 욕실에는 내 잡동사니들이 여전히 가득했다. 용기에서 흘러나온 화장품, 거울 수납장 선반에 새어 나온 매니큐어 자국 그리고 세면대 옆에는 게이브의 제모용 왁스가 있었는데, 그 모습을 보는 순간 울컥했다. 그러나 문손잡이에는 지문 채취용 분말이 묻어 있었고, 복도로 나가자 혈

흔과 발자국을 보존하기 위해 바닥에 플라스틱 디딤판이 깔려 있었다. 공기 중에는 현장을 처리할 때 사용한 분무액과 물티슈에서 나온 것으로 짐작되는 낯선 화학물질 냄새가 났다. 무엇보다도 가장 구역질 나는 것은 게이브의 피 냄새, 이틀 전 문을 열자마자 나를 덮쳤던 그 금속성의 정육점 냄새가 아직도 남아 있다는 것이었다.

문득 나는 이 일을 해낼 수 있을지 확신이 서지 않았다. 나는 난간을 붙잡고 선 채 나를 압도하려는 공포와 한참을 싸웠다. 게이브의 부재가 지금처럼 거대하고 현실적으로 느껴진 적이 없었다. 그는 사라졌다. 나는 그가 죽은 뒤로 깨어 있는 모든 순간에 그 단순한 사실을 이해하고 믿으려 노력했다. 하지만 우리가 함께 공유한 것들로 둘러싸여 있으니, 그 사실이 거대한 파도처럼 나에게 밀려왔다. 여전히 난간을 잡은 채로 무릎을 꿇었고, 내 입에서 신음 같은 소리가 새어 나왔다. 게이브의 이름이었다.

그가 너무나도 간절했다. 그 순간 나는 그가 열쇠를 자물쇠에 꽂고, 복도에서 "자기야, 나 왔어."라고 부르는 소리를 듣기 위해서라면 무엇이든, 정말 무엇이든 내놓을 수 있었다.

나는 눈을 감았다. "자기야, 당신은 할 수 있어."

아니, 난 이런 건 못 해. 전혀 못 해. 못 하겠어.

하지만 해야만 했다. 다른 누구도 하지 않을 테니까.

나는 몸을 일으키며 떨리는 숨을 길게 내쉬고, 내가 해야 할 일을 상기하려고 애쓰며 복도를 따라 손님방이자 내 사무실로 사용하는 방으로 향했다.

여기서는 경찰의 흔적이 거의 느껴지지 않았다. 그들은 아마도 방을 대충 훑어본 것 같았다. 내 노트북과 몇몇 파일들이 없어졌지만, 그 외에는 거의 손대지 않은 상태였다. 나는 마음속으로 행운을 기원하며 구석에 있는 붙박이 옷장으로 갔다. 만약 내가 원하는 것이 없다면, 이 모든 여정은 헛수고였고, 나는 소중한 한 시간을 낭비한 셈이었다.

내가 원하는 것이 어디에 있어야 하는지는 정확히 알고 있었다. 옷장 맨 아래에 여행 가방 더미와 크리스마스 장식 상자와 접이식 빨래 건조대 뒤에 반쯤 숨겨져 있을 것이다. 문을 열어 보니 잡동사니는 여전히 그 자리에 있었다. 나는 물건을 하나씩 꺼내 문 뒤에 쌓아 올리며 안도의 한숨을 내쉬었다. 있었다. 눈에 띄지 않는 40리터짜리 작은 배낭, 똑같은 배낭 한 쌍 중 하나인 나의 비상 가방이었다.

게이브는 온라인 보안 분야에서 일을 시작한 이후로 오랫동안 비상 가방을 가지고 있었다. 어쩔 줄 몰라 하는 고객에게서 '긴급 상황이 생겼다'는 전화를 받으면, 바로 차에 올라 기약도 없이 며칠 밤낮을 서버 로그를 뒤져야 하는 상황이 드물지 않았기 때문이다. 그의 가방에는 컴퓨터 장비, 진단 도구, 여분의 전선과 케이블이 가득했고, 여분의 속옷 한 벌과 그가 좋아하는 진공 포장 커피 한 통이 있었다.

반면 현장 보안 점검을 담당하는 펜 테스터에게는 긴급한 호출이 드물었고, 나는 게이브를 만나기 전까지는 비상 가방이 있어야 한다고 생각해 본 적이 없었다. 하지만 그는 사람 일은 모

제로 데이즈

르는 법이라며 끈질기게 설득했고, 이제 나는 그에게 더할 나위 없는 고마움을 느꼈다.

가방을 열고 급하게 안을 살펴보았다. 모든 것이 그대로 있었고, 누군가 손댄 흔적은 없었다. 경찰은 범죄 현장에만 집중했고, 나머지 공간은 눈에 띄는 것만 대충 한 번 훑어본 것 같았다. 어쨌든 아래층 현장을 처리한 후에는 무기와 약물을 찾기 위해 샅샅이 살펴볼, 시간이 충분할 테니까.

나는 그 안에 있는 물건들을 대강 점검했다. 여분의 노트북과 충전기, 휴대폰 충전기, 그리고 주로 일할 때 입는 어두운색의 편안한 옷가지 두어 벌. 또 경찰이 발견했으면 분명히 압수했을 도구와 장비들도 있었는데, 락픽, 다양한 쐐기, 인텔, 휴렛팩커드 및 다양한 사무실 청소 회사의 가짜 신분증과 배지 묶음, 보안 출입증 복제 장비 등이 포함되어 있었다. 또한 간식과 에너지바, 진통제, 물, 그리고 기본적인 세면도구가 든 세면 가방처럼 늦은 밤까지 오랜 시간 일하는 경우가 많은 업무 특성을 반영하는 좀 더 실용적인 물건들도 있었다.

마지막으로 아마도 지금 내게는 무용지물인 신용카드가 있었고, 한때는 현금 100파운드도 들어 있었는데 안타깝게도 게이브나 내가 언제 택시비를 내려고 썼는지, 그 지폐들은 더는 거기에 없었다.

과거의 나를 저주할 뿐 별다른 방법이 없었다. 추가할 것이 있다면 무엇인지가 유일한 질문거리였다. 나는 생각해 내려고 애썼다. 짐의 무게나 부피를 너무 많이 늘리고 싶지는 않았다.

지금은 통근용 배낭으로 생각할 수 있을 정도로 작았고, 이는 곧 지하철이나 사무실에서 눈에 띄지 않게 섞일 수 있다는 뜻이었다. 텐트를 묶으면 눈에 띄게 될 뿐만 아니라, 들고 다니기도 더 힘들어질 것이다. 하지만 위쪽에 몇 가지 필수품을 추가할 공간이 있었다. 가짜 안경과 곤란한 상황에서 여러 번 나를 구해 준 팔 보호대와 팔걸이 붕대는 이미 들어 있었다. 보안 출입구를 잡아 주고, 비밀번호를 대신 입력해 주는 등 팔걸이 붕대를 한 여성을 사람들이 얼마나 기꺼이 도와주는지 놀라울 정도였다. 따뜻한 옷이 필요했다. 이 가방은 사무실 안에서 눈에 띄지 않게 다니기 위해 꾸린 것이지, 도망치기 위한 것이 아니었다.

계단참에는 빨아놓은 옷을 담은 빨래 바구니가 치워지길 기다리고 있었다. 나는 바구니에서 양말 몇 켤레와 따뜻한 상의, 여분의 속옷, 그리고 베개로 쓰거나 비상시에는 임신한 척 배를 부풀릴 수도 있는 플리스 후드티를 집어 들었다.

또 뭐가 필요할까? 여권? 아니, 여권은 소용없다. 항구에 도착할 때쯤이면 내 이름이 감시 목록에 올라가 있을 것이다. 게다가 나는 여기에 있어야 했다. 내 단 한 가지 목표는 게이브에게 정말로 무슨 일이 일어났는지 알아내는 것이었는데, 설령 내가 케이맨 제도(카리브해에 있는 영국 속령의 섬. 군도 자치 정부가 통치하고 있다.-편집자 주)에 갈 수 있다고 해도 거기서 그 일을 할 수는 없었다.

짐을 싸서 떠나려는 순간 문득 떠오른 것이 있었다. 게이브의 비트코인 지갑에 접근할 수 있는 암호였다. 그가 어디에 두었다고 말한 적이 있었는데 지금은 기억나지 않았다. 책 뒤에 적혀 있다는 것도 알았지만, 어느 책인지 떠오르지 않았다. 젠장. 젠장. 왜 기억해 두려고 애쓰지 않았을까? 나는 눈을 감고 떠올려 보려고 했다. 그가 재미있다는 듯이 말했던 것, 그 정도는 생각이 났다. 마치 농담처럼. 열쇠를 어디에 숨겨 둘까?

우리 책 대부분은 아래층 거실에 있었고, 나는 차마 거기까지 내려갈 수 없었다, 적어도 아직은 그랬다. 나 자신에게는 밖에 배치된 경찰이 얇은 커튼 뒤에서 누군가 움직이는 것을 눈치챌까 봐 걱정된다고 말했지만, 실은 그게 아니었다. 아니, 그 이유가 전부는 아니었다. 진실은 게이브가 죽은 곳으로 다시 내려갈 준비가 되지 않았다는 것이었다.

책장은 우리 침실에도 두 개 있었고, 거기서 먼저 찾아보기로 했다. 아무것도 찾지 못하면 그때 위험을 감수하고 거실을 시도할지 결정하면 되니까.

우리 침실은 손님방보다 들어가기가 더 힘들었다. 방은 너무나 평범해 보였다. 침대 발치의 고풍스러운 작은 소파 위에는 내 옷들이 아무렇게나 흩어져 있었고, 게이브의 청바지는 라디에이터 위로 단정하게 접혀 있었다. 침대 머리맡 탁자에는 동전 몇 개와 함께 그의 책이 여전히 펼쳐져 있었다. 이불조차도 아덴 얼라이언스 펜 테스트를 하기 전 아침에 우리가 떠날 때 그대로 구겨져 있었다. 그게 며칠 전이었던가? 나는 날짜를 되짚어 보았다. 하루…… 이틀…… 그건 사흘 밤 전이었다. 그때가 내가 게이브와 몸을 맞대고 내 침대에서 잔 마지막이었지만, 지금은 마치 다른 생애처럼 느껴졌다. 그와 함께 누워있었던 건 매 순간 슬픔에 젖지 않고 원치 않는 기억에 기습당하지 않는 다른 사람이었던 것 같았다. 만약 그랬다면. 만약 그의 따뜻한 몸에 안긴 채로 그와 함께 거기에 남아 있었다면. 만약 그에게 몸이 좋지 않다고 말했다면. 만약 내가 알았다면. 하지만 나는 알지 못했다. 알 수도 없었다. 그리고 만약 아덴 얼라이언스의 서버실에 몰래 숨어드는 대신, 집에 남아 소파에 웅크리고 앉아 TV를 보았다면, 이 모든 일이 일어나지 않았을지도 모른다. 아니면 나도 죽었을지도 모른다. 그렇다 해도 그게 정말 나쁜 일일까?

필요한 것을 챙겨서 얼른 나가야 한다는 것을 알았지만, 나는 침대에서 게이브의 자리 쪽으로 천천히 걸어가 그의 몸이 남긴 흔적에 살그머니 몸을 눕혀 볼 수밖에 없었다. 나는 누워서 그의 베개에 얼굴을 묻었다. 그의 냄새가 났다. 게이브의 냄새였다.

목구멍에서 울음이 터져 나올 듯한 기분이 들었고, 내심으로는 내가 지금 위험한 짓을 하고 있다는 것을 인지하고 있었다. 나는 무너질 것이고, 경찰은 몇 시간 후에 게이브의 베개를 여전히 껴안은 채 울다가 정신이 혼미해진 나를 발견할 것이었다. 하지만 맙소사, 나는 떠나고 싶지 않았다. 눈을 감고 몇 분만 더 웅크린 채로, 모든 것이 괜찮은 척 게이브는 그저 아래층에서 커피를 만들고 있다고, 그가 금방이라도 두 손에 커피 컵을 들고 올라와 팔꿈치로 침실 문을 열려고 할 것이라고 믿고 싶었다.

내 안에서 짐승 같은 울부짖음이 치밀어오르는 것을 느꼈지만, 나는 애써 참고 똑바로 앉아서 다리를 침대 옆으로 내린 다음 떨리는 숨을 깊게 쉬었다.

'당신은 할 수 있어.'

나는 절망에 빠져 할 수 없다고 생각했다. 도저히 할 수 없다고. 그리고 만약 할 수 있다 해도, 나는 하고 싶지 않았다. 이 모든 것을 내 어깨에 짊어지고 싶지 않았다.

하지만 선택의 여지가 없었다. 만일 내가 거실 바닥에 피를 흥건히 흘리며 누워 있었다면, 게이브는 절대로 침대에 남은 내 흔적 속에 몸을 웅크린 채 포기하는 선택을 하지 않았을 것이다. 절대로 그럴 리가 없었다. 그는 누가 됐든 이런 짓을 저지른 사람을 끝까지 추적해 파멸시킬 때까지 단 한 순간도 쉬지 않았을 것이다.

게이브는 절대로 포기하지 않았을 것이다. 그러니 나도 포기할 수 없다.

나는 일어섰다.

그의 책장은 침대 옆에 있었고, 그 위에 놓인 사흘 밤 전의 물잔에는 가장자리에 입술 자국이 그대로 남아 있었다. 하지만 나는 마음을 굳게 먹고 물잔을 옆으로 밀치고 책들을 훑어보기 시작했다. 책 제목을 읽어가며 나는 고개를 갸웃거렸다. 《바보들의 결탁》, 아니다. 《페르마의 마지막 정리》, 아니. 《시멘트 가든》, 《고통의 제국》, 《소수의 음악》. 아니, 아니, 아니다.

나는 이제 점점 좌절감에 휩싸이며 책장을 훑어보았다. 문학소설과 과학 논픽션이 섞인 익숙한 게이브의 취향이었다. 우리의 취향은 그다지 겹치는 법이 없었다. 나는 닐 게이먼, 어슐러

K. 르 귄, 로빈 홉에 더 끌리는 기본적인 공상 과학, 판타지 광의 취향이었다. 그래서 게이브가 언급했던 제목을 기억해 내는 것이 한층 더 어려웠다. 그래도 여기에 있는 것들은 아니라고 판단하려던 참이었다.

그때 그것을 보았다. 책장에 세로로 꽂혀 있지 않고, 책과 위쪽 선반 사이 틈에 가로로 끼어 있는 책이었다. 오래되고 낡은 1960년대 책의 싸구려 표지는 벗겨지고 조금 찢겨져 있었다.

대실 해밋의 《유리 열쇠》였다.

재미있어하는 게이브의 굵직한 목소리가 귓가에 쟁쟁했다. '열쇠를 위한 열쇠, 알겠어?'

나는 책을 조심스럽게 꺼냈다. 종이는 낡아서 부스러질 듯했고, 책등에 바른 접착제는 금방이라도 갈라질 것 같았기 때문이다.

책을 펼치자 표지 안쪽에 연필로 주의 깊게 적은 세 개의 긴 비밀번호가 있었는데, 각각 20자가 넘는 숫자와 문자의 혼합이었다.

어느 것인지는 알 수 없었지만, 그 암호 중 하나는 2만 파운드 이상의 가치가 있다는 것은 분명했다. 하지만 금액 변동이 너무 심해서 특정한 날에 정확히 얼마가 될지는 알기 힘들었다. 내가 접근하는 데 필요한 것은 이 숫자들뿐이었다.

암호 전체를 적을 시간은 없었고, 물론 외울 수도 없었기 때문에 나는 책을 집어 배낭 제일 위에 쑤셔 넣었다. 그 순간, 밖에서 들려오는 소리에 맥박이 빠르게 뛰었다.

제로 데이즈

내가 잘 아는 소리였고, 사실 불과 며칠 전 밤에 내가 직접 냈던 소리였다. 누군가가 현관 앞에 있는 우유병을 차서 넘어뜨리는 소리였다.

"젠장." 말소리는 앞마당에서 들려왔다. "미안, 그냥 우유병에 발이 걸린 거야."

무전기의 잡음과 함께 정체불명의 단어들이 울려 퍼졌고, 침실 커튼을 통해 조심스럽게 밖을 엿보니 경찰관 한 명이 휴대폰을 들고 서 있었다.

여기서 심장이 더 빨리 뛸 수 있으리라고 생각한 적이 없었는데, 더 빨라졌다.

"그래." 말소리가 들렸다. "그래, 알았어. 지금 들어가고 있어. 그렇다 해도 그 여자가 여기 있지는 않겠지. 집배원 말고는 아무도 본 적 없어. 잠깐만. 열쇠가 좀 뻑뻑하네."

젠장. 젠장. 여기서 나가야 한다.

가방을 어깨에 메고 최대한 조용하고 빠르게 복도를 달렸지만, 계단 꼭대기에 반도 채 못 가서 현관문의 두 번째 열쇠가 돌아가는 소리가 들렸다. 순간 얼어붙은 채로 욕실 문을 간절히 보았지만, 그곳은 이제 곧 열릴 참인 현관문에서 보이는 위치에 있었다. 대신 나는 돌아서서 우리 침실로 다시 뛰어들어가 문을 닫았다.

방 안에서 나는 아래층에서 무슨 일이 벌어지는지 더 잘 들어보려고 눈을 감은 채 문에 귀를 댔다. 현관문이 열리면서 금속성 소리와 함께 걸쇠가 복도 벽에 부딪히는 소리가 들렸다. (내 페인트칠!) 그리고 경찰관이 묵직한 발걸음으로 집 안으로 들어오는 소리가 들렸다.

나는 숨을 죽인 채 귀를 기울이며, 무엇을 해야 할지 고민했다.

"안에 들어왔어." 아래층에서 희미한 소리가 들렸다. "이상한 점은 보이지 않아. 한 번 둘러볼게."

무전기에서 응답하는 잡음이 들렸고, 복도 바닥을 디디는 경찰관의 발소리가 들렸다. 그리고 그가 거실로 들어왔는지 삐걱거리는 마루 소리가 들렸다.

오래된 빅토리아 시대풍 집에 감사하며, 나는 조심스럽게 침실 문손잡이를 돌리고 발 하나를 계단참에 내밀었지만, 무전기 잡음과 경찰관의 발걸음 소리가 복도 쪽에서 다시 들리는 바람에 안으로 되돌아갔다.

"아래층엔 아무것도 없어. 이제 위층을 살펴볼게."

젠장. 이제 정말로 갇혔다. 그가 계단을 올라오는데 나는 나갈 방법이 없었고, 그가 침실을 확인하지 않을 리도 없었다. 옷장을 뒤질까? 침대 밑을 볼까?

잠시 얼어붙은 채 망설이고 서 있던 나는 계단 맨 아래 칸에서 삐걱거리는 발소리에 정신을 차렸다. 아텐 얼라이언스에서 나 자신에게 했던 말은 지금도 유효했다. 이 일에서 아무것도 하지 않는 것은 그 자체로 위험이었다. 때로는 직감에 따라야 했다.

나는 침실을 가로질러 창문 아래의 느슨한 마룻장을 피해 옷장 문을 열고 안으로 뛰어들어가 문을 닫았다.

제로 데이즈

마침 딱 맞게.

옷걸이에 걸린 옷들이 아직 흔들리고 있을 때, 침실 문이 삐걱거리며 열리더니 경찰관의 부츠가 러그를 밟는 소리가 들렸다. 심장이 쿵쾅거리며 뛰는 소리가 귀에서 울렸고, 나는 그 소리를 덮기라도 하듯 가방을 가슴에 꼭 끌어안았다. 옷장 문틈에서 경찰관의 형체가 창문에 검게 비치었다. 나는 숨을 죽이고 그가 몸을 굽혀 침대 밑을 확인하고 다시 일어나는 모습을 지켜보았다. 문으로 가려져 있어도 그의 묵직한 숨소리가 들렸다. 감기에 걸렸거나 천식이 있는 것 같았다. 경찰관인데 천식이 있을까? 그가 별로 건강하지 않다면 내가 그를 따돌릴 수 있을지도 모른다. 그런 일이 일어나지 않길 바랄 뿐이었다.

나는 눈을 감고 몹시 비좁은 옷장 안에서 아무 소리도 내지 않으려고 애쓰며, 헬의 결혼식 때 샀던 인조 모피 숄이 코를 간지럽히는 것을 느꼈다. '제발, 제발.' 나는 텔레파시를 보내듯 그에게 간청했다. '제발 여기서 꺼져 주세요…….'

그리고 그때 마치 내 바람에 응답하듯, 그가 돌아서서 문 쪽으로 걸어갔다.

나는 소리 없이 안도하며 떨리는 숨을 내쉬었다.

그리고 그때 재채기가 나왔다.

어리석게도 나는 잠시 그 상황을 잘 넘겼다고 생각할 뻔했다. 경찰관이 그 소리를 밖에서 난 것으로 여길 거라고 생각했다.

그러나 그때 그가 휙 돌아서서 방으로 돌아왔고, 이제 끝장이라고 생각했다. 이제 승산이 있는 것은 단 하나, 기습밖에 없었다.

나는 큰 소리를 내면서 옷장 문을 열어젖히며 나왔고 경찰관은 놀라서 뒤로 넘어졌다. 그는 일어나서 큰 침대의 끝을 돌아 나에게 다가왔고, 나는 그의 예상과는 달리 왼쪽이 아닌 오른쪽으로 피하며 매트리스를 훌쩍 뛰어넘어 침대 스프링의 반동을 이용해 침실 문 쪽으로 몸을 날렸다.

"멈춰!" 뒤에서 그가 외치는 소리가 들렸다. "멈춰! 경찰이다!"

하지만 나는 멈추지 않았다. 그 정도로 어리석지는 않았다. 대신 복도를 달려가다가 계단참에서 아주 잠깐 망설였다. 아래층으로 내려가 거리로 나갈까, 아니면 내가 들어왔던 뒷길로 나가야 할까?

둘 다 위험요소가 있었다. 집 앞에는 경찰차가 있었고, 차 안에는 집안에서 난 소란으로 경계에 들어간 또 다른 경찰관이 있을 가능성이 컸다.

하지만 뒷길로 나갔다가 그들이 골목을 막으면 그대로 갇힐 수도 있었다.

선택지를 저울질할 시간이 없었다. 멈추지 않은 채, 나는 화장실로 돌진해 창문을 열고 얼어붙은 지붕 위로 몸을 던졌다. 자갈이 깔린 표면을 굴러가면서 물웅덩이의 얼음이 등에서 와자작 부서졌다.

계획했던 대로 신중하고 조심스럽게 내려올 겨를이 없었다.

대신 나는 지붕의 다른 편으로 몸을 던지다시피 해서 이웃의 정원으로 뛰어들었다. 경찰들이 내 집의 뒷문으로 나온다면 이웃집 울타리는 그들에게 또 하나의 걸림돌이 될 것이었다.

"멈춰!" 뒤에서 심하게 헐떡거리는 숨소리가 들렸다. "명령이다……."

나는 큰 소리를 내며 떨어졌고, 무릎을 통해 충격이 퍼졌다. 부엌 창문으로 내다보던 나이 많은 이웃의 놀란 얼굴이 눈에 들어왔다. 고통스럽게 몸을 일으킨 나는 집 뒤편 골목으로 통하는 문으로 갔다. 경찰관이 지원을 요청하면 골목이 막다른 함정이 되니 그 전에 빠져나가야 했다.

문은 맹꽁이자물쇠로 잠겨 있었고, 녹슨 장치가 작동한다고 해도 락픽 따위를 사용할 여유는 없었다. 대신 나는 비상 가방을 골목으로 던졌고, 뒤로 물러서서 담을 향해 짧게 도움닫기를 했다. 그리고 담벼락 윗부분의 부서진 회반죽을 손가락으로 파고들듯 움켜잡았다. 손톱이 갈라지고 쪼개지면서 거슬리는 소리가 났지만 아랑곳하지 않은 채, 발로 헐거운 벽돌을 찾아 딛고 몸을 끌어올려 담벼락 위에 가슴을 걸쳤다.

가슴을 대는 순간 갈비뼈 바로 아래 옆구리에서 찌르는 듯한 통증이 느껴졌다. 유리? 클레마티스 줄기 조각? 멈춰서 확인할 시간이 없었다. 담장 위에서는 화장실 창문으로 간신히 빠져나오는 경찰관이 보였다. 무전기가 그의 입 쪽으로 움직였고, 씩씩거리는 숨소리와 지지직거리는 잡음과 응답 암호가 들렸다.

나는 코트가 찢어지는 소리에도 개의치 않고, 한쪽 다리를 담

위로 넘긴 후 다른 쪽 다리를 넘겨 두 손과 두 발을 짚으며 뒤편 골목에 착지했다.

가방을 잡은 다음 지붕 위의 경찰관이 나를 보지 못하도록 정원 담장 아래로 몸을 숙이고, 골목의 열린 쪽이 아닌 반대 방향, 막다른 쪽으로 달려갔다. 마침내 경찰의 무전기 소리가 멀어졌고, 나는 골목 반대편의 밝고 반짝이는 맹꽁이자물쇠가 달린 문에 다다랐다. 조짐이 좋아 보이는 문이었다. 이 정원들은 랭커스터 레인의 집들에 딸린 테라스로 솔즈베리 레인과 맞닿아 있어 우리와 뒷골목을 공유했다. 저 집 중에서 한 곳으로 들어갈 수만 있다면…….

나는 떨리는 손가락으로 락픽을 꺼내 최대한 빨리 작업을 시작했고, 씩씩거리는 경찰관이 정원 담장을 넘어오기 전에 열 수 있기를 기도했다. 다행히도 특별히 복잡한 자물쇠는 아니었고, 그냥 할포즈(자동차용품과 자전거, 야외 활동 관련 용품을 주로 판매하는 영국의 소매점 – 옮긴이 주)에서 파는 일반적인 기성품이라 몇 초 만에 딸깍 소리와 함께 나를 안심시켰다. 나는 안쪽의 아기자기한 정원으로 들어갔다.

그곳에 서서 나는 머리를 매만지고 떨리는 숨을 진정시켰다. 어떤 면에서는 여기가 가장 난관이 될 수 있었다. 그저 명랑한 이웃집 여자 같은 내 태도가 도움이 되기를 바랄 뿐이었다.

최대한 자신 있는 미소를 지으며 문을 두드리고 뒤로 물러서서 기다렸다.

한참이 지난 것 같은데 아무도 나오지 않았다. 나는 불안감이

제로 데이즈

커지는 것을 느끼며 뒤를 돌아봤다. 아무래도 다른 정원으로 가 보거나 다시 락픽을 꺼내야겠다고 생각하던 순간, 유리 뒤에서 그림자가 보였고, 열쇠가 자물쇠에 꽂히는 소리가 들리더니 깜짝 놀란 표정의 여자가 나를 쳐다보는 것이 보였다.

"우리 집 정원에서 뭐 하는 거예요?" 그녀는 아기를 안고 있었다. 나는 더욱 헤벌쭉 웃으면서 불쌍한 표정을 지었다.

"정말 죄송해요. 문이 열려 있었어요." 물론 거짓말이었지만, 그녀가 자신의 남편을 탓하기를 바랄 수밖에 없었다. "저는 이 웃에 사는 사람이에요. 저기……." 나는 아주 잠깐 멈칫했다. 혹시 경찰이 찾아올지도 모르니 진짜 주소를 알려 주고 싶지 않았다. "45번에 사는 엘라예요. 정말 바보 같은 일인데요. 제가 나왔는데 그만 문이 잠겨 버렸어요. 골목 끝에 있는 문으로 나가려고 했는데, 비밀번호가 기억이 안 나요. 혹시 아시나요?"

"모르겠는데요." 그녀는 나를 위아래로 훑어보며 처음에 가졌던 적대감을 재고해 보는 듯했다. 나는 아기에게 미소를 지었고 아기도 나에게 미소를 지었다. 골목 멀리서 쿵 떨어지는 소리와 욕하는 소리가 희미하게 들렸다. 경찰관이 담을 넘어온 것 같았다. 나는 그녀가 결단을 내리기를 바랐다. 하지만 내가 먼저 이야기를 꺼낼 수는 없었고, 그녀가 제안하기를 기다렸다. 그리고 천만다행으로 그녀가 이렇게 물었다. "집으로 통과해 가실래요?"

"그래도 괜찮을까요? 정말 죄송해요." 그녀가 뒤로 물러섰고 나는 그녀를 따라서 작은 주방으로 들어갔다. 우리와 똑같지만 조금 더 어질러져 있고 아동 친화적인 주방은 찬장이 어린이 보호용 잠금장치로 고정되어 있었고, 냉장고에는 글자 자석들이 여기저기 붙어 있었다. "정말 고마워요. 제 생명의 은인이에요." 우리가 들어오고 뒷문이 닫히자 나는 안도감으로 들떠서 수다를 떨었다. "정말 멍청이가 된 기분이에요. 열쇠로 뒷문은 안 열리더라고요."

"우리 것도 그래요." 그녀는 좁은 복도를 통해 현관문으로 나를 안내하며 조금씩 누그러지고 있었다. "안에서만 잠겨요. 괜찮아요. 몇 번에 사신다고 하셨죠?"

"45번이요." 그녀가 이웃을 너무 잘 알지 않기만을 바랐다. 하지만 여기는 런던이고 45번이면 상당히 멀리 떨어져 있으니 성공할 가능성이 크다고 생각했다. "만나서 반가웠어요."

"저도 반가웠어요." 이제 우리는 현관문 앞에 있었고 나는 문을 열고 나가며 순찰차가 없는 빈 도로를 보면서 굳이 안도감을 감추지 않았다.

"다시 한번 고마워요. 안녕히 계세요." 내가 말했다.

"안녕히 가세요." 그녀가 말했고, 문이 닫혔다.

랭커스터 레인에서 큰길로 나오는 순간, 나는 손이 떨리는 것을 감추기 위해 코트 주머니에 손을 집어넣었다. 경관의 씩씩거리는 숨소리에서 벗어났을 때 느꼈던 안도감이 사라지면서, 담장 위로 올라갔을 때 옆구리에서 느꼈던 통증이 점점 커졌다. 하지만 멈춰 서서 살펴볼 시간은 없었다. 가장 중요한 것은 경찰차가 이미 모여들고 있을 솔즈베리 레인에서 최대한 멀어지는 것이었다. 그다음에는…… 맙소사. 어떻게 해야 할까? 돈이 필요했다. 그리고 계획도 필요했다.

헬. 헬에게 연락해 무슨 일이 있었는지 설명해야 했다. 하지만 그녀의 집에 갈 수는 없었다. 마일스와 말릭이 가장 먼저 가볼 곳이 바로 거기였다. 나는 빙글빙글 도는 머리를 진정시키고 다음 단계를 생각해 보려고 했다. 전화를 걸어도 될까? 경찰이 아직 헬의 전화를 도청하지는 않았을 것 같았다. 이와 관련된 절차에 대해서는 잘 모르지만, 전화 감시는 영장이 필요하고, 그것은 시간이 걸리는 일이었다. 그래서 아직까지 헬의 휴대폰은 안전할 것 같았다.

하지만 그들은 결국 그녀의 전화 기록을 압수할 것이다. 지금 내가 무엇을 하든 그들이 그녀의 문자 메시지와 통화 기록을 조사할 때 발견하게 될 것이다. 그런데 그게 중요할까? 나는 그 문제를 잘 따져보려고 했다. 헬이 그날 아침에 내게 준 이 분홍색 유니콘 스티커가 붙은 전화기는 추적 가능성 면에서 보면 가망이 없었다. 나는 이 전화기를 나와 게이브와 관련 있는 여러 사람에게 너무 많이 사용했다. 게다가 심 카드도 롤랜드의 계정에 등록되어 있을 것이 거의 확실했다. 오늘부터 나에게는 쓸모없는 전화기였다. 그러니까 마지막으로 한번 쓰는 것도 괜찮다는 뜻이었다.

나는 전화기를 다시 켜고 헬의 번호를 눌렀다.

"잭!" 전화를 받는 그녀의 목소리는 상냥하고 밝았다. 동생이 경찰에게 조사를 받고 있다는 것 말고 다른 걱정스러운 기색은 전혀 없었다. "다 끝났어? 내가 데리러 갈까?"

"잘 들어, 언니." 나는 불쑥 말했다. "헬, 나 정말 바보 같은 짓을 했어. 아니." 그녀가 질문하려고 끼어들자 나는 이렇게 말했다. "지금 설명할 시간이 없는데, 내가 아주 곤란하게 됐어. 언니 말이 맞았어. 내가 용의자야."

"알겠어." 헬이 대답했다. 조금 떨리는 목소리였지만, 나는 그녀가 침착해지려고 노력하는 것을 알 수 있었다. "알겠어. 하지만…… 경찰이 너를 체포하지는 않는 거야?"

"내가 그럴 기회를 주지 않았지. 조사받다가 나와 버렸어."

"그래서 널 보내줬다고?"

"정확히 말하자면…… 경찰은 내가 나오는 걸 몰랐어. 하지만 이제 알게 됐지. 그리고 곧 체포영장이 나올 거야."

전화기 너머에서는 침묵이 흘렀다. 헬의 숨소리가 들렸고, 그녀가 마음을 다잡고 나에게 '무슨 짓을 한 거야?'라고 소리치고 싶은 것을 참느라 안간힘을 쓰는 것을 알 수 있었다.

"현금이 필요해." 긴장된 침묵 속에서 내가 말했다. "언니가 줄 수 있는 만큼 많이. 하지만 은행에 가지는 마. 얼마가 됐든 ATM에서 뽑을 수 있는 대로 줘." 그녀가 미행당하고 있다면, 은행에 가는 것은 중요한 경고 신호가 될 것이다. "그리고…… 따뜻한 옷과 침낭도." 젠장. 또 뭐가 있지. 내게 정말 필요한 것은 '계획'이었지만, 지금은 체포되기 전에 런던에서 빠져나간다는 것 외에는 아무런 계획도 없었다. "아, 그리고 한 가지 더 있어.

　제로 데이즈

탈색제. 내 머리에 쓸 거. 이 빨간색을 없애야겠어."

"알겠어." 헬이 굳은 목소리로 말했다. "몇 시에 어디서?"

"잘 모르겠어." 나는 생각해 내려고 애썼다. "다 준비하려면 얼마나 걸릴까? 너무 늦으면 안 될 것 같아. 경찰이 영장을 받아서 언니를 감시하게 될 때까지 우리가 시간을 줄수록 일이 더 어려워질 거야."

"지금이……" 그녀가 전화기를 귀에서 떼고 시간을 확인하느라 목소리가 멀어졌다. "지금 막 1시 반이 넘었어. 다 준비하는 데 한 시간 걸린다고 치면, 미행당하지 않도록 확인하는 데 30분 정도 걸리겠지. 그런데 3시에 애들을 데리러 가야 해. 젠장. 시간이 많지 않아."

"롤스는 몇 시에 퇴근해? 아니면 저녁 먹은 뒤에 살짝 빠져나올 수 있어?" 어두워질 때까지 덜덜 떨며 눈에 띄지 않게 있을 어딘가를 찾을 생각에 별로 끌리지 않았지만, 다른 선택지가 없는 것 같았다.

"아니, 잠깐." 헬이 천천히 말했다. "애들…… 그러면 되겠다."

"무슨 뜻이야? 학교에서 만나자는 거야? 그건 정말 아닌 것……."

"학교가 아니라…… 쇼핑센터는 어때? 큰길에 있는 영화관도 있는 곳 말이야. 우리는 집에 가는 길에 거기 들러서 화장실을 가거나 간식을 살 때가 자주 있거든. 그리고 거긴 입구와 출구가 아주 많아."

"글쎄, 헬." 나는 걱정스러운 기색을 드러내지 않으려고 했지만, 어쩔 수 없이 목소리가 가라앉았다. "애들이 이 일에 얽이는 건 싫어. 혹시 뭔가 잘못되면 어떡해? 게다가 언니가 네 살짜리 애들 둘을 데리고 다니면서 미행당하지 않는지 확인할 수 있을까?"

"우리 둘 다 이런 상황에 대한 각본은 없어, 잭." 헬은 짜증스러운 목소리였지만, 그 밑에 깔린 그녀의 걱정이 느껴졌다. "나도 이런 일은 처음 해 보는 거야. 하지만 내가 하던 대로 일상적인 모습을 보이는 편이 가장 안전할 것 같지 않아? 만약 내가 감시당하는 상황이라면 경찰은 뭐든 일상적이지 않은 일에 바로 경계할 거야. 반면에 애들을 데리러 가서 집으로 걸어오고, 화장실을 가고…… 이런 것들은 모두 내가 매일 하는 일이거든."

"알겠어." 나는 천천히 대답했다. "그래서…… 어떻게 할 계획인데?"

"1층 어반 아웃피터스 옆으로 공중화장실이 있어. 입구가 두 개 있는데, 하나는 영화관으로, 하나는 쇼핑센터 본관으로 연결돼."

"알겠어. 거기서 만나자. 몇 시에?"

"3시 반쯤? 애들이 피곤해하면 몇 분 더 걸릴 수도 있지만, 최대한 맞춰 볼게."

"알겠어." 내가 다시 말하고, 거리를 이리저리 살펴보았다. "헬, 이 전화기를 버려야 할 것 같아, 괜찮을까?"

"프리티 포즈(게임의 한 종류-편집자 주) 기록이 날아가서 애들은 실망하겠지만, 괜찮아질 거야. 이제 가. 잡히지 말고." 헬이

제로 데이즈

약간은 암울한 유머를 섞어 말했다.

거의 두 시간이 지나서야 나는 헬이 말한 쇼핑센터에 도착했다. 너무 덥고 발이 몹시 아팠다. 나는 택시나 버스를 타는 대신 랭커스터 레인에서 걸어왔는데, 벌써 헬이 준 30파운드를 거의 다 써버린 것이 계속 신경 쓰였기 때문이다. 만약 오늘 오후 헬과 만나지 못한다면, 그 돈이 당분간 쓸 수 있는 전부일지도 몰랐다. 물론 게이브의 비트코인이 있지만, 신뢰할 만한 거래소에서 신분증 없이 현금을 지급해 주지는 않을 것이 분명했다. 버스를 타면 저렴했겠지만, 런던 버스는 이제 현금을 받지 않고 오직 비접촉 결제만 가능하니 위험을 무릅쓰고 싶지는 않았다. 경찰이 내 카드를 이미 감시하고 있는지 아닌지 알 수 없었기 때문이다.

가는 길에 관광 기념품과 I ♥London 티셔츠를 파는 흔한 작은 가판대에 들러, 런던 지하철 로고가 앞에 새겨진 평범한 검은색 야구 모자를 샀다. 옷깃을 세우고 야구 모자를 푹 눌러쓴 덕분에 내 얼굴은 카메라와 흘끗거리는 시선으로부터 효과적으로 가려졌지만, 여전히 우체통처럼 붉은 머리카락이 몹시 신경 쓰였다. 왜, 왜, 왜 나는 그런 우스꽝스러운 색을 선택했던 걸까?

갑자기 선명하고 고통스러운 기억 하나가 떠올랐다. 게이브가 내 머리카락에 얼굴을 묻고, 그의 입술이 내 관자놀이에 닿았을 때 그의 목소리가 귓가에 들렸다. '이건 딱 물들기 시작한 미국담쟁이덩굴 색이야…… 마음에 쏙 들어…….'

나는 웃음을 터뜨렸다. '알겠어, 워즈워스.'

이제 그의 말, 깊고 부드러운 목소리로 속삭인 그 말의 기억이 내 마음을 아프게 했다.

하지만 지금은 그를 생각할 여유가 없었다. 그렇지 않으면 나는 여기 길거리에서 쇼핑객과 관광객들이 보는 앞에서 무너져 버릴 테니까. 나는 계속해서 한 발짝씩 앞으로 내디디며, 내가 처한 이 곤경에서 빠져나갈 방법을 알아내기 위해 계속 노력해야 했다.

랭커스터 레인에서 한참을 걷는 동안, 경찰서에서 탈출하기로 한 내 결정이 말도 안 되게 어리석고 돌이킬 수 없는 짓이었는지 의심해 봤다. 내가 저지를 일에 대한 환상 같은 것은 없었다. 그 찰나의 순간에 나는 경찰에게 주요 관심 대상에서 첫 번째 용의자로, 등에 커다란 붉은 표적이 붙은 도망자로 변신했다. 죄가 없는 사람이 왜 도망치겠는가? 그것이 경찰의 논리일 테고, 그에 대해서는 반박할 수 없었다. 다만 한 가지 문제가 있었다. 나는 죄가 없었다.

물론 그대로 있는 방법도 있었다. 그 이메일을 경찰에게 보여주고, 내가 이 일을 꾸민 것이 아니라 뭔가 잘못되었고, 누군가가 게이브의 죽음에 대해 내게 누명을 씌우고 있다고 말할 수도 있었다. 그리고 그 이메일을 발신한 사람을 추적할 방법이 있지 않았을까? 누군가가 그 양식을 작성하여 발송하고, 납부금을 처리했다. 그렇다면 그 누군가가 바로 게이브를 죽인 사람이어야 하지 않을까?

내가 왜 그랬을까? 왜 그렇게 정신 나간 짓을 해서 위험을 자

제로 데이즈

초했을까?

나는 이미 그 답을 알고 있었다. 게이브가 죽은 마당에 나에게 무슨 일이 일어나도 상관없었다. 하지만 경찰이 나를 체포하여 내가 감방에 앉아 전화 한 통 걸 수 없는 사이, 경찰이 나를 유죄로 만들기 위해 잘못된 단서를 연이어 추적한다고 생각하니 견딜 수 없었다. 그것이 내게 어떤 의미가 될지는 상관없었다. 경찰이 나를 유죄로 모는 순간마다 진짜 범인은 어둠 속으로 더 멀리 사라질 것이고, 나는 그를 막기 위해 아무것도 할 수 없으리라는 것이 문제였다.

경찰이 게이브의 살인범을 찾지 못한다면, 내가 찾을 것이다. 그러기 위해 내 등에 표적을 달아야 한다면, 기꺼이 그렇게 할 것이다.

달아나겠다는 그 결정은 심지어 나에게도 충동적인 것으로 느껴졌다. 그러나 나는 수년에 걸쳐 뼛속 깊이 새겨진 깨달음을 얻었다. 그 덕분에 나는 아덴 얼라이언스에서 게이브가 문제를 해결해 주기를 기다리는 대신, 보안문을 작동시켜 보기도 했다. 항상 스스로에게 말했듯이, 때로는 아무것도 하지 않는 것이 그 자체로 위험한 것이었다. 그렇다. 이번 결정에는 아덴 얼라이언스 때보다 백만 배는 더 큰 위험이 따랐다. 그리고 나는 기다리는 선택을 할 수도 있었다. 헬은 아마 내가 기다렸어야 했다고 말했을 것이다. 나는 말릭에게 이메일을 보여 주고 그녀가 그것을 어떻게 받아들일지 기다릴 수도 있었다.

그러나 기다리는 것 자체가 위험했다. 그것도 아주 큰 위험이었다. 이번 일은 단순한 보안 테스트같은 것보다 위험 부담이 백만 배는 더 컸다. 기다리겠다는 결정에는 두 가지 중요한 '만약의 경우'가 따랐고, 그 답에 따라서 내 자유가 좌우되는 것이었다.

첫째, 만약 그 보험을 꾸며낸 사람이 아무런 실수도 않았다면 어떻게 될까? 범인이 게이브가 일상적으로 하는 것처럼 보안 브라우저와 VPN을 사용하고, 결제는 게이브의 계좌를 도용해 보냈다면? 그들이 계획대로 빠짐없이 실행한 뒤 모든 흔적을 지우는 것도 불가능한 일은 아니었다. 그런 상황에서는 앞에 제시된 그럴듯한 동기가 사실이 아니라는 것을 증명할 것이 나의 진술 밖에 없겠지만, 말릭의 행동에서 이미 내 말이 아무런 유효성도 없다는 것이 증명되었다.

또 경찰은 이미 나를 한번 실망시킨 적이 있다. 다시 그러지 않으리라는 법이 없었다. 그 실패가 어떤 모습일지, 나는 감옥에 갇혀 빠져나갈 수 없는데 제프 리드베터가 나타나 말릭에게 내가 얼마나 미친 사람인지 말하며 악영향을 끼치고, 그 사이 게이브의 살인자는 남몰래 웃고 있는 모습을 상상하면 구역질이 났다. 조사실에서 바로 그 '만약의 경우'가 어떻게 진행될지 순간적으로 머릿속에서 처리되면서 내가 도망치게 된 것이었다.

하지만 두 번째 '만약의 경우'가 랭커스터 레인에서 돌아올 때 떠올랐다. 그리고 어떤 면에서는 더 무서운 것이었다. 만약 그 보험을 설정한 사람이…… 진짜로 게이브였다면?

그가 했다는 증거는 없었다. 우리는 그런 일을 의논한 적조차

제로 데이즈

없었다. 그러나 어떤 것, 어떤 사람이 게이브의 죽음을 초래했다. 나는 그게 무엇인지 혹은 누구인지 전혀 몰랐다. 하지만 지난 몇 주와 몇 달을 돌이켜보니, 게이브가 어느 정도 이런 일을 예견한 것이 아닐까 하는 의구심이 들기 시작했다.

그가 자신이 죽을 것을 알았다는 뜻은 아니다. 그건 말도 안 된다. 게이브는 청부살인자가 자신을 잡으러 올 때까지 그냥 앉아서 기다릴 사람이 아니었다. 그는 나에게 경고했을 것이고, 경찰에 연락했을 것이며, 우리 둘을 보호하기 위해 뭔가를 했을 것이다. 그러나 돌이켜보면 의아해지는 것들이 몇 가지 있었다. 그는 평소 그답지 않게 조금 불안해 보였다. 말을 걸어도 멍하니 기기만 바라보기에, 내가 어깨를 두드려 주의를 끌었던 적도 몇 번 있었다. 그는 고개를 흔들며 '미안해, 자기야, 일 때문에 스트레스를 받아서'라고 말했지만, 모든 것이 보통 때와는 달랐다. 게이브는 그의 일을 사랑했다. 물론 세금과 씨름하거나 골치 아픈 청구서를 해결하는 것은 별로 좋아하지 않았지만, 그건 누구나 마찬가지였다. 하지만 미간에 진 주름이나 의도적으로 불분명하게 구는 것은 전에 없던 생경한 모습이었다.

생각할수록 그가 죽기 일주일 전쯤부터 무언가가 그를 괴롭히고 있었다는 확신이 들었다. 당시에는 나에게 어떤 경보도 울리지 않을 정도로 사소한 차이였지만, 내가 느낀 것보다 더 심각한 무언가가 있었다는 생각이 들었다. 어쩌면 게이브 자신도 그 심각함을 제대로 알아차리지 못했을지도 몰랐다. 어쨌거나 그가 어떤 문제에 얽혀 있었고, 자신에게 무슨 일이 생기면 내가 보호받을 수 있도록 대비하고 싶어질 만큼 불안한 상황이 있었다면, 그랬다면…… 그렇다. 그런 경우라면 그가 스스로 이런 일을 했을 가능성을 충분히 이해할 수 있었다. 그랬다면 아마도 나에게 아무 말도 하지 않았을 것이다. 그는 이런 일은 터무니없다고, 당연히 터무니없는 일이라고 자신에게 말하면서, 자신의 불안을 굳이 나에게까지 전염시킬 필요는 없겠지만, 혹시나 버스에 깔릴 경우를 대비해 대비책을 세워두어도 나쁠 건 없다고 생각했을지도 모른다.

만약 그렇다면, 게이브가 정말로 그 보험에 직접 가입한 것이라면, 나는 거기에 대해 몰랐다는 것을 증명할 방법이 전혀 없었다. 그리고 게이브는 자신이 죽은 뒤에 나를 보호해 주기는커녕 자신의 살인범으로 감옥에서 썩게 만들지도 몰랐다.

게이브가 내 편의를 세심하게 챙기는 그 과정에서 오히려 선의가 덫이 되어 나를 옭아맸다고 생각하니 울고 싶어졌다.

나는 걸어가며 그 일에 대해서는 생각하지 말자고 스스로를 타일렀다. 나는 울지 않을 것이다. 울 수도 없었다. 야구 모자까지 눌러쓰고 울면서 번잡한 대로를 따라 걷는 여자만큼 시선을 끄는 것도 없었다. 나는 눈에 띄지 않아야 했다.

쇼핑센터의 정문에 거의 다다랐을 때, 눈에 띄는 무언가를 보고 나는 멈춰 섰다. 그것은 공중전화 부스였지만, 안에 있는 전화기는 파손되어 있었고, 코팅된 종이에 '고장'이라고 적힌 알림판이 붙어 있었다.

나는 거리를 이리저리 살펴본 후, 전화부스 안으로 슬그머니

들어갔다. 잠시 소변 냄새에 몸을 움츠렸다가, 조심스럽게 알림판을 떼어 냈다.

테이프는 구겨져 서로 붙어 있었지만, 알림판 자체는 멀쩡했다. 나는 알림판을 재킷 안에 넣고 전화부스에서 나오며, 마음속으로 전화부스를 이용하려 했던 다음 사람에게 사과했다.

쇼핑센터 안은 추운 2월의 바깥 날씨와 비교해 너무 덥고 숨이 막혔다. 재킷에 모자까지 쓴 나는 순식간에 땀이 나기 시작했다. 하지만 벗을 형편이 아니었기에, 코에 맺힌 땀을 닦아내며 사람들 사이를 헤치고 지나가면서 너무 눈에 띄게 뒤를 돌아보지 않으려고 노력했다.

내가 미행당했을 가능성은 거의 없었다. 경찰은 내가 어디 있는지 또는 내가 이곳으로 향하고 있는 것도 알 방법이 없었다. 감시당할 위험은 헬에게 있었고, 그녀가 도착하려면 아직······. 나는 본능적으로 전화기를 찾았지만, 솔즈베리 레인에서 몇 마일 떨어진 곳의 쓰레기통에 버렸던 것이 기억났다. 대신 나는 중앙 홀에 우뚝 솟은 커다란 시계를 올려다보았다. 15분 남았다. 시간은 충분했다.

그렇지만 나는 일부러 가장 인파가 많은 곳을 지나 에스컬레이터를 타고 올라간 다음, 영화관 로비를 통과해 어반 아웃피터스의 위층으로 들어가 매장 내부 계단으로 내려갔다.

매장을 나와 헬이 말한 화장실을 찾던 나는 무언가를 깨달았다. 클레마티스가 잔뜩 핀 곳에 부딪히는 바람에 생긴 갈비뼈의 통증은 걷는 동안 무뎌졌지만, 이제는 다른 형태로 고통을 주었다. 그것은…… 얼얼함이었다. 그리고 땀이 아닌 무언가가 피부에 흘러내리며 주는 불길하게 간질거리는 느낌이 있었다.

나는 조화가 놓인 진열대 옆의 눈에 띄지 않는 구석에 잠시 멈춰 서서 재킷 안으로 손을 넣었다. 손을 빼 보니 손끝이 빨갛게 물들어 있었다. 그저 핏기가 도는 것이 아니라, 손가락이 번들번들할 정도로 피가 묻어 있었다. 어떻게 된 일인지, 담장에 부딪힐 때 심하게 베인 모양이었다.

나는 조용히 욕을 내뱉으며 손가락을 청바지에 닦았다. 어두운 천 덕분에 피가 보이지 않기를 바라면서 어떻게 해야 할지 생각했다. 이미 수상해 보이는 모습을 더 악화시키지 않으려면 옷이 피에 젖기 전에 출혈을 멈춰야 했다. 헬에게 전화하기에는 너무 늦었다. 그녀는 이미 오는 중일 테고, 아마도 아이들도 데려올 것이다. 응급처치 용품을 사야 했다. 길 건너편에 큰 약국인 부츠가 있었다. 내가 필요한 것은 아마 다 있을 것이다. 문제는 내 머리를 가리고 있는 모자에 가진 돈을 거의 써버렸다는 것이었다.

나는 맞은편 약국을 잠시 바라보며, 가능한 선택지들을 떠올려 보았다.

나는 전에 물건을 훔친 적이 있었다. 물론 자랑스러운 일은 아니었다. 헬과 나는 부모님의 죽음을 매우 다르게 받아들였다. 헬은 고개를 처박았고, 언론학을 전공해 최고의 성적을 받았다. 나는 그렇지 않았다. 나는 방황했고, 문제를 일으켰고, 학교를

제로 데이즈

그만뒀다. 그리고 어느 순간부터 물건을 훔치기 시작했다. 필요해서가 아니었다. 부모님이 부자는 아니었지만, 적당한 생명보험을 들어둔 덕분에 헬과 내가 신경만 쓰면 생활하기에는 충분한 돈이 있었다. 하지만 나는 살아 있다는 느낌을 받기 위해 훔쳤다. 내가 통제한다는 느낌, 나는 먹잇감이 아니라 포식자라는 느낌을 받고 싶었다.

알고 보니 나는 도둑질을 잘했다. 그것도 매우. 학교에서는 늘 낙제하고 시험을 망치던 나에게, 내가 탁월한 분야를 찾았다는 것은 신나는 일이었다. 당시에 나는 아무런 교육도 받지 않았는데도 보안 시스템이 어떻게 작동하는지 이해하고 있었다. 카메라의 사각지대를 어떻게 파악하는지, 교대 시간은 어떻게 활용하는지, 다양한 상점들이 사용하는 여러 종류의 보안 태그를 어떻게 해제하는지 알았다. 나는 아무에게도, 헬이나 친구들에게도 말한 적이 없었다. 훔친 물건을 써본 적도 없었다. 헬이 어떻게 디자이너 핸드백을 살 돈을 마련했는지, 무슨 돈으로 그 청바지를 살 수 있었는지 물어볼 것이기 때문에 애초에 쓸 수도 없었다. 절반 정도는 다음 날 다시 돌아가서 탈의실에 조심스럽게 놓아두고, 점원이 다시 진열대에 걸어두도록 했다. 나머지는 자선단체에서 하는 중고품 가게에 기증했다.

물론 나는 결국 잡히고 말았다. 여러 차례 갔던 매장에 다른 사람들보다 일을 잘하고, 나보다 더 뛰어난 보안 요원이 있었다. 내가 재능을 낭비하고 있다고 말해 준 것이 바로 그 친절한 보안 요원이었다. 그는 보안 시스템이 어떻게 작동하는지 알아내고 약점을 찾는 것을 좋아하는 사람들을 위한 합법적인 일자리가 있다고 했다. 이런 일로 돈을 벌 수 있다는 생각, 시스템을 뛰어넘고 건물에 침입하는 일로 돈을 벌 수 있다는 생각은 내게 뜻밖의 발견이었다.

그 이후로 더 이상 물건을 훔치지 않았다. 그 보안 요원에게 나를 보내주면 다시는 훔치지 않겠다고 약속했다. 건너편에 환하게 밝혀진 약국을 바라보며, 나는 이제 오래된 그 약속을 깨려는 참이라는 것을 깨달았다.

드레싱에는 태그가 붙어 있지 않았다. 그건 좋은 일이었다. 하지만 10개들이 상자가 거의 10파운드였는데, 그건 내가 가진 돈보다 9파운드 더 많은 금액이었다. 아직 옷 아래로 잘린 상처를 확인하진 못했지만, 손가락에 묻은 피의 양으로 보아 50펜스짜리 저렴한 반창고로는 부족할 것 같았다. 나는 응급처치 용품들이 놓인 진열대를 위아래로 살피며 다른 방법이 있을지 고민했다. 여전히 배낭을 메고 모자를 쓴 모습은 바람직한 상황은 아니었다. 누군가가 내 머리카락을 알아볼까 봐 모자를 벗을 수는 없었다. 하지만 모자를 쓰고 부피 큰 배낭을 멘 채 핏자국을 가리기 위해 코트 단추를 모두 채운 나는 그야말로 도둑처럼 보였다. 그것도 가장 아마추어 같은 최악의 도둑이었다. 전성기였다면 이 가게 물건의 반을 훔치고도 당당히 걸어 나갈 수 있었을 것이다. 하지만 지금 나는 수상쩍게 보였고, 가방 수색이라도 받는다면 주거침입 도구로 가득 찬 배낭을 들고 빠져나갈

제로 데이즈

도리가 없었다. 그러니 조심해야 한다는 뜻이었다. 보안 요원이 통로 끝을 걸어가며 아무 말 없이 나를 흘끗 쳐다보았고, 나는 결단을 내렸다. 한 가지만 훔치고, 계산하지 않고 나가지는 않기로 했다.

드레싱을 집어 잘 보이도록 앞에 들고 셀프서비스 계산대를 향해 성큼성큼 걸어갔다. 지나는 길에 걸음을 멈추지 않고 껌과 구취 제거용 사탕 진열대에서 저렴한 리글리 엑스트라 한 통을 손에 쥐었다.

계산대에서 나는 드레싱 상자를 껌을 쥔 손에 옮겨 들며 껌은 상자 아래로 가게 한 다음, 바코드를 스캔했다. 바코드 기계가 삑 소리를 냈고, 화면에는 '껌, £0.70'가 떴다.

나는 껌을 무게 측정 구역에 있는 포장 봉투 안에 넣고, 다른 한 손으로는 드레싱 상자를 그 위로 들고 있었다. 그리고 누군가 내 어깨 너머에서 보고 있을까 봐 급히 화면의 결제 버튼을 눌렀다. 걱정할 필요는 없었다. 계산대를 지키는 직원은 보안 요원이 아닌 일반 계산원이었다. 그녀는 줄 반대편에서 손톱을 살피느라 내 쪽은 아예 보지도 않았다. 나는 동전 투입구에 1파운드 동전을 넣으며 다시 튕겨 나오지 않기를 기도했다. 화면에 '결제 완료'가 표시되자 나는 안도감을 숨기지 않고 눈을 감았다.

영수증과 함께 잔돈이 나왔다. 나는 그것들을 움켜쥐고 고개를 꼿꼿이 들고 보안 카메라를 등진 채 당당하게 입구 쪽으로 걸어갔다. 매장을 나서며 나는 떨리는 숨을 내쉬었다. 해냈다. 거의 10년 만에 처음으로 뭔가를 훔쳤고, 무사히 빠져나왔다. 기분이 묘하면서도 썩 좋지만은 않았다.

화장실은 텅 비어 있었고, 다섯 칸이 모두 활짝 열려 있었다. 나는 지체 없이 손을 씻고 재킷 아래에서 고장 알림판을 꺼내 가운데 칸의 문에 붙였다. 엉겨 붙은 테이프가 잘 떨어지지 않았지만, 결국 한쪽이 약간 처진 상태로 붙일 수 있었다. 그리고 그 칸에 들어가 문을 잠그고, 변기 뚜껑을 덮은 다음 양반다리를 하고 앉아 바깥에서는 내가 있는 것이 보이지 않도록 했다.

나는 재킷을 벗고, 상의를 들어 올려 이웃의 정원에서 내가 내 몸에 무슨 짓을 했는지 확인했다.

처음 든 생각은 피를 너무 많이 흘렸다는 것이었다. 예상했던 것보다 훨씬 더 많은 피를 보니 며칠 전의 장면이 떠올라 속이 울렁거렸다. 피는 내 배를 타고 흘러 청바지를 적셨고, 배와 갈비뼈 부분은 피범벅이 되어 실제로 얼마나 다쳤는지 확인하기가 어려웠다. 티셔츠는 천만다행으로 검은색이었지만, 만져보니 천이 뻣뻣해지고 젖어 있었다.

침과 휴지로 상처를 닦아내자 보인 상처는 그렇게 심각한 상태는 아니었지만, 그렇다고 좋은 상황도 아니었다. 들쭉날쭉하게 찢어져 검은 피가 흐르는 작은 구멍을 내려다보면서 나는 응급처치에 대해 더 많이 알지 못하는 것이 아쉬워졌다. 이건 클레마티스에 긁힌 상처가 아니었다. 틀림없이 담장 위쪽에 뾰족한 금속 못이나 유리 조각 같은 것이 있었던 모양이었다. 무엇이 됐든 나는 그 위로 몸을 던졌고, 그것은 재킷과 상의를 뚫고 오른

제로 데이즈

쪽 아래 갈비뼈 밑으로 쑥 박혔다.

상처는 아팠지만 예상했던 만큼은 아니었고, 은근히 욱신거리는 정도였다. 무엇보다도 담장 위를 손으로 먼저 한번 쓸어 보지도 않고 몸을 던져 버린 나 자신의 어리석음에 화가 났다.

내가 정말로 필요했던 것은, 내가 훔쳤어야 했던 것은 소독약 같은 것이었다. 하지만 도둑질을 두 번이나 할 수는 없었고, 무엇보다 헬을 놓칠 가능성은 상상도 하기 싫었다. 대신 나는 보호 필름에서 드레싱을 떼어 상처에 붙이고, 배낭에서 깨끗한 상의를 찾아냈다. 그리고 기다렸다.

그 후 몇 분은 몹시도 천천히 흘러갔다. 빌린 전화기조차 없어서 시간을 가늠하기 힘들었지만, 머릿속으로 초를 세고 사람들이 오가는 소리를 들으면서, 내가 여기 온 지 10분 이상, 그보다 한참 더 지났다는 것을 확신할 수 있었다.

"매번 빌어먹을 고장이라니!" 한 여자애가 말하는 소리가 들렸다. 내가 붙인 알림판을 보고 말하는 것이 분명했다. "정말 말도 안 돼."

"아기 물티슈를 변기에 넣어서 그런 거 아니야?" 그녀의 친구가 말했다. 두 사람은 거울 앞에서 화장을 하는 것 같았다. 립스틱을 바르는 입 모양을 한 것처럼 약간 왜곡된 말소리였다. "그런 건 배관이 처리하지 못하거든."

"다 했어? 영화는 30분에 시작했어."

"좀 진정해, 항상 광고가 잔뜩 있잖아. 지금 겨우……." 잠시 말소리가 멈췄다. "겨우 40분이네."

"그래도 난 예고편 보는 게 좋단 말이야. 그리고 콜라도 사고 싶어."

"알겠어, 흥분하지 마." 다른 여자애가 투덜거리며 말했지만, 딸깍하고 립스틱 뚜껑을 닫는 소리가 들렸다. "자, 만족해? 그럼 가자."

영화관 문이 열리면서 음악 소리가 들렸고, 문이 닫히자 다시 소리가 줄어들었다. 나는 신음이 나오려는 것을 참았다. 40분이라니. 무슨 일이 생긴 걸까? 헬이 미행을 눈치챈 걸까? 포기하고 떠나기까지 얼마나 더 기다려야 할까? 10분 더? 20분 더?

시간은 계속 흘렀고, 청소부가 와서 고장 알림판을 살펴보기 전에 단념해야겠다고 마음먹고 있을 때 쇼핑센터 문이 열리더니, 익숙하게 재잘대는 목소리가 들렸다.

"엄마, 왜 크리스피 크림을 먹을 수 없어요?"

"엄마가 안 된다고 했으니까." 헬이 날카롭게 말했다. 속이 타고 인내심의 한계에 온 듯한 목소리였다. "그리고 그건 설탕이 너무 많아. 방과 후 간식은 이미 먹었잖니. 자, 화장실로 가자, 둘 다."

나는 칸막이 문을 열고 조심스럽게 말했다. "헬?"

헬이 돌아보았다. 그녀의 얼굴에 만감이 교차하면서 두려움이 놀람으로, 그리고 다시 안도감으로 변했다.

"잭! 오, 맙소사." 그녀가 나를 끌어안았고, 말소리가 내 머리카락에 파묻혔다. "너를 놓친 줄 알았어. 너무 오래 걸려서 미안해."

제로 데이즈

"이런, 헬, 제발 사과하지 마. 사과할 사람은 나야. 괜찮은 거야? 여기 오는 동안 아무 일 없었어?"

사실은 '미행당했어?'라고 묻고 싶었지만, 아이들 앞에서 그렇게 말하고 싶지는 않았다. 안 그래도 무서운 상황을 더 악화시킬 필요는 없었으니까.

"그럭저럭." 헬이 손을 흔들어 보이며 말했다. "집 밖에 사복 차림의 남자가 있었던 것 같아, 하지만 내가 학교 문으로 들어가니까 떨어져 나갔어. 놀이터를 통과해 왔어, 확실히 해 두려고. 거기서는 남자 혼자 눈에 띄지 않게 돌아다니기 어렵잖아. 그런데 그것 때문에 우리가 늦은 거야. 일단 놀이터에 가니까 10분 동안 그네를 타지 않고는 안 되겠더라고. 키티가 화장실에 가고 싶다고 해서 천만다행이었지."

"엄마." 화장실 칸 안에서 들려오는 소리였다. "나 똥 눴어요. 엉덩이 닦아 주세요."

헬이 한숨을 쉬었다. "그래, 알았어, 갈게. 하지만 학교에서는 네가 혼자서 하잖아, 키티. 왜 집에서는 내 도움이 필요한지 모르겠구나. 넌 이제 다 컸는데."

"나는 내 엉덩이를 스스로 닦을 수 있어요," 밀리가 옆 칸에서 우쭐하며 말했다. "쉬는 시간에 했어요."

"세상에나." 헬이 중얼거렸다.

"저, 나 여기서 나가야 하는데. 다 가져왔어?"

"응. 여기 다 들어 있어." 헬이 커다란 캐스키드슨 가방에서 테스코 비닐봉지를 꺼냈다. 보통 아이들을 위한 여분의 티셔츠와 간식, 학교 독서 노트가 들어 있는 가방이었다. "더 가져오지 못해서 미안해. 학교에 여행 가방을 가져가면 경보를 울리는 셈인 것 같았어. 하지만 옷이랑 침낭, 머리 탈색제, 테스코에서 산 선불폰, 그리고 이백오십 파운드를 넣었어. 돈을 더 못 구해서 미안해. 카드 일일 인출 한도에 걸렸어."

"진짜로, 사과 좀 하지 마." 나는 쇼핑백을 뒤지며 헬이 챙겨넣은 것들을 보고 안도했다. 침낭 아래에는 남색 스웨트셔츠와 회색 비니가 있었다. 나는 재킷과 야구 모자를 벗고 스웨트셔츠와 비니로 바꿔 착용했다. 비니 가장자리 밑으로 튀어나온 빨간 머리카락 가닥을 집어넣으며 너무 뻔하게 머리를 숨기려는 사람처럼 보이지 않기를 바랐다. 그리고 나머지 물건들을 다 비상가방에 넣었다.

얼굴은 드러났으나 머리는 숨긴 나는 쇼핑센터 쪽 화장실로 들어갔던 사람과는 한참 다르게 보였고, CCTV에서도 다른 사람인 것처럼 통과할 수 있을 것 같았다.

"선불폰은 현금으로 결제했어?" 나는 배낭끈에 팔을 넣다가 통증에 조금 움찔했다.

"응, 현금으로 냈어. 심 카드도. 번화가에 있는 수상쩍은 가게 중 한 곳에서 산 건데, 백 파운드 충전되어 있어. 들어 봐, 잭." 그녀가 내 손을 잡았다. 이제 그녀는 내 손톱 밑에 여전히 묻어 있는 피를 내려다보고 있었다. "잠깐, 이거 피야? 너 괜찮은 거야?"

"별거 아니야, 진짜로. 그냥 상처가 좀 났어. 언니는 정말 대단한 사람이야."

"엄마, 내 엉덩이에 아직도 똥 묻었어요." 칸막이 안에서 오직 네 살짜리만이 낼 수 있는 거만하게 꾸짖는 목소리가 들렸다. "이야기는 대체 언제 끝나요?"

"간다고 했잖니." 헬이 으르렁대듯 말했다.

"가 봐." 나는 그녀를 다시 한번 감싸 안고, 이번에는 더 강하게 포옹했다. 당분간 이게 우리의 마지막 만남일 수도 있겠다는 생각이 들었다. 얼마가 될지…… 나는 이 상황을 해결하지 못했을 때 일어날 일에 대해서는 생각하고 싶지 않았다. "키티 챙겨 줘. 사랑해, 헬."

"나도 사랑해." 헬의 목소리가 갈라졌다.

"엄마, 내가 셋까지 셀 거예요." 나는 문을 열면서 키티의 말소리를 들었다. "다 셀 때까지 내 엉덩이를 닦아 주지 않으면, 정말, 정말 화낼 거예요. 하나, 둘……."

나는 북적거리는 쇼핑센터로 나섰다.

쇼핑객과 직원, 보안 요원에 이르기까지 백여 명의 사람들에 둘러싸여 있었지만, 나는 그 어느 때보다도 외로웠다.

쇼핑센터에 들어왔을 때와 다른 입구로 나간 나는 무엇을 해야 할지 고민하며 길거리에 서 있었다.

내가 무엇을 할 수 있을까? 내가 처한 상황이 얼마나 심각한지, 경찰서를 박차고 나왔을 때 내가 저지른 일이 얼마나 어마어마한 짓인지 이제야 비로소 실감 나기 시작했다. 너무 많이 생각하면 그 깨달음의 무게가 나를 짓눌러 버릴 것 같았다. 나는 도망자였다. 도주하고 있었다. 믿기지 않는 일이었다.

갑자기 피곤이 밀려들었다. 아마도 런던을 벗어날 수 있는 시간은 제한적일 것이다. 경찰은 아직까진 우리 동네를 수색하고 있을 가능성이 컸다. 그다음에 헬의 동네 쪽으로 범위를 넓혀가면서 내가 친구와 연락하거나 익숙한 장소를 찾아가 그들의 감시망에 나타나기를 바랄 것이다. 그러나 그들은 곧 내가 도망쳤다는 것을 깨달을 것이다. 그때가 되면 수색망은 넓어질 것이고, 다른 경찰력과 연락하기 시작할지도 몰랐다.

런던을 떠나 어디론가 그들이 예상하기 힘든 곳으로 가야 했다. 그 후에야 다음 움직임을 생각할 여력이 있을 것이다.

문제는 어디로 가느냐였다. 도시는 물가가 비싸고 감시 장비와 경찰들이 가득했다. 그러나 외딴 지역은 좁아서 낯선 사람, 특히 한겨울철에 혼자 나타난 여자를 쉽게 눈치챌 것이다.

그렇다면 그 중간 어디쯤이었다.

하지만 그전에 머리 색부터 바꿔야 했다.

머리 색만 아니라면 나는 그저 평범해 보이는 여자였다. 나이는 25세에서 35세 정도, 키와 체격은 작은 편, 눈에 띄지 않는 옷차림, 특이한 점이라고는 없는 모습이었다. 하지만 이 머리 색이라면 곧바로 알아볼 수 있을 것이다. CCTV에서는 나를 금방 찾아낼 것이고, 모자나 후드를 쓸 수 있는 장소에도 한계가 있었다.

잠시 다른 공중화장실을 찾을까도 생각했지만, 탈색제가 효

제로 데이즈

과를 내는 데는 시간이 걸린다는 것에 생각이 미쳤다. 저렴한 호텔이 나을 것이다. 더 좋은 방법은 백패커 호스텔일 것이다. 거기서라면 배낭을 메고 단기 체류하는 젊은 사람들 사이에 섞일 수 있을 테니까.

헬이 준 선불폰을 주머니에서 꺼내서 '런던 백패커 호스텔'을 입력했다. 모퉁이를 돌면 현금도 받는 곳이 한 곳이 있다. 가방을 어깨에 둘러메고, 나는 걷기 시작했다.

"밤 10시 이후에는 숙소에서 음악 금지가 규칙이에요." 접수대의 젊은 여자가 지루해 보이는 얼굴로 말했다. 강한 호주 억양이었다. "헤드폰은 괜찮아요. 침실에서는 음식이나 술은 금지고요. 식당을 이용하세요. 건물 안에서는 금연이에요. 담배도 마리화나도 안 돼요. 화재경보기가 울리고 쫓겨날 거예요. 그러니까 그냥 하지 마요, 알겠죠?"

"알겠어요, 담배 안 피워요." 내가 대답했다.

"물론, 당연히 안 하겠죠. 위층 아니면 아래층?" 그녀가 손을 흔들며 말했다.

"뭐라고요?"

"위층 침대 아니면 아래층 침대?"

"아, 아마도…… 위층?"

그녀가 고개를 끄덕이며 플라스틱 카드와 작은 사물함 열쇠를 카운터에 내려놓았다.

"호스텔 열쇠예요." 그녀가 카드를 가리키며 말했다. "방 열쇠도 되고요. 침대 5번이에요."

"그리고 이건?" 내가 사물함 열쇠를 들어 보였다.

"짐 보관함 열쇠요." 그녀는 내 배낭을 힐끗 보았다. "필요 없겠네요. 하룻밤이라고 했죠?"

"네."

"24파운드에요."

나는 주머니를 뒤져 헬이 준 지폐 두 장을 꺼냈다. 그녀는 고개를 저으며 카드 단말기를 카운터 위로 밀고, 손톱으로 톡톡 두드렸다.

"미안해요, 현금은 안 받아요."

"뭐라고요? 하지만 받아야 해요. 웹사이트에는 받는다고 나와 있었어요."

그녀는 어깨를 으쓱했다. "업데이트 한지 오래됐나 보죠. 카드나 비접촉 결제만 돼요."

"카드는 낼 수 없어요." 나는 차분하게 말했다. 침착하고 상냥하게 말하려고 애썼지만, 울고 싶었다. 잠을 자본 지 백 년은 된 것 같았고, 편안하게 긴장을 풀어 본 지도 수백 년은 된 것 같았다. 나는 지금 눈 뜬 채로 악몽을 꾸고 있는데, 이 멍청한 여자애는 현금을 받지 않는다고? "내 계좌는 한도를 넘었어요. 현금만 있어요."

"카드나 비접촉 결제만 돼요." 그녀가 되풀이했다. 나는 그녀를 빤히 쳐다보았다. 어떻게 해야 할지 몰랐다. "미안해요." 그녀가 덧붙였지만, 진심으로 들리진 않았다. "메이다 베일에 현금을 받을 만한 곳이 있을지도 몰라요." 그녀는 열쇠를 향해 손

제로 데이즈

을 내밀었다.

나는 열쇠를 내려다보며 메이다 베일까지의 오랜 도보, 감당할 수 없는 택시요금, 쇼핑센터에서 집까지 헬을 미행하고 있을지도 모를 경찰을 생각했다. 이 빌어먹을 상황에서 도대체 어떻게 해야 하지?

"여기요." 뒤에서 미국인 남성의 낮은 목소리가 들렸다. 누군가 내 어깨 위로 몸을 숙여 휴대폰을 카드 단말기에 댔다. 단말기에서 경쾌하게 삑 소리가 났다. 화면에는 '결제가 완료되었습니다.'라는 문구가 떴다.

나는 내 눈을 믿을 수 없어서 몸을 돌려 올려다보았다. 깔끔하게 손질한 드레드 머리를 한 키 큰 흑인 남자가 손을 주머니에 넣은 채 서 있었다. 나와 눈이 마주치자, 그는 별 것 아니라는 듯이 어깨를 으쓱하면서 미소를 지었다.

"저는…… 세상에나, 그러니까…… 정말 고마워요!" 나는 더듬거렸지만, 뭐라 말해야 할지 몰랐다. "진심으로, 당신이 내 목숨을 구했어요. 고마워요. 아, 그리고 여기요." 나는 지폐를 내밀었지만, 그는 고개를 저었다.

"아뇨, 괜찮아요."

"하지만 그럴 수는……." 나는 어떻게 표현할지 생각해 내려 애썼다. 그는 나보다 많이 어린 것 같지는 않았다. 만약 그가 데이트나 그런 것을 바라고 하는 행동이라면…… 음, 그건 가능성이 낮아 보였지만 그래도 그에게 미리 말하는 게 나을지도 몰랐다. 하지만 그가 정말 그냥 인정 많은 사람이라면? 어떻게 하면 내 자존심만 챙기는 사람처럼 보이지 않게 말할 수 있을까? "나는 여기 하룻밤만 있을 거예요. 지금 갚지 않으면……." 나는 가까스로 말했다.

"괜찮아요." 그가 거듭 말하며 미소 지었다. 친절한 미소였다. 내 안에서 무언가가 무너지기 시작하는 것을 느꼈다. "갚을 필요 없어요. 저도 그동안 사람들에게 많은 도움을 받았으니까요. 곤경에 처한 숙녀를 돕게 되어 기쁠 따름이에요."

나도 모르게 마주 웃었다. 느릿느릿한 미국 억양으로 말하는 고풍스러운 표현이 너무 웃기게 들렸다.

"있잖아요, 빨간 머리 아가씨. 다음에 어려운 사람을 보면 도와주세요, 알았죠?"

"알겠어요." 나는 입술을 깨물었다. 그의 친절이 나에게 얼마나 큰 의미인지 말해 주고 싶었지만, 그렇게 하면 더 주목을 끌게 될 뿐이었다. "정말 고마워요. 이름, 이름이 뭐예요?"

"루시우스." 그는 손을 내밀어 내 손을 잡았다. 그의 손은 크고 따뜻했다. 그의 손가락이 내 손가락과 맞닿는 느낌에 게이브가 떠올라, 한순간 찌릿하게 가슴이 저렸다. "루시우스 도일이에요. 이름이 뭐예요?"

그 질문에 나는 당황했다.

"뭐라고요?"

"당신 이름이요." 그의 입가에 미소가 번졌다. "이름은 알고 있죠?"

젠장. 왜 미리 생각해 두지 않았을까?

제로 데이즈

"케, 케이트." 나는 경찰서에서 지어낸 이름을 뒤늦게 떠올리며 말했다. "케이트…… 허드슨." 성은 아무 생각 없이 튀어나왔다. 내가 아는 허드슨은 없었지만, 적당히 익명성 있고 기억에 남지 않으면서도 너무 뻔하게 가명처럼 보이지 않을 것 같았다.

"영화배우처럼?" 루시우스가 물었고, 나는 마음속으로 이마를 손으로 쳤다. 당연히 빌어먹을 배우 같겠지. 그래서 그 성이 입에서 술술 나왔던 거였다.

"네." 나는 웃으려 애쓰며 말했다. "하지만 안타깝게도 관련은 없어요. 보시다시피."

"체크인해야 해요." 접수대의 여자가 하품을 하며 말했다. 끼어들기 싫다는 표시였다. "이름, 주소, 이메일, 전화번호."

"물론이죠." 나는 그녀 덕분에 루시우스에게서 벗어나게 되어 안도의 한숨을 쉬며 말했다. 루시우스에게 신세를 졌지만, 그렇다고 해서 그에게 경계를 늦추면 안 되는데 하마터면 그럴 뻔했다. 나는 그녀가 카운터 위로 밀어준 양식을 작성하며, 콘윌에 있는 주소를 만들어 내 적었고, 우편 번호가 완전히 엉터리인 것을 그녀가 눈치채지 못하기를 기도했다. 나도 팟스토의 실제 우편 번호를 몰랐기 때문이다. EX24는 아니라는 것만은 확실했다.

나는 시간을 들여서 이메일 주소와 전화번호 부분을 일부러 알아보기 어렵게 썼다. 그들이 확인할 것 같지는 않았지만, 만약 확인하더라도 그럴듯하게 번진 잉크가 빠져나갈 구멍을 만들어 줄 것이었다.

고개를 들어 보니, 루시우스는 가고 없었다.

"거의 다했다고 했잖아요!" 내가 소리쳤다. 누군가 샤워실 문을 세 번째로 두드린 것이었는데, 상대를 탓할 수만은 없었다. 샤워실 안에서 거의 한 시간가량 머물렀다. 먼저 갈비뼈 아래 상처를 최대한 잘 닦고 드레싱을 다시 한 다음, 탈색제를 발랐다. 30분이면 끝났어야 하는데, 붉은 염색이 좀처럼 사라지지 않아서 한 번 더 발랐다. 나는 헬이 탈색제 두 상자를 줄 생각을 한 것을 천만다행으로 여겼다. 두 번째에는 냄새가 더 심했고, 눈물이 날 뿐 아니라 코가 따끔거리고 두피가 아파 오기 시작했다. 포장에는 '30분 이상 방치하지 마세요.'라고 적혀 있었다. 첫 번째에는 20분을 기다렸지만, 충분하지 않아서 이번에는 30분을 꽉 채웠다. 어쩌면 머리카락이 모조리 빠져 버릴지도 몰랐다. 대머리 여자가 밝은 빨강 머리 여자보다 덜 수상해 보일까? 그럴 것 같지는 않았다.

드디어 선불폰의 타이머가 울렸고 나는 다시 샤워기 아래로 들어가 갈비뼈 위쪽에 새로 붙인 드레싱에 물줄기가 닿지 않게 몸을 숙이면서 부드러운 흰 거품이 배수구로 휩쓸려 나가는 것을 지켜보았다. 그래도 함께 빠져나가는 머리카락이 많아 보이지는 않았다. 샤워를 마치고 덜덜 떨면서 무엇을 보게 될지 불안한 마음으로 거울을 들여다보았다. 다행히 머리카락은 그대로 있었고 마침내 붉은색도 사라졌다. 후줄근하게 허연 금발의 여자가 놀란 표정으로 나를 보고 있었다. 나처럼 보이기는 했지만, 모든 색이 빠져나가고 없었다.

힘없이 축축한 머리칼을 훑으려고 손을 들어 올리자, 손가락

제로 데이즈

이 떨리는 것이 보였다. 내가 뭔가를 먹은 지가……. 나는 언제 마지막으로 먹었는지 돌이켜 보았다. 아침 이후로 먹지 않았고, 그마저도 급하게 먹은 토스트 한 조각이 전부였다. 나는 충격과 두려움으로 연명하고 있었다. 다시 문을 두드리는 소리에 나도 모르게 움찔하면서 온 신경이 곤두섰다. 뭔가를 먹지 않으면 쓰러질지도 모른다는 생각이 들었다.

"내가 말했잖아요." 나는 젖은 채로 떨리는 다리에 청바지를 끼워 넣으며 흐느끼는 기색 없이 말하려고 애썼다. "지금 나간다고요. 제발 좀 기다려요."

"여기가 무슨 스파도 아니잖아요." 내가 문을 여니 문밖에 서 있던 여자가 쏘아붙였다. 그녀는 예뻤고, 피부는 많이 그을렸다. "여기 전체에 샤워실이 세 개밖에 없다고요. 맙소사. 뻔뻔한 사람들 같으니."

그녀는 좁은 입구에서 일부러 어깨로 나를 밀치며 지나갔다.

"고마워 미치겠군요." 나는 울컥하는 것을 삼키며 씁쓸하게 말했다. 내가 원했던 것은……. 이런, 나는 내가 뭘 원하는지조차 몰랐다. 빌린 침대에 들어가 웅크리고서, 매트리스 주위를 커튼으로 닫아버리고 이 모든 일이 사라질 때까지 숨고 싶었다. 내일 아침 눈을 뜨면 이 모든 것이 내가 꾼 최악의 악몽이기를 바랐다. 게이브에게 이런 짓을 한 놈을 찾아 그자의 몸을 잘게 하나하나 찢어내 천천히, 고통스럽게 피를 흘리며 죽게 하고 싶었다. 집으로 가서 게이브의 가슴에 얼굴을 파묻고 그의 따뜻하고 단단한 몸을 두 팔로 감싸 안고 싶었다. 그의 심장 소리를 듣고 싶었다. 나는 울고 싶었다. 왜 울지 못하는 걸까?

대신에 나는 짐 보관함에서 노트북을 꺼내와 공용 식당으로 내려갔다. 그곳 매점에서 컵라면을 사다가 구석에 있는 전기 주전자에서 끓인 뜨거운 물을 붓고 창가 좌석에 몸을 웅크려 앉았다.

뜨거운 면을 포크로 입에 넣으며, 콕콕 찌르는 옆구리의 통증을 애써 모르는 체하면서 다음 행동을 생각하는 데 집중했다. 내일은 런던을 떠나야 했다. 그건 정해진 것이었다. 하지만 어디로? 그리고 적어도 오늘 밤에는 헬에게 연락해서 내가 무사하다는 것을 알려줘야 했는데, 어떤 방법으로 연락해야 할지 확신이 서지 않았다. 그녀의 번호는 외우고 있었지만, 선불폰에서 그녀에게 문자를 보내면 경찰이 단서들을 연결 지어 볼 가능성이 컸다. 경찰이 이 전화번호를 알게 되면 나는 곧바로 추적당할 것이다.

이메일을 보낼 수는 있었다. 게이브가 노트북마다 VPN을 설치해 두어서 이론상으로는 이메일로 내 위치를 추적할 방법이 없었다. 내가 실수 없이 모두 제대로 해낸다면 그럴 것이었다. 하지만 경찰이 결국은 내가 보낸 모든 이메일과 헬의 답장을 읽는다고 생각해야 했다.

나는 노트북을 열었다. 가장 먼저 모든 위치 서비스를 비활성화했다. 그런 다음 VPN을 켜고 인터넷에 연결했다. 웹 브라우저 아이콘 위로 마우스를 가져가자 심장이 쿵쿵 뛰었다. 논리적으로는 VPN이 나를 보호해 준다는 것을 알았다. 숙소의 와이파

제로 데이즈

이 네트워크에 있는 모든 사람으로부터 나의 웹 사용자 신원이 보호되고, 헬이 보낸 이메일을 추적하려는 사람은 그 실마리를 따라 VPN 운영자의 사무실까지만 추적할 수 있을 뿐 그 이상은 불가능했다. 하지만 게이브와 달리 나는 그 뒤에 숨은 기술을 완전히 이해하지 못했다. 적어도 VPN이 어떻게 작동하는지는 대강 알았다. 하지만 일반적인 방법으로 G메일을 열어도 안전한 걸까? 아니면 게이브가 더 위험한 해킹 포럼을 확인할 때 사용했던 익명화된 다크 웹 브라우저인 토르(Tor)를 사용해야 할까? 토르에서도 G메일이 열리기는 할까?

나는 5분 내내 트랙패드에 손가락만 올려놓고 있다가 단념하고 클릭했다. 경찰이 지금 이 순간 헬의 이메일을 감시하고 있을 가능성은 희박했고, 설령 경찰이 숙소까지 나를 추적한다고 해도 나는 이미 멀리 사라진 후일 것이다.

나는 G메일에서 업무용 이메일과 일상적인 업데이트 목록을 훑어보며 중요한 내용이 있는지 확인했다. 눈에 띄는 것은 없었다. 이 모든 일의 발단이 된 선스마일 보험으로부터 받은 이메일이 눈에 들어오기 전까지는 말이다. 그 이메일을 보니 내게 벌어지고 있는 일의 전말을 깨달았던 그 순간이 떠올라 속이 뒤집혔다. 고작 오늘 아침에 일어났던 일이란 말인가? 그 이메일을 읽고 나서 50살은 더 먹은 기분이었다.

이메일은 읽은 상태였지만, 그 외에는 전혀 손대지 않은 것처럼 그대로 있었다. 하지만 경찰이 이메일을 살펴봤는지, 이미 보험사와 연락을 취했는지는 알 길은 없었다. 만약 그렇다면 지금 내가 할 수 있는 일은 아무것도 없었다. 그저 한 발씩 앞으로 내디디며 나아가야만 했다.

받은 편지함의 읽지 않은 메시지를 뚫어지게 보며 헬을 안심시킬 말을 생각하던 중 컴퓨터에서 알림음이 울리며 화면 구석에 '새 이메일' 알림이 깜빡이며 떠올랐다.

자동으로 발신자 이름에 시선이 갔다.

제프 리드베터가 보낸 것이었다.

잠시 나는 아무것도 하지 않았다. 이메일을 열어 보지도 않았다. 한편으로는 제프가 마일스, 말릭과 함께 일했으니 열어 보고 싶은 마음도 있었다. 그에게 내가 이용할 만한 정보가 있을지도 모르고, 경찰이 얼마나 접근했는지에 대해 슬쩍 흘렸을지도 몰랐다. 그렇지만 이건 제프였다. 그는 경찰이었다. 그리고 내가 5년 동안 애써 피하고 잊으려 했던 남자이기도 했다.

이메일은 읽히지 않은 채 온갖 가능성이 든 시한폭탄처럼 받은 편지함 맨 위를 차지하고 있었다. 혹시 바이러스가 첨부되어 있다면? 첨부 파일은 없었다. 적어도 내게 보이는 것은 그랬다. 하지만 이메일이 열리자마자 침입한 웜이 내장된 이미지를 사용하여 컴퓨터를 탈취하는 공격에 대해 게이브에게 들은 적이 있었다. 나는 침을 꿀꺽 삼켰다. 그런 다음 설정으로 이동해 '외부 이미지를 표시하기 전에 확인'을 선택했다.

마침내 나는 제프를 믿어 보기로 한 것이 말도 안 되게 어리석은 비약이라고 느끼며 제프의 이메일을 열어 보았다.

'이런, 이런, 이런.' 이메일은 이렇게 시작되었다. '누가 그렇게

제로 데이즈

못된 짓을 했지?'

나는 이메일을 바로 닫을 뻔했다. 격렬한 혐오감이 내 안에서 차올랐다. 잠자리는 말할 것도 없고, 내가 어떻게 이런 남자와 사귀었던 걸까? 그렇게 생각하니 속이 메슥거렸다.

하지만 나는 억지로 계속 읽었다.

오늘 하비바 말릭에게 전화를 받았지. 그녀의 동료 알렉스가 내 친구와 매우 흥미로운 대화를 나누고 있었다던데. 그 친구가 조사를 받다가 몰래 빠져나가기 직전까지는 말이야. 아무에게도 말하지 않고. 그러다가 기술팀 직원들이 휴대폰에서 아아아주 수상한 내용을 발견한 모양이야. 심각한 얘기지만, 잭, 너 곤란하게 됐어. 큰일 났다고. 그리고 이렇게 계속할 수는 없어. 네가 뭘 하려는 건지 모르겠지만 민간인들이 경찰의 감시망을 피하는 게 얼마나 힘든 일인지 모르는 것 같더군. 돈도 떨어지고, 카드도 못 쓰고, 휴대폰도 못 쓰고, 출국할 수도 없어. 이 메일을 읽고 있다면 기술자들이 벌써 네 IP 주소를 추적했을 거야. 요컨대 넌 조진 거야. 거친 표현은 양해 바랄게. 하지만 너도 알고 있잖아?

내 충고 들어. 자수해. 늦게 잡힐수록 상황은 더 나빠질 거야. 왜냐하면 넌 잡힐 테니까. 결국엔 다들 잡혀. 아니, 자수하고 좋은 변호사를 구해서 유죄를 인정해.

그런데 왜 그런 거야? 그 사람이 널 때렸어? 널 골탕 먹였어? 나한테 왔어야지. 내가 처리해 줬을 텐데. 물론 현역 경관답게 순전히 전문적인 방식으로 말이지. ;)

J

마지막 줄까지 다 읽었을 때 남은 감정이라고는 분노밖에 없었다. 두려움과 역겨움도 격렬한 분노에 불타서 사라져 버렸다. 다시 생각해 볼 겨를도 없이 답장 버튼을 누른 다음, 컴퓨터가 무릎에서 흔들릴 정도로 세게 자판을 두드리며 타이핑을 시작했다.

제프. 엿 먹어. 아니, 진짜로, 엿 먹어. 어떻게 감히 게이브가 나를 신체적으로 학대했다고 생각할 수 있지? 그 누구보다도 당신이 그런 말을 하다니 어처구니가 없네.

당신 상사들이 이 글을 읽고 있어? 그 사람들이 내가 모든 비밀을 털어놓거나, 구해달라고 애원하거나, 내 위치에 대해 뭔가를 알려 주길 바라면서 그런 한심한 장광설을 보내도록 허락한 거야? 그래, 그 사람들이 이걸 읽고 있기를 바라. 할 말이 있거든. 5년 전에 말하려고 했지만 아무도 듣고 싶어 하지 않았던 말이지.

관계자분께: 나는 20살부터 22살까지 제프 리드베터와 사귀었습니다. 그는 그 기간의 최소한 80%가 넘는 동안 나를 무시했고, 내가 마침내 정신을 차리고 그를 떠났을 때 나를 때리고 협박하고 6개월 동안 스토킹했습니다. 내가 경찰에 신고했을 때 그의 동료들이 이 사건을 덮어 버렸습니다.

그러니 엿 먹어, 제프, 그리고 누구든 이 글을 읽고 있는 사람도 엿 먹어라. 그리고 말할 것도 없이 나는 남편을 죽이지 않았어. 하지만 누군가가 그랬고, 그게 누구든 화장실 창문의 환기구를 통해 우리 집에 침입한 다음 남편의 목을 베었어. 나를 유죄로 만드느라 바쁘지 않았다면 당신들도 5분이면 그 사실을 알아냈을 거야. 그러니 해야 할 일을 하고, 나가서 빌어먹을 범인을 잡으라고.

분노에 차서 덜덜 떨리는 손가락으로 나는 보내기 버튼을 누르고 이메일이 사라지는 것을 지켜보았다. 그러고는 머리를 감싸 쥔 채 방금 내가 무슨 일을 저지른 건지, 큰 실수를 저지른 건 아닌지 생각해 보았다.

경찰이 그 이메일에 대해 알고 있었다고 가정하면, 나는 그들이 내게 바라던 대로 행동한 것이었다. 그들은 그 이메일이 나를 화나게 할 것을 알았을 것이다. 제프와 나의 과거에 대해 전혀 모르는 사람이라도 그렇게 조롱하고 비하하는 문장들을 도발이 아닌 다른 것으로 읽지는 못했을 것이다. 그래서 나는 인터넷 악플러의 미끼를 물고 반격에 나선 게시글의 글쓴이처럼 함정에 빠져 답한 것이다.

하지만 아마도 경찰은 게이브의 VPN은 예상하지 못했을 것이다. 그것은 영국과 미국 법 집행 기관과 협력하지 않는 것으로 알려진 여러 국가를 거쳐 우회하는 매우 안전한 VPN이었다.

방금 무슨 일을 저질렀든 나는 이제 말려들었다. 보낸 이메일을 취소할 수도 없었고, 기왕 내 위치를 노출했다면 차라리 그와 동시에 쓸모 있는 일을 해내는 편이 나았다.

나는 일부러 제프 리드베터를 마음 한구석으로 밀어내고, 새 이메일 창을 열어 상단에 헬의 주소를 입력했다. 거기까지는 쉬웠지만 무슨 말을 해야 할지 생각하니 벽에 부딪혔다. '난 괜찮아.'라고 쓸까? 다만 난 괜찮지 않았다. '걱정하지 마.'라고? 그녀는 당연히 걱정할 것이다.

'헬에게' 나는 드디어 썼다. '난 무사해. 내가 이메일에 접속할 수는 있지만, 여기에 쓰는 모든 걸 경찰이 읽는다고 생각해야 해.' 여기까지는 별 의미 없는 내용이었다. 정말로 중요한 메시지는 어떻게 전할 수 있을까?

차라리 내가 정말 게이브를 죽인 거라면 일이 훨씬 더 쉬웠을 거라는 생각이 들자 씁쓸해졌다. 어떤 경고라도 받았더라면 준비가 되어 있었을 것이다. 현금과 선불폰을 잔뜩 마련해 두고, 헬과 안전하게 메시지를 주고받는 방법도 알아 두었을 것이다. 하지만 지금 나는 슬픔에 빠져서 이미 그르친 일을 더 망치지 않으려고 애쓰면서 그때그때 임기응변하는 실정이었다.

여전히 무슨 말을 써야 할지 고민하던 중에 이메일 알림이 다시 울려, 순간적으로 아드레날린이 솟았다. 제프가 벌써 답장을 보낸 걸까?

하지만 받은 편지함을 훑어보니 맨 위에 있는 이메일은 제프가 보낸 것이 아니었다. 이제 막 알게 된 이름, 게이브의 오랜 친구 줄리안 아처가 보낸 것이었다. 그리고 제목은 '진심 어린 애도'였다.

미리보기 창에는 '친애하는 잭, 방금 콜 개릭에게 끔찍한 소식을 들었습니다.'라고 쓰여 있었다.

나는 감당하기 힘들어 눈을 감았다. 충격과 동정과 질문들.

제로 데이즈

나는 브라우저를 종료했다.

하지만 줄리안의 이메일에서 계속 걸리는 것이 있었다. 콜의 이름이었다. 그리고 그 이름과 함께 그날 아침 헬의 유니콘 전화로 통화한 콜의 목소리가 귓가에 울렸다. '필요한 건 뭐든지, 알지? 뭐든지. 진심이야.'

콜은 게이브만큼이나 컴퓨터에 대해 잘 알았고, 아마도 자신의 전문 분야인 휴대폰 보안에 대해서는 더 많이 알 것이었다. 그 많은 사람 중에서, 내가 알아야 하는 것, 헬과 안전하게 통신하는 법에 대해 알려 줄 수 있는 사람이 바로 그였다. 경찰은 이미 내 친구와 가족을 모두 명단에 올려놓았을 테지만, 콜은 예외였다. 콜은 오늘 아침에 통화하기 전에 마지막으로 전화를 걸었던 게 언제인지 기억나지 않을 정도였고, 아침에도 내 것이 아닌 헬의 오래된 휴대폰을 사용했었다. 이전까지는 항상 게이브를 통해 연락해 왔다. 경찰이 결국에는 콜을 찾아가겠지만, 콜을 최우선 순위에 올려놓을 이유는 없었다.

무엇보다도 콜은 게이브의 가장 친한 친구였다. 지난 몇 주 동안 게이브의 머릿속에 무슨 일이 있었다면, 어떤 이유에서든 내게 말할 수 없는 일이 있었다면, 게이브가 털어놓을 수 있는 유일한 다른 사람은 콜뿐이었다. 나는 정말로 게이브가 그 생명 보험에 가입했는지 아닌지를 알아내야 했고, 그것이 사실이든 아니든 콜이 알 수도 있었다. 아주 크지는 않지만 그래도 분명한 가능성이었다.

하지만 우리 둘 다 경찰의 감시망에 걸리지 않게 그와 연락하려면 어떻게 해야 할까?

여전히 고민하고 있을 때 내 앞에서 낮은 목소리가 들려왔다.

"이봐요, 머리는 어떻게 된 거예요, 빨간 머리 아가씨?"

그 말에 나는 다시 현실로 돌아왔고, 누군가 내 모습을 지켜보고 있다는 깨달음에 약간 놀라서 고개를 들었다. 그리고 접수대에서 만났던 남자 루시우스라는 것을 깨달았다. 그는 그때 빨간 머리였던 나를 보았으니 궁금한 게 당연했다.

나는 떨리는 웃음을 지었다. "모르겠어요…… 그냥 변화를 원했나 봐요. 금발이 더 재미를 본다는 말도 있잖아요."

"알겠어요. 아까는 꽤 심각해 보이던데. 별일 없는 거죠?"

친절한 질문이었지만, 그 모순성에 속으로는 발작에 가까운 웃음이 터지면서 입 밖으로 비져나오려고 했다. 대신 나는 그를 빤히 보면서 무슨 말을 해야 할지 고민했다.

'아, 경찰에게 들키지 않고 죽은 남편의 절친한 친구와 연락할 방법을 궁리하고 있었어요. 혹시 좋은 생각 있어요?'

마침내 나는 이렇게 말했다. "곤란한 이메일을 써야 해서요, 친구에게. 어떻게 표현해야 할지 고민 중이었어요."

"아." 루시우스가 대꾸했다. 그는 눈가에 주름이 잡히도록 친절한 미소를 지었다. 나는 그를 처음 보았을 때 생각했던 것보다 그의 나이가 많다는 것을 깨달았다. 아마 나랑 같거나 나보다 위인 것 같았다. "그거 알아요? 경험상 내 원칙은 글로 쓸 수 없다면 말로 하라는 거예요. 중요한 일에는 항상 얼굴을 맞대는 편이 낫거든요."

얼굴을 맞대고. 나는 입술을 씹으며 이것이 내가 들어 본 중가장 멍청한 생각인지, 아니면 이 사람이 천재인지 고민했다. 얼굴을 맞대고. 나는 콜이 사는 곳을 알았다. 그가 일하는 곳도 알았다. 적어도 아직은 그가 감시당하고 있을 가능성은 매우 매우 희박했다. 그냥 그를…… 찾아갈 수 있지 않을까?

"그래요, 당신 말이 맞는 것 같아요." 나는 천천히 말했다.

"나는 항상 맞아요." 루시우스는 윙크하며 말했다. "잘 자요, 금발 머리."

"잘 자요." 나도 똑같이 대답했다. 그가 계단을 올라 숙소로 사라지자 나는 노트북을 끄고 컵라면 용기를 쓰레기통에 버린 다음, 새로운, 정확히 희망은 아니지만, 적어도 일종의 목적의식을 가지고 서 있었다. 나에겐 계획이 생겼다. 비록 아주 피상적이긴 했지만.

일단 잠을 좀 잘 작정이었다. 그리고 콜을 찾을 것이다.

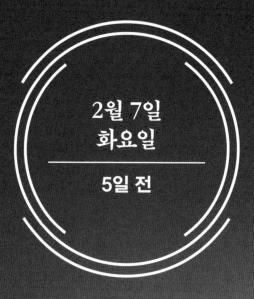

2월 7일
화요일

5일 전

─────── 나는 완전히 혼미한 상태로 깨어났다. 보라색 커튼으로 둘러싸인 낯선 침대에 누워 있었는데, 오른쪽 갈비뼈 아래에 욱신거리는 통증이 느껴졌다. 방은 매우 따뜻했고 머리에서는 탈색제와 싸구려 샴푸 냄새가 났으며 다른 사람들의 숨소리가 들렸다.

그러다 문득 떠올렸다. 나는 숙소에서 커튼이 쳐진 침대의 얇은 매트리스 위에 누워 있었고, 룸메이트들은 아직 자고 있었다. 이건 아직 이른 시간이라는 뜻이었다.

몸을 일으켜 베개에 기대었다. 머리가 지끈거렸고 옆구리가 아팠으며 잠을 잤다는 것을 알면서도 한숨도 못 잔 것 같은 기분이 들었다. 내 꿈은 끔찍한 악몽으로 채워져 있었다. 피에 흠뻑 젖은 게이브가 휘청휘청 서서 무시무시한 미소를 지으며 '제발 도와줘.'라고 애원하는데, 그가 말할 때마다 잘린 목에서 휘파람 소리가 났다. 나는 제프 리드베터처럼 생겼지만 헬의 코트를 입고 쌍둥이를 태운 유모차를 미는 경찰관에게 쫓기며 더운 쇼핑센터에서 땀나는 추격전을 펼쳤다. 우스꽝스러운 광경이었지만 꿈속에서는 결코 그렇지 못했다.

나는 한참 동안 앉아서 모든 것이 안정되고, 거북한 공포감이 누그러지고 남아 있는 기억의 파편들이 제자리에 가라앉기를

제로 데이즈

기다렸다. 마침내 더는 나아지지 않으리라는 것을 깨달은 나는 커튼을 가르고 침대 옆으로 다리를 내려 사다리를 타고 바닥으로 내려갔다.

그리고 어둑어둑한 가운데 최대한 조용히 옷을 입었다. 선불폰은 오전 6시 34분을 가리키고 있었다. 콜은 일찍 일어나는 사람이었는데, 거의 매일 출근 전에 체육관에 갔다가 늦어도 9시까지는 라임하우스에 있는 사무실 책상에 앉아 있었다. 그러니까 그가 도착하기 전에 런던을 가로질러 가 중간에 그를 만날 시간은 충분한 셈이었다. 내 가방을 어떻게 할지가 유일한 문제였다. 들고 다니기에는 너무 무거웠고, 침대 밑 짐 보관함에 넣으면 안전할 것 같았다. 하지만 내가 여기 다시 돌아올 수 있을지 알 수 없었다. 어젯밤 제프의 이메일에 답장을 보낸 것이 큰 실수였을 가능성이 컸기 때문이었다. 결국 나는 보관함의 자물쇠를 풀고 배낭을 끌어내어 찡그린 얼굴로 등에 짊어졌다.

로비에서 카운터에 열쇠를 놓고 2월의 런던, 이른 아침 한기 속으로 나섰다.

라임하우스까지 가는 길은 생각보다 멀었고, 와핑의 좁은 거리를 지나 강가와 콜의 사무실로 향하기 시작했을 때쯤에는 교통량이 많아지면서 점점 더 초조해졌다.

단지 콜의 도착 시간이 다가와서 걱정스러운 것은 아니었다. 전에는 런던에 설치된 수백, 수천 대의 CCTV 카메라를 이렇게 의식한 적이 없었고, 일할 때를 제외하면 이전까지는 거의 알아차리지도 못했다. 이제 골목길로 숨어들거나 지하철역 입구를 빠르게 지나갈 때마다, 나를 따라다니며 이미지를 캡처해 디스크에 저장하거나 런던 경찰청에 있는 관제실에 원격으로 전송하는 작은 플라스틱 렌즈들이 극도로 의식되었다. 불안이 커질 때마다 나는 그것들이 너무 많다는 사실을 유일한 구원으로 여기며 계속 상기하려고 노력했다. 런던의 방대한 감시망이 찍어내는 수천 개의 이미지 속에서 한 사람을 찾기란 건초더미에서 바늘 찾기보다는 해변에서 모래알 하나를 찾는 것과 같았다. 안면인식 기술이 아직은 컴퓨터가 사람을 재단해서 특정한 생체 특징을 스캔할 수 있는 단계가 아니기를 바랄 뿐이었다. 아직은 그렇게 할 수 없을 것이다…… 그렇겠지? 아이폰이 중국인 얼굴을 구별하지 못한다고 비꼬는 블로그 글을 읽은 것이 불과 엊그제 같았다.

그리고 만약 그럴 수 있다고 해도 지금으로서는 내가 할 수 있는 일이 없었다. 그저 콜의 사무실로 가서 그가 일과를 위해 안으로 들어가 버리기 전에 만나는 것만이 내가 할 수 있는 일이었다.

서버러스 시큐리티는 휴대폰용 개인 정보 보호 및 보안 앱을 전문으로 하는 기술 기업이었다. 처음에는 소규모로 시작해 광고 차단 앱으로 예상치 못한 성공을 거두었다. 이후에는 비밀번호 관리자, 바이러스 백신 앱, 자녀를 감시하려는 걱정 많은 부모를 겨냥한 소프트웨어로 사업을 확장했다.

사무실은 템스강 바로 옆에 자리한 검은색으로 칠해진 거대

제로 데이즈

한 목조 건물 카인즈 워프에 있었다. 원래는 밀물 때 강으로 올라오는 배에서 전 세계에서 온 면화 뭉치를 받는 면화 창고였는데, 지금은 유행의 첨단에 선 사무실로 개조되었다. 옛날 옛적에 콜이 대학을 갓 졸업하고 입사했을 때만 해도 서버러스는 맨 꼭대기 한 층에만 있었다. 그 후 몇 년 동안 차츰차츰 다른 세입자들을 밀어내면서 건물 전체를 차지할 정도로 확장되었고, 콜도 함께 성장했다.

이제 모퉁이를 돌자 반대 방향에서 간간이 출근하는 젊은 사람들이 보였다. 아덴 얼라이언스의 직장인들과는 확연히 달랐다. 대부분 너무 어렸고, 대개 정장과 넥타이 차림이 아니었다. 빨간 머리에 컨버스 차림이었다면 나도 이곳에 잘 어울렸을 것이다. 하지만 안으로 들어가려는 것은 아니었다. 아직은 그랬다. 대신 다가오는 직원들의 얼굴을 훑어보며 콜의 얼굴을 찾았고, 높은 담장 위 철조망 사이에 이상한 새처럼 설치된 박스형 CCTV 카메라와 눈을 마주치지 않으려고 애썼다. 맙소사. 그것들은 사방에 있었다. 나는 어리석은 짓이라는 것을 알면서도 템스강과 썰물 때가 되어 고약한 냄새를 풍기는 드넓은 진흙탕 쪽으로 고개를 돌렸다. 경찰이 그 카메라의 영상을 요청하면 내 모습은 이미 찍혀 있을 테니 지금 등을 돌려도 도움이 되지는 않을 것이었다. 나는 휴대폰을 보았다. 속에서 불안감이 똬리를 틀었다. 9시 10분. 그를 놓친 걸까? 안내데스크에 가서 "약속이 있으신가요?" "신분증 좀 보여 주시겠습니까?"라는 질문에 용감하게 대면할 생각을 하니 썩 유쾌하지 않았다.

그리고 그때 그를 보았다. 가슴이 벌렁거렸다.

그는 후드를 쓰고 얼굴을 가린 채 고개를 숙여 휴대폰을 보며 걸어가고 있었다. 그의 어두운 금발 머리는 체육관 샤워실에서 바로 온 것처럼 축축하고 빗질도 하지 않은 상태였다. 잠을 자지 못했는지 수척하고 면도도 하지 않은 듯한 얼굴이었다. 잘생기고 말쑥한 콜은 항상 미국 고등학교 드라마의 남자 주인공을 쏙 빼닮은 모습이었는데, 수염을 기른 게이브의 섹시함과는 완전히 대조적이었다. 한 번은 공항에서 10대 소녀 두 명이 그가 잭 에프론인지를 두고 킥킥거리며 논쟁하는 것을 들은 적도 있었다. 그런데 지금 그의 모습은…… 절친한 친구가 잔인하게 살해당한 사람처럼 보이는 듯했다.

"콜." 나는 목소리를 낮추어 그를 불렀다. 그는 고개를 들었다가 어리둥절한 표정으로 주위를 둘러보았다. 부르는 소리가 어디서 나는지 잘 모르는 듯했다. 나는 숨을 들이쉬었다. "콜, 나야."

그 소리에 그가 걸음을 멈추었고, 이번에는 나를 곧장 보았다. 의아한 얼굴이었다. 그러다가 내가 누구인지 알아보고는 놀란 표정으로 바뀌었다.

"잭?" 그의 목소리를 들으니 어제 통화할 때처럼 가슴이 철렁하면서 쓰라린 고통이 느껴졌다. "너…… 잠깐, 머리에 뭘 한 거야? 널 못 알아볼 뻔했어."

"나랑 얘기 좀 해." 나는 모든 것을 애써 억누르느라 얼굴이 굳어졌다. 콜은 걱정스러운 마음을 드러내지 않으려고 애쓰며

제로 데이즈

고개를 끄덕였다.

"그래. 들어가자." 그는 서버러스 시큐리티의 문을 향해 팔을 흔들었다.

나는 잠시 망설였다. 콜의 동료와 안내원, 보안 직원이 지켜보는 가운데 그의 사무실로 들어가는 것은 정말 끔찍한 생각인 듯했다. 하지만 다른 방법이 있을까? 길거리에서 이런 대화를 나누는 것? 둘 다 불가능해 보였다.

"우리가……" 나는 침을 삼키고 거리를 이리저리 살펴보며 보안 카메라와 사무실 로비 바로 안쪽에 있는 경비를 다시 한번 확인했다. "커피숍이나 조용히 얘기할 수 있는 곳이 있을까? 내가 좀 꺼려지는……." 나는 내 의도를 어떻게 설명해야 할지 몰라 입을 다물었다. 내가 하려던 말은 우리가 만난 뒤에 경찰이 와서 질문을 할 경우에 그를 곤란하게 만들기 싫다는 것이었다. 하지만 이런 말을 어떻게 불쑥 꺼낼 수 있을까?

콜은 걱정스럽고 당혹스러운 마음으로 짙은 눈썹 사이를 찌푸린 채 잠시 나를 내려다보며 서 있었다.

"얼마나 조용히 이야기하고 싶은지에 따라 다르지. 집으로 돌아갈까?"

서버러스에서 걸어서 10분 거리에 있는 콜의 집은 템스강이 내려다보이는 창고를 개조한 아파트의 펜트하우스였다. 콜이 우리에게 집을 처음 보여줬을 때 게이브는 직업을 잘못 선택했다고 앓는 소리를 했다. 그곳이라면 조용하고…… 은밀한 대화를 할 수 있을 것이다. 하지만 왠지 그 제안은 나를 불안하게 만들었다. 그렇게 화려한 건물에는 분명 CCTV가 있을 것이고, 경찰이 이미 잠복해 있지 않으리란 법도 없었다. 노에미라는 이름의 아름다운 모델 출신 아티스트인 콜의 여자친구도 문제였다. 가능하면 그녀를 이 일에 끌어들이고 싶지 않았다.

"노에미도 거기 있어?" 내가 마침내 물었고, 콜은 고개를 저었다.

"일 때문에 샌프란시스코에 갔어."

"내 생각에는 그냥 너희 집이……." 나는 말을 멈추고 줄지어 지나가는 콜의 동료들을 다시 힐끗 쳐다보았다. 내가 하고 싶은 말, 그러니까 경찰이 나를 쫓고 있는데 그의 아파트는 너무 위험할 것 같다는 말을 할 방법이 없었다. 나는 여기에 서 있는 것만으로도, 잘 설명할 수는 없지만 너무 노출된 느낌이 드는 탓에 안절부절못했다. 하지만 콜은 이해한 듯했다.

"알았어, 자, 내게 생각이 있어. 모퉁이를 돌면 오래된 교회가 있어. 이 시기에는 늘 열려 있는 곳이야. 노숙인들이 몸을 녹일 수 있게 목사님이 문을 열어 두거든."

내가 고개를 끄덕이자 그는 왔던 방향으로 다시 길을 앞장서 갔다. 비좁은 골목을 두어 번 지나 그을음으로 얼룩진 작은 교회가 있는 황량한 공동묘지로 향했다. 그곳에는 아름드리 주목 두 그루가 우뚝 솟아 있었다. 구석에는 텐트 두 동이 있었고, 노숙인 한 명이 침낭에 몸을 말고 누워 있었다. 그의 눈은 감겨 있었다. 나는 연민으로 몸서리치며, 그의 휴대용 매트 옆에 있는 빈 종이컵에 동전을 있는 대로 털어 넣었다. 그는 꿈쩍도 하지 않았

제로 데이즈

고, 나는 다른 사람이 돈을 가져가기 전에 그가 깨어나기를 바랄 뿐이었다. 그러고는 서둘러 콜을 뒤따라갔다.

나는 쓰러진 묘비들 사이로 길을 따라 올라가면서도, 뒤돌아보며 카메라가 있는지 확인하지 않을 수 없었다. 하지만 카메라는 없었다. 적어도 내게는 보이지 않았다. 높다란 목재 문은 닫힌 것처럼 보였지만 콜이 부드럽게 밀자 안으로 열렸고, 우리는 함께 입구를 지나 교회 안으로 들어갔다.

교회 안은 서늘하고 조용했으며, 꼭 그런 것은 아니지만 거의 버려진 듯한 느낌이 들었다. 나는 콜의 뒤에서 통로를 따라가며 먼지 쌓인 제단을 향해 놓인 등받이가 곧추선 의자들을 조용히 지나쳤다. 스테인드글라스 창문을 통해 흘러드는 가느다랗고 얇은 빛에 작은 은색 티끌이 떠다녔다.

"여기는 어떻게 알았어?" 내가 속삭였다.

"점심시간에 가끔 묘지를 걸어 다녀." 콜이 말했다. 그는 나처럼 목소리를 낮추지 않아서, 서까래에 말소리가 반향되어 울렸다. "그냥 책상에서 벗어나려고. 하루는 어떤 할머니가 꽃을 버리고 있었는데, 나한테 안으로 들어와서 둘러보지 않겠냐 물었어. 그런데 저기, 잭, 무슨 일이야? 다 괜찮은 거야? 내 말은……." 그는 말을 멈추고 침을 삼켰다. "미안해, 정말 바보 같은 질문이었어. 내 말은…… 난 그냥……."

그는 다시 입을 다물었고, 나는 고개를 저었다. 모든 것이 얼마나 괜찮지 않은지 말로 표현할 수 없었다.

"아니." 내가 마침내 말했다. "아무것도 괜찮지 않아. 나는⋯⋯."

콜이 두 팔을 내밀었고, 나는 여전히 고개를 저으면서 그의 품으로 들어갔다. 그가 나를 꽉 감싸 안는 것이 느껴졌다. 나는 그의 따뜻한 가슴에 얼굴을 묻고 서서 오르락내리락하는 그의 호흡을 느꼈다. 몇 날 며칠처럼 느껴진 지난 시간 이후 처음으로 우리 둘 다 잃은 것에 대한 참담한 고통에 압도당했다.

우리는 한참 동안 그렇게 고요한 예배당에 서 있었다. 나는 그가 입은 부드러운 후드티에 이마를 대고 그의 어깨와 가슴이 아직 빠져나가지 못한 감정으로 떨리는 것을 느꼈다. 그는 울고 있었다. 나는 이 사실을 깨닫고 죄책감을 느꼈다. 그가 울고 있는데 나는 왜 울지 못했을까? 게이브는 내 남편이었는데 나는 왜 울지 못했을까?

"너무 불공평해." 마침내 그가 눈물과 분노에 잠긴 목소리로 말을 꺼냈다. "젠장, 잭, 우리는 어떻게 해야 하지?"

"모르겠어." 나는 억지로 말을 끌어내느라 목이 아팠다. 콜은 고개를 들고 한쪽 소매 끝으로 눈물을 닦아냈다. 눈물이 회색 말지로 만든 그의 후드티 소매를 적셨다.

"저기, 이런 상황에서 괜찮냐고 묻는 게 바보 같은 질문인 건 알지만, 잭, 네 모습이⋯⋯."

그는 말끝을 흐렸지만, 나는 그의 말이 무슨 뜻인지 알았다. 나도 그날 아침 이를 닦으면서 치약이 여기저기 튄 흐릿한 숙소 화장실 거울에 비친 나를 보았고, 그 모습에 나조차 충격을 받았다. 게이브가 세상을 떠난 지 사흘밖에 지나지 않았는데, 살이

제로 데이즈

빠진 것처럼 보였다. 뾰족한 얼굴이 앙상해졌고, 평소의 장난스러운 표정은 온데간데없이 수척해졌고, 까맣게 그려 넣었던 고양이 눈 아이라인이 없으니, 이목구비가 이상하게 작고 흐리멍덩해 보였다.

허옇게 탈색한 머리에 화장기 없는 얼굴의 나는 유령처럼 보였다. 어떤 면에서 그건 진실이었다. 며칠 전 솔즈베리 레인에서 아덴 얼라이언스로 떠났던 여자의 유령이 바로 나였다. 그 여자는 행복하고 안전했으며 정다운 남편을 둔 정다운 아내였다. 이제는 그 어느 것도 내가 아니었다. 나는……, 나는 과부였다. 그 단어는 발화되지 않은 채, 침묵 속에 이상하게 걸려 있었다. 그리고 나는 수배자였다.

"콜, 너에게 이런 짓을 해서 미안하지만 달리 어디로 가야 할지 몰랐어."

"뭘 해서 미안한데?"

나는 심호흡을 했다. "있잖아, 내가 미리 말해둘게. 그래야 네가 날 도울지 결정할 수 있을 테니까. 만약 네가 날 도와준다면……."

"잭, 뭐라고? 난 진심이야, 뭐가 됐든 난 할 거니까. 생각할 필요도 없어. 그냥 말해줘. 무슨 일이든 말만 해."

"나 수배됐어." 나는 달리 어떻게 표현해야 할지 몰라 거두절미하고 말했다. 그 과정에서 내가 의도했던 것보다 더 큰 목소리가 나왔고, 두 단어들은 중첩되어 예배당에 메아리쳤다. 제단 위 높은 곳 어딘가에서 놀란 새 한 마리가 날아올라 날개를 푸드덕

거리다가 다시 내려앉았다.

콜은 눈을 깜빡였다. "미안해, 잘 못 들었어. 네가 뭘 했다고……?"

"아니, 콜." 나는 목소리를 낮추었다. "내가 수배됐다고. 경찰이 날 수배 중이야. 날 도와주면 기소될 수도 있어. 그리고 제발 노에미한테는 말하지 마. 이 일에 노에미까지 끌어들이고 싶지 않아."

"뭐라고?" 놀란 그의 얼굴이 별안간 창백해졌고, 순간 나는 그가 기절할 것 같다는 엉뚱한 생각이 들었다. 지금껏 한 번도 본 적 없는 뭐라 말할 수 없을 정도로 충격받은 표정이었다. "경찰이 수배했다고? 경찰이 미친 거야? 대체 무슨 일이 있었던 거야?"

"경찰은 내가 게이브를 죽였다고 생각해." 그 말이 입에서 나오는 순간 발작적으로 쓸쓸하고 작은 실웃음이 함께 터져 나오는 것이 들렸다. 입 밖으로 뱉어내고 보니 정말 정신 나간 소리처럼 들렸다. 내가 어떻게 그런 말을 입 밖으로 소리 내어 할 수 있었을까?

"아니야." 콜은 거의 반사적으로 말했다. "아니, 그건 그냥…… 미친 소리야."

"경찰에서는 그날 밤 내 동선이 시간과 맞지 않는다고 생각해. 하지만 다른 이유도 있어. 내가 받은 편지함에서 이메일을 하나 발견했거든. 죽기 직전에 게이브나…… 누군가가 가입한 거액의 보험이었어. 경찰은 그게 나라고 생각하거나 적어도 내가 보험에 대해 알고 있었다고 생각할 거야. 내가 게이브를 죽였고, 돈 때문이라고 생각할 거야."

"보험이라고?" 콜은 정신을 못 차리는 사람처럼 눈을 깜빡였다. 그는 무슨 일이 벌어지고 있는지 겨우 알아차렸다. "나는…… 하지만……."

그는 더듬더듬 의자로 가서 앉았다. 무릎 사이로 두 손을 힘없이 늘어뜨린 채, 내가 방금 한 말을 받아들이려 애쓰는 것 같았다. 나도 건너가서 그의 옆에 앉았다.

"그래, 알아. 나도 너만큼 충격을 받았어. 하지만 경찰이 내 휴대폰을 가지고 있고 보험에 대해 알고 있어. 내가 함정에 빠진 건지 아니면 정말로 게이브가……." 나는 침을 삼켰다. 하고 싶은 말을 뱉어 내기가 몹시도 어려웠다. "혹시 게이브가…… 혹시 게이브가 무언가 두려워서 스스로 보험에 가입한 거였을지. 내가 그것 때문에 물어보러 온 거야. 게이브가 네게 아무 말도 없었어? 죽기 전에?"

"맙소사, 아니. 아무 말도 하지 않았어. 왜…… 뭐가……." 그가 말을 멈췄다. 그는 완전히 당황한 표정이었다.

내가 그에게 설명해 주었다. "만약 게이브가 가입한 게 아니라면, 누군가 내게 누명을 씌운 거야. 이해하겠어? 누군가 게이브를 죽이고, 나한테 누명을 씌운 거라고. 절도범이 일을 그르친 것도 아니고, 신원을 착각한 것도 아니야. 누군가 게이브를 죽이려고 청부했고 나한테 죄를 뒤집어씌우려는 거야. 그리고 게이브가 보험에 든 거라면 범인이 올 걸 알고 그랬을 가능성이 크고."

콜은 어떻게 해야 할지, 무슨 말을 해야 할지 모르겠다는 듯이 한동안 나를 바라보기만 했다. 그러다가 그의 내면에서 무언가가 맞물리는 소리가 났고, 나는 그의 눈빛이 눈에 띄게 달라지는 것을 보았다. 위기 상황에 강한 문제 해결사가 된 그의 모습이 게이브와 너무 비슷해서 마음이 아팠다.

"알았어." 그가 말했다. 그는 일어서서 의자 사이로 걸어가 옆 통로까지 갔다가 다시 돌아왔다. "좋아, 그렇다면 상황을 수습할 방법을…… 경찰이 널 쫓고 있어. 그리고 그들이 뭘 알고 있지?"

"경찰이 내 휴대폰을 가지고 있어. 잠금도 풀려 있고." 나는 질문받을 것이 뻔한 문제에 대한 답을 덧붙였다. 콜은 움찔하는 표정을 지었다.

"바람직하진 않지만, 괜찮아."

"경찰이 게이브의 기기를 대부분 가지고 있어. 휴대폰, 노트북 그런 것들. 내가 아는 비밀번호는 알려 줬지만, 나도 로그인 정보를 모두 아는 건 아니야. 아, 잠깐." 경찰 조사에서 들었던 기억이 떠올랐다. "게이브의 하드 드라이브는 경찰에 없어. 누군가 가져갔어."

"누가 하드 드라이브를 가져갔다고?" 콜은 나만큼이나 당황한 목소리였다.

"어, 최소한 사라진 건 맞아. 경찰이 내게 물어봤거든."

"메인 컴퓨터의 하드 드라이브?"

"어."

"또 없어진 게 있어?"

제로 데이즈

"모르겠어. 경찰에 연락하기 전엔 살펴보지 않았거든. 집에 돌아갔을 때 게이브의 장비는 아무것도 보이지 않았지만, 경찰이 전부 압수했겠지."

"알았어. 그래서 필요한 게 뭐지?" 콜이 천천히 말했다.

"음, 현금은 좀 있어. 옷가지도 있고. 헬이, 우리 언니가 사준 선불폰도 있어. 하지만 헬과 이야기할 방도가 필요해. 그리고 장기적으로는 잠잘 곳이 필요하고."

"자는 건 우리 집……." 콜이 말을 하려다가 고개를 저었다. "아니, 미안해. 어리석은 생각이었어. 경찰이 결국 내게도 오겠지. 알겠어. 아니, 급한 것부터 먼저 처리하지. 연락이라. 생각 좀 해 보자고." 그는 돌아서서 높은 스테인드글라스 창문의 문양이 드리워진 근엄한 회색 깃발을 바라보았다. 그리고 다시 돌아섰다. "시그널 메신저가 가장 확실할 것 같아. 종단 간 암호화 방식이고, 메시지를 읽고 시간이 지나면 삭제되도록 설정할 수도 있어."

"하지만 시그널에 가입하려면 휴대폰 번호를 입력해야 하지 않아? 그리고 그 부분은 암호화되지 않는 거고. 경찰이 헬의 휴대폰을 감시하고 있다면 이 번호를 알아낼 수 있을 거고, 그러면 난 끝장이잖아."

그러나 콜은 고개를 저었다.

"아니야. 전화번호를 입력해야 하지만 그게 꼭 네 번호일 필요는 없지."

"무슨 뜻이야? 번호를 인증해야 하잖아. 틀림없이 해야 할 거야."

"문자 메시지를 받을 수 있는 번호만 있으면 되는 거야." 콜이 대답했다. "자, 봐." 그가 내 옆자리에 다시 앉더니 노트북 가방을 열고 맥북을 꺼냈다. "이런 걸 할 수 있는 사이트는 아주 많아. 우리가 개발 도구로 사용하거든. 일회용 번호를 생성하고, 임시로 문자를 수신할 수 있는 곳도 있어. 그래서…… 됐다, 이걸로 해 보자."

그는 여러 개의 북마크 중에서 아무거나 한 사이트를 골라 클릭했다. 곧바로 영국 휴대폰 번호 목록이 화면에 나타났고, 그는 그중 하나를 선택해 열기를 눌렀다.

"좋아. 휴대폰에 시그널을 설치하고 이 번호를 입력해 봐."

나는 그의 말대로 낯선 번호를 힘겹게 입력한 다음 가입 절차를 거쳤다. 이제 전화번호 인증 단계만 남아 있었다. 내가 클릭을 하자 몇 초 후에 콜의 컴퓨터 화면에 메시지가 떴다.

"인증하기 버튼을 클릭하세요." 콜이 말하며 버튼을 눌렀다. 잠시 정적이 흘렀다. 그는 자신의 휴대폰을 들고 무언가를 입력했고, 그러는 사이에 내 휴대폰이 진동하면서 화면이 켜졌다. 잠금을 해제하니 화면 상단에 떠 있는 시그널 메시지 알림에 '내 말 보이나 레드 스패로'라고 적혀 있었다.

나는 손에 든 휴대폰을 내려다보았다. 몇 날 며칠처럼 느껴진 지난 시간 이후 처음으로 나는 웃고 있었다.

"콜, 넌 끝내주는 천재야. 고마워."

"이제 그 번호로 헬에게 메시지를 보내면 경찰이 추적할 방법이 없어. 헬이 시그널을 쓰고 있을까?"

제로 데이즈

"아닐걸. 헬은 왓츠앱을 더 선호할 스타일이야."

"뭐, 걱정하지 마. 내가 어떻게든 메시지를 보내서 연락하라고 할게. 경찰이 헬의 휴대폰을 감시하고 있다면 메시지를 읽을 수 있다고 생각해야 해. 하지만 메시지를 이용해서 위치를 추적할 수는 없을 거야."

"알았어, 고마워. 네가 이런 걸 잘 알아서 다행이야."

"내가 하는 일이니까." 콜이 약간 딱딱하게 말했다. "저기, 오늘 밤은 어떻게 할지 생각해 봤는데, 네가 우리 집에서 지낼 수 있으면 좋겠지만……."

나는 그가 말을 마치기도 전에 고개를 저었다.

"금세 경찰이 낌새를 살피러 올 거야. 그런데 노에미에게 작은 별장이 있어. 몇 년 전에 일하려고 산 곳인데, 라이 근처에 있고 우리는 주말에나 가끔 가. 좋은 집은 아니고, 실은 난방 장치도 없을 거야. 그래도 조용하고 외딴곳이고 노에미 명의로 되어 있으니 너와는 연결고리가 한 단계 더 떨어져 있는 셈이지. 다음 계획을 결정할 때까지 거기서 지내도 돼."

그의 말을 들으니 매듭이 얽힌 듯 속이 불편해졌다. 아마도 밤새 내 무의식의 언저리에서 속삭이던 질문들을 메아리치듯 상기시키는 말이었기 때문일 것이다. 나는 도대체 무슨 생각을 하고 있었던 걸까? 나는 이제 무엇을 해야 할까? 이대로 영원히 도망칠 수는 없었다.

"그것도 문제이긴 해." 내가 말했다. "난…… 솔직히 다음 계획에 대해서는 아무 생각도 없거든. 이 상황에 대해 내가 계획한 건 아무것도 없는데 지금…… 지금 나는 갇혀 버렸고, 나갈 수 있는 유일한 길은 돌파하는 것뿐이야."

"돌파? 돌파한다니 무슨 뜻이야?"

"내 말은 게이브를 죽인 범인을 찾아야 한다는 거야." 내가 듣기에도 절망에 빠지기 직전의 날 선 목소리로 말했다. "반드시 찾아야 해. 다른 건 중요하지 않아."

콜은 불안해하는 표정이었다. "하지만 잭, 만약 네 말이 맞다면, 게이브의 컴퓨터 장비를 노린 절도범이 우발적으로 저지른 일이 아니라 청부살인이라면 말이야, 이 사람들 위험하잖아. 너도 죽을 수 있어. 호랑이를 건드리는 일은 하지 말았으면 해."

"난…… 상관없어." 헬레나와 이야기를 나누면서도 말끝에 맴돌았는데, 간신히 입 밖으로 내지 않았고, 인정하지도 않았던 그 말을 처음으로 소리 내어 말했다. "그렇게 하지 않으면 내가 사랑하는 남자를 죽인 죄로 감옥에서 썩어야 하는 거니까."

더 이상 말을 할 수 없었다. 흘리지 못한 눈물이 다시 목구멍에 응어리져서 말을 꺼내기가 어려웠다. 그 괴로움이 파도처럼 다시 나를 덮쳤다. 게이브는 죽었다. 우리의 삶은 폐허가 되었다. 내가 저지르지도 않은 범죄로 나를 쫓는 경찰과 게이브의 살해범. 게이브의 살해범…… 그 생각을 하지 않고, 한 발 한 발 내디디며, 한 번에 한 걸음씩 집중하면 계속 나아갈 수도 있었다. 하지만 콜의 말을 들으니 경찰서를 떠난 후 처음으로 고개를 들어 내 상황과 내가 하는 일에 대해 생각하게 됐다. 그리고 그 모든 것의 부당함에 숨이 턱 막혔다.

"잭, 안 돼." 콜의 목소리는 조용했지만, 뭔가 겁에 질린 것 같았다. "제발, 제발 그런 말 하지 마. 네가 어리석은 짓을 자초하도록 두고 볼 수는 없어."

"난 이미 어리석은 짓을 했어." 나는 힘없이 말했다. "내가 경찰서를 나서는 순간 나 자신에게 첫 번째 용의자라는 낙인을 찍은 셈이야. 이제 중요한 건 오직 누가 이런 짓을 했는지 추적하는 거야. 게이브를 죽인 범인을 찾지 못하면 내 인생도 어차피 끝장이야. 난 살 이유가 없어, 모르겠어?"

"잭, 안 돼." 콜이 이번에는 갈라진 목소리로 다시 말했다. "제발 그런 말 하지 마. 게이브는 그런 걸 원하지 않을⋯⋯."

그가 말을 멈췄고 나는 눈을 꼭 감았다. 계속 맴돌기만 하고 절대로 흘러나오지 않던 눈물이 나올 것만 같았다. 콜의 말이 맞았다. 그게 최악이었기 때문이다. 게이브는 이런 상황을 전혀 원치 않았을 것이다. 그는 내가 복수의 뒤틀린 환상에 나를 던져넣는 이런 짓을 하기를 원치 않았을 것이다. 하지만 이런! 게이브는 빌어먹을 이곳에 없었다. 그는 사라졌고 죽임을 당했고 나를 여기 혼자 남겨두었다. 그러니 이 일을 해결할 사람은 나 말고는 아무도 없었다. 어떻게 할지 결정할 사람도 나 말고는 아무도 없었다.

그 순간 나는 아주 짧고 이상한 환각에 빠졌다. 내 귀에 블루투스 이어폰의 고무 같은 온기가 느껴지고, 일할 때는 늘 그랬듯이 낮고 친근한 게이브의 목소리가 들렸다.

'당신은 할 수 있어, 자기야.'

나는 손톱이 부드러운 손바닥을 파고들도록 주먹을 꽉 쥐었고, 거짓말쟁이인 그를 미워했다.

그리고 콜의 팔이 다시 내 몸을 감쌌고, 나는 울 수 있기를, 눈물이 나오기를, 넋이 나가도록 흐느낄 수 있기를 그 어느 때보다 바라며 그의 어깨에 얼굴을 비볐다.

"어떻게 그가 날 떠날 수 있지?" 마지막 음절에서 내 목소리가 갈라졌다. "어떻게 그럴 수 있지, 콜? 게이브는 왜 그들과 싸우지 않았을까? 왜 이런 일이 일어나게 둔 걸까?"

콜은 대답하지 않고 내 등을 쓸어 주었다. 하지만 나는 진실을 알았다. 게이브는 선택의 여지가 없었기에 나를 떠난 것이었다. 경찰서에서 도망쳤을 때 나에게 선택의 여지가 없었던 것과 마찬가지였다. 나는 다른 선택지를 알지 못했다.

그리고 지금 나는 계속 나아가서 누가 게이브에게 이런 짓을 했는지 알아내는 것 외에는 선택의 여지가 없었다. 그리고 그다음에는? 하지만 그렇게 먼 앞날까지 생각할 수는 없었다.

다음 문제를 해결한다. 그런 뒤에는 그다음 문제를.

계속해서 한 발을 다른 발 앞에 디딘다.

더는 걸을 수 없을 때까지.

채링크로스 기차역을 뚫고 가는 것은…… 솔직히 말하면 정말로 미친 짓 같았다. 기둥에 등을 기댄 채 건들건들 서 있는 영국 교통 경찰관의 눈앞에서 중앙 홀을 가로질러 가는 것은 마치 거대한 대중교통 모양의 함정에 들어가는 것 같았다.

하지만 어제 아침 경찰서에서 도망친 여자와 지금의 나는 아주 다른 모습임을 알고 있었다. 내 빨간 머리는 사라졌고, 콜의 도움을 받아 그의 책상에서 가져온 가위를 이용해 남은 머리를 잘라서 백금색 단발에 가깝게 손질했다. 또 콜의 선글라스와 노에미가 그의 사무실에 남겨둔 코트도 빌렸다. 아름다운 낙타색의 긴 트렌치코트였는데, 모직에서 느껴지는 부드러운 감촉으로 보아 엄청나게 비싼 값을 치렀을 것 같았다. 하지만 콜은 내가 그 코트를 입어야 한다는 의견을 굽히지 않았다. 정 원한다면 별장에 두어도 되지만, 노에미는 어느 쪽이든 전혀 상관하지 않을 것이라고 했다. 그 코트가 그의 사무실 문 뒤에 여섯 달 동안 걸려 있었지만, 그녀는 전혀 눈치채지 못했다는 것이었다. 스웨터 아래에는 플리스 재킷을 말아 배 둘레에 테이프로 붙여 임신한 배와 비슷하게 만들었다. 만지지만 않는다면 꽤 그럴듯했다. 유일하게 조금 어울리지 않는 것은 등에 멘 가방이었다. 그것은 젊은 엄마라기보다는 고등학교를 졸업하고 대학에 입학하기 전의 배낭 여행자 같았지만, 어떻게든 그럴듯해 보이기를 바랐다.

역 입구에 있는 상점을 지나치면서 나는 어두운 유리창에 비친 내 모습을 힐끗 보았다. 경찰은 싸구려 레인 재킷을 입은 빨간 머리의 도망자를 찾고 있었다. 나를 마주 보는 여자는 D&G 선글라스와 2천 파운드는 넘음직한 코트로 잘 차려입은 금발의 임신부였다. 그 효과는…… 하, 상당히 극적이어서 콜에게 경의를 표해야 할 것 같았다. 나는 몇 시간 전 사무실 밖에서 그에게 갑자기 들이닥쳤던 겁에 질린 여자와는 전혀 다른 모습이었다.

그럼에도 입구에서 경찰관 바로 앞을 지나가는 것은 무척 힘들었다.

발권기에서 현금을 사용했는데, 성가신 터치스크린을 조작하고 구겨진 지폐를 투입구에 넣는 동안에도 손가락이 덜덜 떨릴 정도였다. 승차권이 고통스러울 정도로 느릿느릿 출력되는 동안 나는 시간과 타는 곳을 확인하기 위해 안내전광판을 올려다보았다. 혹시 무슨 일이 생겨서 기차에 갇히는 위험을 피하기 위해 너무 일찍 타고 싶지는 않았다. 하지만 너무 늦게 출발할 수도 없었다. 시간은 5분 정도 여유가 있었고, 이 정도면 딱 적당했다.

마지막 영수증이 나오자, 나는 모든 것을 주워들고 개찰구를 통과했다. 개찰구를 향해 있는 CCTV 카메라 아래를 걸어가며 고개를 숙이고 싶은 유혹은 거의 참기 어려웠지만, 나는 그것이 단지 수많은 카메라 중 하나일 뿐임을 알고 있었다. 게다가 얼굴을 숨기면 오히려 온갖 바람직하지 못한 관심만 끌게 될 것이었다. 대신 나는 트렌치코트 주머니에 손을 넣어 휴대폰을 꺼내 들고 화면을 들여다보는 척했다. 카메라 아래를 지나가며 얼굴을 가리는 여성은 엄청난 경고 신호였지만, 트위터에 몰두한 채 승강장을 가로지르는 여성은 흔하게 볼 수 있었다.

내가 객차를 선택하고 가장 좋은 자리를 찾으려고 애쓰는 사이 모직 코트 아래서는 땀이 흐르고 있었다. 경찰이 기차에 탈 경우에 쉽게 빠져나갈 수 있도록 문 옆에 앉을까? 나를 찾기까지 시간이 걸리도록 더 안쪽에 앉을까? 대체로 나는 입구 쪽을

제로 데이즈

선호했다. 경찰이 정확히 내가 탄 객차에 탈 확률은 낮아 보였다. 그러나 그쪽 좌석은 모두 차 있었다.

망설이고 있는 사이, 우대석에 앉아 있던 남자애가 일어섰다.

"여기 앉으세요."

순간 나는 그가 무슨 말을 하는지 알아듣지 못하고 눈만 깜빡였다. 그러다 아래를 내려다보고 깨달았다. 내 가짜 배. 우대석은 노인과 장애인, 그리고 임신부를 위한 자리였다.

나는 부끄러운 마음에 뺨을 붉혔지만, 한편으로는 나 자신이 우습기도 했다. 살인 혐의로 수배되어 경찰에게 쫓기는 도망자 주제에 고작 가짜 배 때문에 죄책감을 느낀다?

"괜찮아요." 나는 얼굴이 너무 표나게 붉어지지 않았기를 바라며 말했다. "정말로요. 저는 가볼게요."

"아뇨, 괜찮아요." 남자애가 말했다. 그에게서는 10대 후반 남성 특유의 우쭐거림과 남의 시선에 대한 과한 자의식이 느껴졌다. 그는 고개를 숙여 가방을 집어 들고, 나에게 빈자리를 남겨준 채 통로로 향했다. "어차피 난 화장실 근처에 앉는 건 별로예요." 객차 문이 닫히는 사이 그가 이렇게 말해서 나는 웃음이 나왔다.

기차 출발까지 2분 남아 있었다. 나는 빈 좌석에 앉아 가방을 무릎 위에 올려놓으며 창밖으로 승강장을 돌아보지 않을 수 없었다. 혹시 달려오는 발소리와 '경찰이다! 기차를 멈춰!'라고 외치는 소리가 나지는 않는지 귀를 기울였다.

아무 소리도 들리지 않았다. 시간이 지나 마침내 12시 40분이 되었다. 기차가 출발할 시간이었다. 그런데 아무 일도 일어나지 않았다. 나는 침을 삼켰다. 긴장으로 목과 턱이 아팠다. 왜? 왜 출발하지 않고 있지?

그러다 기차 스피커가 지지직거렸다. 나는 속이 뒤틀리며 극도의 긴장감으로 토할 것만 같았다. 운행이 취소된 걸까? '정기 점검' 때문에 우리를 여기 묶어두는 걸까?

천 년처럼 느껴진 정적 후에, 승무원의 목소리가 들려왔다.

"이 열차는 12시 40분에 출발하는 애시퍼드행 열차입니다. 워털루 이스트, 런던 브리지……."

익숙한 역 이름들이 이어졌고, 승무원의 목소리 아래로 기차 문이 닫히는 삑삑 거리는 경고음과 함께 엔진이 작동을 시작하는 소리가 들렸다.

"…… 헤드콘, 플러클리에 정차하고 14시에 애시퍼드 인터내셔널에 도착합니다. 승무원 부족으로 열차 출발이 늦어진 점 사과드리며, 운행 중에 시간을 만회할 수 있기를 바랍니다. 다음 정차역은……."

기차는 속도를 내기 시작했다. 우리는 승강장을 벗어나고 있었다. 그리고 화창한 겨울 오후의 청명한 공기 속으로 나아가고 있었다.

나는 머리를 좌석에 기대고 마치 누군가가 방출 버튼이라도 누른 것처럼 숨을 내쉬었다.

나는 해냈다. 런던을 벗어났다.

제로 데이즈

"여기서 세워 주세요." 나는 택시 기사에게 말했다. 그는 내가 가리킨 곳에 차를 세우고, 황량한 주차장을 의아하게 둘러보았다. 여름에는 아마 아이스크림과 플라스틱 양동이, 삽을 파는 가판점들이 있는 즐거운 장소였을 것이다. 하지만 추운 2월 오후에는 거의 적막에 가까웠다.

"확실해요?"

나는 고개를 끄덕였다. 택시를 타는 것은 도박이었다. 정확히 이런 질문들을 피하고 싶었기 때문이었다. 하지만 택시를 타지 않고, 어두워지는 가운데 라이 역에서 시골길을 따라 5마일을 걷는 것도 썩 내키지는 않았다.

"네, 확실해요. 친구를 만나기로 했거든요."

기사는 어깨를 으쓱했다.

"8파운드 20펜스에요."

나는 몸을 기울여 승차권을 사고 남은 1파운드짜리 동전을 하나씩 세고 아주 적은 팁을 더해 주었다. 너무 적어서 죄책감이 들 정도였다. 하지만 현금이 너무 빠르게 줄고 있었고, 언제 다시 현금을 구할 수 있을지 알 수도 없었다. 그래도 기사에게서는 아무런 원망의 기색도 느껴지지 않았고, 아스팔트에 바람이 휘몰아치는데도 기꺼이 내려서 트렁크를 열고 내 배낭을 꺼내주었다.

"여기 있습니다, 순산하세요." 그는 내 가짜 배를 가리키며 고개를 까딱했고, 나는 곧바로 더 큰 죄책감을 느꼈다.

나는 그가 차에 다시 올라타 방향을 세 번 바꾸어가며 차를 돌려 도로에 합류할 때까지 기다린 후, 돌아서서 해변을 따라 걸으며 부디 노에미의 오두막이 있기를 바라는 곳으로 향했다.

날씨가 몹시 추웠다. 밋밋한 해변을 따라가는 동안 바람에 날린 모래가 무릎 높이까지 세차게 휘몰아쳤는데, 모래 알갱이들이 청바지까지 뚫고 작은 바늘처럼 따끔따끔 박힐 정도였다.

발은 부드러운 모래 언덕에 푹푹 빠졌고, 모래와 물보라가 섞인 바람 때문에 눈에는 눈물이 흘렀다. 잠시 나는 그냥 오두막까지 택시를 타고 가지 않은 것을 깊이 후회했다. 하지만 그건 위험 부담이 너무 컸다.

선불폰에서 확인한 대로라면 주차장에서 오두막까지는 반 마일밖에 안 되었지만, 모래 언덕이 계속될수록 훨씬 더 멀게 느껴졌고, 나는 내 판단이 잘못된 것은 아닌지 의심스러워지기 시작했다. 흐르는 모래 위에서 걷느라 다리가 젤리처럼 느껴졌고, 등에 멘 배낭에는 옷과 도구와 침낭이 아니라 벽돌이 들어 있는 것 같았다. 옆구리의 상처는 더럽게 욱신거렸다.

나는 머리를 흔들면서 눈을 깜빡거려 눈에 튄 소금물을 털어냈다. 도대체 왜 이러는 걸까? 이건 평소의 내가 아니었다. 나는 강인하고 유능하며 신체적으로도 건강했다. 우리 부부 중에서 유리병 뚜껑을 열고 배수 호스가 막혔을 때 세탁기를 옮기는 사람은 게이브였지만, 체력과 지구력을 갖춘 쪽은 나였다. 지난달에 나는 암 연구를 돕기 위한 오르막 달리기 하프 마라톤을 완주했다. 그런데 이제 해변을 따라 걷지도 못한다고?

하지만 진실은 게이브는 더는 그런 사람이 아니라는 것이었다. 왜냐하면 그는 죽었으니까. 앞으로는 열리지 않는 유리병 뚜

제로 데이즈

껑이든 어떤 문제든 나 혼자서 해결해야 했다.

그 부당함은 마치 복부에 한 방을 날리듯 나를 다시 타격했고, 나는 모래 언덕에 주저앉아 두 손에 얼굴을 묻었다. 어쩌면 그냥 단념하고 항복해, 이 해변에 누워 파도가 나를 바다로 데려가도록 두어야 하는 걸까? 어찌 되든 무슨 상관이겠는가? 내가 이 일을 조금이라도 혼자 해낼 수 있다고 생각하다니 말도 안 되지 않는가? 무엇보다 나 혼자 게이브에게 이런 짓을 한 사람을 찾아내겠다고? 벽을 타고 자물쇠를 따는 것은 할 수 있을지언정 내 남편을 죽인 사람을 찾는 것은? 그건 경찰이 할 일이었다. 그리고 경찰은 이미 용의자를 특정했다. 그게 바로 나였다.

하지만 나는 포기할 수 없었고, 내가 포기하지 않으리라는 것을 알았다. 여기서 다 고갈된 채 자기 연민의 웅덩이에 빠져 있을 수는 없었다. 내 안에서 강철처럼 단단한 무언가가 이미 내 근육을 긴장시키고, 나를 일으켜 세워 계속 걸어가도록 북돋고 있었다. 그건 의식 속에서 일어나는 것도 아니었다. 나의 의식에서는 내가 멍청했다며, 그때 그 자리에서 포기했어야 한다고 말하고 있었다. 이것은 무언가 다른 것, 나의 마음속 중심에 가깝게 매우 깊은 곳에 있었다. 그것은 적어도 지금은 게이브를 보낸 슬픔에 굴복하지 않겠다는 단단하고 꿋꿋한 나의 일면이었다. 그것은 화장실에서 눈을 따갑게 하는 탈색제 냄새를 맡으며 붉은 흔적이 모두 사라질 때까지 쓰라린 두피를 하염없이 문지르던 나의 일면이었다. 그것은 일을 하면서 게이브가 내 이어폰에 대고 그만하면 충분하니 집에 돌아와도 된다고 말할 때조차, 보안 요원에게 자신을 들키지 말고, 전력을 다해서 파일을 더 가져오자고 자신을 몰아붙이는 나의 일면이었다.

이제는 집에 돌아갈 수도 없었다. 그렇다고 울어 봐야 소용없었다. 나는 그저 계속 가야만 했다.

나는 천천히 몸을 바로 세웠다. 통증을 누그러뜨리려고 손을 갈비뼈에 댄 채 일어선 다음 짙어지는 어둠 속에서 내륙 쪽 길을 따라 걷기 시작했다.

걷는 동안 바람이 잦아들었지만, 대신에 안개가 모래 언덕의 분지에 자욱해지기 시작했다. 구불구불한 바다 안개는 내 뒤쪽 영국 해협에서 밀려오는 것 같았다. 처음에는 몇 줄기였지만, 그 줄기들이 합쳐지더니 이불처럼 덮였고, 마침내는 코앞에 있는 내 손이 보이지 않을 정도로 두툼한 이불이 되었다. 휴대폰의 손전등을 켜도 별로 도움이 되지 않았다. 움직이는 어둠을 밋밋한 하얀 벽으로 만들어 손전등 빛을 눈부시게 반사하게 만들 뿐이었다. 나는 몇 분 동안 비틀거리다가 손전등을 끄고 눈이 적응하기를 기다렸다.

몇 시인지 전혀 감도 잡히지 않았을 때, 어둠 속의 형체들이 언덕이나 나무가 아닌, 더 구체적이면서 확실히 건물 형태를 갖춘 무언가로 합쳐진 것을 깨달았다. 그리고 겨우 몇 피트 더 가서 매우 단단한 콘크리트 구조물에 정강이를 부딪쳤다. 처음에는 울타리인 줄 알았지만, 손으로 더듬어 보니 그것은 철도 침목이었다. 하나가 아닌, 여러 개가 쌓여 있었다. 안쪽에 흙이 있는 것으로 보아 벤치 혹은 화단이었을 것이다.

제로 데이즈

조심스럽게 손을 뻗어 앞을 더듬으며 안개 속에 어렴풋이 보이는 어두운 형체를 향해 걸어갔다. 나는 그것이 노에미의 오두막이기를 기도했지만, 그렇지 않더라도 그냥 쳐들어가 자버릴지 심각하게 고민했다. 휴대폰은 도움이 되지 않았다. 구글 지도 위 표시는 1제곱 킬로미터 정도 되는 구간에서 막연하게 오락가락했고, 런던에서 콜이 자신의 휴대폰으로 보여준 위치에 가까운 곳은 나타나지 않았다. 지도는 아주 친절하게도 '위치 정확도 : 낮음'이라고 알려 주었다. 나는 게이브에게 보냈던 문자가 떠올랐다. '뻔한 소리군, 탐정 양반.'

하지만 그 작은 건물에 가까이 다가가자 골이 진 지붕과 검은 벽, 겨자색 현관문이 콜의 설명과 맞아떨어지는 것을 확인할 수 있었다. 그리고 결정적으로 문 옆에 희미하고 바람에 닳은 글씨로 '물안개(Spindrift)'라는 글자가 새겨진 나무판이 못으로 고정되어 있었다. 나는 몸이 부르르 떨릴 정도의 안도감을 느끼며, 배낭 앞주머니를 뒤져 콜이 아침에 내 손에 쥐여 준 열쇠를 꺼냈다.

자물쇠 안에서 열쇠가 돌아갔고, 나는 안으로 들어갔다. 춥고, 배고프고, 지쳐서 쓰러질 것 같았지만 집 안에 있다는 것만으로도 충분했다.

한 시간이 족히 지나서야 나는 휴대폰에 메시지가 온 것을 알아차렸다. 얼마나 오래전에 온 메시지인지 알 수 없었다. 램프를 켜고, 벽난로에 불을 붙이고, 주전자에 물을 끓이기까지 꽤 오랜 시간이 걸렸다. 콜은 오두막에 난방이 없다고 말했다. 하지만 전기도 없다는 말은 하지 않았다. 한때 전기가 들어왔던 것은 분명했다. 콘센트를 최소한 두 개 발견했고, 작은 소파 옆에는 전기 스탠드도 있었다. 그러나 정전이 되었거나, 주전원에서 전기가 차단된 것 같았다. 어느 쪽이 됐든 그림처럼 고풍스럽게 낡은 두꺼비집을 아무리 만지작거려 봐도 아무 일도 일어나지 않았고, 결국 집 여기저기에 놓여 있는 등잔과 촛불을 켜는 것으로 만족해야 했다.

촛불의 은은한 온기 속에서 별장은 아름다워 보였지만, 별장이라고 말할 수 있을 만큼 넓지는 않았다. 높은 서까래 하나가 있는 한 칸짜리 집으로 수작업으로 꾸민 주방에는 고목재를 재생한 나무로 만든 찬장이 한쪽 벽을 따라 달려 있었고, 찬물용 수도꼭지만 있는 도자기 재질의 개수대, 그리고 용기에 든 액화가스로 작동하는 1950년대 빈티지 스토브가 있었다. 맞은편에는 펼치면 침대가 되는 아늑한 소파가 있었고, 그 사이에는 노에미의 이젤, 작은 원탁과 목재를 구부려 만든 의자, 그리고 작은 벽난로가 있었다. 벽에는 노에미의 그림들이 걸려 있었다. 바다 빛깔의 넓고 추상적인 풍경화들이었다. 전체적으로 작은 공간이었지만, 셰이커 양식(셰이커교는 18세기에 영국에서 박해받아 미국으로 건너간 기독교 종파로 자족적인 생활을 하며, 장식을 배제하고 실용적으로 만든 가구들과 공예품 등으로 미국 미술사에서 하나의 양식을 이루었다.—옮긴이 주)과 비슷한 단순성이 돋보이면서 무척이나 근사했다. 노에미가 이곳에 반한 이유를 알 수 있었다. 완전히 조용하고 발길이 닿지 않는 곳, 예술가에게는 완벽한 장소였을 것

제로 데이즈

이다. 진정한 창작이 가능한 곳이었다.

　냉장고에는 아무것도 없었다. 전원이 꺼진 냉장고 문은 허브를 심은 작은 일본식 항아리로 닫히지 않게 고정되어 있었다. 하지만 뒷문 옆 찬장에는 파스타와 페스토 몇 병이 있었다. 지친 채로 작은 테이블에 앉아 김이 나는 푸실리 한 그릇을 먹고 있는데, 휴대폰 알림이 보였다. 모르는 번호에서 보낸 시그널 메시지였다. 나는 서둘러 클릭해 보았다.

　'잭, 나야, 헬. 너 괜찮아?'라고 적혀 있었다.

　심장이 두근거렸고, 나는 급히 글자를 입력했다. '응! 세상에, 맞아, 난 괜찮아. 그런데 이건 언니 번호가 아니잖아.'

　잠시 정적이 지나고, 메시지가 떴다.

　'아니지. C가 경찰이 내 휴대폰을 압수할 수도 있으니까 나도 선불폰을 사라고 알려 줬어. 메시지가 삭제되도록 설정은 했는데, 이게 더 안전하다고 그랬어. 넌 어디야?'

　잠깐 멈추었다가 휴대폰이 다시 울렸다.

　'혹시 말하면 안 될 것 같아?'

　나는 앉아서 입술을 잘근잘근 씹으면서, 내가 메시지에 쓸 수 있는 것과 써야 할 것이 무엇인지 고민했다. 콜이 시그널 메시지가 안전하다고 확신한다면, 나는 그를 믿었다. 어쨌든 그는 휴대폰 보안 전문가였으니까. 헬이 나에 대해 발설하리라고는 추호도 의심하지 않았지만, 그녀가 경찰에게 거짓말을 해야 하는 상황에 놓이는 것도 원하지 않았다.

　'나는 무사해. 따뜻하고 눅눅하지 않은 곳에 머물고 있어. 이 정도만 말해야 할 것 같아.' 마침내 나는 이렇게 입력했다.

'좋아. 걱정하고 있었어. 하지만 잭, 앞으로 어떻게 할 거야? 내 말은, 그러니까 장기적으로?'

콜이 물었던 것과 똑같은 질문이었다. 헬에게 같은 질문을 받으니 마음이 더욱 불편해졌다.

나는 '모르겠어.'라고 보낸 뒤에 이렇게 덧붙였다. '이 일을 저지른 자가 누군지 알아내야 해. 하지만 어디서부터 시작해야 할지 모르겠어. 내가 가진 단서는 망가진 환풍기뿐이야. 별것 없어.'라고 덧붙였다.

'고장난 환풍기?' 의아해하는 헬의 답에 나는 그녀에게 집에 침입해서 화장실 창문 환풍구의 균열을 발견한 이야기를 하지 않은 것을 깨달았다.

'신경 쓰지 마. 이야기하자면 길어. 하지만 무슨 일이 벌어지고 있는지 알아내려면 더 구체적인 뭔가가 필요해.'

그리고 메시지를 전송하는 순간, 생각이 떠올랐다. 뭔가가 있었다. 적어도 가능성은 있었다. 내 생각대로 게이브가 그 보험에 가입한 것이 아니라면, 누군가 다른 사람이 했다는 뜻이었다. 그리고 아마도 그 사람이 흔적을 남겼을 것이다. 그런데 문제는 그런 작업, 즉 데이터베이스를 해킹하고 정보의 흔적을 찾는 일은 나보다는 게이브의 분야다. 아니, 분야였다. 나는 자신에게 고통스럽게 상기시켰다. 그것은 게이브의 분야였다.

'사실…… 단서가 하나 있어.' 내가 헬에게 메시지를 보내자마자 그녀에게서 메시지가 왔다.

제로 데이즈

'내가 생각해 봤는데……'

나는 '겹쳤네, 미안.'이라고 보냈다.

'네가 먼저 해 :)' 그녀답지 않게 웃는 이모티콘과 함께 답이 왔다. 헬은 평소에 이모티콘을 잘 사용하지 않는 편이었다. 하지만 지금이 평소 상황이 아닌 것은 확실했다. '네 단서는 뭐야?'

'알았어. 음, 내 생각에는 단서가 하나 있어. 보험.'

긴 침묵이 있었다. 헬의 머리가 돌아가는 소리가 여기까지 들리는 듯했다. 그때 그녀의 답이 왔다.

'무슨 뜻이야?'

'누군가가 그 보험에 가입했어. 그리고 난 게이브는 정말 아니라고 생각해. 그건 게이브의 방식이 아니었거든.'

나는 '아니었다.'고 나 자신에게 씁쓸하게 상기시켰다. 그를 과거형으로 생각하는 것에 익숙해질 수 있을까? 그의 시신을 내 품에 안고 있었는데도 그가 없다는 것에 익숙해지기란 불가능하게 느껴졌다.

헬의 답장은 이미 도착해 있었다.

'알겠어. 그런데 그걸 어떻게 증명하지?'

'모르겠어. 콜에게 물어볼 수는 있어. 아마도 콜의 시스템으로 뭔가 복잡한 것을 할 수 있을 거야. 신청한 사람의 IP 주소를 알아낸다든가.' 나는 이렇게 입력했다.

또다시 긴 침묵이 있었다. 그리고 메시지가 떴다. 단 한 단어였다.

'아마도.' 휴대폰 화면에서 의심하는 기색이 느껴지는 것 같왔다. 왠지 짜증스러워졌다.

'좋아, 그럼 언니가 생각한 건 뭔데?'

'음…… 네가 이걸 좋아할지는 모르겠는데…….'

그녀는 다시 멈췄고, 나는 거의 눈을 부라릴 뻔했다. 지금 이
상황에서 좋아할 만한 것은 아무것도 없었다. 헬이 어떤 말을 하
든 여기서 상황을 더 악화시키기는 어려웠다.

전화기가 다시 울렸다.

'하지만 내가 생각해 봤는데…… 최근에 제프 리드베터에게
연락받은 적 있어?'

제프? 잠시 나는 어리둥절했다. 그리고 도대체 어떻게 헬이
제프의 이메일에 대해 알고 있는지 궁금했다. 아니, 그녀는 알지
못했다. 알 수가 없었다. 설마? '무슨 뜻이야? 그자가 언니에게
도 이메일을 보냈어?'

'그 사람이 너에게 이메일을 보냈어?'

'응, 그래서 물어본 거 아니었어?'

'아니야. 그 사람이 너에게 이메일을 보냈다니 무슨 말이야?'

나는 한숨을 쉬었다. 작은 오두막에서 그 소리는 놀랍도록 크
게 들렸다. 심지어 벽난로에서 타닥타닥 불꽃이 타오르는 소리
를 넘어 들릴 정도였다.

'아, 이런, 그가 게이브의 죽음에 대해 나를 자극하는 메일을
보냈어. 아마도 상관들이 시킨 짓인 것 같아. 내가 답장을 보내
서 내 위치가 발각되기를 바랐을 거야.'

이번에는 헬의 답이 빨리 왔다.

'했어? 답장을?'

'응, 하지만 VPN을 켜고 했어. 그들은 거기서 정보를 얻을 수는 없었을 거야.'

다시 긴 침묵이 있었다. 아마도 헬은 내가 엄청나게 어리석은 짓을 한 건 아닌지 가늠하는 중이었을 것이다.

'그건 가상 사설망이야, 내 위치를 숨겨 줘.' 혹시 내가 무슨 말을 하는지 그녀가 알아듣지 못했을까 봐 덧붙였다.

여전히 응답이 없었다.

'그런데 제프에 대해 왜 얘기한 거야?' 나는 헬이 무슨 생각을 하고 있는지 말하게 하려고 메시지를 보냈다. 침묵이 길어질수록 나는 불안해졌다. 헬의 집 문을 경찰이 부수고 들어가 휴대폰을 압수하는 장면이 떠올랐다. 하지만 그녀는 쌍둥이를 재우느라 한 손으로 자판을 누르고 있을 가능성이 훨씬 컸다.

'헬?' 내가 막 입력하는 순간, 그녀의 메시지가 도착했다.

'있잖아. 내가 완전히 틀렸을 수도 있지만, 누군가 게이브를 죽였다고 해 보자. 그리고 네 말이 맞다고 치고, 그들이 너를 함정에 빠뜨리는 거라고 가정해 보자. 우리 둘 다 그 일이 게이브와 관련된 거라고 짐작했지만, 만약 그렇지 않다면? 만약 너와 관련된 거라면?'

'뭐?' 나는 혼란스러워졌다. 졸음이 몰려와서 그녀가 무슨 말을 하려는지 이해하기 힘들었다. '헬, 미안해, 좀 더 자세히 설명해 줘야겠어. 무슨 말이야?'

'내 말은 만약 누군가 게이브를 응징하려고 그를 죽인 게 아니라, 너를 응징하려는 것이라면? 그리고 이제는 네 인생을 망치는 일에 착수한 거잖아. 그런 일을 할 만큼 이상한 사람을 떠올리라면 생각나는 건 유일하게…….'

메시지는 끊겼지만, 나는 완전히 얼어붙었다. 이제야 그녀가 말하려는 것을 알아차렸기 때문이었다.

내 인생을 일부러 망치려고 할 유일한 사람, 그리고 그런 일을 하고 싶어 할 만한 사람으로 떠오르는 유일한 사람은 제프 리드베터였다.

나는 한참 동안 답하지 않았다. 그냥 자리에 앉아서 헬의 의견을 머릿속에서 처리해 보려고 애쓰고 있었다. 그건 절대 사실일 수 없었다. 그럴 리가 없었다. 하지만…… 그럴 수도 있을까? 우리가 헤어진 후 여섯 달 동안 제프는 내 인생을 악몽으로 만들었다. 어딘지 모르는 곳에서 이상하게 나타나는 속도위반 딱지들. 한밤중에 걸렸다가 끊어지는 전화들. 해크니에 있던 내 옛 아파트에서 자고 있는데, 새벽 2시에 무장한 경찰 6명이 문을 부수고 들이닥쳐 벌인 마약 단속. '익명의 제보였어요.'가 내가 들은 설명의 전부였다. 하지만 나는 진실을 알았다. 제프였다. 내가 좀 더 적극적으로 대처하는 사람이었거나, 심지어 절대로 해서는 안 되지만 내가 어렸을 때 그랬던 것처럼 가끔 마리화나나 코카인을 즐기는 사람이었다면 감옥에 가게 되었을지도 몰랐다. 심지어 일이 정말로 잘못되었다면 죽었을지도 몰랐다.

한밤중에 닥친 마약 단속이 최악이었고, 그 후로는 침묵의 전화와 가끔 있는 '무작위' 차량 수색 정도였다. 내가 게이브를 만나 그의 집으로 이사했을 때가 되어서야 마침내 그런 일들이 완전히 멈췄다. 나는 순진하게도 제프가 게이브를 무서워하거나 나를 잊었다고 생각했다.

하지만 그런 게 아니라면? 그가 단지 우리 둘을 응징하기 위해 때를 기다리고 있었다면?

허황된 이야기였다. 하지만 내가 생각해 낸 다른 모든 가설도 마찬가지였다.

휴대폰이 다시 울렸다.

'잭? 거기 있어?'

나는 '응, 여기 있어. 생각 중이야.'라고 입력했다.

'무슨 생각?'

솔직히 말하면 헬의 의견은 말이 안 됐다. 제프? 경찰이? 오래전 이별에 대한 응징으로 내 남편의 살인을 계획한다고? 특히 게이브가 죽을 무렵에 내가 경찰서에서 그를 봤으니 그건 터무니없는 소리였다. 하지만 그는 우리에게 원한을 품을만하다고 떠오르는 유일한 사람이었고, 내 논리적인 두뇌가 왜 그럴 수 없는지 백 가지 이유를 떠올리고 있었음에도 무의식의 언저리에서 그 질문이 교활하게 계속 속삭이고 있었다. 그건 내 잘못이었을까? 게이브가 나 때문에 죽은 걸까?

헬에게 뭐라고 답해야 할지 생각하며 화면을 보고 있는데 경고 메시지가 떴다. '배터리가 15% 남았습니다.'

젠장. 전기가 없으면 전화를 충전할 수 없다는 사실을 완전히 잊고 있었다.

'언니, 배터리를 거의 다 썼어. 이제 그만해야겠어. 하지만 사랑해.'라고 헬에게 메시지를 보냈다.

그녀는 '나도 사랑해. 무사히 지내야 해, 알았지?'라고 답했다.

'그럴게.'

짧은 정적 속에 나는 헬이 다시 메시지를 보낼지 기다렸다. 하지만 메시지는 오지 않았고, 결국 나는 전화기를 끄고 누워 벽난로 불빛이 비치는 어둠 속을 응시하며 그녀가 한 말을 이해해 보려고 했다. 생각하면 할수록 가능성이 작아 보였다. 제프는 분명 머저리였지만 살인자는 아니었다. 그리고 더 중요한 것은 그는 나도 증언할 수 있는 완벽한 알리바이가 있는 머저리라는 점이었다.

하지만 잠들려고 눈을 감았을 때, 귓전에 울린 것은 헬의 말이 아니라 제프가 했던 말이었다. 내가 그를 영원히 떠난 그 마지막 날, 가방을 싸고 있을 때 그가 나에게 식식대며 했던 그 말이었다. '이 일을 후회하게 해 줄 거야, 이 바보 같은 년아. 내가 너를 가질 수 없으면 아무도 못 가져.'

그 당시에는 그가 진심으로 한 말은 아니라고 확신했다. 비대한 자아를 가진 데다 거절을 받아들이지 못하는 남자가 허풍을 떠는 거라고 생각했다. 하지만 지금은…… 아, 지금은 게이브가 죽었다. 더는 어느 것도 확신할 수 없었다.

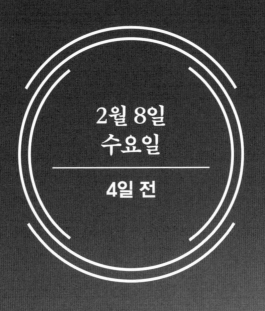

2월 8일
수요일

4일 전

─────── 잠에서 깨어났을 때는 정말로, 몹시 추웠다. 한동안 소파에 몸을 웅크리고 누워서 몇 시인지 알아내려고 했다. 벽난 로 불은 밤에 사그라져 이제는 재받이에 하얀 재와 검게 탄 뜬 숯만 남아 있었다. 숨을 내쉴 때마다 입김이 보였다.

나는 옷을 모두 입은 채, 코바늘로 짠 양모 담요를 둘둘 말고 잠들었는데 지금 보니 옳은 선택이었던 것 같았다. 춥고 몸이 뻣 뻣하긴 했지만 적어도 옷을 입을 필요는 없었다.

하지만 내게 진짜 필요했던 것은 화장실에 가는 것이었다. 최 대한 오래 참았지만, 급기야 골반에 느껴지는 통증 때문에 일어 날 수밖에 없었다. 아픈 것은 방광만이 아니었다. 사방이 아팠 다. 자상을 입은 옆구리는 소파에서 몸을 돌릴 때마다 욱신거렸 다. 허벅지 근육은 전날 모래 언덕을 힘겹게 걸어오는 바람에 쑤 셨다. 런던의 인도를 6마일 걸어 콜의 사무실까지 가고, 채링크 로스 역까지 반대 방향으로 3마일을 더 걷느라 발도 아팠다. 경 찰관이나 CCTV 카메라를 지나칠 때마다 손을 떨지 않으려고 주먹을 꽉 쥔 탓인지 손가락까지 뻣뻣하고 화끈거렸다.

마치 할머니가 된 것 같았다. 쌀쌀한 아침 공기에 대비해 담 요를 어깨에 두른 채로 간신히 일어서는 동안 모든 관절이 불만 을 터뜨렸다.

제로 데이즈

화장실은 골진 철판 지붕이 있는 작은 별채로 붙어 있었고, 가능한 일인지 모르겠지만 본채보다 더 추웠다. 맨살이 얼어붙은 변기 시트에 닿자 나는 움찔하고 놀랐고, 그 후로 한참 동안 얼굴을 두 손에 묻은 채 앉아서 무엇을 해야 할지 고민했다.

나는 보험 회사에 전화해 펜 테스터로서의 능력을 십분 발휘하여 그 보험에 대한 정보를 캐내고 싶었다. 가입한 날짜와 시간만이라도 좋았다. 하지만 휴대폰을 충전하기 전까지는 아무것도 할 수 없었다. 모든 것이 거기에 달려 있었다.

그래서 가장 먼저 해결해야 할 것은 전기였다.

두 번째로는…… 어떻게든 제프 리드베터가 이 모든 일의 배후인지 알아봐야 했다. 하지만 그것을 입증하기는커녕, 어떻게 시작해야 할지도 감도 잡히지 않았다.

커피 두 잔을 마시고, 벽난로에 작은 불이 탁탁 타오르면서 추위가 좀 가시자 절망적인 기분도 훨씬 사그라들었지만, 전기는 여전히 들어오지 않았다. 전기가 없으면 여기서 머물 수 있을지 확신할 수 없었다.

배터리를 아끼려고 밤새 전화기를 꺼두었지만, 다시 켜보니 거의 오전 11시가 다 되었다는 사실에 깜짝 놀랐다. 생각했던 것보다 더 오래 잔 모양이었다. 더욱 걱정스러운 것은 배터리가 8%로 떨어져 있다는 것이다.

나는 시그널을 열어 콜에게 메시지를 보냈다.

'콜, 안녕. 나야. 번거롭게 해서 미안하지만, 전기가 안 들어와. 중앙 제어 스위치가 있어? 휴대폰을 충전할 수가 없는데, 배터

리를 거의 다 썼어.'

몇 분 동안 그의 답변을 기다렸지만, 아무런 응답이 없었다. 켜진 화면을 응시하는 사이에 배터리 표시가 7%로 떨어졌고, 내 안에서 공포심이 치솟는 것을 느꼈다. 휴대폰이 없으면 그야말로 완벽하게 망하는 것이었다. 휴대폰 없이는 노트북도 사용할 수 없었다. 핫스팟을 쓰기 위해 휴대폰에 의존하고 있었기 때문이다.

다시 삼십 초가 지났다. 여전히 답이 없었다. 젠장. 젠장.

나는 허탈해하며 휴대폰을 껐다.

나는 콜의 답장을 30분에 한 번씩만 확인하겠다고 다짐했지만, 12시 30분에서 1시 사이에 배터리가 완전히 방전되기 전까지 겨우 두 번 확인할 수 있었다. 그 후로는 시간을 알 길이 없었다. 하지만 3시간, 어쩌면 4시간 정도가 지난 듯했을 때, 나는 노에미의 낙타색 코트로 몸을 잘 감싸고 현관의 흔들의자에 앉아 벽난로 위에서 발견한 구겨진 보급판 책 중 하나를 읽고 있었다. 해가 지평선으로 기울어 그림자가 길어질 무렵 길 멀리에서 부르릉거리는 차 엔진 소리가 들렸다. 나는 일어나 앉아 곧바로 귀를 쫑긋 세우고 소리가 가까워지는지 아니면 멀어지는지 알아내려고 했다.

멀리서 부서지는 파도 소리 때문에 처음에는 확신할 수 없었지만, 마침내 소리가 가까워진다는 것을 알 수 있었다. 훨씬 더 가까워지고 있었다.

제로 데이즈

불안감이 요동치면서 나는 비틀거리며 일어섰고, 좌우를 둘러보며 토할 것 같은 공포를 느꼈다. 빌어먹을. 왜 이런 상황에 대비하지 않았을까? 내 소지품들은 오두막 여기저기에 흩어져 있었다. 배낭 속의 내용물을 간단히 포기해 버릴 수는 없었다. 그것이 내가 가진 전부였다. 하지만 짐을 싸느라 지체하다가는 너무 늦을 수 있었다.

마침내 쿵쾅거리는 가슴으로 결정을 내렸다. 나는 책을 내던지고, 오두막으로 달려 들어가 휴대폰과 나머지 물건을 잡히는 대로 챙긴 다음 다시 밖으로 뛰쳐나가 모래 언덕으로 향했다.

그리고 발육이 멈춘 관목 두 그루 사이에 몸을 웅크린 채 기다렸다.

마치 백 년은 지난 것 같았다. 이제 바다에 더 가까워진 탓에 파도 소리와 내 귀에서 울리는 심장 박동 소리, 그리고 헐떡이는 내 숨소리 외에는 거의 아무 소리도 들리지 않았다. 내 상상일 수도 있겠지만, 엔진 소리가 더 커졌다가 멈춘 것 같았다. 하지만 확실하지는 않았다. 차가 다시 시동을 걸고 떠나는 소리를 듣지 못했다는 것만은 확실했다.

경찰이었을까? 불빛과 연기를 보고 확인하러 온 친절한 이웃이었을까? 아니면 그저 집배원이었을까?

이제 해가 곧 뒤로 기울어졌고 날은 몹시 추워지고 있었다. 어젯밤 이맘때처럼 바람이 불기 시작했다. 나는 계속 몸을 웅크린 채 배낭을 감싸 안았고, 머리를 그사이에 파묻고 이제 어떻게 해야 할지 생각하지 않으려고 애썼다. 밤새도록 여기 있을 수는 없었다. 여기 있다가는 얼어 죽을 것이다. 하지만 안개가 밀려오면 급히 달아날 수 있을지도 몰랐다. 아직까지 입고 있는 낙타 코트만이 유일한 희망처럼 느껴졌다. 단지 따뜻하기 때문만이 아니라, 코트 색이 비에 젖은 모래 언덕에 거의 완벽하게 섞여 들었기 때문이었다. 그들이 정말로 나를 찾으려고 들면, 찾아낼 것이다. 내가 숨은 장소는 경찰견은 말할 것도 없고, 제대로된 수색대가 오면 금방 들통날 곳이었다. 게다가 오두막에서 나오면서 나는 발자국을 숨기려는 시도도 하지 않았다. 그러나 방문자가 대강 확인만 하려고 온 무심한 사람이라면, 해가 완전히졌을 때 어둠을 틈타 빠져나갈 수 있을지도 몰랐다.

점점 절망적이 되어가는 선택지들을 두고 우왕좌왕 고민할때 그 소리가 들렸다. 낮은 휘파람 소리였는데, 완전한 노래는아니었고, 그냥 이상하게 오르락내리락하며 반복되는 몇 소절이었다. 듣자마자 익숙한 소리였지만, 무엇이었는지 바로 기억이 나지 않았다. 나는 그 자리에 머물면서 무슨 일이 벌어지고있는지 알아내려 애썼다. 저녁 시간에 반려견을 데리고 바다로가며 휘파람을 부는 산책자였을까? 아마 그랬을 수도 있지만,그런 곡조를 고르는 것은 이상했다. 사람들이 보통 흥얼거리는듣기 편하고 저절로 발을 구르게 되는 멜로디가 아니었다. 게다가 왜 그렇게 익숙하게 들린 것일까? 그 멜로디는 내 가슴에 이상한 통증을 일으켰고, 간단한 몇 마디의 음에 비하면 어울리지않게 불행한 갈망을 불러일으켰다.

잠시 침묵이 흐르더니, 그 소리가 다시 들렸다. 조금 가까워졌

　　　　　　　　　　　제로 데이즈

지만 바람을 타고 뚜렷해졌다가 다시 희미해졌다. 나는 그때 갑작스러운 충격과 함께 깨달았다. 그 소리를 전에 어디서 들었는지, 그 소리가 왜 나에게 그런 이상하고 씁쓸한 상실감을 주었는지 말이다. 그것은 토킹 헤즈(Talking Heads)의 노래 '디스 머스트 비 더 플레이스(This Must Be the Place)'의 도입부 소절이었다. 그리고 내 두뇌가 조각들을 제자리에 맞춰 넣기도 전에 몸이 먼저 반응해 익숙함과 아픔을 느꼈던 이유는 나와 게이브가 우리 결혼식에서 이 노래에 맞춰 춤을 추었기 때문이었다. 그리스 해변의 꼬마전구가 달린 전선 아래에서 친구들과 가족이 둘러서서 미소를 짓고 있는 가운데 처음으로 함께 춤을 추며 몸을 맡겼던 곡이었다.

우리 두 사람을 아주 잘 아는 사람만이 그 도입부를 휘파람으로 불 수 있었을 것이다. 그런 사람만이 기억하고, 그 노래가 나에게 어떤 의미가 있는지 알 것이었다. 두 번 생각할 필요도 없었다. 하마터면 얼마나 어리석게 굴뻔했는지도 후회할 겨를도 없이 나는 배낭을 놓고 일어섰다. 그리고 거기, 모래 등성이 두세 개 너머로 하늘을 뒤로한 채 걱정스러운 표정으로 바다를 내다보는 콜이 보였다.

"콜!" 내가 간신히 불렀고, 그의 얼굴은 돌아서서 나를 보자마자 환해졌다.

"잭!" 그는 비틀비틀 모래를 헤치고 와서 나를 끌어안았다. "여기서 뭐 하는 거야? 내 메시지 못 받았어?"

"전화기가 꺼졌어." 나는 휴대폰을 내밀며 설명했다. 콜은 욕설을 내뱉었다.

"내가 네 메시지를 너무 늦게 본 것 같더라고. 문자를 보냈는데 연락이 안 되니까 당황해서 차를 몰고 와 보는 게 좋겠다고 생각했어. 오두막에 도착해서 네 물건이 반쯤 없어진 걸 보고는……." 그가 말끝을 흐려서 나는 그가 무슨 생각을 했을지 상상이 갔다.

"미안해, 네 차 소리를 듣고 어쩌할 바를 몰랐어. 내가 오해…… 아, 신경 쓰지 않아도 돼." 나는 어두워지는 해변을 이리저리 살펴보았다. 인적이 없었지만 갑자기 너무 노출된 기분이 들었다. 콜이 차를 가져왔고, 그가 이동하는 길목마다 번호판 자동 인식 기능이 기록을 남겼을 거라는 생각에…… "일단 안으로 들어가자."

콜은 고개를 끄덕였다. 그가 내 가방을 집어 들었고, 우리는 모래 언덕을 지나 오두막으로 향했다.

안으로 들어가서 콜은 램프를 켰다. 나는 그가 작은 별채에 있는 두꺼비집을 살펴보는 동안 벽난로에 다시 불을 붙였다. 결국 그는 포기하고 본채로 돌아와서 고개를 절레절레 흔들었다.

"뭐가 문제인지 모르겠어. 뭔가 터졌는데, 고치려면 정말 자격증 있는 사람이 필요할 것 같아. 하지만 배터리 팩을 사 왔거든. 적어도 네 휴대폰은 충전할 수 있을 거야."

그는 주머니에서 커다란 휴대폰처럼 생긴 물건을 꺼내 나에게 건네주었다. 나는 고마워하며 배낭에서 충전 케이블을 찾아 전화기에 연결했다.

"몇 번이나 충전할 수 있을까?" 배터리 표시가 든든하게 올라가기 시작하자 내가 물었다. 콜은 어깨를 으쓱했다.

"나도 모르겠어, 하지만 그걸로 내 휴대폰은 최소한 네 번은 충전할 수 있어. 내가 가기 전에 차에서 다시 충전해 줄 수 있고."

"이런." 나는 소파에 앉았다. "콜, 너를 만난 건 정말 반갑지만, 차를 타고 온 게 좋은 생각이었을까? 혹시 미행당했으면 어떻게 해?"

콜은 이번엔 좀 더 침울하게 다시 어깨를 으쓱했다.

"나도 알아. 난 그냥…… 너랑 연락이 안 되니까 당황했어. 네가 전기도 없고 도움을 요청할 방법도 없이 오두막에 갇혀서 어떻게 할지 계속 생각해 봤어. 그리고 우리가 음식이든 뭐든 남겨둔 게 거의 없다는 생각이 나더라고. 이게 얼마나 어리석은 계획이었는지 깨달은 거지."

"장난해?" 나는 탁자에 앉아 있는 그에게 다가가 어깨에 손을 올렸다. "이건 아주 좋은 계획이었어. 그리고 난 정말이지 몹시 고마워하고 있어. 네가 나를 런던에서 벗어나게 해 줬잖아. 난 그저…… 경찰이 너도 감시하고 있을까 봐 걱정되니까……."

나는 말끝을 흐렸다. 콜은 불만스럽게 얼굴을 문질렀다.

"알아. 나도 알아. 하지만 들어 봐. 나는 미행당하지 않았다고 생각해. 아니, 장담할 수 있어. 여기 오는 마지막 구간의 시골길은 일방통행에다가 한 시간에 차 한 대 정도 만나는 길이야. 그런 길에서는 들키지 않고 미행할 방법이 없어. 그리고 나는 메이

드스톤에서 고속도로를 빠져나왔어, 그러니까 번호판 자동 인식도 거기까지가 끝이야. 하지만 잭, 경찰이 정말로 깊이 파기 시작한다면, 이 장소도 찾아낼 거야. 이 집은 노에미 이름으로 되어 있긴 하지만, 공과금은 대부분 내가 내고, 지방세도 내 이름으로 내고 있어. 여름에는 주말마다 오거든. 알아내는 데 오래 걸리지 않을 거야. 이건 어디까지나 임시방편이었어. 정말로 추적을 피하려면 우리 중 누구와도 관련이 없고 문명의 이기라고는 찾을 수 없는 곳이 필요해."

나는 녹초가 되어 고개를 끄덕였다. 그가 무슨 뜻으로 말하는지는 알았다. 하지만 나는 그렇게 오랫동안 도망치려는 것은 아니었다. 그럴 수는 없었다.

"피곤해 보이네." 콜이 말했다. "뭐 좀 먹고 있는 거야?"

"응." 나는 이렇게 대답했지만, 그건 사실이 아니었다. 어젯밤엔 파스타와 페스토를 먹었고, 아침으로는 시리얼 바를 먹었다. 그리고 점심으로 남은 차가운 파스타를 먹으려 했지만, 뭔지 모르게 속을 메스껍게 하는 게 있었다. 문득 몹시 배가 고팠다.

"자, 내가 음식을 좀 가져왔어." 콜이 일어서며 말했다. "와인도. 내가 끝내주게 맛있는 저녁을 만들어줄게. 넌 거기 앉아서 아무것도 하지 말고 있어. 두어 시간 동안이라도 아무 일 없는 척해 보자고, 알겠지?"

"알겠어." 나는 울컥하며 목이 메었다. 아마도 콜의 친절 때문에, 아니면 내가 그 말이 사실이기를 얼마나 간절히 바라는지 깨달았기 때문일지도 몰랐.

제로 데이즈

그리고 두 시간 동안 우리는 그렇게 지냈다. 콜은 요리를 했다. 튀긴 가지와 국수, 미소를 넣은 엄청난 양의 요리였다. 탁자 앞에 앉아 불을 지피고, 콜이 가져온 부드럽고 순한 레드 와인을 마시다가 머리가 어질어질해지면서 지난 며칠 동안 일어난 일들에 기이하게 비현실적인 더께가 내려앉는 것을 느꼈다.

콜이 음식을 내왔을 때 나는 한 접시를 게걸스럽게 먹어 치웠고, 그가 곧바로 가져온 엄청난 양의 두 번째 접시를 반쯤 비우고 나서야 뒤로 물러나 앉았다. 생각조차 하기 어려울 정도로 배를 가득 채운 나는 와인 병에 손을 뻗었다.

"이런, 나 방금 깨달았어. 운전해야 하는데 너무 많이 마셔 버렸어." 내가 그의 잔과 내 잔을 채우기 위해 몸을 기울이자 콜이 말했다.

"바보처럼 굴지 마. 네 집인데, 여기 있어야지."

"정말 괜찮겠어?" 그는 확신이 서지 않는 표정이었다. "그러니까, 엄밀히 말하면 이 집은 노에미의 집이지." 그는 벽난로 앞 러그를 바라보며 새벽 두 시쯤 코트로 꽁꽁 싸매고 있으면 얼마나 추울지 가늠해 보는 듯했다. "차에서 자도 될 것 같아."

"콜, 그냥 있어. 이 소파는 2인용이야. 친구와 나란히 자는 게 처음도 아니야. 게다가 같이 방을 데워 줄 사람이 있으면 내일은 일어날 때 손가락에 감각이 없지는 않을 거야." 나는 자신도 모르게 며칠 만에 처음으로 미소를 짓고 있었다.

"알겠어." 콜이 조금 주저하는 듯한 목소리로 말했다. "하지만 일찍 출발해야 해. 런던에서 열 시에 회의가 있거든."

"괜찮아." 나는 하품을 참으며 말했다. "나도 완전히 지쳤어. 아마 10분 안에 곯아떨어질 거야."

"휴대폰 충전은 다 됐어?" 콜이 일어나 접시를 치우기 시작하며 물었다. 나는 고개를 끄덕이며 휴대폰을 켰다. 헬이 보낸 메시지가 있을지 반쯤 기대했지만, 아무것도 없었다. 오직 휴대폰이 꺼진 직후부터 시작해 점점 걱정스럽게 변하는 콜의 문자 네 통이 있을 뿐이었다. 내가 괜찮은지 묻다가, 그가 운전해 오겠다고 알리는 내용이었다.

하지만 헬을 생각하다 보니 어젯밤 우리가 나눈 대화가 떠올랐다.

"콜, 정말 미안한데 부탁 하나만 더 할게." 내가 말했다.

"잭." 그는 접시를 싱크대에 놓고 진지한 얼굴로 내 옆에 앉았다. 그는 내 손을 자신의 손 위에 올려놓고, 따뜻하고 부드러운 손가락으로 내 손을 감쌌다. "제발 부탁하는데, 그만 좀 미안해 해. 나는 네가 부탁해 주면 좋겠어. 이해 안 돼? 난 돕고 싶단 말이야. 게이브를 위해서라면 뭐든, 뭐든지 했을 거야. 그러니 제발. 뭐든지 말만 해. 내가 할 수 있는 거라면 해 줄게."

"네가 할 수 있을지 모르겠어, 그게 문제야," 나는 이렇게 말한 뒤에 제프에 대한 헬의 생각과 보험에 대한 나의 의심을 이야기해 주었다. 내가 말하는 동안 콜의 얼굴은 점점 더 심각해졌고, 이야기가 끝났을 때는 매우 걱정스러운 표정이었다.

"이건 좋지 않아."

"하지만 사실일 수도 있다고 생각하는 거야?"

"응, 그래. 빌어먹을. 내 말은 상황이 안 좋다는 거야. 단순히 신원을 오인했거나 강도가 저지른 우발적 사건이라고 해도 안 좋겠지. 하지만 헬이 맞다면, 잭, 이 사람은 정신이상자야. 네가 진짜 위험해질 수도 있어."

"또 있어." 나는 조금 망설이며 말했다. 그리고 제프의 이메일과 나의 충동적인 답장에 관해 이야기했다. "내가 잘못한 것 같아? 그러니까, 내가 답장한 게?"

콜은 고개를 저었다. "모르겠어. 젠장. 솔직히 말하면 답장한 건 현명한 일은 아니었을 거야, 하지만 게이브라면 VPN을 잘 설정해 두었을 거고, 그 덕분에 제프의 동료들이 그를 뒷조사하게 된다면……."

"그럼 넌 헬의 의견이 맞다고 생각해?" 내가 물었다. 콜은 놀란 표정을 지었다.

"내 말은…… 아마 그렇겠지? 너는 안 그래?"

"모르겠어." 내가 말했다. 머리가 무겁고 멍청해진 느낌이었다. 음식과 와인 탓에 논리적으로 생각하기가 어려웠다. "난 그냥…… 언니가 왜 그렇게 생각하는지는 알겠어. 언니 말처럼 이런 종류의 사건에는 거의 항상 배우자나 헤어진 사람들이 등장하잖아. 그리고 내게 문제가 되는 전 애인은 제프가 유일하거든. 분명히 좋지 않게 헤어진 유일한 사람이야. 하지만 그냥…… 난 모르겠어, 콜, 그냥 제프가 할 만한 일은 아닌 것 같아. 그리고 내가 경찰서에 있었을 때랑 거의 같은 시간에 그 사람도 같이 있었어."

"다른 사람을 고용했을 수도 있어." 콜이 말했다. "내 말은, 그는 경찰이잖아. 그런 일을 누구에게 시켜야 할지 알고 있을 거야."

"그게 다가 아니야. 모든 게 석연찮아. 보험을 준비한 것도, 너무 정교해 보여. 어떻게 된 일인지 정확히 알 수 있다면 좋을 텐데. 예컨대 누가 가입한 건지, 정말로 살인과 관련이 있는 건지 말이야. 알아낼 방법이 있을까?"

"아마도……." 콜이 말했다. 그는 관자놀이를 문지르며 곰곰이 생각하는 듯했다. "젠장, 이런 일은 정말 게이브 전문이었는데. 보험계약서를 입수하는 게 가장 쉬운 방법일 것 같아. 실수의 흔적 같은 게 있는지, 게이브가 아닌 다른 누군가가 가입했다는 걸 나타내는 뭔가가 있는지 찾아보는 거지. 그렇게 되면 경찰이 백엔드를 들여다보게 할 수 있을지도 몰라. 경찰이 보험에 가입한 사람의 IP 주소를 얻을 수 있다면……. 제프가 VPN을 사용할 정도로 기술을 잘 아는 사람인 것 같아?"

"난 모르겠어." 머리가 지끈거렸다. "기술적인 분야에 밝은 사람은 아니야. 보험 서류는 나한테 온 게 있는 것 같아. 잠깐만."

나는 노트북을 열고, 보험사에서 보낸 이메일을 찾아 첨부 파일을 클릭했다. 가장 기대를 걸어볼 만한 '보험약관 요약'이라고 표시된 파일을 열었다.

긴 PDF 문서가 화면에 나타났고, 난해한 법률용어들을 훑으며 게이브에 대한 정보를 찾기 위해 스크롤을 내렸다. 그의 이름이 있었고, 중간 이름까지 모두 정확했다. 키, 몸무게, 직업, 생년월일도 틀리지 않았다. 중간 정도의 음주자. 비흡연자. 글쎄, 이건 엄밀히 말하면 사실이 아니었다. 게이브는 가끔 대마초를 즐겼다. 하지만 그가 담배를 피우지 않았다는 것은 사실이었다. 정말 게이브였다고 해도 보험계약서에 가끔 대마초를 피운다고 썼을 것 같지는 않았다. 이것은 별로 문제가 되지 않았다. 그러나 여기에는 많은 정보가 있었고, 모두 정확했으며, 제프가 이 중 절반이라도 알아냈을 리가 없을 것 같았다.

"이건 제프가 아니야." 나는 소리 내어 말했다. "그럴 리가 없어. 제프는 도저히 알 수 없는 것들이 있어. 이를테면 게이브의 중간 이름이 찰스라는 걸⋯⋯." 나는 멈칫하면서 고통스럽게 말을 고쳤다. "찰스였다는 걸 아는 사람이 몇이나 되겠어?"

"피싱은 언제나 있어." 콜이 조금 미심쩍어하며 말했지만 나는 고개를 저었다.

"제프는 그런 걸 할 만큼 요령이 없어, 내가 말했잖아. 그냥 기술 쪽에 어두워서가 아니라, 머리가 그런 식으로 돌아가는 사람이 아니야. 사람들을 엿 먹이려고 인맥을 동원하는 유형이거든."

"잠깐만." 콜이 잔을 내려놓았다. "기다려 봐. 제프의 인맥. 경찰 데이터베이스는 어때?"

"무슨 말이야?"

"이 제프라는 사람, 경찰이잖아, 맞지? 그리고 게이브는⋯⋯."

"열일곱 살 때 체포됐었지." 콜의 말을 대신 끝맺으면서 나는 콜이 어떤 생각을 떠올렸는지 이해했다. "젠장. 하지만 그때는 미성년자였잖아. 그게 아직도 시스템에 남아 있을까?"

콜은 어깨를 으쓱했다. "솔직히? 나도 모르겠어. 그런 유죄 선고는 기간이 지나면 공표할 필요가 없어진다는 건 아는데, 기록은 어딘가에 남아 있지 않을까? 아마도 제프 같은 사람이 들여다볼 수 있는 곳이겠지. 뭘 기록해 두는지는 모르겠지만, 생년월일이나 키 같은 건 기본적으로 있겠지. 체중이야 뭐, 게이브가 열일곱 살 이후로 체중이 좀 늘었지만, 그냥 보기만 해도 알 수 있잖아. 그리고 나머지는……."

"나머지는 짐작으로도 맞힐 수 있겠지. 젠장." 목덜미에 찬물 세례를 받은 것 같은 깨달음이었다. 게이브에게 무슨 일이 일어났는지, 누가 이 일을 꾸몄는지 알아내는 데 한 걸음 다가갔을지도 모른다는 사실에 행복까지는 아니지만, 최소한 우울한 만족감 정도는 느껴야 할 것 같았다. 하지만 아니었다. 대신 어떤 공포감에 휩싸였다. 만약 제프가 범인이라면, 경찰이 이 사건을 해결할 가능성은 희박하던 것에서 사실상 전무한 것으로 변하는 셈이었다.

말릭과 제프가 공모했다고 생각하지는 않았다. 엄밀히 말하면 그렇게 보긴 힘들었다. 강하고 추진력 있는 말릭이 부패한 동료와 함께 앉아 무고한 남자를 살해하고 그의 아내를 감옥에 가둘 계획을 꾸미는 모습을 상상하긴 힘들었다. 그건 그럴듯해 보이는 생각은 아니었다. 하지만 그들이 자신들의 동료를 조사하는 데 굳이 애쓰지 않으리라는 생각이나 헤어진 남자친구에 대해 거짓 신고를 한 전력이 있는 불안정하고 신경질적인 여자의

제로 데이즈

신고를 의심스럽게 받아들일 것이라는 생각은…… 그렇다. 그건 너무나 그럴듯해 보였다.

"만약 이게 사실이라면, 내가 빌어먹을 증명을 어떻게 해야 하지?" 나는 콜에게 망연자실하게 말했다.

그가 팔로 나를 감싸 안았고, 나는 교회에서 그가 안아 주었을 때 느꼈던 충동을 다시 느꼈다. 그의 가슴에 얼굴을 묻고 울고 싶은 충동이었다. 그가 게이브였다면 그렇게 했을 것이다. 하지만 나는 여전히 울 수 없었다. 울 수 있을 만큼 마음을 내려놓을 수가 없었다. "잭." 내 귓가에 그의 목소리가 가까이 들렸다. 게이브와 그는 다른 점이 많았지만, 어찌 된 일인지 그의 몸이 가진 온기, 그의 키, 그의 존재는 게이브와 너무나 비슷해서 나를 울컥하게 했다. "괜찮을 거야."

우리는 오랫동안 그렇게 서 있었다. 콜의 팔이 나를 감싸고, 내 뺨은 그의 가슴에 닿은 채 그의 심장 소리를 듣고 있었다. 며칠 만에 처음으로…… 안전하다고 느꼈다. 하지만 나는 그것이 환상이라는 걸 알았다. 게이브가 자신을 지키지 못했던 것처럼 콜도 내게 다가올 일을 막아 줄 수는 없었다.

"그렇지는 않은 것 같아." 나는 속삭였다.

"잭." 콜이 내 턱을 만지며 얼굴을 들어 올려 그를 바라보게 했다. "내 말 잘 들어. 괜찮을 거야. 내가 네게 무슨 일이 일어나도록 그냥 두지 않을 거야."

나는 그를 믿고 싶었다. 간절히 그를 믿고 싶었다.

문제는 우리 둘 다 그게 말도 안 되는 소리라는 걸 안다는 것이었다. 그건 콜이 할 수 있는 약속이 아니었다. 그리고 최악의 일은 이미 일어났다. 게이브가 죽었다. 내가 그를 살해한 혐의로 유죄 판결을 받는다면…… 그건 그냥 화룡점정 같은 것이었다.

나는 말없이 서서 그의 얼굴을 바라보았다. 주름진 이마, 짙은 금발, 촛불만 밝힌 어둠 속에서 짙은 남색으로 변한 걱정 어린 파란 눈. 그가 내 뺨에 손을 올렸다.

그리고 몸을 숙여 내게 키스했다.

순간 나는…… 모르겠다. 아마도 그가 나에 대한 연민으로, 뺨이나 이마에 하려던 우정 어린 가벼운 키스가 우연히 내 입술에 닿았으리라고 생각했다. 하지만 그의 입술이 벌어졌고, 그의 손이 내 얼굴을 감싸는 순간, 나는 그가 나에게 진짜로 키스하고 있음을 깨달았다. 벌어진 입술과 혀가 내 입술에 닿는 제대로 된 키스였다. 그리고 아주 잠깐, 와인에 취해 갈망으로 가득 찬 그 찰나의 순간 동안 나는 그를 막지 않았다. 아니, 아주 솔직히 말하자면 나는 콜이 내게 키스하는 것을 막지 않았을 뿐 아니라, 나도 그에게 키스했다.

하지만 그때 내 안에서 무언가가 요동쳤다. 아무리 누군가가 나를 품에 안아 주고 서로의 몸이 닿는 것을 간절히 느끼고 싶었다고 해도, 이 상황이 근본적으로 잘못되었다는 것을 깨달은 것이다. 그렇다. 나는 누군가를 원했다. 누군가의 입술과 온기와 맨살의 부드러운 촉감을 원했다. 하지만 나는 아무나 원한 것이 아니었다. 나는 게이브를 원했다.

"안 돼." 처음에는 내 입을 덮은 콜의 입술 때문에 제대로 말이 나오지 않았다. 그다음에는 더 강하게 그의 단단한 가슴에 손바닥을 대고 밀치면서 말했다. "안 돼! 콜, 난 이런 걸 원하지 않아!"

콜은 내가 그를 때리기라도 한 것처럼 비틀거리며 물러났지만, 실은 그렇게 세게 밀지는 않았다.

"미안해." 그는 당황한 듯 말했다. 하지만 그가 당황한 것이 내 행동 때문인지 아니면 자신의 행동 때문인지는 알 수 없었다. "이런, 정말 미안해. 와인 때문에…… 난 그냥……."

"괜찮아." 나는 딱딱하게 말했다. 하지만 정말로 괜찮은지 확신할 수 없었다. "우리 둘 다…… 있잖아, 나도 이해해. 우린 취했고, 둘 다 슬픔에 빠져 있잖아." 나는 목이 죄어왔다. 실은 나뿐만 아니라 그도 그럴 수 있었다. 게이브에 대한 그 간절한 갈망이 그와 가장 가까웠던 사람에게 손을 내미는 것으로 변할 수 있었다. 하지만 콜은 노에미와 함께였다. 그리고 나는…… 나는 도대체 무엇이었을까? 그와 가장 친한 친구의 미망인?

"미안해." 그가 다시 말했다. 그는 손을 내밀었지만, 나는 나도 모르게 한 걸음 물러섰고, 그의 얼굴이 상처 입은 듯 일그러졌다. "정말 미안해. 난 차에서 잘게."

"바보처럼 굴지 마, 얼어 죽을 거야." 내가 말했다.

"히터를 켜면 돼."

"히터를 밤새 켜둘 수는 없잖아. 배터리가 다 방전될 거야. 제발, 콜. 우리 둘 다 어른이잖아. 우리는……." 나는 우리가 아니라 '너'라고 생각했지만 말하지는 않았다. 그런데 따지고 보면 나도 같이 그에게 키스한 것이 사실이었다. "그냥 실수한 거야. 그 일로 친구 사이를 망칠 필요는 없어. 내 침낭이 있으니까, 내가 바닥에서 잘게."

"안 돼." 콜이 힘주어 말했다. "안 돼. 바닥에서 자야 한다면 내가 자야지. 미안해. 내가…… 내가 무슨 생각이었는지 모르겠어, 잭. 그냥 혼란스러웠어. 그리고 나……." 그는 말을 멈췄다.

"응?" 내가 물었다. 그리고 내 기분은…… 모르겠다. 혼란스러웠지만, 그가 안쓰럽기도 했다. 하지만 그는 고개를 저었다.

"신경 쓰지 마." 그는 주머니에서 휴대폰을 꺼내 보고는 한숨을 쉬었다. "자, 이제 거의 자정이야. 이제 눈 좀 붙이자. 내가 바닥에서 잘 거야, 알았지? 더는 아무 소리도 하지 마."

잠시 더 설득해 볼까도 고민했지만, 결국 동의하고 고개를 끄덕였다. 콜은 내일이면 집으로 돌아가 제대로 된 침대와 매트리스에서 잘 것이다. 하룻밤 정도는 바닥에서 자도 되겠지.

"알겠어."

다음 몇 분 동안 침묵이 흘렀다. 콜은 내 침낭을 바닥에 펼치고, 나는 소파를 빼내기 시작했다. 전날 밤에는 그냥 쿠션 위에서 잠들었던 탓에 소파를 펼쳐보지 않았다. 이제 나는 소파를 펼치려고 씨름하고 있었다. 갑자기 소파가 쿵 하고 예상치 못하게 빠져나와 내 갈비뼈를 때렸다. 세게 부딪치진 않았지만, 담을 넘다가 베인 바로 그 자리를 정확히 때리는 바람에 얼얼한 통증이 밀려왔다. 나는 소파 침대를 놓치면서 비명과 함께 상처 부위를 감싸 쥐었다.

제로 데이즈

"잭?" 침낭의 지퍼를 열던 콜이 의아한 얼굴로 몸을 일으키며 말했다. "뭐…… 너 괜찮아?"

나는 말을 할 수 없었다. 그저 옆구리를 손으로 누른 채, 고개를 끄덕이는 것도 가로젓는 것도 아닌 동작을 하며 통증 때문에 울지 않으려고 애썼다.

"잭, 도대체 뭐야?" 놀란 콜이 다가왔다.

드레싱 밑에서 뜨거운 무언가가 내 옆구리로 흘러내리는 것이 느껴졌다. 젠장.

"난…… 괜찮아." 나는 간신히 말했다. 통증은 점점 잦아들어 내가 익숙해지기 시작한 은근하게 욱신거리는 느낌으로 돌아가고 있었다. "괜찮아. 담을 넘다가 베였어. 소파가 그냥…… 아픈 부분에 딱 부딪친 거야."

"잭, 아니야. 안색이 창백해졌어. 그냥 그런 게 아닌…… 내가 한 번 볼게."

나는 고개를 저었다. 조금 전에 우리 사이에 그런 일이 있을 뻔했는데, 지금 콜 앞에서 내 셔츠를 벗을 수는 없었다. 그는 내 생각을 읽은 것 같았다. 그의 표정이 굳어지고, 약간 짜증이 난 것 같았다.

"맙소사, 잭, 혹시 내가 너를 덮칠까 봐 걱정하는 거라면, 안 그럴 테니까 안심해. 그래, 내가 잠깐 바보처럼 굴었어. 그건 부인하지 않을게. 하지만 방금 넌 거의 기절할 뻔했는데, 소파에 옆구리를 살짝 긁혔다고 그럴 리가 없잖아. 그건 정상이 아니라고. 어떻게 됐는지 보여 줘."

나는 눈을 감았다. 그리고 머뭇거리며 티셔츠를 들어 올렸다.

처음 눈에 들어온 것은 붙인 지 이틀이 지나면서 오래된 피로 시커멓게 변한 드레싱이었다. 한쪽 귀퉁이 밑에서는 새롭게 붉은 피가 흘러나오고 있었다. 콜은 마치 '해도 돼?'라고 묻는 듯이 나를 보았다. 내가 고개를 끄덕이자, 그는 젖은 쪽 모서리를 잡고 드레싱을 떼어 내기 시작했다. 나는 눈을 질끈 감고, 끈적거리는 가장자리가 상처를 당기면서 점점 심해지는 통증을 느꼈다. 드레싱이 완전히 벗겨지자 콜이 놀라서 숨을 훅 들이마시는 소리가 들렸다.

"세상에, 잭, 이건…… 좋지 않은 것 같은데."

나는 눈을 떴다. "무슨 뜻이야?"

나는 콜이 한 손에 말아 쥔 티셔츠 너머로 내 옆구리를 내려다보았다. 콜의 다른 손에는 검게 굳은 드레싱이 있었다.

그 광경을 보자 속에서 신물이 올라왔다.

상처는 낫지 않았다. 여전히 갈비뼈 바로 아래에 있는 작고 불길한 구멍 그대로였다. 하지만 이제는 그 가장자리가 붓고, 목욕물에 오래 담근 살처럼 허옇게 부풀어 올라 얼핏 보기에도 좋지 못한 상황이었다. 그리고 구멍에서 피와 더불어 스멀스멀 흘러나오는 끈적끈적한 흰색의 액체에는 어딘지 불안하게 하는 냄새가 섞여 있었다.

"이건 치료받아야 해."

"병원에는 갈 수 없어. 병원에서는 신분증과 건강보험을 확인할 거야. 저기, 그냥 한번……." 나는 침을 삼켰다. "잘 모르겠지만, 닦아 보자. 내 배낭에 드레싱이 더 있어. 내일 약국에서 뭔가 살 수 있겠지."

"약국에서 해결될 문제가 아닌 것 같아." 콜은 불만스러운 표정으로 말했다. "봉합도 해야 하고 항생제도 필요할 것 같아."

"글쎄, 이름도 확인하지 않고 항생제 처방전을 주진 않겠지? 그리고 난 이름을 밝힐 수 없고. 그러니까 더 좋은 생각이 있는 게 아니라면 그만 닥치고 쓸모 있는 일을 좀 해줘. 수건을 가져온다든가 그런 거 말이야."

잠시 침묵이 흘렀다. 그러다가 콜은 짧게 고개를 끄덕이고, 돌아서서 작은 별채 화장실로 사라졌다.

나는 한숨을 쉬었다.

내가 엉뚱한 사람에게 화풀이하고 있다는 것을 알았다. 콜은 나를 도우려는 몇 안 되는 사람 중 하나였다. 하지만 그의 말이 맞다고 해도 그의 제안이 무의미하다는 것 또한 알고 있었다. 나에게는 봉합과 항생제, 제대로 된 침대와 숙면, 보험 회사 데이터베이스에 접근할 방법, 그리고 내가 절대로 얻지 못할 수천 가지 다른 것들이 필요했다. 항생제는 그중 가장 사소한 것이었다. 내게 정말 필요한 것은 게이브였고, 그는 없었다. 그래서 콜이 내게 필요한 온갖 것에 대해 말해 주는 것은 도움이 되지 않았다.

"미안해." 나는 그가 비누와 깨끗한 수건을 들고 돌아와 그것들을 테이블에 내려놓을 때 말했다. "날 도와주려고 그랬다는 거 알아. 네가 틀린 것도 아니고, 하지만 지금은 게이브에게 그런 짓을 한 놈을 찾는 데 집중해야 해."

"그걸 어떻게 할 건데?" 콜이 말했다. 그가 스토브 쪽으로 가서 내게 등을 돌린 채 팬에 물을 데우고 있었던 탓에 표정을 읽을 수는 없었지만, 그의 목소리는 진짜 감정을 드러내지 않으려는 듯 침착했다.

"모르겠어. 지금 필요한 건…… 그 보험에 가입한 게 누구인지 알아내는 거야. 제기랄, 게이브가 여기 있었으면 좋겠어."

긴 침묵이 흘렀다. 스토브 앞에 선 콜은 기운이 다 빠져나간 것처럼 보였다. 우리 둘 다 똑같은 생각을 하고 있었다. 우리가 게이브를 얼마나 그리워하고, 이 상황이 얼마나 끔찍하고 엉망진창인지를. 나는 이것이 분명한 목표가 있는 훈련일 뿐이고, 게이브가 내 블루투스 이어폰을 통해 다음 할 일을 지시해 주면 좋겠다고 생각했다.

'그래서?' 내 머릿속에서 목소리가 들렸다. 마치 게이브의 목소리 같아서 마음이 너무 아팠다. '이걸 훈련이라고 생각해. 목표가 뭔데?'

내 목표는…… 내가 방금 콜에게 말한 그대로였다. 게이브에게 이런 일을 저지른 자가 누구인지 찾아내고 밝히는 것. 그것이 항상 내 목표였다. 애초에 경찰서에서 도망친 이유도 그것이었다. 내 등에 표적이 달리는 것은 상관없었다. 그렇게 해서 내가 게이브를 죽인 살인자를 잡아낼 수만 있다면.

'뻔한 소리, 크로스. 당면한 목표가 뭐야?'

딱 게이브다운 말이었다. 그는 항상 까다로운 질문을 하는데, 이번 질문은 부인할 수 없이 한층 더 까다로웠기 때문이다. 내

제로 데이즈

당면 목표는 누가 그 보험에 가입했는지 알아내는 것이었다. 하지만 어떻게 해야 할지 몰랐다. 보험 회사에 전화해 볼 수는 있겠지만, 얼마나 더 많은 정보를 얻을 수 있을지 확신할 수 없었다. 전화로 알려 줄 수 있는 것은 틀림없이 내가 이미 보험 서류에서 얻은 세부 정보와 다르지 않을 것이다. 누군가 게이브의 죽음에 대해 통고했다면 그마저도 알려 주지 않을 수도 있었다. 내가 원본 파일에 접근할 수만 있다면 좋을 텐데. 카드 세부 정보나 통화 녹음 같은 추가 정보가 분명히 있을 것이다. 틀림없이 누군가 보험료를 냈을 텐데, 누구였을까? 게이브가 여기 있었다면 둘이 함께 회사 파일을 해킹할 수 있었겠지만, 해킹은 게이브의 영역이었다. 나는 보안 데이터베이스에 원격으로 접근하는 방법에 대해서는 전혀 아는 게 없었다. 내 전문 분야는 건물, 즉 물리적으로 어떤 장소에 들어가는 것이었다. 하지만…….

그때 어떤 생각이 떠올랐다. 선스마일 보험사의 사무실에 직접 들어갈 수 있다면 해킹은 필요가 없었다. 일반 직원처럼 데이터베이스에 로그인하면 되는 것이었다. 그리고 들어가서는 안 되는 곳에 들어가는 것, 그건 바로 내 전문 분야였다.

처음으로 내게 계획이 있다는 기분이 들었고, 희미하게나마 깜빡이는 무언가가 느껴졌다. 그게 희망이었을까?

"콜." 나는 콜을 불렀다가, 말을 멈췄다. 왜 그랬는지 나도 모를 일이었다. 콜이 스토브에서 돌아서서 나를 보았다.

"응?"

"아니, 아무것도 아냐." 내 생각을 왜 그에게 말하고 싶지 않앉는지 알 수 없었다. 나는 내가 하려는 일이 위험하다는 것을 알았고, 구상이 제대로 모양을 갖추기도 전에 누군가 찬물을 끼얹는 것을 원치 않았다. 이 일을 하려면 한 조각의 희망이라도 붙잡고 있어야 했다. 내게는 그것이 유일한 희망이었다.

콜은 뜨거운 팬을 들고 조심스럽게 탁자로 옮겼다.

"윗도리를 올리고 있어. 아플지도 몰라." 그가 말했다.

나는 고개를 끄덕였고 그는 팬에 담갔다 뺀 수건으로 내 옆구리 상처 부위를 살살 눌렀다.

아팠다. 많이 아팠다. 이틀 전에 숙소 욕실에서 씻어 냈을 때보다 훨씬 더. 피부가 깨끗해지자 콜은 욕실 장에서 찾은 소독 크림을 톡톡 두드린 다음, 새 드레싱을 붙였다. 나는 떨리는 숨을 내쉬었다.

"어떤 것 같아?" 콜이 걱정과 분노가 섞인 표정으로 나를 보며 물었다.

"나아졌어." 솔직히 정말 나아진 건지 확신이 서진 않았지만, 그렇게 말해야 할 것 같았다. 속이 메슥거리고 진이 다 빠진 기분에, 상처는 미친 듯이 따끔거렸다. 그리고 콜이 손에 든 팬의 물은 걱정스러울 정도로 빨간빛이었다. 피를 얼마나 많이 흘린 걸까? 하지만 깨끗한 드레싱을 붙이고 있다는 사실에 위안이 되었고, 뭐든 고통 없이는 얻을 수 없다고 생각하니 크림을 발라 따끔거리는 느낌조차도 어느 정도 마음이 놓이게 해 주었다.

갑자기 극도로 피곤한 기분이 들었고, 푹신한 매트리스와 뜨개 담요가 있는 소파 침대가 거부할 수 없이 매력적으로 보였다.

제로 데이즈

"우리 눈 좀 붙여야지." 내 말에 콜이 고개를 끄덕였다.

"잘 자, 잭." 그가 탁자 위의 촛불을 껐고, 나는 남은 드레싱과 크림을 배낭에 밀어 넣은 다음 플리스 지퍼를 다시 올렸다.

"잘 자, 콜."

그리고 소파 침대에 올라가서 등잔을 끄고 누웠다.

불은 사그라들어 불씨만 남았다. 나는 콜이 침낭 안으로 들어가며 나는 바스락거리는 합성 섬유의 소리를 들었다.

시간을 확인하느라 콜의 휴대폰 화면이 잠시 환해지더니, 그가 이내 어둠 속에서 나를 등지고 돌아누웠다. 그의 한숨 소리가 들렸다.

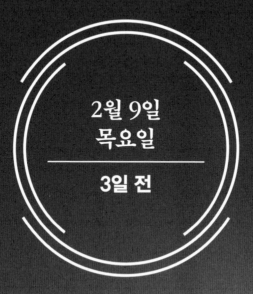

2월 9일
목요일

3일 전

──────── 나는 눈을 떴다. 가느다란 회색 달빛이 커튼으로 흘러들었고, 콜은 이제는 꺼져버린 불 앞에 깔린 러그에 누워 코를 골고 있었다. 갈비뼈 아래의 상처가 아팠고 몹시 추웠지만, 그 두 가지 때문에 깬 것은 분명 아니었다. 다른 무언가가 나를 잠에서 깨웠다.

게이브는 늘 펜 테스터로서 내가 탁월할 수 있었던 것은 나의 신체적 기술 덕분이 아니라고 말했다. 내가 다른 사람보다 더 빠르고, 더 강하고, 더 민첩하게 자물쇠를 딴다거나 더 과감하게 담을 넘는 것은 아니었다. 문을 더 잘 부수는 남자들도 많았고, 더 멋진 장비를 가진 여자들도 많았다. 몇 번이고 거듭해서 나를 구해 준 것, 상점에서 물건을 훔치던 시절에 나를 탁월하게 만들어준 것, 그것은 바로 내가 다른 사람들이 알아채지 못하는 것을 알아차리고, 내 직감을 믿는다는 것이었다.

카메라의 사각지대. 보안 요원의 걸음이 멈추는 순간. 볼펜으로 해제할 수 있는 태그. 나는 잠에서 완전히 깨기도 전에 무언가를 알아챘지만, 그것이 무엇인지 확신하지 못했다.

몇 분 동안 나는 누워서 미처 눈을 뜨기도 전부터 달음질치고 있는 심장 소리를 들으며, 나를 깨운 것이 무엇인지 알아내려고 애썼다.

제로 데이즈

콜이 화장실에 가려고 일어나는 소리가 아니었다. 천둥도 아니었다. 바깥 날씨는 잠잠했고, 커튼 사이로 보이는 것은 고요한 흰빛뿐이었다. 짐작건대 밤새 바다 안개가 다시 밀려온 듯했다.

그리고 그때 소리가 들렸다. 내가 무엇인지 제대로 인식하기도 전에 나를 깨운 그 소리였다.

경찰 무전기에서 지지직거리는 잡음과 낮게 속삭이는 호출 신호였다.

심장이 쿵쾅거렸다. 나는 벌떡 일어나 맨바닥을 발끝으로 살금살금 걸어가 창문 아래로 몸을 숙였다. 커튼을 살며시 젖히자, 누군가가 집 밖에서 무전기에 대고 아주 낮은 소리로 이야기하는 것이 보였다. 말릭일 수도 있다는 생각이 들었지만, 확신할 수는 없었다. 길 위에는 아무 표시도 없는 검은 차가 콜의 마쓰다를 의도적으로 가로막으며 주차되어 있었고, 더 멀리서는 안개 속에서 또 다른 차의 헤드라이트 불빛이 좁은 길을 따라 구불구불 다가오는 것이 보였다. 밖에 있는 사람은 지원을 기다리는 것이 틀림없었다. 그들이 집을 포위하기 전에 나가야 했다.

매우 강렬하고 빠르게 밀려드는 아드레날린의 파도를 억누르며 나는 떨리는 손으로 소지품을 배낭에 쓸어 담는 데 집중했다. 입김이 하얗게 피어오를 정도로 몹시 추웠지만, 추위를 느끼기에는 너무 긴장된 상태였고, 추위보다는 오히려 긴장감 때문에 몸이 덜덜 떨리고 있었다.

"콜." 내가 속삭였다. 그는 태평하게 코를 골며 자고 있었다. "콜, 일어나, 그 침낭이 필요해."

"뭐?" 그가 돌아누우며 중얼거렸고, 나는 사납게 조바심이 이는 것을 느꼈다.

"일어나라고. 그 침낭이…… 아니야." 나는 침낭을 잡아당기며 그를 떨어뜨리려고 했다. 잠시 그의 몸이 딸려 왔지만, 이내 침낭만 빼내서 돌돌 말아 넣을 수 있었다. 그사이 일어나 앉은 콜은 눈을 끔뻑이며 무척 혼란스러워했다.

"도대체 무슨 일이……." 그가 목소리를 낮추지 않은 채 말했고, 나는 겁에 질려 쉿 하고 그의 말을 막았다.

"조용히 해. 밖에 경찰이 있어. 나는 가야 해."

"하지만……." 콜이 말을 시작했지만, 나는 이미 배낭을 집어들고 오두막 뒤쪽 창문을 보고 있었다. 뒤쪽에는 문은 하나뿐이었지만, 큰 창문이 두 개 있었는데 하나는 모래 바로 위에, 다른 하나는 틀림없이 가시덤불 위에 있는 듯했다. 바로 바닥으로 곤두박질치지 않고 몸도 숨기기 위해서는 가시덤불을 선택해야 했다. 하지만 가시에 찔릴 수도 있다는 것이 문제였다. 잠시 확신이 서지 않아 머뭇거리던 나는 다른 창문으로 갔다. 모래 위로 바로 떨어지는 곳이었다. 가시덤불에서 경찰의 눈을 피할 수도 있다는 것은 매력적이었지만, 떨어지면서 분명 소리가 날 것이고, 덤불에 엉키기라도 하면 빠져나올 수 없을지도 몰랐다. 가시덤불 속에서 고통스럽게 몸부림치는 와중에 가지는 딱딱 소리를 내며 부러지고, 가시에 찔리면서도 아픈 소리를 내지 않으려고 애쓰는 모습을 생각하니 그 선택지는 끌리지 않았다.

창문을 밀어 올리자 끼익 소리가 났고, 나는 숨을 멈추고 움

제로 데이즈

찔했다. 하지만 집 앞쪽에서는 소리를 들은 기색이 없었다. 나는 창문 밖으로 배낭을 살그머니 떨어뜨린 후 뒤따라 창문으로 넘어갔다. 발을 나무 판재에 대면서 외벽 쪽으로 몸을 낮추다가 온몸을 쭉 뻗어 창문에 매달렸다. 몸이 펴지니 갈비뼈 아래의 상처에 엄청난 고통이 밀려왔다. 드레싱이 피부를 당기면서 상처가 다시 벌어지는 것이 느껴졌다.

나는 잡은 손을 놓고 늘 하듯이 두 손과 두 발을 모두 이용해 모래 위에 소리 없이 떨어졌다. 부드럽게 착지했는데도 옆구리의 통증 때문에 눈을 질끈 감고 뺨을 깨물며 얼얼하게 욱신거리는 아픔이 가라앉기를 기다려야 했다.

한 손으로 갈비뼈를 누르며 몸을 일으키려는 참에 오두막 앞에서 엔진 소리와 포장도로에 타이어가 닿는 소리가 들렸다. 지원이 도착한 것이었다.

나는 숨을 깊이 들이마시며 배낭을 어깨에 메고 안개 속으로 뛰기 시작했다.

어디로 향하는지도 모른 채, 그저 택시 기사가 내려 줬던 곳에서 멀어지는 방향으로 간다고 생각하며 달렸다. 흐르는 모래를 헤치며 달리는 것은 터무니없이 힘들었다. 치솟거나 푹 꺼지는 모래 언덕은 안개와 어둠 속에서 거의 식별이 불가능했다. 나는 쫓아오는 사람들을 확인하려고 뒤를 돌아보다가 전속력으로 무언가에 부딪치면서 깜짝 놀라 멈췄다.

젠장. 젠장.

가시철조망이라니. 나의 천적이었다.

아마도 오래전에 설치했다가 잊힌 울타리의 잔해처럼 보였다. 부드러운 모래 속에서 마치 잡초처럼 구불구불 나와 내 신발과 청바지에 엉키고 성긴 천과 그 아래 피부에 걸렸다. 그냥 뜯어냈다가는 살점이 왕창 떨어져 나갈 판이었다. 나는 내 부주의함과 망할 쓰레기를 치우지 않은 농부를 원망하며 철사 가닥들을 풀기 시작했다.

뒤쪽에서 누군가가 언성을 높이며 현관문을 두드리는 소리가 들렸다. 뒤돌아보니 안개를 가르는 차의 헤드라이트 불빛과 그보다 더 작은 무언가가 보였다. 아마도 흔들리는 손전등 불빛인 듯했다. 나는 철사 한 가닥을 더 풀었고 거의 벗어나기 직전이었다.

그때 어떤 목소리가 들렸다. 확실하진 않지만 아마도 확성기를 통해 나오는 소리 같았다.

"잭!" 여자 목소리였다. "잭, 말릭 경사예요. 당신이 거기 있는 거 알아요. 도망갈 곳은 없어요. 자수하세요."

나는 잠깐 눈을 감았다. 어떻게. 도대체 어떻게 그들이 나를 찾았을까? 콜의 차를 추적했을까?

마지막 철사를 신발에서 뜯어내고 다시 달리기 시작했다. 축축한 모래 위에서 발소리는 나지 않았지만, 심장이 뛰고 숨을 헐떡이는 소리가 동트기 전의 고요 속에서 지나치게 크게 들렸다. 심지어 파도 소리조차 잦아든 것 같았다.

"자수해요, 잭!" 말릭이 외쳤다. 내 상상인가, 아니면 정말로 그녀의 목소리가 더 가까워진 건가? "당신이 결백하다는 걸 알

제로 데이즈

아요. 이건 모두 크나큰 오해예요. 우리가 헬레나와 이야기했고, 설명을 다 들었어요. 우리는 단지 당신이 돌아와서 모든 걸 정리하고, 당신의 결백을 증명하고, 게이브의 살인자를 잡는 것을 도와주길 바라는 거예요."

나는 울컥했다. 나도 그러길 바랐다. 무엇보다도 그 말이 사실이기를, 그들이 정말로 내가 무죄라고 생각하기를 바랐다. 하지만 무고한 사람을 잡으려고 한밤중에 경찰차 두 대를 보내지는 않는다.

"계속 도망칠 수는 없어요, 잭." 말릭의 목소리가 다시 들려왔다. 이제 어둠 속에서 손전등 불빛이 광선검처럼 안개를 가르는 것이 보였다. "우리가 당신 전화를 추적하고 있어요. 당신 위치를 알아요. 여기서 자수할 기회를 주는 거예요. 계속 도망치면 상황은 더 나빠질 거예요!"

'나는 결백하다더니?'

나는 그녀에게 이렇게 되받아치고 싶었다. 미끼를 던졌다가 태세를 바꾸는 것이 너무 투명하게 보여서 우스꽝스러울 정도였다. 하지만 나는 그러지 않았다. 그렇게 어리석지 않았고, 어차피 소리 지르는 데 호흡을 쓸만한 여유도 없었다. 내 폐 속의 산소를 모두 끌어모아 언덕을 지나 앞으로 나아가야 했다.

나는 계속 달렸다. 그리고 또 달렸다. 실제로는 아마도 1마일도 채 되지 않겠지만, 수 마일을 달린 기분이었다. 어둠 속에서 부드럽게 흐르는 모래를 헤치고 달리는 것은 장난이 아니었다. 더구나 바닥이 어디서 치솟고 꺼지는지 지형을 볼 수 없어 한 걸음 한 걸음이 예기치 못하게 삐걱거렸다.

몇백 미터를 더 달린 끝에 다리 근육이 아프기 시작했고, 처음에 치솟던 아드레날린이 사그라들면서 한 걸음 내디딜 때마다 옆구리의 통증이 점점 심해졌다. 그럼에도 계속 달려야 했다. 선택의 여지가 없었다. 나는 할 수 있다고, 속도와 지구력, 힘을 기르기 위해 계속 훈련해왔으니까 할 수 있다고 생각했다. 다만 저들은 대여섯 명이 안갯속을 이 잡듯 뒤지고 있고, 나는 혼자였다. 그리고 내 지구력은 점점 고갈되고 있었다. 언젠가는 멈출 수밖에 없었다. 그전에 그들이 먼저 나를 잡을지가 유일한 문제였다.

그때 어둠 속에서 오두막 같은 낮은 콘크리트 건물이 희미하게 보였다. 앞쪽에는 음식을 내주는 금속 재질의 창구가 있었다. 여름에는 아마도 아이스크림과 슬러시를 팔았겠지만, 지금은 마치 2차 세계 대전 당시의 벙커처럼 보였다. 어깨 너머로 돌아보니, 손전등 불빛이 안개를 가르고 있었다. 내 바람만큼 멀리 있지는 않았다. 나는 잠시 망설였다. 계속 달릴까? 아니면 숨을까?

나는 숨이 차서 코를 식식거렸고, 순간 손을 들어 올려 반사적으로 이어폰의 고무를 만지며 게이브에게 조언을 구하려고 했다. 하지만 아무것도 없는 뺨에 손이 닿기도 전에 나는 이미 진실을 알아차렸다. 나는 혼자였다. 나에게 무엇을 할지 알려 줄 게이브는 없었다.

앞쪽 배식 창구를 가린 셔터는 내부에서 자물쇠로 잠겨 있었

제로 데이즈

고, 튼튼해 보였다. 쇠지레로 비틀면 열 수 있을지도 몰랐다. 내 배낭에 있는 작고 얄팍한 쇠막대로도 가능할 것 같았다. 하지만 소리를 내지 않고 셔터를 강제로 열기는 어려운 데다, 눈에 띄는 흔적이 남을 수밖에 없었다. 그것은 추적자를 곧장 내게로 이끌어 줄 신호가 될 것이었다. 뒤쪽에 있는 직원 출입구의 자물쇠를 따는 편이 낫겠지만, 아주 빠르게 해야 했다. 손전등 불빛이 걱정스러울 정도로 가까워지고 있었고, 이제는 내 앞쪽 높은 언덕에서도 또 다른 빛이 다가오는 것이 보였다. 그들은 점점 포위망을 좁히며 접근하고 있었다. 숨는 것이 더 나은 선택이 아니라 유일한 선택이 되었다.

그러나 오두막의 모퉁이를 돌아가 보니 문이 있었지만, 열쇠 구멍은 없었다. 단지 페인트칠한 금속으로 만든 고릿적 숫자 키패드와 그 옆에 녹슨 강철 손잡이가 있을 뿐이었다. 기계식 조합 자물쇠였다. 젠장. 합리적이긴 했다. 여기는 아마도 시간제 근무자들이 많이 일하는 곳이었을 테고, 그들에게 모두 열쇠를 주었다가는 골칫거리가 되었을 것이다. 그리고 비밀번호가 네 자리라면 가능한 조합은 정확히 만 가지가 있다는 뜻이기도 했다.

"잭!" 나의 불안감에 대답이라도 하듯이 뒤에서 목소리가 들렸고, 나는 속이 울렁거렸다. 무엇을 하든 서둘러야 했다. 아무것도 하지 않는 것보다는 무엇이라도 하는 편이 나았다. 나는 아덴 얼라이언스에서 했던 것처럼 재빨리 1234를 입력하고 금속 손잡이를 돌렸다. 그때도 시도할 가치가 있어서 시도했던 것처럼, 이번에도 마찬가지였다. 다만 아덴 얼라이언스에서 그랬듯이, 이번에도 아무 일도 일어나지 않았다.

하지만 아덴 얼라이언스 때와는 다르게 이번 시도는 아주 쓸모없지는 않았다. 번호를 누르다 보니 버튼 두 개가 나머지와 감촉이 달랐다. 더 매끄럽고 차가웠다. 더듬어 보니 페인트가 벗겨져 아래쪽 금속이 드러나 있었다. 나는 손전등을 꺼내고 싶었지만 위험을 감수할 수는 없었다. 대신 질감의 변화를 더 잘 느끼기 위해 눈을 감은 채 키패드 전체를 손가락으로 쓸어 보았다. 다른 것들보다 유난히 마모된 다섯 개가 있었다. 1, 4, 5, 9, 그리고 * 기호였다.

나는 떨리는 숨을 내쉬었다. 네 개의 숫자와 조합을 마무리하는 별표였다. 그래도 여전히 24가지 조합이 가능했다. 잘못된 번호를 입력하면 차단되는 기능이 있는 기계식 잠금장치는 드물다는 점에서 충분히 해 볼 만했다. 하지만 설령 그 숫자 조합들을 머릿속에서 다 기억할 수 있다고 해도, 말릭과 그 일당이 내 뒤에서 어둠 속을 샅샅이 뒤지고 다니는 상황에서 내가 감당하기에는 너무 경우의 수가 많았다.

그래도 나는 비밀번호 조합을 풀어 본 경험이 많은 덕분에 두 가지 사실을 알고 있었다. 첫째, 숫자 네 자리 조합을 설정하라고 하면 많은 사람이 연도를 선택한다는 것이다. 그리고 둘째, 대부분 개인적으로 의미 있는 날짜를 선택하기 때문에 1과 9를 포함하면 가능성이 배가 된다. 조합이 19로 시작될 가능성이 매우 컸다. 그러니까 1945 또는 1954일 것이라는 의미였다. 어느 쪽이 더 가능성이 큰지는 알 수 없었지만, 그건 중요하지 않았

제로 데이즈

다. 생각할 겨를도 없이 바로 1954*을 입력하고 금속 손잡이를 돌렸다. 너무 세게 돌린 탓에 조용히 끼익 소리가 났지만, 이번에는 손잡이가 돌아갔다.

문이 열렸다. 나는 안으로 살그머니 들어가 조용히 문을 닫고 차가운 금속에 등을 댄 채 주저앉았다. 심장이 너무 세게 뛰어서 속이 울렁거릴 지경이었다.

건물 내부는 매우 조용했다. 바다와 바람 소리는 두꺼운 콘크리트에 막혔다. 아이스크림콘과 시큼한 유제품 냄새와 해동된 냉동고에서 나는 약간 퀴퀴한 냄새가 섞여 있었다. 나는 목소리를 들으려고 귀를 기울였지만, 귀에 피가 몰려 격하게 흐르는 듯한 소리와 맥박 소리 때문에 다른 어떤 소리도 제대로 구분할 수가 없었다.

그때 목소리가 들렸다. 어느 때보다 소리가 가깝게 느껴졌다. 아주, 아주 가까웠다.

"잭!" 말릭이었다. 그녀는 이제 화가 난 것 같았다. 화를 넘어 분노에 찬 목소리였다. "자신타 크로스, 경찰의 명령이다. 경찰견이 오고 있다. 내 말을 믿어라. 개들에게 추격당하는 상황은 피하고 싶을 거다."

나는 배낭에 얼굴을 묻었다. 모래 언덕에 닿았던 부분의 봉합선 사이에 모래가 들어가 있었다. 나는 기침이 나오려는 것을 참느라 안간힘을 썼다.

그리고 또 다른 목소리가 들렸다, 남자 목소리였다. 마일스는 아니었고, 다른 사람이었다. 내 맥박을 미친 듯이 빠르게 뛰도록 만드는 목소리였다.

"너를 앞질러 갔어?" 제프였다. "그 조막만 한 년이."

"내가 그 여자를 봤다니까." 말릭이 분노하며 낮게 으르렁거렸다.

"뭐, 네가 그렇게 말한다면야." 제프는 짜증스럽다기보다는 오히려 재미있어하는 목소리였다. 그러다 말릭의 목소리가 다시 날카롭게 들려왔다.

"잠깐만, 여긴 뭐지?" 그들이 오두막으로 다가와 건물 앞의 콘크리트 바닥에 올라서면서 자갈을 밟는 발소리가 들렸다. 나는 눈을 감으면 그들이 나를 볼 수 없을 것처럼 눈을 꽉 감았다. 나는 그 어느 때보다 게이브의 목소리가 내 귀에서 들려오길 바랐다. 내가 할 수 있다고 말해 주길 바라고 바라고 또 바랐다. 왜냐하면 지금 나는 곧 무너질 것 같았기 때문이다.

"여기 안에 있을 것 같아?"

짧은 침묵이 지난 후, 누군가가 깜짝 놀랄 만큼 요란하게 배식 창구를 가린 셔터를 열려고 덜컹거리는 소리가 들렸다. 내가 했던 것보다 훨씬 조심성 없이 흔드는 소리였다. 아마도 말릭인 것 같았다.

"자물쇠가 걸려 있어." 제프의 목소리가 들렸다. "강제로 들어간 흔적이 있어?"

"없는 것 같아." 말릭이 셔터 가장자리를 살피는 듯 덜컹거리는 소리가 더 들렸지만, 나는 셔터가 견고하다는 것을 알았다. "뒤쪽으로 돌아가 보지."

제로 데이즈

다시 저벅거리는 소리가 들렸다. 나는 목구멍으로 넘어오는 담즙을 꿀걱 삼켰다. 아덴 얼라이언스에서 보안 요원들이 밖을 수색할 때 소파 밑에 숨어 있던 강렬한 기억이 문득 떠올랐지만, 일을 할 때는 이렇게 두려움을 느낀 적이 없었다.

"비밀번호 조합 잠금장치야." 이번에는 더 작은 소리가 들렸다. 문이 셔터보다 두꺼운 것이 분명했다. 그리고 누군가가 내가 했던 것처럼 무작위로 번호를 누르는 소리가 연달아 들렸다. 나는 숨소리를 죽이려고 얼굴을 배낭에 더 세게 눌렀다. 제발, 제발 마모된 번호를 눈치채지 못하기를······.

"젠장." 말릭의 목소리에서는 넌더리를 내는 기색이 들렸다. "여기를 어떻게 들어갔겠어. 방법이 안 보이는데."

"내 생각엔 되돌아가서 도로에서 차를 얻어 타려고 했을 것 같아. 사람들을 대하는 데 능숙하거든. 설득력이 있어. 그게 그 여자 스타일에 더 가깝고." 제프가 조금 거만한 목소리로 말했다. '내가 뭘 좀 알지.'라는 투였다. 말릭은 짜증스러운 한숨을 내쉬었다.

"장담하건대 돌아가지 않았다니까. 내가 뭔가를 봤거든."

"토끼였을 수도 있잖아." 어깨를 으쓱하는 듯한 말투였다. 말릭이 토끼 이야기 따위는 집어치우라고 말하지 않으려고 안간힘을 쓰는 듯한 소리를 냈다.

"뭐, 어쨌든 안개가 걷히기 전까지 우리가 할 수 있는 건 별로 없어." 그녀가 딱딱하게 말했다. "흩어져서 도로를 확인하고, 좀 더 맑아지면 다시 시도해 보자고."

금속 문 뒤에서 나는 떨리는 숨을 내쉬었다.

그리고 그들의 발소리가 사라질 때까지 기다렸다가 몸을 일
으켜 문을 최대한 조금 열고 작은 틈새로 밖을 내다봤다. 말럭이
라면 구멍에서 나온 제프의 토끼처럼 내가 튀어나오는지 보려
고 조용히 기다릴 수도 있을 것 같았다.

하지만 그녀는 사라졌다. 제프도 없었다. 그곳에는 그저 소용
돌이치는 안개만 있을 뿐, 아무도 없었다.

나는 따가운 모래를 막으려고 코트 깃을 세우고, 조심스럽게
오두막 문을 닫은 뒤 어둠 속으로 걸어갔다.

두세 시간쯤 지났을 무렵 나는 지칠 대로 지쳐서 헤이스팅스
외곽에 들어섰다. 이제 막 해가 뜨는 시간이라 열린 카페가 있으
리라고 기대하지 않았는데 놀랍게도 항구 근처에 한 군데가 있
었다. 고급스러운 곳은 아니었고, 어부들과 부두 노동자들에게
베이컨 샌드위치와 차를 파는 작은 식당이었다. 카운터에는 일
꾼들 무리가 따뜻한 음료와 아침 빵을 주문하고 있었다.

작업반장 뒤에 줄을 서는 동안, 나는 다리가 후들거렸다. 배고
픔 때문일 수도, 피로 때문일 수도, 순전히 충격 때문일 수도 있
었다.

지금 내가 하는 일은 분명히 합리적이지 않았다. 말럭의 다
음 행동이 무엇일지 모르지만, 나는 해안에서 불과 몇 마일 떨어
진 마을에서 목격되었고, 살인 혐의로 수배 중이었다. 내 사진이
신문에 실리는 것은 틀림없이 시간문제일 것이었다. 경찰이 내

제로 데이즈

머리카락에 대해 알고 있는지가 관건이었다. 그들이 기차역의 CCTV 영상에서 나를 발견했을까? 아니면 여전히 빨간 머리에 아노락을 입은 여자를 찾는다는 생각으로 움직이고 있을까?

어느 쪽이든 내게 시간이 별로 남지 않았다는 건 확실했다. 하지만 그건 중요하지 않았다. 이틀 만에 처음으로 다음에 무엇을 해야 할지 아이디어가 떠올랐다. 모래 언덕을 달리는 동안, 전날 밤 깨달은 것들과 무사히 선스마일에 침투할 방법에 대해 고민하다 떠올린 방법이었다. 이렇게 민감한 정보가 가득한 회사에 침투할 때 보통 게이브와 나는 몇 주에 걸쳐 피싱과 크래킹, OSINT(공개 출처 정보)를 이용해 우리가 접근할 수 있는 모든 곳에서 은밀한 정보와 공개된 정보를 모아 누구를 목표로, 어떻게 들어갈지에 대한 명확한 구상을 마련했다.

하지만 나에게 몇 주라는 시간은 없었다. 며칠도 없을지도 몰랐다. 나는 게이브의 해킹 도구, 암호 해제 프로그램, 트로이 목마 프로그램에 접근할 수 없었다. 만약 잡히더라도 감옥 탈출 카드도 없고, 나를 꺼내줄 보안 책임자도 없을 것이다. 하지만 계획은 있었다.

나는 흥분을 느꼈다. 그때 내가 줄의 맨 앞에 왔다는 것을 깨달았다. 종업원이 팔짱을 낀 채 내 주문을 기다리고 있었다. 나는 차 한 잔과 구운 티케이크를 주문하고 와이파이 비밀번호를 물어보았다. 그리고 빈 자리를 찾아 컴퓨터를 켰다.

가장 먼저 한 일은 내가 목표를 선택할 때면 거의 매번 하는 일이었다. 나는 인스타그램으로 가서 '선스마일 보험 유한회사'

로 위치가 태그된 게시물을 검색했다. 본사는 밀턴 케인스에 있었고, 다행히 직원들은 사진 찍기를 좋아하고, 인스타그램에 능숙한 사람들이었다. 더 중요한 것은 선스마일이 큰 기업이라는 점이었다. 보안 요원이 모든 팀의 구성원 한 사람 한 사람을 꿰고 있는 작은 회사는 악몽과도 같았다. 하지만 선스마일은 소셜 미디어에서 찾을 수 있는 직원만 해도 수백 명은 되었다.

나는 게시물을 스크롤하며 페이지마다 가능성 있는 이름을 적고 프로필을 클릭해 보았다. 나는 두 가지를 찾고 있었다. 나와 비슷한 나이의 여성들과 휴가 사진이었다. 나와 신체적으로 크게 다르지 않은 여성이라면 더 좋았다. 또 한 가지 눈여겨보는 것은 보안 출입증이 찍힌 사진이었다. 하지만 그것까지 바라는 것은 무리였으므로 기대는 하지 않았다. 기업들은 직원들에게 보안 출입증을 온라인에 게시하지 않도록 통제하곤 했는데, 그 이유 중 하나는 바로 나 같은 사람들이 그 위험성에 대해 알려 주었기 때문이었다.

하지만 놀랍게도, 바로 그런 사진이 가장 먼저 나왔다. 한 남자가 새로 받은 직원 출입증을 들고 활짝 웃고 있었다. '첫날의 긴장감 LOL!'이라는 설명이 적혀 있었다.

나는 클릭해서 이미지를 확대했다. 오, 재무팀의 브라이언. 이런 사랑스러운 명칭이 같으니라고.

그는 적어도 자신의 실명을 일부 가릴 정도의 지각은 있었지만, 어차피 이름은 내 목적과는 상관없었다. 나는 출입증을 캡처하고 다운로드 폴더에 저장한 후, 다시 잠재적 목표 대상을 찾는

제로 데이즈

일에 돌입했다.

몇 번에 걸쳐 완벽하게 들어맞는 것처럼 보이는 사람들을 발견했다. 내가 판단할 수 있는 한에서는 나이도 적당하고 키도 적당했다. 심지어 나와 닮은 사람도 몇 명 있었다. 하지만 클릭해서 피드를 확인하면 그들은 안전하게 영국 내에 있었다. 그러다가 그녀를 발견했다. 선스마일 콜센터의 교환원 Keeleybab2001, 휴가 사진은 아니었지만, 더 좋은 것이 있었다. 조그만 붉은 반점으로 덮인 아기의 사진이었다. 설명에는 파랗게 질린 얼굴로 절규하는 이모티콘과 함께 '불쌍한 우리 아기가 수두에 걸렸어요!!!'라고 적혀 있었다.

나는 계속 클릭해 보았다. 킬리 윈스턴. 다행히 그녀는 페이스북 프로필도 있었고, 개인정보 설정도 매우 느슨했다. 빠르게 훑어보니 그녀의 생년월일과 현재 위치(밀턴 케인스), 출신 학교(역시 밀턴 케인스)를 알 수 있었다.

필요한 것은 그녀의 전화번호뿐이었다. 다행히 이제 막 시작이었다.

나는 차를 한 모금 길게 마시며 킬리의 페이스북 친구 목록을 스크롤하며 살펴보았다. 그리고 그녀의 게시물에 꽤 많은 댓글을 남긴 친구 케이티를 골랐다. 케이티의 이름과 프로필 사진을 사용해 트위터 계정을 설정하는 데는 5분도 걸리지 않았다. 다음 목표를 찾는 일은 좀 더 어려웠다. 케이티와 킬리 둘 다와 페이스북 친구이면서 트위터 DM이 열려 있는 사람을 찾아야 했다. 킬리의 페이스북 친구들은 트위터를 많이 사용하지 않아 몇 번이나 막다른 벽에 부딪혔다. 그러다 마침내 윌킨스턴 트래블의 홍보 담당자인 젬마를 발견했다. DM이 열려 있고, '여행 팁이 필요하면 연락해, 트위터 친구들!'이라는 문구가 적혀 있었다.

나는 작은 봉투 아이콘을 클릭하고 DM을 작성하기 시작했다.

'안녕 젬마, 킬리가 힘낼 수 있게 깜짝 선물을 준비하고 있어. 가여운 아기가 수두에 걸렸다는 거 알았어? 그런데 전화번호를 잃어버렸어. 혹시 알려 줄 수 있어? 깜짝 놀라게 해 주고 싶거든. 케이티.'

몇 초 만에 답장이 왔다.

'안녕, 케이티, 정말 세심하네!!! 0744 956 7652. 나도 페이팔로 보탤까?'

나는 '아니, 괜찮아, 네가 최고야!'라고 답했다.

그런 뒤에 트위터를 종료하고 포토샵을 열었다.

두 시간쯤 후, 나는 킬리 윈스턴의 새 선스마일 직원 출입증을 주머니에 넣고 헤이스팅스의 출력센터를 나왔다. 내가 했던 위조 중 최고에 꼽힐 정도는 아니었다. 내 배낭에 있는 빈 카드에 직접 인쇄하면 더 그럴듯했겠지만, 출력센터에는 그런 장비가 없어서, 아쉬운 대로 광택 있는 종이에 인쇄한 후에 그 종이를 카드에 붙이는 것으로 대신했다. 다 만들고 나니 괜찮아 보였다. 가까이 살펴보면 통과하지 못하겠지만, 그래도 괜찮았다. 솔직히

제로 데이즈

말해서, 내가 의심받는 상황에 이르게 된다면 어차피 끝장이었다. 그냥 건성으로 한 번 흘긋 보는 것만으로 넘어가기를 바랄 뿐이었다. 건성으로 보면 출입증은 브라이언의 것과 똑같아 보이는데, 단지 킬리의 이름과 내 사진이 대신 있을 뿐이었다.

전화기를 보니 10시 10분이었다. 나에겐 두 가지 선택지가 있었고, 둘 다 위험이 따랐다. 킬리의 컴퓨터 암호를 지금 피싱할 수도 있었고, 아니면 선스마일 보험에 실제로 들어갈 때까지 기다릴 수도 있었다.

지금 시도한다면, 일을 끝내는 데 필요한 정보를 가지고 있다는 것에 안심하고 밀턴 케인스로 갈 수 있었다.

하지만 번호를 도용하는 데 필요한 장비가 없었고, 알 수 없는 휴대폰 번호로 걸려 오는 전화는 그녀 자신의 회사 번호로 걸려 오는 전화보다 훨씬 설득력이 떨어질 것이다. 킬리가 미끼를 물지 않으면 처음부터 다시 시작해야 했다. 오늘 사무실에 없는 다른 사람을 찾고, 번호를 알아내고, 신분증을 위조해야 했다. 내게 남은 시간은 점점 줄어들고 있었다.

다른 방법은 선스마일에 실제로 들어간 다음에 마지막 퍼즐 조각을 맞추어 보는 것이다. 문제는 대안이 어떤 면에서는 더 위험하다는 것이었다. 그때 가서 실패하고, 킬리가 내 속임수를 알아차리면 나는 완전히 끝장이었다. 내가 무엇을 하려는지 킬리가 알아차린다면 내가 건물을 떠나려고 할 때 선스마일 안내데스크에는 보안팀과 함께 누군가가 나를 기다리고 있을 가능성이 컸다.

그렇다, 두 번째 선택지가 더 위험했다. 훨씬 더 위험했다. 그러나 성공할 가능성도 더 컸다. 그래서 나는 두 번째를 선택하기로 했다.

오후 1시가 막 지났을 때 나는 밀턴 케인스 역에서 내렸다. 노에미의 낙타색 코트는 열차 화장실에 둘둘 말아 놔두었고, 지금은 콜센터에 자연스럽게 어울릴 수 있도록 진한 청바지와 흰색 티셔츠, 어두운색 재킷을 입고 있었다. 잔뜩 긴장되고 신경이 곤두서서 속이 메슥거렸고, 갈비뼈 아래의 드레싱은 쿵쾅거리는 심장에 맞춰 욱신거렸지만, 그것만 빼면 솔직히 지난 며칠간보다 나은 기분이었다. 다시 편안한 내 영역, 내 업무에 복귀한 느낌이었다. 실패하면 안 되는 일인 것은 분명했지만, 그건 이전에도 마찬가지이지 않았던가? 이것은 여느 때와 다름없는 펜 테스트였다. 그리고 나는 내 일에서는 아주 유능했다.

선스마일 건물까지 5분 정도 남겨두었을 때 전화가 울렸다. 헬이 보낸 시그널 메시지였다.

'안녕, 괜찮니? 어제 소식이 없길래.' 그녀는 이렇게 썼다. 나는 세로토닌이(감정 조절에 관여하는 신경전달물질의 하나로 마음을 안정시켜준다는 의미로 사용됐다 - 옮긴이 주) 분비되는 것을 느꼈지만, 지금은 허심탄회한 대화를 나눌 때가 아니었다.

'난 괜찮아.' 나는 답을 보냈다. '어젯밤에 간신히 위기를 넘겼어. 잠을 거의 못 잤지만, 지금 뭔가 큰 걸 쫓고 있어. 며칠 만에 처음으로 좋은 소식이 될 수도 있어.'

제로 데이즈

'뭐라고?!' 곧바로 흥분된 진동과 함께 그녀의 답이 도착했다.

나는 메시지를 입력했다. '단서가 있어. 보험계약서에. 지금은 말할 수 없어. 나오자마자 메시지 보낼게.'

'잠깐, 지금 거기 있다고??!!?!' 헬은 그녀답지 않게 느낌표를 많이 넣어 답장을 보냈다.

'응.' 내가 답했다.

헬은 충격받은 얼굴 이모티콘 하나를 보냈다. 그리고 '조심해! 계속 소식 전해 줘. 이상 끝.'이라고 보냈다.

나는 앱을 종료했다. 그런 다음 모퉁이를 돌았다. 선스마일 건물이 내 앞에 펼쳐져 있었다.

건물은 인스타그램 사진에서 본 것보다도 훨씬 컸고, 유리문 앞으로 걸어가면서 나는 약간 주눅이 드는 기분이었다. 하지만 익숙한 척 자신감 있어 보이는 태도로 문을 밀고 들어갔다. 사람들은 점심 식사를 마치고 돌아오고 있었다. 나는 보안 출입구가 좌우로 활짝 열리거나 엘리베이터 문처럼 열리는 유리문이기를 바라고 있었다. 그런 출입구는 뒤따라 들어가기가 아주 쉬웠다. 그러나 불행히도 선스마일은 어린 시절 시립 수영장에 있었던 것 같은 금속 회전식 출입구를 사용하고 있었다. 그런 출입구는 짜증 날 정도로 보안에 효과적이었고, 성희롱으로 잡히지 않고 다른 직원과 함께 끼어 들어갈 방법은 없었다. 요령껏 속이고 들어가야 할 판이었다.

나는 최대한 자신감을 끌어모아 출입구로 걸어갔고, 출입증 카드를 단말기에 긁으면서도 걸음을 멈추지 않았다. 회전 출입구가 열리지 않아 갈비뼈와 덜컥 세게 부딪히는 바람에 나는 헉하는 소리가 나오지 않도록 참아야 했다. 안내데스크 쪽에서 금속성 소리가 들렸다. 나는 몸을 움츠리며 욱신거리는 옆구리를 누르고 싶었지만, 대신 내가 들고 있는 출입증 카드를 내려다보며 온화하면서도 당황한 표정을 유지했다.

나는 다시 카드를 긁으면서 이번에는 손으로 회전 출입구를 더 조심스럽게 밀었다. 내 뒤로 점심을 먹고 돌아오는 사람들이 짧은 줄을 이루기 시작했고, 무슨 일이 일어났는지 알아차리고는 한숨을 쉬며 다른 회전 출입구로 방향을 바꾸었다.

"저번에 내 것도 먹통이었어요." 한 여자가 말했다. "데릭한테 가서 통과시켜 달라고 해야 할 거예요."

데릭. 믿지 않는 신에게 감사의 기도를 올릴 시간이 있었다면 나는 그렇게 했을 것이다.

"데릭!" 나는 안내데스크 뒤에 서 있는 경비원에게 소리쳤다. 그가 고개를 들었다. 무슨 일인지 물으며 도와주려는 듯한 표정이었다. "데릭, 정말 미안해요. 어떻게 된 건지 모르겠어요. 출입증이 말을 안 듣네요. 좀 통과시켜 줄 수 있을까요?"

나는 일부러 출입구에서 움직이지 않은 채 카드를 들어 올렸다. 그가 너무 가까이 오지 않게 해야 했다.

"저는…… 킬리인데." 나는 그가 나를 알아보지 못한 것에 대해서 약간 유감 섞인 목소리를 꾸며내며 말했다. "콜센터의 킬리 윈스턴이요."

데릭은 안내데스크 뒤에서 눈을 가늘게 뜨고 신분증을 들여다보더니, 내 얼굴을 올려다보았다. 나는 심장이 빨라지는 것을 느꼈다. 그가 실은 킬리를 알고 있다면, 나는 그야말로 완전히 끝장이었다.

그리고 그때 그가 웃음을 지었다.

"미안해요, 킬리." 그가 말했다. 그리고 책상 아래 무언가를 눌렀다. "출입증을 신용카드에 너무 가까이 두지 마세요, 알았죠?"

"아, 이런. 그건 몰랐어요." 나는 자신의 어리석음을 후회하는 표정을 지었다. "고마워요, 데릭."

회전 출입구가 열렸고, 나는 통과했다.

처음 몇 분 동안은 자신 있게 걸으며 사람들을 따라가다가 나와 함께 안내데스크를 거쳐 들어온 무리에서 떨어져 나와, 점심을 먹고 돌아온 새로운 무리에 합류하려고 기다렸다. 내 주변에 함께 회전 출입구를 통과한 사람이 없다는 것을 확인한 후, 나는 예쁘장해 보이는 여성의 팔을 톡톡 두드렸다.

"저 죄송하지만. 저는 IT업체에서 왔는데요. 콜센터에 있는 분의 컴퓨터를 작업하러 왔는데, 길을 완전히 잃어버렸어요. 방향 좀 알려 주실 수 있을까요? 킬리 윈스턴이라는 사람을 찾고 있어요."

그 여성은 웃음을 터뜨렸지만, 악의는 없었다.

"아, 맞아요, 여기가 미로 같긴 하죠? 콜센터는 C동 3층이에요. 저쪽 엘리베이터를 타세요. 그분 자리가 어디 있는지는 잘 모르겠지만, 거기 가면 누군가가 알려 줄 거예요."

나는 고개를 끄덕여 고맙다는 표시를 하고, 복도 끝 엘리베이터로 서둘러 갔다. 하지만 엘리베이터 안에 들어가 3층 버튼을 눌렀는데, 아무 일도 일어나지 않았다. 나는 실망스럽게도 전자출입 카드가 필요하다는 것을 깨달았다.

엘리베이터에서 나와 잠시 선택지를 고민했다. 나는 배낭을 가지고 있었는데, 어디 둘 데가 없었을 뿐이지 특별히 필요해서 가져온 것은 아니었다. 출퇴근용 가방으로는 너무 커 보였지만, 어쩔 도리가 없었다. 지금은 가방이 있는 것이 천만다행이었다.

나는 가까운 화분 뒤로 몸을 숨기고, 가방을 뒤져 이런 비상상황에 대비해 동그랗게 말아 밑바닥에 넣어둔 팔걸이 붕대를 꺼냈다. 나는 붕대를 머리에 걸고 오른팔을 넣었다. 이제 양쪽 어깨에 가방을 멜 수 없었기 때문에 가방은 왼손으로 들었다. 나는 몸을 일으켜 다시 엘리베이터 버튼을 눌렀다. 이번에는 엘리베이터가 비어 있지 않기를 기도했다. 운이 좋았다. 40대 후반의 친절해 보이는 남자가 이미 타고 있었다.

"올라가세요?" 내가 타자 그가 물었고, 나는 미소를 지으며 고개를 끄덕였다. 그리고 왼손으로 주머니를 더듬으며 출입증을 찾는 척하다가, 가방을 거의 떨어뜨릴 뻔하면서 접질린 손목에 충격이 간 것처럼 움찔했다.

"제가 할게요." 남자가 재빨리 말하며 자신의 출입증을 카드 단말기에 댔다. "몇 층이시죠?"

"3층이요. 정말 감사합니다. 이 손목 때문에 아주 지긋지긋하네요. 스케이트는 다시는 타지 않을 거예요."

"저는 작년에 스쿼시를 하다가 어깨를 삐었어요." 엘리베이터가 올라가기 시작하자 남자가 대화를 시작하려는 듯 말을 꺼냈다. "통증이 얼마나 성가시던지. 더럽게…… 아이고, 하마터면 욕이 나올 뻔했네요."

나는 웃었고, 엘리베이터는 2층에 멈췄다.

"저는 여기서 내려요. 손목이 빨리 낫길 바라요." 그는 이렇게 말하고 엘리베이터에서 내렸다.

"만나서 반가웠어요." 나는 감사의 미소를 지으며 말했다. 접질린 손목보다는 훨씬 진실한 미소였다. 엘리베이터 문이 닫히자마자 나는 재빨리 팔걸이 붕대를 벗고 어깨를 펴며 최종 관문을 준비했다.

3층에서 엘리베이터를 나서며 처음 받은 인상은 선스마일 콜센터는 그동안 펜 테스트했던 다른 사무실들과 비슷하지만, 더 시끄럽고 더 크다는 것이었다. 책상과 칸막이들은 정해진 자리 없이 공용 책상을 사용하는 사람들부터 유리가 끼워진 작은 칸막이 안에서 일하는 사람들, 그리고 닫을 수 있는 문과 진짜 햇빛이 드는 창문이 달린 방에서 일하는 소수 엘리트 특권층에 이르는 복잡한 계층 구조에 따라서 작은 미로처럼 펼쳐져 있었다.

잡담 소리가 엄청났고, 귀를 막고 싶은 충동을 간신히 참으며 칸막이 사이를 이리저리 다니면서 친절해 보이는 사람을 찾았다. 마침내 지금 막 전화를 끊고 다른 사람에게 전화를 걸기 직전인 한 여자를 골랐다. 바쁜 사람들이 항상 최고의 선택이었다.

너무 정신이 없어서 적절한 질문을 할 여유가 없기 때문이었다.

나는 미안해하며 말했다. "정말 죄송한데, 바쁘신 거 알지만 혹시 킬리 윈스턴 씨의 자리가 어디 있는지 알려 주실 수 있나요?"

"킬리?" 여자가 흐릿하게 말했다. "병가 중인 것 같은데, 자리는 저쪽에 있어요." 그녀는 구석 자리를 가리켰다. "쉽게 찾을 거예요, 공크 인형이 잔뜩 있거든요."

잠시 나는 잘못 들은 줄로만 알았다.

"죄송한데, 공크 인형이라고 하셨나요?"

하지만 그녀는 다시 헤드셋에 대고 말하기 시작했고, 나는 고개를 절레절레 저으며 그녀가 가리킨 구석 자리로 향했다. 절반이 가려진 칸막이와 창문이 있는 것으로 보아 킬리는 상당히 높은 직급인 것 같았다. 가까이 가보니 방금 들은 말이 무슨 뜻인지 알 수 있었다. 작은 칸막이 안에 그녀가 공크라고 말한 것으로 짐작되는 털이 북슬북슬하고 웃는 얼굴의 작은 트롤 인형들이 가득했다. 여자 공크부터 남자 공크, 아기 공크, 할머니 공크까지 있었다. 몹시 심란한 느낌이었지만 어쩐지 웃음이 나올 것 같기도 했다. 하지만 지금은 웃을 수 없었다.

대신에 나는 킬리의 의자에 앉아 그녀의 컴퓨터를 켜고 주위를 살폈다. 내가 바랐던 것은 모니터에 붙은 비밀번호가 적힌 포스트잇이었다. 그건 펜 테스트에서는 로또 당첨 같은 것이었다. 하지만 킬리가 비밀번호를 적어 놓았더라도, 뻔히 보이는 곳에 둘만큼 어리석지는 않았을 것이다. 나는 전화기를 들고 심호흡

제로 데이즈

을 한 다음 젬마가 알려준 번호를 눌렀다. 신호음이 울리고, 또 울리고, 다시 울리고…….

실망해서 포기하려던 순간, 딸깍 소리가 나면서 통화가 이루어졌다. 전화기 건너편에서는 곧바로 아기 우는 소리가 들렸고, 나는 들떴다. 바쁜 사람보다 더 좋은 것은 바쁘고 다른 데 정신이 팔린 사람이었다.

"여보세요?" 킬리는 약간 걱정 섞인 목소리로 무뚝뚝하게 말했다. "누구시죠?"

나는 심호흡을 했다. '망치면 안 돼.'

"안녕하세요, 킬리." 나는 최대한 따뜻하고 전문가다운 목소리로 말했다. "미안해요, 당신 번호로 전화가 와서 이상하게 생각하셨을 거예요. 저는 IT팀의 케이트예요. 일부 컴퓨터에 문제가 생긴 것 같아요. 시스템에 악성 소프트웨어가 침투했어요. 그래서 문제가 생긴 기기들을 수동으로 점검해야 하거든요. 제가 일주일 내내 연락드렸는데…… 솔직히 말하면 꽤 긴급한 상황이에요. 제가 지금 당신 자리에 있는데, 혹시 잠깐 와서 로그인 좀 해 줄 수 있나요?"

"글쎄요, 어떻게 제 컴퓨터가 그렇게 됐는지 모르겠네요." 그녀는 다소 방어적인 목소리로 말했다. "저는 해리 때문에 일주일 내내 휴가였어요. 해리가 수도에 걸렸거든요."

나는 수도가 아니라 수두라고 생각했지만 말은 하지 않았다. 피싱의 가장 기본적인 규칙은 목표 대상자를 화나게 하지 않는 것이었다.

"저런, 악몽이겠군요!" 나는 동정심을 가득 담은 목소리로 말했다. "저도 아들 쌍둥이가 있는데 두어 달 전에 둘 다 수두에 걸렸거든요. 맹세컨대 2주 동안 잠을 못 잤다니까요."

"맙소사, 왜 아니겠어요." 킬리가 애처롭게 말했고, 그녀의 바뀐 어조에 나는 관계를 맺는 데 성공했음을 알았다. "끔찍한 악몽이에요." 뒤에서 들리는 울음소리가 더욱 격해졌다. "저기, 케이트, 미안하지만 지금은……."

"아, 물론이죠, 당연해요." 내가 대답했다. "이거 참, 당신 잘못도 아닌 일로 사무실에 끌어들이기는 싫지만, 이 점검은 꼭 해야 하거든요. 보안 문제라."

"저는 못 가요!" 킬리가 놀란 듯 말했다. "해리를 맡아 줄 사람이 없어요. 엄마는 항암 치료 중이라 의사가 수포에 딱지가 앉기 전까지는 해리를 맡을 수 없다고 했어요."

"저기." 나는 어떤 결심을 한 사람처럼 비밀스럽게 말하며 목소리를 낮추었다. "이건 완전히…… 그러니까 제 말은, 원래 이렇게 하면 안 되는 거긴 하지만, 힘든 상황인 것 같아서요. 비밀번호를 알려 주시면 사무실에 오지 않아도 제가 알아서 점검하고 갈게요. 상사에게는 말하지 마세요. 원래 이렇게 하면 절대로 안 되거든요."

"아이고, 그럴게요." 킬리는 안도한 기색이 역력한 목소리로 말했다. "모든 비밀번호는 제 명함꽂이의 해리 윈스턴 이름 아래에 있어요. 하지만 많이 쓰는 비밀번호는 Harry24Sept예요. 정말 고마워요, 케이트. 이렇게 해 줘서 정말 고마워요. 할 수만

제로 데이즈

있다면 사무실에 갔을 텐데, 말 안 해도 아시겠죠."

"맞아요, 남자들은 이해를 못 하죠? 제 상사는 제가 뭘 하든 다 중간에 그만둘 수 있다고 생각해요. 저는 '이 양반아, 그런 식으로 되는 게 아니라고요!'라고 하고요."

킬리가 불안하게 웃었고, 뒤에서는 울음소리가 다시 커졌다.

"저, 이제 전화는 그만 끊어도 괜찮아요." 나는 따뜻하게 말했다. "몸조심하세요, 킬리. 눈도 좀 붙이고요!"

"고마워요, 그래요, 가 봐야겠어요, 해리가 세계 3차 대전을 시작할 것 같네요. 잘 지내요, 케이트."

"잘 지내요!" 나는 밝게 말했고, 딸깍 소리와 함께 전화가 끊겼다.

나는 허공에 주먹을 날리며 기쁨을 만끽하고 싶었지만, 꾹 참고 컴퓨터에 로그인했다. 컴퓨터가 부팅되는 동안, 킬리의 명함꽂이에서 해리 윈스턴이라 표시된 카드에 눈을 돌렸다.

그것은 보물 상자였다. 모든 시스템의 비밀번호가 깔끔하게 기록되어 있었고, 감추려는 일말의 시도조차 없었다.

나는 눈을 감고, 과도하게 복잡한 IT 시스템과 감당하기 어렵게 많은 비밀번호, 그리고 주의를 빼앗긴 세상의 모든 부모에게 말없이 감사의 기도를 드리며, 통화 처리 데이터베이스를 파악하기 시작했다.

매우 복잡한 킬리의 바탕화면에서 관련된 아이콘을 찾아내는 것은 꽤 어려웠고, 몇 번이나 자동차 보험 데이터베이스와 직원 인트라넷처럼 보이는 것을 잘못 실행했지만, 마침내 로고와 함께 '선스마일 생명보험 – 인생의 벗'이라는 문구가 표시된 홈 화면이 뜨는 아이콘을 실행했다. 검색 아이콘을 누르자 '고객 ID 번호, 보험증권 번호, 이름, 우편 번호로 검색'이라는 화면이 나타났다.

두근거리는 가슴으로 우리 집 우편 번호를 입력했다.

보험증권 세 개가 검색됐다. 두 개는 전혀 들어 본 적 없는 사람들의 것이었다. 아마도 선스마일 보험에 가입한 이웃들인 듯했다. 하지만 세 번째, 가장 최근의 것에 게이브의 이름이 있었다.

나는 떨리는 손가락으로 고객 기록을 클릭하며 스크롤을 내렸다. 모든 사본이 다 있었다. 제출된 양식들, 납부 영수증들. 나는 마음속으로 두 손을 모으고 결정적인 증거가 나타나기를 간절히 바라며 파일에 저장된 신용카드 정보를 클릭했다. 실은 내가 뭘 기대하고 있는지도 확실하지 않았다. 제프 리드베터 명의의 카드가 나오기를 바라는 것은 너무 큰 기대일지도 몰랐지만, 세부 정보를 확인했을 때 나는 낙담했다. 카드는 게이브 명의였다. 나도 번호가 익숙한 게이브의 카드가 맞았다. 말이 되지 않았다. 게이브는 자신의 신용카드 정보를 주의 깊게 관리했다. 피싱을 당했을 가능성이 없지는 않았지만, 그건 게이브답지 않았다. 다음으로 신분증 항목을 클릭하자 내 눈앞에 게이브의 운전면허증 스캔본이 나타났고, 이건 나를 당황하게 했다. 게이브가 사진이 있는 신분증이 꼭 필요한 진짜 안전하고 합법적인 사이트가 아닌 곳에 면허증을 업로드한다는 것은 상상할 수 없는 일이었다. 내가 이 모든 것을 잘못 생각했던 걸까? 정말로 게이브가 이 보험에 가입한 걸까?

나는 페이지를 아래로 내리며 뭐든 단서가 될 만한 것을 찾으려고 했지만, 유일하게 눈에 띄는 것은 기록에 첨부된 전화번호였다. 게이브의 번호가 아니었다. 하지만 제프의 번호도 아니었다. 적어도 우리가 함께 있었을 때 그가 사용하던 번호는 아니었다. 전혀 모르는 번호였다. 나는 킬리가 사려 깊게 모니터 옆에 둔 포스트잇에 그 번호를 적어 주머니에 넣었다. 전화번호는 별다른 단서가 아니었지만, 그래도 뭔가 있었다. 여기서 나가면 그 번호로 전화해 볼 수도 있었다.

데이터베이스를 닫으려고 X를 누르려는 그 순간, 화면 하단에 스피커처럼 보이는 작은 아이콘이 보였다. 헤더에는 '통화 기록'이라고 적혀 있었다. 그리고 입력된 자료는 단 하나였는데, 일주일 전의 날짜, 게이브가 죽기 3일 전 날짜가 찍혀 있었다.

심장이 다시 쿵쾅거리기 시작했다.

전화 통화 기록. 실제 전화 통화. 이 보험에 가입한 사람과의 전화 통화를 하마터면 놓칠 뻔했다.

책상에 놓여 있는 헤드셋을 들고 귀에 건 다음 녹음 기록을 클릭했다. 나는 너무 긴장되고 흥분된 나머지 입술 안쪽을 세게 깨물어 살점이 뜯기기 직전이었다. 잠시 아무 일도 일어나지 않았고, 회전하는 로딩 아이콘만 보였다. 그러다 갑자기 헤드폰에서 여자 목소리가 들렸다.

"여보세요, 가브리엘 메드웨이 씨와 통화할 수 있을까요?"

"누구세요?" 남자의 저음이 들렸다.

나는 충격에 휩싸였고, 뒤이어 참담한 좌절감에 빠졌다. 그것은 제프가 아니었다. 제프와는 전혀 다른 목소리였다. 훨씬 더 저음으로 마치……. 가슴속에 두려움이 차올랐다. 목소리는 사실 게이브와 훨씬 더 비슷했다.

맙소사. 내가 이 모든 걸 잘못 생각한 걸까?

나는 녹음을 일시 정지시켰다. 예상치 못한 목소리에 반사적으로 마우스를 누른 것이었다. 그러나 이제 녹음을 처음으로 돌려 다시 시작했고, 이번에는 마음을 단단히 먹고 남자의 목소리를 들었다.

"누구세요?"

이번에는 예상했는데도, 그 말소리가 내 심장에 비수를 꽂는 듯했다. 게이브일 수도 있는 목소리였기 때문이다. 하지만 확신할 수는 없었다. 여자의 목소리는 매우 명확하게 들렸지만, 남자 쪽은 녹음 상태가 좋지 않았다. 통화에 잡음이 많았고 그의 목소리는 왜곡되었다. 나는 볼륨을 한 단계 높이고 눈을 감은 채, 콜센터의 모든 소음을 걸러내고 귀에 들리는 목소리에만 집중하려고 노력했다.

"저는 선스마일의 조입니다, 메드웨이 씨. 보험 가입과 관련해 문의하셨죠? 한 가지 확인할 사항이 있는데……."

"미안하지만, 이메일로 보내 주실 수 있나요?" 상대방이 다소 무뚝뚝하게 말했다. 그는 전화를 받아서 난처하고 짜증이 난듯했다. "지금은 통화가 곤란하군요."

제로 데이즈

그리고 별안간 나는 확신이 들었다. 틀림없이 확신할 수 있었다. 안도감이 밀려들면서, 손끝이 찌릿찌릿할 지경이었다. 이 목소리는 게이브가 아니었다. 과연 게이브와 매우 비슷하긴 했다. 똑 닮은 저음에 심지어 런던 억양까지 똑같았다. 거의 누구라도 속을 정도였다. 하지만 나는 게이브를 알았다. 그의 목소리는 수년간 밤마다 몇 시간씩 나와 함께 하면서, 내 귀에 격려와 지시와 농담과 경고를 속삭여 주었다. 내가 확실히 지목할 수 있는 것은 없었고, 경찰에게 확실한 증거로 제시할 수 있는 것도 없었지만, 한 가지는 확신할 수 있었다. 전화기 너머에 있는 사람은 게이브가 아니었다. 절대로 아니었다.

"물론이죠. 원하신다면요." 여자는 상냥하게 말했다. "하지만 이건 정말 잠깐이면 됩니다. 단지……."

딸깍 소리가 나더니 통화가 종료되었다.

여자의 한숨 소리가 들렸다. "그럼 좋은 하루 보내세요, 선생님." 그녀는 약간 비꼬듯이 끊어진 전화에 대고 말했다. 그리고 녹음이 끝났다.

심장이 북처럼 쿵쿵 울렸고, 그 소리가 귀에까지 들리는 듯했다.

나는 헤드폰을 고쳐 쓰고 한쪽 귀를 손으로 막아 최대한 배경 소음을 차단한 채 눈을 꼭 감았다.

그런 다음 볼륨을 최대로 높이고 재생 버튼을 다시 눌렀다.

"미안하지만, 이메일로 보내주실 수 있나요? 지금은 통화가 곤란하군요."

다시.

"미안하지만, 이메일로 보내주실 수 있나요?"

"미안하지만, 이메일로"

"미안하지만"

"미안하지만"

"미안하지만"

그리고 어떻게 알았는지는 모르겠지만, 나는 알게 되었다.

마우스가 책상에서 미끄러져 떨어지면서 덜그럭거리는 소리를 냈다.

책상에서 의자를 뒤로 밀자 카펫 바닥에서 바퀴가 끌리는 것이 느껴졌고, 나는 후들거리는 다리로 일어섰다.

떨리는 손으로 킬리의 컴퓨터를 종료하고 명함꽂이는 A가 위로 오도록 돌려놓았다.

하지만 내 안에서는, 마음속에서는, 이상하게도 아무런 감각이 느껴지지 않았다. 마음속에서 나는 아무것도 느끼지 못했다.

"괜찮아요?" 걸어 나가는 나에게 옆 책상에 있던 여자가 말했다. "킬리를 찾고 있었나요? 아이가 아파서 휴가 중이에요."

"네, 알아요." 내가 말했다. 이상하게 얼굴이 뜨거우면서 차가웠다. 나는 손을 떨지 않으려고 배낭끈을 움켜잡았다. "저는 IT 팀에서 왔어요. 킬리가 쉬는 동안 기기를 업데이트하고 있었어요. 이제 다 끝났어요."

말을 하기가 힘들었지만, 그녀는 눈치채지 못한 것 같았다. 그녀는 그저 고개를 끄덕이고 다시 다음 전화를 받았다.

제로 데이즈

나는 비명을 지르고 싶었지만, 그럴 수 없었다. 나는 여기를 나가야 했고, 무엇을 해야 할지 알아내야 했다. '왜' 그런 일이 일어났는지 알아내야 했다.

왜냐하면 녹음 마지막에 나온 목소리, 내가 몇 번이고 듣고 또 들었던 그 목소리…… 그건 콜의 목소리였기 때문이다.

그리고 나는 그것이 무슨 의미인지 판단해야 했지만, 시도할 엄두도 나지 않았다.

선스마일의 사무실과 회의실의 미로를 지나 다시 정문 출입구로 되돌아가는 동안 다리가 젤리라도 된 양 힘이 빠졌다. 심장이 쿵쾅거렸고, 생각나는 것은 오직 한 가지였다. 여기서 나가서 헬에게 연락해 내가 발견한 것에 대해 얘기해야 한다는 것이었다. 왜냐하면 이건 전혀 말이 되지 않았으니까. 콜이? 콜이라고?

안내데스크에 거의 다다랐을 때였다. 전화기를 꺼내려고 주머니에 손을 넣고 마지막 모퉁이를 돌자 그들이 보였다. 안내데스크 뒤에서 화면을 둘러싸고 있는 보안 요원들이었다. 그들은 세 명이었고, 관리자처럼 보이는 정장을 입은 남자 한 명이 더 있었는데 다들 걱정스러운 표정이었다. 그들 중 한 명이 보안 모니터가 확실해 보이는 화면 위에서 무언가를 가리키고 있었다. 또 다른 한 명은 아까 나를 들여보내 준 경비원 데릭과 이야기하고 있었다. 데릭은 마치 어떤 주장에 반박이라도 하는 것처럼 방어적으로 두 손을 들고 있었다.

모든 감정이 빠져나가는 것 같았다. 뭔가 잘못되었다. 잘못되어도 아주 단단히. 그런데 어떻게? 나는 실수하지 않았는데……
혹시 실수한 걸까? 아무도 나를 문제 삼지 않았다. 콜센터의 누
구에게서도 의심스러운 시선을 느끼지 못했고, 전화 통화 중에
킬리도 아무것도 알아차리지 못했다고 장담할 수 있었다.

　이제 두 가지 선택지가 있었다. 빠른 속도로 안내데스크를 지
나가면서 아무도 나를 눈치채지 못하기를 바라거나, 뒤로 물러
서는 것이었다. 나는 망설이고 있었다. 실은 그 실랑이가 나와는
아무 관련이 없을 수도 있었기 때문이다. 그때 바깥에서 나는 소
리가 내 귀에 들어왔고 맥박이 더 빠르게 뛰기 시작했다. 경찰차
가 사무실 밖의 빗금이 그려진 '정차 금지' 구역에 서고 파란 경
광등을 켜면서 내는 짧은 사이렌 소리였다.

　어쩌면 나를 찾는 것이 아닐 수도 있었다. 하지만 정황상 그
들이 나를 찾으러 온 것이 맞는 듯 보였고, 더 확실해지기만을
가만히 기다릴 수는 없었다.

　나는 돌아서서 건물 안으로 서둘러 돌아갔다. 비상구 표시를
찾고 있었지만, 당연히 이 구역의 모든 표지판은 안내데스크 쪽
으로 향하고 있었다. 나는 표시를 무시하고 거의 뛰다시피 하는
걸음으로 선스마일 건물 안쪽 더 깊숙한 곳으로 들어갔다. 가슴
에 이상한 느낌이 들었다. 두려움이 맞았지만, 일종의 흥분도 섞
여 있었다. 업무 중에 상황이 어려워질 때면 늘 그랬듯이 아드레
날린이 솟구쳤다. 내 손은 다시 자동으로 귀로 향해 블루투스 이
어폰을 찾았지만, 전과 다름없이 당연히 거기엔 아무것도 없었
다. 마치 게이브의 부재를 상기시키는 물리적 신호 같았다. 나는

　　　　　　　　　　　　제로 데이즈

혼자였다.

나는 서둘러 안내데스크와 거리를 두려고 하면서도, 여전히 유치원에 어린 프레디를 데리러 가는 것을 깜빡 잊은 직원처럼 자연스러워 보이도록 걷는 속도를 유지했다. 전력 질주는 안 된다. 누구도 사무실에서 전력 질주하지 않는다. 대신 스트레스를 받고 있는 사람처럼 반쯤 달리듯 걸었다. 스트레스를 받은 사람처럼 구는 것은 비교적 수월했다. 더 어려운 것은 전속력으로 달리고 싶은 마음을 억누르는 것이었다. 게이브의 목소리가 귀에 들리는 듯했다. '눈에 띄지 않도록 해, 자기야. 자연스럽게 섞여들도록 해.'

빌어먹을! 노력은 하고 있다고 생각했다. 하지만 만약 게이브가 이어폰 너머에 있었다면 더 확신에 찬 목소리로 으르렁댔을 것이다. 나는 아무도 없는 복도에 도착하자, 어두운 재킷을 벗고 일찌감치 넣어두었던 눈에 확 띄는 두꺼운 검은 테의 가짜 안경을 가방에서 꺼냈다. 변장이라 할만큼 대단한 것은 아니었지만, 두 가지가 동시에 변하면 흐릿한 CCTV 영상에 의지해 판단하는 사람을 혼란스럽게 만들 수는 있었다.

건물에 상당히 깊숙이 들어가자 마침내 비상구 표지판이 안내데스크가 아닌 다른 방향을 가리키기 시작했다. 내 앞쪽 건물로 들어가는 방향이었다. 이제 나는 누군가 미행하지는 않는지 확인하느라 뒤를 돌아보면서, 표지판을 따라가기 시작했다. 한참 뒤쪽에서 어떤 소동이 난 듯한 소리가 들렸지만, 보안 요원들 때문인지 아니면 관계없는 다른 일인지 확신할 수 없었다. 무관한 일이길 바라는 내 희망이 섞인 생각 같았지만, 어느 쪽이든 나를 추적하는 쪽 같지는 않았다.

이제 막 이 상황이 희망적으로 보이기 시작했을 때 모퉁이를 돌았고, 나는 바로 앞쪽에서 휴대폰을 내려다보고 있는 경비원을 발견했다.

젠장.

그는 나를 보지 못했다. 화면에 있는 무언가를 읽느라 바빴지만, 내 상상은 이미 빈 곳을 채우고 있었다. 그가 읽는 것은 내 인상착의가 담긴 문자거나 어쩌면 CCTV 영상 캡처처럼 더 나쁜 것일지도 몰랐다.

젠장. 젠장.

마침내 나는 결단을 내리고 사무실로 몸을 숨겼다. 사무실은 비어 있었고, 나는 창문을 마주 보는 책상에 앉아 가방을 서둘러 책상 아래로 밀어 넣고 질주하는 심장을 진정시키려 했다. 컴퓨터는 꺼져 있었지만, 작동시킬 시간이 없었다. 대신 서류철 몇 개를 끌어당기고 전화기를 들었다.

웅웅거리는 신호음 너머로 복도에서 다가오는 발소리가 들렸다. '계속 가세요.' 나는 속으로 애원했다. '계속 가라고!'

하지만 그들은 그러지 않았다. 발소리는 열린 문 앞에서 멈췄고, 약간 어색한 기침 소리가 들렸다.

"아, 그건 그냥 좋지 않아요." 나는 전화기에 대고 쏘아붙였다. "우리는 어제 그 수치가 필요했다고요."

양쪽 어깨뼈 사이로 땀방울이 흘러내렸고, 나는 그것을 흡수

제로 데이즈

시키려고 의자 등받이에 바짝 기대어 앉았다.

"어떻게 말해야 할지 모르겠지만, 다이앤, 내일은 목요일이 아니에요." 물론 내일이 목요일이라면 아닌 게 아니었지만. 날짜는 완전히 잊어버렸다. 나는 눈을 질끈 감고 수화기를 든 손을 떨지 않으려고 애썼다. 다시 기침 소리가 들렸고, 이번에는 아주 조심스러운 노크 소리도 함께였다. 나는 한숨을 푹 쉬면서 수화기를 어깨에 대고 의자를 돌렸다.

"안녕하세요, 무슨 일이세요?"

보안 요원은 문밖에서 번갈아 짝다리를 짚으며 서 있었다.

"방해해서 죄송하지만, 혹시 침입자를 못 보셨나요?"

"침입자라고요?" 나는 짜증이란 짜증은 모조리 끌어모은 목소리로 말했다. "죄송하지만, 그건 당신이 할 일 아닌가요? 회사 보안을 회계 담당자에게 위임한 줄은 미처 몰랐네요."

"지금 제가 조사 중인데, 혹시 방해……." 보안 요원이 주저하며 말을 시작했고, 나는 날카롭게 말을 끊었다.

"질문에 대해 답하자면 아니요, 본 적 없는 게 확실해요. 나를 방해한 유일한 사람은 당신이에요. 이제 양해해 주세요, 나는 지금 아주 중요한 통화 중이라서요." 나는 다시 전화기 쪽으로 고개를 돌렸다. 전화기에서는 통화 중이 아니라는 것을 알리는 신호음이 요란하게 울리고 있었다. "죄송합니다." 나는 수화기에 대고 소리 높여 말했다. 보안 요원이 나의 일방적인 대화 너머로 그 신호음을 듣지 못하기를 간절히 바랄 뿐이었다. "어디까지 얘기했죠? 아, 그래요, 그……." 빌어먹을, 그럴듯한 보험 용어를 생각해 내. 생각해, 잭! "내가 요청한 ROI 수치 말이에요. 문제는 당신이 언제까지 나를 가지고 놀면서 그 수치를 안 주고 미룰 거냐는 겁니다. 분명히 말하는데, 회의는 내일입니다. 아니면 내가 회의에 가서 최신 예측 수치를 받지 못한 이유가 당신이 아주 간단한 요청에도 응하지 못했기 때문이라고 설명하길 바라는 거예요?"

나는 상대의 변명을 가려내려는 척하면서 눈을 감았지만, 사실은 보안 요원이 돌아가는 소리를 들으려고 최선을 다하고 있었다. 전화기에서 들리는 신호음 때문에 아무 소리도 들을 수 없었다. 그가 아직 거기 있는 걸까? 돌아봐도 될까?

결국 나는 넌더리가 난다는 듯 전화기를 내리치며 끊고, 의자를 돌렸다. 비난을 퍼부어서 그가 황급히 도망치도록 할 작정이었지만, 그는 이미 사라지고 없었다.

나는 의자에 다시 주저앉았다. 내 몸에서 모든 허세가 빠져나가는 것을 느꼈다. 믿을 수 없을 정도로 아슬아슬했다. 보안 요원이 더 단호한 사람이었다면 내가 허풍 떠는 것을 간파하거나 낌새를 알아차렸을 것이다. 다음에 데릭이나 안내데스크에서 보안 영상을 검토하던 사람들이 찾아온다면 나는 완전히 끝장날 것이다.

여기서 나가야 했다. 지금 당장.

가방을 집어 어깨에 걸치고, 옆구리를 찌르는 통증은 무시했다. 그리고 이번에는 본격적으로 달리면서, 내 바람대로라면 경비원이 갔을 방향과 반대 방향으로 달렸다. 더는 그럴듯하게 보

제로 데이즈

이려고 굳이 애쓰지 않았다. 이것이 그저 또 다른 업무라는 환상은 사라졌다. 그렇지 않았다. 위험 부담이 훨씬 더 컸고, 어떤 펜 테스트에서도 이런 두려움과 피로를 느껴본 적이 없었다.

다리가 후들거렸지만, 억지로 계속 달리며 비상구 표지판을 따라서 왼쪽으로 갔다. 차를 들고 가던 여성과 부딪힐 뻔했지만, 간신히 피하면서 "미안해요!"라고 속삭이고 아무 데서나 오른쪽으로 돌았다. 가는 방향에 대한 감을 잡은 것이라기보다는 깜짝 놀란 여성의 시선을 피하려는 것이었다.

그러다가 잘못된 방향으로 들어선 것이 틀림없고 다시 돌아가야 할 것 같다는 생각이 들기 시작했을 때, 모퉁이를 돌다가 막다른 길에 부딪혔다. 정확히 막다른 길이 아니었다. 그것은 거대한 방화문이었지만, 내가 바라던 종류는 아니었다. 누르면 열리는 친근한 철제 손잡이도 없고 비공식적인 뒷문도 아니었다. 이 문에는 유리로 덮인 초록색 버튼이 있었고, 그 위에 붙은 커다란 표지판에는 '이 문에는 경보 장치가 설치되어 있습니다. 비상시에만 사용하십시오.'라고 적혀 있었다.

속이 메슥거렸다. 실제로, 메스꺼움을 느꼈다. 내가 보고서를 썼다면 아덴 얼라이언스에 말해 주고 싶었던 것이 바로 이것이었다. 경보를 울리지 않고 방화문을 열고 몰래 돌아다니는 일이 가능해서는 안 된다는 것이었다. 하필이면 내가 정말로 원하지 않는 순간, 가장 위험 부담이 큰 지금 이 순간에, 일을 제대로 처리하는 회사를 발견한 것이었다. 사람들이 몰래 담배를 피우러 나가지 못하도록 하려는 가짜 표지판일 가능성도 없진 않았지만, 그런 것 같지는 않았다. 그 버튼은 진짜처럼 보였다.

어느 쪽이 됐든 다른 방법은 없었다. 내 뒤쪽 복도 더 멀리에서는 목소리와 무전기 호출 소리, 그리고 묵직한 발걸음 소리가 점점 커지고 있었다. 소심한 보안 요원이 낌새를 눈치챘든지, 아니면 차를 들고 있던 여자가 경보를 울렸든지, 보안팀이 내 경로를 파악하고 접근하고 있는 것이 분명했다.

여기서 벗어나야 했다. 설령 큰 혼란을 일으키게 되더라도 꼭 나가야 했다. 실은…… 어느 정도 혼란이 빚어지는 것도 마냥 나쁘지만은 않겠지?

생각이 여기에 이르자, 나는 용기를 얻어 발을 올려 버튼을 덮고 있는 유리를 발꿈치로 찼다. 첫 번째는 빗나갔지만, 두 번째 시도에서 유리가 산산조각이 났다. 나는 숨을 깊이 들이마시고 버튼을 눌렀다. …… 그리고 아무 일도 일어나지 않았다.

내 몸에서 아드레날린이 빠져나갔다. 나는 놀랍고도 믿을 수 없어서 그냥 멍하니 선 채로 복도 저쪽에서 나는 목소리를 듣고 있었다. 경보는 울리지 않았고, 문은 그대로 굳건히 닫혀 있었다.

무슨 실수가 있는 게 분명했다. 설마? 경보 장치 없는 비상구는 권장되지는 않는다. 하지만 작동하지 않는 비상구는 명백히 불법이다.

발소리는 정말로 매우 가까워져 있었다.

버튼을 다시 눌러보려고 손을 올렸을 때, 문이 서서히 바깥쪽으로 열렸고, 나는 눈부신 오후 햇살 속에서 눈만 깜빡거리며 서

제로 데이즈

있었다. 그리고 수천 개는 되는 듯한 화재경보기가 건물 전체에 울리기 시작했다.

순간 나는 어찌할 바를 몰랐다. 좌우 양쪽 사무실에서 사람들이 우르르 쏟아져 나왔다. 모든 것을 두고 즉시 나와야 한다는 엄격한 지침에도 불구하고 그들은 코트를 걸치고 가방을 팔에 걸면서 동료들에게 하던 일을 갑자기 멈추고 나와야 하는 상황에 대해 투덜거렸다. 그때 나는 깨달았다. 이 사람들이 나를 숨기는 위장이자 자유로 향하는 탑승권이었다.

배낭을 어깨 위로 더 높이 메고 턱을 치켜올린 뒤 최대한 짜증 난 표정을 지으며 나도 다른 사람들과 함께 햇빛 속으로 걸어 나갔다. 그리고 모퉁이를 돌자마자 달리기 시작했다.

20분 후, 나는 숨을 헐떡이며 밀턴 케인스 역에 미끄러지듯 들어갔다. 아픈 옆구리를 손으로 누르고, 붉어진 얼굴과 들썩거리는 가슴을 감출 생각조차 하지 않았다. 너무 지쳐서 괜찮은 척할 힘도 없었기 때문이기도 했지만, 기차역은 경찰을 피해 도망치는 것처럼 보이더라도 수상쩍게 보이지 않을 유일한 장소이기 때문이기도 했다.

개표구에서 나는 숨을 씨근덕거리며 서서 한 손으로 기계에 몸을 지탱하고 다른 손으로는 왕복 승차권의 반쪽을 주머니에서 찾았다. 다행히도 승차권은 여전히 그 자리에 있었다. 손이 너무 떨려서 세 번이나 시도한 끝에 좁은 투입구에 승차권을 넣을 수 있었고, 개표구가 열리자 통과해서 1번 승강장 옆 벤치에 주저앉았다. 막 기차를 놓친 사람처럼 보이려 애썼지만, 사실 나는 다음에 무엇을 해야 할지 몰랐다.

온몸 구석구석이 아드레날린으로 떨렸고, 옆구리가 뜨겁고 격렬한 통증으로 욱신거려서 벤치 옆으로 몸을 숙여 토하지 않도록 애쓰는 것 말고는 할 수 있는 일이 없었다. 만약 구운 티케이크를 먹은 이후로 뭐든 먹었다면, 분명히 토했을 것이다. 하지만 내가 메스꺼운 것은 단지 옆구리 통증 때문만이 아니었다. 나는 미처 생각조차 할 수 없었을 만큼 더 깊은 수렁에 빠져 있었고, 경찰이 나를 감시하고 있었다. 그들은 처음에는 콜의 오두막으로, 이제는 선스마일까지 나를 추적해 왔다. 대체 어떻게 추적했을까?

그저 본능에 이끌려 역으로 돌아왔다. 밀턴 케인스를 떠나고 싶다는 강렬한 욕구가 들었지만, 이제 어디로 가야 할지 무엇을 해야 할지는 전혀 감이 잡히지 않았다. 콜의 집으로 돌아갈 수는 없었다. 헬레나에게는 더더욱. 내가 진짜 원하는 것은 집에 가는 것이었다. 뜨거운 물로 샤워하고, 포근한 침대에 누워 자는 것이었다. 지난밤에 얼마나 잤는지 확실히는 몰라도 서너 시간을 넘지 않았을 것이다. 그 후로는 쉴 시간이 거의 없었다. 지금은 옆구리의 통증이 감내할 만하게 줄어들고 있었지만, 여전히 꽤 걱정스러울 정도로 욱신거렸고, 지칠 대로 지쳐서 힘이 없고 후들거렸다. 내가 생각해낼 수 있는 것 중에 가장 매혹적인 것은 내 침대였다. 하지만 내 침대를 그리워하는 것은 소용없는 일이었다. 집에 가는 것은 불가능했다. 헬의 집으로 돌아가는 것보다도

제로 데이즈

더. 차라리 여기 앉아서 게이브를 그리워하는 편이 나을지도 모르겠다. 그와 나의 평범하고 일상적인 삶은 손 닿지 않는 저 먼 곳으로 사라져 버렸다.

아직 그 자리에 앉아서 숨을 고르고 있을 때, 뒤쪽 매표소에서 소란스러운 소리가 들렸다. 어깨 너머로 돌아보니, 검은 제복을 입은 경찰관 두 명이 개표구에서 근무 중인 경비에게 자신들의 신분증을 내보이고 있었다.

이제 심장은 너무 빠르게 뛰어서 속이 울렁거릴 지경이었다. 나는 주변을 둘러보며 어떤 방법이 있을지 생각해 보았다. 멀리서 기차가 들어오는 것이 보였지만, 어느 승강장으로 진입하는지 알기 힘들었다.

시선을 끌지 않으려고 무심하게 움직이며, 휴대폰을 확인하는 사람처럼 고개를 숙인 채 빠르게 승강장을 따라 걸어 육교로 갔다. 실제로는 내 뒤쪽의 역 정문 출입구에 온 신경을 집중하고 있었다. 경찰관들은 이제 개표구를 통과해서 한 명은 승강장을 지나 내 쪽으로 향했고, 다른 한 명은 입구 근처의 학생들과 이야기를 나누고 있었다.

심장이 질주하듯 뛰었다. 나는 육교 아래 그늘로 슬그머니 들어가 계단을 오르기 시작했다. 승강장 위로 이어진 지붕 덮인 육교로 들어가 경찰들의 시야에서 벗어나자마자, 안경을 벗고 배낭에서 플리스 후드를 찾아내 머리 위로 뒤집어썼다. 후드까지 쓰고 나니, 내가 바랐던 대로 선스마일 사무실에 요령껏 들어갔던 말쑥한 사무직 여성이 아니라 십 대 소년에 더 가까워

보였다.

기차가 더 가까워지자 이제 어느 승강장으로 들어오는지 확인할 수 있었다. 안내전광판을 쳐다보니, 정시보다 8분 늦은 버밍엄행 열차가 6번 승강장으로 들어오고 있었다. 내 승차권과 맞지 않지만, 지금 그 정도는 걱정거리도 아니었다. 불행히도 열차만 다가오고 있는 것이 아니었다. 나를 따라온 경찰관이 멈춰 서서 흰색 상의에 어두운 재킷을 걸친 여성과 이야기를 나누다가 이 육교를 향해 오고 있는 것이 보였다.

나는 침을 꿀꺽 삼키고 후드를 얼굴에 더 가까이 끌어내린 다음 승강장 6번으로 내려가는 표시가 있는 표지판을 향해 육교를 가로질러 달려갔다.

"이봐!" 뒤에서 부르는 소리가 들렸지만, 멈추지 않았다. 경찰관이 나를 부른 건지, 다른 누군가를 향해 말하는 건지 알 수 없었지만, 그걸 확인하려고 기다릴 생각은 없었다. "얘야!"

그의 발소리가 점점 빨라졌다. 아래쪽에서는 기차가 역에 진입하고 있었다.

맙소사, 제발. 지금은 아니야. 제발 지금은 아니야.

옆구리가 욱신거렸고, 금방이라도 토할 것 같았지만, 나는 다리를 더 열심히 움직여 승강장으로 향하는 계단을 내려갔다.

"경찰이다!" 뒤에서 소리가 들렸다. 하지만 6번 승강장은 다행히도 사람들로 북적거렸고, 계단 맨 아래에서 뛰어내리다시피 모퉁이를 돌아가니 나와 비슷한 키의 십 대 남자아이들 무리와 바로 마주쳤다. 그중 두 명은 검은색 플리스에 후드를 덮어

　　　　　　　　　　　　　제로 데이즈

쓰고 있었다. 나는 십 대 소년의 신에게 말없이 감사의 기도를 올리며 기차 문이 열리자마자 예의는 신경 쓰지 않고 밀고 들어갔다.

'문을 닫아, 문을 닫아.'

열차 안에서 나는 북적이는 복도를 지나 다음 칸으로 들어갔다. 그 사이에 스피커에서 안내 방송이 나왔다.

"우리 열차는 버밍엄 뉴 스트리트 행 15시 31분 차량으로 열차 시간이 다소 지연되었습니다. 열차 지금 출발합니다. 문에서 떨어져 주십시오."

나는 숨을 죽인 채 고개를 숙여 창문으로 승강장을 내다봤다. 경찰관은 짜증스러운 표정으로 거기 선 채 무전기에 대고 말하고 있었다.

그때 기차가 덜컹 흔들리는 바람에 나는 비틀거리며 옆구리에 손을 댔다. 우리는 움직이고 있었다. 이제 벗어났다. 하지만 그 사실에 안심하기에는 너무 아슬아슬했다.

기차가 밀턴 케인스를 빠져나가자 급격히 긴장이 풀리면서 몸에 힘이 빠지고 덜덜 떨려 자리에 주저앉고 싶었다. 솔즈베리 레인에서 배낭을 들었을 때는 무척 가벼워서 기뻤했는데, 지금은 비상식량을 대부분 먹었는데도 어깨에 납덩이를 얹은 기분이었다. 나는 가방을 바닥에 슬며시 놓아두고 빈 좌석을 찾기 시작했다. 다른 칸으로 이동할지, 아니면 맞은편에 앉은 여성에게 옆자리에 올려 둔 쇼핑백을 옮겨달라고 할지 고민하고 있을 때,

옆구리 쪽에서 뜨거운 무언가가 흘러내리는 것이 느껴졌다. 플리스 아래로 손을 넣었다 빼자 손가락 끝이 붉게 물들어 있었다. 뛰어다니다가 드레싱이 풀린 모양이었다. 다시 피가 흐르고 있었다.

젠장. 플리스는 검은색이어서 핏자국은 보이지 않겠지만, 열차 좌석이나 사람들이 볼 수 있는 곳에 피를 흘릴 수는 없었다. 그건 사람들의 주의를 끌기에 딱 좋은 일이었다.

다음 칸으로 가는 출입구 위에 화장실 표지가 있었다. 나는 힘겹게 배낭을 어깨에 메고 통로를 비집고 나갔다. 아기와 함께 있는 여성을 밀고 지나가면서 유모차에 피 얼룩을 묻히지 않았기를 간절히 바랄 뿐이었다.

구식 화장실에는 여닫이문이 달려 있었고, 석회가 잔뜩 낀 변기는 오물을 선로에 배출한다고 해도 놀랍지 않을 것 같았다. 하지만 〈트레인스포팅〉(대니 보일 감독의 1996년 작 영화로 마약중독자인 주인공이 끔찍하게 지저분한 화장실에서 변기에 떨어뜨린 마약을 찾기 위해 변기통으로 들어가면서 무의식 세계를 유영하는 장면이 유명하다. ─ 옮긴이 주)에 나온 화장실이었어도 개의치 않았을 것이다. 문을 닫고 빗장을 걸면서 나는 그저 문을 잠글 수 있고, 수도꼭지가 있다는 것에 감사했다.

배낭을 문 뒤쪽에 걸고, 먼저 후드티를 벗고 나서 더럽혀진 흰색 상의를 벗었다. 한쪽 옆구리가 붉은색 양귀비가 핀 것처럼 피로 짙게 물들어 있었다.

드레싱을 살피면서 처음 든 생각은 그렇게까지 심각해 보이

제로 데이즈

지는 않는다는 것이었다. 뛰어다니는 바람에 상처가 다시 벌어지면서 피가 거즈를 적시고 배어 나온 것이었다. 아마도 새로운 드레싱을 붙이기만 해도 충분할 것 같았다.

하지만 축축한 귀퉁이를 모두 벗겨 냈을 때 나는 흠칫 놀라고 말았다.

드레싱 안쪽은 어제 콜이 도와줘서 떼어냈을 때보다 더 좋지 않아 보였다. 고름처럼 보이는 것이 피와 섞여서 걱정이 될 정도로 드레싱을 흠뻑 적시고 있었다. 상처 자체도 의학적으로 문외한인 내가 보기에도 좋지 않은 것을 알 수 있을 정도로 심하게 곪은 채 부어올라 있었다.

감염이라면 몸이 이상했던 이유도 설명이 되었다. 다리에 힘이 쭉 빠져서 휘청거리고, 피부에는 열감과 한기가 동시에 느껴졌다. 콜의 말이 맞았다고 인정하고 싶지는 않았지만, 그가 옳았을 수도 있겠다는 생각이 들기 시작했다. 나는 항생제가 필요했다. 하지만 그런 모험을 할 수는 없었다.

결국 나는 살갗에 따뜻한 물을 뿌려서 지저분한 것을 최대한 씻어내려고 했다. 세면대에서 뜨거운 김과 함께 올라오는 구역질 나는 냄새는 애써 모른 척했다. 물이 닿으니 따갑기는 했지만, 생각했던 것만큼은 아니었고, 하루 내내 옆구리에서 은근하게 욱신거리는 통증에 시달리다 보니 예리한 통증에 오히려 안도감에 가까운 기분이 들었다.

깨끗해진 상처 부위를 휴지로 닦아내고 쇼핑센터에서 훔친 드레싱을 하나 더 붙였다. 갈비뼈 위로 드레싱을 꾹 누르면서 아픔을 참느라 눈을 질끈 감았다. 거즈와 종이가 덮여 있는 데도 상처에서 열이 나는 것을 느낄 수 있었다. 운이 좋길 빌면서 내 면역 체계를 믿어 보는 수밖에 없었다. 이제 덜덜 떨리는 몸으로 핏물이 든 상의를 다시 입고 플리스를 끌어 내린 다음 무엇을 해야 할지 생각해 보았다.

내 승차권은 여기서는 쓸 수 없으니 어떻게든 요령껏 다른 쪽으로 나가야 했다. 아마 작은 시골 역에, 아주 작아서 개표구도 없는 곳이라면 빠져나가기가 더 쉬울 터였다. 문제는 그런 곳이 어디냐는 것이었다.

정차역을 확인하려고 주머니에서 휴대폰을 꺼냈다가 잠금을 해제하기도 전에 시그널 알림이 떠 있는 것을 보았다. 헬이 보낸 메시지였다.

'잭? 거기 있어? 어떻게 됐어?' 메시지는 이렇게 적혀 있었다.

나는 안도감에 휩싸였다. 헬. 세상에, 나는 그 무엇보다도 그녀와 이야기하고 싶은 마음이 간절했다. 나는 엉망으로 뒤얽힌 이 모든 상황을 쏟아내고, 무슨 일이 일어나고 있는 건지, 이 모든 것이 무엇을 의미하는지에 대한 그녀의 냉철하고 분석적인 판단을 듣고 싶었다.

콜이 게이브의 죽음에 책임이 있다니, 그게 정말로 가능한 일일까? 그가 게이브를 죽인 것은 아니었다. 그건 확신할 수 있었다. 적어도 살인을 직접 목격하지 않은 내가 믿을 수 있는 선에서는 확실했다. 나에게 이야기를 들었을 때 그의 목소리에 실린 충격, "그놈들이…… 그놈들이 게이브의 목을 베었어?"라고 더 듬거리며 말하던 그 비통함은 분명 가짜가 아니었다. 하지만 보험은……, 그가 보험에 가입한 다른 이유가 있었을까? 그건 순간적인 충동으로 저지를 수 있는 일이 아니었다. 게이브의 신분증과 신용카드 정보를 얻고 서류를 작성하려면 여러 날이 걸렸을 것이다. 그것은 철저하게 계획된 일이었기에 나는 너무나 혼란스러웠고, 그것이 무슨 의미인지 따져볼 엄두도 내지 못했다.

나는 헬의 의견을 세상에서 가장 신뢰했다. 어떤 면에서는 게이브의 의견보다도 더 믿었다. 게이브는 낙관주의자였고, 그의 관점에는 항상 사람들이 잘되기를 바라고, 사람들의 선의를 믿는 태도가 깔려 있었다. 헬은…… 엄밀히 비관주의자는 아니었지만 현실주의자였다. 우리는 같은 일을 겪어왔고, 성인이 되기도 전에 부모님을 잃는 아픔을 견뎌냈다. 우리는 그날 밤 모든 것이 괜찮을 거라는 믿음을 잃었고, 게이브는 그런 경험을 한 적이 없었다. 게다가 게이브는 이제 없었다.

그런 이유에서 그녀는 이 사건의 진짜 원인을 알아내는 데 도움이 될지도 모르는, 혹시 그럴 수 있을지도 모르는 유일한 사람이었다. 하지만 그녀에게 답을 하지 못하는 것은 단지 혼란스러움 때문만은 아니었다. 또 다른 것이 있었는데, 잠금 화면을 내려다보며 이제야 깨닫게 되었으나 한동안 나를 괴롭혀 온 느낌이었다. 선스마일에 들어가기 전에 헬에게 메시지를 보낸 이후로 줄곧 그런 느낌이 들었다. 당시에는 생각해 볼 여유가 없었지만, 무언가 잘못된 것이 있었다. 무언가…….

그리고 그때 그것이 떠올랐다.

그것은 나를 바라보고 있는 작고 동그란 눈을 가진 얼굴이었다.

헬이 최근 보낸 두 개의 메시지에 앞서 보낸 놀란 표정의 이모티콘이었다. 지금은 삭제되었으나 그 전에 보낸 '네가 먼저해.'라는 메시지와 함께 보낸 그녀답지 않은 웃는 얼굴 이모티콘도 있었다. 이번 일 전에 그녀가 메시지를 보낼 때는 한 번도 쓴적 없는 두 개의 이모티콘.

또 다른 것도 떠올랐다. 처음에 나는 흥분했다가, 사실을 깨닫고 온몸이 오싹해지면서 기차의 흔들림에 힘없이 무너지기 전에 뚜껑 덮인 변기를 더듬더듬 찾아서 간신히 앉았다.

헬에게 시그널에 대해 전달해 준 것은 콜이었다.

내 일회용 번호를 헬에게 알려 주고, 선불폰에서 나에게 메시지를 보내도록 이야기하기로 한 것도 콜이었다. 그런데…… 만약 그가 그렇게 하지 않았다면? 이 모든 것이 계략이었다면? 그동안 내내 메시지를 보낸 상대가…… 콜이었다면?

그렇게 생각하니 나는 거의 유린당한 기분이었다. 그러나 이로써 내가 선스마일에서 경찰을 본 이후로 내내 신경 쓰였지만 이해하지 못한 점, 바로 정확히 그 순간에 내가 거기에 있다는 것을 경찰이 어떻게 알았는지가 설명되었다. 그것은 내가 오직 헬에게만 알려준 정보였다.

누군가가 나를 배신했다. 그리고 그게 헬이 아니란 것은 확실했다.

제로 데이즈

냉혹한 공포가 엄습하면서 구토가 나올 것 같았다. 하지만 그 전에 확인해 봐야 했다.

'헬.' 내가 답을 보냈다. '정말 바보처럼 들리겠지만, 물어볼 게 있어. 언니가 어린 시절에 가지고 놀던 곰 인형 이름이 뭐였지?'

기나긴 침묵이 이어졌다.

그리고 답이 왔다. '잭, 너 괜찮은 거야?'

'괜찮아, 하지만 이건 답해 줘야 해, 헬. 곰 인형 이름이 뭐였지?'

다시 침묵.

이번에는 답이 좀 더 빠르게 왔다. '젠장, 그때가 벌써 몇 년 전인데. 기억이 안 나지. 블루이였나?' 나는 전기 울타리를 건드린 것처럼 강렬하고 충격적인 공포를 느끼며 나도 모르게 뺨 안쪽을 깨물었다. 할 수만 있다면 창문 밖으로 휴대폰을 던져 버렸을 것이다. 하지만 창문은 열리지 않았고, 어차피 휴대폰이 없으면 안 됐다.

문을 두드리는 소리가 났지만, 모르는 체했다. 대신, 내 앞의 휴대폰 화면만 응시했다. 마음속에서 역겨움과 공포가 뒤얽히고 있었다.

'왜?' 메시지가 다시 왔다. 하지만 너무 늦었다. 나는 알고 있었다.

그 곰 인형은 헬의 자랑거리이자 기쁨이었다. 그녀는 16년 동안 매일 밤 그 곰 인형과 함께 잤다. 그 뒤에도 곰 인형은 버려지지 않았다. 단지 명예롭게 은퇴해서 옷장 위의 선반으로 올라갔을 뿐이었다. 우리가 부모님 집을 정리할 때 그녀가 가져간 몇 안 되는 물건 중 하나였고, 지금은 키티와 밀리의 방 옷장 위에 앉아 있다. 헬이 혼수상태에 빠지지 않는 한 절대로 블루벨의 이름을 잊어버릴 리 없었다. 그 이름은 그녀는 물론이고 내 기억에도 각인되어 있었다. 매일 밤 블루벨이 2층 침대에서 바닥으로 떨어질 때마다 '블루벨을 떨어뜨렸어요!'라고 울부짖던 소리, 휴가 때면 어김없이 블루벨을 가져갈 수 있는지, 가져가면 짐가방에 넣어야 하는지 아니면 품에 안고 다녀도 되는지를 두고 이어지던 언쟁, 지하철에서 블루벨을 잃어버렸을 때 겪은 끔찍한 24시간의 공포. 헬이 그 곰 인형을 뭐라고 불렀는지 잊어버렸다는 발상은…… 그건 뭐 어처구니없이 우스웠다. 그것은 마치 그녀가 롤랜드의 이름을 잊는 것이나 마찬가지였다.

나는 울고 싶었다. 하지만 울 수 없었다.

'다 알아.' 대신 나는 답을 보냈다. '이제 그만 속여도 돼.'

다시 침묵.

'뭐라고?'

'다 안다고.' 나는 다시 메시지를 입력하고 보내기를 눌렀다. 그리고 뒤이어 '다 알아, 콜. 모든 걸 알아.'라고 보냈다.

다시 길고 긴 침묵이 이어지다가 내 전화기가 울리기 시작했다.

그때 노크 소리가 다시 들렸다. 이번에는 더 다급한 소리였다.

"여기 우리 애가 급해요!" 문 반대편에서 외치는 소리가 들

제로 데이즈

렸다.

나는 일어나서 문에 걸어 두었던 배낭을 내리고, 못마땅한 얼굴로 복도에 서 있는 여성과 그녀의 어린 아들에게 미안해하는 웃음을 지으며 문을 열었다.

내가 객차의 작은 연결 통로 끝으로 가는 동안 전화기는 계속 울리고 있었다. 통로는 창문이 열리는 구식이었고, 차가운 바람이 들이쳤으나 나는 창문을 닫기 위해 움직이지 않았다. 시끄러운 소리에 우리의 대화가 묻히기를 바랄 뿐이었다.

나는 화장실 문이 잠기는 소리가 들릴 때까지 기다렸고, 잠금 장치가 딸깍하고 잠기자 내 손에 들린 전화기가 더는 울리지 않았다.

다시 전화를 걸려던 순간 어떤 생각이 떠올랐다. 나는 주머니를 뒤졌다. 선스마일 데이터베이스에서 알아낸 전화번호가 적힌 포스트잇이 아직 주머니에 있었다.

나는 깊이 숨을 들이쉬고 시그널에 그 번호를 입력했다. 그리고 통화를 눌렀다.

"넌 이해 못 해." 콜이었다. 그의 목소리는 떨리고 있었다. 게이브가 죽은 이후 처음으로 두 사람의 비슷한 목소리가 고통스럽게 느껴지지 않았다. 다만 너무 역겹고, 나 자신의 어리석음이 믿기지 않을 뿐이었다. 어떻게 콜의 목소리가 게이브처럼 들린다고 생각할 수 있었을까? 그들은 전혀 비슷하지 않았다. 전혀.

"아니, 난 이해해." 나는 목소리를 낮출 대로 낮추느라 거의 비현실적으로 차분한 어조로 말했다. "나는 모든 걸 이해해. 왜 그랬어, 콜?"

"넌 이해 못 해. 나는 이렇게 되길 바란 게 아니야. 내가 원한 게 아니야. 나는 너를 보호하려고 했던 거야!"

잠시 나는 대꾸할 말을 찾을 수 없었다. 그러다가 입을 열어 전화기에 대고 말을 내뱉었다. 나 자신조차 놀랄 만큼 강한 어조였다.

"엿이나 먹어."

"넌 지금 상대가 누군지도 몰라."

"빌어먹을 거짓말에, 배신에, 살인까지 하는……." 나는 그에게 걸맞게 나쁜 단어를 찾느라 멈칫했다가 "개자식."으로 마무리했다. 이제 내 목소리는 차분하지 않았고, 콜의 목소리만큼이나 떨리고 있었다. "내 상대는 그런 놈이야. 네가 어떻게 그럴 수 있어? 네가 어떻게 그에게 그런 짓을 할 수 있어? 게이브는 가장 친한 친구였잖아."

"그 녀석은 빌어먹을 바보였어." 콜이 말했다. 진정으로 괴로워하는 목소리였다. "나는 그만두라고 경고했는데, 그는 포기하지 않았어. 이게 다 내 탓이라고 생각해? 나는 이런 걸 원하지 않았어. 나는 내가 할 수 있는 유일한 일을 한 거였어. 그게 너를 보호하는 거였고. 내가 게이브를 구할 방법은 없었어. 내가 할 수 있는 건 너를 이 상황에서 벗어나게 하는 것뿐이었어."

"넌 나를 보호한 게 아니야, 넌 내게 빌어먹을 누명을 씌웠잖아. 이 천치야." 나는 전화기에 대고 거의 고함을 쳤다가, 억지로 목소리를 낮추고 독기 어린 말로 속삭였다. "넌 지금 보험에 가입한 게 나를 보호하는 일이었다고 진지하게 말하려는 거야? 돈으로 게이브의 죽음을 보상할 수 있다는 거야? 넌 나를 보호한 게 아니라, 내게 불리하고도 확실한 증거를 경찰에게 준 거야. 설마 그건 생각하지 못했다고 말하려는 거야?"

"당연히 생각했지." 콜이 으르렁거리듯 말했다. "하지만 네가 감옥에 있으면, 그들이 널 죽일 수는 없잖아, 이 멍청이야."

"누구?" 내가 따져 물었다. "누구? 지금 누구를 말하는 거야? 누가 게이브를 죽이고, 누가 나를 죽이려고 했다는 거야?"

"말할 수 없어." 콜이 말했다. 이제는 분노와 고통이 사라지고, 두려움만 남은 목소리였다. 진심으로 겁에 질린 목소리였다.

"콜, 맹세컨대 나는 이 통화를 녹음하는 중이야. 내가 지금 이걸 트위터에 올리기를 바라지 않는다면, 무슨 일인지 말해야 할 거야."

"안 돼!" 그는 소리를 질렀다. 마치 내가 그의 얼굴에 고압선이라도 휘두른 것처럼 겁에 질려 있었다. "젠장, 잭, 둘 다 죽게 만들고 싶은 거야?"

"그럼 말을 해!"

"그들이. 우리를. 죽일. 거야." 콜은 어린아이에게 말하듯이 한마디 한마디를 천천히 또박또박 말했다. 나를 깔보는 마음이 어느 정도는 있을지언정, 자신의 목소리가 떨리지 않게 하려는 마음이 더 큰 것 같았다. "이해하겠어, 잭? 내가 너에게 이야기하면 나를 죽일 거고, 그래서 네가 알게 되면 너도 죽일 거야."

"나는. 신경. 안. 써." 나는 화가 나서 그의 말투를 흉내 내며 쏘아붙였다. "이해하겠냐고, 콜? 난 감옥에 갇히기 직전이야. 내가 사랑했던 유일한 남자를 잃었고. 누가 내 목까지 그어 버린다고 해도 전혀 신경 쓰지 않아. 사실은 말이지? 그렇게 된다면 오히려 마음이 편해질 거야. 내가 신경 쓰는 건 오직 누가 게이브를 죽였는지 알아내는 거야. 그것 때문에 나까지 죽게 된다고 해도, 솔직히 난 정말 상관없어."

긴 침묵이 이어졌다. 아주 긴 침묵이었다. 전화기 너머에서 콜의 떨리는 숨소리가 들려왔다. 그는 어쩌면 처음으로 내가 이 일로 얼마나 멀리까지 갈 준비가 되었는지 진정으로 이해한 것 같았다.

"누군지는 말할 수 없어." 마침내 그가 아주 낮은 소리로 말했다. "난 누군지 몰라. 하지만 이유는 말해 줄 수 있어."

"좋아." 이제 비가 오기 시작했다. 옆으로 미끄러져 내리는 빗방울이 반쯤 열린 창문으로 들어와 내 얼굴에 후두두 튀었다. 나는 눈을 감고, 코를 타고 흘러내리는 냉기를 느꼈다. 마치 우는 것 같은 느낌이었지만, 내 마음의 통증을 달래 주지는 못했다. "그래. 이유가 뭔데?"

"젠장." 콜이 중얼거렸다. "젠장. 젠장. 저기, 만나서 이야기하면 안 되겠어?"

"농담하는 거지?" 나는 그 말에 거친 웃음을 터뜨렸고, 그 바람에 갈비뼈가 움직이면서 몸을 움찔했다. 나는 드레싱 위에 손을 댔다. "그렇게 해서 또 나를 경찰에 넘기려고? 내가 선스마일에 있다는 걸 경찰에게 말한 게 너였지? 내가 헬에게 말했을

제로 데이즈

때 속으로 비웃고 있었겠지. 그리고 경찰이 네 오두막에 나타났을 때, 그들은 널 따라온 게 아니야? 그건 너였어. 네가 신고한 거야."

"널 보호하려고 그랬던 거야." 콜이 다급하게 말했다. 그리고 이상한 말이지만 나는 그를 믿고 싶은 마음이 들었다. "제발, 잭, 제발."

하지만 더 이상 그래서는 안 됐다.

콜은 게이브를 배신했다. 그리고 이젠 나까지 배신했다. 몇 번이나 거듭해서.

"콜." 나는 단언했다. "맹세컨대 네가 뭘 알고 있는지를 지금 당장 말하지 않으면, 이 대화를 게이브의 트위터 계정에 실시간으로 방송할 거야. 게이브가 참여했던 모든 디스코드 그룹에 보낼 거고, 레딧에 올리고 트위치에서 스트리밍할 거야. 그리고 모든 플랫폼에 네 이름을 밝힐 거야. 몇 명인지는 정확히 모르겠지만, 게이브의 트위터 계정 하나만 해도 팔로워가 십만 명이야. 그중에는 분명히 너를 팔로우하는 사람들도 있겠지. 그 사람들이 네가 절친한 친구의 살인에 공모한 걸 네 목소리로 인정하는 걸 듣게 하고 싶어?"

"젠장!" 콜은 내가 귀에서 전화기를 떨어뜨려야 할 정도로 크게 소리쳤다. 전화기 저쪽에서 알아듣기 힘든 소리가 났다. 그가 흐느끼는 소리처럼 들리기도 했다. 그리고 화가 난 채 덜덜 떨리는 그의 목소리가 다시 들려왔다. "내 말 좀 들어 봐, 잭. 네가 이걸 추적하면, 내가 지금 너에게 말하려는 걸 누구에게라도 말하면……."

"나를 위협하는 짓은 그쯤 해 둬." 나는 차갑게 말했다. "나는 너한테 내 남편이 왜 죽어야 했는지, 그 이야기만 들으면 돼. 다른 건 관심 없어. 그러니까 그냥 말해, 아니면 입소문이 아주아주 빠르게 퍼져나갈 테니 각오해."

"제로데이 익스플로잇이 뭔지 알아?" 콜이 물었고, 나는 이마를 찌푸렸다.

"이거 지금 무슨 시험 보는 거야?"

"아니야, 난 네 질문에 답하고 있는 거야. 뭔지 알아?"

"물론 알지. 아직 패치되지 않은 기기를 해킹하는 방법이잖아. 소프트웨어 개발자가 전혀 모르는 보안상 취약점을 이용해서 말이야. 그래서 제로데이라고 부르는 거고. 그건 곧 문제를 수정할 시간이 제로에 가까웠다는 의미지(시스템의 보안에서 취약점이 발견된 당일인 제로데이에, 즉 대응할 패치가 배포되기 전에 신속하게 공격하는 것을 제로데이 공격유형이라고 한다. 옮긴이 주)."

"맞아. 그리고 심각한 것들, 이를테면 모든 아이폰 사용자에게 영향을 미치는 거라든가, 그런 건 가치가 있잖아? 암시장에서 수십만 달러의 가치가 있는 것처럼?"

"그래." 나는 이제 당혹스러워졌다. 일이 대체 어디로 흘러가는 거지?

"자, 게이브가 뭔가를 발견했어. 큰 거였지. 어떻게 할지 내게 조언을 구하러 왔어. 그래서 소프트웨어 개발자에게 가서 확실한 신고 보상을 요청하는 게 최선이라고 말했어. 하지만 대신,

제로 데이즈

게이브는……." 콜이 멈칫하더니 전화기 너머에서 귀에 들리도록 침을 꿀꺽 삼키고 말했다. "그는 그걸 다크웹에서 팔기로 했어. 누구에게 갔는지는 모르겠지만, 잘못된 사람들과 엮인 게 틀림없어. 왜냐하면 그들은 게이브가 요구한 가격을 내지 않기로 했거든. 그냥 가져가기로 한 거야. 그래서 그들이 그런 짓을 한 거야."

콜과 통화를 마친 후, 나는 한참 동안 아무것도 하지 않았다. 그가 한 이야기를 받아들이려고 애쓰면서 그냥 거기 서 있었다. 그 바람에 창문에서 불어오는 빗방울이 열차 안으로 들어오면서 휴대폰 화면을 얼룩지게 하는 것도 알아채지 못했다.

그 바람에 정신을 차리고 돌아서다가 휴대폰을 떨어뜨릴 뻔했다. 화장실에서 나온 여성이 아이의 손을 잡고 내 뒤에 서 있었다.

짧은 순간 그녀와 눈이 마주쳤다. 도발하듯 눈도 깜빡이지 않고 똑바로 보는 시선이었다. 그리고 그녀는 돌아서서 내가 앉아 있던 곳과 반대 방향으로 갔다.

내 안의 모든 생기가 빠져나간 기분이었다. 그녀가 거기에 얼마나 있었을까? 분명 오래 있지는 않았을 것이다. 그녀의 아이는 엄마가 낯선 사람의 통화를 엿듣는 동안 조용히 기다리기엔 너무 어렸다. 그렇다면 그녀는 아마 우리 대화의 마지막 부분만 들었을 가능성이 컸다.

나는 머리를 쥐어짜내 내가 했던 말을 다시 떠올려 보았고 혹시 수상하게 들렸을 부분이 있을지 생각해 보았다. 대부분은 콜이 말했다. 그건 기억이 났다. 나는 주로 코딩과 해킹, 취약점 이용에 관한 이야기만 했다. 적어도 마지막 얼마간은 그랬다. 하지만 그 전에…… 내가 게이브의 이름을 언급했던 건 거의 확실했다. 그리고 살인에 관한 이야기도 했다. 아니면 적어도 게이브가 살해당했다는 사실을 언급한 적이 있었는데, 정확히 어떤 단어를 사용해서 말했는지는 기억나지 않았다. 하지만 어떻게 표현했든, 누군가가 호기심이 생겨 그 사건을 휴대폰에서 검색하게 할 만큼은 이야기한 게 확실했다. 젠장.

나는 다시 휴대폰을 열어 구글을 띄우고 '코더 게이브 살인'을 입력하고 화면에 결과가 채워지길 기다렸다.

첫 번째 결과는 나를 흥분시켰다가 이내 얼음장처럼 차갑게 만들었다. 너무 빠르게 식어서 속이 메스꺼울 정도였다.

그것은 BBC 기사였고, '살해된 코더의 아내를 조사 위해 찾고 있다.'라는 제목이었다. 미리보기 이미지는 내 사진이었다.

기사를 클릭하는 손이 덜덜 떨렸다. 오늘 날짜로 몇 시간 전에 나온 기사였다. 상단 제목 바로 아래에는 크로스웨이즈 시큐리티 웹사이트에서 가져온 내 사진이 크게 걸려 있었고, '자신타 크로스는 남편 살해 사건과 관련한 조사를 위해 수배 중이다. 경찰은 목격한 시민들은 999로 신고할 것을 요청했다.'라는 설명이 붙어 있었다.

사진 아래로 기사가 이어졌다.

디지털 보안 전문가이자 온라인 해킹 커뮤니티에서 Gakked라는 닉네임으로 활동하던 '핵티비스트' 가브리엘 메드웨이 씨의 살인 사건을 수사 중인 경찰이 오늘 발표에서 프로그래머의 아내인 자신타 크로스를 긴급히 찾고 있음을 확인했다.

수사 초기에 메트로폴리탄 경찰에 자발적으로 조사에 응한 자신타 크로스 씨는 2월 7일 화요일 이후로 종적을 감췄다. 경찰은 조사와 관련하여 그녀를 긴급하게 찾고 있으며, 시민들의 도움을 요청하고 있다.

자신타 크로스(27세)는 보안 컨설턴트로, 잭이라는 이름으로 통하기도 하며, 이스트서식스의 소도시 라이 근처에서 마지막으로 목격되었지만, 현재는 그 지역을 떠난 것으로 추정되며 버스나 기차로 이동 중일 가능성이 있다. 그녀는 키 5피트 2인치의 왜소한 체격의 백인으로 눈동자는 담갈색이며 머리는 중간 정도 길이, 눈에 띄는 붉은 색으로 염색했다. 하지만 경찰 대변인은 그녀가 외모를 바꾸었을 수도 있다는 점에 유의할 것을 당부했다.

런던 경찰청의 브래너 경위는 "우리는 자신타 크로스를 추적하는 데 시민들의 도움을 긴급히 요청합니다. 크로스는 가명이나 위조된 신분증으로 이동 중일 수 있습니다. 일반 시민께서는 직접 접근하지 말고, 의심스러운 정황을 목격했을 때는 999번으로 경찰에 신고해 주시기를 부탁드립니다."라고 말했다.

기사의 중간에는 고개를 숙이고 전화기를 보며 채링크로스 역을 걸어가는 내 모습을 확대한 흐릿한 사진이 실려 있었다. 사진은 흑백이었지만 내 머리가 더는 빨간색이 아닌 것을 짐작할 수 있었다. 그 아래에는 게이브의 사망과 관련된 기사 링크 세 개가 있었고, 링크마다 우리 회사 웹사이트에서 가져온 그의 사진이 함께 있었다. 경찰이 이미 공개한 정보가 무엇인지 살펴봐야 한다는 것을 알았지만, 화면에서 따뜻하게 미소 짓는 그의 얼굴을 보니 복부를 정통으로 얻어맞은 듯한 충격이 느껴져 도저히 클릭할 수가 없었다. 대신 나는 전화기를 껐다. 화면을 닫았지만 기사를 읽는 내내 쌓이던 불안 때문인지 속이 메슥거렸다. 어떤 면에서 기사는 놀랍지 않았다. 어차피 나는 경찰이 게이브를 살해한 용의자로 나를 찾고 있다는 사실을 알고 있었고, 기사는 그 사실을 확인해 준 것뿐이었다. 그런데도 인정사정없이 제시된 사실들을 보는 것은 여전히 충격이었고, 그 표현 방식도 충격적이었다. '잭이라는 이름으로 통하기도 하며'라니, 단순히 줄여 부르는 말을 어떻게 이토록 음흉해 보이게 만들었을까? 게다가 '일반 시민들께 직접 접근하지 말고'라니 내가 무슨 무장한 위험인물이기라도 하다는 말인가! 사진마저 훌륭했다. 흐릿하게 처리한 너그러운 흑백 머그샷이 아니었다. 그들은 크로스웨이즈 회사 웹사이트에 소개된 내 얼굴 사진을 게이브의 것과 함께 가져와 사용했다. 고해상도에 조명도 환해서, 허옇게 탈색된 지푸라기 같은 머리와 피로에 찌들어 눈 밑에 그늘이 드리운 지금의 얼굴로도 같은 사람이라는 것을 충분히 알아볼 수 있을 정도였다. 아이와 함께 있던 그 여성이 이미 999에 신고하고 있는 건 아닐까?

나는 창밖을 흘깃 보고, 휴대폰에서 기차 시간표를 열었다. 우

제로 데이즈

리는 노샘프턴에서 약 15분 거리에 있었지만, 그곳은 대형 역이어서 틀림없이 승차권 개표구가 있을 것이었고, 대기 중인 영국 교통경찰도 있을 것이었다. 절대로 어떤 실랑이도 일어나면 안 되는 곳이었다. 나는 순식간에 체포될 것이었다.

다음 정차역은 10분 더 떨어진 곳으로, 한 번도 들어 본 적 없는 롱 벅비라는 곳에 있었다. 구글에 따르면 고정된 개표구는 물론이고 승차권 매표소도 없는 작은 시골 마을 역 같았다. 내가 바라던 것과 정확히 일치하는 곳이었다. 유일한 문제는 그곳까지 25분 정도 거리의 두 정거장이 남았다는 점이었다. 만약 아이를 데리고 있던 여성이 지금 경찰에 연락한다면, 틀림없이 노샘프턴에서 경찰이 기차에 탈 것이었다. 그들이 기차 전체를 훑는 데는 10분이면 충분할 터였다.

나는 창가에 선 채 손톱을 깨물며 어떤 선택을 할지 고민했다. 첫 번째 방법은 노샘프턴에서 내려 다른 승객의 뒤에 바짝 붙어서 개표구를 통과하는 것이었다. 하지만 성공할 가능성이 크지 않았다. 통근하는 사람들이 밀고 당기는 출퇴근 시간에는 가능할지도 모르겠지만, 지금은 오후 4시가 막 지난 시간이었고, 한산한 역에서 그런 짓을 하기는 훨씬 어려웠다. 두 번째 방법은 기차에 남아서 롱 벅비에 도착할 때까지 몸을 숨기는 것이었다. 롱 벅비까지 가기만 하면 고비는 넘기는 셈이었다. 문제는 만약 아이를 데리고 있는 여성이 이미 경찰에 신고해 버렸다면, 노샘프턴을 지나서까지 기차에 남아 있는 것은 감옥행 편도 승차권이나 다름없으리라는 것이었다.

세 번째 방법은…… 여기서 난관에 부딪혔다. 유일하게 남은 선택지는 항상 내 최후의 수단이었던, 도망치기를 그만두고 경찰에 자수하는 방법이었다. 물론 난 그럴 생각이 없었다. 그건 이 모든 일을 무의미하게 만들 것이었다. 그렇지만…… 정말 그런 걸까?

나는 입에서 손가락을 뺐다. 전에는 자수를 진지하게 고려해 본 적이 없었다. 하지만 선스마일에 갔던 일은…… 전부는 아니더라도 많은 것을 바꾸어 놓은 것이 사실이었다. 이제는 내 이야기를 뒷받침하는 증거가 있었다.

물론 콜에게 한 말은 거짓이었다. 나는 우리 대화를 녹음하지 않았고, 내 전화기에는 그런 기능도 없었다. 그 생각을 먼저 떠올렸더라면 어딘가에서 관련된 앱을 찾아냈을 수 있었을 것이다. 하지만 그러지 못했고, 그에게 대화를 생중계하겠다고 말한 것은 허세에 지나지 않았다. 그렇지만 말릭 경위에게 가져갈 수 있는 녹음 파일은 있었다. 선스마일 데이터베이스에 있는 콜의 목소리 녹음이었다. 말릭과 마일스도 나처럼 이 녹음을 들으면서 말하는 사람이 게이브가 아닌 콜이라는 것을 확신할 수 있기를 바랄 뿐이었다. 게이브와 콜의 목소리가 매우 비슷했기 때문이었다. 똑같이 저음에 똑같은 북런던 억양이었다. 지난 며칠 동안 콜이 내게 말할 때면 매번 가슴이 뒤틀리는 슬픔에 빠지게 할 정도로 몹시 비슷했다.

문제는 말릭과 마일스가 녹음에서 말하는 것이 콜이라는 데 동의한다고 하더라도, 나를 자유롭게 해 주지는 못할 수도 있다

제로 데이즈

는 것이었다. 경찰이 콜과 내가 함께 꾸민 일이라고 생각한다면? 콜이 게이브의 이름으로 보험에 가입하고, 나는 그 보험금을 탄다. 재정적 안정과 새로운 미래를 위해 살인을 저지른 커플이 우리가 처음은 아니겠지. 내가 콜의 별장에 숨어 있다가 발견됐다는 사실도 그들의 심증을 더욱 굳힐 수 있다.

안 된다. 말릭과 마일스를 믿고 일을 맡길 수는 없었다. 다시 그럴 수는 없었다. 그들이 복잡한 진실을 파고들기보다는 기꺼이 쉬운 해결책을 선택하리라는 것이 이미 증명됐다. 나는 그들에게 두 번째 기회까지 줄 여유가 없었다. 진실이 무엇인지 내가 완전히 파악하기 전까지는 그럴 수 없었다. 나는 콜이 이 일에서 자기 몫의 책임을 지길 원하지만, 그보다는 게이브의 살인범을 찾는 것이 더 간절했다. 그리고 나는 분명 콜은 아니었다.

남은 선택지는 노샘프턴과 롱 벅비 두 가지였다. 둘 중 어느쪽인지가 문제였다.

아직 결단을 내리지 못하고 있을 때 기차가 속도를 줄이기 시작하더니 마침내 끼익하는 브레이크 소리와 함께 멈추었다. 반쯤 열린 창문을 통해 바람이 윙윙거리다가 이어진 정적은 마치 이상한 진공 상태처럼 느껴졌다. 밖에서 후두두 떨어지는 빗소리가 들렸고, 기차의 에어 브레이크에서 쉭쉭 소리도 들렸다. 객실 저쪽에서 어린아이의 활기 없고 지친 울음소리가 들렸고, 나는 그 기분을 알 것 같았다.

그때 스피커에서 지지직거리는 소리가 들렸다.

"열차가 지연되어 죄송합니다. 우리 열차는 신호 대기 관계로 정차하고 있습니다. 노샘프턴역에 선행 열차가 있어 기다리는 중입니다. 잠시 후에 출발할 예정입니다."

심장이 쿵쾅거리기 시작했다. 정말 우리 앞에 기차가 있었나? 아니면 경찰이 기차에 탈 준비를 하고 승강장에서 대기할 수 있게 하려는 어떤 계략일까?

젠장. 젠장.

나는 어떻게 해야 하지?

반쯤 열린 창문이 있는 문에 시선이 닿았다. 구식 기차(영국의 구식 기차는 '슬램도어 기차'로 출입문에 내리닫이 창문이 달려 있고, 승객이 직접 바깥쪽에 있는 개폐 버튼을 눌러 문을 여는 방식이다. - 옮긴이 주)였다면 창밖으로 몸을 내밀어 바깥쪽에서 출입문을 열 수 있었을 테지만, 그런 기차들은 단계적으로 운행이 중단됐을 것이다. 이 기차도 상당히 낡아 보이긴 했지만, 어떤 중앙 제어 정지 장치가 있는 것 같았다. 불이 밝혀진 표시창에는 단호하게 '문 잠김'이라고 나와 있고, 그 아래 게시물에는 '기차가 멈춘 후에 문을 여십시오. 문이 승강장에 접해 있는지 확인하십시오. 위 표시창에서 열림에 불이 들어올 때까지 기다리십시오. 문의 창문을 열고 문을 여십시오.'라고 적혀 있었다.

즉 승강장에 도착할 때까지 문이 열릴 가능성은 없었다. 다만…… 문의 창문을 연다면?

심장이 더 빠르게 뛰었다. 할 수 있을까?

창문은 이미 절반은 내려가 있었지만, 어딘가 끼인 듯 꼼짝하지 않았고, 엄청나게 힘을 들여서야 겨우 몇 인치 더 내려갔다.

제로 데이즈

그런 다음 나는 발끝으로 서서 좁은 틈을 통해 머리를 밖으로 내밀었다. 기차 아래에는 침목과 자갈밖에 없었다.

나는 손을 옆구리에 댄 채, 드레싱 밑에서 피가 흐르는 상처를 생각했다. 이 창문은 내가 간신히 꿈틀거리며 빠져나갈 정도로만 열려 있고, 창문에서 바닥까지 높이는 15피트는 족히 되는 듯했다. 이전에도 이 정도 높이에서 떨어진 적이 있었다. 심지어 몸 상태가 최상이었는데도 쉽지 않았다. 온몸의 뼈와 관절에서 충격이 느껴졌다. 이제 내 속은 조금 메슥거리는 수준을 넘어섰다. 하지만 다른 선택지가 없었다.

먼저 가방을 밖으로 밀어냈다. 옆 주머니가 창틀에 끼었지만, 억지로 밀어냈다. 그러자 창밖으로 튕겨 나가면서 쿵 소리를 내며 바닥에 떨어졌고, 나는 그 소리에 몸을 움찔했다. 그리고 창틀의 윗부분을 붙잡고 한 발을 창문 위로 걸치려고 했다.

높이가 상당했고, 몸은커녕 발을 올릴 수 있을지도 의심스러웠다. 하지만 반드시 할 수 있어야 했다. 솔즈베리 레인에서 내 집 뒷마당에 침입할 때는 더 높은 담도 넘었지만, 지금은 지친 팔이 덜덜 떨리고, 옆구리 통증은 절규하는 중이었고 근육은 내 뜻대로 움직이지 않는 듯했다.

순간 포기할까 하는 생각이 들었다. 그러나 내 가방은 이미 바깥으로 떨어져 땅에 놓여 있었다. 이 기차에 남아 있으면 설령 아이와 함께 있던 여자가 나를 알아보지 못했다고 해도, 롱 벅비에 무사히 도착하더라도, 나는 그야말로 완전히 망하는 것이었다. 돈도, 휴대폰도, 깨끗한 옷도, 가진 것이 아무것도 없을 터였다.

창문으로 나가야만 했다.

그 사실을 깨닫자 아드레날린이 폭발했다. 나는 먼저 한 발을 올리고, 다음으로 다른 발도 들어 올려 창틀 위로 넘겼다. 그런 뒤에 옆구리의 극심한 통증은 아랑곳하지 않고 좁은 틈에 배를 대고 휙 돌아서 미끄러지듯 창을 빠져나가 외부 계단에 발이 닿을 때까지 몸을 내렸다.

나는 머리 위 창문 가장자리를 잡고 섰다. 힘을 쓰느라 근육이 떨렸지만, 다리 아래로 바닥을 흘깃 내려다보았다. 바닥까지 거리가 상당해 무서울 정도였다. 열차 안에서 볼 때보다 더 어려워 보였다.

조심스럽게 양손과 무릎을 바닥에 댄 다음 비틀비틀 몸을 돌려 계단 맨 아래 칸에 앉았다. 아래로는 굵고 거친 자갈처럼 보이는 것이 깔려 있어 떨어질 엄두가 안 났다.

나는 침을 꿀꺽 삼켰다. 그때 기차 엔진이 작동하는 소리가 들렸다.

"승객 여러분, 좋은 소식입니다. 우리 열차는 노샘프턴으로 출발 허가를 받았습니다." 기차가 덜컹하면서 움직이기 시작했다.

가슴이 너무 세게 뛰어서 토할 것 같았다. 천천히 그리고 조심스럽게 땅으로 내려가고 싶었지만, 시간이 없었다. 기차가 속도를 내고 있었다. 빠르게, 아주 빠르게 행동하지 않으면, 시속 70마일로 덤불에 얼굴을 정통으로 들이받힐 것이었다. 하지만 움직이는 기차에서 뛰어내리는 것은 생각보다 훨씬 어려운 일이었다.

제로 데이즈

앞으로 몸을 숙이며 마음을 다잡고 뛰어내리려는데, 앞쪽에서 소리가 들려 오른쪽으로 고개를 돌려보니 선로 위로 나무가 나타났고, 가지가 기차 지붕에 닿아 덜걱거리고 있었다. 뛰어내리기엔 너무 늦었다. 뛰어내리면 나무 몸통에 정면으로 날아갈 것이 분명했다. 나는 뛰어내리는 대신 본능적으로 문에 몸을 밀착시키고, 눈을 질끈 감은 채 어깨 사이로 머리를 구부렸다. 나뭇가지가 내 얼굴을 잡아 뜯고 뺨과 귀를 찌르며 지나갔다.

다시 고개를 들었을 때 나무는 멀어졌지만, 기차는 더욱 빠르게 달리고 있었다. 아마도 뛰어내리기엔 치명적인 위험이 따를 정도로 빠른 속도였다.

나는 믿을 수 없이 어리석은 짓을 하고 있다고 생각하며 뛰어내렸다.

나는 깜짝 놀랄 만큼 세게 부딪히며 바닥에 떨어졌다. 처음에는 숨쉬기가 너무 어려워서 그저 태아처럼 몸을 웅크린 채 숨을 헐떡이며 갈비뼈를 부여잡고 있을 수밖에 없었다. 누군가가 벌겋게 달군 부지깽이로 상처를 쑤시는 것 같았고, 심장이 뛸 때마다 더 깊숙이 찔리는 기분이었다. 누군가가 내 행동을 알아차리고 비상 연락용 줄을 당길 수도 있다는 생각도 들었다. 때문에 옆구리의 극심한 통증을 느끼면서도 브레이크가 걸리는 소리와 기차가 멈추는 소리가 나는지 귀를 기울였다. 하지만 통증이 조금 누그러져 고개를 들었을 때 기차는 이미 곡선구간을 돌아 멀리 사라지고 있었다. 아무도 나를 보지 못했거나 아무도 신경 쓰지 않은 것이었다.

나는 머리를 다시 눕히고 어떤 선택지가 있을지 고민했다.

모든 것을 종합해 보면, 상황이 최악으로 치닫지는 않은 것 같았다. 고사리 덤불에 떨어지긴 했지만, 쐐기풀이나 가시덤불 심지어는 돌 위에 떨어졌을 수도 있었다. 그리고 부러진 데도 없었다. 떨어진 충격으로 무릎과 발목이 쑤시긴 했지만, 뇌진탕은 아니었고, 몸을 일으켜보니 심하게 아픈 곳도 없었다. 다만 옆구리에 난 상처는 움직일 때마다 통증이 있었다. 확인해 보려고 옷 속으로 손을 넣자 신음이 나왔다. 드레싱은 아직 그 자리에 있었지만, 이미 피로 곤죽이 된 것 같았다.

배낭은 놀랍도록 먼 곳에 떨어져 있었고, 나는 선로를 되짚어 가면서 침목에 걸려 넘어지지 않으려고 조심했다. 넘어져서 전차선에 감전되는 것이야말로 가장 피하고 싶은 일이었다. 나는 이제 어떻게 해야 할지 생각해 보았다. 헬과 이야기하고 싶은 마음이 간절했지만, 울음을 터뜨리지 않고 말할 자신이 없었다. 그보다도 내가 그녀에게 전화하는 모험을 해도 될지가 더 중요한 문제였다. 그녀의 전화는 아마도 도청당하겠지만, 시그널을 이용하면 적어도 경찰이 삼각측량으로 내 위치를 추적할 수는 없을 것이었다.

드디어 배낭이 떨어진 곳에 도착한 나는 가방을 들고 가파른 경사면을 오르기 시작했다. 다른 기차가 오기 전에 철도 본선에서 떨어져야 했다. 승객들은 나를 발견하지 못할 수도 있겠지만, 기관사는 선로 옆을 걷는 나를 틀림없이 발견할 것이다. 또 다른

제로 데이즈

기차가 급정거하고 '선로 위 승객'이라는 경계경보가 철도망 전체에 퍼지는 일은 절대 없어야 했다.

그러나 가파른 비탈을 올라가는 게 쉽지 않았다. 꼭대기에 도착하니 가시철조망이 보여 무너져 내릴 뻔했지만, 철조망 너머로 가방을 던지고 사력을 다해 기어 올라갔다. 가시가 허벅지에 박히고 청바지가 뭉텅 뜯겨나가도 아랑곳하지 않고 간신히 몸을 끌어당겨 빠져나왔다.

그건 상관없었다. 아무것도 중요하지 않았다. 난 철조망을 넘어왔다. 그게 가장 중요한 것이었다. 나는 넘어왔고…… 그리고 어디에 있는 걸까? 어떤 농부의 밭 같았다. 밭을 갈아엎어 깊은 이랑을 만들고 순무나 비트처럼 보이는 것을 심어 놓았다. 갑자기 기운이 빠지면서 몸이 떨렸다. 어딘가 앉거나 눕지 않으면 틀림없이 선 자리에서 그대로 쓰러질 것 같았다.

밭의 한 귀퉁이에 아름드리 너도밤나무가 있었다. 지친 다리를 억지로 끌고 엉성한 나무 그늘까지 몇 미터 더 가서 배낭을 끌어안은 채 나무 몸통에 기대어 주저앉았다. 뭐라도 먹고, 마셔야 한다는 것을 알았지만, 문득 너무 피곤하고 메스꺼워져서 가방을 여는 것조차 감당하기 어렵게 힘든 일처럼 느껴졌다.

'어서, 자기야.' 게이브의 목소리가 내 귀에 부드럽게 울렸다. '뭔가 먹어야지.' 멀리 떨어진 사무실의 복도를 쫓아다니며 밤을 보낸 후 집에 오면 침대에 쓰러지는 것 말고는 아무것도 할 수 없을 정도로 지친 내게 그가 자주 했던 말이었다. 나는 우리가 마지막으로 나눈 대화를 떠올렸다. 나는 고구마튀김을 요구하고 빌어먹을 베이컨에 대해 투덜거리면서 그에게 이래라저래라 했다. 맙소사, 단 한 번만이라도 더 키스하고, 웃고, 실제 비건으로 만들었다는 100% 비건 너겟에 대해 아빠들처럼 썰렁한 농담을 할 수 있다면 바랄 게 없을 것이었다.

아빠 게이브. 그 생각은 너무나도 달콤하면서도 씁쓸했다. 나는 마른침을 삼키고 나서 가방을 열고 안을 들여다봤다.

가장 먼저 확인한 것은 음식이 얼마나 남았는지가 아니라 휴대폰이었다. 다행히 기차 창문 밖으로 던져지고 15피트 높이에서 자갈 위로 떨어졌는데도 휴대폰은 망가지지 않고 그대로 있었다. 다음으로 한 일은 옆 주머니에 있는 플라스틱 물병 뚜껑을 열고 물을 벌컥벌컥 마시는 것이었다. 알아채지 못하고 있었을 뿐, 몹시 목이 말랐다는 것을 깨달았다.

빈속에 물을 너무 많이 마셨더니 속이 더 메스꺼워졌지만, 뭔가를 먹긴 먹어야 했다. 음식이라고는 헤이스팅스의 카페에서 먹은 티케이크가 마지막이었는데, 그때가 마치 전생처럼 오래전으로 느껴졌다. 가방 밑바닥에는 에너지 바 몇 개와 호스텔에서 산 컵라면들이 있었다. 라면은 데울 방법이 없었지만 하나를 뜯어 가루가 되다시피 부서진 조각들을 그대로 먹고 에너지 바도 하나 먹었다.

그런 뒤에는 콜과 통화한 후로 계속 커지던 충동에 굴복해, 전화기를 꺼내서 시그널을 열고 헬의 휴대폰 번호로 전화를 걸었다.

신호음이 울렸다. 다시 울렸다.

제로 데이즈

그리고 헬이 전화를 받았다.

"여보세요."

"나야." 나는 다짜고짜 말했다. 헬은 들리도록 헉 소리를 냈다. 그녀가 할 말을 생각하느라 머리를 빠르게 굴리는 소리가 들리는 것 같았다.

"내가 다시 전화할까?" 마침내 그녀가 말했다.

"그래. 시그널에서 이 번호로 해."

"시그널?"

"앱이야. 암호화되는 거야."

"그래." 두 음절이었지만, 다급함이 느껴지는 목소리였다. 내가 그녀와 이야기하고 싶어 하는 것 못지않게 그녀도 간절히 나와 이야기하고 싶어 했다.

그녀가 전화를 끊었고 나는 기다렸다. 그리고 기다렸다. 날은 점점 추워지고 어두워졌다. 나는 배낭에서 침낭을 꺼내 생울타리 아래 펼치고 안으로 들어갔다. 지퍼를 잠그느라 씨름하고 있을 때, 전화가 오는 바람에 하마터면 떨어뜨릴 뻔했다. 시그널에서 처음 보는 휴대폰 번호로 걸려 온 전화였다. 순간적으로 콜이 떠오르고 그가 나를 속였던 일이 생각나 속이 뒤집혔다. 하지만 이것은 음성 통화였다. 틀림없이 헬일 것이다.

전화를 받았다.

헬의 첫마디는 "이거 안전한 거야?"였다. "시그널로 걸었고 어제 번화가에서 산 휴대폰이야. 이 정도면 괜찮을까? 내 다른 전화기는 경찰이 감시하는 것 같은데, 집을 도청하지는 않는 것 같아. 그것까지 할 수도 있을까?"

"모르겠어. 어쩌면." 나는 생각해 봤다. 그게 문제가 될까? 내가 어디에 있는지 말하지 않는 한 문제는 없을 것이다. "젠장, 헬, 언니랑 이야기하니까 정말 좋네."

"오, 맙소사, 잭. 어디에 있어? 괜찮아? 정말 괜찮은 거야?" 그녀는 금방이라도 울 것 같은 목소리였다. "아무 연락도 없어서 정말 걱정했어. 경찰이 너를 찾지 못한 건 알았어. 아직도 너희 집을 헤집고 있고, 우리 집 밖에는 위장한 순찰차가 24시간 서 있거든. 하지만 네가 길에서 죽기라도 한 건 아닌지 전혀 알 수가 없잖아. 그리고 신문이 네 사진으로 도배됐어. 알고 있었어? 그것만 보면 네가 무슨……."

"알아, 정말 미안해." 내가 슬며시 끼어들며 말했다. "난 괜찮아. 그런데 헬, 있잖아, 혹시 콜이 언니에게 연락한 적 있어?"

"콜? 게이브의 친구 콜? 아니, 전혀. 왜?"

"혹시 콜이 연락해도 절대 믿으면 안 돼, 알겠지?" 나는 콜이 얼마나 심각하게 배신했는지, 지난 며칠과 몇 주 동안 그가 저질렀던 모든 일을 자세히 설명할 수 없어서 울컥했다. "콜이 이 사건의 배후야, 헬. 전부는 아닐지 몰라도, 솔직히 나도 잘 모르겠어. 하지만 그동안 계속 내게 거짓말을 해왔고, 보험에 가입한 것도 콜이었어."

"보험?" 헬이 멍하게 말했고, 나는 우리가 쇼핑센터에서 만났을 때도 그 얘기를 해 주지 않았다는 걸 깨달았다. 그때는 그야말로 가방을 받아들고 도망친 것이 전부였다. 문자 메시지로 상황을 설명했지만, 사실 그 문자들은 콜에게 보내진 것이었다. 헬은 월요일 오후에 내가 쇼핑센터에서 사라진 이후로 내게 연락을 받은 적이 없었다. 그녀가 정신이 나갈 지경이 될 만도 했다.

나는 사건이 일어난 순서를 간략하게 설명했다. 경찰 조사, 보험에 대한 이메일, 내가 함정에 빠졌다는 것을 깨닫고 도망치기로 한 일, 그리고 콜을 만난 일, 가짜 메시지들, 선스마일에 간 일과 이후에 분노에 차서 콜과 통화한 일까지 모든 것을 말했다. 내가 처음부터 끝까지 이야기하는 동안 헬의 머리가 돌아가는 소리가 들리는 듯했다.

"그리고 콜이 거의 인정했어." 나는 이야기를 마무리했다. "살인에 대해서는 아니지만, 보험에 대해서는 인정했어. 심지어 뻔뻔스럽게도 나를 보호하려고 한 일이라고 주장하더라고. 그 통화를 녹음할 수 있었다면 좋았을 텐데 아쉬울 뿐이야. 지금 상황으로는 콜의 말과 내 말이 상반되는데, 콜이 선스마일 녹음 파일의 목소리가 자신이 아니라고 말하면, 그가 맞다는 걸 내가 어떻게 증명해야 할지 모르겠어. 또, 경찰이 녹음된 목소리가 콜이라는 걸 믿더라도, 내가 그와 공모했다고 생각하면 어쩌지?"

"그렇네." 헬이 말했다. 그녀는 내가 숨도 쉬지 않고 쏟아 낸 이야기를 이리저리 맞춰 보고 탐탁지 않은 답을 내느라 지쳤는지 몹시 힘들어하는 목소리였다. "그의 이야기는 허점투성이야. 구멍이 뻥 뚫려 있어서 너무 쉽게 탄로 나지 않겠어?"

"무슨 뜻이야?" 너무 지쳐서 머리가 제대로 돌아가지 않는 것 같았다. 몇 시인지는 잘 모르겠지만, 해가 지고 있었고, 따뜻한 침낭 속에 누워 있고…… 마음이 편해지는 헬의 목소리를 듣고 있으니 이 악몽 속에서 나 혼자가 아니라는 환상을 품으며 잠들어버릴 것만 같았다. "첫 대목, 게이브가 취약점을 발견하고 콜에게 조언을 구하러 갔다는 부분 말이야. 그건 아마 사실일 거야. 게이브가 콜의 의견을 원했을 수도 있어. 특히 휴대폰과 관련된 거라면. 게이브는 휴대폰 쪽은 다룬 적이 별로 없지만, 콜이 잘 알았거든. 휴대폰 보안과 안티바이러스 앱이 전문이야. 그리고 심각한 문제라서, 많은 사용자에게 영향을 미치고 휴대폰 전체의 보안을 위협할 수 있다면 콜의 두려움도 이해가 가지. 누군가가 그 취약점을 얻기 위해 살인을 저지른다는 생각도 그럴듯하고 말이야. 그런 종류의 해킹을 다루는 사람들은 장난이 아니야. 조직범죄나 테러 지원국 뭐 그런 것과 관련된 일이야. 예를 들어 어떤 해킹으로 전화기의 위치를 24시간 볼 수 있다고 하면, 그 방법을 이용해 적을 추적해서 암살할 수도 있잖아. 그러면 증거를 없애려고 그 취약점을 발견한 코더를 살해하려는 생각도 당연히 하겠지."

"하지만 게이브가 그런 시장에 발을 들였을 것 같아?" 헬이 약간 회의적으로 물었고, 나는 고개를 저었다.

"아니. 절대로 아니지. 그리고 단순히 자기를 보호하는 차원에서라도 그랬을 리가 없고……, 난 게이브가 가장 높은 금액을 부르는 사람에게 해킹 방법을 팔았을 거라고는 상상할 수 없어. 그건…… 그건 게이브답지 않아, 알지?"

말로 풀어내고 보니 콜의 이야기에서 그 부분이 처음부터 나를 불편하게 했다는 것을 깨닫게 되었다. 게이브는 보안 취약점을 이용해 공격하는 익스플로잇을 팔아넘기는 해커들을 몹시 경멸했다. 그가 사이버 범죄자나 폭압적인 정부에게 익스플로잇을 경매에 부쳐 판다는 발상은…… 뭐, 웃음만 나올 정도로 터무니없는 소리였다. 문제는 그 사실을 다른 사람에게 이해시킬 방법을 모르겠다는 것이었다. 나는 정말 파장이 큰 해킹은 암시장에서 수십만 달러, 어쩌면 수백만 달러에도 팔린다는 것을 게이브에게 들어서 알고 있었다. 말릭은 걸린 돈이 많아지면 원칙은 하찮아진다고 주장할 것이다.

"그 점에 대해서는 동의하는데, 난 사실 다른 문제를 생각하고 있었어." 헬이 말했다. 전화기 너머에서 찡그리고 있는 듯한 말소리였다. 만화 소리가 배경음으로 들렸다. 눈을 감고 애쓰면 나는 헬의 주방에서 소파에 누워 있고, 옆방에서는 아이들이 TV를 보고, 집안 가득 요리하는 냄새가 마음을 편안하게 해 주는 장면을 그릴 수 있을 것 같았다. "내가 생각하는 문제는 이거야. 설령 네가 게이브와 같은 운명이 되지 않도록 구하려고 했다는 콜의 주장을 믿는다고 해도 말이야. 게이브에게 무슨 일이 일어날지 콜은 어떻게 알았지?"

나는 눈을 비비며 그녀의 말을 이해해 보려고 하다가, 이내 고개를 저었다.

"미안해, 난 너무 피곤해, 헬. 《왕초보도 이해하는 음모론》처럼 설명해 줘."

"내 말은……." 헬은 부드러운 목소리로 말을 이었지만, 나를 불안하게 만드는 다급함이 깔려 있었다. "나머지 부분은 다 받아들인다고 해도, 그러니까 게이브가 콜에게 간 것이나 그 익스플로잇을 시장에 내놓았다는 것, 그리고 그가 거래하는 사람들에게 당했다는 것까지 다 믿는다고 해도 말이야. 게이브의 생명이 위험하다는 걸 콜은 어떻게 알았지? 콜의 말에 따르면, 게이브조차 몰랐다는 거잖아. 그러면 콜은 그런 일이 일어날 걸 어떻게 알았냐는 거지."

"헉." 나는 옆구리 통증은 아랑곳하지 않고 팔꿈치를 짚고 몸을 일으켰다. 이제 나도 얼굴을 찌푸리고 있었다. "언니 말이 맞아. 그건…… 이상하네."

"처음으로 돌아가 보자고." 헬이 말했다. 그녀가 자신의 가설에 빠져들고 있다는 걸 알 수 있었다. 마치 유난히 얽히고설킨 이야기를 편집자에게 설명하는 것처럼 나에게 이야기하고 있었다. "콜의 주장을 받아들여서 NSA나 이스라엘의 NSO 그룹이나, 영국의 비밀 정보국 MI6이든, 아니면 이름에 그럴듯한 글자가 없는 평범한 조직범죄 카르텔이든 누군가가 접촉했다고 가정해 보자. 그리고 게이브가 그 누군가의 말을 들었다고 치자고. 불쌍한 게이브가 그 익스플로잇을 확보하기 위해서라면 살인까지도 불사할 정도로 부도덕하고 절박한 사람들과 어울리게 되었다고 치고, 게다가 그가 어리석게도 자신의 신분을 보호하거나 흔적을 지우려는 노력도 없이 그 모든 일을 저질렀다고 치자고. 나로서는 그것도 받아들이기 어렵긴 하지만, 어쨌든 그 상황에서 콜이 어떻게 앞으로 일어날 일에 대한 경고를 받았을까?

게이브의 신용카드와 신분증을 훔쳐서 네 이름으로 보험에 가입할 정도로 충분히 경고받았다는 건 차치하더라도 말이야. 아니야. 처음부터 끝까지 완전히 헛소리고 경찰은 대번에 믿을 수 없다는 걸 알 거야. 다만 경찰이 정말로 무슨 일이 일어났다고 생각하느냐가 문제야."

"젠장. 언니 말이 맞아." 나는 이제 일어나 앉아서, 침낭에서 얻은 온기를 유지하려고 내 몸을 부둥켜안고 있었다. 헬이 지적하기 전까지 이걸 눈치채지 못했다는 사실이 짜증스러웠다. "내가 이걸 눈치채지 못했다니 믿을 수가 없어. 게이브가 이걸 예상하지 못했다면, 그리고 예상하지 못한 게 확실한데, 콜이 어떻게 알았을까? 게다가 내가 전화해서 이야기했을 때 왜 그렇게 겁에 질렸던 걸까? 그는 정말 두려워했거든, 헬. 장담할 수 있어. 마치 그들이 자신에게도 찾아오리라고 생각하는 것처럼 정말로 겁에 질린 목소리였어."

"바로 그거야." 헬이 말했다. "콜은 이 일에 관여하고 있는 거야, 잭. 그가 게이브를 죽였든 아니든, 그는 이 일에 깊숙이 관련되어 있고, 그가 말하지 않은 것을 더 알고 있는 거야."

"그런데 잠깐만……." 나는 전화기를 잡지 않은 한 손을 머리에 얹고 점점 심해지는 두통을 진정시키려고 했지만, 곧 옆구리에서 손을 뗀 것을 후회했다. 손으로 누르는 것이 상처의 아픔을 덜어줄 유일한 방법이었다. 전화기를 다른 손으로 바꿔 쥐고 다시 드레싱을 눌렀다. 드레싱 아래로 열이 느껴졌다. "잠깐만. 콜이 게이브에게 일어날 일을 미리 알 수 있는 유일한 방법은……."

"유일한 방법은 누군가가 그에게 말해 주는 거였겠지." 헬이 내 말을 마무리했다. 그녀의 목소리는 암울했다.

"하지만 왜?" 내 목소리는 내가 듣기에도 곧 울음을 터뜨릴 것처럼 애처로운 어린아이 같았다. 콜이 게이브에게 무슨 일이 일어날지 알면서도 그를 구하기 위해 손 하나 까딱하지 않았을지도 모른다는 생각이 들자…… "마피아 두목이든, 누구든, 왜 콜에게 굳이 자기 계획을 말해 줬을까? 내가 떠올릴 수 있는 이유라고는 오직……."

나는 말을 멈췄다. 헬은 대답하지 않았지만, 그럴 필요도 없었다. 역겹게도 필연적인 답이 내게도 벌써 떠올랐기 때문이었다. 그런 사람이 콜에게 자기 계획에 대해 미리 알려 준 유일한 이유는 그가 이미 그들을 위해 일하고 있었기 때문이었다.

그리고 그가 이미 그들을 위해 일하고 있었던 유일한 이유는…….

이제 헬이 말했다. "만약 나라면, 내가 무슨 범죄 조직이나 수상한 정부 해킹 회사를 운영한다면, 애플이나 구글에 핵심적인 권한을 넘겨 달라고 압력을 넣지는 않을 거야. 물론 시도해 볼 수는 있겠지. NSA가 테러리스트의 아이폰에 침입하려고 애플에 백도어를 만들어 달라고 했던 일이 있지 않았어? 하지만 내 기억이 맞다면 애플은 NSA에 꺼지라고 했잖아. 왜냐하면 그럴만했으니까. 애플은 어떤 정부보다도 큰 기업이고, 미국 보안 기관을 화나게 해서 놓치는 것보다는 고객의 신뢰를 잃는 것으로 놓칠

제로 데이즈

게 더 많으니까. 그러니 나라면 곧장 엔지니어들을 찾아갔을 거야. 애플 같은 곳의 엔지니어들이 아니라, 작지만 인기 있는 앱을 담당하는 중견 기업의 엔지니어들에게 갔겠지. 그들에게 앱에서 카메라며 마이크, 파일, 통화 목록, 정확한 위치에 이르기까지 가능한 모든 권한을 요청하도록 할 거야. 그런 다음 그 정보를 나에게 직접 전송할 수 있는 백도어를 만들도록 압력을 넣겠지. 왜냐하면 그 사람들은 가족을 보살펴야 하고 생활비도 필요한 개인들이니까 매수할 수 있거든. 아니면 협박하거나."

"콜 같은 사람들 말이지." 나는 신음하며 말했다. "젠장. 젠장."

"내 말이 맞는 것 같아?"'

"그러니까…… 젠장, 헬, 솔직히 나도 모르겠어. 하지만 콜이 나를 설득하려고 했던 그 헛소리보다는 훨씬 더 말이 돼." 갈비뼈와 함께 머리가 욱신거렸다. "그리고 게이브의 행동도 설명이 돼. 게이브가 휴대폰 익스플로잇에 대한 조언을 구하러 콜에게 갔을 수도 있지만, 콜이 직접 개발한 앱에서 문제를 발견했다면 틀림없이 콜에게 갔을 거야. 콜은 게이브의 절친한 친구였으니까, 곧 곤란한 일이 생길 수 있다고 미리 알려줘야 한다고 생각했을 거야." 나는 머리가 둘로 쪼개질 것 같았다. 아니면 내 마음이 그런 것일지도 몰랐다. 확신할 수는 없었다.

"바로 그거야. 그냥 못 본 체해도 될 거였다면 조금 난처한 정도였겠지만, 만약 뇌물을 받고 끼워 넣은 백도어였다면 전혀 방법이 없었겠지." 헬이 담담하게 말했다.

"맙소사." 나는 뭐라도 토해내고 싶었다. 헬이 틀렸기를 바랐지만, 끔찍할 정도로 그럴듯한 생각이었다. 게이브의 행동과 콜의 행동까지 모든 것이 설명되었다. 심지어 콜이 어떻게 그렇게 호화로운 아파트를 살 수 있었는지도 설명이 되었다. 만약 콜이 누군가의 돈을 받고 앱에 접근할 수 있게 백도어를 열어 두었다면, 그리고 게이브가 펜 테스트를 하다가 우연히 그 구멍을 발견했다면 당연히 콜에게 경고했을 것이고, 콜은 당연히 자신을 조종하는 사람을 찾아갔을 것이다. 그럴 수밖에 없었을 것이다. 게이브를 배신하고 싶어서가 아니라 그 백도어가 곧 닫힐 것이라는 사실을 털어놓을 수밖에 없었기 때문이다. 다만 그 조직은 문이 닫히기를 원하지 않았고, 계속 열려 있기를 원했다. 어떤 대가를 치르더라도.

"잭? 괜찮아?" 헬이 조금 걱정스러운 목소리로 물었다.

"응, 아니, 모르겠어. 젠장." 온갖 생각이 질주하듯 치달았다. 익스플로잇은 무엇이었을까? 콜이 그동안 계속 접근할 수 있었던 것일까? 그에게 주어진 접근 권한이 어디까지였을까? 그가 개발한 앱을 내 휴대폰에 설치한 적이 있었던가? 콜이 나와 게이브를 몇 주, 어쩌면 몇 달 동안 감시했을지도 모른다고 생각하니 토할 것 같았다. "언니 말이 맞는 것 같아. 맞을 수밖에 없어. 하지만 이걸 어떻게 증명할 수 있을까, 헬? 그들이 게이브의 컴퓨터에서 하드 드라이브를 가져갔어."

"게이브가 어딘가에 백업해 두지 않았을까?"

"모르겠어. 정기적으로 하지는 않았어. 맙소사." 토할 것만 같

제로 데이즈

왔다. 거기 앉아서 어떻게 해야 할지, 이 끔찍한 상황에서 어떻게 벗어날지 고민하는 사이 휴대폰에서 조용한 경고음이 울렸고, 화면을 내려다보니 배터리가 15% 남았다는 경고가 떠 있었다. 나는 침울한 마음으로 콜이 빌려준 배터리 팩을 떠올렸다. 내가 오두막집 탁자 위에 놓아둔 그 자리에 그대로 있을 것이었다. "젠장, 이제 끊어야겠어, 헬. 휴대폰 배터리가 거의 다 떨어졌는데 충전할 곳이 없어."

"콘센트가 없다고?" 전화기 너머에서 헬의 목소리가 걱정으로 날카로워졌다. "잭, 너 어디 있는 거야? 괜찮은 거야?"

"난 괜찮아." 전혀 괜찮지 않았지만 그렇게 대답했다. 어린 시절 독감에 걸렸을 때처럼 더운 동시에 추운, 이상한 느낌이 들었다. 그리고 토할 것 같기도 했지만, 이건 다른 무엇보다도 콜 때문인 것이 분명했다. "이제 끊어야겠어. 내일 이 번호로 전화할게, 알았지?"

"알았어, 사랑해."

"나도 사랑해." 전화를 끊으면서 목이 메었다. 나는 한참 동안 아무것도 하지 않고 빈 화면만 바라보며 도대체 이제 뭘 해야 할지 고민했다. 전화기를 끄고 배터리를 아껴야 했지만, 통화하고 싶은 사람이 한 명 더 있었다. 간절했다. 다만 아직 할 수 있을지 확신이 서지 않았다.

결국 나는 전화기 전원을 끄고, 그저 누워서 아직 남아서 흔들리는 너도밤나무 잎사귀 사이로 별을 바라보았다. 그리고 언제인지도 모르게 잠이 들었다.

2월 10일
금요일

2일 전

──────── 잠에서 깨어났을 때, 처음 든 생각은 정말 죽을 수도 있겠다는 것이었다. 견딜 수 없을 만큼, 믿을 수 없을 만큼 추웠다. 지금에 비하면 콜의 바닷가 오두막에서 느꼈던 추위는 유치한 수준이었다. 지금 느껴지는 건 몸이 아플 만큼 냉혹한 추위였다. 갈아 놓은 밭과 내 침낭 위에는 서리가 앉아 있었고, 침낭 가장자리 주변으로 얼어붙은 입김이 반짝거리다가 내가 움직이려 할 때마다 파사삭 부서졌다.

두 번째로 든 생각은 토할 것 같다는 것이었다. 밤새 속이 메스꺼웠지만, 이제는 정말 제대로 아픈 느낌이었다. 너무 추웠지만, 일어나지 않으면 침낭 안에 토할 것 같았다.

나는 덜덜 떨면서 얼어붙은 팔다리가 허락하는 가장 빠른 속도로 움직이면서 손과 무릎으로 바닥을 짚고 침낭에서 기어 나오려고 버둥거렸지만, 이미 늦었다. 반쯤 나왔을 때, 내장이 죄어오면서 경련하는 것이 느껴지더니 결국 구토가 나왔다. 전날 거의 먹지 못했던 것을 생각하면 놀랍게도 많은 양을 토해 냈다.

한참 동안 나는 거기 웅크리고 있었다. 침낭은 허리에 걸쳐진 채 쟁기질해 둔 밭으로 뻗어 있었고, 나는 마치 고치를 반쯤 벗어난 애벌레 같았다. 나는 추위와 메스꺼움에 몸을 떨며, 구토가 멈췄는지 확인하느라 기다리고 있었다. 멈춘 줄 알았다가 토기

　　　　　　　　　　　　　제로 데이즈

가 또 한차례 밀려왔지만, 이번에는 토할 것이 없어서 언 땅 위로 계속 헛구역질만 했다. 마침내 내 위장은 마지못해 거기까지가 끝이고 더 해 봐야 소용없다는 것을 받아들였고, 나는 덜덜 떨며 뒤로 물러나 앉았다.

그래도 다행인 점은 옷에는 토하지 않았다는 것이었다. 나쁜 점은 몸이 아주, 몹시, 아프다는 것이었다. 옷 안으로 손을 넣어 옆구리에 붙인 드레싱을 확인하니 이유를 알 수 있었다. 손가락에 끈적거리는 것과 딱딱하게 굳은 것이 묻어 나왔고, 상처에서 팔딱이는 맥박이 느껴졌다. 나는 땀을 흘리는 동시에 떨고 있었고, 병원에 가지 않으면 내가 콜이나 말릭에게 더는 골칫거리가 되지 않을 가능성이 매우 크다는 것을 알았다. 패혈증이나 패혈성 쇼크 같은 단어들이 머릿속에 떠다녔다. 항생제뿐만 아니라 장기 이식이 필요할지도 몰랐다. 어쩌면 관이 필요할 수도 있었다.

처음으로 내가 하는 일이 현실적으로 실감이 되기 시작했다. 나는 콜에게 누군가 내 목을 그어서 죽인다면 오히려 마음이 편해질 거라고 말했다. 하지만 그건 게이브에게 일어난 일에 대한 진실을 아는 대가로 내 목숨을 내놓는 어떤 우주적인 교환 같은 것을 상상하며 말한 것이었다. 그런데 지금 이 상황은 매우 달랐다. 정말로 이렇게 무의미하게, 외딴 밭에서 게이브에 대한 진실도 밝히지 못한 채 패혈증으로 죽고, 농부가 밭을 다시 갈 때 시체로 발견되길 원하는 건 아니었다.

나는 이 길을 끝까지 따라가서 다른 누구도 게이브와 같은 운명을 겪는 일이 없도록 막고 싶었다. 그 후에 무슨 일이 일어나든, 뒷일은 정말 상관없었다. 하지만 그 말은 내게 남은 시간이 제한적이라는 뜻이었다. 경찰과 콜, 또 내가 죽거나 평생 감옥에 갇히길 원하는 모든 사람을 피하기는커녕 하루 이틀 안에 걷지도 못하게 될 수도 있었다.

밤새 내게 한 가지 확실해진 것이 있기 때문이었다. 콜과 그의 고위층 친구들이 두려워했던 것은 게이브뿐만이 아니었다. 그들은 나 역시 두려워했다. 콜의 이야기는 한순간도 믿지 않았다. 어떤 어두운 무리의 손길에서 나를 보호하기 위해 나를 감옥에 보낸다고? 헛소리였다. 이 사건의 배후가 누구든 그들은 전문가였다. 만만찮은 조직 범죄자들이거나, 어쩌면 보다 심각하게 부패한 정부 기관일 수도 있었다. 그런 집단이 나를 죽이고자 했다면, 집을 감시하다가 우리 둘 다 집에 있을 때를 골랐을 것이고, 나는 이미 죽었을 것이다. 나쁜 놈들의 손이 닿지 않도록 보호 구치하기 위해 나를 감옥에 보내겠다니, 웃기는 소리였다. 싸움이나 자살로, 부적절한 통제로 사람들은 감옥에서 늘 죽어 간다. 외부 기관이 죄수 한 명을 의문사하게 만드는 것은 어린애들 장난 수준에 불과할 것이다.

콜의 이야기는 전혀 말이 되지 않았다. 그러니까 그가 자발적으로 한 것이든, 지시에 따른 것이든 간에 뭔가 다른 이유에서 나에게 누명을 씌웠다는 뜻이었다. 문제는 그 이유였다. 첫 번째 가능성은 살인에 집중하지 못하도록 혼란을 원했다는 것이었다. 결국 경찰이 나와 내 동기를 조사하느라 바쁘다면, 게이브의 이력에서 살인을 저지를 만큼 원한이 큰 적을 찾으려고 조사할 가능성은 거의 없었다.

하지만 그들은 나를 엮지 않고도 혼란을 만들 수 있었다. 게이브의 죽음을 강도가 우발적으로 저지른 짓처럼 보이게 하거나 심장마비로 위장할 수도 있었다. 우리 집 밖에서 그를 차로 치고 뺑소니 사건으로 꾸밀 수도 있었다. 살인 청부로 보이지 않게 사람을 죽이는 방법이 백 가지는 있었다. 그렇다면 왜 그렇게 명백히 살인으로 보이는 방법을 택했을까?

그 질문에 대한 답이 분명히 두 번째 이유였다. 나를 개입시키는 것이 중요한 한 부분이었기 때문이었다. 그들은 나 역시 방해가 되지 않게 치우기 위해 집과 게이브의 소지품에서 멀리 떨어진 곳에 묶어 두어야 했다. 내가 죽으면 경찰이 우리 두 사람의 살해 동기를 찾게 되면서 원점으로 돌아가는 셈이니 죽이진 않은 것이었다. 아니, 살아 있지만 감옥에 가두어 안전하게 치워 놓으려 한 것이었다.

이 모든 것을 종합하면 그들은 게이브의 하드 드라이브를 가져갔지만, 게이브가 그 익스플로잇에 대한 기록을 어딘가에 남겼고, 그의 아내가 우연히 그 기록을 발견할 수도 있다고 의심했을 것이라는 결론에 도달했다.

그게 사실이라면, 나는 그 기록을 찾아야 했다.

문제는 그들의 계획이 성공했다는 것이었다. 물론 나는 실제로 구금된 것은 아니었다. 하지만 경찰이 게이브의 모든 기기와 내 기기 대부분을 압수해서, 그의 백업 파일은 내가 접근할 수 없는 곳에 있었다.

런던 경찰청의 증거 보관소에 성공적으로 침입할 확률은 0이나 마찬가지였다. 내가 아무리 유능하더라도 그 정도는 아니었다. 그렇다면 나의 유일한 현실적인 희망은 클라우드였다. 게이브는 가끔 온라인 백업을 했다. 전체 백업은 다른 실물 드라이브에 했지만, 중요한 문서나 여러 장소에서 접근하고 싶은 것들은 온라인 드라이브에 저장하곤 했다. 하지만 게이브의 기기가 없으면 그의 클라우드 백업에 로그인할 수 없었다. 그의 비밀번호는 나도 알 것 같았지만, 그의 계정은 거의 모두 2단계 인증으로 잠겨 있었다. 새로운 기기에서 로그인하면 그의 휴대폰으로 인증 번호가 포함된 문자 메시지가 전송되고, 그 번호 없이는 다음 단계로 넘어갈 수 없었다. 그리고 게이브의 휴대폰은 현재 경찰의 소유였다.

젠장. 젠장.

그 휴대폰을 가져와야 했다. 어떻게 가져올지, 그 방법이 문제였다.

오전 8시였다. 에너지 바뿐인 메스꺼운 아침 식사를 물로 억지로 넘긴 후, 주머니에서 휴대폰을 꺼내 켰다. 배터리가 몇 퍼센트 남지 않았다. 그저 내가 필요한 일을 할 정도는 되길 바랄 뿐이었다.

나는 게이브의 휴대폰, 아니면 최소한 그 인증 번호를 얻어야 한다는 결론에 이르렀다. 그리고 그것을 도와줄 수 있는 사람은 한 명밖에 생각나지 않았다. 문제는 그 생각만으로도 잠에서 깨어났을 때보다 더 메스꺼운 느낌이 든다는 것이었다.

나는 지금 누르려는 번호를 벌써 몇 년 전에 연락처 목록에서 지웠다. 잊어버리려고 했지만, 저절로 기억나는 번호였다. 이제 시그널을 열고 화면을 응시했다. 내 몸의 모든 신경이 그만두라고 외치며, 여기에 무엇이 걸려 있는지 상기시키고 있었다. 그것은 내 자존심이었다. 나의 자존감. 혹시 시그널 앱의 보안에 대한 콜의 말이 사실이 아니었다면, 내 자유까지도 위험할 수 있었다. 콜은 다른 모든 것에 대해서는 나에게 거짓말을 했다.

하지만 결국, 내가 콜에게 했던 말이 계속 내 귀에 메아리쳤다. 게이브에게 이런 짓을 저지른 범인을 밝혀내는 것 외에는 아무것도 중요하지 않다는 것이었다. 아무것도. 내 과거도, 내 상처받은 감정도, 심지어 내 목숨도. 이 전화가 진실을 밝히는 데 도움이 된다면, 반드시 해내야 했다. 내 자존심은 버려야 했다. 게이브를 위해서.

제발 빌어먹을 전화를 걸라고 나 자신을 사납게 몰아붙였다. 게이브라면 널 위해 그렇게 했을 거야, 너도 알잖아.

배터리가 1% 더 줄어들었다.

나는 손가락에 낀 반지를 돌리며 게이브를 생각했다. 그는 내가 이런 일을 하는 걸 원치 않았을 것이다. 만약 그가 여기 있었다면, 휴대폰을 빼앗아 짓밟아 버렸겠지. 하지만 그는 여기에 없었다. 그리고 내게는 선택의 여지가 없었다. 나는 심호흡을 하며 메스꺼움을 억누르고 전화를 걸었다.

그는 첫 번째 신호음에 받았다. 이른 아침인데도 그의 목소리는 지나치게 시건방지고 느긋했다.

"네, 여보세요?"

그의 이름을 입에 올리는 것만으로도 토할 것 같았지만, 치아 뒤로 고이는 타액을 삼키고 말했다.

"제프. 나야."

긴 침묵이 이어지다가 그가 느릿느릿 한참을 웃기 시작했다.

"잭 크로스. 이런, 이런, 이런. 넌 정말 배짱 하나는 두둑해, 그건 인정할게. 내가 네 번호 볼 수 있는 건 알지?"

"이건 내 번호 아니야." 내가 짧게 말했다. "들어 봐, 제프, 시간이 많지 않아. 하지만 내가……." 아, 맙소사, 이건 너무 힘들었다. '게이브를 위해서야. 게이브를 위해서 하는 거야.' 나는 억지로 말을 꺼냈다. "부탁이 있어."

"말해 봐." 그가 말했다. 그는 전화기 너머에서 한껏 웃고 있는 것 같았다. "꼭 들어 주겠다고는 못하겠지만, 말이야 얼마든지 할 수 있지."

"게이브의 전화기에 있는 인증 번호가 하나 필요해. 그냥 인증 번호 하나, 그게 다야."

"지금 증거 보관소에 있는 그 전화기 말하는 거지?"

"그 전화기, 맞아."

"참나, 아주 사소한 부탁이구나? 내가 무슨 재주로 그 안에 들어간단 말이야?"

"할 수 있겠어?"

"아마도." 그는 매우 재미있다는 듯이 말했다. "나 알잖아, 수완이라면 나 아니겠어. 하지만 내가 얻는 건 뭐지?"

"제프." 나는 그가 원하는 것을 알았고, 굳이 절박한 기색을 감추지 않았다. 그는 내가 애원하기를 바랐다. 그는 내가 간청하기를 원했다. 그는 처음부터 늘 그랬다. 관계가 어긋나기 전, 처음 사귈 때도 그는 내가 애원하는 것을 듣기를 즐겼다. 물론 그때는 게임하듯 했다. 내가 웃다가 숨이 막힐 때까지 간질여서 제발 그만하라고 애원하게 했고, 캄캄한 밤에 집으로 걸어갈 때 갑자기 튀어나와서 내가 순간적으로 겁에 질렸다가 그가 누구인지 깨닫고 안도하는 것을 보고 웃음을 터뜨렸다. 이제 나는 그 '장난'이 무엇이었는지 안다. 그것은 여성이 괴로워서 몸부림치는 것을 즐기는 일종의 심리 게임이었다. 그 번호를 원한다면 나는 이제 그를 위해 몸부림칠 수밖에 없었다.

"제프, 내 말 좀 들어줘. 날 알잖아. 내가 게이브를 죽이지 않았다는 걸. 그리고 내가 그걸 입증할 수 있을 것 같아. 게이브의 전화기에서 그 번호만 알아내면 돼."

"그걸로 뭘 하려고? 그의 계정을 지우려고? 그건 소용없다는 거 알잖아? 디지털 포렌식팀 애들이 전부 다 조사했어. 백업도 빈틈없이 해 놨다고."

나는 가까스로 말을 꺼냈다. "제프, 제발. 이렇게 부탁할게. 제발."

길고 긴 침묵이 이어졌다. 그리고 제프가 다 죽어가는 사람처럼 한숨을 내쉬었다.

"젠장, 크로스. 넌 날 다루는 법을 안다니까."

"해 줄 거야?"

"해 줄게."

"이런, 세상에." 나는 목소리에서 안도감을 숨기지 않았다. "제프, 내가……." 나는 그 말을 해야 한다는 것을 알긴 알았지만, 토할 것만 같았다. "고마워. 있잖아, 내가 너에게 전화하면……."

"아니." 그가 단호하게 말을 끊었다. "이런 건 전화로 알려 주는 게 아니지. 그 번호를 원하면, 직접 만나서 줄게."

이제 내 쪽에서 침묵이 이어졌다.

"번호를 원하는 거야? 아니야?" 제프가 말했다. 그는 내가 얼마나 끔찍하게 갈등하고 있는지 정확히 알았고, 그 순간의 권력을 즐기고 있었다.

"널 만날 수는 없어." 마침내 내가 말했다. "그럴 수는 없어, 제프. 너도 알잖아."

"그럼 그 번호 없이 잘해 봐야겠네." 우쭐하는 목소리였다.

젠장.

"내가 널 어떻게 믿지?" 나는 결국 이렇게 말했다. 전화기 너머에서 그가 어깨를 으쓱하는 소리가 들리는 것 같았다.

"나도 모르지. 네가 그 번호로 의심스러운 일을 하지 않을 거라고, 나는 어떻게 믿을 수 있겠어? 그냥 서로 믿는 수밖에 없을 것 같은데."

제로 데이즈

일리가 있는 말이었다. 다만 나는 그를 믿을 수 없다는 것이 문제였다. 단 1초도. 나는 제프 리드베터를 눈곱만큼도 믿지 않았다.

"좋아, 만날게." 결국 나는 마지못해 말하며, 혼란스러운 가운데 가능한 선택지를 생각해 내려 애썼다. "하지만 장소는 내가 정할 거야."

"좋아." 제프의 대답에 나는 깜짝 놀랐다. "하지만 런던이어야 해. 네게 종이쪽지 한 장 주려고 굳이 웨일스 구석 동네까지 가진 않을 거야."

"좋아." 내가 다시 대꾸했다. 나는 열심히 생각했다. 어디로? 어디로 정해야 할까? 출구가 여러 군데 있고 시야가 넓어서 제프가 혼자 왔는지 확인할 수 있는 중심부여야 했다. 꼼짝없이 갇힐 만한 곳이 아니어야 했다. 나는 인적이 드물 가능성이 큰 곳을 떠올렸다. 해크니의 런던 필드, 어둑해진 핀즈베리 파크……. 하지만 그때 문득 한 가지 생각이 들었다. 사람이 많은 곳이 오히려 안전하지 않을까? 제프가 무슨 짓을 하려고 해도, 사람들로 둘러싸여 있으면 더 어려울 것이다.

트래펄가 광장? 안 된다. 그곳은 경찰이 몇 명이라도 항상 순찰하고, 시위가 있을 때는 더 많을 수도 있다. 제프가 친구를 데려오더라도, 절대 알아챌 수 없을 것이다.

레스터 광장? 안 된다. 출구가 몇 안 되는 데다, 나가는 길 대부분이 좁은 보행자 통로라서 쉽게 차단당할 수 있다.

공원? 하지만 나는 전체적으로 조망할 수 있는 곳이 필요했고, 제프에게 보이지 않으면서도 그를 볼 수 있는 건물이 있는 곳이 필요했다.

"종일 기다릴 수는 없어, 크로스." 제프의 말과 동시에 내 휴대폰에 배터리가 5% 남았다는 경고가 떴다.

"피커딜리 서커스." 마침내 나는 말했다. "에로스상 옆에서." 완벽하다고 확신할 수는 없었으나 순간적으로 생각해 낼 수 있는 선택지로는 최선이었다. 이곳은 여러 도로가 만나는 교차로라는 장점이 있었고, 대부분이 주요 교통로라 심각한 차량 정체를 일으킬 수 있어 섣불리 차단이 어려웠다. 게다가 지하철 출구도 최소한 네댓 곳은 있었다. 그리고 카페와 패스트푸드점이 즐비해서 무리한 행동을 하기 전에 주변을 잘 살펴볼 수 있는 선택지가 많았다.

"아이고." 제프가 웃으며 말했다. "언제 이렇게 의심이 많아졌어? 너 원래 이렇지 않았잖아, 크로스. 그래도 내 지하철 노선에 있는 곳이군. 좋아. 피커딜리로 하지. 오늘 저녁 7시까지 올 수 있겠어? 나는 6시 퇴근이야."

7시? 순간적으로 아드레날린이 스치면서 맥박이 치솟았다. 7시면 12시간도 채 남지 않았다. 런던으로 돌아가서 자리 잡기에 길지 않은 시간이었다. 그때까지 모든 걸 준비할 수 있을까?

선택의 여지가 없었다. 그 번호가 필요했다.

"오늘 저녁 7시." 나는 동의했다. "실망하게 하지 마, 제프." 그때 배터리가 빨간색 경고등을 깜빡였고, 나는 전화를 끊고 도랑에 토했다.

속이 뒤틀리고 몽롱한 상태에서 초조한 기다림으로 남은 하루를 보내는 동안, 제프와 만날 생각에 간간이 불안한 회상이 떠올랐다.

'너 원래 이렇지 않았잖아, 크로스.' 제프의 말은 마치 비난처럼 계속 머릿속에서 반복되었다. 나는 당연히 반박할 수 있었다. 전에는 남편을 살해한 혐의로 경찰에게 쫓기고 있지 않았으니까라고. 그런데 그것은 사실이지만, 온전한 진실은 아니었고, 나는 제프가 그런 뜻으로 말한 것도 아니라는 것을 알았다. 그의 말이 맞았다. 그와 나는 항상 이렇지는 않았다. 좋은 시절도 있었다. 그때를 생각하면 구역질이 나지만.

나는 갓 스무 살 무렵에 제프를 만났다. 펜 테스트 일을 시작한 지 얼마 안 되었고, 공공 부문 조직의 보안 테스트를 전문으로 하는 회사에서 일하고 있었다. 어느 날 밤, 런던 북부의 지방 정부 본부 뒷문으로 나오는데 제프가 나를 체포했다. 그리고 내가 말한 신분이 내가 맞다는 것을 확인하자 그는 내가 하는 일에 관해 흥미를 느끼는 것처럼 보였다. 그는 마지막 지하철을 놓친 나를 집까지 태워다 주었고, 가는 내내 우리는 내 직업의 합법성과 어려움에 대해, 그리고 내가 경험한 사건들과 아슬아슬했던 일들에 관해 이야기했다. 그는 재미있고 매력적이었으며, 당시에는 나를 무장해제시킨다고 생각했던 짓궂고 자극적인 농담을 잔뜩 했다. 그때는 그 자극에 어두운 면이 있다는 것을 깨닫기 전이었다.

그는 나에게 한잔하자고 제안했다. 나는 경찰서 보안에 대해 조언을 구하려고 한다고 생각했지만, 시간이 어느 정도 지나자 그가 데이트 신청을 했다는 것을 깨닫게 되었다. 그날 밤 그가 나에게 키스했을 때, 나는 재미있다고 생각했다. 개과천선한 좀도둑인 내가 경찰관과 진한 키스를 나누다니. 우리 관계에는 기묘한 대칭성 같은 것이 있었다. 경고 신호는 나중에 나타났다.

첫 번째 신호는 보호라는 탈을 쓰고 나타났다. 그는 내가 어디 있는지, 누구를 만나는지, 언제 집에 갈지를 모두 알려고 했다. 내가 반발하자 그는 그것을 자신의 직업이 가진 어두운 면에서 비롯된 걱정으로 꾸며냈다. '내가 본 걸 너도 봤다면, 너도 걱정됐을 거야.'라는 식이었다.

나중에 그의 행동이 더 명백하게 통제적으로 변했을 때는 이미 너무 깊이 빠져 있었고, 어떻게 벗어나야 할지 알려 줄 사람도 없었다. 부모님은 돌아가셨다. 친구들 대부분 대학으로 떠났고, 남아 있던 친구들도 제프의 질식할 듯한 존재감 앞에서 서서히 사라져 갔다. 그는 친구들과 만나는 드문 자리에서도 그들을 점점 불편하게 만들었다. 남은 건 헬밖에 없었는데, 그녀는 졸업 시험에 몰두해서, 가능한 모든 시간을 공부하는 데 바쳤다. 내게 무슨 일이 일어나고 있는지 깨달았을 때는 이미 함정에 깊이 빠져 있었다.

나를 구해 준 것은 두 가지였다. 하나는 제프가 강하게 주장했으나 우리는 공식적으로는 함께 살지 않았다는 것이다. 그렇다. 나는 거의 매일 밤 그의 집에서 잤고, 다른 곳에서 시간을 보내면 끊임없는 잔소리에 시달렸다. 그렇다. 그에게 점검받은 내

제로 데이즈

옷들은 그의 옷장에 있었고, 그가 확인한 내 은행 명세서는 그의 집 주소로 배달되었다. 하지만 내 이름은 아직도 헬과 함께 살던 아파트에 속해 있었다. 그의 손아귀에서 벗어났을 때, 나에겐 돌아갈 곳이 있었다.

다른 하나는 나의 일이었다. 제프는 내가 하는 일이 우리 시간을 방해한다고, 내가 이 일을 그만두고 더 안전하고, 더 실용적이며, 연금을 받을 수 있는 유망한 일을 고려해봐야 한다고 주장하기 시작했다. 그때 나는 만약 제프와 내 일 중 하나를 선택해야 한다면, 내가 펜 테스트를 선택할 것을 알고 있었다.

나는 스물두 살 때 그를 떠났고, 그 후 거의 6년이 흘렀다. 평생처럼 느껴지는 시간이었지만, 전화로 그와 이야기할 때는 마치 어제 일어난 일 같았다.

노샘프턴의 기차역까지 걷는 길은 중앙분리대가 있는 도로를 따라 4마일이었다. 나는 팔꿈치 바로 옆으로 획획 지나가는 차들과 함께 천천히 걸어갔다. 반 정도 가자 트럭 운전자들을 위한 조그만 정차 구역이 나왔고, 그곳에는 햄버거 트럭이 있었다. 볶은 양파와 뜨거운 감자튀김 냄새는 참기 어려울 정도로 좋았고, 나는 한참을 서성이며 머릿속으로 남은 돈을 세어 보고 배낭에 남은 에너지 바와 따뜻한 식사의 기대치를 저울질하다가 결국 군침이 고인 입과 꼬르륵거리는 배에 굴복했다.

주인은 기름이 튄 앞치마를 두른 쾌활한 성격의 나이가 지긋한 여성이었고, 내가 베지 디럭스버거를 사려고 돈을 내밀자 손을 내저어 사양하면서 노숙인을 돕는 것에 관한 이야기를 중얼거렸다. 나는 얼굴이 붉어졌다. 감사하면서도 무언가 더 날 선 감정, 수치심과 아주 비슷한 무언가가 섞인 기분을 느꼈다. 순간 나는 항의하고 싶었다. '오, 아니에요! 오해하신 거예요!' 하지만…… 정말 그녀가 오해한 걸까? 나는 어젯밤 생울타리 아래에서 잤다. 그리고 돌아갈 곳도 없었다. 그리고 현금도 거의 다 떨어졌다. 과연 말 그대로 노숙자였다. 게이브의 계좌에 비트코인이 있었지만, 그것이 얼마나 쓸모없는지는 점점 더 분명해졌다. 아직 런던으로 돌아가는 표를 사야 했고, 내셔널 레일 웹사이트는 암호화폐를 받지 않아서 비트코인으로 직접 결제할 수 없었다. 그리고 거래소에 가서 신분증을 보여 주지 않고는 비트코인을 현금으로 바꿀 수 없었다. 내가 신분증을 보여 주면 곧바로 데이터베이스가 활성화되면서, 일종의 수배 범죄자 경고음이 울리고 곧바로 수갑을 차게 될 것이 틀림없었다.

그렇다. 비트코인은 지금 동결 상태인 내 은행 계좌만큼이나 쓸모없었다. 기차표가 얼마일지 정확히 알지 못했지만, 표를 사고 나면 정말 마지막까지 몰리게 되리라는 것은 알았다. 결국 나는 고개를 끄덕이고, 베지 디럭스를 받으며 고맙다고 말했다.

마침내 역에 도착했고, 과연 승차권을 사는 데 남은 현금이 거의 다 들었다. 나는 빈자리에 주저앉으면서 맞은편에 앉은 나이 든 여성에게 미안해하는 미소를 지었다. 적어도 이 승차권으로 내게 절실히 필요한 두 가지인 뜨거운 물과 전원을 사용할 수 있게 되었다는 생각이 들었다. 화장실에서 얼굴을 씻고 머리카락에서 나뭇잎과 가지를 떼어 내며, 들판에서 잔 사람의 모습을 조금이라도 지우려고 애썼다. 그리고 감사한 마음으로 좌석 아래의 콘센트에 휴대폰 충전 케이블을 꽂고, 배터리가 극도로 천천히 차오르는 것을 지켜보았다. 기차가 흔들리니 견딜 수 없는 졸음이 밀려왔지만, 눈을 붙일 여유가 없었다. 그렇지만 남쪽으로 향하는 동안 자꾸만 고개가 축 처지고 눈이 감겨왔다.

"괜찮아요, 아가씨?" 기차가 킹스크로스에 가까워지자 반대편에 앉은 여성이 물었다. 그녀는 걱정스럽게 나를 보고 있었고, 나는 입가에 침이 흐른 자국이 있는 것을 깨달았다. 깜빡 졸았던 모양이었다. 나는 최대한 눈에 띄지 않게 침을 닦아냈고, 그녀는 이렇게 덧붙였다. "이렇게 말해도 실례가 아니라면 좋겠는데, 안색이 좋지 않아 보여요."

"전 괜찮아요." 나는 중얼거리며 대답했다. 하지만 갑자기 졸음이 사라지면서 다시 전처럼 예민하게 긴장한 상태가 되었다. 그녀의 표정과 내 얼굴을 보는 시선에 걱정스러운 호기심과 함께 무언가가 더 있었다. 나를 알아본 것 같지는 않았다. 그녀의 표정은 수배 중인 도망자를 발견한 사람의 얼굴 같지는 않았다. 하지만 나중에 뉴스를 보고, 얼굴까지 가리도록 모자를 푹 눌러 쓴 채 맞은편에 웅크리고 있던 여자를 기억해 내는 것도 불가능한 일은 아니었다. "정말이에요? 얼굴이 몹시 창백해요. 몸도 떨고 있고요."

"정말 괜찮아요." 나는 더 힘주어 말했다. 실은 지나치게 더운 겨울 객차 안에 있다고 믿기 어려울 만큼 몹시 추웠다. 어쨌든 나는 설득력 있어 보이길 바라며 억지로 미소를 지었다. "고마워요."

나는 일어나서 휴대폰을 챙기기 시작했다. 그리고 가방을 어깨에 메려고 준비하면서, 급격한 움직임이 일으킬 고통을 예견하며 얼굴을 찌푸렸다. 그러나 통증은 예상보다 심했고, 잠시 고통으로 숨도 쉬지 못하고 가방끈과 옆구리를 부여잡은 채 서서 토하지 않으려고 애쓰는 것 외에는 아무것도 할 수 없었다. 귀가 울렸고, 맞은편 여성이 걱정스럽게 떠드는 소리가 들렸지만, 무슨 말을 하는지 알아들을 수 없었다. "앉으세요."라는 말과 "…… 누구에게 전화해 줄까요?"라는 말 정도가 들렸다.

"전 괜찮아요, 제발 그냥 좀 내버려 두시겠어요." 나는 이를 악물고 말하며 그녀의 놀라고 상처받은 표정은 모르는 체했다. 기차가 속도를 늦추기 시작하자 나는 객차 끝으로 이동했다. 강력한 통증의 여파와 변한 내 모습에 대한 수치심으로 낯이 뜨거웠다. 나를 걱정해 주는 낯선 이에게 함부로 말하고, 작은 친절도 믿지 못하는 사람이 되었다. 내가 어떤 사람이 되어가고 있는 걸까? 더는 확신이 서지 않았다.

7시 5분 전에 나는 피커딜리 서커스가 내려다보이는 상점의 위층에 자리를 잡았다. 활과 화살을 든 친숙한 아기 천사가 있는 분수대가 보이는 곳이었다.

'사실 에로스가 아니야.' 머릿속에서 게이브의 말이 들렸다. 마치 그가 바로 내 귀에 속삭인 것처럼 또렷했고, 너무 뜻밖이라 한 대 맞은 기분이었다. '그건 에로스의 쌍둥이야.'

제로 데이즈

그 기억이 떠오르자 흘리지 못한 눈물로 목이 메었다. 이 장소를 선택할 때는 게이브와 내가 처음 데이트하던 무렵에 만났던 곳 중 하나였다는 것을 잠시 잊고 있었다. "에로스." 나는 우리의 약속 장소로 게이브가 고른 조각상을 올려다보며 말했다. "사랑의 신이라니, 흠. 나한테 무슨 말을 하려고 그러는 거야?" 게이브가 설명해 주었던 것이 바로 그때였다. 에로스가 아니라 안테로스, 응답을 얻은 사랑의 신이라고.

다른 사람이 그렇게 말했다면, 거들먹거리며 설명하려 드는 얼간이 같은 남자라고 생각했을 것이다. 그러나 게이브는…… 아마도 그건 그의 미소 때문이거나 내가 이미 그에게 홀딱 반했기 때문이었을 것이다. 아니면 그가 정말로 명백하게 그런 뜻으로 말한 것이 아니었고, 단지 소소하지만 흥미로운 지식 나누기를 즐기는 사람이기 때문이었는지도 모른다.

어쨌든 나는 한동안 다시는 신뢰하지 않으리라고 생각했던 사랑에 대해 농담까지 할 수 있었다. 그것은 보안 컨퍼런스에서 처음 만났을 때부터 내가 그에게 얼마나 편안함을 느꼈는지를 보여 주는 증거였다. 나는 한때 제프에게 느꼈던 것을 사랑이라고 불렀다. 그리고 내가 얼마나 믿을 수 없을 만큼 잘못 생각했는지에 충격을 받았다. 다시 사랑을 믿기까지는 오랜 시간이 걸렸고, 헬이 아닌 다른 사람에게 사랑이라는 말을 쓰기까지는 더 오랜 시간이 걸렸다. 하지만 게이브에게는…… 어찌 된 일인지 그를 안 지 몇 주 만에, 나는 혼자 있을 때 남몰래 그 단어를 생각하게 되었고, 내 머릿속에는 온통 그와 그의 몸, 그의 손길에 대한 생각이 가득 찼다. 나는 감히 희망을 품고 있었다. 사랑. 그 것이 가능할 수도 있었다. 그리고 이번에는 진짜일 수도 있었다.

에로스는 외로웠다. 전설에 따르면 그렇다고 게이브가 나에 게 말해 주었다. 그래서 신들은 그에게 쌍둥이를 만들어 주었는데, 그가 안테로스, 응답하는 사랑이었다. 사랑에 필요한 것은 그저 마주 사랑해 줄 누군가였기 때문이다.

그날은 거의 모든 게 완벽했다. 응답을 얻은 사랑의 신 아래 에서의 만남. 그보다 더 달콤한 징조가 있었을까? 그런데 지금 나는 여기서 혼자 제프를 기다리고 있었다.

바로 그때 그를 보았다. 시계가 정확히 7시를 가리켰을 때, 제 프가 여전히 무의식적으로 내가 이를 악물게 만드는 여유로운 걸음걸이로, 빠르게 달려오는 택시 앞으로 태연히 길을 가로질 러 가는 것이 보였다. 택시는 화가 난 듯이 경적을 울렸다. 제프 는 기사에게 활짝 웃으며 손가락 두 개를 올려 보이더니 분수대 로 향했다. 그는 한때 게이브가 나를 기다렸던 것처럼 마치 데이 트를 기다리듯 분수대에 느긋하게 서 있었다. 나는 광장 주변을 둘러보았다. 경찰관은 없었다. 적어도 내게는 보이지 않았다. 물 론 사람들은 많았다. 지하철 입구 난간에 기대거나, 친구를 기다 리거나, 건널목에 서 있는 사람들이 수십 명은 되었다. 그들 중 누가 사복 경찰인지 알 방법은 없었다. 하지만 제프는 혼자인 것 처럼 보였다.

"이제 시작이네." 나는 아주 조용히 말하며 움직이기 시작했 고, 쿵쾅거리는 가슴으로 상점 계단을 서둘러 내려갔다.

제로 데이즈

걸어가면서 나는 그에게 보이는 광경을 그려 보려고 했다. 작은 체구에 후드를 쓰고 얼굴은 그림자에 가려진 채로 길을 가로지르는 모습. 나는 그의 고개가 올라가고, 내가 그렇게도 싫어하는 그 거만한 미소가 얼굴에 번지는 것을 보았다.

"좋아, 잭." 이런 말이 들리더니 천천히, 재미있다는 듯이 "자, 자, 자, 여기 뭐가 있나."라고 하는 소리가 들렸다.

수갑을 보았지만, 너무 늦었다. 어차피 내가 할 수 있는 일은 없었다. 뭐라고 소리칠 수도 없었고, 그를 막기 위해 행동할 수도 없었다. 비록 그가 불필요할 정도로 거칠게 절차를 밟아 나갔지만, 어쨌든 제프는 전문적인 훈련을 받은 전문가였다. 그는 이미 백 번도 넘게 이런 일을 해 봤다. 자신의 체구보다 절반쯤 작은 여자를 제압하고 수갑을 채우는 일은 어린아이 장난 수준이었다. 내가 무슨 일이 일어나고 있는지 미처 깨닫기도 전에 수갑이 채워졌고, 기지를 발휘해 소리치거나 막으려고 시도하는 것은 생각도 할 수 없었다. 어쨌거나 그렇게 해 봤자 소용없었을 거였다. 소용없는 데서 그치지 않았을 것이다. 나도 알고 있었지만, 그럼에도 지금 전개되는 상황에 속으로 울부짖을 수밖에 없었다. 그를 믿지 말아야 한다는 것을 알았지만, 여전히 희망을 버리지 못했다.

"당신을 범행 방조 혐의로 체포합니다." 내 귀에서 울리는 소리 위로 그가 하는 말이 들렸다. 귀의 울림이 다시 들려왔고, 그 어느 때보다도 더 컸다. 이제 사람들이 돌아서서 지저분한 피커딜리 보도에 얼굴을 댄 여성과 그녀의 등을 무릎으로 누르고 있는 남성을 빤히 보고 있었다. 전형적인 런던 사람들처럼 아무 간섭도 하지 않고 단지 눈앞에서 벌어지는 장면에서 물러설 뿐이었다. "…… 묵비권을 행사할 수 있지만, 질문을 받았을 때 이후 귀하의 변호에 필요한 내용을 언급하지 않으면 변호에 지장……" 제프가 말하고 있었다.

분노에 차서 헐떡이는 숨소리에 묻혀 말이 희미해졌다가 커지기를 반복했다.

"꺼져, 제프!" 멀리서 들리는 소리처럼, 보도에 막혀 작아진 말소리였다. 누군가 무릎으로 등을 누르고, 얼굴이 바닥에 짓눌려 있으면 말하기가 어렵다. 그리고 나는 제프가 짜증스러워하며 도발하는 웃음소리를 들었다.

"공공장소에서 음란하고 저속한 언어를 사용한 혐의를 추가할까요, 크로스? 저는 그렇게 할 겁니다."

"아, 진짜, 꺼지라고." 나는 말소리를 듣고 한편으로는 응원하고 싶었다. "참고로 아랫입술도 윗입술처럼 찢어놔 보시지요. 그것도 추가해서 정식으로 고소할 테니까. 내 변호사에게 전화해 주세요."

제프는 다시 웃었다. "누구에게든 전화해도 돼요. 오늘 밤은 긴 밤이 될 테니까, 헬."

그리고 나는 제프가 언니를 수치스럽게 일으켜 세우고 수갑을 채운 채로 끌고 가는 것을 지켜보고 있었다. 그녀의 귀에는 아직 이어폰이 매달려 있었다.

제로 데이즈

제프를 믿을 수 없다는 것은 알고 있었다. 하지만 내게 선택의 여지가 없는 것도 맞았다. 내게 그렇게도 절실히 필요한 것을 제프가 줄 가능성이 조금이라도 있다면, 시도할 수밖에 없었다. 그렇지만 내가 직접 나타나는 것은 나로서도 너무 무모한 일이었다.

그래서 나는 헬에게 전화를 걸어, 다른 사람에게는 할 수 없는 부탁을 했다.

"제프가 틀림없이 나를 그냥 체포하리라는 걸 아는 거지?" 6시가 되기 직전에 만났을 때 그녀는 체념한 듯이 말했고, 나는 고개를 끄덕였다.

"알아. 하지만 달리 방법이 없어. 이 번호를 꼭 얻어야 해. 언니는 그래도 괜찮겠어?"

"응, 난 괜찮아. 유치장에서 하룻밤을 보내게 될 경우를 대비해서 애들은 방과후 교실을 신청해 놨어. 하지만 롤스 생각에는 경찰이 나를 대단한 혐의로 기소하진 않을 거래. 그러니까, 네가 나에게 메시지를 보내서 피커딜리 서커스에서 너의 전 남자친구인 경찰관을 만나라고 한 거잖아. 그게 무슨 '대열차 강도' 사건도 아니잖아. 내가 알기로 너는 자수할 계획이었던 거고. 어쨌든 나는 그렇게 이야기할 거야."

내가 살펴보고 있다가 제프가 혼자인 것 같으면 헬에게 블루투스 헤드셋을 통해 신호를 주기로 했다. 헬은 오는 길에 휴대폰 가게에서 블루투스 헤드셋을 사고, 제프를 너무 일찍 놀라게 하지 않기 위해 나와 비슷한 검은색 후드티를 입은 채 지하철에서 나올 예정이었다. 나는 가게 안에서 안전한 거리를 유지하면서도 블루투스가 연결되는 범위 내에서 지켜보기로 했다. 그리고 제프가 번호를 건네주었을 때 헬이 소리 내어 읽으면 들을 준비를 하고 있었다. 이후에 우리가 다시 만날 방법은 없었다. 제프는 헬에게 번호를 준 뒤 그녀가 그를 나에게 데려가는지 바로 확인할 가능성이 컸기 때문이다.

나는 번호를 얻자마자, 블루투스 이어폰을 진열대에 떨어뜨리고 헬이 있는 방향과 반대쪽 출구로 나갈 생각이었다. 서로 연락은 하지 않을 것이고, 내가 바라는 대로라면 제프가 누군가에게 헬을 미행시켰다고 해도 나에게는 위험이 전혀 없을 것이었다.

물론, 실제로 제프는 굳이 그런 복잡한 일을 하지 않았고, 헬이 인사도 하기 전에 체포해 버렸다. 롤랜드의 동료들처럼 유능한 변호사가 있다면, 헬은 기소는커녕 몇 시간 넘게 구금되지도 않을 것이었다. 하지만 그것은 크게 위안이 되지 않았다. 게이브의 백업에 접근하는 일은 다시 원점으로 돌아갔고, 그렇게 생각하니 나는 울고 싶어졌다.

남은 선택지는 이제 하나뿐이었다. 게이브의 지갑에 든 접근할 수 없는 비트코인을 안타깝게 생각할 때부터 마음 한구석에 맴돌던 방법이었다. 실은 접근이 완전히 불가능한 것은 아니기 때문이었다. 그것을 인출할 수는 없어도 이체할 수는 있었다. 그리고 2만 파운드는 내게 남은 마지막 선택지를 사는 데 충분한 금액이었다. 문제는 그 방법은 제프를 믿는 것보다도 더 위험할

제로 데이즈

지 모른다는 것이었다. 게다가 어떻게 시작해야 할지도 몰랐다.

기본적인 것들은 알았다. 토르, 암시장. 버서스, 알파베이 같이 그중 몇 가지는 이름도 알고 있었다. 문제는 게이브가 내게 말해 준 것의 절반도 기억나지 않는다는 것이었다. 그는 인터넷의 어두운 구석에서 이것저것 많은 일을 해왔다. 적어도 10대 시절 해킹으로 유죄 판결을 받은 후로는 구매를 위한 것은 아니었지만, 관리자 비밀번호, 데이터 덤프, 소프트웨어 해킹 등 우리 고객에게 영향을 미칠 수 있는 것이 팔리고 있는지 확인하려는 것이었다. 그리고 가끔 그는 관련된 이야기를 해 주었다. 어떤 시장에서 무엇을 팔고, 어디가 신뢰할 만한지, 또 어디는 연방 요원이 침투했거나 사기꾼들이 장악해 비트코인을 에스크로에 넣고 현금을 가지고 도망칠 수도 있다고 말해 주었다. 솔직히 말해서 나는 그런 이야기에 한 번도 흥미를 느낀 적이 없었다. 그것은 엉망진창에 마약으로 물든 온라인 중고시장 같았고, 더 심각한 사기꾼과 멍청이들이 가득한 곳처럼 느껴졌다. 이제 나는 그때 더 주의 깊게 들었어야 했다고 후회하고 있었다. 친절한 《초간단 토르 안내서》나 암시장에 관한 《이럴 땐 어디?》 같은 안내서는 아마존에서 살 수 없고, 아예 존재하지 않기 때문이다.

나는 아무것도 모르는 곳에 가서 완전한 낯선 사람에게 많은 돈을 제안할 참이었다. 그리고 이것이 통할지, 아니면 내가 길가 도랑에서 죽은 채로 발견될지 전혀 알 수 없었다.

2월 11일
토요일

1일 전

──────── "여기 같아요." M1 고속도로 휴게소에 가까워졌을 때 나는 트럭 기사에게 말했다. M4dR0XXX600, 내 머릿속에서는 발음하기 쉽게 매드록스라고 부르는 사람과 만나기로 한 장소였다. "정말, 진심으로 감사드려요."

"아, 별거 아닌데." 기사가 말했다. 그는 기어를 낮추고 왼쪽 차선으로 들어가며 나를 한 번 살폈다. 그의 표정은…… 글쎄, 적당한 형용사를 고르자면, 걱정스러운 표정이라고 할 수 있겠다. 나는 더 꼿꼿이 앉아서 몸이 낮게 떨리는 것을 덜 드러내려고 노력했다. 아침에 일어났을 때부터 줄곧 떨고 있었는데, 처음에는 단순히 추운 줄 알았다. 나는 구시가의 공조기 배기구 근처에서 잠을 잤는데, 같은 구석에서 자는 다른 노숙인들과 달리 나는 차가운 콘크리트 바닥을 가려 줄 판지 뭉치도 없었고, 배기구에서 나오는 약간의 온기마저 내게서 곧장 빠져나가 딱딱한 바닥으로 스며드는 것 같았다. 하지만 그 이후로 상점과 도서관처럼 대개 너무 더울 정도로 난방이 되는 곳을 돌아다녔는데도, 뼛속까지 온기가 돌아오지는 않았다. 지금은 덜덜 떨면서 동시에 땀도 흘리고 있었고, 내가 심각하게 아픈 것 같다는 사실을 인정할 수밖에 없었다.

가장 불길한 것은 이제 옆구리의 상처가 거의 느껴지지 않는

제로 데이즈

다는 사실이었다. 상처가 치료되고 있어서가 아니라, 이제 내 몸통 전체가 아팠기 때문이었다. 통증 때문에 괴로워서 음식을 먹으면 구토가 나왔다. 그리고 'M1 북쪽'이라고 써서 임시변통으로 만든 표지를 잡고 엄지손가락을 치켜든 내 앞에 멈춘 트럭의 운전석 옆에 타고 있는 내내 몸을 반쯤 웅크리고 있어야 했다.

"저기, 아가씨." 이제 기사가 말했다. "참견하려는 건 아닌데…… 그러니까 내가 상관할 일은 아니지만, 정말 괜찮은 거야?"

나는 눈을 감았다. 뭐라고 말해야 할지는 알았다. 괜찮다고, 상관할 일이 아니라고 말해야 했다. 하지만 그의 어색한 친절함에 60대 정도로 보이는 그의 나이까지 더해져서 어쩐지 거짓말을 할 수가 없었다. 아마도 내 아버지가 살아 계셨다면 그 정도 나이였을 것이다.

"몸이 좋지는 않아요." 나는 마침내 인정했다. "하지만 괜찮아질 거예요." 나는 그 여정을 시작할 때 그에게 했던 말을 기억해 내려 애쓰며 말을 더듬었다. 정신이 혼미하고 머리가 아팠다. "친구를 만나면요." 나는 마침내 어색하게 마무리했다.

"아, 친구?" 기사가 말했다. 북쪽으로 1마일 정도 더 달리다가 그가 방향 지시등을 켜고는 결심한 듯 말했다. "저기, 아가씨, 말을 해야 할지 어째야 할지 고민했는데…… 아가씨가 누군지 알아."

나는 가슴이 철렁 내려앉았고, 갑자기 혼미했던 정신이 맑아지면서 공포에 찬 아드레날린이 치솟았다. 그리고 모든 것이 느려지는 것처럼 느껴지며 그를 보았다.

"뭐라고 말씀하셨어요?"

"아가씨가 누군지 안다고 했어. 재키인가 뭐 그런 이름이지 않아? 아까는 겁먹을까 봐 아무 말도 안 했는데, 아가씨 얼굴이 뉴스에 다 나왔거든. 보여 줄 수도 있는데." 그는 손을 흔들며 대시보드에 올려놓은 휴대폰을 가리켰다. "하지만 여기저기 카메라가 있어서, 휴대폰 하다가 걸리면 딱지를 떼일 테니까."

나는 심장이 너무 세게 뛰어서 기절할 것 같았고, 조금 전까지만 해도 차갑고 축축했던 얼굴이 갑자기 타는듯한 열기로 새빨개진 것 같았다. 땀방울 하나가 등줄기를 타고 흘러내렸다. 젠장. 젠장. 어떻게 이렇게 어리석을 수 있었을까?

기사는 아직 이야기하는 중이었다.

"아가씨를 경찰에 넘기거나 그러진 않을 거야."

"그러지 않는다고요?" 나는 다시 떨고 있었다. 감염 때문인지, 공포나 충격 때문인지, 꼬집어 말할 수 없었다. 하지만 내 귀를 믿을 수가 없었다. "왜요?"

"아이고." 그는 손을 공중에 휘저었다. 마치 진절머리가 난다는 손짓처럼 보였다. "무슨 일이든 간에 아가씨가 저지른 게 아니라는 걸 알 수 있거든. 그럴 사람이 아닌데. 그리고 나도 경찰을 믿지 않아. 내가 스물한 살 때 하지도 않은 일로 누명을 썼을 때부터 경찰을 싫어했지. 감옥에서 여섯 달을 보냈고, 그래서 이 '블랙 뷰티'를 운전하게 됐거든." 그는 운전대를 두드렸다. "전과 있는 놈을 받아 주는 곳이 거의 없으니까. 하지만 한 가지 배운 게 있지. 그들은 제대로 된 범인인지 확인하는 것보다는 그냥 누구든 감옥에 넣는 데 더 관심이 있다는 걸. 그러니 걱정하지 마. 아무 말도 안 할 거야. 하지만 아가씨 얼굴이…… 이런 말 해서 미안한데, 아가씨 꼴이 아주 형편없어. 병원에 가는 게 위험 부담이 있는 건 알지만…….”

그는 말끝을 흐렸지만, 나는 그가 하지 않은 말이 무엇인지 알았다. 병원에 가지 않는 것이 더 큰 위험일 수도 있다는 것이었다.

“갈게요.” 나는 마침내 말했다. “약속해요. 실은 아마 하루나 이틀 내로 자수하게 될 거예요. 하지만 먼저 시도해 봐야 할 일이 하나 있어요. 그래서 여기 온 거예요.”

트럭은 이제 대형 차량 주차장에서 멈춰 섰고, 기사는 핸드브레이크를 당기고 나를 향해 고개를 돌렸다. 대시보드 불빛이 비친 그의 얼굴은 진지해 보였다.

“지금 바보 같은 짓을 하려는 건 아니겠지?”

“아니에요.” 나는 그 말이 사실이길 바랐다.

“그리고 집에는 어떻게 돌아갈 건데?”

“저…….” 나는 멈칫했다. 솔직히 다음 일까지는 생각해 본 적이 없었다. 도대체 집은 어디일까? “저도 모르겠어요.”

“흐음.” 그는 팔짱을 끼고 나를 평가하듯이 바라봤다. 나는 미소를 지으려고 했지만, 내 얼굴은 점토로 만들어진 것처럼 축축하고 무감각했다. “자, 혹시 태워 줄 사람이 필요하면, 대형 트럭 카페에 가서 기사들한테 빌 와츠를 아는지 물어봐. 누가 헛소리하면, 내 조카 엘라라고 말해. 그러면 알아서 잘해 줄 거야."

"네." 내가 대답했다. 정말 고마운 마음에 눈물이 맺히고 목이 메었다. 나는 호스텔의 루시우스, 햄버거 트럭 주인, 기차 맞은 편 자리의 여성과 고맙다는 말 외에는 아무런 보상도 없이 모르는 사람을 도와준 모든 사람을 생각했다. 게이브의 죽음은 나를 최악의 인간에 가깝게 몰아갔지만, 세상에는 여전히 빌처럼 좋은 사람들이 있었고, 그 덕분에 완전히 절망할 수는 없었다. "빌, 어떻게 감사드려야 할지 모르겠어요……."

"고마워할 필요 없어." 그는 파리를 쫓듯 손을 내저으며 말했다. "그냥 몸조심해. 자, 가방 챙겼어?"

나는 고개를 끄덕이며 발밑에서 가방을 들어 올렸다. "다시 한번 고마워요, 빌, 진심으로. 그리고…… 안녕히 가세요."

"잘 가, 재키." 빌은 조금 슬픈 목소리로 말했다. 그는 내가 옆구리의 사나운 통증을 자극하지 않으려고 조심스럽게 트럭에서 내려오는 것을 지켜보았다. 나는 주차장을 가로질러 어둠 속으로 걸어갔다.

비가 내리기 시작했다. 나는 매드록스와 만나기로 한 장소로 향했다. 주 출입구에서 멀어지는 방향이었다. 메시지에는 'KFC 매장 옆 비상구 근처'라고 되어 있었다. 주차장을 가로지르는 사이 닭을 튀기는 익숙하고 메스꺼운 냄새가 났고, 휴게소 차양 아래에서 누군가 휴대폰을 내려다보며 웅크리고 있는 것이 보였다. 이 정도 거리에서는 수상해 보이는지는 둘째치고, 남자인지 여자인지조차 구분할 수 없었다.

나는 마른침을 꿀꺽 삼켰다.

내가 하려는 일은 제정신이라 하기 어려울 정도로 위험천만한 일이었다. 마치 추적할 수 없는 지폐 2만 파운드를 가지고 완전히 낯선 사람에게 다가가는 것과 같았다. 매드록스는 경찰일 수도 있었다. 거저 돈을 벌고 싶어 하는 사람일 수도 있었다. 그가 나에게 총을 겨누거나, 솔직히 말해 그냥 내 옷 속의 진물이 흐르는 상처 근처를 한 대만 쳐도 끝장이었다. 나는 개인 키를 넘겨야 할 테고, 그렇게 되면 게이브의 백업 드라이브에 접근할 기회도 함께 사라질 것이다.

포장도로를 가로지르면서 심장이 쿵쾅거렸다. 앞에 있는 사람 형체에 집중하느라 빠른 속도로 달려오는 스포츠카가 거의 코앞에 닿을 때까지 보지 못했다. 나는 간신히 비켜났고, 물웅덩이가 철벅 튀면서 나를 쫄딱 적셨지만, 물소리는 요란한 경적에 묻혔다. 운전자에게 손가락 욕을 하고 싶은 충동을 참았다. 나는 갑자기 빨라진 맥박을 진정시키려고 깊은숨을 들이쉬고 도로에서 벗어나 KFC 옆의 잔디 가장자리로 걸어갔다.

그 사람이 고개를 들었고, 나는 그가 남자라는 것을 확인했다. 스무 살이 넘지 않은 것 같은 그야말로 어린애였다. 그는 호리호리했고, 나만큼이나 초조한 보이는 것이 무언가를 말해 주고 있었다. 방수가 전혀 되지 않는 회색 후드티를 입은 그의 앞머리에서 빗물이 뚝뚝 떨어지고 있었다.

"레디브렉이세요?" 그의 목소리는 처음엔 낮았지만, 마지막 음절에서 갈라졌다. 나는 고개를 끄덕였다.

"맞아요." 적어도 내 목소리는 침착했고, 떨리는 것은 차가운 비 때문인 척할 수 있어서 다행이었다. 위협적으로 보이고 싶지는 않았다. 불안한 사람들은 잘못된 결정을 내리기 때문이다. 하지만 약해 보일 수도 없었다. "매드록스인가요?"

"네." 내가 가까이 다가가자 그는 조금 긴장을 풀었다. 아마도 내가 돼지 허벅다리처럼 큰 주먹을 가진 키 6피트의 남자가 아니라는 사실에 안도한 듯했다. 하지만 곧 우리가 처한 상황이 생각난 듯 약간 떨리는 목소리로 말했다. "가방 내려놔요."

"그러니까…… 그럴게요." 나는 조심스럽게 젖은 인도에 가방을 내렸다. "하지만 혹시 몸수색도 할 건가요? 우리 둘 다 바지까지 벗어야 해요? 그렇게 하기엔 날이 좀 궂은데요." '관계를 형성하고, 그들을 웃게 하라.'

내 말에 그가 남부 런던 특유의 웃음으로 낄낄거렸고, 환한 미소가 번진 그의 얼굴은 열네 살쯤으로 보였다.

"저기, 아가씨, 매력적이고 다 좋은데 난 여기 돈 받으러 온 거지, 잠자리 상대 찾으러 온 게 아니야."

나는 웃고 싶지 않았지만, 억지로 '하하' 하고 약하게 웃었다.

"그 말을 들으니 안심이네요. 휴대폰은 가져왔어요?"

그는 다시 진지한 표정으로 고개를 끄덕이더니 싸구려 선불폰을 들어 보였다. 액정은 어둡고 빗방울이 묻어 있었다.

"그래요. 내가 돈을 받았다고 말하면 내 중개인이 스왑을 할 거예요."

제로 데이즈

"휴대폰 먼저 줘요." 나는 단호하게 말하며 떨리는 손을 감추려고 주먹을 꽉 쥐었지만, 그는 고개를 저었다.

"미안, 아가씨. 돈이 없으면 휴대폰도 없어요. 돈을 주지 않으면 난 갈 거예요."

나는 속이 메스꺼웠다. 이 상황을 어떻게 해결해야 할지 전혀 감이 오지 않았다. 적어도 내가 돈을 가지고 있다는 보증 없이는 휴대폰을 건네주지 않으려는 이유는 이해가 갔다. 지폐가 가득 든 가방처럼 열어서 보여줄 수 있는 것이 아니었다. 개인 키는 지갑 안에 실제로 무엇이 있는지 알지 못하면 아무 의미가 없었다. 하지만 반대로 나도 그가 그냥 테스코 모바일을 들고 있는 허풍쟁이인지 알 수 없었다. 어쨌든 중요한 건 나는 그가 가버리도록 놔둘 수는 없다는 것이었다. 이건 내게 완전히 마지막 기회였다.

"알겠어요, 먼저 돈을 이체할게요." 나는 마침내 말했다. "하지만 그 휴대폰이 작동하는지 확인해야겠어요. 스왑되었다는 걸 알 수 있게요."

"이봐요, 내가 이런 걸 수천 번은 했어요." 그가 약간 짜증을 내며 말했다. 그러더니 너무 나갔다는 걸 깨달았는지, 고쳐 말했다. "뭐, 수백 번은 된다고요. 난 쓸만하다고요."

"알아요, 믿어요. 하지만 나는 혹시……." 나는 말을 멈췄다. 혹시 경찰이 심 카드에 잠금 설정을 해 두었을지도 모른다고 말하려던 것이었지만, 그에게 이 일에 경찰이 관련되어 있다는 것을 알리고 싶지는 않았다. 그렇게 말하면 가격을 올리거나, 그가 그냥 달아나 버려서 문고판 책에 적힌 쓸모없는 숫자들과 함께 얼음장 같은 주차장에 덩그러니 남겨질지도 모른다는 생각이 들었다. "심 카드에 잠금 설정이 되어 있을까 봐 걱정되어서 그래요. 돈을 이체하기 전에 스왑이 완료됐는지 확인해야 해요. 나한테 휴대폰을 줄 필요도 없어요. 이체를 누르기 전에 잘 되는지 확인만 할게요."

긴 침묵이 흘렀다.

"제발요." 내가 할 수 있는 한 가장 설득력 있게 말했다. 목소리에는 친근함을 모두 끌어모아 담았다. 십여 년 동안 소셜 엔지니어링 기법으로 낯선 사람들을 감언이설로 꾀고, 매혹해 아무런 이유도 없이 나를 돕고 싶게 만들면서 갈고 닦은 모든 것을 동원했다. 나는 무감각하고 차가운 얼굴로 미소를 만들어 냈다. "이건 2만 파운드예요. 2만 파운드라면 미리보기 정도는 할 수 있지 않아요?"

남자는 내 힘과 체격을 평가하듯 나를 바라보았고, 치솟은 열 때문인지 엄습한 두려움 때문인지 몸이 부르르 떨렸다. 나는 몸을 가누려 애썼다. '겁먹었다는 것을 보이지 마라.'

그리고 그는 눈을 굴렸다.

"이런, 내가 호구지, 정말. 그럼 그렇게 해요." 그는 재킷에 손을 넣더니 훨씬 고급스러운 다른 휴대폰을 꺼냈다. "스왑하고 싶은 번호가 뭔데요?"

내가 번호를 부르자, 그는 받아 적은 후에 휴대폰의 버튼을 눌러 낮은 목소리로 말했다.

"제이? 그래, 나……." 그는 말을 시작하다가, 자신이 말하려고 했던 이름을 다시 생각하는 듯하더니 더듬거리며 고쳐 말했다. "난데, 여기 고객이랑 있어. 지금 스왑해 줘."

상대방이 말하는 동안 잠시 침묵이 흘렀다. 들리지는 않았지만, 상대방이 매드록스에게 돈을 받았는지 묻고 있다는 생각이 들었다.

"주지는 않을 거야." 매드록스는 약간 화난 듯 말했다. 그는 나를 등지고 몇 걸음 걸어갔다. 은밀하게 통화하려고 하는 듯했지만, 여전히 그의 말소리가 들렸다. "그 여자는 그냥……." 상대방이 말을 끊었고, 매드록스는 짜증스러운 목소리로 말했다. "그 여자는 5피트는 될까 싶게 작다고. 나한테 덤벼들 수가 없어."

대화가 더 이어졌고, 매드록스는 고개를 더 끄덕이고 화를 내며 안심시키는 말을 더 이어갔다. 구부린 그의 등은 몹시 당황한 것처럼 보였다. 마치 친구들 앞에서 으스대려다가 엄마에게 무안당한 십 대 같았다. 나는 좋지 않은 예감, 가슴을 도려내는 듯한 두려움을 느끼기 시작했다. 하지만 그것은 매드록스에 대한 것이 아니라 전화기 건너편에 있는 사람에 대한 것이었다. 일을 마무리해 주지 않으면 어떻게 하지? 상대가 매드록스에게 돈만 받고 도망가라고 한다면? 내 경험에 따르면, 화가 나고 망신당한 표적은 위험한 것이었다. 사람들이 나를 좋아하게 만들어야 했다. 나를 믿게 해야 했다. 그들이 무언가를 증명해야 한다는 기분이 들게 하면 안 됐다. 친근하고 협력적인 매드록스는 내가 감당할 수 있었다. 하지만 그의 상사에게 세게 나가는 모습을 보이려는 매드록스는 어떨지 장담할 수 없었다.

결국 매드록스는 전화를 끊고 돌아섰고, 나는 아무것도 듣지 못한 척하면서 고개를 들었다.

"중개인이 스왑을 진행하고 있어요." 그는 퍽 당당하게 말했다. 나는 안도하면서 눈을 감을 뻔했다. "전화를 걸어서 확인할 수 있어요. 확인한 뒤에는 비트코인을 전송하는 거예요, 알았죠?"

나는 고개를 끄덕였다. 긴 기다림 끝에 매드록스의 전화가 울렸고, 그는 메시지를 내려다보았다.

"이제 됐어요. 지금 해 볼래요?"

나는 다시 고개를 끄덕이고 내 휴대폰을 꺼냈다. 이제 끝이었다. 내 등에 거대한 과녁을 붙이는 것을 이제 피할 수 없었다. 제 아무리 복잡한 암호화 소프트웨어를 사용한다 해도, 내가 게이브의 번호로 전화를 거는 순간, 그의 새로운 전화기 위치와 내 위치가 경찰의 감시망에 확실히 찍히게 될 것이다. 더 중요한 것은, 경찰이 게이브의 전화기가 다른 전화기로 스왑되었다는 사실을 알아차리고 다시 원래대로 되돌리기까지는 몇 분밖에 걸리지 않을 수도 있다는 점이었다.

나는 숨을 멈추고, 게이브의 번호를 눌렀다. 숨을 참고 기다리는 동안 나는 이 일이 실패할까 봐 두려운 건지 아니면 혹은 성공할까 봐 두려운 건지 갈피를 잡기 어려웠다.

이삼 초 정도 짧은 침묵이 있었고, 곧 매드록스의 손에 있는 전화가 울렸다.

제로 데이즈

나는 안도감으로 떨리는 한숨을 내쉬며 하마터면 웃을 뻔했다. 하지만 너무 급격하고 빠르게 숨을 내쉬는 바람에, 갑작스러운 갈비뼈의 움직임으로 옆구리의 통증이 활활 타오르듯 뜨겁게 번지면서, 순간적으로 별이 보이고 기절할 것 같았다.

"괜찮아요?" 물속에서 듣는 것처럼 말소리가 희미했다. 귀에서는 쉭쉭 하는 소리가 났다.

"네……." 나는 격렬하게 밀려오는 구토감에 굴복하지 않으려고 애쓰며, 간신히 말을 뱉어냈다. "배가 아파서……." 어느 정도는 사실이었다. 혹시 토하더라도 그럴듯한 이유가 될 수 있었다. 매드록스는 걱정과 경계와 의심이 섞인 눈빛으로 나를 보았고, 그를 탓할 수는 없었다. 나라도 그의 입장이었다면 어떤 속임수가 있는지 의심했을 것이다. 다시 일을 진행해야 했다.

"난 괜찮아요." 전혀 괜찮지 않았지만, 이렇게 말하고 입안에 고이는 침과 목구멍으로 치밀어 오르는 담즙을 삼켰다. 지금은 그런 것이 중요하지 않았다. 매드록스에게서 그 휴대폰을 받고 누군가 눈치채기 전에 인증번호를 받아야 했다. "정말 괜찮아요. 이체할게요. 비트코인 지갑 주소는?"

그가 지갑 주소를 불러 줬고, 나는 가방에서 개인 키 번호가 적힌 책을 꺼냈다. 숫자를 입력하는 손가락이 떨렸다. 길고 복잡한 숫자를 입력하면서 실수하지 않도록 집중해야 했다. 그리고 드디어 게이브의 비트코인 지갑이 나왔다. 내게 남은 모든 돈이 담긴 지갑이었다.

잠시 이체 확인 버튼을 누를 수 있을지 의심스러울 정도로 손이 심하게 떨렸다. 단지 끔찍한 통증의 여파 때문만이 아니었다. 이것으로 끝이라는 자각 때문이었다. 이것은 내가 주사위를 굴릴 수 있는 마지막 기회였고, 내게 남은 돈 전부였으며, 내 마지막 협상 카드였다. 하지만 실제로는 매드록스의 손에 들린 휴대폰으로 게이브의 전화번호가 스왑된 순간, 나는 마지막 카드를 던진 셈이었다. 그 휴대폰은 이제 경찰을 그 휴대폰을 소지한 사람에게로 바로 안내하는 신호였다. 이제 비트코인도, 매드록스도, 다른 어떤 것도 문제가 되지 않았다. 오직 그 전화기가 중요했다.

나는 이를 악물고 온 힘을 모아 떨리는 손을 진정시키고 이체 버튼을 눌렀다.

매트록스는 자신의 휴대폰을 내려다보며 발을 구르고 있었다. 알림이 울리자 그는 선불폰을 열어 화면을 노려보았다. 나는 그가 바로 휴대폰을 넘겨 주리라 기대했지만, 그렇지 않았다. 대신 그는 다른 창을 열어 무언가를 입력하는 듯했다.

그가 고개를 들었다. 짜증스러운 표정이었다.

"이체한 금액이 부족해요."

가슴이 철렁했고, 곧이어 격렬한 아드레날린이 솟구쳤다. 그가 나를 속이려는 걸까?

"무슨 말도 안 되는 소리예요?" 본의 아니게 더 날카롭고 사납게 말이 나오는 바람에 곧바로 다시 주워 삼키고 싶었다. 마치 블루투스 이어폰에 속삭이는 것처럼 게이브의 목소리가 분명하게 내 귀에 들렸다. '그를 화나게 하지 마, 자기야.'

이미 늦었다. 그는 화난 것처럼 보였다. 그것도 몹시.

"2만이잖아요." 그가 말했다. 나는 겁에 질려 있었지만, 직업적인 소셜 엔지니어의 눈으로 봤을 때 그 역시 나만큼이나 긴장하고 불안해하며 속았다고 믿기 쉬운 상태라는 것을 볼 수 있었다. "그게 약속이었잖아요. 18,000파운드밖에 안 들어왔다고요."

"무슨 말이에요?" 나는 당황했다. "나는 2만이 있어서 2만에 합의했던 거예요. 우리가 통화했을 때 시세를 확인했어요."

"우리는 어제 통화했잖아요." 그는 이제 아주 멍청한 사람에게 이야기하듯이 짜증스럽게 말했다. 말은 하지 않았지만 '이 멍청한 년'이라는 말이 얼굴에 맴돌고 있었다. "그래요, 그때는 아마 2만이었겠죠. 하지만 그 이후로 가격이 떨어졌다고요."

"떨어졌어요?" 나는 그를 멍하니 바라보았다. "얼마나…… 10퍼센트가 떨어졌다고요? 어떻게 그럴 수 있죠?"

"비트코인이잖아요." 그가 더욱 성마르게 말했다. "매일 변하잖아요. 비트코인으로 가격을 정하고 싶었으면 그렇게 말했어야죠, 우리는 파운드로 합의했잖아요."

"그런데 시세가 바뀐 게 어떻게 내 잘못이에요?"

"빌어먹을, 내 잘못도 아니잖아요." 그가 말했다. 나는 화가 나면서도 마음 한편으로는 그의 말에 일리가 있다고 생각했다. "반대로 10퍼센트 올랐으면, 당신이 이익을 봤을 거잖아요. 하락한 게 내 잘못은 아니에요. 나머지 2천을 이체해요."

"하지만 그럴 수가 없어요." 나는 멍하게 말했다. "내가 2만에 합의한 이유는 2만이 있었기 때문이에요. 하지만 그게 전부에요. 내게 남은 건……." 나는 화면을 내려다보며 계좌에 남아 있는 얼마 안 되는 비트코인을 환산했다. "잘 모르겠지만, 지갑에 한 오십 파운드 정도? 더는 없어요."

"젠장." 매드록스가 말했다. 명백히 짜증이 난 목소리였다. "그럼 어떻게 할 거예요? 신용카드 있어요? 휴게소에 ATM이 있는데."

나는 절박한 마음으로 머리를 쓸어 넘겼다. 그의 질문에 대한 대답은 '예'였고, 지금 시점에서는 카드를 사용해도 잃을 게 거의 없었지만, 제프가 말한 대로 내 계좌는 이미 동결되었을 것이 확실했다. 결국 경찰에게 나의 현재 상태를 확실하게 보여 주는 선명한 ATM 사진만 제공하는 셈이 될 것이었다.

"아니요." 나는 마침내 말했다. "아니, 정말 다른 돈이 없어요. 내가 줄 수 있는 건……." 나는 배낭을 뒤져 마지막 동전 몇 개를 꺼내 세며 말했다. "4…… 5파운드. 이게 정말 마지막 남은 돈이에요. 그리고 나머지 비트코인까지 이체할 수 있지만, 2천 파운드는 구할 수가 없어요. 제발." 나는 모든 경험을 동원해 떨리는 목소리로 간절함을 숨기지 않고 말했다. 이제 그의 동정심에 호소하는 방법밖에 없었다. "매드록스, 제발, 제발, 나는 우리가 합의한 대로 지키려고 했어요. 최선을 다했어요. 맹세해요. 만약 시계든 뭐든, 뭐라도 다른 게 있었다면, 뭐든지 줬을 거예요." 나는 그에게 아무것도 없는 손목을 들어 보여 주었다. 그때 우리 두 사람의 시선이 무언가에 닿았다. 가슴 한가운데 뻥 뚫린 구멍이 커지면서 내 온몸을 집어삼킬 것 같았다.

그건 반지였다. 게이브가 내게 청혼하며 준 반지였다.

"그건 얼마짜리죠?" 매드록스가 심드렁하게 말하는 것과 동시에 나는 "안 돼요."라고 답했다.

"뭔데요, 다이아몬드?"

"맞아요. 하지만 이건 안 돼요. 제발. 그럴 수 없어요."

"당신이 선택해요." 매드록스가 어깨를 으쓱하며 말했다. "취소하고 싶으면, 비트코인을 다시 이체하고 휴대폰은 버릴게요."

젠장. 흘리지 못한 눈물이 단단한 덩어리가 되어 목을 막아 말은커녕 숨쉬기도 힘들었다. 젠장.

"얼마짜리예요?" 매드록스가 다시 물었다.

"제발." 나는 속삭이듯 말했다. 목소리가 너무 심하게 쉬고 갈라져서 그가 내 말을 이해할 수 있을지 의심스러웠다. 나는 가까스로 침을 삼켰다. "제발, 돈을 보낼게요. 맹세해요."

"젠장, 집어치워요." 매드록스가 흥분한 목소리로 말했다. "내가 이따위 약혼반지나 들고 가더라도 내 중개인은 벌써 화가 나 있을 거라고요. 당신이 결심하는 동안 여기서 빈둥거리고 있을 시간이 없어요. 거래할 거예요, 말 거예요?"

나는 눈을 감았다. 머릿속에 사진 같은 장면들이 스쳐 지나갔다. 노퍽 해변의 모래 위에 무릎을 꿇고 반지를 내밀던 게이브. '오래된 반지야.' 그가 내게 말했다. '17세기. 다이아몬드는 크지 않아. 제대로 된 도구도 없는데, 반지 모양을 내려고 얼마나 애썼을지 보일 거야. 하지만 나는…… 나는 네가 이런 걸 더 좋아할 것 같았어. 조금 기우뚱하고, 좀 독특하잖아.'

그리고 나는 그 반지를 집어 들어 손가락에 끼워 넣었다. 반지는 마치 항상 그 자리에 있었던 것처럼 들어갔다.

"안 돼." 나는 중얼거리며 고개를 저으면서도 반지를 돌리면서 뺄 수 있는지 보았다. 손가락 위로 비틀며 돌리자 뼈에 단단하게 맞닿았다. "제발, 안 돼."

그 말은 울음 섞인 소리로 나왔지만, 반지는 이미 내 손가락 마디에 생채기를 내고 있었다.

나는 반지 낀 손가락을 입에 넣었다. 단단한 반지가 혀에 닿았고, 내 입술에 닿던 게이브의 입술, 그의 몸, 그의 손길, 내 입 안에 들어온 그의 느낌이 기억났다.

나는 눈을 감았다. 피 맛이 났다. 아팠다. 맙소사, 이렇게 조그만 물건이 어떻게 이토록 아프게 할 수 있을까?

그리고 나는 반지를 내밀었다. 손가락 마디는 멍들고 피가 나 있었다. 이미 내가 겪은 모든 것에 또 하나의 상실과 또 하나의 상처가 더해졌다.

"이건 3천 파운드짜리야." 나는 쉰 목소리로 말했다. 지금 울 수는 없었다. "망할 잔돈은 됐어."

반지가 손바닥에 떨어지자 매드록스는 활짝 웃었다. 승리의 미소였을지도 모르지만, 그보다는 안도의 미소인 것 같았다.

"받았어요. 거래 고마워요, 레디브렉. 휴대폰 여기 있어요." 그가 휴대폰을 내밀었다.

내 손가락이 휴대폰을 감싸 쥐었고, 순간 나는 무릎이 꺾일 뻔했다. 해냈다. 내가 해냈다. 하지만 어떤 대가를 치렀는가. 귀

제로 데이즈

에 피가 몰리며 윙윙거렸고, 다리는 물먹은 솜 같았고, 안 아픈 곳이 없었다.

"더 스왑할 일이 있으면 연락해요, 알았죠?" 매드록스의 목소리는 아주 멀리서 말하는 것처럼 들렸다. "내 중개인은 거의 모든 통신사에서 스왑할 수 있어요."

"고마워요." 나는 이렇게 대꾸했지만, 어떻게 되든 나는 여기 돌아오지 않을 것이고 그건 우리 둘 다 아는 사실이었다.

나는 비 내리는 주차장을 가로질러 사라지는 매드록스를 지켜보았다. 그리고 마침내 다리에 힘이 풀려 진흙탕이 된 잔디 위에 무릎으로 주저앉았다. 빗물이 얼굴에 눈물처럼 흘러내렸다.

내 마음속에서는 휴게소 안으로 들어가는 것은 틀림없이 어리석은 짓이라고 말하고 있었다. 그곳에는 카메라와 CCTV가 가득했고, 트럭 기사 빌이 나를 알아봤다면, 내 얼굴을 아는 사람이 또 있을 가능성이 컸다.

하지만 나는 흠뻑 젖어 뼛속까지 시렸고, 별로 신경 쓰고 싶지 않은 마음이 점점 더 커졌다. 나는 화장실과 따뜻한 음식이 필요했다. 무엇보다 이제 게이브의 번호로 연결된 휴대폰을 들고 있는 마당에 CCTV는 큰 걱정거리도 아니었다. 이 휴대폰이 기지국에 연결될 때마다 경찰을 곧장 나에게 안내해 줄 것이었다.

휴게소 안으로 들어가자마자 먼저 화장실로 향했다. 화장실은 비어 있었고, 나는 칸막이를 잠그고 소변을 본 후, 앉아서 옆구리에 손을 대고 드레싱 아래가 어떤지 확인해야 할지 고민했다. 몸서리치게 추웠지만, 상처 부위는 옷 위에서도 느껴질 정도로 뜨거웠고, 드레싱은 피인지 아니면 그보다 심각한 것인지 모를 무언가로 곤죽이 되어 부풀어 있었다.

결국 나는 일어서서 아노락을 벗고, 티셔츠를 올린 다음 드레싱을 벗겨 냈다. 상태가 몹시 안 좋아 보였다. 하지만 가장 걱정스러운 것은 상처 자체가 아니라 피부 위로 덩굴처럼 퍼진 검붉은 자국들이었다. 꽤 길다고 느껴질 시간 동안 나는 그저 앉아서 옆구리를 내려다보며 치솟는 공포를 억누르려 애썼다. 이 상처가 응급처치로 해결될 수준을 넘어섰다는 것은 알고 있었다. 패혈증이나 장기 부전이 우려되고, 심지어 목숨이 위험할지도 몰랐다. 하지만 내가 뭘 할 수 있을까? 자수? 지금은 아니었다. 이 모든 것이 해결될 순간을 목전에 두고 자수할 수는 없었다.

결국 나는 할 수 있는 유일한 일을 했다. 오염된 드레싱을 버리고, 배낭에서 새 드레싱을 꺼냈다. 그리고 상자가 거의 비어 있다는 것을 깨달았다. 이제 마지막 하나가 남았고, 더 살 돈도 없었다. 하지만 그런 것은 어차피 아무 소용이 없었다. 만약 그 지경에 이른다고 해도, 더는 음식도 물도 잠잘 곳도 구할 수 없었다. 내 옆구리는 곧 절박하게 닥쳐올 문제들의 목록 중 하나일 뿐이었다. 이제는 보안 요원의 눈을 피할 자신도 없었지만, 설령 성공한다고 해도 좀도둑질 정도로는 해결되지 않을 문제들이었다. 나는 그런 생각들을 머릿속에서 밀어내며, 보호필름을 벗겨 내고 희고 깨끗한 사각형 드레싱을 상처에 눌렀다. 그리고 숨을 참고 통증이 밀려왔다가 다시 가라앉기를 기다렸다.

제로 데이즈

그런 다음 배낭을 메고 비틀거리며 세면대로 갔다.

내 모습은…… 글쎄, 완전히 엉망진창이었다. 수도꼭지 위의 거울에 비친 내 모습을 보며 처음 든 생각이었다. 두 번째는 트럭 기사 빌이 나를 알아봤다는 것이 놀랍다는 생각이었다, 나 자신도 나를 알아보기 어려웠기 때문이었다.

나는 항상 야윈 편이었지만, 지금 내 피부는 팽팽하게 당겨진 채 두개골을 덮고 있었고, 열로 상기된 광대뼈 주변을 제외한 다른 부분은 온통 푸르딩딩하고 창백했다. 눈구멍 아래에는 검푸른 그늘이 드리워져 있었고, 탈색한 머리는 더러운 대걸레처럼 보였다. 호스텔에서 나온 이후로 샤워를 하지 않았고, 마지막으로 음식을 먹은 것은…… 오늘이었나? 아니면 노샘프턴 밖에서 먹었던 베지 디럭스는 어제였던가? 더는 기억나지 않았다. 그래도 매드록스가 내게서 유일하게 앗아가지 않은 현금 5파운드가 있으니, 적어도 감자튀김은 살 수 있을 것이었다.

하지만 먼저 손에 묻은 피를 씻어내야 했다. 온수는 너무 뜨거웠지만, 어떤 면에서는 이상하게도 좋은 느낌이었다. 상처와 긁힌 자리를 찌르는 듯한 고통은 거의 카타르시스를 느끼게 했다. 나는 얼굴에 물을 끼얹으면서 너무 뜨거워서 움찔거렸다. 그런 다음 손 건조기로 이동했다.

뜨거운 바람 아래에서 조심스럽게 손을 문지르며, 멍든 채 비어 있는 약지를 내려다보았다. 다시 목에 위태롭게 무언가가 치밀어 올라와 삼키기 힘들었다.

'미안해.'라고 생각했다. 정말 미안해, 게이브.

그가 여기 있었다면 이렇게 말했을 것이다. '신경 쓰지 마. 빌어먹을 반지 따위를 누가 신경 써, 자기야.' 하지만 나는 신경 썼다. 반지는 내게 마지막 남은 그의 일부였다. 그리고 이제 그것마저도 빼앗겨버렸고, 반지가 있었다는 사실을 보여 주는 것은 멍뿐이었다. 어쩌면 이렇게 되어야 했던 걸까? 감옥 문이 쾅 닫히는 것이 아니라, 흐느끼면서 아무것도 남지 않을 때까지 낑낑거리면서 모든 것을 빼앗겨야 할지도 몰랐다.

'할 수 있어.' 귓가에 말소리가 들렸고, 안에서 울컥 솟아오르는 울음에 숨이 막힐 것 같았다. 나는 할 수 없어, 게이브. 나는 외치고 싶었다. 흐느껴 말하고 싶었다. 울부짖고 싶었다. 더는 못하겠어. 알겠어?

하지만 나는 해야 했다. 이걸 해야만 했다. 다른 사람은 없었으니까.

건조기가 꺼졌고, 나는 목에 치미는 아픔을 삼키면서 배낭을 메고 후드를 썼다. 그런 다음 화장실에서 나와 푸드코트의 밝은 조명 아래로 향했다.

맥도날드에서 나는 생각할 수 있는 가장 저렴하고 따뜻한 조합을 주문했다. 라지 사이즈 차 한 잔과 감자튀김과 케첩이었다. 그리고 구석진 곳에 있는 부스로 쟁반을 가져가, 자리에 앉아서 감자튀김을 집어 먹으며 맥북에 빗물을 떨어뜨리지 않으려고 조심했다.

건물 안의 온기와 온수, 건조기 덕분에 이제는 몸이 따뜻해졌다. 아니, 따뜻해졌어야 했지만, 여전히 몸은 떨렸고, 비밀번호를

제로 데이즈

입력하는 손가락은 뻣뻣하고 멍청하게 느껴졌다. 두 번 실패한 뒤에 나는 억지로 마음을 가라앉히고, 숨을 고르고, 글자 하나하나를 확인했다. 세 번째까지 실패하면 계수기가 초기화될 때까지 잠금이 걸리는데, 나에겐 그럴 여유가 없었다.

마지막 시도에서 결국 맞게 입력했고, 노트북이 켜졌다.

휴게소의 와이파이는 의외로 나쁘지 않았고, 이번에는 게이브의 백업 클라우드를 살펴보면서 VPN을 사용하지 않았다. 이미 내 신분은 노출되었다. 이제 나에게 무슨 일이 생기면, 나는 말릭이 내가 무엇을 하고 있었는지 알아낼 수 있도록 명확하고 눈에 보이는 흔적을 남기고 싶었다.

나는 글자 하나하나에 극도로 신경 쓰면서 게이브의 이메일과 비밀번호를 입력했다. 로그인하는 동안 화면이 잠깐 멈추는 바람에 고통스럽게 숨을 참았다.

그런 뒤에, 로그인 화면에서 '인증 번호를 보낼까요?'라고 물었다.

나는 다시 한번 떨리는 숨을 조심스럽게 내쉬었다. 이번에는 주차장에서 겪었던 끔찍한 고통을 반복하지 않기 위해 더욱 조심했다.

나는 '확인'을 클릭했다.

그리고 기다렸다.

기다렸다.

그리고…… 기다렸다.

남은 감자튀김이 식어가고 있었지만, 갑자기 속이 메스꺼워

먹을 수가 없었다. 왜 인증번호가 오지 않는 걸까? 경찰이 벌써 증거 보관소에 있는 전화기에서 연결이 끊긴 것을 알아채고 스왑을 차단한 걸까? 아니면 주차장을 떠난 후에 매드록스와 그의 중개인이 나를 배신하고 번호를 다시 바꾼 걸까? 그럴 가능성도 있었지만, 그들이 그렇게 해서 얻을 수 있는 것은 없었다.

나는 휴대폰 화면 오른쪽 상단을 힐끗 보았다. 여전히 연결되어 있었다. 막대기 세 개와 4G. 심 카드가 제대로 작동하고 있었다.

그때 끔찍한 가정 하나가 떠올랐다. 내가 게이브에게 전화를 걸었을 때 매드록스의 손에 있는 휴대폰이 울렸었다. 하지만 나는 화면을 본 적이 없었다. 내가 건 전화가 울린 건지, 아니면 내가 게이브의 번호로 연결되었다고 믿게 하려고 매드록스가 중개인에게 전화하라는 비밀 메시지를 보낸 건지 알 수 없었다. 그의 중개인이 휴대폰 가게에서 일한다는 것도 거짓말일지 몰랐다. 어쩌면 그냥 흔해 빠진 사기꾼일 수도 있었다. 젠장. 젠장. 나는 전화를 걸어 스왑이 완료되었는지 확인하는 것이 매우 영리하다고 생각했었다. 왜 나는 매드록스가 전화를 받을 때까지 기다렸다가 그것이 정말로 게이브의 번호인지 확인하지 않았을까?

두려움으로 얼어붙은 채 손에 든 휴대폰을 응시하며, 내가 배신당했는지 확인할 방법을 고민하고 있을 때, 뒤에서 발소리가 들리더니 직원 한 명이 조용한 구석에 앉아 있는 나에게 걸어오는 것이 보였다.

나는 다시 한번 휴대폰을 내려다보았다. 인증번호가 오기를

제로 데이즈

기대했다기보다는 얼굴을 가리기 위해서였다. 하지만 발소리는 여전히 또각또각 단호하게 다가왔다. 점점 가까워지는 발소리에 다시 슬그머니 올려다보니, 놀랍게도 그 직원은 지나쳐가거나 다른 곳으로 향하는 게 아니라 내 자리로 곧장 오고 있었다.

이런, 맙소사. 맙소사.

발각된 걸까? 도망치면 어떨까?

나는 테이블을 내려다보고, 열린 노트북, 가방, 큰 유리문 옆에 서 있는 경비원을 봤다. 그의 자세는 확실히 지루해 보였다. 피곤해 보였고, 별로 탄탄한 몸은 아닌 것 같았다. 상태가 좋은 날이라면 모험을 해 볼 수도 있었을 것이다. 하지만 옆구리에 상처가 난 채 땀을 흘리고 덜덜 떨면서, 점점 납덩이처럼 무겁게 느껴지는 배낭을 들고서는 절대로 해낼 수 없을 것이다. 소지품을 모두 버린다고 해도 불가능할 것이다. 게다가 지금은 그럴 수 없었다. 특히 노트북은. 이렇게 목표에 가까워진 지금은 그럴 수 없었다.

가슴 속에서 심장이 멈춘 것 같았다. 직원은 내 테이블에 거의 다다랐다.

나는 마른침을 삼키고 한껏 친절해 보이길 바라며 얼굴에 미소를 띠려고 애썼다. 하지만 기묘하게 흉내 내는 미소처럼 느껴졌다. 그리고 나는 고개를 들었다.

"무슨 문제라도 있나요?"

"차를 안 가져가셨어요!" 그녀는 미소를 지으며 말했다. 그녀가 내민 손에는 플라스틱 뚜껑이 덮인 종이컵이 들려 있었다.

나는 멍하니 내 쟁반을 내려다보았다. 차가 없었다.

"설탕 드릴까요?" 그녀가 물었다.

"아, 이런, 세상에, 정말 죄송해요. 제가 정말 멍청했네요." '정말 맞는 말이야.' "직접 가져다주시지 않아도 괜찮은데요." 내 심장은 안도감으로 다시 얕게 뛰기 시작했다. 바보 같은 기쁨의 미소, 이번에는 진짜 미소가 얼굴에 번졌다. "정말로, 그러실 필요 없었는데." 그리고 그녀가 여전히 대답을 기다리고 있다는 걸 깨달았다. "아, 아니요, 괜찮아요. 그러니까, 설탕은 없어도 돼요. 고마워요."

"별말씀을요!" 그녀가 명랑하게 말했다. 그녀는 차를 테이블에 내려놓고 돌아서서 떠났다.

나는 너무 노골적으로 안심하지 않으려고 했다.

그리고 휴대폰을 내려다보자, 인증번호가 와 있었다.

번호를 입력했다. 화면이 잠시 멈추고, 반응을 처리하는 동안 빈 화면이 보였다가, 마침내 게이브의 백업 드라이브가 내 앞에 열렸다.

첫 번째 느낌은 승리였다. 곧바로 따라온 두 번째 느낌은 절망이었다.

내가 얼마간 걱정했던 것과는 달리 드라이브는 완전히 삭제된 것은 아니었고, 오히려 그 반대였다. 드라이브는 완전히 가득차 있었다. 폴더와 파일이 계속 이어졌다. 이 프로그래밍 더미에서 어떻게 바늘 하나를 찾을 수 있을까?

몇 가지 폴더들은 개인적인 것 같았다. 사진, 스캔본, 집과 관련된 실용적인 문서들이 있었다. 또 다른 묶음은 우리 회사와 관련이 있었다. 부가가치세 신고서, 송장, 은행 명세서, 스프레드시트 파일들이 있었다. 도대체 게이브가 뭔가를 저장할 때 백업을 하지 않은 적이 있었을까?

그러나 파일에서 가장 큰 부분을 차지하는 것은 진행 중인 프로젝트와 관련된 듯했다. A로 시작하는 폴더들을 훑어보니 아덴 얼라이언스가 보였지만, 그건 그저 여러 개 중에서 하나일 뿐이었다. 아드바크 주식회사는 내가 알기로 우리가 일해 본 적이 없는 회사였지만, 클릭해 보니 게이브가 그들의 온라인 이메일 포털에서 취약점을 발견해 책임 공개 보고한 내용이 있었다. 아드바크 아래에는 아벨 주식회사, 에이스 일렉트릭, 애들레이드 시스템, 아델피-코어, 에이젝스앤클라인, 아노락시스, 에이펙스 파이낸스, 아르크투르스 퍼블리싱 등의 폴더가 있었고, 그 정도는 단지 A에 불과했다. 목록은 알파벳 끝까지 순서대로 계속 이어졌고, 어디서부터 시작해야 할지 알 수 없었다.

나는 C로 스크롤을 내렸다. 콜이라는 파일을 기대하는 것은 너무 무리한 희망으로 보였지만, 서버러스 시큐리티가 콜의 회사 이름이었고, 게이브가 그 폴더를 그렇게 이름 붙였을 가능성이 없지는 않았다. 하지만 아무것도 없었다. 울고 싶었다.

옆구리가 아팠고, 머리와 관절이 독감에 걸린 것처럼 쑤셨다. 의자에서 몸을 움직이자 축축하게 젖은 티셔츠가 등에 붙어 있다가 다시 떨어지는 느낌이 들었다. 옷 안의 새 드레싱이 뻣뻣해져 상처 부위를 자극했다. 접착제가 피부를 잡아당겨 상처가 더 아픈 것 같았다. 아마 드레싱을 붙일 때 몸을 구부리고 있어서 그런 것 같았다. 하지만 드레싱을 다시 붙일 수는 없었다. 만약 떼어 냈다가는 다시 붙지 않을 가능성이 컸고, 이것이 마지막 드레싱이었다.

대신 진통제 두 알을 먹고 리스트를 계속 내려가면서 통증을 모른 척하려고 애썼다. C를 지나 D, E, F, 그리고 L, M, N까지 계속 내려갔다. 아무것도 없었다. 아니, 어떻게든 나에게 의미 있는 것은 아무것도 없었다. 회사 이름, 프로그램 이름들이 있었고, 어떤 것은 낯설고 어떤 것은 우리가 함께 작업한 프로젝트에서 본 것들이었지만, 내가 본 무엇도 콜과 관련이 있는 것 같지 않았다. 내가 모든 걸 잘못 생각한 걸까?

그때 그것을 보았다. 아래쪽으로, 언라이블드 소프트웨어와 업사이드 다운 디자인 사이에 '언서브미티드'라는 이름의 폴더가 있었다.

바로 그것이었다. 언서브미티드 주식회사나 언서브미티드 소프트웨어가 아니었다. 회사 이름일 수도 있었지만, 무언가가 그리고 폴더의 용량이 시선을 붙잡았고, 계속 클릭하게 했다.

폴더 안에는 더 많은 폴더가 있었고, 대부분 웹사이트 URL, 앱, 프로그램과 관련된 이름으로 좀 더 지저분하게 표시되어 있었다. 그리고 목록 맨 아래에는 내가 잘 아는 이름이 있었다. 정말 잘 아는 이름, 와치독이었다. 그것은 서버러스의 대표적인 보안 앱의 이름이었다.

제로 데이즈

나는 그 폴더를 클릭했다.

내가 무엇을 기대했는지 모르겠다. 째깍거리는 시한폭탄, 획획 뜨는 경고들. 대신, 나타난 것은 알아볼 수 없는 파일들로 일부는 텍스트 파일이었고, 컴퓨터 코드로 보이는 것들도 있었다. 그중 절반은 무슨 내용인지 전혀 알 수 없었다.

아무것도 폭발시키지 않기를 빌면서 파일 하나를 열어 보았다. 길게 이어진 코드열이 있었고, 그중 어떤 것도 무슨 역할을 하는지 알 수 없었다. 하지만 맨 위에는 게이브가 자신에게 남긴 메모로 짐작되는 것들이 있었다. 특정 프로젝트에 관해 해결되지 않은 문제와 마무리되지 않은 작업에 대한 메모들을 기록해둔 일종의 해야 할 일 목록으로 나도 자주 보았던 것이었다. 이것도 예외는 아니었다. 맨 위에는 대여섯 개 항목들이 적혀 있었는데, 대부분은 프로그래밍과 관련된 것으로 보였고, 나는 거의 이해할 수 없었다. 하지만 마지막 몇 개를 보자…… 심장이 멎는 것 같았다.

이 부분은 아직 패치되지 않았음.
할 일: 다음 주에 서버러스에 알리기
할 일: 콜에게 퍼피독 문제 확인하기

거기 있었다. 게이브가 죽기 직전에 작업하던 문서에 콜의 이름이 있었고, 콜을 건너뛰고 직접 서버러스로 가려고 했다는 분명한 암시도 함께 있었다. 파일의 마지막 수정 날짜는 우리가 아덴 얼라이언스 펜 테스트를 했던 날의 하루 전인 금요일이었다. 콜의 설명에 따르면 그날은 두 사람이 통화했던 날이었다.

콜이 일상적인 안부 전화라고 설명했던 통화는 실제로는 완전히 다른 것이었음이 틀림없었다. 게이브가 콜에게 준 경고에 이어, 월요일에 서버러스에 공식 보고서를 제출할 것이라는 정중한 예고였다. 이것은 윤리적 해커로서 그가 여러 번 해왔던 평범한 공개로, 이미 확실히 검증된 절차를 따르는 것이었다. 하지만 '미안하지만, 네 코드에 문제가 있어.'라는 친절한 경고는 게이브의 목숨을 잃게 했고, 여기에 그 증거가 있었다.

이것이 결정적인 증거는 아닐지라도, 말릭과 마일스가 지금 조사 중인 선스마일 가설보다는 훨씬 더 설득력이 있었다.

하지만 정말로 몸서리치게 만든 것은 퍼피독에 대한 언급이었다. 와치독만 해도 이미 충분히 심각했다. 서버러스는 수익 대부분을 가정용 보안 앱인 와치독으로 올렸는데, 홈 허브에서 초인종까지 모든 것을 단일 앱에 연결하는 360도 감시 시스템이었다. 퍼피독은 인기를 끌며 빠르게 순위가 오르고 있는 부모용 감시 앱으로, 부모에게 자녀의 휴대폰에 있는 연락처 목록과 검색 기록을 비롯한 모든 것에 대한 완전한 접근권을 주었다. 가장 중요한 것은 부모와 자녀의 물리적 위치를 추적하여 항상 서로를 찾을 수 있게 해 주는 기능이었다.

누군가 퍼피독을 해킹할 수 있다면, 나뿐만 아니라 나의 아이들도 감시할 수 있었다. 누군가 그런 것을 얻기 위해 얼마만큼 돈을 내놓을까? 유명 인사의 자녀에 대한 접근? 정치적 반체제 인사의 가족? 온몸이 타들어 가는 듯 열이 올랐지만, 그와 동시에 등골이 오싹해졌다. 그리고 이 모든 것을 파악하려고 화면을 응시하며 콜이 정확히 어떤 일에 연루되었는지 궁금해하던 순간, 게이브의 전화가 울리기 시작했다.

한참 동안 나는 그저 화면을 빤히 보며 멍청하게 무슨 일이 일어나고 있는 건지 의아해했다. 전화번호는 런던의 유선전화였고, 누구인지 전혀 알 수 없었다. 심 카드 스왑으로 게이브의 전화번호를 이 휴대폰에 연결했지만, 다른 것은 전혀 옮겨지지 않아 연락처 목록이 비어 있었다. 게이브가 다니던 체육관에서 온 전화일 수도 있고, 그의 부모님일 수도 있고…… 글쎄, 누구든 가능했다. 문제는 내가 전화를 받아야 하느냐는 것이었다.

전화는 여전히 울리며 테이블 위에서 진동했다. 나는 아직 결정을 내리지 못했는데, 어떤 여자가 잠든 아기를 태운 유모차를 밀고 지나가며 "그게 저절로 받아질 리는 없지 않겠어요?"라며 피곤한 듯 짜증스럽게 말해서 내 화를 돋우었다.

'내가 무슨 일을 겪고 있는지 당신은 모르잖아요.'라고 그녀에게 쏘아붙이고 싶었다. 하지만 사실 그건 양쪽 모두 마찬가지였다. 어쩌면 그녀도 누군가를 잃었을지 모른다. 어쩌면 그녀도 두려웠을지 모른다. 어쩌면 그녀는 산후우울증에 빠져 있었을지도 모른다.

물론 그녀는 죽은 남편의 살해 용의자로 경찰에게 쫓기는 상황에 처해 있지는 않을 것이었다. 하지만 어찌 되었든 그녀가 옳았다. 전화는 저절로 받아지지 않을 것이고, 계속 울리게 놔두어서 얻을 것도 없었다. 휴대폰은 이미 기지국에 연결되어, 이 번호를 아는 모든 사람에게 위치를 전송하고 있었다. 전화를 받는다고 해서 크게 달라질 것은 없었다. 그리고 실은 전화의 울림이 마치 드릴처럼 욱신거리는 머리를 뚫고 들어와서 괴로웠다.

나는 심호흡을 한 다음, 휴대폰을 집어 들고, 받기 버튼을 눌렀다.

"누구시죠?" 상대는 곧장 따져 물었다.

나는 눈을 끔뻑였다. 전화기 건너편의 목소리가 익숙하게 느껴졌지만, 누구인지 생각나지 않았다. 상대는 여성이었고, 어딘가 분주한 곳에 있는 것처럼 들렸다. 뒤쪽에서는 컴퓨터 키보드 소리와 사람들이 말하는 소리가 들렸다. 잠시 선스마일 콜센터의 킬리가 아닐까 하는 정신 나간 생각이 들었다. 혹시라도 내게 도대체 무슨 짓을 하고 있었냐고 따지려고 나를 추적한 건 아닐까? 하지만 그건 말도 안 되는 소리였다. 그녀는 게이브의 번호는커녕 내 번호도 몰랐다. 그리고 얼핏 시계를 보니 선스마일의 근무 시간이라기엔 너무 늦은 시간이었다. 그렇지만 나는 그 목소리를 알고 있었다. 게이브의 친구 중 하나였을까?

그리고 상대방이 다시 말하며, 더 날 선 어조로 "누구시죠?"라고 거듭 질문했을 때, 나는 알아차렸다.

"저예요." 나는 아주 조용히 말했다.

긴 침묵이 흘렀다. 상대가 다시 말을 꺼냈을 때, 더는 날카로운 목소리가 아니었다. 사실 그녀의 목소리에는 온기가 있었고,

제로 데이즈

마치 인생의 모든 크리스마스를 한꺼번에 맞이한 사람처럼 웃음기를 띠고 있었다.

"안녕하세요, 잭." 그녀가 말했다. "목소리를 들으니 정말이지 진짜 반갑네요."

나는 눈을 감았다.

말릭.

하비바 말릭 경위. 바다 안개 속에서 나를 부르며, 개를 풀어서라도 나를 추적하겠다고 위협하던 것이 내가 그녀에게 마지막으로 들은 말이었다. 그리고 이제 그녀의 목소리가 내 귀에 친밀하게 울리며 소름을 돋게 했다. 왜냐하면 그녀의 목소리가 바로 게이브가 죽은 날 밤 내내 나를 다그치던 그 목소리였고, 다음 날에 또 한 번 내 이야기를 갈가리 찢어 가장 불리하게 다시 꿰어 맞췄던 목소리였기 때문이다. 몇 번이고 내 진술을 재촉하며 거의 기억하지 못하는 소소한 것들까지 캐내어 나 자신도 알아채지 못한 모순을 집어낸 것도 바로 말릭이었다. 그리고 나를 도망치게 만든 것도 복도에서 나를 체포하라고 재촉하는 그녀의 목소리였다.

그녀는 내가 유죄라고 생각한 점에서는 틀렸지만, 다른 모든 것에서는 대부분 옳았고, 내가 인정하기 싫을 만큼 자주 옳았다. 이 사건에서는 처음부터 끝까지 악취가 풍겼다. 그녀가 그날 밤 마일스에게 말했던 것처럼, 모두 잘못되었다. 그리고 그녀는 나를 제대로 간파했다. 마일스가 내게서 슬픔에 잠긴 순진한 미망인을 보았던 반면, 말릭은 나를 있는 그대로, 완고하고 단호하며 도주 우려가 있는 사람으로 보았다. 그리고 그녀가 옳았다.

젠장. 어떤 의미에서는 전화를 받는다고 크게 달라진 것은 없었다. 게이브의 전화가 서비스 지역에서 벗어나는 순간, 말릭은 내가 한 일임을 알았을 것이다. 하지만 나는 의심을 확신으로 바꾸어 주었다. 이제 경찰은 정확히 어디를 찾아야 할지 알게 되었다.

"잭, 있잖아요, 나는 이해해요." 말릭이 내 귀에 말했다. 친절하고 연민 어린 목소리였다. 첫날밤, 경찰서로 데려가기 위해 옷을 갈아입는 걸 도와주고 손에서 게이브의 피를 씻어내게 해 주었을 때 그녀가 냈던 그 목소리였다. 하지만 나는 그 친절함이 목적을 위한 수단이라는 것을 알았다. 이런 전화는 나도 제법 많이 해 봤다. 필요한 정보를 얻을 때까지 목표 대상을 오랫동안 전화기에 붙잡아 두려는 그런 전화들이었다. 나는 말릭의 목표물이었다. 그리고 그녀는 능수능란했다. "일이 어떻게 된 건지 언니에게 들었어요." 말릭은 이제 온기 어린 어조로 말했다. "언니는 당신이 이 일을 저지른 게 아니라고 했어요. 하지만 도망치는 것은 아무 도움이 안 돼요. 우리는 당신을 믿고 싶어요. 누가 이런 짓을 했는지 알아내고 싶지만, 당신 도움 없이는 불가능해요. 도와줄래요, 잭?"

"누가 그랬는지 알아요." 내가 말했다. 목소리가 떨렸다. "적어도 범인을 게이브에게 안내한 사람이 누군지는 알아요. 이름은 콜 게릭이에요. 서버러스 시큐리티에서 일해요. 그리고 그 사람은……." 내 목소리가 갈라졌다. "그는 게이브의 절친한 친구였어요. 지금 당장 그를 체포해야 해요."

"우리도 조사 중이에요. 모든 가능성을······." 말릭이 말을 시작했지만, 내가 끊었다.

"내 말 들어요. 이건 콜을 고용한 사람들이 저지른 청부살인이었어요. 그는 아마도 빈틈없는 알리바이가 있을 거예요, 왜냐하면 실제로 게이브의 목을 벤 건 콜이 아니었을 테니까요. 하지만 이 모든 일을 시작했고, 게이브를 그들의 조준선에 넣은 사람이 바로 콜이었어요. 그리고 당신들이 바로 움직이지 않으면 그들은 콜도 죽일 거예요. 그가 살아서 재판을 받게 하려면, 지금 당장 그를 구금시켜야 해요."

"이런 이야기, 전부 경찰서에서 해 보자고요." 말릭이 설득력 있게 말했다. "몹시 지쳤을 거예요, 잭. 당신을 데려올 차를 보낼게요."

나는 머리에 손을 얹고, 신경질적인 웃음에 가까운 무언가가 부글부글 차오르는 것을 느꼈다. 지쳤다고? 지쳤다는 말로는 어림도 없었다. 나는······ 나는 더는 줄 것이 없고, 갈 곳도 없는 것 같았다. 옆구리가 아팠다. 관절이 아팠다. 모든 것이 아팠고, 끊임없이 토할 것 같았다. 정말로 도망치기를 그만둘 때가 된 걸까? 어쩌면 그럴지도 몰랐다.

하지만 그때 무슨 소리가 들렸다. 나는 고개를 들고 귀를 기울였다. 경찰 사이렌 소리였다. 그리고 머리를 숙이고 푸드코트 창문 밖을 보니, 캄캄한 주차장을 가르는 파란 불빛이 보였다.

지금 항복한다면, 나는 말릭이 내 이야기를 믿고, 게이브의 해

독하기 어려운 메모를 읽고, 내가 발견한 것의 의미를 이해하고, 무엇보다도 콜을 조종하는 자들보다 먼저 행동해 주리라고 믿어야 했다.

콜이 무슨 짓을 했든, 그가 어떤 처분을 받아야 하든, 나는 그가 죽기를 원하지 않았다. 나는 그가 게이브에게 한 짓에 대한 대가로 감옥에 가길 원했지만, 그가 살해당하는 것은 원하지 않았다.

가장 중요한 것은 게이브의 목숨을 앗아간 그 제로데이 익스플로잇을 패치해 아무도 거기서 이익을 얻지 못하도록 하는 것이었다. 그 사람들이 하는 일이 무엇이든, 얻는 정보가 무엇이든, 그것을 위해 살인을 저지를 만큼 그들에게 가치가 있었다. 그리고 게이브는 나에게 그 취약점이 확실히 패치되도록 하는 방법은 단 한 가지라고 가르쳐 주었다.

바로 공개였다.

"안녕히 계세요, 말릭." 나는 이렇게 말하고 일어나서 노트북을 정리했다.

"잭." 그녀가 말했다. 이번에는 날카로운 목소리였다. "잭. 끊지……."

나는 전화를 끊었다.

나는 게이브의 심 카드가 들어 있는 전화기를 끄고, 내 전화기도 끈 다음 둘 다 배낭에 집어넣었다.

걷기 시작했다. 특별히 빠른 속도는 아니었다. 그저 갈 곳이 있고 할 일이 있는 여자의 힘찬 걸음이었다. 그리고 입구 쪽으로

제로 데이즈

향하지는 않았다. 또 한 쌍의 파란 불빛이 앞마당 쪽으로 들어오는 것이 보였다. 나는 고개를 숙이고 후드를 올려 쓴 채 다른 방향으로 걸었다. 휴게소 더 깊숙한 곳으로. 계단을 향해, 그리고 하행 휴게소로 이어지는 육교 쪽으로 걸었다.

계단을 오르는 것은 생각보다 훨씬 힘들었다. 중간 계단참을 돌면서, 나는 난간을 붙잡고 잠시 버티고 나서야 다음 계단을 계속 올라갈 수 있었다. 꼭대기에 도착하니 등줄기를 따라 식은땀이 흘러내렸고, 무릎이 풀리지 않게 버티기도 힘들었다. 등에 멘 배낭이 납덩이처럼 느껴졌다. 나는 이제 배낭 안을 뒤져서 필요 없는 것들, 세면도구, 카드 복제기, 물병을 꺼내기 시작했다. 이 일을 끝내는 데 필요한 것들을 제외한 나머지는 모조리 바닥에 떨어뜨렸다. 그렇게 반쯤 빈 배낭을 다시 어깨에 메고, 몸을 펴고 걷기 시작했다. 다행히 복도는 조용했고, 주변에는 아무도 없어서 벽에 의지한 채 반쯤 걷고 반쯤 뛰면서 6차선 도로 위를 가로지르는 육교를 통과했다.

지나가면서 나는 아래로 줄지어 가는 차들을 볼 수 있었다. 런던에서 휴게소를 향해 북쪽으로 빠르게 달리는 또 다른 경찰차가 나타났고, 나는 거의 우스워 죽을 지경이었다. 경찰차가 세 대라니, 도대체 누구를 상대한다고 생각하는 걸까? 오사마 빈 라덴?

육교를 반쯤 건넜을 때, 어깨너머로 돌아보니 푸드코트 입구 주변으로 파란 불빛들이 모여 있었다. 경찰들이 안으로 흩어져서 부스와 화장실, 뒤쪽 출입구들을 수색하는 모습이 그려졌다.

그들이 육교를 알아차리기까지 얼마나 걸릴까? 또 다른 순찰차가 파란 불을 켜고 사이렌을 울리며 북쪽으로 빠르게 달리고 있었지만, 이번 차는 내 아래를 지나갔다. 아마도 다음 교차로에서 되돌아오면서 하행 휴게 구역을 수색하려는 것 같았다. 그들이 도착하기 전에 끝까지 건너가야 했다.

발걸음을 재촉하며 목덜미와 인중에 땀이 송골송골 맺히는 것을 느꼈다. 이제는 가슴에서 골반까지 오른쪽 몸통 전체가 심장 박동에 맞추어 욱신거렸지만, 계속해서 앞으로 나아갔다. 비틀거리다가 터널처럼 덮인 육교의 창턱을 잡아 가까스로 균형을 잡았다. 이 위에는 아무도 없어서 굳이 숨기지 않고 앓는 소리를 냈고, 육교의 흔들림과 진동이 멈출 때까지 몸을 지탱하고 있다가 계속해서 걸어갔다. 폐를 완전히 채우면 통증이 심해지는 탓에 호흡은 짧고 얕게 유지했다.

이제 계단에 도착했다. 나는 고속도로 반대편에서 상당히 분명하게 보이는 푸른 불빛들로부터 도망치는 사람처럼 굴지 않으려고 애쓰면서 계단을 빠르게 내려갔다. 보행자 터널 아래로 또 다른 차가 다음 교차로에 있는 고가도로를 향해 북쪽으로 달려갔다. 이번까지 하면 다섯 대일까? 여섯 대?

나는 계단을 내려가 상행 휴게소와 섬뜩할 정도로 똑같이 생긴 하행 휴게소의 로비로 들어서면서, 똑같은 제복 입은 경찰관 무리가 맞아 주는 것은 아닐지 반쯤 기대했지만, 그곳에는 역시 지루해 보이는 두 번째 경비원 외에는 아무도 없었다. 나는 빠르게 베이지색 타일을 건너 밤길로 나섰지만, 경비원은 고개를 들

제로 데이즈

지 않았다.

밖에서 나는 대형 트럭 구역을 찾아서 좌우를 두리번거렸다. 대형 트럭은 별도의 터미널이 있는 걸까? 터미널은 보이지 않았지만, 주차장 반대편에 대형 트럭이 모여 있었고, 흩날리는 빗속에서 운전석에 불이 켜진 트럭이 적어도 두 대는 보였다.

어떻게 해야 할지 고민하며 서 있는 사이에 하행 고속도로에서 이어지는 진입로에 파란 불빛이 나타났고, 나도 모르게 가슴이 뛰었다. 그 불빛을 보고 결심이 선 나는 깊이 숨을 들이쉬고, 비 오는 밤을 가르며 불이 켜진 트럭 운전석을 향해 최대한 빨리 걸어가기 시작했다.

"빌 왓츠를 아세요?" 나는 네 번째, 어쩌면 다섯 번째로 물었고, 운전기사는 네 번째, 어쩌면 다섯 번째로 고개를 저었다.

"미안해요, 아가씨. 그 사람 운전사예요? 안에서도 물어봤어요?"

그는 휴게소 쪽을 가리키며 고갯짓을 했고, 나는 어깨너머로 두 번째 경찰차가 계단 앞에 멈춰 서는 것을 보았다. 그리고 내 안색이 너무 창백해 보이지 않기를 바라며 다시 고개를 돌렸다.

"벌써 가봤는데……."

"빌 왓츠라고?" 뒤에서 목소리가 들려 다시 돌아보니 멀지 않은 곳에 트럭이 한 대 있었고 조금 열린 창문 틈에서 전자담배 연기가 나왔다. 이제 운전기사가 창문을 더 내리고 밖을 내다봤다. "내가 알아요. 아까 무선으로 그 사람이랑 얘기했는데. 아마

북쪽으로 가는 중일 텐데요, 달링턴인가 어딘가? 여긴 없을 거예요."

안도감이 밀려왔다.

"사실 저는 그분을 찾는 게 아니에요. 저는……." 나는 마른침을 삼켰다. 나는 직업적으로 거짓말을 하는 사람인데, 도대체 왜 지금처럼 중요한 순간에 거짓말하기가 이렇게 힘들까? "저는 빌의 조카, 엘라예요. 제가 지금 꼼짝없이 갇혀 버렸거든요. 빌이 혹시 주변에 물어보면 누군가 남쪽으로 태워 줄 수도 있다고 이야기해서요."

"어디로 가려고요?" 남자는 이제 문을 열고 가뿐하게 땅으로 내려왔다. 그는 나와 비슷한 또래로 빌보다 훨씬 젊었고, 건장한 체구였다. 아마도 운전하지 않는 시간은 모조리 체육관에 쏟을 것 같았다.

"런던이면 제일 좋고요."

"문제없어요. 나는 그리니치에서 물건을 내려요. 저공해 구역 때문에 더 가까이 데려다줄 수는 없지만, 그 근처에 내려 주면 괜찮겠어요?"

"정말요?" 그리니치는 콜의 집에서 몇 마일 밖에 떨어져 있지 않았다. 필요하다면 걸어갈 수 있는 거리였다. "그렇게 해 주시면 정말 좋죠. 혹시……." 나는 어깨너머로 주 출입구 옆에 서 있는 경찰차들을 너무 표나게 보지 않으려고 애쓰며 힐끗 살폈다. 고요한 밤공기 위로 무전기 소리가 지지직거렸다. "그러니까, 언제라도 정말 감사하겠지만, 혹시 곧 출발하실 수도 있을까요?"

제로 데이즈

그는 시계를 한 번 보더니, 고개를 끄덕였다.

"그래요, 이제 쉬는 시간도 끝날 참이네요." 그는 휴대폰의 일지에 무언가를 입력하더니 말했다. "타요, 엘라."

순간 그가 누구에게 말하는지 전혀 못 알아듣다가, 곧 깨닫고서 미소를 지었다. 엘라 왓츠. 앞으로 두어 시간 동안 나는 엘라 왓츠였다.

"고마워요. 이름이……?"

"마이크. 운전면허청에는 마이클 레이크로 등록되어 있죠. 친구들은 미키 테이크라고 불러요." 그는 문을 열어 잡아 주었고, 나는 운전석 옆자리로 올라탔다.

우리는 고속도로를 타고 남쪽으로 질주했다. 깜빡이는 파란색 불빛들은 뒤로 멀어졌고, 마이크는 나에게 끊임없이 말을 걸면서 나에 대해, 내 일에 대해, 내 가짜 삼촌 빌에 대해 질문했다. 나는 특별히 조사하지 않아도 그럴듯하게 꾸밀 수 있는 '사실들'을 섞어서 빌과 친척인 척하면서 되는 대로 대답했다. 나는 런던에 살고, 콜센터에서 일하며, 결혼하지 않았다고 말했다. 마지막 말을 할 때 옆구리의 상처와는 무관하게 찌릿한 고통이 느껴졌고, 나는 멍든 채로 비어 있는 손가락을 내려다보지 않을 수 없었다. 게이브가 반지를 내밀었을 때 그의 얼굴, 그의 선명한 갈색 눈에 반짝이던 빛이 떠올랐다. 그는 내가 승낙할 것을 알았을 테지만, 그래도 긴장한 듯 말을 더듬었다. "잭, 나랑 결…… 결혼해 줄래?"

나는 다시 비스듬하게 비치는 빛을 보았고, 바다 내음을 맡았고, 모래 언덕에 쭈그리고 앉아서 '응, 할게, 할게.'라고 말할 때 발가락 사이로 흐르던 모래를 느꼈다.

아, 맙소사, 내가 그를 사랑한다는 생각이 들었다. 그리고 이번만큼은 시제를 고치려고 애쓸 필요가 없었다. 게이브가 죽은 것은 상관없었다. 나는 여전히 그를 사랑했다. 그리고 나는 항상 그를 사랑할 것이다. 이 모든 것이 끝났을 때, 더는 한 발씩 내디디며 나아갈 이유가 없을 때 나는 무엇을 할 것인가?

"엘라?" 소용돌이치는 상념 속에서 어렴풋이 들려오는 소리에 고개를 들자 마이크가 나를 호기심 어린 눈으로 보고 있었다.

"미안해요. 미안해요……, 제가…….". 나는 마른침을 삼켰다. 그는 뭔가 잘못되었다는 것을 알아챈 것 같았다. 그는 여자가 울 것 같은 상황에서 남자들이 보이는 걱정과 불안이 섞인 표정으로 나를 바라보고 있었다. "사실, 정말 솔직히 말하면, 당신 질문이 내 아픈 곳을 건드렸어요. 누군가를 잃었거든요. 내…… 내 파트너를. 그 사람이…… 음, 죽었어요. 얼마 전이었어요. 그 말을 입 밖에 내니까 기분이…….".

나는 말을 멈췄다. 말이 목에 걸려 있었다. 나는 떨리는 숨을 길게 내쉬었고, 처음으로 옆구리의 통증 덕분에 내가 느끼지 않으려고 애쓰는 모든 감정에 집중하지 않을 수 있는 것에 감사한 마음이 들었다.

"아, 그렇군요," 마이크가 말했다. 하지만 그의 얼굴에는 단순한 동정심만이 아닌 일종의 안도감 같은 것이 있었다. "솔직히,

그게 좀…… 으, 미안해요. 그냥 무시해요. 내가 말이 많아서."

"아니요, 계속 이야기해 봐요." 나는 이제 조금 호기심이 생겼다. 그는 안도하는 동시에 매우 불편해하는 것처럼 보였고, 빌에 대한 거짓말과 꾸며낸 내 이야기를 계속하는 것보다는 뭐라도 다른 이야기를 하는 것이 나을 것 같았다. "말해도 돼요."

"그러니까, 솔직히 말하면, 내가 말을 잘못한 것 같아서 좀 걱정했어요. 혹시 그 사람이 당신을 때렸을지도 모른다고 생각했거든요. 그러니까 보이는 게……." 그는 나를 향해 손을 흔들며 모든 것을 포함해 가리켰다. 내 구부정한 자세, 멍든 손마디, 한 팔로 옆구리를 감싸고 있는 모습이 모두 내가 명백히 아프다는 것을 드러내고 있었다. "꼭 전쟁터에 있던 사람처럼 보여요. 그 사람이 그런 줄 알았어요."

그 말에 마치 뺨이라도 맞은 것처럼 충격을 받았다. 내가 아파 보인다는 사실은 인정할 수 있었다. 나는 망상에 빠져 있지 않았다. 심지어 빈번하게 노숙자로 오인되는 일에도 익숙해지고 있었지만, 거짓된 모습으로 동정을 받는 죄책감에는 익숙해지지 않았다. 하지만 내가 매 맞는 아내로 보인다고 생각하니, 목이 다시 메었고, 사실이 아니라는 것을 알면서도 어떤 면에서는 내가 게이브를 배신한 것처럼 느껴졌다.

"아니에요." 나는 쉰 목소리로 말했다. "아니요, 그 사람은…… 그이는 정말 좋은 사람이었어요. 이건 그 사람 잘못이 아니에요. 저는……." 나는 마른침을 삼키며 마이크에게 나를 병원으로 데려갈 생각이 들지 않게 내 상태를 설명할 수 있는 이

야기를 생각해 내려고 애썼다. "우리는 사고를 당했어요. 그이
는 죽었고요. 저는 아직…… 아직 회복 중이에요."

그것은 거짓말이었다. 당연히 거짓이었다. 게이브의 죽음은
사고와는 거리가 멀었다. 그리고 나는 이 일에서 결코 회복되지
못할 것이었다. 어쩌면 회복을 원하지 않는 건지도 몰랐다. 이
모든 것이 끝나고 앞으로 무엇이 있을지 생각하면 할수록 나는
앞날을 마주하고 싶지 않았다. 나는 그냥 누워서, 눈을 감고 게
이브를 기다리고 싶었다.

"정말 유감이에요." 마이크가 말했다. 조금 걸걸해진 목소리
였다. 그는 마치 나를 보고 울지 않으려는 듯 목을 가다듬으며
정면의 도로를 똑바로 응시하고 있었다. "정말 안타까워요. 그
건…… 그건 힘든 일이겠어요. 정말 불공평하네요."

"그래요." 내가 대꾸했다. 목이 너무 아파서 말이 잘 나오지
않았다. "그래요. 정말 그래요. 정말 불공평해요."

그 뒤로 우리는 말없이 달렸고, 고속도로의 불빛들이 자장가
처럼 느껴졌다. 마침내 트럭이 작은 회전교차로를 돌면서 내 머
리가 창문에 부딪혔고, 마이크가 내 어깨를 건드리는 것이 느껴
졌다.

"엘라. 엘라, 일어나요."

나는 눈을 끔뻑였다. 너무 피곤해서 그가 누구에게 말하고 있
는지 이해하는데 시간이 걸렸다. 엘라. 내가 엘라였다. 젠장. 내
가 잠들었던 건가?

"다 왔어요?" 쉰 목소리가 나왔고, 바짝 마른 입에서는 이상

한 맛이 났다. 머리가 지끈거렸다. 나는 입가에 흘러내리는 침을 닦고 다시 눈을 깜빡였다. 가로등이 선명해졌다가 다시 흐려졌다.

"지금 카나리 워프에 거의 다 왔어요." 마이크가 말했다. "하지만 강에서 어느 쪽으로 가려는 건지 몰라서."

나는 눈을 비비며 상황을 파악하려 애썼다. 트럭은 북순환로 옆의 정차 구역에 서 있었고, 뒤로는 O2가 보였으며 블랙월 터널 표지판도 멀지 않은 곳에 있었다. 템스강과 꽤 가까이 있는 게 틀림없었다. 그리니치에서 DLR을 탈 수 있을 텐데…… 그게 몇 시까지 다니지?

"몇 시인지……." 나는 알아들을 수 없게 쉰 목소리를 냈다가 목을 가다듬고 다시 말했다. "죄송해요. 지금 몇 시예요?"

"자정이 다 되어가요. 괜찮겠어요?"

"네. 그럼요. 괜찮아요. 저는…… 친구가 와핑에 살아요." 또다른 거짓말이었다. 콜은 내 친구가 아니었다. 그리고 내가 이 일을 해낸다면 그는 더 이상 와핑에 살지 못할 것이다. 난 그가 웜우드 스크럽스(런던 서부에 위치한 교도소-옮긴이 주)에 있기를 바랐다.

"그럼 여기서 내리는 게 낫겠네요. 카나리 워프에 내려 줄게요." 마이크가 말했다. 내가 극구 사양하는데도, 그는 핸들을 돌려 북순환로를 빠져나와 고층 건물들이 모여 있는 곳으로 향했다.

십 분 후, 나는 트럭에서 내려 찬 밤공기 속으로 나왔다. 마이

크에게 아낌없이 감사 인사를 했고, 나이에 어울리지 않게 조심
조심 트럭에서 내리는 나를 지켜보는 그의 걱정스러운 표정은
애써 모르는 체했다.

"정말 괜찮은 거 맞아요?" 그가 다시 물었고, 나는 한껏 확신
에 찬 얼굴로 고개를 끄덕였다.

"정말 완전히 괜찮아요. 진심으로 고마워요, 마이크. 당신
은……" 하지만 그가 나에게 해 준 일이 무엇인지, 그가 나를 어
떤 위기에서 구해 주었는지를 말로 표현할 방법이 없었다. "당
신은 생명의 은인이에요." '그 취약점'이 내가 의심하는 종류의
일을 하는 데 이용됐다면 그는 말 그대로 생명의 은인일 수도있
었다.

그는 여전히 의심스러운 표정으로 내가 가는 모습을 지켜보
았고, 나는 트럭에서 내려오면서 되살아난 욱신거리는 통증에
굴복하지 않으려고 몸을 최대한 곧게 세우려 애썼다. 그가 나를
지켜보는 시선을 느끼며, 나는 텅 빈 거리를 가로질러 두 건물
사이로 몸을 숨겼다. 그리고 마침내 대형 트럭의 커다란 엔진이
회전하는 소리가 들렸고, 그의 트럭은 밤 속으로 사라졌다.

그가 떠났다는 확신이 들었을 때 나는 천천히 문간에 주저앉
았다. 정상적으로 보이려고 애쓴 탓에 숨을 헐떡이며 몰아쉬었
다. 콜의 집에서 몇 마일밖에 떨어지지 않은 곳이었지만, 더는
그곳에 갈 수 있을지 확신할 수 없었다.

덜덜 떨면서 차가운 인도에 무릎을 꿇고 있을 때, 시간을 알
리는 교회 종소리가 들렸다. 하나, 둘, 셋…… 계속 이어지다가

제로 데이즈

자정까지.

마지막 종소리가 희미해지고, 나는 몸을 펴고 억지로 일으
켜 세웠다. 이제 하나만 더 넘어가면 된다. 그러면 쉴 수 있을
것이다.

2월 12일
일요일

제로 데이즈

──────── 콜의 집에 도착했을 때 나는 힘이 빠진 채 통증으로 떨고 있었다. 열이 나는 게 분명한데도 이가 덜덜 떨렸다. 한 번은 연석에 발이 걸리면서 가방이 갈비뼈에 부딪히는 바람에 통증이 몸통 전체로 번졌고, 나도 모르게 비명이 새어 나왔다. 그 소리는 인적 없는 부두와 좁은 골목에서 섬뜩하게 울려 퍼졌다. 나는 마치 매에게 발견된 작은 동물처럼 얼어붙은 채, 무슨 소리인지 확인하려고 창문이 열리고 달려오는 발소리가 들리지 않을까 기다리고 있었다.

그러나 걱정은 필요 없었다. 여기는 런던이었다. 근처의 아파트와 사무실에서 밤에 여자가 흐느끼는 소리를 들었더라도 아무도 나와서 무슨 일인지 묻지 않을 것이다. 또 한편으로 이렇게 값비싼 지역에는 삼중 유리창과 런던의 밤 생활과 지나가는 배의 뱃고동 소리를 차단하는 방음 시설이 갖춰져 있을 거라는 데 생각이 미쳤다. 어쩌면 그들은 소리를 아예 듣지 못했을지도 모른다.

통증에 대처하는 유일한 방법은 가방 속 빠르게 비어가는 약통에서 진통제 두 알을 더 꺼내 먹는 것뿐이었다. 그리고 처방전 없이 사는 일반 의약품으로는 가슴을 집어삼킬 듯이 욱신거리는 고통을 크게 완화할 수 없다는 것도 알고 있었다. 그래도 없

제로 데이즈

는 것보다는 나았다. 나는 물 없이 약을 씹어 먹었고, 이부프로
펜의 시큼한 맛이 입술에 남았다. 마음을 단단히 먹고 몸을 세워
콜의 집까지 마지막 몇 야드를 걸어갔다.

아름답고 오래된 창고에 가까워질수록 이곳과 남부 런던의
소박한 나의 이층집 사이의 차이에 새삼 놀라게 되었다. 그리고
그동안 게이브와 내가 어떻게 전혀 의심하지 않았는지 의아해
졌다. 한편으로 이 집은 게이브의 방에서 코딩과 게임을 하던 유
년기의 오후 시간 이후로 두 사람의 삶이 얼마나 달라졌는지 보
여 주는 증거이기도 했다. 콜은 옥스브리지 대학이라는 전통적
이고 검증된 길을 선택한 후, 주식 옵션, 코너 오피스, 보너스 보
상을 포함한 모든 것을 의미하는 기업의 승진 사다리를 올랐다.
반면 게이브는 평생 그를 나타내는 특징이었던 자신의 원칙과
무질서한 호기심을 따라 자신의 길을 만들어갔다.

대개는 그런 것이 별로 중요하지 않았다. 게이브는 콜이 자
본에 굴복했다고 농담했고, 콜은 원칙으로는 생활비를 낼 수 없
다고 응수했다. 하지만 모두 친근한 장난이었고, 두 사람은 코
딩에 대한 애정을 공유하며 다른 길로 들어섰지만, 결국 기술을
통해 세상을 더 나아지게 만들겠다는 같은 목표를 향해 가는 친
구였다.

하지만 나는 게이브가 거절했던 제안들, 서버러스보다 더 큰
소프트웨어 기업들에서 받은 제안들에 대해 알고 있었다. 그리
고 어떻게 생각해도 그 금액은 좀처럼 앞뒤가 맞지 않았다. 이제
야 모든 것이 완벽하게 이해되었다. 콜은 서버러스 제품에 백도

어를 설치하기 위해 얼마나 오랫동안 돈을 받아왔을까? 5년? 그이상?

콜이 사는 건물 정문에 도착했을 때, 나는 여기까지는 계획하지 않았다는 것을 깨달았다. 그가 나를 들여보내지 않으면 어떻게 할지는 생각해 보지 않았다. 초인종을 눌렀는데 그가 나에게 꺼지라고 하거나 경찰을 부른다면 어떻게 될까? 그가 그런 모험을 할까? 아니면 더 극단적인 일을 할까? 그는 이 익스플로잇을 지키기 위해 가장 친한 친구가 죽도록 내버려두었다. 그가 내 목숨을 게이브의 목숨보다 귀하게 여기리라는 생각은 들지 않았다.

이 모든 것이 잘못될 경우를 대비한 보험이 필요했다.

나는 현관의 그늘에 잠시 멈춰 섰다. 가방에서 노트북을 꺼내고, 선불폰에서 핫스폿을 켠 다음, 게이브의 트위터와 디스코드, 인스타그램 계정에 로그인하기 시작했다. 모든 계정이 2단계 인증을 요구했고, 나는 떨리는 것을 느끼면서 배낭에서 심 스왑을 한 전화를 꺼냈다. 손가락이 전원 버튼 위에 맴돌았다. 이것으로 끝이었다. 이 전화기를 켜는 순간, 말릭이 알게 될 것이다. 그들이 휴게소에서 나를 찾는 데 얼마나 걸렸던가? 30분? 길게 잡아야 40분이었다. 그리고 이번에는 경찰서들로 둘러싸인 런던 중심부인 탓에 틀림없이 더 빨리 올 것이었다.

하지만 나는 내 계정이 아닌 게이브의 계정이 필요했다. 그의 계정은 이 모든 것이 무엇을 의미하는지 이해할 수 있는 사람들과 연결되어 있었다. 그들에게 코드는 이해할 수 없는 말을 길게

제로 데이즈

나열해 놓은 것이 아니라 콜이 무슨 짓을 했는지, 왜 했는지를 보여 주는 지도였다.

선택의 여지가 없었다.

나는 전원 버튼을 누르고 기다렸다.

그리고 게이브의 계정에 로그인해 그의 드라이브에서 파일을 하나씩 업로드하기 시작했다.

모든 해커와 OPSEC(개방형 보안 플랫폼), infosec(정보 보안), 사이버 보안 전문가에게 알립니다. 저는 게이브의 아내, 잭입니다. 게이브가 사망하기 전에 작업하던 것을 여러분이 봐주시길 바랍니다. 그의 죽음과 관련이 있는 것입니다. 제가 보기에 이것은 시장에서 가장 인기 있는 보안 앱 중 하나 혹은 여러 개에 영향을 미치는 심각한 취약점으로 아직 패치되지 않은 것입니다. 이 파일들을 확인해 주시고, 여러분의 안전을 위해 모든 지인에게 전달해 주십시오. 서버러스에 이 익스플로잇을 수정하라고 요구하십시오. 여러분은 안전하지 않습니다. 여러분의 휴대폰은 안전하지 않습니다. 이 일이 알려지는 것을 막기 위해 제 남편이 살해되었다고 생각합니다. 그러니 부디 있는 힘껏 크게 소리쳐 주십시오.

나는 게시 버튼을 눌렀다. 두 손이 떨렸다.

그리고 나는 전화기를 들고 가방을 멘 다음 문 앞으로 걸어갔다. 내가 할 수 있는 일은 다 했다. 내게는 아마 15분 정도의 자유가 남아 있을 것이다. 이제 내게는 콜을 마주하는 일만 남았다.

"여보세요?" 여자의 목소리가 갈라졌고, 꽤 놀란 기색이었다. "누구세요?"

"네, 안녕하세요." 나는 화면을 보는 사람이 내가 들고 있는 것을 보지 못하도록 카메라에 얼굴을 가까이 들이밀었다. 그리고 긴 근무 시간이 끝나가는 사람처럼 피곤하고 지친 목소리로 말했다. "피자 배달 왔어요."

"장난하는 거예요?" 놀란 기색이 사라진 자리에 짜증이 치솟았다. "지금 자정이라고요! 피자 주문한 적 없어요."

"여기 주문서가 있어요. 콜 개릭, 4호로 배달된 피자요."

"그 사람은 14호예요, 맙소사. 난 자고 있었단 말이에요. 당신들은 주문 하나 제대로 못 받아요? 아, 이봐요……." 지잉, 하는 소리가 들렸고, 희망에 차서 가슴이 두근거렸다. "그냥 올라가요. 그리고 그 사람에게 내 말 전해 줘요, 발음 좀 똑-바-로 하라고요."

그녀는 수화기를 탁 내려놓았고 나는 앞으로 뛰어가 민첩하게 육중한 금속 출입문을 밀었다. 문이 닫히면서 옆구리 상처가 비명을 지르듯 아프고 통증으로 우르르 울렸다.

몇 시간 만에 처음으로 통증이 신경 쓰이지 않았다. 피로가 사라졌고, 통증은 치솟는 도파민의 활기에 무뎌졌다. 온 신경이 마치 노래하는 듯한 기분이었고, 실로 오랜만에 다시 내 자리에 돌아온 느낌이었다. 나는 사냥감이 아닌 포식자였다.

로비에는 건물의 옛 모습을 간직한 듯한 산업용 잔해처럼 보이는 흔적들이 곳곳에 놓여 있었는데, 잠재적 고객들이 역사와

제로 데이즈

접한다고 느낄 수 있도록 의뢰한 값비싼 소품들인 것 같기도 했다. 어쨌든 엘리베이터는 미닫이 철창문이 있는 거대한 금속 상자였고, 나는 안으로 들어가 문을 닫았다. 두려움과 흥분으로 심장이 쿵쾅거렸다.

엘리베이터는 덜컹거리고 끽끽 소리를 내며 올라가다가, 마침내 꼭대기에 멈췄다. 나는 철창을 열고 나왔다.

이제 콜의 집 안으로 들어가야 했는데, 이 부분이 난관이었다. 하지만 나는 아무리 아프고 다쳤더라도 펜 테스터였다. 들어가면 안 되는 곳에 들어가는 것이 내가 하는 일이었다.

나는 어떤 선택지가 있을지 생각해 봤다.

첫 번째 방법은 간단하게 초인종을 누르고 열어 주길 기대하는 것이었다. 하지만 설령 그가 문구멍으로 확인하지도 않고 문을 열어 줄 만큼 어리석다고 해도 내가 안으로 밀고 들어갈 수는 없을 것이었다. 이 모든 일이 일어나기 전이라면 가능했을지도 모른다. 체격이나 힘으로 봐서 나는 콜의 상대가 안 되었지만, 날렵하고 빠른 데다 그는 경험하지 못했을 자기방어 훈련이 되어 있었다. 하지만 열이 나고 긴장되어 몸이 떨리고 옆구리에는 피가 흐르는 상처가 있는 지금 상태로는 어림도 없었다. 만약 엄청나게 치솟는 아드레날린의 힘이 아니라면 아마 서 있기도 어려웠을 것이다. 그리고 언젠가는 그 아드레날린도 고갈될 것이다.

두 번째 방법은 침입하는 것이었고, 그게 더 나은 선택처럼 느껴졌다. 가방에는 문 여는 도구가 있었다. 문제는 내 앞의 문이 견고한 금속재인 데다 전문가의 솜씨로 시공되어 빈틈이 없다는 것이었다. 그리고 자물쇠는 열기 어렵기로 악명높은 브라마 자물쇠였다. 시간이 충분하다면 해낼 수 있을지 모르겠지만, 여기 앉아서 자물쇠를 열 때 나는 숨길 수 없는 소리를 누군가가 들을까 봐 마음 졸이고 싶지는 않았다.

아이디어를 얻기 위해 복도를 둘러보는데, 다른 문이 눈에 들어왔다. 같은 층에 있는 유일한 다른 문이었다. '비상구'라는 표시가 있는 그 문을 호기심에서 열고 들여다보았다.

안쪽의 보안 조명이 내 존재를 감지하고 켜지기까지 시간이 약간 걸렸지만, 불이 켜지자 계단이 보였다. 두 방향으로 난 계단 중에서 하나는 표시가 없는 문으로 올라갔고, 다른 하나는 어둠 속으로 내려갔다. 콜의 집은 펜트하우스였으니, 그 문은 지붕으로 이어지는 것이 틀림없었다.

한 손으로 난간을 잡고, 다른 손으로는 갈비뼈를 누른 채 계단을 오르기 시작했다. 한 층에 스무 칸이나 서른 칸 정도 되는 계단이었지만 세 배는 되는 것처럼 느껴졌고, 휴게소에서 올라갔던 계단보다 더 힘들게 느껴졌다. 꼭대기에 다다랐을 때 나는 숨을 헐떡이며 떨고 있었다. 숨 쉴 때마다 아팠고, 갈비뼈 아래 잠든 고통의 괴물을 깨우지 않으려고 나도 모르게 얕은 숨을 가쁘게 쉬고 있었다. 불과 몇 시간 전보다도 상태가 더 나빠졌다는 것을 깨닫자 공포가 밀려왔다. 나는 병들었다. 정말, 제대로 병들었다. 더는 회피할 수 없었다. 하지만 더 이상 신경이 쓰이지 않았다. 콜을 폭로하는 것 외에 중요한 것은 없었다.

제로 데이즈

꼭대기에 다다랐을 때, 아무런 표시가 없는 문 옆에 '옥상 출입구-허가된 인원만 출입'이라는 작은 표지판이 있는 것을 보았다. 눈에 보이는 경보장치는 없었고, 나는 속으로 기도하며 보안 손잡이를 돌려 문을 밀었다. 문이 밖으로 열렸고, 나는 자갈이 깔린 난간으로 나갔다.

내가 선 곳은 예상보다 훨씬 좁았고, 창고 건물의 경사진 지붕에 끼워 넣은 조그만 출입 구역에 불과했다. 하지만 그 옆으로 걸어가서 아래를 내려다보니 내가 바라던 것을 발견할 수 있었다. 바로 아래에 있는 콜의 발코니였다. 문제는 발코니가 한참 아래에 있다는 것이었다. 펜트하우스의 천장이 높아서 발코니 바닥까지는 최소한 10피트, 아마도 12피트는 될 것 같았다. 일주일 전이었어도 이 정도 높이였다면 움찔했을 것이다. 하물며 지금 내 상태로는 내려가려다 기절할 것 같았다.

발코니 주위로 난간이 있긴 했지만, 발을 디딜 곳이 거의 없는 가느다란 장식용이었다. 가장 좋은 방법은 가능한 한 조심스럽게 몸을 낮추고 가장자리에서 균형을 맞추는 것이었다. 하지만 잘못해서 바깥쪽으로 떨어지면 그대로 죽는 것이었다. 피할 방법은 없었다. 지붕은 5층이나 6층 높이에 있었고, 그 아래는 콘크리트였다.

나는 배낭을 벗고 게이브의 전화를 꺼내 청바지 주머니에 넣었다. 그리고 레인코트를 벗어 띠 모양으로 길게 접었다. 한쪽 소매를 다치지 않은 쪽 겨드랑이로 고정하고, 띠 모양으로 접은 옷을 몸 주위에 가능한 한 단단히 감았다. 나는 고통스럽게 신음하며 천을 팽팽히 당기고 양팔을 꽉 묶어 임시 부목을 만들었다. 끔찍하게 아팠지만, 적어도 떨어질 때는 충격을 완화해 줄것이다.

그다음 나는 락픽과 끼움쇠, 침입용 도구들을 꺼내 티셔츠로 둘둘 말고 가능한 한 조용히 발코니로 떨어뜨렸다. 혹시 발코니문이 열리고 성난 콜이 머리를 내미는지 잠시 기다렸지만, 아무일도 일어나지 않았다.

마지막으로 나는 배낭에 남아 있던 다른 옷가지들을 모두 꺼냈다. 여벌 상의와 플리스, 심지어 침낭도 꺼내 지붕에 펼쳤다. 더 무거운 짐과 함께 휴게소에 두고 오지 않아 다행이었다. 플리스를 조임 끈에 걸어 미끄러운 재질이 최대한 고정되도록 침낭 윗부분에 묶고, 상의 두 벌은 소매끼리 엮어서 플리스에 묶었다. 그런 다음 맨 위에 있는 셔츠의 양 소매를 지붕 주위의 금속 난간에 묶고, 나머지 부분을 모두 아래로 던졌다.

아래를 내려다보았다. 보기에는…… 글쎄, 곧바로 떨어지는 것보다는 나아 보였지만, 크게 나을 것은 없었다. 게다가 길이도 상당히 짧았는데, 정확히 얼마나 짧은지는 알 수 없었다. 내 몸 무게를 견딜 수 있을지는 또 다른 문제였고, 그 문제를 걱정할 시간도 없었다.

지금 게이브가 내 귀에 대고 말할 수 있었다면 뭐라고 했을지 생각해 보았다. '난간에서 물러나, 이 바보 같은 여자야. 어떤 펜테스트도 네 목숨을 걸 만한 가치는 없어.' 그는 이렇게 말할 것 같았다.

제로 데이즈

하지만 더는 이 일을 단순한 일상적인 임무라고 가장할 수 없었다. 그리고 이 일은 내 목숨을 걸 가치가 있었다. 내가 이렇게 해서 콜이 법의 심판을 받을 수 있다면, 그가 게이브에게 한 짓을, 그가 내게서 빼앗아 간 것을 절실히 느끼게 할 수 있다면…… 그렇다면, 이 모든 것은 그만한 가치가 있었다. 그리고 그 이상의 가치가 있었다.

'사랑해.'라고 생각했다. 그리고 아덴 얼라이언스에서 감시 카메라를 올려다보며, 그에게 장난스러운 키스를 날리던 기억을 떠올렸다. 그때 나는 게이브가 나를 지켜보고 있다는 걸 알았고, 그가 내 뒤에 있으면 무엇이든 할 수 있을 것 같았다.

눈을 감고 그의 목소리를 들었다. 헤드셋처럼 또렷한 소리였다. '나도 사랑해, 자기야. 당신은 할 수 있어. 자, 서둘러.'

이젠 정말로 서둘러야 했다. 나는 깊이 숨을 들이마셨다. 그리고 난간에 먼저 한쪽 다리를 걸치고, 다른 쪽 다리를 걸친 후, 임시로 만든 밧줄을 타고 내려가기 시작했다.

처음은…… 글쎄, 쉽지 않았다. 나는 어처구니없을 정도로 힘이 없었고, 마치 긴 운동을 마치고 나온 것처럼 팔근육이 떨리고 있었다. 그리고 옷 솔기가 솔직히 걱정스러울 정도로 빠지직거리며 툭툭 끊어지는 소리가 들렸다. 하지만 침낭에 다다랐을 때와 비교하면 그때까지는 수월한 것이었다. 침낭 재질은 너무 미끄러워서 어떤 식으로도 잡기가 힘들었고, 나는 내 의지와는 다르게 점점 빠르게 미끄러지다가 나중에는 완전히 통제할 수 없는 지경이 되었다. 손가락 사이에서 천이 찢어지고, 지퍼는 손바닥을 할퀴면서 피를 흩뿌렸다. 그리고 침낭은 완전히 사라졌고 나는 떨어지고 있었다.

나는 콜의 발코니 벽에 한쪽 엉덩이로 세게 부딪쳤고, 그 충격이 온몸의 뼈를 흔들어 놓았다. 벽에 부딪쳤다 튕겨 나온 나는 잔뜩 구겨진 채로 바닥에 떨어졌다. 5층 아래의 콘크리트 바닥이 아니라 발코니로 떨어진 것에 감사해야 했지만, 누구에게도 감사할 수가 없는 상태였다. 생각조차 할 수가 없었다. 나는 그저 옆으로 웅크리고 누워 몸을 감싸 안은 채 고통을 견디며 비명을 지르지 않으려 애썼다. 믿을 수 없을 정도로 고통스러웠다. 잠시 멈췄다가 숨을 들이쉴 때마다 다시 몰려오는 격렬한 분노 같은 고통이었다. 그나마 다행인 것은 너무 숨이 막혀서 부지불식간에라도 제대로 비명을 지를 수 없었다는 것이었다. 내 목구멍에서 작게 헐떡이는 신음이 새어 나왔지만, 통제할 방법이 없었다. 쿵 하는 소리를 들은 콜이 곧 발코니에 누운 채 고통으로 제대로 말을 잇지 못하는 나를 발견할 가능성이 크다는 것을 알고 있었다. 하지만 지금은 거기까지 신경 쓸 여력이 없었다.

그러나 아무 일도 일어나지 않았다. 아무도 오지 않았다. 나는 손과 무릎으로 바닥을 짚고 몸을 일으켰다. 눈에는 충격과 고통으로 눈물이 고여 있었다. 발코니 벽에 부딪힌 엉덩이가 너무 아팠다. 혀를 깨물었고, 발목과 무릎은 얻어맞은 것처럼 쑤셨다. 하지만 무엇보다도 옆구리가 그 어느 때보다 욱신거렸고, 통증이 너무 강렬해서 기절할 것 같았다. 임시로 만든 레인코트 부목은 풀려 버렸고, 나는 무릎을 꿇고 앉아 그것이 떨어지도록 두었

제로 데이즈

다. 드레싱이 느슨해진 곳에서 뜨거운 액체가 옆구리를 타고 흐르는 익숙한 감각이 느껴졌지만, 할 수 있는 것은 없었다. 마지막 드레싱까지 모두 써 버리고 없었다. 무엇보다 이 시점에서는 신경도 쓰이지 않았다. 나는 더 잃을 것이 없었다.

'이봐, 제발.' 게이브의 목소리가 내 머릿속에서 속삭였다. 너무도 진짜 같아서 거의 환각처럼 느껴졌다. '잭, 자기야, 당신은 할 수 있어.'

나는 그가 정말로 여기 있기를, 여기서 나를 격려해 주기를, 그 어느 때보다도, 그 무엇보다도 간절히 바랐다. 하지만 내 머릿속의 목소리는 그저 기억일 뿐이었다. 바로 이런 일을 하며 우리가 함께 보낸 수많은 밤들의 기억이었다. 이제 나는 혼자였다. 그리고 이것이 최종 단계였다.

나는 던져 놓았던 락픽 뭉치를 찾아서 손을 더듬거렸다. 찢어진 손에서 나온 피가 타일 위에 천천히 긴 자국을 남겼다. 그리고 발코니 문에 의지해 몸을 일으켰다. 나는 숨을 깊이 들이쉬면서 차분해지려고 했다. 떨리는 손으로 자물쇠를 따는 것만큼 어려운 일은 없었다. 하지만 숨을 내쉴 때 예상치 못한 것을 보았다.

미닫이문 바깥쪽에는 자물쇠가 없었다. 손잡이와 빈 금속 틀만 있을 뿐이었다.

가슴이 철렁 내려앉았다. 어쩌면 그럴 수도 있겠다는 생각이 들었다. 안쪽에서 문을 잠그고 싶을 수는 있겠지만, 자기 집 발코니에 자신을 가두어야 할 상황은 상상이 가지 않았다. 하지만 그 바람에 나는 매우 곤란해졌다. 아파트에 들어갈 방법도, 거리로 다시 내려갈 방법도 없이 이곳에 갇혀 버렸다. 나는 혹시나 하고 손잡이를 당겨 보았지만, 문은 잠겨 있었다. 문을 두드릴까도 생각했다. 하지만 콜은 가장 먼저 커튼부터 젖혀볼 텐데, 그러면 그는 나를 보게 될 것이고, 경찰을 불러 내가 스스로 갇힌 감옥에서 나를 데려가게 하거나, 아니면…… 그 이상은 생각하고 싶지 않았다. 하지만 5층 아래 콘크리트 바닥의 모습이 아직 머릿속에 선명했고, 콜은 어떤 '사고'에 대해서도 그럴듯한 설명을 준비해 놓았을 것 같았다.

남은 방법은 하나뿐이었다. 강제로 여는 것이었다.

내가 미리 던져 놓은 도구 뭉치 속에는 작은 쇠 지렛대 같은 얇은 쇠막대가 있었다. 나는 숨을 죽이고 조심스럽게 쇠막대를 문 사이에 끼워 넣었다. 솜씨 좋게 만들어진 문의 좁은 틈 사이에 막대 끝부분을 억지로 밀어 넣느라 분체 도장이 된 알루미늄이 긁히고 구부러지는 것을 보며 약간의 심술궂은 만족감을 느꼈다. 평소 일할 때라면 절대 하지 않을 일이었다. '흔적을 남기지 않는다.'는 것이 나의 신조였다. 사고를 제외하고, 그리고 부러진 천장 패널을 제외하고는 대개 그 신조를 지켰다. 하지만 콜의 세간살이는 내가 걱정할 바가 아니었다. 강화 유리만 아니었다면 유리를 박살 내 버렸을 것이다.

나는 땀을 흘려가며 쇠막대를 잡아당겼고. 문은 마치 내 욱신거리는 옆구리에 호응하듯 끼익하고 신음하는 소리를 냈다. 문 사이의 틈은 1밀리미터씩 넓어지고 있었고, 이제 달빛에 반짝이는 자물쇠의 금속 막대가 보였다. 틈이 약 1센티미터 정도로 넓어졌을 때, 나는 쇠막대 끝을 사용해 자물쇠를 위로 휙 당겼다. 딸깍 소리가 나더니 문이 스르르 열렸다.

나는 떨리는 숨을 내쉬며 콜의 캄캄한 아파트에 발을 들여놓았다.

안쪽은 완전히 조용했다. 남자가 코 고는 소리만 들릴 뿐이었다. 나는 조심스럽게 청바지 주머니에 손을 넣어 스왑된 휴대폰을 켜고 화면 밝기를 어둡게 한 뒤, 다시 앞주머니에 넣었다. 휴대폰의 윗부분 1인치 정도는 주머니 위로 삐져나오게 했다.

콜의 아파트에는 몇 번 와 본 적이 있어 대략적인 구조를 알았지만, 어둠 속에서는 모든 것이 낯설었다. 나는 코 고는 소리를 향해 더듬더듬 나아갔다. 발 받침용 의자와 커피 테이블을 피해 돌아가다가 하마터면 바닥에 펼쳐진 책에 걸려 넘어질 뻔했다. 옆구리 전체가 뜨겁게 달아오르며 욱신거렸고, 머리가 아찔하고 어지러웠지만, 기분이 나쁘지는 않았다. 심장이 두근거렸지만 휴게소에서 겪었던 메스껍고 얕은 흔들림과는 달랐다. 그것은 거의…… 흥분에 가까웠다.

나는 이제 콜의 침실 문 바로 앞에 있었다. 문을 조심스럽게 밀어 열면서 그가 혼자이기를, 노에미가 아직 해외에 있기를 기도했다. 그는 혼자였다. 그는 벌거벗은 채로 시트에 얼굴을 묻고, 팔다리를 아무렇게나 뻗고 엎드려 있었다. 술을 마신 것 같았다. 침대 옆 탁자에는 빈 와인병이 있었고, 침대 옆 바닥에는 유리잔이 옆으로 쓰러져 있었다.

나는 탁자로 걸어가 램프를 켰다. 탁자에는 화면이 보이게 놓인 채 충전 중인 그의 휴대폰이 희미한 빛 속에서 은은하게 빛나고 있었다.

"일어나, 콜."

"좀." 그가 불분명하게 말하며 몸을 돌려 빛을 피해 얼굴을 숨겼다.

"일어나, 콜." 나는 더 단호하게 말했다. "이걸 봐야 할 거야."

이번에는 내 목소리가 어떻게 달라졌는지 모르겠지만, 무언가가 그에게 전달되었고, 그가 눈을 번쩍 떴다. 잠시 그는 어리둥절한 채 나를 바라보다가, 갑자기 등을 대고 침대 위로 올라가 시트로 아랫도리를 감싸며 뒤로 물러났다.

"뭐야?" 그가 숨을 헐떡이며 말했다. "여기 어떻게 들어왔어?"

"네 휴대폰을 확인해, 콜." 나는 광택이 나는 나무 위에 놓인 휴대폰을 고갯짓으로 가리켰다.

"아무것도 확인 안 해. 도대체 내 아파트에서 뭐 하는 거야?"

그는 나를 노려보고 있었지만, 나는 그가 침대에서 조금씩 움직여 건너편의 서랍을 향해 손을 뻗는 것을 보았다. 내가 반응하기도 전에, 그의 손가락이 그가 찾던 것을 찾았고, 그는 급히 일어났다. 나는 작은 권총의 총구를 바라보고 있었다. 그가 안전장치를 풀자 딸깍 소리가 났다.

"꺼져." 그가 만족스러운 듯 으르렁거리며 말했다. 그의 목소리에는 '너 사람 잘못 건드렸어.'라는 태도가 실려 있었다. "무슨

제로 데이즈

일로 왔는지 모르겠지만, 당장 꺼져, 잭."

"네 휴대폰을 확인해 봐."

"이게 그렇게 이해하기 어려워? 나가, 안 나가면 쏠 거야." 그는 마지막 말을 매우 천천히 했는데, 마치 내가 너무 멍청해서 그 말을 이해하지 못한다고 생각하는 것 같았다. 그가 진심인지 아닌지는 알 수 없었다. 약간 떨리긴 했지만, 총구는 여전히 나를 겨누고 있었고, 아무리 조준이 흔들린다고 해도 나를 죽이기에는 충분히 가까운 거리였다.

어쨌든 그것은 중요하지 않았다.

"쏴 봐. 나는 신경 안 써, 콜. 이해 못 하겠어? 네가 내 모든 걸 빼앗았고, 난 살든 죽든 전혀 상관없어. 나를 쏘고 경찰에게 잘 설명해 보지 그래."

"난 아무것도 설명할 필요 없어." 그가 되받아쳤다. "한밤중에 누군가 내 아파트를 털러 들어왔잖아. 내가 이렇게 하는 게 부당하다고 생각하……."

"첫째." 나는 그의 말을 끊고, 손가락을 하나씩 꼽아가며 반박했다. "그 총이 과연 등록된 총인지 무척 의심스러운데. 합법적으로 보이질 않거든. 둘째, 네 휴대폰을 확인해 봐. 네 이야기에 큰 구멍이 생길 테니까."

"빌어먹을 휴대폰은 확인 안 한다고." 콜이 이를 갈며 말했지만, 자신도 모르게 시선이 침대 옆 탁자 위에 놓인 휴대폰으로 향했다. 나는 그가 잠금 화면에서 깜빡이는 알림을 보고 무의식적으로 눈이 휘둥그레지는 것을 보았다. 트위터 멘션. 트위터 멘

션. 디스코드 호출. 인스타그램 태그. 트위터 멘션. 이미 숫자 표시는 최대치에 이르러 99+로 표시되고 있었는데, 소셜 미디어를 사용하는 사람이라면 누구나 알 수 있듯이, 이것은 딱 두 가지 중 하나였다. 아주 좋은 일이 일어났거나…… 아니면 몹시 나쁜 일이 일어났다는 뜻이었다.

콜은 굳이 어느 쪽인지 확인하기 위해 화면을 열어볼 필요가 없었다. 그는 이미 고개를 흔들기 시작했고, 얼굴이 창백해졌다.

"안 돼. 안 돼, 안 돼, 안 돼. 젠장, 잭, 무슨 짓을 한 거야?"

"네 휴대폰을 확인해 봐." 나는 이제 조용히, 네 번째로 말했다. 그리고 이번에는 콜이 총을 내려놓고 휴대폰을 집어 들었다.

그는 마치 뺨을 얻어맞은 사람처럼 숨을 헐떡거렸다. 그리고 나를 다시 올려다보았을 때 그의 안색은 마치 지방을 걷어 낸 우유처럼, 휴대폰 화면의 불빛을 받아 유령같이 푸르스름한 빛이 도는 흰색으로 변해 있었다.

"무슨 짓을 한 거야, 이 바보 같은 년아?" 그의 목소리가 갈라졌다. "우리 둘 다 죽을 거라는 걸 모르겠어?"

"모르겠어?" 나는 두 손을 침대에 올리고 비밀을 털어놓는 것처럼 몸을 기울였지만, 사실은 다리가 떨려서 기댈 곳이 필요했다. "난 신경 안 쓴다는 걸?"

"나한테 원하는 게 뭐야?" 그는 나를 밀치고 지나가더니 미친 듯이 옷을 찾아 돌아다녔다. 자신이 벌거벗은 것도, 내가 바로 옆에 서서 그가 서랍에서 청바지를 꺼내 입는 것을 지켜보는 것도 신경 쓰지 않았다. "뭘 원하는 거야? 내가 죽기를 원해?"

"네가 뭘 하든 상관없어. 내가 원하는 건 모두 과거에 있으니까. 네가 한 일은 되돌릴 수 없어. 넌 게이브를 다시 살릴 수 없잖아. 나는 네가 무슨 짓을 했는지 내 앞에서 인정하길 원해. 네가 미안하다고 말하길 원해."

"알았어, 미안해." 그가 말했다. 하지만 억지로 하는 말 같았고, 그는 한마디 한마디를 마치 역겨운 맛이 나는 것처럼 내뱉었다. 그리고 베개 위에 두었던 총을 집어 들고 청바지 허리띠에 끼웠다. "됐어? 게이브가 죽어서 유감이라고." 그는 머리 위에서 티셔츠를 끌어당기며, 목 부분이 찢어질 정도로 힘을 줬다. "그가 아무도 부탁하지 않은 파일을 뒤지고, 아무도 알기를 원치 않는 취약점을 찾아내서 유감이야. 내가 처리할 거라고 말했을 때 내 말을 듣지 않은 것도 유감이야. 그가 빌어먹을 청교도처럼 절대 합리적으로 일을 처리하지 않고, 그 망할 입을 다무는 대가로 돈을 받지 않아서 유감이야. 나는 선택의 여지가 없었어. 내가 뭘 하든, 앱을 패치하든 말든, 그가 살아 있으면 서버러스에 말할 거였고, 그럼 우리 둘 다 죽을 거였어. 나는 우리 둘을 다 구할 수 없었어. 그래서 맞아, 나는 나를 선택했어. 그거 때문에 내가 어떤 친구가 된 건지도 알아. 하지만 나는 그를 죽이지 않았어, 알겠어? 난 안 죽였다고. 잭, 내 잘못으로 만들려고 하지 마."

"그러니까 말해 봐." 나는 최대한 설득력 있는 목소리로 말했다. "말해 봐, 콜. 네가 죽인 게 아니면 누가 죽였어? 넌 누구를 위해 일하고 있는 거야?"

"몰라!" 그는 이제 울면서 서랍을 뒤져 노트북과 현금다발을 꺼내고 있었다. "그들이 먼저 나한테 왔어. 나는 막 서버러스에 들어갔고, 결국 출시도 안 된 형편없는 앱을 작업하고 있었는데, 그들이 정부 요원이라고 했어. 나라를 위해 일하고 보상을 받는다는 얘기를 그럴듯하게 떠벌렸어. 처음엔 작은 일이었어. 광고주에게 제공하는 것보다 더 과한 것도 아니었어. 하지만 나중엔⋯⋯."

"나중엔 워치독과 퍼피독에 접근하려고 너에게 갔고, 너는 너무 깊이 빠져 버린 거야." 나는 느끼지 않는 동정을 가장하며 말했다. 그가 계속 말하도록 해야 했다. "그들이 정말로 정부 요원이었을까, 콜?"

"나도 몰라." 그가 반복했다. 그의 목소리는 거짓이 아닌 절박함으로 고동쳤다. "어쩌면 어떤 정부일 수도 있지. 하지만 우리 정부는 아니야. 그건 꽤 빨리 깨달았어. 이 사람들은 자금이 안정적이고, 조직도 잘 되어 있는, 살인자들이야, 잭. 우리 둘 다 완전히 망했어."

그는 옷, 돈, 고무줄로 묶은 여권 세 개를 여행용 가방에 집어넣고 있었다. 그는 나에게 다시 눈길조차 주지 않았다. 나는 그의 허리띠에서 총을 빼앗아 그의 머리에 겨눌 수도 있었지만, 그럴 필요는 없었다.

"자수해, 콜." 나는 부드럽게 말했다. "이봐. 너도 끝났다는 거 알잖아. 항구까지도 못 갈걸."

"가까이 오지 마." 그가 이를 악물고 말하며, 한 손으로 나를 향해 총을 휘둘렀다. 다른 손은 가방을 향해 뻗고 있었다. 그의

제로 데이즈

얼굴을 타고 눈물이 흘러내렸지만, 게이브를 위한 눈물은 아니었다. 그는 자신을 위해 울고 있었다. "가까이 오지 마."

"어디로 가려고?" 나는 그를 따라 문으로 갔다. "캄보디아? 벨라루스? 네가 걱정해야 할 건 경찰만이 아니야, 알지? 이 사람들이 진짜 정부에서 나온 걸 수도 있겠지만, 범인 인도 협정을 신경 쓰지는 않겠지. 어디로 도망가든지 널 추적할 거야."

"닥쳐." 그는 이제 복도로 나가서 엘리베이터 버튼을 세게 누르고 있었다. 엘리베이터가 오지 않자, 계단으로 가는 문을 열었다. "물러서. 안 그러면 쏠 거야, 잭."

"자수해." 내가 다시 말했지만, 그때 옆구리의 통증이 돌아왔고, 더 강렬해졌으며, 침실에서의 대면에서 나를 버티게 했던 아드레날린이 사그라지기 시작했다. 내 살갗에 물기가 흐르는 것을 느낄 수 있었다.

콜은 고개를 저으며 한 팔로 눈물을 닦아냈다. 그리고 계단으로 향했다. 나는 욱신거리는 통증을 가라앉히려고 손으로 갈비뼈를 누르며 뒤따라갔다.

"콜, 이러지 마."

"누가 날 막을 건데?" 그가 말했다. 흐느끼는 그의 목소리 아래에는 억눌린 웃음에 가까운 무언가가 깔려 있었다. "너? 넌 지금 거의 기어다니고 있잖아, 잭. 너 자신을 좀 봐. 너는 병원에 있어야 해, 이미 죽은 남자를 위해 자멸하지 말고."

"이러지 마." 내가 다시 말했지만 그는 이미 첫 번째 계단을 절반쯤 내려갔고, 나는 난간을 붙잡고 훨씬 더 천천히 따라갈 수밖에 없었다.

"나를 내버려둬." 그가 어깨너머로 소리쳤다. "나를 내버려두라고."

"노에미에게 뭐라고 말할 거야?" 나는 소리쳤지만, 이제 숨이 가쁘고, 호흡이 날카롭고 얕아져서 그가 들었는지 확신할 수 없었다. 그는 두 층 아래에 있었다. 나는 신음을 참으며 다리를 더 빨리 움직였다. "노에미를 그냥 버릴 거야?"

"꺼져." 그가 울부짖었다.

이제 그는 세 층을 내려갔고, 나는 겨우 5층 계단참을 돌고 있었다. 그는 정말로 도망가려는 걸까? 그 지폐 뭉치로는 오래 버티지 못할 텐데. 하지만 세 개의 여권은 이미 계획이 준비된 사람이라는 뜻이었다. 아마도 두둑한 암호화폐 지갑과 영국에 송환되지 않는 도피처가 계획에 포함되어 있을 것이다. 그리고 그를 고용한 사람들이 그를 잡으러 다닐 거라고 떠들었지만, 사실 그가 눈에 띄지 않고 입도 열지 않고 지낸다면, 그들도 굳이 에너지를 낭비할 것 같지는 않았다.

말릭. 나도 모르게 말릭을 생각하고 있었다. 말릭, 제발 내 생각대로 움직여줘.

그리고 다음 층 계단 모퉁이를 돌았을 때, 그 소리를 들었다. 사이렌이었다.

콜은 1층에 있었다. 나는 로비로 들어가는 방화문이 비명처럼 끼익 소리를 내며 열렸다가 다시 쾅 하고 닫히는 소리를 들었다.

숨을 쉴 때마다 옆구리에 칼이 꽂히는 듯한 고통이 느껴졌고,

제로 데이즈

뒤돌아보니 계단에 피를 흘리고 있었다. 한 걸음 한 걸음마다 동전 크기의 작은 핏방울들이 떨어져 있었고, 다음 층으로 가기 전에 힘을 모으려고 멈춰 섰던 곳에는 더 많은 피가 흘러 있었다.

내가 여기서 못 버틴다면?

"콜." 나는 갈라진 목소리로 말했다. 하지만 이제 그는 더 이상 내 말을 듣지 못하는 것 같았다. "콜, 자수해."

대답은 없었고, 그저 사이렌 소리만 울렸다. 발을 더 빨리 움직이려고 해 봤지만, 감각이 없고 멍청해진 발은 이제 헛디디고 비틀거리며 마지막 계단의 절반을 내려가다가 넘어질 뻔했다. 나는 넘어지지 않기 위해 난간을 움켜쥐었고, 그 충격에 소리를 질렀다.

"콜!" 나는 있는 힘껏 다시 외쳤지만, 내 목소리는 점점 커지는 사이렌 소리에 묻혀 버렸고, 대답은 없었다.

나는 이제 로비로 가는 문 앞에 있었다. 문은 믿을 수 없이 육중했다. 나는 문에 어깨를 대고 눈물이 날 정도로 온 힘을 다해 밀었다. 문이 삐걱거리며 열렸다. 나는 옆구리 근육이 욱신거리는 것을 느끼며 계속 밀고 또 밀었다. 콜은 어떻게 그렇게 쉽게 밀고 지나갔을까?

그때 내가 빠져나갈 수 있을 만큼 문이 열렸고, 나는 로비로 비틀거리며 들어갔다. 갑자기 작은 방을 채운 눈부신 파란 불빛에 눈을 깜빡였다.

건물 밖에서는 순찰차에서 경찰들이 쏟아져 나오고 있었다. 나는 그들이 나를 향해 오고 있다는 것을 알았다. 나는 그저 말릭이 듣고, 보고, 알아채고 있었기를 기도할 수밖에 없었다. 그 모든 사람 중에서 말릭만이 무언가 잘못되었다는 것을 알고 있었기 때문이다. 단지 어떻게 잘못되었는지를 모르고 있었다.

경찰들이 이제 로비 문을 열고 있었다. 그들은 부상당한 동물을 끌어내는 사냥꾼들처럼 대형을 이루며 움직였다. 그들은 총인지 테이저 건인지 모를 무기를 내밀고 있었다. 나는 손을 들었다. 내 다리는 너무 심하게 떨려서 얼마나 더 서 있을 수 있을지 의심스러웠다.

"그를 체포했나요?" 말하려고 했지만, 말이 입에서 갇혀서 나오지 않은 것 같았다.

"바닥에 엎드려!" 경찰 한 명이 외쳤다. "바닥에 엎드려! 너는 체포됐다!"

나는 떨리는 몸으로 무릎을 꿇으며 시키는 대로 했다. 하지만 앞주머니에서 튀어나온 휴대폰이 배를 찌르면서 움직임이 어색해졌다.

"그를 체포했나요? 콜 개릭? 그를 체포했나요?"

"바닥에 엎드려!" 경찰관이 사납게 외쳤다. 나는 고개를 끄덕이고 휴대폰을 빼내려고 손을 뻗었다. 그리고 내가 그렇게 하는 순간, 경찰관이 곤봉을 잡는 것을 보면서, 내가 큰 실수를 했다는 것을 알았다.

"손을 바닥에!" 그가 소리쳤고, 멀리서 말릭의 목소리가 희미하게 들렸다. "제이크, 그냥……"

하지만 그녀가 말을 마치기도 전에, 그의 곤봉이 내 손 위로

제로 데이즈

내려왔다. 휴대폰을 꺼내려던 손이었다. 내 손목과 그 뒤의 곤봉이 내 상처 난 옆구리를 강타하면서 나는 돌처럼 떨어졌다. 이제 주머니 속의 휴대폰은 상관없었다. 옆구리에서 뿜어져 나오는 뜨겁게 타오르는 고통 외에는 아무것도 상관없었다.

"휴대폰이!" 나는 말하려고 했지만, 입 밖으로 나오지 못한 것 같았다. 아마도 비명을 지른 것 같았다. 모르겠다. 기억이 나지 않는다. 내가 아는 것은 어두운 별들이 폭발하는 것이 보였고, 설명할 수 없을 만큼 강렬한 고통이 온몸을 관통했다는 것이 전부였다. 그리고 나는 기절했다.

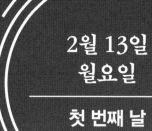

2월 13일
월요일

첫 번째 날

—————— "자기야." 내 귓가를 울리며 나를 깨운 것은 게이브의 깊고 부드러운 목소리였다. 나는 눈을 깜빡이고 고개를 돌려 내 옆자리 구겨진 침대 시트에 누워 있는 그를 보았다. 햇빛이 비친 그의 검은 머리카락에는 토탄 빛깔이 감돌았다. 그는 게으르게 웃고 있었고, 마치 어쩔 수 없다는 듯이 그의 입가에까지 환한 미소가 번져 있었다. 나는 사랑과 그리움으로 가슴이 저렸다.

"안녕, 자기." 나는 그를 보려고 몸을 돌렸고, 넋을 잃고 그를 보면서, 손으로 그의 매끄러운 어깨를 훑으며 갈비뼈의 구불구불한 선을 따라 엉덩이까지 내려가며 손가락 밑에서 그의 따스한 살갗과 단단한 근육과 뼈를 느꼈다.

"사랑해." 그가 말했다. 이유는 모르겠지만, 내 안에서 무언가가 갈라지는 것처럼 아팠다. 무언가 잘못되었다. 왜 그 익숙한 말이 내 옆구리를 칼로 찌르는 것처럼, 갈비뼈 아래 살점에 느껴지는 물리적 고통처럼 나를 아프게 했을까?

"게이브?" 내가 물었다. "뭐가 문제야?" 하지만 그는 고개만 저었다.

"이제 깨어나야 해, 잭."

"나 깨어 있어." 내가 말했지만, 그 말이 입에서 나오자마자, 그것이 사실이 아니라는 것을 알았다. 그리고 게이브는 여전히

제로 데이즈

고개를 저으며 나에게서 멀어지고 있었다. 나는 그를 향해 손을 뻗었지만, 그는 이미 사라지고 있었다. "게이브," 내가 하는 말은 울음처럼 나왔다. "게이브, 안 돼, 제발 기다려, 나를 기다려 줘."

"일어나, 잭." 그가 속삭였고, 나는 비명을 지르려고 했다. "안 돼, 안 돼, 안 돼, 돌아가고 싶지 않아."

하지만 이미 늦었다. 나는 이제 깨어났다. 완전히 깨어 있었고, 이번에는 진짜 해가 내 닫힌 눈꺼풀 위에 닿는 것을 느낄 수 있었다. 나는 현실 세계로 돌아왔다. 게이브가 없는 세계, 그리고 내 옆구리의 고통이 끔찍하게도 적나라한 세계였다. 마음이 아팠다. 그 꿈은 너무나도 진짜 같았고, 견딜 수 없을 만큼 진짜 같아서 깨어나고 싶지 않았다.

하지만 뭔가 달랐다. 며칠 만인지 기억할 수는 없었지만 실로 오랜만에, 내 어깨 아래의 표면이 딱딱하고 차가운 바닥이 아니라, 부드럽고 푹신한 침대였다. 어제는 숨이 막힐 정도로 날카롭고 즉각적인 통증이었는데, 지금은 통증에서 낯선 거리감이 느껴졌다. 그리고 따뜻했다. 너무 따뜻할 정도였다.

나는 눈을 떴다. 방은 밝았다. 눈이 부실 정도로 환해서 잠시 눈을 깜빡이며 내가 어디에 있는지 알아내려고 했다. 나는 어떤…… 텐트 같은 곳에 있는 걸까? 벽은 일종의 커튼 재질로 되어 있었다. 하지만 텐트가 아니었다, 천장이 있고, 침대 뒤에는 이중 유리창이 있었다.

지끈거리는 머리로 여기가 어딘지 알아내기도 전에, 다른 무언가를 깨달았다. 나는 혼자가 아니었다. 침대 옆 의자에 헬이 앉아서 휴대폰을 스크롤하며 무언가를 보고 있었다.

말을 해 보려고 했지만, 쉰 목소리만 나왔다. 그 소리로도 충분했다. 그녀는 머리를 번쩍 들었고, 그녀의 얼굴에 엄청난 안도감이 밀려들었다.

"잭! 오, 감사합니다. 말하려고 하지 마, 잭. 너는 병원에 있어. 너는…… 이번엔 솔직히 꽤 겁먹었어."

나는 침을 삼켰다. 목이 바싹 말라 있었고, 속이 적잖이 메스꺼웠다. 침대 위로 몸을 일으키려 했지만, 손에 뭔가 연결되어 있는 것처럼 움직여지지 않았고, 움직이자마자 옆구리가 이상하게 아팠다. 잠시 몸부림친 끝에, 나는 포기하고 흔들리는 몸을 베개에 다시 기댔다.

"나 체포된 거야?" 나는 간신히 말했다. 적어도 그렇게 말하려고 했지만 실제로는 불분명한 발음의 쉰 소리로 '나츠프든 그?'라는 식으로 나왔다.

그래도 헬은 알아듣고 고개를 저었다.

"아닐 거야. 확실하지는 않지만, 아무도 네가 체포되었다고 말하지 않았고, 여긴 경찰도 없어. 말릭이라는 여자가 네가 자고 있을 때 왔었어. 너와 이야기하고 싶어 했지만, 의사들이 돌려보냈어."

나는 기침을 했고, 그녀는 벌떡 일어나 얇은 플라스틱 컵에 물을 부어서 내 입술에 대주었다. 나는 밋밋한 미온수를 빈티지 샴페인처럼 천천히 삼켰다. 그리고 다시 기침하며 목을 가다듬으려고 했다.

제로 데이즈

"콜은 어디 있어?" 내 목소리는 이상하게도 쉰 목소리였고, 코와 목은 설명할 수 없는 방식으로 얼얼했다. 뭔가에 걸린 건가?

"잘 모르겠어." 헬이 안타까워하며 말했다. "말릭이 나한테 거의 아무것도 말 안 해줬어."

나는 그 말을 해석해 보려 애썼다. 콜은 구금 중일까? 도망쳤을까? 만약 도망쳤다면, 얼마나 오랫동안 도망 중이었을까?

"지금 몇 시야?"

"지금이……." 헬이 휴대폰을 보며 말했다. "오전 10시 30분. 방금 지났어."

나는 손을 관자놀이에 대고, 머릿속으로 계산을 하려고 했지만, 단순한 덧셈도 머리가 아팠다. 그 움직임으로 인해 손등에 아프고 찌릿한 느낌이 들었다. 손을 내려다보니 내가 묶여 있다고 생각했던 것은 내 손목 바로 아래에 테이프로 고정된 삽입관이었고, 구불구불한 튜브는 링거 주머니에 연결되어 있었다.

내 마지막 기억은 콜을 쫓아 계단을 내려가다가 경찰에게 붙잡힌 것이었다. 그때는 자정이 막 지난 시간이었다.

"그러니까 내가…… 10시간 동안 잠들어 있었던 거야?"

헬의 안색이 변했다. 그녀는 고개를 저으며 부드럽게 말했다. "월요일 오전 10시 30분이야. 너는 24시간 넘게 의식을 잃고 있었어, 잭. 정말 걱정했어. 우리 모두가. 회복실에서 잠깐 정신을 차리긴 했지만, 내가 누군지 알아보지 못한 것 같아."

"회복실?" 나는 그녀가 하는 말을 이해하려고 노력했다. "회복실이라니 무슨 뜻이야?"

"수술 회복실. 수술을 해야 했어."

"뭐라고?"

"네 옆구리. 얼마나 많이 꿰맸는지 몰라. 의사 말로는…… 젠
장, 뭐였지? 패혈증과 지연성 비장 파열이었나? 뭐 그런 거였어.
대체 너는 네 몸에 무슨 짓을 한 거야? 총이라도 맞았어?"

나는 신음을 억눌렀다. 갑자기 링거 주머니와 옆구리에서 느
껴지는 이상한 당김이 이해되기 시작했다. 꿰맸으니 당연했다.
그리고 아마도 진통제를 잔뜩 맞은 상태일 테고, 낯선 거리감이
느껴지는 통증이나 머릿속이 혼란스러웠던 이유는 그것으로 설
명이 되었다.

"아니, 이건 완전히 내가 자초한 일이야. 담을 넘다가 무슨 가
시 같은 것에 찔렸어."

"물론 그랬겠지." 헬이 말했다. 그녀는 웃고 있었지만, 눈에는
눈물이 맺혀 있었다. "물론이지. 그럴 줄 알았어. 제발, 잭, 나 정
말 걱정했어. 진짜 너무 걱정됐다고. 난, 너마저 잃을 수는 없어.
엄마, 아빠도 잃었는데. 나한테 남은 건 너밖에 없어!"

전에도 그녀가 나에게 했던 말이었다…… 그때로부터 얼마나
지났을까? 마치 전생의 일처럼 느껴졌다. 이 모든 일이 시작되
기 전에 그녀의 집 주방에서 했던 말이었다. 이제 그녀는 내 쪽
으로 몸을 기울여 나를 부드럽게 안아 주었고, 나는 눈을 감고
그녀의 팔이 나를 감싸는 것을 느끼며 나도 그녀를 끌어안았다.
그리고 울고 싶었지만, 그녀가 말한 이유 때문은 아니었다. 헬에

제로 데이즈

게는 여전히 그건 사실이 아니었기 때문이다. 그녀에게는 롤랜드와 키티와 밀리, 그녀만의 새로운 가족이 있었다.

하지만 나에게는 사실이었다.

나는 내가 하려고 했던 일을 해냈다. 하지만 그 무엇도 게이브를 되돌릴 수는 없었다. 그는 떠났다. 그리고 이제 나는 내 미래를 혼자서 마주해야 했다.

나는 마른침을 삼켰고, 헬은 떨리는 숨을 내쉬며 눈물을 닦으며 웃었다. 그녀가 일어서서 휴지를 찾고 있을 때, 가림막 커튼 밖에서 소리가 들렸다.

"똑똑. 들어가도 될까요?"

"그럼요." 내가 떨리는 목소리로 말했다. 그러자 커튼이 열리고 그 틈으로 말릭 경위의 얼굴이 들어왔다.

뇌가 상황을 인식하기 전에 몸이 먼저 반응했다. 엄청난 아드레날린이 뿜어져 나오면서 내 심장은 병원에 누워있는 것보다는 포식자를 피해 달아나는 데 적합한 속도에 맞추어 뛰기 시작했다. 나는 그녀에게서 영원히 도망치고 있었던 기분이었고, 달아나기를 멈췄다는 사실은 잘 떠오르지 않았다.

"좀 어때요?" 그녀가 약간 조심스럽게 물었다. 나는 그녀의 등장이 나를 얼마나 놀라게 했는지 드러내지 않으려고 얼굴을 찡그렸다.

"아주 엉망이죠. 그건 그렇고…… 그를 체포했나요? 콜을?"

그 말을 들은 말릭의 얼굴이 맑게 개었다.

"네, 도로로 반쯤 나가는 데 우리가 잡았어요. 하지만 녹음을 해 주신 덕분에⋯⋯."

"녹음이요?" 헬이 끼어들었다. "그게 무슨 말이에요?"

"최근에 트위터에 안 들어가 봤다는 뜻이군요?" 말릭이 약간 건조하게 말했다. 헬은 고개를 저으며 의아해했고, 말릭은 재미와 짜증의 중간쯤 되는 듯한 짧은 웃음을 지었다. "동생분이 지난 24시간 동안 적잖게 입소문이 났어요. 가장 인기 있는 보안 앱 중 하나를 해킹하는 방법을 정확히 업로드한 것도 모자라서, 범인의 집을 침입하는 장면을 라이브 스트리밍 했거든요. 이걸로 법정 다툼이 상당히 흥미로워질 거예요. 이 라이브 스트리밍을 본 적 없는 배심원을 어떻게 찾을지 모르겠어요. 하지만 그 녹음이 없었다면 그를 상대로 한 사건도 없었을 거니까⋯⋯." 그녀는 어깨를 으쓱했다.

"뭐라고요?" 헬이 말했다. 그녀는 당황한 표정으로 나와 말릭을 번갈아 보았다.

나는 눈을 감았다. 설명하기엔 너무 피곤했다. 하지만 스왑된 휴대폰을 배낭에서 꺼내 켜고 녹화 버튼을 누르고 카메라는 캄캄한 어둠 속을 향하게 한 채 앞주머니에 넣었던 그 찰나의 결정을 떠올렸다. 그것이 콜의 목소리는커녕 얼굴이나 제대로 포착할 수 있을지, 아니면 그냥 알아들을 수 없이 먹먹하고 흐릿한 소음만 기록될지 전혀 가늠하기 힘들었다. 그러나 나는 그 휴대폰과 그 휴대폰이 말릭에게 보내는 신호에 모든 희망을 걸었다. 그 신호는 말릭에게 나와 콜의 위치를 정확히 알려 주어 찾을 수 있게 해 주었다.

제로 데이즈

그리고 말릭은 그것을 듣고 있었다.

나를 체포하려던 경찰관이 나를 때렸을 때 나는 그 휴대폰을 잡으려 하고 있었다. 정확히 따지면 그를 탓할 수는 없었다. 나는 그렇게 하지 말았어야 했다. 긴장한 경찰관을 대할 때 한 가지 규칙이 있다면 뭘 하려는 것인지 미리 알리지 않고 옷 속에 손을 넣으면 안 된다는 것이다. 내가 일하면서 얻은 교훈이었다. 그런데 경찰에게 쫓기고, 살인 혐의로 수배 중인 상황에서 내가 무엇을 했는가? 경찰에게 미리 알리지 않고 주머니에 손을 뻗었다. 그는 내 옆구리에 대해 알 도리가 없었다. 하지만 나를 그렇게 더럽게 세게 때릴 필요도 없었다. 짐작건대 그 곤봉에 맞는 바람에 이미 손상된 내 비장이 파열되었을 것이다.

"그래서…… 내 동생은 무혐의인가요?" 헬이 얼굴을 찌푸리며 물었다. 말릭은 고개를 끄덕였다.

"네, 당신은 이제 남편의 살인 용의자가 아니에요." 헬의 질문에 대한 답이었지만, 그녀는 나를 보고 말하고 있었다. 그녀의 짙은 눈동자에 연민이 반짝였다. "얼마나 상심이 크실지, 삼가 조의를 표합니다, 자신타."

"괜찮아요." 나는 이렇게 말하려 했지만, 말이 거의 나오지 않았다. 갑자기 울컥 목이 메었고, 어쨌든 우리 둘 다 그것이 사실이 아니라는 것을 알고 있었다. 괜찮지 않았다. 게이브의 죽음에 대해 괜찮은 것은 아무것도 없었고, 나는 결코 전과 같은 사람이 될 수 없을 것이다.

"콜을 게이브의 살인에 대한 공범으로 기소할 건가요?" 헬이

물었다. 말릭은 어깨를 으쓱했다. 모르겠다는 뜻보다는 아마도
라는 의미인 것 같았다.

"내가 내리는 결정은 아니에요. 내 직감으로는, 녹음된 자백
이 있어도, 그건 성립시키기 어려울 것 같아요. 하지만 컴퓨터
오용법으로는 충분히 기소할 수 있어요. 그는 워치독과 퍼피독
을 완전히 오염시켜, 앱을 사용하는 모든 사람을 사실상 24시간
감시하고 있었어요. 카메라, 마이크, 위치, 모든 것을요. 그리고
정보가 어디로 갔는지 알게 되면, 테러 및 간첩 혐의로도 기소될
수 있어요."

"그럼 이 사건의 배후에 있는 사람들에게 다가가고 있는 건가
요?" 헬이 물었다. 말릭은 고개를 끄덕였다.

"부서는 다르지만, 우리끼리 말하자면, MI6에서는 상대가 누
구인지 꽤 잘 알고 있는 것 같아요. 디지털 흔적을 따라가는 것
만 남았어요. 그들은 물론 콜에게 얻을 수 있는 건 얻을 것이고,
증언에 대한 대가로 형량에 대한 협상이 있을 수도 있겠지만, 무
슨 말을 하든 간에 그는 감옥에 오랫동안 가 있을 거예요."

나는 침을 꿀꺽 삼키면서 눈가에 맺힌 눈물이 흘러내리지 않
게 하려고 애썼다.

"고마워요." 내가 속삭였다. "정말 고마워요."

말릭은 단 한 번, 다소 무뚝뚝하게 고개를 끄덕였다. 그녀 역
시 이 순간에 어울리는 말을 찾지 못한 것 같았다.

"저기, 질문이 몇 가지 더 있겠지만, 당신이 좀 더 회복될 때
까지 기다릴게요. 지금은 몸을 잘 돌보세요, 잭. 그리고 필요하

제로 데이즈

면……." 그녀는 명함을 침대 옆에 있는 서랍 위에 놓고 손가락으로 톡톡 쳤다. "전화 주세요."

"고마워요." 헬이 말했다. 그녀는 나를 힐끗 보고 일어섰다. "제가 배웅할게요. 잭은 좀 쉬어야 할 것 같아요. 괜찮지, 잭?"

나는 말할 자신이 없어 고개를 끄덕였고, 두 사람이 커튼 틈으로 나가는 모습을 지켜보았다. 그들의 발걸음이 병동을 따라 멀어지는 소리가 들리고, 여닫이문이 열렸다가 닫히는 소리가 들린 후, 침묵이 찾아왔다.

나는 눈을 감고, 게이브가 죽은 이후로 그토록 오래 참아왔던 뜨거운 눈물이 뺨을 타고 흘러내리는 것을 느꼈다. 그리고 격렬한 흐느낌이 치밀어올랐다. 그것은 내 안에서 나를 갈가리 찢어놓는 것처럼 격렬하고 고통스러운 울음이었다.

끝났다. 정말로 끝났다. 그리고 나는 이제 무엇을 해야 할지, 나에게 남은 것이 무엇인지 전혀 알지 못했다. 게이브를 위해 할 수 있는 것은 달리 없었다. 더는 계속 나아갈 이유가 없었다. 게이브의 살인자를 찾기 위해 날마다 자신을 억지로 밀어붙이던 때처럼 한발씩 앞으로 내디딜 이유가 없었다.

나는 그를 찾았다. 칼을 쥐고 있던 사람은 아니더라도, 적어도 그들을 게이브에게 이끈 책임이 있는 자를 찾았다.

그리고 이제는? 나에게 무엇이 남았지?

게이브가 죽은 이후로 수없이 울 수 있기를 바랐는데, 이제야 눈물이 나왔다. 굵고 빠르게 떨어지는 눈물을 멈출 수가 없었다. 눈물은 내 볼을 타고 흘러 희고 깨끗한 시트에 스며들었고, 나는 가슴이 아파 왔다. 상상했던 잔잔한 슬픔이 아니라, 깊은 내면에서부터 통제할 수 없이 끌려 나오는 것 같은 격렬한 흐느낌이었다. 그것이 내 심장과 목구멍을 찢어 놓는 것 같았다. 현실적이고 물리적인 고통으로 내 옆구리의 봉합된 상처를 당기고, 내 마음을 찢어 놓았다.

"이봐요." 커튼 밖에서 목소리가 들리더니 커튼이 살짝 움직였다. "저기요."

한 남자가 간호사 복장을 하고 거기 서 있었다. 그는 염려스러운 표정으로 허리에 손을 얹고 있었다. 그의 뒤에는 뚜껑이 덮인 접시들로 가득 찬 점심 트롤리가 있었다.

"무슨 일인가요?"

나는 말할 수 없었다. 단지 고개만 저을 뿐이었다. 마음을 가라앉히고, 제발, 배고프지 않으니 혼자 있게 해 달라고 말하고 싶었지만, 말이 나오지 않았다. 간호사는 다가와서 내 손을 잡아 자신의 손에 얹고 위로해 주었다.

"자, 이러면 안 돼요!" 그의 이름표에는 해리슨 카터라고 쓰여 있었다. 그는 자메이카 억양을 가지고 있었는데, 그 억양은 내가 살던 솔즈베리 레인의 이웃 할머니를 떠올리게 했다. 집 생각이 나자 나는 더욱 격하게 흐느꼈다. "이러면 안 돼요. 어디 아픈 데가 있어요?"

나는 아팠고, 우느라 더 아팠지만, 고개를 저었다. 내가 우는 이유는 그런 게 아니었고, 아무리 많은 양의 모르핀이라도 게이브를 생각할 때마다 밀려오는 해일 같은 슬픔을 멈추게 할 수 없을 것이었다.

"여기." 해리슨이 말했다. 그는 몸을 돌려 트롤리에서 뭔가를 뒤적이더니, 뚜껑 덮인 접시가 있는 플라스틱 쟁반을 들고 일어섰다. "점심 좀 먹어요. 기분을 나아지게 하는 데는 음식만 한 게 없어요. 맛있는 채소 셰퍼드 파이가 있어요."

그는 쟁반을 나에게 내밀었고, 급식실에서 나는 따뜻한 식물성 고기 냄새가 병실을 가득 채웠다. 너무 강한 메스꺼움이 밀려와 실제로 토할 것 같았고, 나는 얼굴을 돌리며 진정시키려고 했다.

"이봐요." 해리슨은 내 등을 향해 구슬리듯 말했다. "아기를 위해 한 입만 먹을 수 없겠어요?"

잠시 나는 잘못 들은 줄 알았다.

"내가…… 뭐라고요?" 뺨을 타고 흘러내리던 눈물이 마치 따귀라도 맞은 것처럼 갑자기 멈췄다. 나는 고개를 돌려 간호사를 바라봤지만, 그는 아직 나의 놀란 표정을 알아채지 못했다. 그는 내 반응을 확인하지 못한 것처럼, 안심시키듯 미소 지으며 계속 말했다.

"걱정되면 의사를 불러드릴 수 있지만, 검사상으로는 모든 게 좋아 보여요."

나는 그의 말이 옆구리에 꽂힌 칼처럼 아파서 손톱이 손바닥에 박히도록 꽉 쥐었다. 이건 너무 잔인하지 않나? 그리고 그것은 잔혹하게도 게이브와 함께 사라진 모든 가능성을 되새기게 했다. 말을 할 때 목이 콱 조이는 기분이었고, 그의 부주의한 실

수 때문에 이런 고통을 겪어야 하다니 너무 억울해서 말하는 동안 목구멍이 조여들고 쓰라렸다.

"저는 임신하지 않았어요." 그 말을 이를 악물고 억지로 내뱉어야 했고, 한마디 한마디가 아팠다. "다른 사람과 헷갈리셨나봐요."

해리슨은 어리둥절해 보였다. 그는 내 침대 밑에서 차트를 집어 들고 내려다본 후 나를 다시 쳐다보았다.

"환자분, 자신타 크로스 맞나요?"

나는 고개를 끄덕였다. 그의 얼굴에 깊은 동정심이 어렸다. 그는 나를 이해시키려는 듯 매우 부드러운 목소리로 말했다. "실수가 아니에요, 몰랐나요?"

온몸이 갑자기 싸늘해졌다. 심장이 멈췄다가 다시 불규칙한 속도로 뛰기 시작했고, 손끝에 이상하게 찌릿한 느낌이 들었는데, 이는 충격으로 인한 신체적 반응이었다.

간호사가 다시 말하고 있었지만, 그의 목소리는 낯설고 멀게 느껴졌다.

"수술 전 검사에서 발견됐어요. 죄송해요, 환자분이 알고 계신 줄 알았는데. 좋은 소식인가요?"

나는 대답하지 않았다. 대신 날짜를 계산하느라 바빴다. 오늘이 몇 월 며칠인지, 마지막 생리 날짜가 언제였는지. 4주? 아니, 더 됐다. 크리스마스와 새해 사이였을 것이다. 그리고 나는 어렴풋이, 내가 아덴 얼라이언스로 갈 때, 그날 밤 생리가 시작될 경우를 대비해 생리컵을 가방에 넣었던 것을 떠올렸다. 그 이후로

제로 데이즈

일어난 모든 일 때문에 완전히 잊고 있었다. 당시에는 별로 신경 쓰지 않았다. 내 주기가 그렇게 규칙적이지 않았기 때문에 며칠 정도의 차이는 아무것도 아니었다.

하지만 지금은 2월 중순일 것이다. 그 말은…… 나는 계산을 하며 힘겹게 침을 삼켰다. 그 말은 내가 임신 6주, 어쩌면 7주째 라는 뜻이었다.

게이브의 아이를 가진 지.

그리고 갑자기 아주 많은 것이 이해되었다. 진작 알아차렸어 야 했지만 놓쳤던 많은 것. 6주 넘게 생리를 하지 않았던 사실. 계속되는 신경질적인 피로감. 심지어는 옆구리에 난 상처 때문 이라고 생각했던 메스꺼움도 이제는 입덧처럼 느껴졌다. 사실 유일하게 이해가 되지 않는 것은 그 아기가 내가 겪은 모든 것, 즉 피로, 감염, 그리고 이제는 이 파열된 비장까지 모두 견뎠다 는 것이었다. 이게 가능한 일일까?

"기분이 어때요?" 해리슨이 물었다. 이제 그는 걱정스러운 표 정이었다. "의사를 불러 줄까요?"

목에 걸린 덩어리가 있었지만, 나는 억지로 말을 내뱉었다.

"아기는 괜찮다고 했죠?" 그의 질문에 대답하지 않았지만, 그 는 고개를 끄덕였다.

"네, 완전히 괜찮아요. 검사를 했어요. 그리고 지금 복용하는 항생제는 모두 임신 중에 안전한 것들이에요. 그 점에 대해서는 걱정할 필요 없어요. 좋은 소식인가요?" 그가 다시 물었고, 이제 그의 얼굴은 정말로 걱정하는 기색이 역력했다.

그리고 얼마나 오래되었는지도 모르겠지만, 게이브의 죽음 이후 처음으로 나는 무언가가 실제로 좋다고 느꼈다.

"네." 나는 간신히 말했다. "네, 좋은 소식이에요."

그제야 그의 얼굴에 미소가 번졌다. "휴! 사실, 걱정했어요. 하지만 환자분이 기뻐하니 저도 기뻐요. 자, 이제 셰퍼드 파이 이야기를 해 볼까요?"

그리고 갑자기 나는 정말로 배가 고파졌다.

제로 데이즈

2월 12일
월요일

365번째 날

─────── 경찰서 안은 덥고 답답했고, 나는 복도를 빠르게 걸으며 등줄기에 땀이 나는 것을 느꼈다. 나는 좌우를 둘러보며 여기에 있지 말아야 할 사람처럼 보이지 않도록 애쓰고 있었다. 첫번째로 해야 할 일은 변장하는 것이었다. 나는 이 경찰서에서 이미 알려진 인물이었고, 그래서 눈에 띄었다.

복도를 따라 무작위로 문을 열려고 시도하다 보니 두 개는 잠겨 있었고, 하나는 빈 조사실 문이었다. 그리고 대박을 터뜨렸다. 탈의실에는 자물쇠가 달린 사물함들이 줄지어 있었다.

자물쇠의 절반 정도는 열쇠로 작동하는 종류였다. 나는 몇 분 안에 그 자물쇠들을 열 수 있을 거라고 확신했고, 만약 그럴 수 없다면 내 배낭 안에 있는 작은 볼트 절단기로 부실한 걸쇠들을 쉽게 처리할 수 있을 것이었다. 하지만 호기심에 이끌려 우선 숫자 조합 자물쇠를 시도해 보기로 했다. 가장 가까운 것부터 내가 좋아하는 옛 번호 1234를 입력해 봤다. 아무 일도 일어나지 않았고, 나는 숫자를 다시 무작위 조합으로 돌려놓고 다음으로 넘어갔다. 그러나 두 번째 자물쇠는 만족스러운 딸깍 소리를 내며 열렸다. 나는 웃으며 자물쇠를 캐비닛 위에 올려놓고 사물함 문을 열었다.

빙고! 첫 시도에 금광을 찾았다. 사물함 안에는 새로 다림질

제로 데이즈

한 제복에 모자와 신분증 배지까지 갖춰져 있었고, 더구나 여성
용이었다. 바지를 입어 보니 나보다 훨씬 키가 크고 덩치가 큰
여성의 것이었지만, 허릿단을 두어 번 접어 내리면 해결할 수 있
었다. 이렇게 고쳐 입은 부분은 다행히도 길이가 긴 재킷에 충분
히 가려졌다.

내가 이미 흰 셔츠를 입고 있었던 것도 다행이었다. 사물함에
셔츠가 빠져 있었기 때문이다. 그 외의 제복은 완벽했다. 심지
어 신발도 단정하게 짝지어져 사물함 바닥에서 반짝였다. 하지
만 치수가 최소 두 치수는 커 보였던 데다, 나의 익숙한 검은색
컨버스가 더 편하고 소리도 덜 났다. 어차피 누군가 내 신발까지
검사할 정도라면 이미 끝난 거나 마찬가지였다.

나는 청바지와 재킷을 접어 배낭에 넣고 다음 질문을 고민했
다. 배낭은 어떻게 할 것인가. 경찰관들은 보통 가방을 들고 다
니지 않아서, 가방을 들고 복도를 걸으면 원하지 않는 주목을 받
을 수 있었다. 결국 나는 락픽과 압축 공기와 무전기를 꺼내 넉
넉한 제복 주머니에 넣었다. 그리고 나머지 물건들은 배낭에 다
시 넣고 쓰레기통 뒤의 작은 벽감에 밀어 넣었다. 누군가 그것을
쓰레기로 오해하고 버리지 않기를 간절히 바랐다. 그것은 정말
로 감당할 수 없는, 값비싼 결과가 될 것이었다.

제복을 입고 나니 자신감이 넘쳤고, 나는 고개를 치켜들고 탈
의실을 나섰다. 모퉁이를 돌다가 다른 경찰관과 부딪혔을 때도
망설이지 않았다.

"안녕하세요, 죄송한데요, 저는 케이트 레더러입니다." 젠장,

제프가 근무한 경찰서 이름이 뭐였지? "엘섬 그린에서 왔어요. 유치장에 있는 용의자를 면담하러 왔는데, 길을 잃어버렸어요. 어디로 가야 하는지 알려 주실 수 있나요?"

"물론이죠." 경찰관의 눈이 나를 훑어보았지만, 이상한 점을 눈치채지 못한 것 같았다. "우린 전에 만난 적이 없죠, 그렇죠?"

"네." 나는 동의했다. "신입이에요. 아, 정확히는 런던 경찰청에 처음 왔어요. 템스 밸리에서 막 전입했거든요. 만나서 반갑습니다……?" 나는 묻는 듯이 말을 흐렸다.

"데이비드 모란입니다. 저도 만나서 반가워요." 우리는 악수했고, 데이비드의 입가에 미소가 번졌다. 내 상상이었을까, 아니면 슬쩍 호감을 표시한 것이었을까? 그는 키가 크고 매우 잘생겼으며, 아일랜드 억양을 가졌다. 무의식적으로 그의 손을 힐끗 보니, 결혼반지는 없었다. 물론, 그게 꼭 무슨 의미가 있는 건 아니었다. 근무 중에는 반지를 빼놓는 경찰관도 많았다. 그래도, 결혼 여부와 상관없이, 데이비드의 표정에서 흥미로운 번뜩임을 본 것은 내 착각이 아니었고, 아마도 그것을 유리하게 활용할 수 있을 것 같았다.

"안내데스크에서 어디로 가야 하는지 알려 주긴 했는데." 나는 약간 난처한 표정을 지으며 데이비드에게 미소를 지었다. "물론 바로 잊어버렸죠. 여기는 정말 복잡하네요, 길을 잘 못 외우거든요."

"네, 여기는 좀 미로 같죠." 데이비드는 시계를 내려다보더니 마음을 먹은 듯 말했다. "저기, 유치장까지 안내해 드릴까요?"

제로 데이즈

"정말요? 그럼 정말 좋죠."

"좋아요. 10분 후에 회의가 있지만, 그전에 데려다줄 시간은 있어요. 엘섬 그린은 어떤가요? 패터슨이 좀 그렇다고 듣긴 했는데⋯⋯." 그는 한쪽 눈썹을 치켜올리면서 웃는 얼굴로 말을 흐렸다. 나는 웃으면서 모퉁이를 돌 때 내 팔로 그의 팔꿈치를 슬쩍 스쳤다.

"네, 좀 그렇다는 표현이 딱 맞아요. 거짓말은 안 할게요. 솔직히 저는 여성 상관과 일하는 게 더 좋아요. 제 이전 상관은 여자였거든요."

"네? 저도 그래요," 데이비드가 말했다. "여성들이 팀에 더 좋은 에너지를 가져다준다고 생각해요."

데이비드가 내게 익숙한 복도를 따라가며 안내해 주는 동안 우리는 계속 이야기를 나누었다. 그러다가 낯선 복도로 접어들었고, 카드 단말기와 누름단추가 있는 강화문 앞에 도착했다. 그가 자신의 출입증을 단말기에 잠시 대고, 문을 연 다음 나를 안으로 안내했다.

"안녕하세요, 제이크." 그는 데스크 근무자에게 말했다. "이분은 엘섬에서 오신 케이트 레더러 경관이에요. 면담하러 오셨대요. 그럼, 케이트, 제이크가 잘 도와줄 거예요. 만나서 반가웠어요."

"저도 만나서 반가웠어요." 나는 미소를 지으며 대답했다. 문이 닫히는 것을 지켜본 후, 데이비드가 제이크라고 부른 경관에게 돌아서며 머릿속으로 할 말을 준비했다. 하지만 겨우 입만 벌렸을 때, 내 이어폰에서 지지직거리며 미안해하는 목소리가 들려왔다.

"잭? 근무 중에 연락해서 정말 미안한데, 지금 여기저기 다 토했어."

젠장.

"미안해요." 나는 데스크 뒤의 경찰관에게 입 모양으로 말했다. "잠깐만요."

나는 뒤돌아서서 손가락을 헤드셋에 대며 그에게 내가 업무 전화를 받는 것처럼 보이기를 바랐다.

"베리티, 정말 미안해. 지금은 정말 타이밍이 안 좋아. 내가 다시 전화해도 될까? 늦어도 10분 안에 할게."

"물론이지, 귀찮게 하지 않으려고 했는데, 네가 전화해 달라고 했잖아……."

"알지. 전화해 줘서 고마워. 지금 열이 있어?"

뒤에서 고음으로 울부짖는 소리가 들려왔고, 그 소리에 나는 갑자기 고통스럽게 젖이 차올랐다. 젠장. 나는 점점 처지는 게 느껴지는 빌린 바지를 끌어 올렸다. 유치장까지 걸어오는 동안 접은 부분이 풀린 것 같았다.

"누구를 만나러 오셨다고 했죠?" 제이크의 목소리가 뒤에서 들려왔고, 그의 목소리에는 이제 약간의 의심이 섞여 있었다. 나는 속으로 욕설을 내뱉으며 눈에 띄게 허리 아래로 조금씩 내려가는 바지를 한 손으로 잡아 누르려 애썼다.

"잠깐만요, 제이크."

제로 데이즈

"열이 있는 것 같지는 않아." 베리티는 약간 모호하게 말하고 있었다. "존이랑 내가 귀 체온계로 열을 재 보려고 했는데, 귀에 뭐 넣는 걸 싫어해서 다 잴 때까지 가만히 있지를 않거든. 뜨겁지는 않아."

"알겠어. 고마워, 베리티. 너무 걱정하지 마. 지금 집으로 갈게. 곧 보자고."

나는 헤드셋을 만지며 제이크 쪽으로 다시 몸을 돌렸다.

"좋아요, 계획이 바뀌었어요. 저는 용의자를 만나러 온 게 아니에요, 사실 경찰도 아니거든요. 이건 하비바 말릭 경위가 조직한 펜 테스트였어요."

"이게 뭐라고요?" 제이크가 분노와 짜증이 섞인 표정으로 말했다. "잠깐, 경찰이 아니라고 했어요?"

"잭!" 뒤에서 소리가 들려 돌아보니 말릭이 활짝 웃으며 유치장 문에서 걸어오고 있었다. "도대체 어떻게 여기에 들어온 거예요? 그리고……." 그녀는 당황하는 표정으로 바뀌더니 곧 완전히 찡그린 얼굴이 되었다. "잠깐, 이거 우리 제복 아니에요?"

"맞아요." 내가 말했다. "직원들한테 사물함 비밀번호로 1234는 쓰지 말라고 꼭 말해야겠어요. 그리고 탈의실 쓰레기통 뒤에 가방이 하나 있어요. 폭탄으로 가득 차 있을 수도 있었겠죠. 하지만 다행히 그렇지는 않으니까 폭발물 처리반은 부르지 말라고 말해 주면 좋겠어요. 내가 집에 가져가야 하거든요."

"지금 가려고요?"

"네." 나는 재킷을 벗고 있었다. "미안해요, 개비가 아파서요.

취소할까도 생각했는데 경위님을 실망시키고 싶지 않았어요. 보고서에 쓸 내용은 충분해요."

"제복도 갖춰 입고 여기까지 들어온 걸 보면 충분할 것 같네요." 말릭은 상당히 불쾌해 보였다. "아, 망할. 안내데스크도 통과 못 할 거라고 생각했는데요."

나는 연민 어린 미소를 지었지만, 굳이 나의 승리를 숨기려고 하지는 않았다.

"알아요. 미안해요. 술은 경위님이 사야 할 것 같네요."

"이런, 또 뭐가 더 있어요?"

"그냥 평범한 거예요. 사람들이 급하게 우르르 통과하지 못하도록 해야 해요. 보안문이 저절로 닫히게 두지 말고, 닫혔는지 꼭 확인해야 하고요. 그리고 비밀번호는 절대로 재사용하지 말아야 하고요."

"재사용……? 오, 제기랄, 잭, 내가 걱정해야 하는 거예요?"

"걱정하지 마세요, 민감한 건 보지 않았어요." 나는 한쪽 팔로 그녀를 안아 주고 빌린 바지를 다시 끌어올렸다. "미안해요. 이제 가 봐야 해요. 이 제복을 돌려주고 직원들이 내 가방을 안전하게 폭발시켜서 처리하기 전에 찾아와야 해요."

"그러면 좋겠네요." 말릭이 신음하며 말했다. "다른 걸로 봐서는 가방 위에 똑딱거리는 시계를 붙여놨어도 눈치 못 챘을 것 같아요. 그럼 얼른 나가요. 개비에게 내 인사 전해 줘요. 아니…… 잠깐만요." 그녀는 뭔가를 떠올린 듯 말했다. "차까지 배웅해 줄게요."

"내가 이 건물에서 못 나갈까 봐 그러는 거예요?" 나는 웃으며 말했고, 그녀는 고개를 저었다.

"그런 게 아니고요. 내가 말해 주려고 했던 게 있어요. 5분만 기다려줘요. 탈의실에서 만나요. 알았죠?"

"그래요." 나는 조금 어리둥절해져서 말했다. 말릭은 나를 유치장에서 내보냈고 문이 닫혔다.

말릭은 몇 분 후에 탈의실에서 나를 만났지만, 차에 도착할 때까지 말이 없었다. 결국 내가 먼저 말을 꺼냈다. "할 말이 있다면서요. 말해요, 뭐든. 난 가야 해요."

"알아요." 말릭이 말했다. 그녀는 심각해 보였다. "그게, 사실 두 가지예요. 확실하진 않은데……." 그녀는 말을 멈췄고, 나는 약간의 불안감이 스쳐 지나갔다. 하비바 말릭과 나는 이제 친구에 가까운 사이가 되었지만, 작년에 있었던 일 이후로 경찰들과 함께 있는 것이 완전히 편안해지기는 어려울 것 같았다.

"저기, 뭔데요? 걱정되잖아요."

"콜 개릭의 일이에요." 그녀가 나를 향해 돌아서며 말했다. 날카로운 2월의 빛 속에서 그녀의 얼굴은 우리가 처음 만났을 때보다 나이가 들어 보였다. 눈가에는 잔주름이 생겼다. "그가…… 음, 죽었어요. 감옥에서 재판을 기다리고 있었는데."

"젠장." 개비 때문에 욕을 줄이려고 노력했지만, 지금은 그 말이 저절로 나와버렸다. 그리고 솔직히, 다른 말이 떠오르지 않아서 다시 한번 말했다. "젠장. 그럼 그는 재판을 영영 받지 못하겠네요?"

"그래요. 정말 유감이에요. 잭도 알다시피 보호 구치를 했는데도, 결국 방법을 찾았나 봐요."

"방법을 찾았다고요? 콜이 스스로 그랬다는 거예요?"

말릭이 어깨를 으쓱했다. "목을 맨 상태로 발견됐어요. 그걸 어떻게 해석할지는……."

"젠장." 나는 다시 말했다. 손가락으로 눈을 꾹 눌렀다. 머릿속에 이미지들이 휙휙 지나갔다. 브라이튼 해변에서 웃으며 파도 속을 헤엄치던 콜. 아파트 발코니에서 더티 마티니를 마시며 왕새우를 바비큐 그릴에 굽던 콜. 촛불 밝힌 오두막에서 내게 입맞춤하던 콜의 얼굴. 어두운 펜트하우스에서 마지막으로 봤을 때 분노와 절망으로 일그러진 그의 표정. '물러서, 안 그러면 쏠 거야, 잭.'이라고 말하던 그의 목소리.

그가 정말 그런 선택을 했을까? 아직도 모르겠다.

"미안해요." 말릭의 목소리가 아주 멀리서 들려왔다. "이런 걸 원하지 않았다는 거 알아요. 우리가 원하던 것도 아니었어요. 우리는 정의가 실현되길 바랐죠."

정의. 그 단어는 내 입에서 씁쓸하게 느껴졌다. 어떤 사람들은 콜에게 일어난 일이 일종의 정의라고 주장할지도 모른다. 목숨에는 목숨을. 하지만 내게는 그렇지 않았다.

"콜의 배후에 있던 사람들은요?" 내가 물었다. "그들이……그들이 저지른 일이에요?"

"아주 신중하게 조사 중이에요." 말릭이 말했다. 그녀는 나를

제로 데이즈

바라보고 있었다. 연민을 가득 담아 진지하고 참을성 있게 기다려 주는 얼굴이었다. "그리고 알다시피, 콜은 죽기 전에 엄청난 양의 증언을 남겼어요. 이건 내 말을 믿어도 돼요. 모든 단서를 철저히 추적하고 있어요."

나는 고개를 끄덕였다. 그녀를 믿었다. 나는 MI6가 하찮은 해커 한 명의 죽음에 특별히 신경 쓸 거라는 착각은 하지 않았다. 하지만 워치독에 휴대폰을 해킹당해, 콜의 소프트웨어에 위치를 추적당한 기자와 반체제 인사들이 얼마나 많은지 누가 알겠는가. 안전하다고 믿었던 순간에 조용히 암살당한 사람이 얼마나 많은지, 퍼피독 덕분에 지금 먼 외국의 생체 인식 데이터 베이스에 얼마나 많은 외교관 자녀의 사진이 저장됐는지 누가 알겠는가.

게이브에게 일어난 일은 콜의 책임이었고, 이제 그는 최후의 대가를 치렀다. 그리고 게이브의 목을 그었던 자들, 그들이 누구인지는 결코 확실히 알 수 없을 것이다. 하지만 지난 여름 템스강에 시신 두 구가 떠올랐고, 그들의 DNA는 화장실 창문에서 발견된 미세한 흔적과 일치했다. 말릭이 그 소식을 알려 줬을 때, 나는 그녀가 내게 원하는 것을 알았다. 그녀는 내가 그 일은 끝났고, 게이브를 죽인 자들은 잡히지는 않았지만, 최소한 끝까지 추적당했다고 생각하기를 바랐다. 어느 정도는 사실이었다. 그런데 이상하게 들리겠지만, 나는 그 밤에 직접 칼을 휘둘렀던 자들에게는 관심을 둔 적이 없었다. 나는 항상 그들을 장전된 총의 총알 같은 존재로 생각했다. 살인자이긴 하지만, 이상하게도, 게이브의 죽음에 궁극적인 책임이 있는 사람들로 느껴지지는 않았다. 나는 항상 콜과 그의 조종자들에게 책임이 있다고 생각했다. 그리고 이제 콜은 죽었다. 그러나 그를 조종하던 무리는 더 모호하고 그림자 같은 존재였다. 말릭이 뭐라고 하든 간에, 그런 무리가 법의 심판을 받는 것은 둘째치고, 과연 잡힐 수는 있을지 나는 내심 확신하지 못했다.

퍼피독 해킹 사건의 배후에 있는 사람들이 누구든 간에, 그들은 광활한 다크웹의 보이지 않는 일부 참여자일 뿐이었다. 국가 안보 기관부터 라자루스 그룹과 같은 조직, 그리고 캐나다, 폴란드, 방글라데시의 자기 방에서 버튼을 누르며 혼란을 야기하는 어떤 소년에 이르기까지, 모든 이들이 그 네트워크에 포함되어 있었다. 그렇다. 그들과 싸울 수는 있을 것이다. 아마 몇몇 개인은 체포될지도 모른다. 하지만 차라리 암을 기소하는 편이 나을지도 모른다. 그들은 언제나 존재할 것이다. 약삭빠르게, 잘 보이지 않는 곳에서 온라인 보안의 틈새와 우리가 디지털 생활에서 열어 둔 문을 통해 침투해 올 것이다.

나는 콜이 그들에게 만들어 준 문 하나를 닫았고, 그 덕분에 수천, 어쩌면 수백만 명이 더 안전해졌다고 말하며 나 자신을 타이르는 수밖에 없었다. 그리고 이제 그쯤에서 그만해야 했다.

"다른 일은 뭐예요?" 나는 평소처럼 말하려고 애썼지만, 억지로 꾸민 듯한 목소리가 나왔다. 말릭도 그것을 알아챘고, 연민 어린 시선을 보냈지만, 우리 두 사람 모두를 위해서 사무적인 태도를 유지하려고 애쓰고 있다는 것이 느껴졌다. "좀 더 좋은 소

제로 데이즈

식이에요?"

"아마도. 그러길 바라요. 아직 공개된 내용인지는 확실치 않지만, 잭이 가장 먼저 알았으면 해서요."

"그래요?"

"엘섬 그린에서 소식을 들었어요. 조사가 종결되었어요. 제프가 심각한 위법 행위로 유죄 판결을 받았어요."

"농담하는 거예요?" 내 얼굴은 웃어야 할지 울어야 할지, 어떤 표정을 지어야 할지 몰라 이상하고 뻣뻣하게 굳었다. "그게 무슨 뜻인데요?"

"그러니까…… 음, 제프가 파면당했다는 뜻이에요. 다시는 경찰로 일할 수 없어요. 그리고 그 당시 그의 동료 두 명이 잭에게 한 행동에 대해서는 공식적인 견책을 받았어요. 부족하고 너무 늦은 조치이지만, 그래도 의미 있는 뭔가가 됐으면 해요."

"맙소사." 나는 복부에 제대로 한 방 맞은 것 같은 기분이었다. 손을 그곳에 얹고, 티셔츠 아래 반흔 조직의 뒤틀린 흉터를 만져 보았다. 병원에서 내 옆구리에 자리 잡은 너덜너덜하게 곪은 상처를 절개하고 비장을 꺼냈지만 손상을 완전히 복구하는 데는 성공하지 못했다. 어떤 이유에서인지 그 흉터의 느낌, 도드라지고 부드러운 가장자리, 봉합사와 수술용 스테이플러를 제거하고도 여전히 선명하게 남은 그 흔적들이 나를 붙잡아 주었다. 나는 그것을 견뎌냈다. 그리고 개비의 출생을 견뎌내며 더 많은 봉합과 흉터를 얻었다. 나는 게이브의 죽음도 견뎌냈고, 지금도 여기에 있다. 완전히 온전하지는 않지만, 여전히 서 있다.

"고마워요." 마침내 말릭에게 말했다. 그녀는 형식적으로 살짝 고개를 끄덕였다. 그녀 역시도 우리 두 사람이 이 정보를 가지고 무엇을 해야 할지 갈피를 잡지 못한 것 같았다. 환호하거나 하이파이브를 하는 것은 적절하지 않은 느낌이었고, 말릭도 그것을 알고 있었다.

"그래요. 그게 다예요. 지금 이걸 말해서 미안해요. 연타를 맞은 느낌일 거예요. 그래도…… 직접 얼굴을 보고 말하고 싶었어요."

"알아요." 나는 이렇게 말하며 그녀의 팔에 손을 대고 힘들게 미소를 지었다. "고마워요. 진심이에요."

그리고 나는 차를 타고 출발했다. 점점 작아지는 말릭이 사이드미러 속에서 나를 지켜보고 있었다.

생각에 잠기고 기억에 잠긴 채 솔즈베리 레인에 거의 도착할 무렵, 라디오에서 노래가 흘러나왔다. 처음에는 어떤 노래인지 생각나지 않았다. 다만 진입로에 들어가려고 기다리는 사이 방향지시등이 깜빡이는 소리와 함께 흘러나오는 도입부의 반복적인 악절이 공포와 애틋함과 갈망이 뒤섞인 이상한 감정을 불러일으켰다.

그때 깨달았다. '디스 머스트 비 더 플레이스', 게이브와 내가 결혼식에서 틀었던 노래, 따뜻한 여름밤에 우리 친구들과 가족들에 둘러싸여 춤추며 들었던 노래였다. 우리는 서로를 안고 웃으며 함께 춤추려고 콜과 노에미를 무대로 불렀다. 헬과 롤랜드, 게이브의 부모님, 다른 친구들과 가족들 모두 우리가 함께하는

제로 데이즈

삶을 축복해 주기 위해 모였다.

하지만 공포는 그 밑에 깔린 또 다른 기억 때문이었다. 콜이 바다 안개 사이로 이 도입부를 휘파람으로 불면서, 그가 친구인지 적인지도 모른 채로 생명의 위협을 느끼며 모래 언덕에 웅크리고 있는 나에게 다가오던 기억이었다.

콜. 자신의 절친한 친구를 배신하고 나를 극단까지 밀어붙인 콜. 이제 감옥에서 죽음을 맞은 콜.

나는 도로 가장자리에 차를 세우고 데이비드 번이 사랑과 꿈, 그리고 인간으로서의 희망, 집의 의미에 대해 노래하는 것을 들으며 앉아 있었다.

내 얼굴에 눈물이 흐르고 있었다. 요즘은 자주 울었지만, 늘 슬퍼서 우는 것은 아니었다. 하지만 노래가 끝날 때쯤 내 머릿속에는 콜이 아니라 게이브가 있었다. 백 개의 반짝이는 등불 아래에서 함께 춤을 추며 게이브의 손이 내 손을 잡고, 그의 팔이 내 허리를 감싸며, 나를 돌리고, 끌어 주고, 우리의 미래에 대한 약속과 그가 주는 사랑의 온기 속에 나를 안고 있었다.

그리고 노래가 끝났다. 나는 눈물을 닦고, 엔진을 끄고 차에서 내렸다. 우리의 작은 집을 마주 보았다. 게이브가 살았고, 나를 사랑했고, 죽었던 그 집. 그리고 우리 딸이 첫울음을 터뜨리며 세상에 나왔던 그 집. 지금 문밖에서도 울음소리가 들렸다.

내 마음은 고통에 아주 가까운 기쁨으로 가득 찼다. 내가 그 차이를 설명할 수 있을지는 자신 없지만, 이번에는 눈물 속에서 미소를 짓고 있었다. 저 문 뒤에는 우리 딸, 나와 게이브의 딸이 기다리고 있기 때문이었다. 그녀는 사랑스러웠고, 그녀의 얼굴은 발갛게 달아올랐고, 그녀는 화가 나 있었고, 그리고 그녀는 내가 필요로 하는 모든 것이었다.

　나는 현관문을 열었다. 집에 왔다. 바로 여기가 내가 머물고 싶은 곳이었다.

감사의 글

이 책을 쓰면서 감사 인사를 해야 할 곳이 정말 많다. 책을 쓰기 전에는 전혀 몰랐던 주제를 다루다 보면 늘 그렇게 되는 것 같다.

기술과 앱의 세계에 대해 매우 색다른 각도로 탐색하는《열쇠를 돌리다(The Turn of the Key)》와《하나씩 하나씩(One by One)》을 쓰면서 처음으로 흥미를 느낀 팟캐스트들, 그리고 도시 봉쇄 기간에 들었던 수많은 팟캐스트에서 이 책의 많은 부분이 태동했다. 사이버 범죄에는 다양한 측면이 있고, 이 주제를 다루는 흥미로운 팟캐스트도 많지만,《제로 데이즈》에 가장 큰 영향을 준 것은 단연코 잭 리사이더가 진행하는〈다크넷 다이어리(Darknet Diaries)〉였다. 나는 여기서 처음으로 전문 펜 테스터와 소셜 엔지니어들이 자신들의 경험에 대해 머리가 쭈뼛 설 정도로 세세하게 이야기하는 것을 들었다. 따라서 첫 번째 감사 인사는 복잡한 주제를 다가가기 쉽고 재미있게 만들어준 잭에게 전하고 싶다. 그리고 두 번째로는 자신의 풍부한 지식을 공유해 주고 세상을 조금 더 안전하게 만들어 주는 모든 해커와 보안 전문가들에게 감사를 전하고 싶다.

법률과 경찰 업무, 범죄 현장 처리, 감시와 해킹에 이르기까지 다양한 분야에서 조언해 준 전문가들과 친구들에게 고마움을 전한다. 원고를 읽어 주고, 그럴듯하거나 때로는 그럴듯하지 않은 시나리오에 대해 충고해 주고, 어리석은 질문도 무안해 하지 않도록 너그럽게 받아준 닐 랭커스터, 클레어 맥킨토시, 케이티 로빈슨, 그레이엄 바틀릿, 샘 고든, H.D. 무어에게 말로 다 하지 못할 감사의 마음을 전한다. 당연하지만 모든 오류와 (그럴싸하든 아니든) 과잉된 상상력은 나 자신의 책임이다. 보험사 콜 센터 내부 업무에 대한 귀한 도움을 준 데릭에게도 감사드리며, 책에서 이름이 언급된 것을 재미있게 즐겼기를 바란다.

탁월한 에이전트 이브와 내 책을 세상에 내놓기 위해 애써주신 루도와 스티븐, 레베카와 EWLA의 모든 분께 항상 감사드린다. 그리고 영국과 미국, 호주, 캐나다의 사이먼앤슈스터에서 보이지 않게 열심히 일해 주시는 분들과 다른 언어로 해외에서 힘쓰고 계신 출판사 분들께 마음을 다해 감사드린다. 앨리슨과 젠, 수잰, 니타에게 뛰어난 공동 편집 역량을 발휘해 주고 작가로서 나에게 믿음을 가져준 것에 감사드린다. 이언과 조너선, 제시카, 시드니, 사바, 캐서린, 테일러, 에이드리아, 나타샤, 펠리시아, 케빈, 매킨지, 질, 돔, 니콜라스, 헤일리, 새라, 해리엇, 매트, 프란체스카, 제니퍼, 에이미, 샐리, 애비, 애너벨, 캐럴라인, 하이미, 존 폴, 브리지드, 리사에게 놀랍도록 세심한 배려와 뛰어난 역량에

제로 데이즈

대해, 그리고 내 책을 독자에게 전하기까지 쏟는 노력에 언제나 감사드린다.

젊은 암 환자 지원센터(Young Lives vs Cancer)를 돕기 위해 넉넉한 마음을 내어준 폴 제임스 힐먼에게도 깊이 감사드린다. 젊은이들이 가장 힘든 시기를 견디는 데 힘이 되는 이러한 기부에 감사하다는 말씀을 전한다.

내가 상상의 세계에서 벗어날 이유를 주고 현실 세계를 너무나 신나는 곳으로 만들어 주는 내 가족에게도 고맙다는 인사를 전한다.

마지막으로 이 책을 읽고 있는 독자들에게. 여러분이 이 모든 것을 가능하게 만든다는 사실 외에 무슨 말을 더 할 수 있을까? 여기까지 읽어 주신 모든 분들께 감사의 인사를 전하고 싶다.

루스

ZERO DAYS

제로 데이즈

1판 1쇄 발행   2025년 2월 19일
1판 1쇄 발행   2025년 2월 25일

지은이   루스 웨어
옮긴이   서나연
발행인   황민호

본부장   박정훈
책임편집   최경민
기획편집   김선림 신주식 윤혜림
마케팅   조안나 이유진
국제판권   이주은 한진아
제작   최택순 성시원

발행처   대원씨아이㈜
주소   서울특별시 용산구 한강대로15길 9-12
전화   (02)2071-2019
팩스   (02)749-2105
등록   제3-563호
등록일자   1992년 5월 11일

www.dwci.co.kr

ISBN 979-11-423-1107-9 03840

◦ 이 책은 대원씨아이㈜와 저작권자의 계약에 의해 출판된 것이므로 무단 전재 및
  유포, 공유, 복제를 금합니다.
◦ 이 책 내용의 전부 또는 일부를 이용하려면 반드시 저작권자와 대원씨아이㈜의
  서면동의를 받아야 합니다.
◦ 잘못 만들어진 책은 판매처에서 교환해드립니다.